El Códice 632

El Códice 632

UNA NOVELA
SOBRE LA IDENTIDAD SECRETA DE
CRISTÓBAL COLÓN

José Rodrigues dos Santos

Traducido del portugués por Mario Merlino

Una rama de HarperCollins*Publishers*

Los libros de HarperCollins pueden ser adquiridos para uso educacional,
comercial o promocional. Para recibir más información, diríjase a: Special
Markets Department, HarperCollins Publishers, 10 East 53rd Street,
New York, NY 10022.

Este libro fue publicado originalmente en portugués en el año 2005 en Portugal
por Editorial Gradivia.

PRIMERA EDICIÓN RAYO, 2007

Library of Congress ha catalogado la edición en inglés.

ISBN: 978-0-06-117320-2
ISBN-10: 0-06-117320-7

08 09 10 11 ❖/RRD 10 9 8 7 6 5 4 3 2

A Florbela, Catarina e Inês: mis tres mujeres.

El tiempo revela la verdad.

Séneca,
De ira

Aviso

Todos los libros, manuscritos y documentos men-
cionados en esta novela existen. También el *Códice 632*.

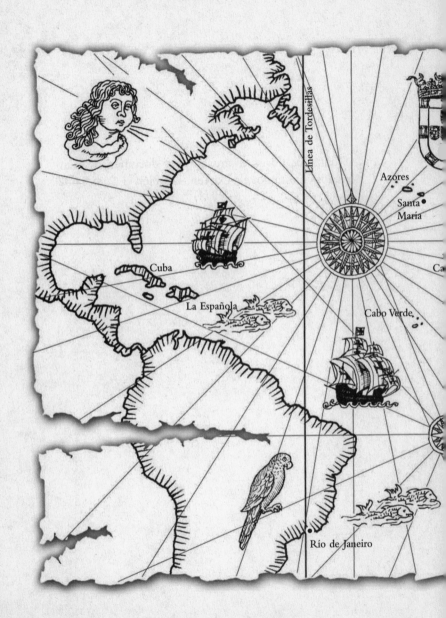

Prólogo

*C*uatro.

El viejo historiador no sabía, no podía saber, que sólo le quedaban cuatro minutos de vida.

El ascensor del hotel lo esperaba con las puertas abiertas y el hombre pulsó el botón de la planta duodécima. Inició el viaje y se admiró frente al espejo. Se encontró acabado: se vio calvo en la coronilla, sólo le quedaba pelo detrás de las orejas y en la nuca; y eran pelos quebradizos, blancos como la nieve, tan blancos como la barba rala que escondía su cara delgada y enjuta, surcada por arrugas profundas. Estiró los labios y analizó sus dientes descuidados, amarillos de tan opacos, con excepción de los implantes, los únicos que reflejaban una salud nívea de marfil.

Tres.

Un «tin» suave fue la forma que encontró el ascensor para anunciarle que habían llegado a su destino, era necesario que el ocupante saliera y se enfrentase a su muerte, porque él, el ascensor, tenía más huéspedes que atender. El viejo pisó el pasillo, giró a la izquierda, buscó la llave en el bolsillo con la mano derecha y la encontró; era una tarjeta blanca de plástico con el nombre del hotel en un lado y una cinta oscura en el otro; la cinta contenía el código de la llave. El viejo colocó la tarjeta en la ranura de la puerta, se encendió una luz verde en la cerradura, giró el picaporte y entró en la habitación.

Dos.

Le recibió el vaho seco y helado del aire acondicionado y se le erizó el vello por aquel frío agradable; pensó en lo bueno que era sentir aquella frescura después de toda una mañana sometido al calor abrasador de la calle. Se inclinó sobre el frigorífico,

13

abrió la puerta, sacó el vaso con el zumo y se acercó al ancho ventanal. Con un suspiro tranquilo admiró los edificios altos y anticuados de Ipanema. Justo enfrente se erguía un pequeño bloque blanco de cinco pisos; bajo el sol caliente del comienzo de la tarde centelleaba en la terraza una piscina de agua azul turquesa, incitadora y refrescante. Al lado se alzaba un edificio oscuro más alto, con amplios balcones llenos de sillas y tumbonas; los morros, al fondo, formaban una barrera natural que rodeaba la selva de cemento con sus curvos contornos verdes y grises; el Cristo Redentor saludaba de perfil en el Corcovado, figurilla esbelta y ebúrnea que abrazaba a la ciudad desde lo alto, frágil y minúscula, manteniendo el equilibrio sobre el abismo del macizo arbóreo del morro más alto de la ciudad, cerniéndose en la cresta del mirador, encima de un pequeño manojo blanquecino de nubes que se había adherido a la cima del promontorio.

Uno.

El viejo se llevó el vaso a la boca y sintió bajar suavemente el líquido anaranjado por la garganta, dulce y fresco. El zumo de mango era su bebida favorita, especialmente porque el azúcar acentuaba el regusto meloso del fruto tropical. Además, las fábricas de zumos producían un zumo puro, sin agua, con la fruta pelada en el momento; de este modo, el zumo de mango llegaba compacto, las hebras del fruto mezcladas con el líquido espeso y vigorizante. El viejo bebió el zumo hasta el final, con los párpados cerrados, saboreando el mango con una lenta gula. Cuando acabó, abrió los ojos y observó con placidez el azul resplandeciente de la piscina en la terraza del edificio frontero de la habitación. Fue la última imagen que contempló.

Dolor.

En ese instante, le estalló en el pecho un dolor desgarrador; se retorció convulso, se dobló sobre sí mismo y se agitó en un espasmo imposible de controlar. El dolor se hizo insoportable y el hombre cayó al suelo, fulminado; reviró los ojos, que acabaron fijos y vidriosos en el techo de la habitación, inmóviles, el cuerpo boca arriba, los brazos abiertos y las piernas estiradas, temblando en una postrera contracción.

Ese mundo, el suyo, había llegado a su fin.

I

—¿*Q*ué? ¿Quieres otra vez tostadas con mantequilla?

—Quero.

—¿Otra vez?

Tomás suspiró pesadamente. Fastidiado, clavó la mirada en su hija, con actitud de reprobación, como si la estuviese invitando a cambiar de idea. Pero la niña asintió con un movimiento de cabeza, ignorando olímpicamente la irritación de su padre.

—Quero.

Constança miró con reproche a su marido.

—Oye, Tomás, déjala que coma lo que quiera.

—Pero es que siempre es lo mismo, me tiene harto. Siempre tostadas con mantequilla, tostadas con mantequilla, todos los días —protestó enfatizando la palabra «todos». Puso una mueca de asco—. Ya no aguanto su olor, me da náuseas.

—Pero ella es así, ¿qué quieres?

—Lo sé —farfulló Tomás—. Pero al menos podría intentar cambiar, ¿no? —Después añadió, alzando el índice derecho—: Por lo menos una vez en la vida. Una. No pido más. Sólo una.

Se hizo el silencio.

—Quero totadas con mantequilla —murmuró la hija, imperturbable.

Constança salió de la cocina, cogió de la bolsa dos rebanadas de pan de molde sin corteza y las colocó en la parrilla de la tostadora.

—Ya va, Margarida. Mamá ya te va a dar las tostadas, hija mía.

El marido se recostó en la silla y suspiró con desaliento.

—Además, come más que un sabañón. —Hizo un gesto de fastidio con la cabeza—. Mírala, mira cómo se pringa toda la comilona. Hasta babea mirando la tostada.

—Ella es así.

—Pero no puede ser —exclamó Tomás, meneando la cabeza—. Acabará con nuestro presupuesto comiendo de esa manera. No ganamos lo suficiente.

La madre calentó la leche en el microondas, le añadió dos cucharadas de chocolate en polvo y dos cucharadas de azúcar, la revolvió y puso el vaso sobre la mesa. Instantes después, la tostadora hizo el tradicional clic, que anunciaba que las tostadas estaban listas. Constança las sacó de la tostadora, las untó con un poco de margarina y se las dio a su hija, que enseguida se las llevó a la boca con la parte de la margarina hacia abajo, como era habitual en ella.

—¡Ñam, qué madavilla! —gimió Margarida, saboreando las tostadas calientes. Cogió el vaso y bebió un poco más de chocolate con leche; cuando dejó el vaso, tenía un bigote de chocolate sobre los labios—. ¡Mubueno!

Padre e hija salieron del apartamento diez minutos después. La mañana había amanecido fría y ventosa: la brisa soplaba del norte, desagradable, y agitaba los chopos con un rumor intranquilo, nervioso; cubrían el automóvil gotas de agua, cristalinas y relucientes, y el asfalto se presentaba con pequeñas sábanas mojadas; parecía que había llovido, pero eran, finalmente, los vestigios del manto de humedad que había caído durante la noche, empañando cristales y depositándose aquí y allá, minúsculos lagos dispersos casi por toda la ciudad de Oeiras.

Tomás llevaba la cartera en una mano y aferraba con la otra los deditos de la niña. Margarida llevaba una falda clara de mahón y una chaqueta azul oscura, y cargaba con desenvoltura la mochila en su espalda. El padre abrió la puerta del pequeño Peugeot blanco, instaló a Margarida en el asiento trasero, acomodó la mochila y la cartera en el suelo del coche y se sentó al volante. Después, conectó la calefacción, dio marcha atrás y arrancó. Tenía prisa, la hija iba con retraso al colegio y a él no le quedaba otro remedio que superar los atascos matinales para ir a dar una clase a la facultad, en pleno centro de Lisboa.

En el primer semáforo, observó por el espejo retrovisor. En el asiento trasero, Margarida devoraba el mundo con sus grandes ojos negros, vivos y ávidos, contemplando a las personas cruzar las aceras y sumergirse en el nervioso bullicio de la vida. Tomás intentó verla como la vería un extraño, con esos ojos rasgados, el pelo fino y oscuro y ese aspecto de asiática regordeta. ¿La llamarían «subnormal»? Estaba seguro de que sí. ¿No era así, al fin y al cabo, como él antes los llamaba, cuando los veía en la calle o en el supermercado? «Subnormales; imbéciles; retrasados mentales.» Qué irónicas vueltas daba la vida.

Se acordaba, como si hubiese sido ayer, de aquella mañana primaveral, nueve años atrás, cuando llegó a la maternidad, efusivo y excitado, rebosante de alegría y entusiasmo, sabiendo que era padre y deseando ver a la hija que había nacido aquella madrugada. Se fue corriendo a la habitación con un ramo de madreselvas en la mano, abrazó a su mujer y besó a la niña recién nacida, la besó como a un tesoro, y se conmovió al verla así, encogida en la cuna, con las mejillas rosadas y el aire risueño, parecía un Buda minúsculo y soñoliento, tan sabia y tranquila.

No duró media hora ese momento de felicidad plena, trascendente, celestial. Al cabo de veinte minutos, entró la doctora en la habitación y, haciéndole una señal discreta, lo llamó a su despacho. Con aire taciturno, comenzó preguntándole si tenía antepasados asiáticos o con características especiales en los ojos; a Tomás no le gustó la conversación y, de modo seco y directo, le repuso que, si tenía algo que decirle, que se lo dijese. Fue entonces cuando la doctora le explicó que antiguamente se decía que determinado tipo de persona era mongólica, expresión caída en desuso y sustituida por la referencia al síndrome de Down o a la trisomía 21.

Fue como si le hubiese dado un puñetazo en el estómago. Se le abrió el suelo bajo los pies, el futuro se hundió en una tiniebla sin retorno. La madre reaccionó con un mutismo profundo, se quedó mucho tiempo sin querer hablar del tema, los planes para su hija se habían desmoronado con aquella terrible sentencia. Llegaron a vivir una semana de tenue esperanza, mientras el Instituto Ricardo Jorge efectuaba el cariotipo, la prueba genética que despejaría todas las dudas; pasaron esos días intentando convencerse de que había habido un error. Al fin y al cabo, a Tomás le parecía que la pequeña tenía expresiones de la abuela paterna y Constança identificaba señales características de una tía; seguro que los médicos se habían equivocado, ¡cómo es posible que esta niña sea una retrasada mental! ¡Hay que tener cara, francamente, para sugerir semejante cosa! Pero una llamada telefónica, efectuada ocho días después por una técnica del instituto, con las fatídicas palabras «la prueba ha dado positivo», supuso la sentencia irrefutable.

El choque resultó fatal para la pareja. Ambos habían vivido varios meses proyectando esperanzas en aquella hija, nutriendo sueños en la niña que los prolongaría, que los trascendería más allá de la vida; ese castillo se deshizo con aquellas pocas palabras secas. Sólo quedó la incredulidad, la negación, la sensación de injusticia, el torbellino incontrolable de la rebeldía. La culpa era del obstetra que no se había dado cuenta de nada, era de los hospitales que no estaban preparados para aquellas situaciones, era de los políticos que no querían saber nada de los problemas de las personas, era, al fin, de la mierda de país que tenemos. Después vino la sensación de pérdida, un profundo dolor y un insuperable sentimiento de culpa. ¿Por qué yo? ¿Por qué mi hija? ¿Por qué? La pregunta se formuló mil veces y aún ahora Tomás se descubría a sí mismo repitiéndola. Pasaron noches en blanco interrogándose sobre qué habían hecho mal, preguntándose sobre sus responsabilidades, en busca de errores y de faltas, de responsables y de culpables, de razones, del sentido de todo aquello. En una tercera fase, las preocupaciones dejaron de centrarse en sí mismos y comenzaron a volcarse en la hija. Se preguntaron sobre su futuro. ¿Qué haría ella de su vida? ¿Qué sería de ella cuando fuese mayor y ya no tuviese a sus padres para ayudarla y protegerla? ¿Quién se ocuparía de su hija? ¿Cómo conseguiría el sustento? ¿Viviría bien? ¿Sería autónoma?

¿Sería feliz?

Llegaron a desear su muerte. Un acto de caridad divina, sugirieron. Un acto de misericordia. Sería tal vez mejor para todos, mejor para ella misma, ¡le ahorraría tanto sufrimiento innecesario! ¿No se dice, al fin y al cabo, que no hay mal que por bien no venga?

Una sonrisa de bebé, un simple intercambio de miradas, la belleza inocente y todo de repente se transformó. Como en un truco de magia, dejaron de ver en Margarida a una subnormal y comenzaron a reconocer en ella a su hija. A partir de entonces concentraron todas sus energías en la niña, nada era demasiado para ayudarla, vivieron hasta con la ilusión de que llegarían a «curarla». Su vida se convirtió, desde entonces, en un vértigo de institutos, hospitales, clínicas y farmacias, con periódicos exámenes cardiológicos, oftalmológicos, audiométricos, de la tiroides, de la inestabilidad atlantoaxial, un sinfín de análisis y pruebas que agotaron a todos. En medio de aquella vida, fue un verdadero milagro que Tomás pudiera acabar su doctorado en Historia, se le hizo increíblemente difícil estudiar criptoanálisis renacentista, con sus fatigas y carreras hacia médicos y analistas. Escaseaba el dinero, su sueldo en la facultad y lo que ella ganaba dando clases de artes visuales en un instituto apenas alcanzaban para los gastos diarios. Hechas las cuentas, tamaño esfuerzo tuvo consecuencias inevitables en la vida de la pareja; Tomás y Constança, absorbidos por sus problemas, casi dejaron de tocarse. No había tiempo.

—Papá, ¿vamo'a cantar?

Tomás se estremeció, y regresó al presente. Volvió a mirar por el espejo retrovisor y sonrió.

—Me parecía que ya te habías olvidado, hija. ¿Qué quieres que cante?

—Aquella de «Ma'ga'ida me miras a mí».

El padre carraspeó, afinando la voz:

> *Yo soy una Margarita,*
> *flor de tu jardín.*
> *Soy tuya,*
> *papá.*
> *Yo sé que me miras a mí.*

—¡Viva! ¡Viva! —exclamó ella, eufórica, aplaudiendo—.
Ahora «Zé apeta el lazo».

Aparcó en el garaje de la facultad, aún semidesierta a las
nueve y media de la mañana. Cogió el ascensor hasta la sexta
planta, fue a revisar la correspondencia al despacho y a buscar
las llaves a la secretaría, bajó por las escaleras hasta el tercero,
pasando por entre las estudiantes que se aglomeraban en el
vestíbulo y parloteaban ruidosamente entre sí. Su presencia
suscitaba susurros excitados entre las chicas, a quienes Tomás
les parecía un galán, un hombre alto y atractivo, de treinta y
cinco años y ojos verdes chispeantes; eran esos ojos la herencia
más notoria de su hermosa bisabuela francesa. Abrió la puerta
de la sala T9, tuvo que pulsar una serie de interruptores para
que se encendieran todas las luces y puso la cartera sobre la
mesa.

Los alumnos entraron en tropel, en medio de un murmullo
matinal, desparramándose por la pequeña sala en grupos, más
o menos todos en los lugares habituales y junto a los compañeros de costumbre. El profesor sacó los apuntes de la carpeta
y se sentó; provocó un compás de espera, aguardando a que los
estudiantes se instalasen y a que entraran los más rezagados.
Estudió aquellos rostros que conocía hacía apenas poco más de
dos meses, tiempo que había transcurrido desde el comienzo
del curso lectivo. Sus alumnos eran casi todos chicas, unas aún
soñolientas, algunas bien arregladas, la mayoría algo desaliñadas, más en la onda intelectual, preferían pasar el tiempo que-
mándose las pestañas que pintándolas. Tomás ya había aprendido a hacer su retrato ideológico. Las desaliñadas tendían a ser
de izquierdas, privilegiaban la sustancia y despreciaban la forma; las más cuidadas eran generalmente de derechas, católicas
y discretas; las amantes de los placeres de la vida, maquilladas
y perfumadas, no querían saber nada de política ni de religión,
su ideología era encontrar a un muchacho prometedor como
marido. El murmullo se prolongó, pero los rezagados se hicieron raros, aparecían ya con cuentagotas.

Tras considerar que ya estaban dadas, por fin, las condiciones adecuadas para comenzar la clase, Tomás se levantó de la mesa y se enfrentó a los alumnos.

—Muy buenos días.

—Buenos días —respondieron los estudiantes en un rumor desordenado.

El profesor dio unos pasos frente a los primeros pupitres.

—En las clases anteriores, como bien recordaréis, hablamos sobre la aparición de la escritura en Sumeria, especialmente en Ur y Uruk. Estudiamos las inscripciones cuneiformes de una tablilla de Uruk y leímos el texto de ficción más antiguo que se conoce, la *Epopeya del Gilgamesh*.

Entraron algunos alumnos más en la sala.

—Vimos también una estela del rey Marduk y analizamos los símbolos de Acadia, de Asiria y de Babilonia. Hablamos después sobre los egipcios y los jeroglíficos, leyendo fragmentos del *Libro de los muertos,* las inscripciones en el templo de Karnak y una serie de papiros —dijo e hizo una pausa para acabar con el resumen de la materia ya impartida—. Hoy, y para concluir la parte referida a Egipto, vamos a ver de qué modo se descifraron los jeroglíficos. —Se detuvo y miró a su alrededor—. ¿Alguien tiene alguna idea al respecto?

Los estudiantes sonrieron, habituados a la forma taimada en que el profesor los invitaba a participar en la clase.

—Fue la piedra de Rosetta —dijo una alumna, esforzándose por mantenerse seria.

La importancia de la piedra de Rosetta en el desciframiento de los jeroglíficos era algo obvio.

—Sí —asintió Tomás con un gesto no muy convencido, lo que sorprendió a los alumnos—. La piedra de Rosetta desempeñó, sin duda, su papel, pero no puede decirse que haya sido el único factor. Ni siquiera, acaso, el más importante.

Se multiplicaron los semblantes intrigados en el aula. La alumna que había respondido a la pregunta se mantuvo en silencio, disgustada por no haber salido tan bien parada como suponía con su respuesta. Otros chicos se agitaron en los bancos.

—¿Por qué, profesor? —intervino una estudiante sentada a la izquierda, una gordita baja y con gafas, habitualmente de las más atentas y participativas. Tenía una actitud obsequiosa, debía de ser católica—. ¿No fue, pues, la piedra de Rosetta la que proporcionó la clave del significado de los jeroglíficos?

Tomás sonrió. Reducir la importancia de la piedra de Rosetta, implícito en su tono, había producido el efecto que deseaba. Había despertado a la clase.

—Sí, de algo sirvió. Pero hubo muchos otros factores. —Una nueva alumna entró en la sala y el profesor la observó de refilón, distraídamente—. Como ya sabéis, durante siglos… —vaciló, centrando su atención en la recién llegada—. Pues…, durante siglos… los jeroglíficos… —Era una chica a la que nunca había visto—. Los jeroglíficos constituyeron…, pues…, constituyeron un gran misterio. —La chica desconocida fue a sentarse en la última fila, aislada de todos, que la observaban atentamente—. Los…, pues…, jeroglíficos más antiguos… —Tenía un pelo rubio, con bucles, brillante y vivo, y un cuerpo voluptuoso—. Los primeros jeroglíficos, pues, se remontan a… pues… tres mil años antes de Cristo. —Tomás hizo un esfuerzo por concentrarse en la materia y se impuso desviar la mirada de la chica, se dio cuenta de que no era nada bueno seguir así pasmado y titubeante de tanto observarla—. Los…, pues…, jeroglíficos siguieron casi inalterados durante más de tres mil años, hasta que, a finales del siglo IV d.C., dejaron de usarse. Su uso y su lectura se perdieron súbitamente, en el lapso de tiempo de sólo una generación. ¿Y sabéis por qué?

La clase guardó silencio. Nadie lo sabía.

—¿Los egipcios se quedaron amnésicos? —bromeó un alumno, uno de los pocos chicos que integraban ese curso.

Risitas en la sala, a las chicas les parecía gracioso.

—Por culpa de la Iglesia cristiana —explicó el profesor con una sonrisa forzada—. Los cristianos prohibieron a los egipcios usar los jeroglíficos. Querían romper con su pasado pagano, querían obligarlos a olvidar a Isis, Osiris, Anubis, Horus y a toda aquella inmensa cohorte de dioses. La ruptura fue tan radical que desapareció, lisa y llanamente, el conocimiento de la antigua escritura. —El profesor hizo un gesto rápido y suspiró—. De un momento a otro, ni una sola persona llegó a ser capaz de entender lo que querían decir los jeroglíficos. La vieja escritura egipcia pasó a la historia en un abrir y cerrar de ojos.

—Tomás se atrevió, ahora que había transcurrido por lo menos un minuto, a lanzar una mirada fugaz a la recién llegada—. El interés por los jeroglíficos se mantuvo en un segundo plano y sólo se reavivó a finales del siglo XVI, cuando, por influencia de un libro misterioso, titulado *Hypnerotomachia Poliphili*, de Francesco Colonna, el papa Sixto V mandó colocar obeliscos egipcios en las esquinas de las nuevas avenidas de Roma. —A Tomás le pareció una diosa, aunque de un tipo diferente, sin duda, al de Isis—. Los eruditos comenzaron a intentar descifrar aquella escritura, pero no entendían nada, creían estar frente a semagramas, caracteres que representaban ideas completas. —Ella era más del estilo de las divinidades nórdicas—. Cuando Napoleón invadió Egipto, mandó ir tras de sí a un equipo de historiadores y científicos con la misión de cartografiar, registrar y medir todo lo que encontrasen. —Una especie de cortesana para animar los festines de Thor y Odín—. Ese equipo llegó a Egipto en 1798 y, al año siguiente, fue requerido por los soldados instalados en Fort Julien, en el delta del Nilo, para ver algo que habían encontrado en la ciudad de Rosetta; en las proximidades, concretamente. —La rubia tenía ojos de un azul turquesa cristalino, la piel de un blanco lácteo, e irradiaba una belleza despampanante, de esa especie de belleza que aprecian especialmente los hombres y desprecian las mujeres—. Los soldados habían recibido la misión de demoler una pared, con el fin de abrir un camino hacia el fuerte que ocupaban, cuando descubrieron, metida en la pared, una piedra con tres tipos de inscripciones. —Tomás llegó a la conclusión de que se trataba de una extranjera, eran raras en Portugal aquellas rubias tan pálidas—. Los científicos franceses miraron la piedra, identificaron caracteres griegos, demóticos y jeroglíficos, concluyeron que se trataba del mismo texto en las tres lenguas y se dieron cuenta inmediatamente de la importancia del descubrimiento. —¿Sería alemana?—. El problema es que las tropas británicas avanzaron sobre Egipto y derrotaron a las francesas, y la piedra, que supuestamente sería enviada a París, acabó siendo remitida al Museo Británico, en Londres. —Podía ser italiana o francesa, pero Tomás apostaba por un país nórdico—. La traducción del griego reveló que la piedra contenía un decreto de

23

la asamblea de los sacerdotes egipcios, que registraba los beneficios que el faraón Ptolomeo había concedido al pueblo de Egipto y los honores que, a cambio, rindieron los sacerdotes al faraón. —Tal vez era holandesa o inglesa, pero Tomás intuía que había venido de Alemania, no del estilo alemana-yegua ni alemana-vaca, sino más bien alemana-modelo, alta y resplandeciente, una verdadera portada de revista—. Por tanto, los científicos ingleses concluyeron que si las otras dos inscripciones contenían el mismo edicto, entonces no sería difícil descifrar los textos demótico y jeroglífico.

—¡Ah! —exclamó la alumna gordita con gafas, la misma listilla que antes había interrogado al profesor—. Pero en el fondo fue la piedra de Rosetta la que proporcionó la clave para descifrar los jeroglíficos…

—Calma —solicitó Tomás, alzando la mano derecha—. Calma —repitió e hizo una pausa dramática—. La piedra de Rosetta tenía tres problemas. —Alzó el pulgar—. En primer lugar, estaba dañada. El texto griego se mantenía relativamente intacto, pero faltaban partes importantes del demótico y, sobre todo, del jeroglífico. Habían desaparecido la mitad de las líneas del jeroglífico y las restantes catorce líneas estaban deterioradas. —Alzó el índice—. Otro problema era que los dos textos sin descifrar estaban escritos en egipcio, una lengua que, supuestamente, no se hablaba desde hacía, por lo menos, ocho siglos. Los científicos lograban entender cuáles eran los jeroglíficos correspondientes a determinadas palabras griegas, pero desconocían su sonido. —Alzó el tercer dedo—. Finalmente, se añadía el problema de que, entre los eruditos, estaba muy arraigada la idea de que los jeroglíficos eran semagramas, cada símbolo contenía ideas completas, y no fonogramas, en los que un símbolo representa un sonido, tal como ocurre en nuestro alfabeto fonético.

—Entonces ¿cómo descifraron los jeroglíficos?

—La primera brecha en el misterio de los jeroglíficos se abrió gracias a un genio inglés llamado Thomas Young, un hombre que, a los catorce años, ya había estudiado griego, latín, italiano, hebreo, caldeo, siríaco, persa, árabe, etíope, turco y… eh… y… déjenme que consulte…

—¿Chinamarqués? —arriesgó el bromista de la clase.

Carcajada general.

—Samaritano —se acordó Tomás.

—Ah, si sabía samaritano, era un buen muchacho —insistió el bromista, entusiasmado por el éxito de sus ocurrencias—. Un buen samaritano.

Nuevas carcajadas.

—Vale ya, basta —dijo el profesor, que comenzaba a hartarse de las bromas. Tomás sabía que todas las clases tenían su payaso, y éste, por lo visto, era el payaso visible de aquel grupo—. Bien, Young se llevó para las vacaciones de verano, en 1814, una copia de las tres inscripciones de la piedra de Rosetta. Se puso a estudiarlas a fondo y hubo algo que le llamó la atención. Se trataba de un conjunto de jeroglíficos rodeados de una cartela, una especie de anillo. Supuso que la función de la cartela era subrayar algo de gran importancia. Claro que, por el texto en griego, sabía que en ese segmento se hablaba del faraón Ptolomeo, por lo que ató cabos y concluyó que la cartela señalaba el nombre de Ptolomeo como una forma de enaltecer al faraón. Fue en ese momento cuando dio un paso revolucionario. En vez de partir del principio de que aquélla era una escritura exclusivamente ideográfica, admitió la hipótesis de que la palabra estaba transcrita fonéticamente y se puso a hacer conjeturas sobre el sonido de cada jeroglífico dentro de la cartela.

—El profesor se acercó a la pizarra y dibujó un cuadrado □—. Partiendo del principio de que allí estaba señalado el nombre de Ptolomeo, supuso que este símbolo, el primero de la cartela, correspondía al primer sonido del nombre del faraón: «p» —dijo y dibujó al lado la mitad de un círculo con la base vuelta hacia abajo ◠—. Después admitió que este símbolo, el segundo de la cartela, era una «t». —Dibujó a continuación un león echado de perfil ⬩—. Este leoncito, pensó, representaba una «l». —Nuevo símbolo esbozado en la pizarra blanca, esta vez dos líneas horizontales paralelas unidas a la izquierda ⊂—. En este caso, creyó haber descifrado una «m». —Ahora dos cuchillos paralelos en posición vertical ⵊ—. Estos cuchillos serían una «i». —Finalmente, un gancho también vertical ⎗—. Y este símbolo equivale a «os».

Tomás hizo una pausa, giró la cabeza y miró a la clase.

—¿Lo veis? —Señaló los dibujos bosquejados en la pizarra y los deletreó, acompañándolos con el índice—. «P, t, l, m, i, os.» Ptlmios. Ptolomeo.

Volvió a encarar a los alumnos y sonrió al descubrir la expresión fascinada de aquellos rostros frescos. Se alejó de la pizarra y se acercó a la primera fila.

—Y en eso acabó, queridos míos, el papel de la piedra de Rosetta. —Esperó a que la idea se asentase—. Fue un primer paso muy importante, es verdad, pero aún faltaba hacer muchas cosas. Tras completar la primera lectura de un jeroglífico, Thomas Young se dedicó a buscar confirmaciones. Descubrió otra cartela en el templo de Karnak, en Tebas, y dedujo que se trataba del nombre de una reina ptolemaica, Berenika. También en este caso acertó en el desciframiento de los sonidos. El problema fue que Young consideró que estas transcripciones fonéticas sólo se aplicaban a nombres extranjeros, como era el caso de la dinastía ptolemaica, descendiente de un general de Alejandro Magno y, en consecuencia, extranjera, y no llevó esta línea de pensamiento hasta las últimas consecuencias. Como resultado, el código no llegó a revelarse del todo, sólo se había esbozado.

—No entiendo —interrumpió la gordita con gafas—. ¿Por qué razón no fue más lejos? ¿Qué lo llevó a concluir que sólo los nombres extranjeros estaban redactados fonéticamente?

El profesor vaciló, considerando un momento cómo podría explicar mejor la idea.

—Mirad, es como el chino —dijo finalmente—. ¿Alguien sabe chino?

La clase se rio por la pregunta.

—Muy bien, ya he visto que nadie entiende chino, vaya uno a saber por qué. No importa. El chino, como todo el mundo sabe, tiene una escritura ideográfica en la que cada símbolo representa una idea, no un sonido. El problema de este tipo de escritura es que se impone inventar símbolos cada vez que aparece una palabra nueva. Mientras que a nosotros, frente a palabras nuevas, nos basta con reordenar los símbolos ya existentes para reproducir esas palabras, los chinos se enfrentan a la necesidad de tener que inventar siempre nuevos símbolos, lo que, en última instancia, significa que acabarán con miles y miles de símbolos, tornándose imposible memorizarlos todos. Ante este problema, ¿qué hicieron ellos?

—Tomaron pastillas para la memoria... —sugirió el bromista.

—Fonetizaron su escritura —replicó el profesor, sin hacer caso de la chanza—. O, mejor dicho, los viejos símbolos ideográficos se mantuvieron, pero, ante palabras nuevas, y para no tener que estar siempre inventando nuevos símbolos, utilizaron fonéticamente los símbolos ya existentes. Por ejemplo, la palabra Mozambique. En chino cantonés, el número tres se dice «zam» y se escribe con tres tracitos horizontales. —Tomás fue a la pizarra y marcó tres trazos cortos por debajo de los jeroglíficos ya esbozados—. Cuando tuvieron que escribir la palabra Mozambique, fueron en pos del símbolo del tres, «zam», y lo colocaron como segunda sílaba de la palabra Mo*zam*bique. ¿Habéis entendido? —Miró a su alrededor y comprobó que la idea estaba asimilada—. Pues justamente eso fue lo que, según Young, había ocurrido con los egipcios. Al igual que los chinos, ellos tenían una escritura de tipo ideográfico, pero, frente a palabras nuevas, como Ptolomeo, en vez de inventar nuevos símbolos, optaron por usar fonéticamente los ya existentes. En cuanto a las otras palabras, Young creía que se trataba realmente de semagramas, por lo que no intentó siquiera deducir sus sonidos.

—¿Y no hubo nadie que lo hiciese? —preguntó la gordita con gafas.

—Sí, claro —asintió el profesor—. Apareció en ese momento el francés Jean-François Champollion. Se trataba de un talentoso lingüista, también él conocía una serie de lenguas...

—¿Era buen samaritano?

El bromista atacaba de nuevo.

—No, pero se dedicó a estudiar varios idiomas, entre ellos el sánscrito, el avéstico, el copto y el pahlevi o persa medio, además de los habituales, con el único objetivo de prepararse para examinar un día los jeroglíficos.

Tomás volvió a mirar a la rubia sentada en el fondo de la sala y se interrogó sobre qué estaría haciendo allí. ¿Sería una alumna? ¿Sería realmente extranjera? Y, de ser una alumna extranjera, ¿entendería lo que él estaba diciendo? La verdad es que la rubia parecía atenta y el profesor se propuso dar una clase que ella no olvidara. Ha de salir de aquí capaz de leer jeroglíficos, decidió Tomás.

—En fin, Champollion aplicó el abordaje de Young a otras cartelas, especialmente de Ptolomeo y Cleopatra, siempre con buenos resultados. Descifró también una referencia a Alejandro. El problema es que todos éstos eran nombres de origen extranjero, lo que sirvió para cimentar la convicción de que la lectura fonética sólo se aplicaba a palabras no pertenecientes al léxico tradicional egipcio. Pero todo cambió en septiembre de 1822. —Tomás hizo una pausa para subrayar la revelación dramática que se disponía a hacer—: Fue en ese momento cuando Champollion tuvo acceso a relieves del templo de Abu Simbel con cartelas anteriores al periodo de dominación grecorromano, lo que significaba que ninguno de los nombres que allí había podían ser de origen extranjero. —Observando a los alumnos, se dio cuenta de que debía aclarar más las implicaciones de esa situación—. El desafío para Champollion era ahora muy sencillo. Si era capaz de descifrar algunos de estos jeroglíficos anteriores a la influencia extranjera, probaría que la antigua escritura egipcia no se basaba en semagramas, como siempre se había pensado, sino más bien en símbolos fonéticos. Y, de ser así, se desvelaría el secreto encerrado tras aquella escritura misteriosa y se revelaría la cifra de ese código.

»El problema, sin embargo, se mantenía inalterado: aun siendo símbolos fonéticos, lo que estaba pendiente de probarse en lo que respecta a las palabras más antiguas, ¿cómo podría leer los jeroglíficos si desconocía los sonidos correspondientes a estos sonidos? —Dejó la pregunta flotando en el aire, con el fin de subrayar la inmensidad de la tarea que tenía por delante el lingüista francés—. Nuestro amigo era, no obstante, un hombre ingenioso y se puso a analizar con cuidado el texto que se encontraba en los relieves. Después de examinar todos los jeroglíficos, decidió concentrarse sobre todo en una cartela en particular. —Tomás se acercó a la pizarra y dibujó cuatro jeroglíficos dentro de una cartela ⬭ —. Los dos primeros jeroglíficos dentro de esta cartela eran desconocidos, pero los dos últimos podían encontrarse en otras dos cartelas con las que ya se había enfrentado Champollion: la de Ptlmios y la de Alksentr, o Alejandro. —Señaló el último jeroglífico—. En esas cartelas, este símbolo correspondía a la «s». Por tanto, Champollion partió del principio de que estaban descifrados los dos últimos sonidos de la cartela de Abu Simbel. —Escribió en la pizarra los sonidos correspondientes del abecedario latino, dejando entre signos de interrogación los dos primeros jeroglíficos. La superficie blanca exhibió un enigmático: «¿-¿-s-s». Tomás volvió el rostro hacia la clase, señalando con el dedo los dos signos de interrogación—. Faltan los dos primeros jeroglíficos. ¿Qué serían? ¿A qué sonidos correspondían? —Señaló ahora el primer jeroglífico de la cartela—. Mirando con atención este jeroglífico redondo, con un punto en el medio, Champollion afirmó que era semejante al sol. Partiendo de esta hipótesis, se puso a imaginar el sonido correspondiente. Se acordó de que, en la lengua copta, sol se dice «ra» y decidió colocar «ra» en el lugar del primer signo de interrogación.

Tomás borró el primer signo de interrogación y en su lugar escribió «ra», así que la pizarra registraba ahora el conjunto «ra-¿-s-s».

¿Y ahora? ¿Cómo llenar el segundo signo de interrogación? Champollion, después de meditar sobre el asunto, llegó a una conclusión muy sencilla. Fuera cual fuese la palabra ahí escrita, el hecho de que se encontrase inserta en una cartela era un fuerte indicio de que tenía frente a sí el nombre de un faraón. Ahora bien: ¿qué faraón poseía un nombre comenzado por «ra» y acabado en dos eses? —La pregunta quedó flotando sobre el auditorio silencioso—. Fue en ese momento cuando se le ocurrió otra idea, una idea audaz, extraordinaria, decisiva: ¿Por qué no una «m»?

Tomás se volvió hacia la pizarra, borró el signo de interrogación y trazó una «m» en su lugar. Los alumnos vieron aparecer frente a ellos la trascripción «ra-m-ss». Tomás esbozó una sonrisa triunfal, con la mirada brillante y orgullosa de quien había desvelado el código de los jeroglíficos.

—Ramsés.

Y

El aula estalló en un clamor de voces cuando el profesor dio la clase por terminada. Arrastraban sillas, ordenaban cuadernos, algunos alumnos conversaban o se precipitaban hacia la puerta; como era habitual, unos fueron hacia el profesor en busca de aclaraciones adicionales.

—Dígame, profesor —preguntó una flacucha con chaqueta marrón—: ¿dónde se puede leer el *Précis du système hiéroglphique*?

Era el libro publicado por Champollion en 1824, la obra donde finalmente se desveló el misterio de los jeroglíficos. En ese texto, el lingüista francés reveló que la lengua de los jeroglíficos era la copta y que la antigua escritura egipcia no era ideográfica sino fonética; más importante aún: Champollion descifró el significado de los símbolos.

—Hay dos posibilidades —explicó Tomás mientras ordenaba los papeles—: o encargarlo por Internet o buscarlo en la Biblioteca Nacional.

—¿No está a la venta en Portugal?

—Que yo sepa, no.

La alumna dio las gracias, y cedió el lugar a una segunda muchacha, que parecía tener mucha prisa. Vestía una falda gris y una chaqueta del mismo color, como si fuese una ejecutiva.

—Oiga, profesor, yo trabajo y estudio y no he podido venir a las clases anteriores. ¿Ya está fijado el día del examen?

—Sí, será en la última clase.

—¿Y en qué día cae?

—Mire, no lo sé de memoria. Compruébelo en un calendario.

—¿Y cómo será el examen?

El profesor la miró, sin entender.

—¿A qué se refiere?

—¿Será con preguntas sobre las escrituras antiguas?

—Ah, no. Será un examen práctico. —Tomás volvió a ordenar las cosas en la cartera mientras hablaba—. Tendrán que analizar documentos y descifrar textos antiguos.

—¿Jeroglíficos?

—También, pero no solamente. Podrán cotejarse con tablillas cuneiformes sumerias, con inscripciones griegas, con textos hebreos y arameos o con documentos mucho más sencillos, como manuscritos medievales y del siglo XVI.

La muchacha se quedó boquiabierta, horrorizada.

—¡Ah! —exclamó, con expresión de asombro—. ¿Habrá que descifrar todo eso?

—No —contestó el profesor con una sonrisa—. Sólo algunas cosas…

—Pero yo no sé esas lenguas… —murmuró conmovida, con un tono lastimoso de queja.

Tomás la miró.

—Por eso usted está en este curso, ¿no? —Alzó las cejas para subrayar sus palabras—. Para aprender.

El profesor reparó en que la belleza rubia, mientras tanto, se había unido al grupo y esperaba su turno. Un temblor de excitación recorrió su cuerpo ante la expectativa de conocerla. Pero la muchacha que lo interrogaba no se apartó, lo que lo irritó levemente; en lugar de eso, le extendió un papel.

—Es para que usted lo firme —dijo, como si estuviese castigándolo por los trabajos a que la iba a someter.

Tomás observó el papel con expresión interrogante.

—¿Qué es esto?

—Es el documento que tengo que entregar en mi trabajo, confirmando que tuve que faltar para venir a clase. ¿Me lo puede firmar?

El profesor garabateó su nombre y la alumna se alejó. Tenía enfrente aún a dos alumnas, una chica de pelo negro rizado y la bomba rubia; optó por la morena, así le quedaría después más tiempo disponible para la otra.

—Dígame, profesor: ¿cómo nos damos cuenta de cuándo recurrían los escribas egipcios al principio del rebus o laberinto?

El rebus era un sistema de palabras largas descompuestas en sus componentes fonéticos, y transformadas en imágenes con sonidos semejantes a las partes descompuestas. Por ejemplo, la palabra «tesón» puede dividirse en dos partes: «te-son». En vez de escribir esta palabra según el alfabeto fonético, es po-

31

sible representarla con la letra «t» y el dibujo de una nota musical que aluda al sonido. Quedaría, pues, así: «t-son».

—Depende del contexto —respondió Tomás—. Los escribas egipcios tenían algunas reglas flexibles. Por ejemplo, unas veces usaban vocales y otras las suprimían. En algunos casos, cambiaban el orden de los jeroglíficos por razones puramente estéticas. Y, en ocasiones, recurrían al rebus para contraer palabras o para obtener dobles sentidos.

—¿Es el caso de Ramsés?

—Sí —asintió—. Champollion se encontró con un rebus justamente en el primer jeroglífico que descifró en Abu Simbel. «Ra» no era sólo una letra, sino que también, en el contexto de aquel jeroglífico, se convirtió también en una palabra. Al utilizarla de aquel modo, el escriba comparó a Ramsés con el Sol, lo que no está exento de sentido, dado que los faraones eran tratados casi como divinidades.

—Gracias, profesor.

—Hasta la semana que viene.

Llegó el turno de la rubia fatal. Tomás experimentó un placer inmenso por poder, al fin, mirarla de frente, por poder observarla sin disimulo; se sintió deslumbrado por el brillo que irradiaba, pero no se dejó intimidar; sonrió y ella le correspondió.

—Hola —dijo él.

—Buenos días, profesor —dijo la muchacha, en un portugués correcto pero con un acento exótico—. Soy una alumna nueva.

El profesor sonrió.

—Ya me había dado cuenta. ¿Cómo se llama?

—Lena Lindholm.

—¿Lena? —dijo con una expresión exageradamente admirativa, como si sólo en ese momento hubiese notado algo diferente en ella—. En portugués es el diminutivo de Helena…

Ella soltó una carcajada discreta.

—Sí, pero yo soy sueca.

Tomás se quedó boquiabierto.

—¡Aaaahh! —exclamó—. Vaya… —vaciló buscando palabras escondidas en su memoria—; a ver si recuerdo… *hej, trevligt att träffas!*

Los ojos de Lena estaban desorbitados.

—¿Cómo? —repuso con una actitud agradablemente sorprendida—. *Talar du svenska?*

Tomás meneó la cabeza.

—*Jag talar inte svenska* —dijo con una sonrisa—. He agotado casi todo lo que sé de sueco —añadió y se encogió de hombros, como quien pide disculpas—. *Förlat.*

Ella lo miró con admiración.

—No está mal, no está mal. Necesita mejorar sólo un poco el acento, tiene que ser más cantado, si no parece danés. ¿Dónde aprendió sueco?

—Cuando era estudiante, cogí el Inter-Rail y pasé cuatro días en Malmö. Como soy curioso y tengo facilidad para las lenguas, capté algunas cosas. Por ejemplo, sé preguntar *var är toaletten?* —Ella no pudo contener su risa—. *Hur mycket kostar det?* —Nueva carcajada—. *Äppelkaka med vaniljsäs.*

Esta última frase la hizo suspirar.

—Ay, profesor, no me haga recordar la *äppelkaka*…

—¿Por qué?

Ella pasó la lengua por sus labios carnosos y rosados, con un gesto que a Tomás le resultó tentadoramente erótico.

—¡Es una delicia! Cómo la echo de menos…

El profesor sonrió, intentando ocultar la impresión que la chica le producía.

—Disculpe, pero no he visto a nadie llamar *kaka* a un postre.

—Se llama *kaka*, es verdad, pero sabe a manzana muy dulce. —Cerró los párpados bien dibujados y volvió a relamerse—. Humm, *utmärkt!* ¡Una maravilla!

Tomás se imaginó atrayéndola hacia sí, besándola, explorando aquellos labios aterciopelados, pasando delicadamente sus manos sobre aquel cuerpo cálido y vibrante, y tuvo que hacer un esfuerzo para apartar de su mente el apetito sexual que le despertaba. Carraspeó para aclarar la garganta.

—Dígame… ¿cómo era que se llamaba?

—Lena.

—Dígame, Helena…

—Lena…

—Ah, Lena. —Vaciló, inseguro sobre cómo había pronunciado el nombre, pero ella, esta vez, no lo corrigió, por lo que supuso que lo había dicho bien—. Dígame, Lena: ¿dónde aprendió a hablar portugués tan bien?

—En Angola.

—¿Angola?

La sueca sonrió, exhibiendo una hilera perfecta de dientes brillantes.

—Mi padre fue embajador en Angola y yo viví ahí cinco años.

Tomás acabó de ordenar todo en la cartera y se incorporó.

—Ah, muy bien. ¿Y le gustó?

—Mucho. Teníamos una casa en Miramar y pasábamos los fines de semana en Mussolo. Era una vida de ensueño.

—¿En qué parte de Angola queda?

Ella lo miró sorprendida, como si le pareciese extraño que hubiera portugueses a quienes no les resultaban familiares esos nombres.

—Bien…, en Luanda, claro. Miramar era nuestro barrio, con vistas a la avenida de circunvalación, el fuerte y la isla. Y Mussolo es una isla paradisíaca al sur de Luanda. ¿Nunca ha estado allí?

—No, no conozco Angola.

—Es una lástima.

El profesor se dirigió a la puerta, haciéndole una señal a la alumna para que lo acompañase. Lena se acercó y Tomás comprobó que la sueca era casi de su altura; calculó que debía de medir un metro ochenta, sólo unos tres centímetros menos que él. El suave jersey azul que vestía combinaba perfectamente con sus ojos del mismo color y los cabellos rubios que caían ondulados en sus hombros, a lo Nicole Kidman, e insinuaba unos senos atrevidos y generosos, con un volumen que acentuaba aún más la cintura estrecha. Tomás tuvo que hacer un esfuerzo para no fijar la vista en aquel pecho abundante y tentador y se impuso volver la cara.

—Cuénteme, pues, por qué ha decidido venir a mis clases —dijo el profesor, deteniéndose para dejarla pasar primero por la puerta del aula.

Tomás, casi sin querer, observó con lascivia el culo de la

sueca; era macizo y regordete, las nalgas carnosas llenaban muy bien los vaqueros azul claro; sin conseguir dominarse, la imaginó sin pantalones, imaginó su piel pálida y suave ancha en las caderas y estrecha en la cintura, asomó en su fantasía el surco entre las nalgas y las espaldas desnudas, con la curva de los senos adivinándose desde atrás.

—¿Cómo? —titubeó, tragando saliva.

—Estoy aquí por el proyecto Erasmus —repitió Lena, volviendo el rostro para mirarlo de frente.

Entraron en el vestíbulo central y comenzaron a subir las escaleras.

—¿Cómo?... ¿El proyecto Erasmus?

—Sí, el Erasmus. Supongo que lo conoce, ¿no?

Tomás meneó la cabeza, en un nuevo esfuerzo por ahuyentar los demonios del sexo que, al parecer, se habían vuelto dueños y señores de su voluntad. Se impuso a sí mismo alzar los ojos de la tentación diabólica que era aquel cuerpo sensual y concentrarse en el diálogo.

—Ah, claro. El..., el proyecto Erasmus. Pues sí..., el Erasmus —vaciló, asimilando finalmente el sentido de lo que ella le decía—. ¡Ah! Así que ha venido por el Erasmus.

La sueca esbozó una sonrisa forzada, intrigada por el titubeo del profesor.

—Claro, eso es lo que le estoy diciendo. Estoy aquí por el Erasmus.

Tomás comprendió las circunstancias que rodeaban la presencia de aquella alumna. El Erasmus era un proyecto europeo lanzado en 1987 en el dominio de la enseñanza superior, gracias al cual las universidades de la Unión Europea intercambiaban alumnos durante un año lectivo como máximo. Cuatro años antes, en 1995, el Erasmus se integró en un programa educativo europeo más vasto, llamado Sócrates. La mayoría de los estudiantes extranjeros que llegaban al Departamento de Historia de la Universidad de Nova de Lisboa eran españoles, lo que se comprende debido a la lengua, pero Tomás se acordaba de haber tenido a un alumno alemán, de la Universidad de Heidelberg.

—¿De qué universidad viene?

35

—De la de Estocolmo.

—¿Está cursando historia?

—Sí.

Subieron tres pisos casi sin darse cuenta, hasta que llegaron al vestíbulo central de la sexta planta; giraron a la izquierda y entraron en la zona de los despachos; Tomás recorrió el pasillo del Departamento de Historia, siempre con la sueca al lado, y buscó en el bolsillo la llave de su despacho.

—¿Y por qué eligió venir a Portugal?

—Por dos razones —dijo Lena—. Por un lado, por la lengua. Hablo y leo con fluidez el portugués, por lo que no me resultaría difícil seguir las clases. La escritura ya me resulta más complicada...

El profesor se mantuvo inmóvil junto a la puerta del despacho y extendió la llave en dirección a la cerradura.

—Si tiene dificultades con el portugués, puede perfectamente escribir en inglés, no hay problema. —La llave entró en la ranura—. ¿Y la segunda razón?

La sueca se detuvo detrás de él.

—Estoy pensando en escribir mi tesis de licenciatura sobre los descubrimientos derivados de las grandes navegaciones. Tengo, por un lado, las navegaciones de los vikingos y me gustaría establecer similitudes con los descubrimientos portugueses.

La puerta se abrió y, con un gesto amable, Tomás la invitó a entrar. El despacho se veía desordenado, con montones de folios de exámenes sin corregir y fotocopias desparramadas en las mesas y hasta en el suelo. Se sentaron junto a la ventana y admiraron el paisaje sereno que ofrecía el recinto del hospital Curry Cabral, abajo, pegado a la facultad; los pabellones bajos de las enfermerías, con sus tejados color ladrillo, destacaban entre los árboles desnudos, las copas despojadas por el invierno; hombres con albornoz circulaban con lentitud, sin destino, al parecer eran los pacientes; otros, con bata blanca, médicos sin duda, se daban prisa entrando y saliendo de los pabellones. Uno de ellos abandonó un coche que acababa de estacionar, otro se había detenido bajo un vigoroso roble y consultaba el reloj.

—Los descubrimientos portugueses son un tema muy amplio —comentó Tomás, alzando la cara hacia el sol de invierno que, por una brecha entre las nubes, se expandía por la ventana—. ¿Tiene idea del trabajo en el que se va a meter?

—Cada pececito tiene la esperanza de llegar a ser una ballena.

—¿Cómo?

—Es un refrán sueco. Quiero decir que no me faltan ganas de trabajar.

—No lo dudo, pero es importante delimitar su campo de investigación. ¿Qué periodo piensa estudiar, exactamente?

—Quiero ver todo lo que ocurrió hasta el viaje de Vasco da Gama.

—Por tanto, ¿sólo le interesa estudiar hasta el año 1498?

—Sí —repuso ella con entusiasmo—. Gil Eanes, Gonçalves Baldaia, Nuno Tristão, Diogo Cão, Nicolau Coelho, Gonçalves Zarco, Bartolomeu Dias…

—¡Vaya! —exclamó el profesor haciendo una mueca con la boca—. Los conoce a todos.

—Claro. Llevo un año estudiando el tema y preparándome para venir aquí. —Desorbitó los ojos—. ¿Cree, profesor, que será posible consultar los originales de los cronistas que relataron todo?

—¿Quiénes? ¿Zurara y compañía?

—Sí.

Tomás suspiró.

—Va a ser difícil.

—¡Oh! —exclamó Lena contrariada.

—Ocurre que los textos originales son joyas, reliquias frágiles que las bibliotecas guardan con cuidado y mucho celo. —Adoptó una actitud pensativa—. Pero puede consultar facsímiles y copias, prácticamente es lo mismo.

—¡Ah, pero qué bien estaría consultar los originales! —Lo miró fijamente con sus ojos azules y adoptó una expresión de súplica—. ¿Y usted no me podría ayudar? —Hizo pucheros—. Por favor…

Tomás se agitó en la silla.

—Bien, supongo que se puede intentar…

37

—*Tack* —exclamó ella, abriéndose en una encantadora sonrisa agradecida—. *Tack.*

El profesor intuyó vagamente que lo estaba manipulando, pero se sentía tan maravillado que no le importó, era un placer cumplir con los deseos de la voluntad de aquella divina criatura.

—Pero ¿usted es capaz de leer el portugués del siglo XVI?

—El ladrón encuentra el cáliz antes que el sacristán.

—¿Qué?

La muchacha sonrió ante la expresión atónita de Tomás.

—Es otro refrán sueco. Quiere decir que siempre conseguimos aquello que nos interesa.

—No lo dudo, pero mantengo la pregunta —insistió él—. ¿Es usted capaz de leer el portugués que se escribía en aquella época, con aquella grafía complicada?

—No.

—Entonces ¿de qué le sirve tener acceso a los textos?

Lena sonrió con malicia, con actitud traviesa, sonrió con la seguridad de quien se sabe irresistible.

—Estoy segura de que usted, profesor, me echará una mano.

La tarde se agotó en una reunión de la comisión científica del Departamento de Historia, ocupada con las habituales intrigas, maniobras de política interna, interminables temas del orden del día y dramáticas dudas sobre oscuras comas del acta de la reunión anterior, además de los asuntos corrientes, como los análisis de expedientes de convalidación de asignaturas y formación de jurados para tres másteres y un doctorado.

Cuando llegó a casa, ya de noche, Constança y Margarida ya iban por la mitad de la cena, unas hamburguesas fritas con espaguetis cubiertos de kétchup, el plato favorito de la pequeña. Tomás colgó la chaqueta, besó a las dos y se sentó a la mesa.

—¿Otra vez hamburguesas con espaguetis? —preguntó en tono quejumbroso.

—¿Y qué quieres? Le encanta ese plato…

—¡Los espaguetis son buenos! —se regocijó Margarida, chupando ruidosamente los hilos de pasta—. «Schlurp.»

Tomás se sirvió.

—Vale, pues —dijo resignado, mientras echaba espaguetis en su plato; miró a su hija y le acarició su pelo lacio y negro—. ¿Y? ¿Qué has aprendido hoy?

—Pe, a, pa. Pe, e, pe.

—¿Otra vez lo mismo? Oye, ¿es que ya te has olvidado de lo que aprendiste el año pasado?

—Pe, i, pi. Pe, o, po.

—¿Te das cuenta? —preguntó mirando a su mujer—. Ya está en segundo año y aún no sabe leer.

—La culpa no es de ella, Tomás. El colegio aún no ha conseguido a nadie para la educación especial, ¿qué quieres que haga?

—Tenemos que ir a hablar con esa gente…

—De acuerdo —asintió ella—. Ya he pedido una reunión con la directora para la semana que viene.

—Pe, u, pu.

Uno de los síntomas de los niños con trisomía 21 es justamente la dificultad en memorizar cosas, razón por la cual viven sujetos a rutinas y hábitos. Margarida había entrado el año anterior en un colegio público, donde, además del profesor común a todos los alumnos, disponía de la ayuda de un profesor de educación especial, específicamente preparado para ayudar a niños con discapacidades. Pero unos recortes recientes presupuestarios en el Ministerio de Educación hicieron imposible que ese profesor siguiese dando clases en el colegio. Así pues, Margarida, igual que otros alumnos con una situación parecida, se veía ahora sin ninguna ayuda pedagógica especialmente destinada a su caso, a pesar de que esa ayuda estaba prevista por la ley. Como consecuencia, se retrasó; olvidó mucho de lo que había aprendido el año anterior, incluso a leer y a escribir palabras sencillas. Para volver a evolucionar necesitaría de la ayuda de un profesor de educación especial, que actuaría como una especie de monitor, siempre pendiente de ella. No obstante, convencer al empobrecido colegio de volver a contratar a uno de esos profesores resultaría más que difícil.

Tomás mordió un trozo de hamburguesa y bebió un trago de tinto del Alentejo. Margarida acababa en ese momento de comer el postre, una manzana pelada y cortada en rodajas, se puso de pie y comenzó a ordenar la mesa.

—Margarida, la ordenas después, ¿vale?

—No —replicó ella con mucha firmeza, amontonando los platos sucios en el fregadero—. ¡Hay que lavá, hay que lavá!

—Los lavas después.

—No, está mu sucio, todo mu sucio. ¡Hay que lavá!

—Esta niña acabará montando una empresa de limpieza —comentó el padre lanzando una carcajada, aferrándose a su plato para que ella no se lo llevase.

Limpiar y ordenar eran las manías más frecuentes de Margarida. Donde hubiese una mancha, allí estaba ella combatiéndola, justiciera y resuelta. La pareja había pasado en alguna ocasión una tremenda vergüenza en casa de amigos. A la vista de una simple tela de araña o de un poco de polvo sobre un mueble, la pequeña empezaba a chillar y apuntaba con un dedo acusador, diciendo que ahí había mugre; denunciaba la suciedad con tanto asco e intenso rechazo que los perplejos anfitriones se convencían deprisa de que vivían en una inmunda pocilga y, curados de espanto por una experiencia tan traumática, se dedicaban a monumentales operaciones de limpieza antes de volver a invitar a la familia Noronha.

Margarida fue a acostarse después de la cena. El padre le lavó los dientes, la madre le puso el pijama, el padre preparó las cosas del día siguiente y la madre le contó una historia antes de dormir; esa noche le tocaba el gato con botas. Cuando la niña se durmió, la pareja se sentó en el sofá de la sala para recuperarse del cansancio del día.

—Cuánto falta para el sábado —comentó Constança, con la mirada perdida en el techo—. Estoy molida.

La sala era pequeña, pero decorada con buen gusto. Cuadros abstractos muy coloridos, pintados por Constança en sus tiempos de facultad, embellecían las paredes. Los sofás, adornados con motivos de rosas sobre fundas de color blanco sucio, hacían juego con las cortinas y la alfombra; pero lo que daba más alegría a la sala eran varios jarrones colocados en los muebles de haya clara, exuberantes con sus flores de un rojo vivo que asomaban entre gruesas hojas verdes.

—¿Qué flores son éstas?

—Camelias.

Tomás se inclinó sobre los pétalos lujuriosos, intentando captar su fragancia perfumada; aspiró, pero no sintió su aroma.

—No huelen a nada —se quejó, intrigado.

—Claro que no, tontorrón —sonrió Constança—: son camelias, no tienen perfume.

—Ah —asintió él comprendiendo, se sentó al lado de su mujer y le dio la mano—. Cuéntame la historia de las camelias.

Constança era una apasionada por las flores. De un modo extraño, ésa fue una de las cosas que más los acercaron cuando se conocieron en su época de estudiantes. Tomás adoraba los enigmas y los acertijos, vivía descifrando códigos y cifras, se interesaba por símbolos y mensajes ocultos; durante su juventud no dejaba de comprar el *Mundo de Aventuras*, no necesariamente por las historietas, que también leía, sino entusiasmado por los «misterios policiales» de la sección «Siete de Espadas». Cuando se conocieron, Constança le abrió las puertas hacia un nuevo mundo simbólico: el de las flores. La muchacha con pecas le reveló que las mujeres de los harenes turcos usaban flores para contactar con el mundo exterior, recurriendo a un fascinante código de símbolos florales. Esta práctica, identificada por primera vez en Occidente por lady Montagu en 1718, estuvo en el origen del nacimiento de la simbología de las flores, un sistema que se hizo enormemente popular en el siglo xix, aliando significados originales turcos a la antigua mitología y al folclore tradicional. Las flores comenzaron a tener sentidos ocultos, expresando disimuladamente emociones y sentimientos que reprimía, en circunstancias normales, la etiqueta social. Por ejemplo, era impensable que un hombre le dijese a una mujer, en su primer encuentro, que se había enamorado de ella; pero ya resultaba aceptable que le regalase de inmediato un ramo de gloxíneas, símbolos inocultables de amor a primera vista. La simbología floral influyó en la joyería y en el movimiento artístico prerrafaelita y su influencia llegó hasta al mundo de la moda; el manto usado por Isabel II en la ceremonia de su coronación estaba bordado con hojas de olivo y espigas de trigo, con la esperanza de que durante su reinado hubiese paz y abundancia. Constança, apasionada por las artes humanas y naturales, se convirtió en una especialista en simbología floral, y leía significados subliminales en la presencia de flores.

—Las camelias vinieron de China, donde eran muy apreciadas —explicó la mujer—. Entraron en nuestra cultura gracias a Alexandre Dumas hijo, que escribió *La dama de las camelias*, una novela basada en la historia verdadera de una cortesana parisiense del siglo XIX, una tal Madeleine du Plessis. Por lo que parece, nuestra mademoiselle Du Plessis era alérgica a los perfumes florales y eligió las camelias justamente porque estas flores no tienen perfume. —Observó a Tomás con expresión divertida—. Supongo que sabes qué es una cortesana.

—Ay, mujer, yo soy historiador.

—Bien, ocurre que mademoiselle Du Plessis usaba todos los días un *bouquet* de camelias, ora blancas durante veinticinco días, para señalar a los hombres su disponibilidad; ora rojas en los restantes, para indicar que esos días no había nada para nadie.

—Oooh —exclamó él, fingiéndose contrariado.

—Verdi se inspiró en la novela de Dumas y escribió *La Traviata*, en la que adaptó ligeramente la historia de la dama de las camelias. En la ópera de Verdi, la heroína se ve forzada a vender sus joyas y recurre a las camelias para sustituirlas.

—Pobrecita —comentó Tomás con una sonrisa burlona—. Pobre mujer —añadió contemplando las flores que su mujer había colocado en la sala—. Debo entonces deducir que, si has comprado camelias rojas, significa que hoy no hay nada para nadie.

—Deduces bien —asintió Constança con un suspiro—. Estoy agotadísima.

Tomás la observó con atención. Su mujer mantenía la expresión melancólica que lo sedujera cuando se conocieron en la Facultad de Bellas Artes. En aquella época, él estudiaba historia en la Universidad Nova de Lisboa y sus destinos se cruzaron a causa de una conversación entre muchachos, cuando Tomás oyó hablar por primera vez de la belleza de las chicas que cursaban Bellas Artes. «Unas verdaderas obras maestras», bromeó Augusto en el patio de la Nova, después del almuerzo, a primeras horas de una tarde calurosa de primavera, muy satisfecho por el juego de palabras. «Sólo te puedo decir que sus padres fueron unos artistas. Un día vienes conmigo y ya verás: son unas tías estupendas.»

Como es de suponer, acabaron yendo. Arrastrado por sus compañeros, Tomás se presentó un día en el bar de Bellas Artes para almorzar y pudo confirmar el rumor que circulaba en la universidad; no había facultad en Lisboa donde se cultivase tanto la belleza como en Bellas Artes. Intentaron entablar conversación con las chicas en la cola del bar, unas rubias vaporosas y bien arregladas, pero ellas los ignoraron altivamente. Después de pasar por la caja, deambularon por el comedor bandeja en mano, casi perdidos, en busca del mejor sitio para sentarse; eligieron una mesa junto a la ventana, parcialmente ocupada por tres chicas, una de ellas una morena escultural: «La naturaleza es generosa», observó Augusto con un guiño de ojos, acercándose con sus compañeros a la beldad.

La morena se interesó por los ojos verdes de Tomás, pero el muchacho prefirió dedicar su atención a una de sus amigas, una muchacha de piel blanca como la leche, salpicada de pecas en la nariz y con unos ojos castaños medio perdidos, tal vez soñadores. No fue la sensualidad lo que le llamó la atención, sino la dulzura; ella no era un caramelo, no era un pastelillo ni un bote de miel; era un bombón, uno de aquellos cremosos que bailan en los ojos y resecan la boca. Sus gestos suaves, lánguidos, transmitían una naturaleza que, a primera vista, parecía blanda, nostálgica, suave, aunque eso, como llegó a descubrir con el tiempo, no pasaba de una mera ilusión: bajo aquella apariencia tierna se escondía un volcán, tras aquella gata mansa se agitaba una leona implacable. No salió de allí sin sonsacarle su número de teléfono. Dos semanas más tarde, y después de regalarle sus primeras madreselvas, informado de antemano que significaban promesa de amor devoto y fiel, Tomás besó a Constança en la estación de Oeiras y se fueron a pasear cogidos de la mano por el vasto arenal de la playa de Carcavelos.

La memoria del pasado se transformó en el rostro inmóvil

43

de Margarida, como si Tomás hubiese viajado en el tiempo y volado hasta el presente; la fotografía de su hija le sonreía sobre el mueble, al lado de un manojo de camelias.

—Oye, ¿no era ahora, a primeros de año, cuando la niña tenía que volver a la consulta?

—Sí —confirmó Constança—. Tenemos que llevarla la semana que viene a ver al doctor Oliveira. Voy mañana a Santa Marta a buscar los análisis porque el médico querrá estudiarlos.

—Las visitas al médico me agobian —se desahogó Tomás.

—Y la agobian a ella —replicó la mujer—. No te olvides que de un momento a otro la tendrán que operar…

—No me hables de eso.

—Por favor, Tomás, te guste o no te guste, tienes que apoyarme en esto.

—Vale, vale.

—Es que ya estoy harta de llevar esta carga prácticamente sola. La niña necesita apoyo y no doy abasto con todo el trabajo. Tienes que ayudarme más, al fin y al cabo eres su padre.

Tomás se sentía rodeado. Los problemas de Margarida sobrecargaban a su mujer, y él, por más que se esforzase, parecía incapaz de resolver la mitad de los problemas que Constança, con su sentido práctico, solucionaba en todo momento.

—No te preocupes: iré contigo a ver al doctor Oliveira.

Constança pareció calmarse. Se recostó en el sofá y bostezó.

—Bien, me voy a acostar.

—¿Ya?

—Sí, tengo sueño —dijo incorporándose—. ¿Te quedas?

—Sí, me quedaré un ratito más. Voy a leer algo y después me iré también a la cama.

La mujer se inclinó sobre él, lo besó levemente en los labios y se marchó, dejando el aroma cálido de su Chanel 5 perfumando la sala. Tomás se dirigió a la estantería de los libros, rascándose la cabeza, indeciso; acabó eligiendo los *Selected Tales*, de Edgar Allan Poe; quería releer *The Gold-Bug*, el cuento sobre un escarabajo de oro que, a los dieciséis años, había agudizado el interés que le despertara el *Mundo de Aventuras* por el criptoanálisis.

Sonó el móvil, interrumpiendo su lectura cuando ya iba por la tercera página del cuento.

—¿Dígame?

—*Hi*. ¿Puedo hablar con el profesor Noronha?

El acento era brasileño, pero pronunciado por un extranjero de lengua inglesa; por el tono nasal, Tomás supuso que era estadounidense.

—Soy yo. ¿Quién habla?

—Mi nombre es Nelson Moliarti, soy un *adviser* del *executive board* de la American History Foundation. Lo estoy llamando desde New York…, perdón…, Nueva York.

—¿Cómo está?

—Estoy *okay*, gracias. Disculpe, señor, que lo llame a esta hora. ¿Lo molesto?

—No, de ninguna manera.

—*Oh, good* —exclamó—. Profesor, no sé si conoce nuestra fundación…

La voz quedó en suspenso, como esperando confirmación.

—No, no la conozco.

—No importa. La American History Foundation es una organización estadounidense sin fines de lucro dedicada a apoyar estudios en el ámbito de la historia del continente americano. Nuestra sede se encuentra en Nueva York y tenemos en marcha, en este momento, un importante proyecto de investigación. Pero ha surgido un problema complicado que amenaza con arruinar todo el trabajo ya hecho. El *executive board* me ha encargado que busque una solución, lo que he hecho en las dos últimas semanas. Hace media hora presenté un *briefing* al *board* con una recomendación. La recomendación ha sido aceptada y por eso lo estoy telefoneando.

Se hizo una pausa.

—¿Sí?

—¿Profesor Noronha?

—Sí, sí, estoy aquí.

—Usted es la solución.

—¿Cómo?

—Usted es la solución para nuestro problema. ¿Sería posible que nos viésemos en Nueva York?

II

*U*na nube de vapor se elevó desde el suelo con inusitado fulgor, como si la hubiese expelido un volcán oculto en el asfalto, y se disolvió rápidamente en el aire frío y seco de la noche. Tomás sintió el olor nauseabundo a fritos que había liberado la nube, reconoció el olor peculiar del *chao min* chino, pero pronto pudo no hacerle caso; en su mente tenía otras prioridades, la principal de las cuales era conservar el calor del cuerpo, defenderse del vaho polar que lo helaba. Acomodó un botón que se había soltado y se encogió aún más en el abrigo, sumergiendo firmemente las manos en los bolsillos. Nueva York es una ciudad desagradable cuando el viento fustiga las calles al comienzo de la estación fría, peor aún si el abrigo es ligero, de aquellos adecuados a las condiciones amenas del clima mediterráneo de Lisboa, pero permeables al soplo helado del invierno en la costa este de Estados Unidos: aquella brisa venida del norte anunciando la llegada de la nieve se revelaba excesivamente ruda para una tela tan delicada.

Tomás había desembarcado horas antes en el JFK. Una soberbia limusina negra, colocada a su disposición por la American History Foundation, lo había llevado del aeropuerto al Waldorf-Astoria, el magnífico e imponente hotel art decó que ocupaba una manzana entera entre Lexington y Park Avenue. Demasiado excitado para ser capaz de apreciar los primorosos detalles de la decoración y arquitectura de aquel edificio monumental, el visitante recién llegado dejó apresurado el equipaje en la habitación, le pidió un mapa de la ciudad al *concierge* y salió a la calle, renunciando a los servicios de la limusina. Fue un error. Quería conocer a fondo las calles de la ciudad, siem-

pre había oído decir que sólo conoce Nueva York quien la reco-
rre a pie, pero se olvidaron de advertir de que eso sólo es verdad cuando no hace frío. Y el frío en Nueva York es algo que no
se olvida; es tan intenso que todo lo que hay alrededor desapa-
rece, la visión se turba, lo importante se vuelve irrelevante, lo
interesante se transforma en vulgar, sólo importa cómo resis-
tir el frío.

La noche ya había caído sobre aquella inusitada selva de asfalto; al principio, aún con calor en el cuerpo, el frío no lo afec-
taba; se sentía de tal modo a gusto que, al internarse por la East
50th Street, fue apreciando los gigantescos edificios que buscaban el cielo, en particular el vecino General Electric Building,
en Lexington Avenue, otro monumento art decó. Pero, cuando
cruzó la Avenue of the Americas y llegó a la Séptima Avenida,
el frío comenzaba ya a afectarlo seriamente; le dolía la nariz,
los ojos se le enturbiaban y el cuerpo temblaba con convulsio-
nes incontrolables, aunque el mayor sufrimiento fuese el de
las orejas, que parecían estar a punto de que la hoja de un cuchillo las desgarrase, de que las cortase una fuerza invisible,
unas manos crueles.

La visión del resplandor de luz de Times Square, a la izquierda, dio momentáneo calor a su alma y le suministró fuerzas para proseguir. Bajó por la Séptima Avenida y se internó en
el corazón del Theatre District. La animación iluminada de
Times Square lo recibió en la confluencia de la Séptima con
Broadway; un espectáculo de luz invadió sus sentidos, se sintió
asaltado por sucesivas explosiones cromáticas e inundado por
aquella embriagante orgía de claridad; allí se hacía el día, múltiples soles expulsaban la sombra de la noche y teñían de colores la agitada plaza. El tráfico era intenso, caótico; los transeúntes se amontonaban como hormigas, algunos caminaban con
un propósito definido, otros sólo paseaban y llenaban sus ojos
con aquel espectáculo prodigioso, irreal. Brillaban neones de
colores en todos los edificios, desfilaban apresuradamente enormes palabras por los grandes *billboards*, gigantescas pantallas
difundían anuncios o incluso programas de televisión, en una
animada bacanal tumultuosa hecha de una panoplia interminable de imágenes y colores.

47

Tomás sintió la vibración del móvil en los pantalones. Sacó el teléfono del bolsillo y se lo acercó al oído.

—¿Dígame?

—¿Profesor Noronha?

—Sí, soy yo.

—Le habla Nelson Moliarti. ¿Cómo está? ¿Qué tal el viaje?

—Hola; muy bien, gracias.

—¿El chófer lo trató bien?

—Estupendamente bien.

—¿Y le gusta el hotel?

—Una maravilla.

—Sí, el Waldorf-Astoria es una de nuestras atracciones. ¿Sabía que todos los presidentes americanos se hospedan allí cuando vienen a Nueva York?

—¿Ah, sí? —se admiró Tomás, sinceramente impresionado—. ¿Todos?

—Claro. Desde 1931. El Waldorf-Astoria tiene mucho prestigio. Estadistas, grandes estrellas del cine, artistas de renombre, hasta los reyes se alojan allí. El duque y la duquesa de Windsor, por ejemplo, no se conformaron con dormir allí unas noches. Vivieron en el hotel —enfatizó la palabra «vivieron»—. Vivieron, fíjese…

—Pues nunca se me habría ocurrido. Si es así, sólo puedo agradecerles la atención de haberme hospedado en el Astoria.

—Qué dice, no tiene nada que agradecer. Lo único que nos importa es que se sienta cómodo. ¿Ya ha cenado?

—No, aún no.

—Si quiere, entonces, puede ir a uno de los restaurantes del hotel, le aconsejo el Bull and Bear Steakhouse, si le gusta la carne, o al Inagiku, en caso de que prefiera comida japonesa. También puede llamar al *room-service*, muy apreciado, del Waldorf-Astoria; salió destacado en la revista *Gourmet*, fíjese.

—Vale, gracias, pero no hará falta. Picaré alguna cosa por aquí, en Times Square.

—¿Usted está en Times Square?

—Sí.

—¿En este momento?

—Sí, claro.

—Pero hace mucho frío. ¿El chófer se encuentra con usted?

—No, le dije que podía irse.

—¿Y cómo ha ido hasta Times Square?

—A pie.

—*Holly cow!* Estamos a cinco grados bajo cero. Y hace poco dijeron en la televisión que, con el *wind-chill*, llegará a los quince bajo cero. Al menos espero que esté bien abrigado…

—Pues…, más o menos.

Moliarti lanzó un chasquido de reprobación con la lengua.

—Tiene que cuidarse. Si lo necesita, basta con que me llame y le digo al chófer que vaya a buscarlo. ¿Tiene mi teléfono?

—Imagino que habrá quedado grabado en la memoria de mi móvil.

—*Good!* Si me necesita, llámeme, ¿vale?

—Oh, no hará falta. Cogeré un taxi.

—Como quiera. De cualquier modo, sólo lo he llamado para darle la bienvenida a Nueva York y para decirle que tendremos una reunión a las nueve de la mañana en nuestra oficina. El chófer lo estará esperando a las ocho y media en el vestíbulo de Park Avenue para traerlo. La oficina no está lejos del hotel, pero me imagino que ya sabe que el tráfico por la mañana es un verdadero *hell*.

—Quédese tranquilo. Nos vemos mañana.

—Pues muy bien. Hasta mañana.

Cuando guardó el móvil en el bolsillo, se dio cuenta de que había perdido la sensibilidad en los dedos; tenía la mano helada, ya no obedecía a las órdenes del cerebro; parecía dormida, distante, era como si la mano ya no fuese suya. La metió en el bolsillo del pantalón, en una desesperada busca de calor, pero no mejoró mucho. Se dio cuenta de que no debía seguir en la calle. Vio la puerta de un restaurante a la izquierda y la empujó deprisa, francamente angustiado; entró y recibió el calor del local con alivio, como quien descubre la redención después de la amenaza del infierno; se frotó las manos con frenesí, intentado darse energía y activar la circulación, hasta que sintió que la sensibilidad volvía a la yema de los dedos.

—*Can I help you?* —preguntó el *waiter*, un chico joven y sonriente.

49

Tomás dijo que venía solo y fue a sentarse junto a la ventana; el movimiento de Times Square, congestionado y nervioso, constituía un espectáculo bien visible desde su mesa. El *waiter* le entregó la carta y el cliente descubrió que había entrado en un restaurante mexicano. Después de examinar el menú, pidió unas enchiladas de queso y carne de vaca y un margarita *on the rocks*. Cuando el joven se alejó, sumergió los crujientes nachos en una salsa de tomate y cebolla, mordió el aperitivo picante y se recostó en la silla, apreciando la vista. Reconoció que no llevaba una ropa que le permitiese seguir deambulando de aquella forma por la ciudad, por lo que no le quedaban alternativas; después de la cena, cogería un taxi y volvería a refugiarse en el hotel.

La diferencia de cinco horas con Lisboa tuvo su impacto esa noche. Eran las seis de la mañana cuando Tomás se despertó, la oscuridad reinaba al otro lado de la ventana; intentó volver a dormirse, volviéndose y revolviéndose entre las sábanas, pero, al cabo de media hora, entendió que no podría dormir y se sentó en el borde de la cama. Consultó el reloj e hizo el cálculo: eran las once y media de la mañana en Lisboa, no era de sorprender que ya se le hubiese pasado el sueño.

Miró a su alrededor y, por primera vez, pudo apreciar la habitación; el motivo cromático era el *bordeaux*, bordado en oro y estampado por todas partes, en las cortinas, en la colcha doblada al pie de la cama, en el sofá, en los cojines decorativos. El suelo estaba cubierto de una mullida alfombra de color rojo oscuro; al lado de la cama, una botella de Sauternes tinto esperaba que alguien la abriese; unas plantas vigorosas alegraban los rincones.

Cogió el teléfono y marcó el número del móvil de Constança.

—Hola, pecosita —dijo usando el *petit nom* que le había atribuido en su época de noviazgo—. ¿Cómo estás?

—¿Qué tal Nueva York?

—Hace un frío de morirse.

—Pero ¿es bonita?

—Es una ciudad extraña, pero sí, tiene encanto.

—¿Qué me vas a traer?

—Chis, chis —susurró él con tono de reprobación—. Siempre has sido una interesada...

—¡Qué valor! O sea, que el señorito está paseando por Estados Unidos y yo soy una interesada.

—Vale, vale. Te voy a llevar el Empire State, con King Kong y todo.

—No necesito tanto —dijo ella riéndose—. Prefiero el MoMA.

—¿Qué?

—El MoMA. El Museum of Modern Art.

—Ah.

—Tráeme *La noche estrellada*, de Van Gogh.

—¿Cuál? ¿Ese donde se ven las estrellas muy redondas? ¿Está aquí?

—Sí, está en el MoMA. Pero también quiero *Los lirios*, de Monet; *Las señoritas de Avignon*, de Picasso; y el *Diván japonés*, de Toulouse-Lautrec.

—¿Y King Kong?

—Oye, ¿para qué quiero yo a King Kong si ya te tengo a ti?

—¡Cabrita! —dijo sonriendo—. ¿Y te basta con unas copias de esos cuadros que quieres?

—No, quiero que vayas a robar los originales. —Hizo una breve pausa—. Claro que quiero unas reproducciones, tontín, ¿qué otra cosa había de ser?

—Vale, iré. ¿Cómo está la niña?

—Bien. Ella está bien —respondió—. Tragona, como siempre.

—Puf, ya me imagino.

—Pero ayer me dijo algo desagradable.

—¿Qué fue?

—Me dijo durante la cena: «Mamá, los chicos dicen que yo soy subnormal». Y yo le respondí: «No, has oído mal, dicen que tú eres Margarida». Y ella: «No, mamá. Se hablan entre ellos al oído, me señalan y dicen: ésa es subnormal».

Tomás suspiró.

—Ya sabes cómo son los chicos...

—Lo sé, son crueles los unos con los otros. Y el problema es que ella entiende todo y le duele. Cuando se fue a la cama, antes de contarle un cuento, volvió a preguntarme qué era una subnormal.

—Es desagradable, pero ¿qué le vamos a hacer?

—Iré más temprano al colegio para hablar con la profesora.

—No sé si servirá de mucho…

—Bueno, siempre puede explicarles algunas cositas a los niños, ¿no?

—Supongo que sí.

—Y tú deberías ir conmigo.

—Ya empezamos. ¿No ves que estoy fuera del país?

—Esta vez tienes disculpa —admitió ella, antes de cambiar de tema—. Oye, ¿ya te han dicho los americanos lo que pretenden de ti?

—No, tendré una reunión con ellos dentro de poco. Veremos.

—Seguro que quieren hacer el peritaje de algún manuscrito.

—Es probable.

Tomás oyó un timbre sonando al fondo, del otro lado de la línea.

—Es el primer toque —dijo ella—. Voy a colgar: tengo una clase. Además, esta llamada va a costar una fortuna. Besitos y pórtate bien, ¿vale?

—Besitos, pecosita.

—Ten cuidado con las americanas, pillín. He oído decir que son muy lanzadas.

—Vale.

—Y tráeme flores.

Tomás colgó y, como no tenía nada que hacer, encendió el televisor; pasó de canal en canal, NBC, CBS, ABC, CNN, CNN Headline News, MSNBC, Nick'at'Nite, HBO, TNT, ESPN, una sucesión de cacofonías llenó la habitación hasta provocarle bostezos de tedio; miró hacia la entrada y reparó en un periódico sobre la alfombra, probablemente un empleado del hotel lo había deslizado por debajo de la puerta durante la noche. Se levantó y fue a recogerlo; era el *New York Times*, con el presidente Bill Clinton en la primera página y el alcalde Rudolph

Giuliani observando desde un rincón; hojeó distraídamente el periódico, ora leyendo, ora pasando páginas, con una lenta modorra.

Cuando terminó de leer, se duchó, se afeitó y se vistió. Eligió un traje azul oscuro con rayas verticales blancas, trazadas como si fuesen tiza, y se puso una corbata roja con cornucopias doradas. Salió de la habitación y bajó al Oscar's American Brasserie, el amplio salón donde se servía el desayuno. Por regla general, a Tomás no le gustaba comer mucho por la mañana, se sentía empachado; pero, siempre que viajaba al extranjero, lo que era raro, el apetito se le volvía insaciable, devoraba todo con ansiedad. «Tal vez es la inseguridad de estar fuera de casa, de no saber cuándo podré volver a comer», pensó. Lo cierto es que atacó con placer las tortitas con *syrup* y el *eggs benedict*, un plato con dos huevos escalfados, una tostada con *English muffin* y beicon canadiense con salsa *holandaise*, una dieta de colesterol puro susceptible de provocar una crisis nerviosa a su médico de cabecera. Se sació también con salchichas y *baked beans*, regados con zumo de naranja natural, y hasta se relamió, goloso, con un delicioso *chocolate-hazelnut waffle*, antes de, ya ahíto, rendirse y darse por satisfecho.

Terminó el desayuno cerca de las ocho y media. Sin perder tiempo, se dirigió al vestíbulo del hotel, al comienzo de Park Avenue, según las instrucciones de Moliarti. Mientras esperaba, se quedó contemplando el enorme vestíbulo de mármol beis, con columnas y techo falso labrado; una vistosa araña colgaba del mismo, iluminando los motivos del mosaico incrustado en el suelo de mármol. Las paredes resplandecían gracias a varios murales al óleo, todos los cuales reproducían motivos alegóricos.

—*Good morning, sir* —dijo una voz, saludándolo con cortesía—. *How are you today?*

Tomás se volvió y reconoció al chófer de la víspera, un negro de aspecto jovial, vestido con un uniforme azul.

—*Good morning.*

—*Shall we go?* —preguntó el chófer invitándolo, con la mano enguantada, a seguirlo.

La mañana había amanecido helada, pero un sol glorioso

53

iluminaba la ciudad. «Qué pena que no llegue hasta aquí abajo», pensó Tomás, admirando la cima de los rascacielos. Los edificios de la ciudad eran tan altos que la luz del sol no lograba besar el suelo; como consecuencia, las calles y aceras de Nueva York vivían en una sombra eterna. El visitante se acomodó en el Cadillac, aparentemente era la misma larga limusina negra con la que lo había ido a buscar al aeropuerto en la víspera. El chófer ocupó su lugar al volante. El cristal de separación interior bajó con un zumbido suave, el chófer miró hacia atrás e indicó un pequeño televisor y un estante al lado del pasajero donde relucían una botella de Glenlivet y otra de Möet Chandon dentro de un cubo helado.

—*Enjoy the ride* —exclamó con una sonrisa.

La limusina arrancó y Tomás se dispuso a contemplar la ciudad. Nueva York se deslizaba ahora frente a él, trepidante y agitada. Subieron por Lexington Avenue y giraron a la izquierda, pasando por el Racquet Club, cuya fachada de estilo *palazzo* renacentista sorprendió al visitante: era el último estilo arquitectónico que habría esperado encontrar allí. Llegaron a Madison; el Cadillac recorrió varias manzanas de la ancha avenida, siempre en medio de un tráfico denso, hasta que, al llegar al edificio de Sony, reconocible por la parte superior de estilo *chippendale*, el coche redujo la marcha y se detuvo en la esquina siguiente.

—*The office is here* —anunció el chófer, señalando la puerta de un rascacielos—. *Mister Moliarti is expecting you.*

Tomás bajó del coche y observó el edificio. Era una vistosa torre de granito gris verdoso reluciente, con más de cuarenta plantas y un trazado moderno, casi aerodinámico. Un viento helado recorrió la acera y un hombre bien abrigado salió apresuradamente de la entrada del edificio y se le acercó.

—¿Profesor Noronha?

Tomás reconoció el portugués con acento brasileño americanizado de quien lo había llamado por teléfono.

—Buenos días.

—Buenos días, profesor. Soy Nelson Moliarti, de la American History Foundation. Encantado de conocerlo.

—Igualmente.

Se dieron un apretón de manos. Moliarti era un hombre

bajo y delgado, con pelo canoso rizado; parecía un ave de rapiña, los ojos pequeños y la nariz fina y con forma de gancho puntiagudo.

—Bienvenido —dijo el anfitrión.

—Gracias —repuso Tomás y miró a su alrededor—. Hace una rasca impresionante, ¿no?

—¿Cómo ha dicho?

—Hace frío.

—Sí, sí, mucho frío. Venga, vamos adentro —añadió con un gesto.

Dieron unos pasos y entraron en el cálido refugio del sofisticado edificio. Tomás admiró el vestíbulo de mármol, adornado con una sorprendente escultura, un bloque de granito que parecía suspendido dentro de un tanque de acero; por debajo corría un hilo de agua. Moliarti lo vio observando la escultura y sonrió:

—Es curioso, ¿no? Es obra de un escultor estadounidense.

—Interesante.

—Venga, nuestro *office* está en el piso 23.

Cogieron el ascensor y subieron con sorprendente velocidad; las puertas se abrieron en pocos segundos y ambos salieron al piso que ocupaba la fundación. La puerta principal era de cristal opaco con un marco de acero reluciente y tenía el logotipo de la institución impreso por delante. Un águila real sostenía en una pata un ramo de olivo, con la otra agarraba una banda con una inscripción en latín: «*Hos successus alit: possunt, quia posse videntur*». Las iniciales AHF aparecían caligrafiadas en cancillería por debajo.

Tomás leyó la frase musitando e hizo memoria.

—Virgilio —comentó por fin.

—¿Cómo?

—Esta frase —dijo el portugués señalando la banda sujeta por el águila del logotipo— es una cita de la *Eneida* de Virgilio. —Releyó la frase y tradujo—: «El triunfo los alienta: pueden porque piensan que pueden».

—Ah, sí. Es nuestro lema —sonrió Moliarti—. El éxito genera éxito: no hay obstáculo que nos frene por más grande que sea. —Miró a Tomás con respeto—. ¿Usted sabe latín?

—Naturalmente —exclamó de pronto—. Latín, griego y copto, aunque no los practique lo suficiente —suspiró—. Quiero ahora abordar el hebreo y el arameo, porque me abrirían nuevos horizontes.

El estadounidense silbó, impresionado, pero no hizo más comentarios. Tras pasar la puerta, llegaron a la recepción y Moliarti lo guio por el pasillo; arribaron a un despacho moderno ocupado por una sexagenaria de modales antipáticos.

—Nuestro invitado —dijo señalando a Tomás.

La señora se levantó y lo saludó con un ademán de la cabeza.

—*Hi.*

—La señora Theresa Racca, secretaria del presidente de la fundación.

—*Hello* —saludó el portugués dándole la mano.

—¿Está John? —preguntó Moliarti.

—*Yes.*

Moliarti golpeó la puerta y, casi al instante, la abrió. Detrás de un pesado escritorio de caoba labrada estaba sentado un hombre casi calvo, con sus pocos pelos grises echados hacia atrás y una papada bajo el mentón. El hombre se levantó y abrió los brazos.

—*Nel, come in.*

Moliarti entró y señaló al invitado.

—El profesor Noronha, de Lisboa —dijo en inglés presentándolos—. Profesor, John Savigliano, presidente del *executive board* de la American History Foundation.

Savigliano se apartó del escritorio y extendió las dos manos en dirección al portugués, con una amplia sonrisa acogedora grabada en su rostro.

—*Welcome! Welcome!* Bienvenido a Nueva York, profesor.

—Gracias.

Se dieron las manos con entusiasmo.

—¿Ha tenido un buen viaje?

—Sí, estupendo.

—¡Espléndido! ¡Espléndido! —Hizo un gesto con la mano izquierda, señalando unos confortables sofás de piel situados en un rincón del despacho—. Por favor, siéntese.

Tomás se acomodó en un sofá y observó rápidamente la sala. Estaba amueblada de manera convencional, con madera de roble embutida en las paredes y en el techo y los espacios ocupados por muebles europeos del siglo XVIII, probablemente franceses o italianos. Una enorme ventana revelaba la selva de edificios que se extendían por Manhattan; el visitante comprobó que la vista daba al sur, ya que, entre los múltiples rascacielos levantados en la ciudad, se reconocían a la izquierda los radiantes arcos de acero del espectacular Chrysler Bulding, y a la derecha la estructura escalonada y la larga aguja del Empire State Building; más al fondo, como si fuesen gigantescas miniaturas, las amplias fachadas acristaladas de las torres gemelas del World Trade Center. La tarima del despacho del presidente de la fundación era de nogal barnizado; había enormes plantas en los rincones y un hermoso cuadro abstracto, con formas de un rojo vivo sobre un fondo de curvas de color verde aceituna, completaba la decoración del despacho.

—Es un Franz Marc —explicó Savigliano, al reparar en el interés de su invitado por aquella pintura—. ¿Lo conoce?

—No —dijo Tomás, meneando la cabeza.

—Era un amigo de Kandinsky; ambos formaron el grupo *Der Blaue Reiter* en 1911 —explicó—. Compré este cuadro, hace cuatro años, en una subasta en Múnich —soltó un leve silbido—. Una fortuna, créame. Una fortuna.

—John es un amante de los buenos cuadros —explicó Moliarti—. Tiene en su casa un Pollock y un Mondrian, imagínese.

Savigliano sonrió y bajó la mirada.

—Bueno, es un pequeño vicio que tengo. —Miró a Tomás—. ¿Quiere beber algo?

—No, gracias.

—Como quiera. ¿Café? Tenemos un capuchino que es una delicia…

—Pues… vale, un capuchino puede ser.

El presidente de la fundación volvió la cabeza hacia la puerta.

—¡Theresa! —llamó.

—¿Sí, señor presidente?

—Traiga tres capuchinos y unas *cookies*.

—*Right away*, señor presidente.

Savigliano se frotó las manos y sonrió.

—Profesor Tomás Noronha —dijo—, ¿puedo llamarlo Tom?

—¿Tom? —sonrió Tomás—. ¿Como Tom Hanks? Vale.

—Espero que no le moleste. ¿Sabe una cosa?: nosotros, los estadounidenses, somos muy informales. —Se señaló a sí mismo—. Por favor, llámeme John.

—Y yo soy Nel —dijo Moliarti.

—Entonces estamos de acuerdo —sentenció Savigliano, que miró los rascacielos que se extendían al otro lado de la ventana—. ¿Es la primera vez que viene a Nueva York?

—Sí, nunca antes había salido de Europa.

—¿Y le gusta?

—Bien, aún no he visto mucho, pero, por el momento, me resulta agradable. —Tomás vaciló—. ¿Sabe? Me sorprendo al mirar las calles y se me ocurre pensar que Nueva York parece la escenografía de una película de Woody Allen.

Los dos estadounidenses se echaron a reír.

—¡Qué bueno! —exclamó Savigliano—. ¿Una película de Woody Allen?

—Sólo un europeo podría decir algo semejante —comentó Moliarti, meneando la cabeza con expresión divertida.

Tomás se quedó quieto, sonriente, pero sin entender dónde estaba la gracia.

—¿No les parece?

—Bien, es una cuestión de perspectiva —replicó Savigliano—. Es posible que piense así quien sólo conoce Nueva York a través del cine. Pero recuerde que no es Nueva York la que se parece a una película, sino las películas las que se parecen a Nueva York. *Capisce?* —añadió, guiñando un ojo.

La señora Racca entró en el despacho con una bandeja, colocó las tazas en la mesita baja frente a los sofás; las llenó con café humeante, dejó unos sobrecitos de azúcar y unas galletas de chocolate y se fue. Los tres bebieron a sorbos sus capuchinos. Savigliano se recostó en el sofá y carraspeó.

—Vamos a hablar entonces, Tom, del motivo que lo ha traído

aquí. —Miró a Moliarti de reojo—. Supongo que Nel le habrá explicado qué es nuestra institución...

—Sí, me ha dado una pincelada.

—Muy bien. La American History Foundation es una organización sin fines de lucro que se financia con fondos privados. La fundación nació aquí, en Nueva York, en 1958, con el propósito de incentivar estudios sobre la historia del continente americano. Hemos creado un *scholarship* para estudiantes estadounidenses y de todo el mundo, destinado a premiar investigaciones innovadoras, estudios que revelen nuevas facetas de nuestro pasado.

—Es el Columbus Scholarship —precisó Moliarti.

—Exacto. Además, hemos financiado investigaciones realizadas por arqueólogos e historiadores profesionales. Muchos de esos trabajos están publicados y podrá encontrarlos en cualquier buena librería de la ciudad.

—¿Qué tipo de trabajos? —quiso saber Tomás.

—Todo lo que concierne a la historia del continente americano —aclaró el presidente de la fundación—. Desde estudios sobre los dinosaurios que vivieron en este continente hasta investigaciones relativas a los *native-americans,* a las ocupaciones coloniales europeas y a los movimientos migratorios.

—*Native-americans?*

—Sí —sonrió Savigliano—. Es una expresión políticamente correcta que usamos en Estados Unidos. Se refiere a los pueblos que se encontraban aquí cuando llegaron los europeos.

—Ah.

Savigliano suspiró.

—Bien, vamos a hablar entonces, específicamente, de nuestro problema. —Hizo una pausa, pensando por dónde comenzar—. Como usted sabe, en 1992 se celebró el quinto centenario del descubrimiento de América. Las ceremonias fueron magníficas y, me enorgullezco de decirlo, la American History Foundation desempeñó un papel relevante en el éxito de esas celebraciones. Cuando terminaron los actos conmemorativos y todo volvió a la normalidad, nos reunimos para decidir cuál sería nuestro siguiente proyecto. Mirando el calendario, hubo una fecha que nos saltó a los ojos. —Miró a Tomás con intensidad—: ¿Sabe cuál es?

59

—No.

—El día 22 de abril de 2000. Dentro de tres meses.

Tomás calculó.

—El descubrimiento de Brasil.

—¡Bingo! —exclamó Savigliano—. Los quinientos años del descubrimiento de Brasil. —Bebió un sorbo más de café—. Ahora bien, lo que hicimos fue convocar una reunión con nuestros asesores para pedirles ideas. El desafío era saber qué podríamos hacer para darle a la fecha el relieve que se merece. Uno de los asesores presentes fue Nel, que ya había dado clases de historia en una universidad brasileña y conocía muy bien el país. Nel nos hizo una propuesta que consideramos interesante. —Miró a Moliarti—: Nel, creo que es mejor que tú mismo expliques tu idea.

—Claro, John —asintió Moliarti—. En lo fundamental, la idea que presenté parte de una polémica que ha recorrido la historiografía a través del tiempo: ¿Pedro Álvares Cabral descubrió Brasil accidentalmente o a propósito? Como sabe, los historiadores sospechan que los portugueses ya sabían que Brasil existía y que Cabral sólo llegó a formalizar un hecho que ya se había producido. Pues bien, yo propuse al *executive board* que financiase un estudio que diese la respuesta definitiva a esa cuestión.

—El *board* estuvo de acuerdo y la máquina se puso en marcha —añadió Savigliano—. Decidimos contratar a los mejores expertos en ese ámbito, pero queríamos personas que, aunque rigurosas, fuesen audaces, tuviesen el valor de enfrentarse a las ideas ya consabidas, fuesen capaces de ir más allá de la mera consulta de fuentes y que tuviesen la agilidad mental para entender lo que no se decía explícitamente en los documentos, pero se daba por sobreentendido.

—Como sin duda sabe —explicó Moliarti—, se descubrieron y mantuvieron en secreto muchas cosas: había informaciones que se consideraban secreto de Estado.

—Portugal era el campeón del secreto —asintió Tomás—. Precisamente existía la llamada «política de sigilo».

—Exacto —confirmó Moliarti—. Claro que, con descubrimientos hechos a escondidas y mantenidos en secreto, no tiene sentido que los historiadores carezcan de capacidad y disposición para ir más allá de los documentos oficiales. Pues si los documentos oficiales se destinaban a esconder la verdad, no a revelarla, no se los puede encarar con confianza. Por ello queríamos investigadores audaces.

Tomás hizo un gesto cargado de escepticismo.

—Dicho así suena muy bien, pero no es posible quedarse esperando a que un historiador serio decida ignorar las fuentes documentales, sin más ni más, y emprenda la aventura de la fabulación. Tiene que apoyar su trabajo en los documentos que existen, no en la especulación desenfrenada. No es posible confiar en un historiador que da rienda suelta a su imaginación; en caso contrario, ya no estamos hablando de historia sino de ficción histórica, ¿no?

—Sin duda.

—Es evidente que los documentos deben estar sujetos a la crítica —insistió Tomás—. Hay que entender la finalidad de los manuscritos, comprender su intención y evaluar su respectiva fiabilidad. Ésa es, al fin y al cabo, la crítica de las fuentes. Pero no me cabe duda de que la investigación histórica debe basarse en fuentes documentales.

—Eso es lo que nosotros también creemos. —Moliarti se apresuró en aclararlo—. Por ello queríamos historiadores sólidos. Pensamos que tendrían que ser personas capaces de establecer conceptos más allá del corsé de los documentos, que fueron concebidos, bajo la política de sigilo vigente en Portugal en el siglo xv, para ocultar. Eso implica que nuestros investigadores tendrían que ser sólidos, por un lado, pero al mismo tiempo audaces. —Cogió una galleta de chocolate y la mordió—. El *board* me ha encomendado que encuentre historiadores con ese perfil; he estado investigando unos meses, viendo currículos, haciendo preguntas, leyendo trabajos, consultando a amigos. Hasta que descubrí a un hombre que se correspondía con el *briefing* que me habían entregado.

Moliarti hizo una pausa tan larga que Tomás se vio en la obligación de preguntar.

—¿Quién?

—El profesor Martinho Vasconcelos Toscano, de la Facultad de Letras de la Universidad Clásica de Lisboa.

61

Los ojos de Tomás se desorbitaron.

—¿El profesor Toscano? Pero él...

—Sí, amigo —cortó Moliarti con expresión grave—. Murió hace dos semanas.

—Fue eso lo que me dijeron. Hasta salió la noticia en los periódicos.

Moliarti suspiró pesadamente.

—El profesor Toscano atrajo mi atención por sus innovadores estudios sobre Duarte Pacheco Pereira, en particular sobre su obra más conocida, el enigmático *Esmeraldo de Situ Orbis*. Leí sus trabajos y me dejó muy impresionado su inteligencia sagaz, su capacidad para ir mucho más allá de las apariencias, demostrada al desafiar las verdades establecidas. Por otra parte, su obra era muy respetada en el Departamento de Historia de la PUC.

—¿PUC?

—La Universidad Católica de Río de Janeiro, donde di clases —aclaró Moliarti—. De modo que fui a Lisboa a hablar con él y lo convencí para que dirigiera ese proyecto —dijo con una sonrisa en los labios—. Creo que también contribuyeron un poco a convencerlo los buenos honorarios que le pagamos.

—La American History Foundation se enorgullece de ser la institución que mejor paga a sus colaboradores —presumió Savigliano—. Exigimos lo mejor y pagamos mejor.

—Nos parecía que el profesor Toscano, pues, tenía el perfil adecuado —prosiguió Moliarti—. No escribía muy bien, es verdad, un problema frecuente entre los historiadores portugueses, según parece, pero no era un obstáculo insuperable. Para ocuparse del estilo tenemos aquí buenos especialistas, unos Hemingway que serían capaces de hacer que el profesor Toscano se pareciese a John Grisham.

Los dos estadounidenses se rieron.

—¿Y por qué no a James Joyce? —preguntó Tomás—. Dicen que es el mejor escritor de lengua inglesa...

—¿Joyce? —exclamó Savigliano—. *Jesus Christ*, ¡ése debe de escribir aún peor que Toscano!

Nuevas carcajadas.

—Vale, basta de bromas —dijo por fin Moliarti—. ¿Por dónde iba?

—El profesor Toscano tenía el perfil adecuado, pero escribía mal —acotó Tomás.

—Ah, sí —respiró hondo—. Bien, no diría que el profesor Toscano tenía el perfil adecuado. Sucede que se correspondía con el perfil que me habían trazado.

—¿No es lo mismo?

Moliarti hizo una mueca.

—No es exactamente lo mismo. De hecho, el profesor Toscano planteaba algunos problemas, según tuve oportunidad de descubrir. —Bebió un sorbo de café—. En primer lugar, no era una persona que se ciñese a los límites de su ámbito de investigación. Se trataba de un hombre indisciplinado, seguía pistas que, aunque interesantes, acababan siendo irrelevantes para el estudio que tenía entre manos, lo que le llevaba a desperdiciar mucho tiempo en cosas accesorias. Además, no le gustaba rendir cuentas sobre el trabajo que hacía. Yo quería seguir la marcha de la investigación y le pedí informes regulares, pero no me decía nada, sólo farfullaba algunas frases sin sentido. Llegó a anunciarme que había hecho un descubrimiento importantísimo, algo que cambiaría todo lo que sabemos sobre los descubrimientos, una verdadera revolución. Cuando le pregunté qué era, se cerró en banda y dijo que tendría que esperar para verlo.

Se hizo un silencio.

—¿Y esperaron?

—Esperar, esperamos. No teníamos alternativa, ¿no?

—¿Y después?

—Y después murió —afirmó Savigliano sombríamente.

—Ya —murmuró Tomás pensativo—. Sin explicar qué descubrimiento era ése.

—Exacto.

—Estoy entendiendo —dijo recostándose en el sofá—. Y ése es, para ustedes, el problema pendiente.

Moliarti carraspeó.

—Ése es también nuestro problema. —Alzó el dedo índice—. Pero no es el único, tal vez ni siquiera el mayor.

—¿Ah, no? —se admiró el portugués.

—No —replicó Moliarti—. El mayor problema es que el plazo para presentar la investigación expira dentro de tres meses y no tenemos qué mostrar.

—¿Cómo?

—Lo que oye. Dentro de tres meses se celebran los quinientos años del descubrimiento de Brasil y el trabajo de la American History Foundation no será visible. Como le he explicado, el profesor Toscano era aficionado al secretismo y no nos entregó ningún material, por lo que estamos con las manos vacías. No tenemos nada. —Juntó el índice con el pulgar, simulando un cero—: Cero.

—Será la primera vez en su existencia que la fundación no haga ninguna contribución en una gran efeméride de la historia de nuestro continente —añadió Savigliano.

—Una vergüenza —comentó Moliarti, meneando la cabeza.

Los dos miraron al portugués, expectantes.

—Por eso hemos contactado con usted —explicó Savigliano—. Necesitamos que recupere el trabajo de Toscano.

—¿Yo?

—Sí, usted —confirmó, señalándolo con el dedo—. Tiene mucho que hacer y tiene que hacerlo con rapidez. Necesitamos que el manuscrito esté listo, a lo sumo, dentro de dos meses. Nuestra editorial es capaz de sacar el libro en sólo un mes, pero no hace milagros. Es fundamental que tengamos las cosas terminadas a mediados de marzo.

Tomás lo miraba con estupefacción.

—Disculpe, disculpe, pero aquí debe de haber un error. —Se inclinó hacia delante y apoyó la palma de la mano en su pecho—. Yo no soy experto en el ámbito de los descubrimientos. Mi especialidad es otra. Soy un paleógrafo y un criptoanalista, mi trabajo consiste en descifrar mensajes ocultos, interpretar textos y determinar la fiabilidad de los documentos. En eso soy bueno, el mejor en mi campo. Si necesitan un especialista en el periodo de los descubrimientos, vale, puedo indicarles nombres. En mi departamento, en la Universidad Nova de Lisboa, hay profesores más que preparados para ayudarlos en la investigación. Incluso, si les interesa, ya estoy pensando en una o dos personas adecuadas para ese trabajo. Pero yo, amigos míos, no. —Miró a los dos americanos—. ¿He sido claro?

Los dos interlocutores se miraron.

—Tom, usted ha sido muy claro —dijo Savigliano—. Pero es a usted a quien queremos contratar.

Tomás se quedó inmóvil observándolo durante dos intensos segundos.

—Creo que no me he explicado bien —dijo por fin.

—Se ha explicado muy bien, Tom; *Crystal clear*. Se me ocurre que nosotros no nos hemos explicado muy bien.

—¿Cómo?

—Oiga, no necesitamos un experto en el ámbito de los descubrimientos —aclaró Savigliano—. Para eso tenemos a Nel —dijo señalando a Moliarti con el pulgar—. Lo que necesitamos es alguien que nos ayude a reorganizar todo lo que el profesor Toscano investigó sobre el descubrimiento de Brasil.

—Pero es eso lo que les estoy diciendo —insistió Tomás—. Ya me he dado cuenta de que no quieren un historiador para seguir investigando, sino alguien que coja lo que ya está investigado y reorganice el material para su publicación. Muy bien. Pero ¿quién mejor que un verdadero especialista en el tema de los descubrimientos para hacer ese trabajo, eh? Yo no soy la persona adecuada, ¿entienden? Yo soy un experto en paleografía y criptoanálisis, no puedo ayudarlos. ¿Han comprendido?

—No, es usted el que aún no nos ha comprendido —replicó Savigliano, que miró a Moliarti—. Explíquele todo, Nel; de lo contrario, nunca más saldremos de aquí.

—Vamos a ver, el problema es —comenzó Moliarti—, como le he dicho hace poco, que el profesor Toscano era una persona que prefería mantener las cosas en secreto. No nos entregaba informes periódicos, no nos decía nada, nos mantenía siempre en la oscuridad. Cuando yo le preguntaba cosas, optaba por las evasivas, escapaba siempre a las preguntas. Llegamos incluso a enfadarnos por esa razón —respiró hondo—. Pero la manía de los secretos llegó a extremos verdaderamente absurdos. Se empecinaba en que nadie debía saber lo que había descubierto y, como vivía con la paranoia de que todos querían robar sus secretos, decidió ocultar toda la información que había reunido.

65

—¿Cómo?

—Es lo que le estoy diciendo —exclamó Moliarti—. Lo ocultó todo. Todo. Dejó enigmas cifrados con una clave para los descubrimientos que fue haciendo, pero la verdad es que no tenemos disponible esa información. —Se inclinó en dirección a Tomás—. Tom, usted es portugués, tiene conocimientos básicos sobre los descubrimientos y es un experto en criptoanálisis. Usted es la solución.

Tomás volvió a recostarse en el sofá, sorprendido.

—Bien…, pues…, eso es realmente…

—Y además podrá contar con mi ayuda —dijo Moliarti—. Yo mismo iré a Lisboa a investigar imágenes y estaré siempre a su disposición para lo que haga falta —insistió—. En honor a la verdad, me interesa tener informes regulares sobre el avance de su trabajo.

—Calma —interrumpió Tomás—. No sé si tengo tiempo para eso. Doy clases en la facultad y, además, tengo problemas que conciernen a mi…

—Estamos dispuestos a pagar lo que sea necesario —se adelantó Savigliano, sacando el as de la manga—. Dos mil dólares por semana, más los gastos extra que usted necesite. Si llega a buen puerto en el plazo que hemos establecido, tendrá incluso un premio de medio millón de dólares. —Casi deletreó la suma—. ¿Ha oído? Medio millón de dólares. —Extendió la mano—: *Take it or leave it.*

Tomás no tuvo necesidad de hacer muchas cuentas. Dos mil dólares eran casi equivalentes a dos mil euros. Cuatrocientos mil escudos por semana. Un millón seiscientos mil escudos por mes. Medio millón de dólares era igual a medio millón de euros, céntimo más, céntimo menos. Cien millones de escudos. Allí se presentaba la solución para todos sus problemas. Las múltiples consultas de Margarida, el profesor de educación especial, una casa mejor, un futuro más seguro, incluso aquellas pequeñas cosas que deseaban tener, cosas simples como ir a cenar a un restaurante, dar un paseo hasta Óbidos sin preocuparse por el gasto de gasolina o incluso ir a pasar un fin de semana a París para llevar a Constança al Louvre y a la pequeña a Eurodisney. En realidad, se preguntó, ¿por qué la duda? La propuesta era irrenunciable.

Se inclinó hacia delante y miró a su interlocutor en los ojos.

—¿Dónde firmo? —preguntó.

Se dieron un apretón de manos con entusiasmo, el negocio había quedado sellado.

—*Tom, welcome aboard!* —bramó Savigliano con una gran sonrisa—. Vamos a hacer grandes cosas juntos. ¡Grandes cosas!

—Espero que sí —asintió el portugués, con la mano a punto de ser triturada por el eufórico estadounidense—. ¿Cuándo comienzo?

—Inmediatamente.

—¿Y por dónde?

—El profesor murió hace dos semanas en un hotel de Río de Janeiro —dijo Moliarti—. Tuvo un síncope cardiaco mientras bebía un zumo, fíjese. Sabemos que estuvo consultando documentos en la Biblioteca Nacional y en la biblioteca portuguesa de Río. Ahí podrán estar las pistas que tendrá que deslindar.

El rostro de John Savigliano adoptó una irónica expresión pesarosa.

—Tom, es mi penoso deber anunciarle que mañana cogerá un avión rumbo a Río de Janeiro.

67

III

*L*as rejas de los portones metálicos ofrecían una visión entre-cortada del palacio de São Clemente, una elegante mansión blanca de tres pisos cuyas líneas arquitectónicas estaban clara-mente inspiradas en los palacetes europeos del siglo xviii; el edificio se erguía, esbelto y orgulloso, entre un jardín cuidado y dominado por altos plátanos, palmeras y cocoteros, además de mangos y *flamboyants*; alrededor de la mansión, la vegeta-ción lujuriosa cerraba filas en las matas densas de Botafogo; y atrás, como un gigante silencioso, se alzaba la cuesta desnuda y oscura del Morro Santa Marta.

Hacía calor y Tomás se limpió la frente al salir del taxi. Se dirigió al portón y, cuando llegó ante las rejas, alzó los ojos ha-cia la garita del guardia, a la izquierda.

—Por favor —llamó.

El hombre uniformado se estremeció en la silla en la que dormitaba; se levantó, soñoliento, y se acercó.

—¿Dígame?

—Tengo una cita con el cónsul.

—¿La ha pedido?

—Sí.

—¿Cuál es su nombre?

—Tomás Noronha, de la Universidad Nova de Lisboa.

—Espere un momento, por favor.

El guardia volvió a la garita, llamó por el intercomunicador, esperó unos instantes, obtuvo respuesta y fue a abrir el portón.

—Tenga la amabilidad —dijo señalando la entrada princi-pal del palacio— de dirigirse hasta aquella puerta.

Tomás recorrió el empedrado a la portuguesa que conducía al edificio consular, tomando un cuidado especial en no pisar el jardín, y se dirigió al lugar indicado, subiendo por una rampa levemente inclinada. Dejó atrás las escaleras, cruzó la puerta de entrada, labrada en madera oscura, y se encontró con un pequeño recibidor decorado con azulejos del siglo XVIII, con motivos de flores y hasta figuras humanas con trajes de la misma época; dos puertas labradas con hojas de oro se encontraban abiertas de par en par y el visitante entró en un vasto vestíbulo donde se destacaba una primorosa mesa D. José en el centro, con una pieza de porcelana encima y una vistosa araña colgada del techo.

Un hombre joven, con el pelo negro peinado hacia atrás y un traje azul oscuro, se acercó al visitante; sus pasos resonaron en el pavimento de mármol.

—¿Profesor Noronha?

—¿Sí?

—Lourenço de Mello —dijo el hombre, tendiéndole la mano—. Soy el agregado cultural del consulado.

—¿Cómo está?

—El señor cónsul vendrá enseguida. —Señaló un salón en el lado izquierdo—. Por favor, vamos a esperar en el salón de fiestas.

El salón era alto y espacioso, aunque no muy ancho. Tenía molduras de hojas de oro en el techo beis y en las paredes pintadas de color salmón, con varias ventanas altas, a la izquierda, que daban al jardín del frente y estaban adornadas con cortinas rojas recamadas en oro; el piso en *composé* de maderas brasileñas brillaba con el barniz, reflejando difusamente los sofás y sillones distribuidos por el salón. Tomás dedujo que el mobiliario imitaba el estilo Luis XVI; un enorme cuadro de don Juan II, el rey que había llegado a Río escapando de las invasiones napoleónicas, adornaba la pared junto al rincón donde ambos se sentaron; al fondo del salón reposaba un gran piano de cola, negro y reluciente: un Erard, le pareció.

—¿Quiere tomar algo? —preguntó el agregado cultural.

—No, gracias —respondió Tomás mientras se acomodaba en la silla.

—¿Cuándo llegó?

—Ayer por la tarde.

—¿Vino en la TAP?

—Delta Airlines.

Lourenço de Mello se quedó sorprendido.

—¿Delta? ¿Delta vuela desde Lisboa hasta aquí?

—No —dijo sonriendo Tomás—. Volé de Nueva York a Atlanta y de Atlanta hasta aquí.

—¿Usted fue a Estados Unidos para venir a Brasil?

—Pues…, en realidad, sí. —Se movió en la silla—. Ocurre que tuve una reunión en Nueva York con unas personas de la American History Foundation, no sé si la conoce…

—Vagamente.

—… y decidieron que debía venir directamente hasta aquí.

El agregado cultural se mordió el labio inferior.

—Ya, ya entiendo —suspiró—. Ha sido muy desagradable.

—¿Qué?

—La muerte del profesor Toscano. No se imagina el…

Un hombre de mediana edad, enérgico y elegante, con canas en las sienes, irrumpió en el salón.

—Muy buenos días.

Lourenço de Mello se levantó y Tomás lo imitó.

—Señor embajador, éste es el profesor Noronha —dijo el agregado haciendo las presentaciones—. Señor profesor, el embajador Álvaro Sampayo.

—¿Cómo está?

—Por favor, póngase cómodo —dijo el cónsul y se sentaron todos—. Estimado Lourenço, ¿ya le has ofrecido un café a nuestro invitado?

—Sí, señor embajador. Pero al profesor no le apetece.

—¿No le apetece? —El diplomático se asombró y miró a Tomás con gesto reprobatorio—. Es café de Brasil, amigo. Mejor: sólo el de Angola.

—Tendré mucho gusto en probar su café, señor cónsul, pero no con el estómago vacío, me sentaría mal.

El cónsul se golpeó la rodilla con la palma de la mano y se levantó de repente, con vigor.

—¡Tiene toda la razón! —exclamó, antes de dirigirse al agregado—. Lourenço, vaya a decirle al personal que sirva el almuerzo, ya es hora.

—Sí, señor embajador —respondió el agregado, saliendo para transmitir la orden.

—Venga —le dijo el cónsul a Tomás, empujándolo por el codo—. Vamos a pasar al comedor.

Entraron en el enorme comedor, dominado por una larga mesa de madera de jacarandá, con patas labradas y veinte sillas a ambos lados, todas forradas con tela *bourdeaux*. Dos arañas de cristal colgaban sobre cada extremo de la mesa, hermosas e imponentes; el techo estaba ricamente trabajado, con claraboyas circulares y un enorme escudo portugués en el centro; el suelo era de mármol alpino, parcialmente cubierto con alfombras de Beiriz; un enorme tapiz, con una escena de jardín inglés del siglo XVIII, se alzaba en la pared del fondo. Un pasillo, protegido por cuatro altas columnas de mármol y que daba a un patio interior donde manaba una fuente decorada con azulejos, atravesaba el lado derecho de la sala; la izquierda mostraba ventanas que se abrían de par en par a un lujurioso jardín tropical.

Tres platos de porcelana, con sus respectivos cubiertos de plata y vasos de cristal, se encontraban dispuestos encima de la mesa, en la otra punta, frente al gigantesco tapiz.

—Por favor —indicó el cónsul en la cabecera de la mesa, señalando el lugar a su derecha.

Tomás se sentó y el agregado cultural, que había vuelto, se reunió con ellos a la mesa.

—Ya viene el almuerzo —anunció Lourenço.

—Excelente —exclamó el cónsul mientras se colocaba la servilleta en el regazo y fijaba su mirada en el invitado—. ¿Ha viajado bien?

—Huy…, más o menos. Tuvimos algunas turbulencias.

El diplomático sonrió.

—Pues sí, las turbulencias son tremendas. —Alzó las cejas con malicia—. No me diga, amigo, que le da miedo volar…

—Bueno… No… —titubeó Tomás—. Miedo no es la palabra. Tengo sólo un poco de desconfianza.

Todos se rieron.

—Creo que es una cuestión de hábito, ¿sabe? —explicó el diplomático—. Cuanto más viajamos, menos miedo tenemos a volar. Suele viajar poco, ¿no?

—Sí, viajo poco. De vez en cuando me invitan a dar una conferencia en España, en Italia o en Grecia, o voy a algún sitio a hacer un peritaje o una investigación, pero, en general, me quedo en Lisboa, tengo una vida demasiado complicada para andar por ahí vagabundeando.

Apareció un hombre de uniforme blanco y botones dorados con una bandeja que sirvió sopa. Tomás miró las verduras y reconoció la sopa juliana.

—¿Ésta es su primera vez en Río? —quiso saber el cónsul.

—Sí, nunca había venido aquí.

Comenzaron a comer.

—¿Qué tal?

—Aún es pronto para emitir un juicio. —Sorbió una cucharada—. Llegué ayer, a última hora de la tarde. Pero por ahora me está gustando mucho, me da la sensación de que es una especie de Portugal tropical.

—Sí, ésa es una buena definición. Un Portugal tropical.

Tomás suspendió la cuchara de sopa por un instante.

—Señor embajador, discúlpeme la pregunta. Si usted es embajador, ¿por qué razón ocupa el cargo de cónsul? ¿No debería ocupar el de embajador?

—Sí, en condiciones normales ocurriría eso. Pero Río de Janeiro es un lugar especial, ¿sabe? El consulado de Río es mejor que la embajada de Brasilia, ¿entiende? —dijo bajando el tono de su voz, como haciendo un aparte.

El invitado abrió la boca y siguió comiendo.

—Ah, entiendo —dijo, aunque mantuvo una expresión de intriga—. ¿Por qué?

—Vaya, porque Río de Janeiro es un sitio mucho más agradable que Brasilia, que queda en una altiplanicie perdida en medio del monte.

—Ah —exclamó, comprendiendo finalmente—. Pero usted ya ha estado en varias embajadas…

—Claro. En Bagdad, en Luanda, en Beirut. Siempre que surgía un lugar complicado, ahí estaba este su humilde y abnegado amigo empeñado en servir a la nación.

Terminaron la sopa y el camarero se llevó los platos. Volvió unos minutos después con una fuente humeante: era lomo de cerdo asado, que sirvió con arroz con tomate y guisantes y hasta patatas asadas. Después llenó unas copas con agua y otras con tinto alentejano.

—Señor embajador, déjeme agradecerle su amabilidad al invitarme.

—Vaya por Dios, no tiene nada que agradecer. Tengo el mayor placer en ayudarlo en su misión. —Comenzaron a comer la carne asada—. Además, después de que usted llamó desde Nueva York, recibí instrucciones del ministerio, en Lisboa, para concederle todo el apoyo que necesite. Las investigaciones relacionadas con los quinientos años del descubrimiento de Brasil se consideran de interés estratégico para el desarrollo de las relaciones entre ambos países, por lo que, créame, no le estoy haciendo ningún favor, me limito a cumplir con mis obligaciones.

—De cualquier modo, se lo agradezco —vaciló—. ¿Ha conseguido obtener las informaciones de las que le hablé por teléfono?

El embajador asintió mientras masticaba un trozo de carne:

—La muerte del profesor Toscano significó el acabose en los trabajos del consulado. No se imagina las dificultades que tuvimos para trasladar el cuerpo a Portugal. —Suspiró—. Fue un verdadero calvario, no sabe hasta qué punto. ¡Válgame Dios! Eran papeles por aquí y formularios por allá, más el interrogatorio policial, los problemas en el depósito de cadáveres y hasta una serie de autorizaciones, sellos y más burocracia. Después vinieron las dificultades planteadas por la compañía aérea. En fin, una fenomenal película de terror. —Miró al agregado—. Y Lourenço pasó las de Caín, ¿no fue así, Lourenço?

—Ah, señor embajador, ni me hable de eso.

—En cuanto a la información que me solicitó, estuvimos viendo los papeles del profesor Toscano y descubrimos que hizo casi todas las investigaciones en la Biblioteca Nacional, pero también en parte en el Real Gabinete Portugués de Lectura.

—¿Dónde está eso?

—En el centro de la ciudad. —Bebió un trago de vino—. Caramba, este tinto está realmente delicioso —exclamó, alzando

73

la copa a contraluz y analizando el néctar oscuro; miró a Tomás—. Pero usted no debe de tener muchas cosas por descubrir,
¿sabe? El profesor Toscano estuvo aquí sólo tres semanas antes
de que le diese el patatús… Eh, perdón…, antes de fallecer.

—Claro, no debe de haber visto muchas cosas.

—Tuvo poco tiempo el infeliz.

Tomás carraspeó.

—Usted ha dicho, señor embajador, que estuvo viendo los
papeles del profesor Toscano…

—Ajá…

—Supongo que los habrá enviado a Lisboa.

—Claro.

El agregado cultural tosió, interponiéndose en la conversación.

—No es exactamente así —interrumpió Lourenço de Mello.

—¿Cómo que no es así? —dijo sorprendido el cónsul.

—Hubo un problema con la valija diplomática y los papeles del profesor Toscano aún están aquí. Saldrán mañana.

—¿Ah, sí? —exclamó el embajador Álvaro Sampayo, antes
de mirar a Tomás—. Mire, al final, los papeles aún están aquí.

—¿Puedo verlos?

—¿Los papeles? Claro que sí. —Miró al agregado—. Lourenço, vaya a buscarlos, por favor.

El agregado se levantó y desapareció tras la puerta.

—¿Y? ¿Qué tal ese lomo asado? —preguntó el cónsul, señalando el plato del invitado.

—Una maravilla —elogió Tomás—. Y esta idea de poner
batatas en medio de las patatas es formidable.

—¿A que sí?

Lourenço de Mello regresó con una cartera en la mano. Se
sentó, la abrió sobre la mesa y sacó fajos de papeles.

—Son sobre todo fotocopias y apuntes —explicó.

Tomás cogió los papeles y los examinó. Se trataba de fotocopias de libros antiguos, por el tipo de impresión y de texto
calculó que serían del siglo XVI; había textos en italiano, otros
en portugués antiguo y algunas cosas en latín, todo lleno de
ornées trabajadas y hermosas miniaturas, los trazos realizados
a pincel y a pluma. Los apuntes no pasaban de unas notas casi

imperceptibles, escritas deprisa; reconoció algunas palabras: aquí «Cantino»; allá «Pinzón»; más allá «Cabral». Aquello era suficiente para entender que estaba ante anotaciones relacionadas con el descubrimiento de Brasil.

Entre aquellos garrapatos, Tomás descubrió una hoja suelta, dos líneas firmes, tres palabras redactadas con inusitado esmero, con todas sus letras escritas con mayúscula; parecían rasgar el papel, la caligrafía revelaba contornos oscuros, insinuantes, como si encerrase una fórmula mágica arcaica, creada por antiguos druidas y olvidada en la niebla de los siglos. Casi irreflexivamente, sin saber bien por qué, como si obedeciese a un viejo instinto de historiador, aquel sexto sentido de ratón de biblioteca habituado al moho polvoriento de los viejos manuscritos, se inclinó sobre la hoja y la olió: sintió surgir de allí un olor arcano, un aroma secreto, una fragancia transportada por un mensajero del tiempo. Como un encantamiento esotérico, que nada revela y todo lo sugiere, aquellas palabras indescifrables exhalaban el enigmático perfume del misterio.

75

MOLOC
NINUNDIA OMASTOOS

—Qué extraño, ¿no? —comentó Lourenço, intrigado—. Encontraron eso doblado en la cartera del profesor Toscano. No se entiende qué puede ser. ¿Qué demonios querría decir él con ese galimatías?

Tomás permaneció callado analizando la hoja que tenía en sus manos.

—Ajá —se limitó a murmurar, pensativo.

—¡Válgame Dios! —exclamó el embajador—. Parece flamenco.

—O si no una de esas lenguas antiguas… —conjeturó Lourenço.

El invitado se mantuvo concentrado en aquellas extrañas palabras.

—Tal vez —dijo por fin, sin apartar la vista del texto—. Pero me suena más a un mensaje codificado.

—¿Qué quiere decir? No entiendo.

—En Nueva York me advirtieron de que el profesor Toscano había cifrado o codificado toda la información relevante que fue descubriendo —explicó Tomás—. Por lo que parece, ponía tanto cuidado en la seguridad que se había vuelto un tanto paranoico. Además, tenía la manía de llenar todo de acertijos —suspiró—. Y por lo visto, no exageraron nada.

—Qué confusión infernal —exclamó el cónsul—. ¿Y usted consigue entender algo?

—Sí, aquí hay algunas pistas —murmuró Tomás—. Para comenzar, este «moloc». Es la primera palabra del mensaje y la única cuyo sentido me parece claro, aunque enigmático.

—¿Y qué quiere decir?

—Moloc era una divinidad de la Antigüedad. —Se rascó el mentón—. La primera vez que me crucé con esta palabra fue de niño, leyendo un libro de historietas de uno de mis héroes favoritos, Bernard Prince. El álbum se llamaba *Le souffle de Moloch* y, si no recuerdo mal, era una historia que transcurría en una isla amenazada por un volcán en erupción, un volcán conocido como Moloch. También leí siendo pequeño algunas historias de Alix, cuyas aventuras se desarrollaban en la Antigüedad e incluían al dios Moloch. Y me acuerdo también de haber echado un vistazo a un libro de Henry Miller titulado *Moloch*.

—Pero aquí pone Moloc, no Moloch.

—Mire, puede escribirse o decirse Moloc, Moloch o Melech, siempre es el mismo. La palabra original es Melech, que significaba «rey» en las lenguas semíticas. Los judíos la deformaron deliberadamente y en hebreo se convirtió en Molech, para asociar «melech», rey, con «bosheth», vergüenza. Fue así como nació Moloch, aunque la ortografía Moloc sea la más común.

—¿Y qué rey era ése?

—Era un rey divino y cruel. —Se mordió el labio inferior—. Aunque Moloc signifique «rey», en realidad, se trataba de un dios adorado por los pueblos de Moab, Canaán, Tiro y Cartago, y en su nombre se hacían sacrificios terribles, especialmente la quema de niños primogénitos. —Miró a su alrededor, como si buscase algo—. ¿Tiene por aquí alguna Biblia?

—¿Una Biblia? —se sorprendió el cónsul—. Sí, claro.

—¿Puedo verla?

—Voy a buscarla —se ofreció amablemente Lourenço, levantándose de nuevo de la mesa y saliendo de la sala.

—¿Para qué quiere la Biblia? —quiso saber el cónsul.

—Creo que hay una referencia a Moloc en el Antiguo Testamento —aclaró Tomás—. A lo largo del tiempo, el culto a Moloc fue relacionado con el mito del Minotauro, un monstruo que todos los años se comía a siete muchachos y a siete doncellas en un laberinto cercano al palacio del rey Minos, en Creta. También se lo comparó con el mito de Cronos, que devoraba a sus propios hijos, aunque Moloc se identifique sobre todo con Melkarth, de Tiro, y con Milcom, de los amonitas. Pero ésa es otra historia. Lo importante para mí, ahora, es entender en qué contexto se menciona a Moloc en la Biblia.

—¡Dios mío! —exclamó el cónsul—. Me estoy dando cuenta de que ese tal Moloc era un personaje tremendo. —Volvió a echar un vistazo al mensaje enigmático—. ¿Qué estaría sugiriendo el profesor Toscano al mencionar a un caballero tan desagradable?

—Eso es lo que yo querría saber.

Lourenço regresó con un volumen en la mano, que dejó en la mesa. Tomás hojeó la Biblia, observando el texto con atención; a veces pasaba varias páginas a gran velocidad, otras se detenía para leer con cuidado un fragmento. Pasados unos minutos, levantó la mano.

—¡Atención, aquí está!

Los dos diplomáticos se inclinaron sobre el libro.

—¿Qué?

—La referencia a Moloc. —Señaló un párrafo—. Es una parte en que Dios, por la voz de Moisés, prohíbe que se entreguen niños a Moloc. —Forzó una pausa—. Ahora escuchen —comenzó a leer—: «Será apedreado por la gente del país…, lo eliminaré del pueblo con todos los que, junto con él, hubieren rendido culto a Moloc». —Alzó la cabeza—. ¿No lo decía yo?

—Ah —exclamó el cónsul, sin entender nada—. ¿Y qué quiere decir eso?

—Pues…, no sé —admitió Tomás—. El Código Mosaico

prohibió el sacrificio de niños a Moloc, estipulando la pena de muerte para cualquier hombre que ordenase o autorizase la ofrenda de un hijo en sacrificio, aunque el Antiguo Testamento registre muchas violaciones a esta prohibición.

—Pero ¿cuál es la relación de eso con este extraño mensaje que nos ha dejado el profesor Toscano?

—Tendré que verlo con atención. Todo lo que le estoy diciendo son elementos que pueden ayudarnos a descifrar el mensaje, sólo eso. Cuando nos enfrentamos con un mensaje cifrado, o codificado, tenemos que aferrarnos a las pequeñas cosas que entendemos para poder, a partir de ahí, desvelar la cifra, o descifrar el código, según los casos.

—¿No es lo mismo?

—¿Qué?

—Cifra y código.

Tomás meneó la cabeza.

—No totalmente. Un código es una sustitución de palabras por otras palabras, mientras que la cifra implica una sustitución de letras. Podemos decir, si se quiere, que el código es el aristócrata de la familia de las cifras, dado que se trata de una forma compleja de cifra de sustitución.

—¿Y esto? —preguntó el cónsul, señalando la hoja redactada por el profesor Toscano—. ¿Es un código o una cifra?

—Pues…, no lo sé —replicó Tomás con una mueca—. La palabra «moloc» remite inequívocamente a un código, pero el resto… —Dejó la frase flotando, insinuante, y, después de una lenta consideración, acabó decidiéndose—. No, el resto también debe de ser un código. —Señaló las dos palabras restantes—. ¿Se ha fijado en cómo las vocales se unen a las consonantes, formando sílabas, expresando sonidos? «Ninundia.» «Omastoos.» Éstas, señor embajador, son palabras. Una cifra tiene un aspecto diferente, raramente aparecen sílabas, todo presenta un aspecto más caótico, desordenado, impenetrable. Vemos secuencias del tipo HSDB JHWG. Aquí no, aquí las sílabas están presentes, forman palabras, sugieren sonidos. —Mantuvo la mirada fija en la misteriosa frase, no la apartó durante unos segundos, porfiado, con la esperanza de que le saltase a la vista algo que hasta entonces no había percibido, que permanecía oculto bajo aquellas misteriosas palabras, pero acabó sacudiendo la cabeza y rindiéndose—. El problema es que no las entiendo. —Cerró los párpados y se frotó los ojos, previendo el mucho trabajo que le esperaba—. Tendré que estudiar esto con atención.

—¿Esas palabras no le dicen nada?

—Bien…, «ninundia» y «omastoos», con franqueza…, eh…, no me doy cuenta de qué pueden ser —admitió; su atención se concentró en la primera palabra; la pronunció en voz muy baja y le vino una idea a la mente—. Sí —murmuró—. Este «ninundia» parece el nombre de un lugar, ¿no cree? —Sonrió, ligeramente estimulado por haber detectado lo que le parecía una pista potencial—. Puede ser que la sílaba final, «dia», recuerde a la designación de un lugar.

—¿Un lugar?

—Sí. Por ejemplo, Norman*día*, Groenlan*dia*, Finlan*dia*…

—¿Y?

—Y así tendríamos Ninun*dia*.

—¿Y cuáles serían sus habitantes? —bromeó el cónsul—. ¿Los ninundos?

—Bueno, es sólo una intuición, nada más.

—Pero, válgame Dios, ¿cuál es el significado de todo esto?

—Voy a tener que estudiar el asunto. Al usar la palabra «ninundia», el profesor Toscano podría estar indicando que la clave de la cifra incluye un lugar. —Abrió las palmas de la mano, con un gesto de impotencia—. ¿Quién sabe? Lo cierto es que se encuentra mencionada aquí una poderosa divinidad de la Antigüedad, el terrible Moloc de Canaán, y se insinúa aparentemente una tierra desconocida, la tal Ninundia. Algo que aún me queda por determinar es qué demonios pretendería decir el profesor Toscano al colocar a este dios y ese posible lugar misterioso en el mismo mensaje. —Miró al cónsul e hizo un movimiento con el papel—. ¿Puedo quedarme con esta hoja?

—No —dijo el diplomático—. Lo lamento mucho, pero todo eso debe entregársele a la viuda.

Tomás soltó un chasquido desanimado con la lengua.

—Ah, vaya —se desahogó—. Qué pena…

—Pero se puede fotocopiar —propuso el embajador Sampayo.

—¿Fotocopiar la hoja?

—Sí. Ésa y todas las que quiera, siempre que no sean cosas de la vida privada del profesor.

—Ah, menos mal —exclamó Tomás, aliviado—. ¿Y dónde puedo hacerlo?

—Lourenço se ocupará de todo —indicó el cónsul haciéndole una seña al agregado.

—¿Qué quiere fotocopiar? —preguntó Lourenço, dirigiéndose a Tomás.

—Todo. Me hará falta todo. —Volvió a agitar la hoja que encerraba el enigmático mensaje—. Pero ésta es la más importante.

—Quédese tranquilo —aseguró el agregado cultural—. Enseguida vuelvo.

Cogió todas las hojas y salió de la sala.

—Le agradezco su ayuda —dijo Tomás, mirando al cónsul—. Me resulta muy importante.

—Oh, no es nada. ¿Necesita algo más?

—Da la casualidad de que sí.

—Dígame.

—Necesitaría entrar en contacto con los responsables de las bibliotecas que consultó el profesor Toscano.

—¿La Biblioteca Nacional y el Real Gabinete Portugués de Lectura?

—Sí.

—Eso está hecho.

El calor apretaba, el sol azotaba la ciudad con implacable violencia y la tarde se extendía frente a él, promisoria y libre; estaban reunidos los tres ingredientes principales que condujeron a Tomás a la playa. La fundación lo alojó en el mismo hotel en el que se había instalado el profesor Toscano, y la llamada del mar, una vez de vuelta en la habitación, se hizo irresistible. Tomás se puso unas bermudas, cogió el ascensor hasta el sótano, pidió una toalla y salió del hotel; recorrió la Rua Maria Quitéria hasta llegar a la magnífica Avenida Vieira Souto; aguardó el verde para los peatones, cruzó la calle, entró en la rambla y bajó hasta la playa.

La arena, fina y dorada, le quemaba los pies; fue dando saltitos hasta la tienda del hotel y pidió una tumbona y una sombrilla. Dos empleados, ambos negros oscuros y fornidos, con gorra y camisa azul, extendieron una tumbona blanca lo más cerca posible del agua y plantaron en la arena una sombrilla azul y blanca con el logotipo del hotel. Cuando terminaron, Tomás les dio un real de propina. Miles y miles de personas se apiñaban en la playa de Ipanema, no se encontraba en parte alguna más de un metro cuadrado de arena libre. «¡Italia para todos! ¡Veréis qué bueno está!», gritó una voz pasajera. Tomás se sentó en el borde de la tumbona, cogió la crema protectora, la desparramó por su cuerpo y se recostó.

Se puso a mirar a su alrededor. Un grupo de chicos italianos se encontraba extendido justo a su derecha; enfrente estaba sentada una sexagenaria, con sombrero y gafas oscuras, y a la izquierda vio a tres mulatas brasileñas que exhibían enormes senos turgentes; Tomás los observó con atención, le parecieron perfectos, pero se dio cuenta de que eran demasiado perfectos, allí había artes de cirujano. «¡Limón y mate! ¡Matia! ¡Limonada Matia!», entonó otra voz que pasó a su lado. Sintió que la piel le ardía por el choque de los violentos rayos solares y se encogió más buscando el reparo de la sombrilla.

Alguien decía a sus espaldas: «Mira, hija, relájate, ¿me has oído? Relájate, querida…». Volvió la cabeza y vio a un hombre calvo, de más de cincuenta años, tumbado al sol, con el móvil al oído. «Mira, querida, tus hijos se van de vacaciones… pues eso», decía el hombre. Era imposible no escucharlo. «Eso…, pues eso…, se van de vacaciones… y entonces, querida, vas a poder hacer el amor con tu marido, ¿te das cuenta, hija?»

Perplejo, Tomás volvió la cara hacia delante e hizo un esfuerzo para ignorar la conversación íntima que aquel padre brasileño mantenía con su hija en medio de la playa apiñada. Intentó concentrarse en lo que ocurría a su alrededor, lo que no era difícil. Una legión de vendedores había tomado la playa por asalto; no transcurrían cinco segundos sin que uno de ellos pasase por delante con los pregones más variados. «¡Pruebe el mate! ¡Pruebe el mate limón!» Un olor agradable acarició sus fosas nasales, mientras el hombre, atrás, daba consejos a su hija

81

sobre el modo mejor de satisfacer sexualmente a su marido. «¡Queso a la brasa! Delicioso. ¡Es el queso del cuajo!» Aquel buen olor era el aroma del queso mientras lo calentaban para un cliente, a la izquierda. «¡Naranja con zanahoriaaaa! ¡Naranja con zanahoriaaaa!» El individuo de detrás aconsejaba a su hija que se dedicase al sexo oral con su marido: «A los hombres les gusta mucho, querida», y fue en ese delicado momento cuando su móvil, como una campana salvadora, comenzó a sonar. «¡Agua mineral y Coca Light! ¡Mate!» Estiró el brazo y atendió. «¡Italia para toooodos! ¡Helados! ¡Italia bien heladaaa!»

—¿Dígame?

—¿Profesor Noronha?

—¿Sí?

—Le habla Lourenço de Mello, desde el consulado.

—Ah, hola. Qué rapidez en llamar…

—Sí. Bien, ya tengo aquí las cosas organizadas para mañana. ¿Puede tomar nota?

—Un momento. —Tomás se inclinó sobre su bolsa y sacó un bolígrafo y una libreta de notas; volvió a acercar el móvil a su oído—. Sí, dígame.

—A las diez de la mañana estarán esperándolo en el Real Gabinete Portugués de Lectura.

—Sí…

—Y a las tres de la tarde, el propio director de la Biblioteca Nacional lo recibirá para ayudarlo en lo que haga falta. Ya está informado de los detalles de su misión y se ha mostrado dispuesto a echarle una mano. Se llama Paulo Ferreira da Lagoa.

—Ajá, ajá…

—¿Ha tomado nota? Paulo Ferreira da Lagoa.

—… daaa La-go-a. Ya está. A las tres de la tarde.

—Exacto.

—¿Y cuál es la dirección de estas bibliotecas?

—El Real Gabinete está en la Rua Luís de Camões, es fácil recordarlo. Cerca de la plaza Tiradentes, en el centro de la ciudad. La Biblioteca Nacional también está por allí cerca, en la plaza donde comienza la Avenida Rio Branco. Cualquier taxi puede llevarlo hasta ahí, no hay problema.

—Muy bien.

—Si necesita alguna cosa más, no dude en ponerse de nuevo en contacto conmigo.

—Estupendo. Muchas gracias.

El hombre que estaba detrás también apagó el móvil y los sonidos de la playa volvieron a llenar sus oídos. «¡Açaííí!* ¡Açaí, açaííí! ¡Açaí concentrado con cereales!» Medio mundo se encontraba sentado en sillas y tumbonas, algunos en la arena, la mayoría bajo la protección de sombrillas, unos casi encima de los otros. Ipanema era una Caparica aún más densamente poblada. «¡Empanadillas! ¡Aquí empanadillas!» Grupos dispuestos en círculo jugaban junto al agua a la pelota, que botaba de aquí para allá, mientras los jugadores saltaban entre locos malabarismos. «¡Para los cariocas, para los turistas! ¡Ha llegado el sucolé de Claudinho, el mejor zumo de Río!» Unas parejas jugaban a las palas golpeando la pequeña pelota con asombrosa violencia, mientras varios grupos de personas se enfrentaban a las olas. «¡Pataaatas fritaaas!» A la derecha, al fondo de la playa, encima de Leblon, se alzaban los picos gemelos del Morro dos Dois Irmãos, en cuya ladera, sobre el mar, se extendía la blanca maraña de la favela de Vidigal. «¡Agua! ¡Mate!» Las pequeñas islas Cagarras llenaban de verde el horizonte azul frente a la playa. «¡Bocadillos naturales del bajito mochales!» A la izquierda, más allá de la Pedra do Arpoador, dos cargueros convergían lentamente en la estrecha garganta de la bahía de Guanabara. «¡Empanadiiiillas! ¡Langosta-camarón-palmito-tasajo-plátano-pollo-gallina-pollito-queso-bacalao!» Los vendedores eran un espectáculo aparte, moviéndose con pesadas cargas, sudorosos, oscuros, con gorra y camisas de colores. «¡Bronceadores baratitos! ¡Bronceadores!» Los que ofrecían de comer y beber no paraban de gritar, mientras que los otros se mostraban más discretos, la mayoría deambulaba en silencio, unos pocos murmuraban sus productos. «¿Tatuaje?» Videntes y echadores de cartas zigzagueaban por la arena y había quie-

81

* *Euterpe oleracea*, llamada en castellano «palmera de la col», común en Venezuela, Brasil, Ecuador, las Guyanas. Se obtiene de su fruto un delicioso zumo vigorizante. *(N. del T.)*

nes ofrecían protectores solares, pendientes, pulseras, sándalo, dibujos con modelos de tatuajes, gorras, sombreros, camisas, bolsas y bolsos, biquinis, artesanía, gafas, flotadores y cubos de playa, pelotas. «¡Polos de Italiaaa! ¡Polos ricos! ¡De Italiaaa!»

Tomás quería reflexionar sobre el enigma del mensaje dejado por Toscano, pero el calor intenso y la animación en la playa le impedían concentrarse en el problema. Se levantó, zigzagueó entre los veraneantes y bajó hasta el mar. El agua besó sus pies y la sintió fresca, tal vez demasiado fría para la reputación de las playas de los trópicos; olas de dos metros se abatían con fragor sobre los bañistas un poco más adelante y algunos aprovechaban para hacer del cuerpo una plancha de surf, usando en su provecho la fuerza del agua y deslizándose en la corriente. El sol calentaba con fuerza, e incidía sobre todo en los hombros, pero la frescura del agua ahuyentó el calor y Tomás volvió al problema que lo obsesionaba.

Lo primero que había que resolver era, naturalmente, el significado del nombre «moloc», si se consideraba sobre todo que esta palabra surgía aislada de las restantes; ¿por qué razón habría recurrido Toscano al cruel dios de Canaán, la divinidad de los sacrificios, para iniciar el enigma? ¿Estaría sugiriendo que la resolución de la clave incluiría un sacrificio? Por otro lado, también se debía considerar la posibilidad de que Toscano hubiese mezclado sistemas de cifra y código en el mismo mensaje; es decir, «moloc» parecía ser realmente un código, o un símbolo de algo, pero Tomás admitió que las otras palabras podían remitir a cualquier tipo de cifra. Si no estuviesen cifradas, el conjunto tendría que responder a un código, lo que, además, era más lógico y verosímil, considerando que parecían palabras. Sin embargo, en ese caso, quedaba sin resolver el problema de «ninundia». Consideró los dos caminos y decidió apartar la hipótesis de que se trataba de una cifra; partiría del principio de que se encontraba frente a un código. Si era un mensaje codificado, ¿qué demonios significaría «ninundia»? ¿Se trataría realmente de una tierra desconocida? Pero ¿cuál era la relación de Ninundia con el dios Moloc? Si lograse entender mejor el vínculo entre ambas partes, meditó, probablemente sería capaz de descifrar la otra palabra codificada, «omastoos», de la misma manera que

Champollion, más de doscientos años antes y a partir de dos simples eses y un «ra», había logrado deslindar el misterio de los jeroglíficos.

Se cansó de intentar resolver el problema a la orilla del agua y volvió hasta la tumbona; llegó mojado hasta la cintura y se estiró esperando que lo secase el sol.

—¡Aaaaaaaah! —gritó alguien a su lado, muy alto.

Dio un salto en la tumbona, con el corazón acelerado, y vio a un hombre con un cuchillo apuntando a la sexagenaria. Un atraco, pensó aterrorizado. Miró mejor y se dio cuenta de que el cuchillo tenía una cosa amarilla clavada en la punta. Y el hombre se presentaba de un modo poco común; era bajo, moreno, usaba guantes negros y una enorme cesta de mimbre equilibrada en la cabeza, una postura extraña que nadie espera ver en un asaltante.

—¿Piña? —preguntó el hombre del cuchillo.

Era un vendedor de piñas.

—Ay, qué susto —se quejó la sexagenaria.

El hombre esbozó una sonrisa contagiosa.

—De susto, nada. Es que soy un hombre y mi voz es así.

La sexagenaria sonrió y rechazó el trozo de piña que el vendedor le extendía en la punta del cuchillo; el hombre, aun así, le dio las gracias, sonriente, y siguió su camino, siempre con la cesta de piñas equilibrada en la cabeza, como si fuese un ancho sombrero mexicano, y un trozo de la fruta en la punta del cuchillo. Dio unos pasos más y, junto a una muchacha distraída, le gritó al oído.

—¡Aaaaaaaah! ¿Piña?

La chica dio un salto, lo miró llevándose las manos al pecho, defensiva, y exclamó:

—¡Qué susto!

85

No le costó mucho a Tomás descubrir las delicias de Ipanema. Probó los zumos de mango y los de caña en los bares de las esquinas del barrio, acompañándolos con tiernos panes de queso, comprados cuando aún estaban calientes, recién horneados. Al anochecer, y siguiendo el consejo de un botones del hotel, recorrió la Rua Visconde de Pirajá hasta llegar a la Farme de Amoedo; giró a la izquierda y desembocó en el Sindicato del Chopp, un restaurante abierto a la calle, sin ventanas de cristal, y muy frecuentado. Pidió carne con arroz blanco y frijoles negros, condimentados con caldo verde y farofa, y acompañó la comida con una caipiriña bien fresca. Al lado, una multitud de hombres se concentraba en el bar Bofetada. Tomás los observó con atención y se dio cuenta de que eran homosexuales.

Mientras masticaba la carne tierna, volvió al problema del acertijo de Toscano. Concentró su atención en la palabra «ninundia». Si era el nombre de una tierra desconocida, reflexionó, forzosamente la otra palabra de la misma línea, «omastoos», estaría relacionada con esa tierra; pero relacionada de qué manera, Dios santo. Se acordó de que uno de los más antiguos textos literarios se titulaba *Las aventuras de Ninurta*, una obra sumeria conservada en lengua acadia. ¿Sería Ninundia una referencia a la tierra de Ninurta? Pero, si mal no recordaba, Ninurta era de Nippur, en el actual Irak, por lo que no podía haber ninguna relación con Brasil. No, concluyó. A pesar de la semejanza entre las dos palabras, Ninundia no podía remitir a Ninurta. Sintiéndose acorralado, Tomás intentó luego descomponer las dos palabras de la segunda línea, pero sus sucesivas experiencias, ensayadas en el mantel de papel del Sindicato del Chopp, fracasaron.

Frustrado, comenzó a interrogarse en cuanto al vínculo entre el mensaje encontrado y la cuestión de fondo, es decir, ¿cuál es la relación entre Moloc y el descubrimiento de Brasil? ¿Sería Brasil Ninundia? Aún más importante era averiguar si el mensaje estaba relacionado de algún modo con el gran descubrimiento que, según Moliarti, reveló haber hecho Toscano: un descubrimiento capaz de revolucionar todo lo que se sabía sobre el periodo de los descubrimientos. Y, ya puestos, ¿qué tiene que ver Moloc con la expansión marítima? ¿Acaso Toscano descubrió que los hombres de la Antigüedad ya habían llegado a Brasil? Sería interesante saberlo, sin duda, pero Tomás no veía hasta qué punto tal información podría revolucionar los conocimientos sobre lo que ocurrió cuando Portugal se hizo a la mar para descubrir el mundo. No, decidió; tiene que ser algo diferente, algo que tenga consistencia. Saber que los hombres de Canaán estuvieron en Brasil, aunque importante, no cambiaría lo que ya se sabía sobre los descubrimientos. ¿O lo cambiaría? Tomás se atormentaba con el enigma, buscaba soluciones, hacía pruebas, intentaba ponerse en el lugar de Toscano e imaginar su razonamiento, pero no lograba avanzar en la resolución del enigma dejado por el historiador fallecido, era como si chocase con una barrera sólida, impenetrable, opaca.

Sonó el móvil.

—¿Dígame?

—*Hej! Kan jag få tala med* Tomás?

—¿Cómo?

Una risita femenina fue la respuesta.

—*Jag heter Lena.*

—¿Cómo? ¿Quién habla?

—Soy yo, profesor. Lena.

—¿Lena?

—Sí. Estaba poniendo a prueba su sueco. —Se oyó una risita más—. Me parece que usted necesita unas clases.

—Ah, Lena —reconoció Tomás—. ¿Cómo consiguió mi número?

—Me lo dio la secretaria del departamento —vaciló—. ¿Por qué? ¿No quería que lo llamase?

—No, no. —Se dio prisa en responder, temiendo haber dado una impresión equivocada—. No hay ningún problema. Me ha sorprendido, nada más que eso. Es que no me esperaba en absoluto una llamada suya.

—¿De verdad que no hay problema?

—No, quédese tranquila. Dígame, ¿qué ocurre?

—Ante todo, buenas noches, profesor.

—Hola, Lena. ¿Le va bien? Cuénteme.

—Muy bien, gracias. —Cambió ligeramente el tono—. Lo he llamado, profesor, porque necesito su ayuda.

—Diga.

—Como sabe, comencé las clases hace unos días, porque mi expediente del Erasmus se retrasó y mi inscripción en Lisboa llegó tarde.

—Sí.

—De modo que, profesor, necesitaba recuperar las clases de la asignatura que me he perdido debido al retraso.

—Pues tal vez lo mejor sea pedir los apuntes a sus compañeros.

—Ya lo he pensado. El problema es que algunos de estos temas no se aprenden sólo leyendo apuntes, ¿no? Por ejemplo, la escritura cuneiforme, de la que usted habló en las primeras clases. He estado viendo que los sumerios tenían el hábito de combinar dos símbolos de palabras para formar un símbolo compuesto, cuyo significado derivaba de sus elementos. El problema es que esas señales no siempre se componen en la misma secuencia.

—Sí, es el caso de, yo qué sé…, pues…, por ejemplo, «geme» y «ku». «Geme» significa «esclava» y se escribe colocando el símbolo de «sal», o mujer, al lado de «kur», país extranjero. Pero en el caso de «ku», que significa «comer», el símbolo de «ninda», o «pan», se coloca, no al lado de «ka», la boca, sino dentro de «ka».

—Eso es lo que me confunde. ¿En qué situaciones los símbolos se colocan uno al lado del otro y en qué situaciones un símbolo queda dentro del otro?

—Bien, eso depende de lo que…

—Profesor —interrumpió Lena—. No piensa darme una clase por teléfono, ¿no?

Tomás vaciló.

—Pues…, sí…, no…

—¿Podríamos encontrarnos para que me dé esa explicación? No sé, mañana, si quiere, o incluso hoy, si estuviese disponible.

—¿Hoy? No puede ser…

—Entonces mañana.

—Espere. Ni hoy ni mañana. Es que me encuentro en Brasil.

—¿En Brasil? ¿Está en Brasil, profesor?

—Sí. En Río de Janeiro.

—¡Uau, qué suerte! ¿Y ya ha ido a la playa?

—Casualmente, sí. He ido hoy.

—¡Ay, qué envidia! ¿Hace calor?

—Treinta grados.

—Y su pobre alumna sueca aquí, muerta de frío —dijo simulando un lamento mimoso—. ¿No le doy pena?

—Sí que me da pena —dijo Tomás mientras se reía.

—Entonces tiene que ayudarme —exclamó la muchacha, rebosante de jovialidad.

—Claro. ¿Qué necesita?

—Necesito unas clases.

—Muy bien. No estoy seguro de cuándo vuelvo a Lisboa, todo depende del avance de mis investigaciones en Río de Janeiro, pero sin duda estaré ahí el lunes, porque tengo que dar clase. Telefonéeme a partir del lunes, ¿vale?

—Sí, señor. Muchas gracias, profesor.

—De nada.

—¿Sabe? Estoy segura de que será un placer aprender con usted —concluyó la sueca, con la voz cargada de malicia.

Enfatizó la palabra «placer».

La calle se agitaba en medio del acelerado bullicio matinal y Tomás observó por la ventanilla del taxi las fachadas de los edificios y los locales de comercio popular, con las puertas abiertas, recibiendo a los clientes. Los edificios eran pintorescos, con aspecto antiguo y algo degradado; exhibían balconcillos labrados y ventanas altas, con las paredes pintadas de varios colores; aquí fachadas amarillas, allí rosas, más allá verdes, más adelante azules o beis. Tomás reconocía en aquella calle los rasgos inconfundibles de la influencia de la arquitectura tradicional portuguesa. Las aceras estaban empedradas con baldosines a la portuguesa y decoradas con figuras geométricas en negro. Por todas partes se veían tiendas con los nombres más diversos: el Pince-Nez de Ouro, el Palácio da Ferramenta, la Casa Oliveira.

—¿Qué calle es ésta?

—¿Cómo dice, señor? —preguntó el taxista, mirando por el retrovisor.

—¿Cómo se llama esta calle?

—Es la Rua da Carioca, señor. Una de las más antiguas de Río, es del siglo xix. —Señaló a la izquierda—. ¿Ve aquel local?

Tomás contempló el lugar que le indicaba; en el interior del establecimiento observó mesas con platos y cubiertos, además de vasos y botellas.

—¿Aquel restaurante?

—Sí. Es el Bar do Luís.

El taxi se detuvo, frenado por el intenso tráfico de la mañana, frente al restaurante, y los dos se quedaron mirando el local.

—Es la casa de comidas más antigua de Río, señor. Abrió en 1887 y tiene una historia curiosa. Antiguamente, el local se llamaba Bar Adolf y en él se encontraba la mejor comida alemana de la ciudad, tenían unas salchichas muy buenas. Todos los intelectuales de la época venían a comer aquí y a tomarse un *choppinho*. —El tráfico volvió a fluir y el taxi arrancó de nuevo—. Después vino la Segunda Guerra Mundial y ¿sabe qué hicieron?

—¿Lo echaron abajo?

El taxista se rio.

—Le cambiaron el nombre.

Cruzaban ahora la Avenida República do Paraguai; el taxista volvió a girar hacia la izquierda, en dirección a un edificio de estructura metálica.

90 —Ése es el cine Íris —anunció, casi transformado en un guía turístico—. Fue el más elegante de Río.

Desde la Rua da Carioca, desembocó a una amplia plaza. Todo el espacio central estaba ocupado por un jardín, protegido por rejas metálicas; había árboles en todo el perímetro y en medio se alzaba una gran estatua de bronce con un caballero que sostenía en la mano derecha algo semejante a un documento; en el pedestal se reconocían otras figuras, incluidos indios armados con lanzas y sentados sobre cocodrilos.

—¿Qué es esto?

—Es la Praça Tiradentes, señor.

—¿Aquél es Tiradentes? —preguntó Tomás, señalando la figura ecuestre del monumento que dominaba la plaza.

El taxista sonrió.

—No, señor. Ése es el emperador don Pedro I.

—¡Ah! ¿Por qué la llaman entonces Praça Tiradentes?

—Es una larga historia. Esa plaza comenzó llamándose Campo dos Ciganos. Después construyeron ahí una picota para castigar a los esclavos y el sitio comenzó a ser conocido como Terreiro da Polé. Más tarde, cuando la revuelta de Tiradentes, que condujo a la independencia, construyeron allí un cadalso y lo mataron.

—¿Mataron a quién?

—A Tiradentes, señor.

—Ah —exclamó Tomás, que, torciendo los labios, se quedó observando la figura ecuestre—. ¿Y qué lleva don Pedro I en la mano?

—La declaración de la independencia de Brasil —farfulló el taxista—. Su hijo, el emperador don Pedro II, ordenó hacer esa estatua. Cuentan que, el día de la inauguración, el emperador miró la estatua y montó en cólera —sonrió—: el hombre a caballo no se parecía a su padre.

El taxi rodeó la plaza y se internó por una callejuela estrecha; después giró a la derecha y se detuvo un poco más adelante, junto a una librería de viejo. El taxista siguió su marcha por una travesía, a la izquierda.

—Ésta es la Rua Luís de Camões, señor. El gabinete queda justamente allí.

Tomás pagó y bajó del coche. Recorrió la calle estrecha y empedrada, de sentido único, y llegó hasta una plazuela discreta, el Largo de São Francisco; la plaza estaba enaltecida por un hermoso monumento de estilo neomanuelino, se asemejaba vagamente a una Torre de Belém aún más primorosa; cuatro estatuas de tamaño natural, incrustadas en la fachada, parecían dedicarse a la vigilancia del edificio. El visitante retrocedió unos pasos, al entrar en la plaza, y admiró la esplendorosa arquitectura blanca. El único color visible era el rojo de dos cruces portuguesas de la Orden Militar de Cristo, semejantes a las de las naves y carabelas del siglo XVI; en la cima, con mayúsculas, se leía: «REAL GABINETE PORTUGUEZ DE LEITURA».

Sin dejar de admirar la vistosa fachada, Tomás atravesó la gran puerta en arco y entró en la segunda mayor biblioteca de Río de Janeiro, un hermoso edificio del siglo XIX regalado por Portugal a Brasil y donde se concentraba el más valioso acervo de obra de autores portugueses fuera del país. El visitante atravesó con tres largos pasos el pequeño vestíbulo y casi se quedó sin aliento cuando se abrió el espacio del salón central frente a él. Sus ojos se llenaron con la imagen de la magnífica gran sala

91

de lectura, donde el estilo neomanuelino alcanzaba el apogeo de su gloria. Las paredes estaban repletas de libros, obras ordenadas en grandiosas estanterías de madera labrada que subían hasta el techo como hiedras armoniosas; magníficas columnas sostenían el primero y el segundo plano de las estanterías, doblándose en elegantes arcos y culminando en hermosísimas balaustradas; en el suelo relucía un pavimento de granito gris claro pulido, cortado por vigorosas geometrías negras, de líneas paralelas y perpendiculares; una espléndida claraboya con vitrales azules y rojos se abría a todo lo ancho del techo, dejando que la luz natural se esparciese armoniosamente por la sala; cada uno de los cuatro ángulos del techo llevaba pintada la figura de un héroe portugués. Tomás reconoció entre ellas los rostros de Camões y Pedro Álvares Cabral. Del centro de la claraboya pendía una enorme y pesada araña de hierro, redonda como una esfera armilar, decorada con las armas de Portugal.

Atónito frente a la majestuosidad de aquella biblioteca, Tomás atravesó respetuosamente el salón y se dirigió a una señora sentada en un rincón, inclinada sobre un ordenador. Cuando el recién llegado se detuvo frente a ella, la mujer alzó la cabeza de la pantalla.

—¿Dígame?

—Buenos días. ¿Usted trabaja aquí?

—Sí, soy la bibliotecaria. ¿Puedo ayudarlo?

—Mi nombre es Tomás Noronha, soy profesor de la Universidad Nova de Lisboa.

—Ah, sí —exclamó la bibliotecaria, al reconocerlo—. El doctor Rebelo me ha hablado de usted. Viene recomendado por el cónsul, ¿no?

—Sí, al menos eso creo.

—Me pidieron que lo tratase muy bien —dijo con una sonrisa—. ¿En qué puedo ayudarlo?

—Necesito saber cuáles son las obras solicitadas por el profesor Vasconcelos Toscano, que estuvo aquí hace unas tres semanas.

La bibliotecaria escribió el nombre en el ordenador.

—Vasconcelos Toscano, ¿no? Déjeme ver…, sólo un momento, señor.

La pantalla dio la respuesta en unos segundos. La bibliotecaria miró la información e hizo un esfuerzo de memoria.

—¿No era el profesor Toscano un viejecito de barba blanca?

—Sí, claro.

—Ah, vale. Me acuerdo de él. —De nuevo esbozó una sonrisa—. Era un poco huraño y rezongón, algo reservado. —Miró a Tomás y, con miedo a estar hablando así con un amigo o familiar, se dio prisa en añadir—: Pero era una joya de persona, sin duda. No tengo motivos de queja.

—Sin duda.

—¡Ay! Nunca más volvió. ¿Se habrá enfadado con nosotros?

—No. Murió hace dos semanas y media.

La mujer puso una mueca de horror.

—¡Ah! —exclamó conmovida—. ¿De verdad? ¡Vaya, qué disgusto! ¡Fíjese! Todavía estaba ahí hace tan poco tiempo y ahora… —Se santiguó—. ¡Virgen Santa!

Tomás suspiró, simulando compasión; ardía, no obstante, de impaciencia por saber cuál era la respuesta que había dado el ordenador.

—¡Es la vida!

—¡Qué cosas! ¿Y usted es pariente de él?

—No, no. Soy un… amigo. Tengo la misión de recomponer las últimas investigaciones del profesor Toscano. Para una publicación. —Hizo una seña con la cabeza, indicando la pantalla del ordenador—. ¿Ya tiene alguna respuesta?

La bibliotecaria se estremeció y dirigió de nuevo su atención a la pantalla.

—Sí —dijo—. Bien, en realidad, ese viejecito, el profesor Toscano sólo vino aquí tres veces, y siempre para consultar la misma obra. —Fijó la vista en el título que aparecía en el ordenador—. Sólo quería la *História da colonização portuguesa do Brasil*, editada en 1921 en Oporto. Fue lo único que consultó.

—¿Ah, sí? —se sorprendió Tomás—. ¿Y tiene esa obra?

—Claro. ¿Qué volumen desea?

—¿Qué volúmenes consultó él?

La mujer verificó en la pantalla.

—Sólo el primero.

—Entonces tráigame ése —pidió Tomás.

La bibliotecaria se levantó y fue a buscar el libro. Mientras esperaba, Tomás se sentó cómodamente en una silla de madera junto a una mesa de consulta y admiró el hermoso salón. Inspiró con placer el olor cálido y dulzón del papel viejo, un aroma al que se había habituado desde hacía mucho en las bibliotecas y del que ya no podía prescindir: era oxígeno. Aquel aire que venía del pasado, un viajero invisible y misterioso que había atravesado el tiempo con noticias de lo que ya no existía, constituía el origen de su inspiración y el destino de su vida. Todos tienen, al fin y al cabo, sus vicios, y Tomás lo sabía. Había quien no podía vivir sin la brisa salada del mar; otros eran incapaces de privarse del aire fresco y límpido de las montañas; estaban incluso aquellos que se entregaban al hechizo verde de los perfumes purificadores que flotaban en los bosques y selvas; pero era entre los viejos manuscritos, amarillentos y enmohecidos, deteriorados y perdidos en algún rincón olvidado de una biblioteca polvorienta, donde Tomás encontraba la fuente de encantamiento y energía que lo alimentaba. Ésta, lo sabía, era su casa; allí donde hubiese libros antiguos se encontraban sus raíces más profundas.

—Aquí está —anunció la bibliotecaria, colocando en la mesa un grueso volumen.

Tomás estudió la obra y comprobó que la *História da colonização portuguesa do Brasil* había sido dirigida y coordinada por Malheiro Dias e impresa en la Litografía Nacional, en Oporto, en 1921. Comenzó a leer el texto, primero con atención; al cabo de una hora, sin embargo, y dándose cuenta de que el libro se limitaba a sistematizar un conjunto de informaciones que ya poseía, se dedicó a una lectura más transversal, hojeándolo con rapidez. Cuando terminó, frustrado por no haber encontrado nada relevante ni que lo ayudase en sus investigaciones, fue hacia donde estaba la bibliotecaria y le entregó el volumen.

—Ya lo he visto —anunció—. ¿El profesor Toscano no consultó nada más?

—El ordenador sólo ha registrado esa obra.

Tomás se quedó pensativo.

—Vaya —murmuró—. ¿Sólo vio este libro? ¿Está segura?
La brasileña reflexionó.

—Bien, sólo consultó ese libro, sin duda. Pero me acuerdo
de que se mostró también interesado en nuestras reliquias, e
incluso se dio una vuelta por ahí.

—¿Reliquias?

—Sí. Tenemos aquí un ejemplar de la primera edición de
Os Lusíadas, de 1572, y las *Ordenações de D. Manuel*, de 1521.
También están los *Capitolos de Cortes e Leys que sobre alguns
delles fizeram*, de 1539, y la *Verdadeira informaçam das terras
do Preste Joam, segundo vio e escreveo ho padre Francisco Al-
varez*, de 1540.

—¿Consultó todo eso?

—No —respondió ella, meneando vigorosamente la cabeza—. Sólo vio los libros.

—Ah —entendió Tomás—. Curiosidad de historiador.

—Exacto —sonrió la bibliotecaria—. Aquí tenemos tres-
cientos cincuenta mil libros, pero lo más importante es nuestra
colección de obras raras, un valioso acervo que incluye los manuscritos autógrafos de *Amor de perdição*, de Camilo Castelo
Branco. Eso atrae a mucha gente, ¿no? —Alzó una ceja, como
quien hace una invitación—. ¿Usted también quiere verlos?

El portugués consultó el reloj y suspiró.

—Tal vez otro día —dijo—. Ya es la una de la tarde y tengo
hambre. ¿Sabe si hay restaurantes cerca de la Biblioteca Nacional?

—Claro. Justo enfrente, al otro lado de la plaza.

—Menos mal. ¿Se puede ir a pie hasta ahí?

—¿A pie hasta la Biblioteca Nacional? ¡Huy! No, no se
puede. Hay una larga caminata, por lo menos una hora. Si
tiene prisa, más vale que coja un taxi.

Comió un bistec tierno en la terraza de un restaurante de
Cinelândia, el nombre con el que se conocía la Praça Floriano,
al comienzo de la gran Avenida Rio Branco. Mientras comía la
carne, rumiaba el misterio del acertijo que seguía sin descifrar.
Su mente hervía de dudas, surgidas de la perplejidad que lo ha-

bía dominado ante la relación establecida por Toscano entre Moloc, Ninundia y el descubrimiento de Brasil; por más vueltas que le daba al problema, no vislumbraba la solución. Incapaz de avanzar, decidió retomar la idea que había rechazado cuando vio el enigma por primera vez en el palacio de São Clemente. ¿Y si el mensaje fuese finalmente una cifra? La idea no lo convencía, es cierto; nada en aquellas extrañas estructuras verbales traslucía el aspecto caótico de las cifras; allí las vocales se unían a las consonantes, formaban sílabas, expresaban sonidos, insinuaban palabras. Parecía, de hecho, un código. Pero ¿y si fuese realmente una cifra? A falta de mejores ideas, Tomás optó por considerar esa hipótesis, a título meramente exploratorio, y decidió someterla a un análisis de frecuencias. El primer problema era determinar cuál era la lengua en que el mensaje cifrado, si es que era cifrado, había sido escrito; como Toscano era portugués, le pareció natural que el mensaje oculto estuviese escrito en portugués.

Sacó la fotocopia del acertijo, doblada dentro de la libreta de notas, y la estudió con cuidado. Contó las letras de las dos palabras de la segunda línea y descubrió que dos letras, la «o» y la «n», aparecían tres veces, mientras que la «a», la «s» y la «i» se repetían dos veces; la «d», la «t», la «u» y la «m» aparecían sólo una vez. Como criptoanalista, Tomás sabía que las letras más comunes de las lenguas indoeuropeas son la «e» y la «a», por lo que decidió colocarlas, respectivamente en el lugar de la «n» y de la «o», las más frecuentes del acertijo. Otras letras muy frecuentes del alfabeto eran la «s», la «i» y la «r», lo que lo llevó a hacer la prueba de sustituirlas, precisamente, por la «a», por la «s» y por la «i» en el acertijo. Escribió la frase en el mantel de papel del restaurante y procedió a la sustitución de las letras. Cuando terminó, se quedó contemplando la prueba.

NINUNDIA   OMASTOOS
ERE?E?RS   A?SI?AAI

¿Qué sería esa primera palabra: «ere¿e¿rs», a la que le faltaban sólo dos letras? Imaginó letras más raras en el espacio vacío de esta primera palabra y fue haciendo simulaciones: primero, con la «c»: erececrs; después, con la «m», erememrs; por fin, con la «d», erededrs. Negó con la cabeza. No tenía ningún sentido. Buscó la última palabra, «a¿si¿aai», pero ésta también se mantuvo impenetrable. ¿Acsicaai?, ¿Amsimaai?, ¿Adsidaai? Insatisfecho, admitió que el problema radicaba en la posibilidad de haber apostado por la secuencia errada. Así pues, para poner las cosas en limpio, cambió las «a» y las «e» entre sí y observó el resultado.

ARA?A?RS E?SI?EEI

Peor aún. «¿Ara¿a¿rs» sería Aramamrs? ¿Aratatrs? No tenía sentido. Desesperado, buscó la segunda palabra: «e¿si¿ee»; pero ésta tampoco reveló su secreto. ¿Emsimee? ¿Etsitee? No. Pensando que el error podría estar en las otras letras, lo que era muy natural, decidió cambiar el orden entre las «s», las «r» y las «i». Cuando concluyó, miró la nueva distribución, pero, una vez más, no logró sacar de allí ningún significado inteligible. Sacudió la cabeza y desistió, definitivamente convencido de que no se trataba de una cifra. Era sin duda un código. Pero ¿cuál? En el Gabinete Portugués no había encontrado nada que le pareciese relevante y sus esperanzas estaban ahora por entero depositadas en la Biblioteca Nacional donde, al parecer, Toscano había pasado la mayor parte del tiempo, y donde habría podido obtener el hallazgo crucial que mencionó Moliarti.

Suspiró pesadamente.

Miró por la ventana del restaurante y, más allá de los árboles que coloreaban la plaza, observó la fachada del edificio. Tomás sabía que aquélla era una biblioteca especial. Contaba con más de diez millones de volúmenes, lo que hacía de ella la octava biblioteca del mundo y la mayor de lengua portuguesa, pero no era eso lo que la volvía especial. Su importancia para esta investigación, en realidad, no derivaba de la cantidad de obras que albergaba, sino de su calidad, que se debía a los distantes y difíciles orígenes de aquella institución. En realidad, la Biblioteca Nacional de Río de Janeiro era la heredera de la antigua Livraria Real Portuguesa, devastada por un incendio que provocó el gran terremoto de 1755, en Lisboa. En su momento, la «librería» se re-

97

construyó por orden de don José y comenzó a designarse como Real Bibliotheca. Cuando las fuerzas napoleónicas invadieron Portugal, a comienzos del siglo XIX, la Corona portuguesa huyó a Brasil, trasladando la capital del Imperio a Río de Janeiro, y ordenó enviar allí el acervo de la biblioteca; sesenta mil libros, manuscritos, estampas y mapas, incluidos más de dos centenares de preciosos incunables, cruzaron el Atlántico en cajas y fueron depositados en las márgenes de la bahía de Guanabara para ser guardados en los sótanos del hospital del convento de la Orden Tercera del Carmen. Quedaron depositados allí verdaderos tesoros de la bibliografía mundial, entre ellos dos ejemplares de la *Biblia de Mogúncia*, de 1462, la primera Biblia impresa después de la de Gutenberg; la primera edición de *Os Lusíadas*, de Camões, fechada en 1572; y el *Registrum huius operis libri cronicarum cu(m) figuris et ymagibus ab inicio mu(n)di*, también conocida como *Crónica de Núremberg*, la célebre obra de Hartmann Schedel que realiza una crónica general del mundo conocido en 1493, fecha de su publicación, y que incluía tres estampas de Albrecht Dürer. Cuando Brasil declaró la independencia, Portugal reclamó la devolución de este tesoro cultural, pero los brasileños no cedieron y ambas partes acordaron que Lisboa recibiría una indemnización de ochocientos «contos de réis», ochocientos mil pesos, por su pérdida.

Fue así, con grandes esperanzas y cuando faltaban cinco minutos para las tres de la tarde, del modo en que Tomás abandonó el restaurante y cruzó la plaza y la Avenida Rio Branco en dirección a la Biblioteca Nacional. Subió las anchas escaleras de piedra y a la entrada lo detuvo un guardia que le indicó un mostrador a la izquierda; era la portería. Cuatro muchachas con cara de aburridas aguardaban a los visitantes detrás del mostrador.

—Buenas tardes —saludó Tomás y consultó la libreta de notas en busca del nombre que le había dado el asesor del cónsul—. Quería hablar con Paulo Ferreira da Lagoa.

—¿Tiene cita? —preguntó una de las muchachas, de tez morena y ojos verdes cristalinos.

—Sí, me está esperando.

—¿Su nombre?

El recién llegado se identificó y la recepcionista cogió el teléfono. Después de un compás de espera, la muchacha le entregó una tarjeta a Tomás y le indicó que tendría que subir a la cuarta planta; le señaló el lugar de los ascensores y el visitante siguió el camino indicado. Lo identificó nuevamente un guardia, esta vez una oronda mujer que vigilaba el acceso a los ascensores y que inspeccionó la tarjeta y alzó la ceja cuando vio la libreta de notas que él llevaba en la mano.

—Sólo puede usar lápiz en la sala de lectura —informó la mujer.

—Pero aquí sólo tengo un bolígrafo…

—No importa. Pida un lápiz prestado en la sala o, si no lo hubiere, vaya a comprarlo a la cafetería, allí se lo venderán.

Aguardó unos instantes en la entrada del ascensor; se abrieron las puertas y lo encontró repleto de gente que venía del piso inferior. Subió hasta la última planta, la cuarta. Salió al vestíbulo, que estaba dominado por unas escaleras de mármol, con una baranda que se prolongaba por el pasillo, y se acercó a la verja de bronce que la protegía; pasó la mano por la verja, comprobando que estaba tratada con pátina negra y friso; acarició el pasamanos de latón dorado pulido y admiró el interior del edificio. Miró a su alrededor y comprobó que la primera puerta a la derecha señalaba: «DIRECCIÓN». Fue hacia allí. Abrió la puerta y la impresión inicial que lo invadió fue la ráfaga de aire fresco y seco de los aparatos de aire acondicionado; la segunda sensación fue de sorpresa. Esperaba ver un despacho, pero se encontró con un vasto salón; el despacho era, en definitiva, un ancho salón que circundaba un salón central por donde se distribuían escritorios, armarios y gente trabajando. Una amplia claraboya, ricamente decorada con vidrieras de colores, cubría todo el techo y se dejaba invadir por la luz del día.

—¿Dígame? —preguntó un muchacho sentado en el despacho junto a la puerta—. ¿Puedo ayudarlo?

—Venía a hablar con el director.

El empleado lo condujo hasta la secretaria del responsable de la Biblioteca Nacional, una muchacha morena, de ojos ne-

99

gros y mentón puntiagudo, que, sentada frente a un viejo escritorio de madera, se encontraba hablando por teléfono. Cuando terminó de hablar, colgó y observó al recién llegado.

—¿Usted es el profesor Noronha?

—Sí, soy yo.

—Voy a llamar al señor Paulo, que quiere saludarlo, ¿de acuerdo?

La muchacha recorrió el balcón y fue hacia un hombre cuyo pelo castaño claro raleaba en la coronilla, aparentaba unos cuarenta y cinco años y se encontraba sentado con varias personas en una mesa larga. Era evidente que estaban en una reunión. El hombre se incorporó, era alto y su barriga dibujaba una pequeña curva de la felicidad, nada excesiva. Siguió a la muchacha y fue a saludar a Tomás.

—Profesor Noronha, encantado —saludó estirando la mano derecha—. Soy Paulo Ferreira da Lagoa.

—Encantado.

Se dieron la mano.

—El cónsul me llamó y me explicó su misión. Por ganar tiempo, he pedido un registro de todas las solicitudes de libros hechas por el profesor Toscano. —Hizo una seña a su secretaria—. Célia, ¿tiene ahí el informe?

—Sí, señor —asintió la muchacha, extendiéndole una cartera beis.

El director de la biblioteca abrió la cartera, hojeó los documentos y se los extendió al visitante.

—Aquí tiene, profesor.

Tomás cogió la cartera y examinó los documentos. Eran copias de las solicitudes realizadas semanas antes por Toscano. La calidad de la lista fue lo que enseguida le llamó la atención. La primera solicitud era la *Cosmographiae introductio cum quibvsdam geometriae ac astronomiae principiis as ean rem necessariis, Insuper quatuor Americi Vespucii navigationes*, de Martin Waldseemüller, fechada en 1507; después venía la *Narratio regionum indicarum per hispanus quosdan devastatarum verissima*, texto de 1598 de Bartolomé de las Casas; luego, la *Epistola de Insulis nuper inventis*, publicada por Cristóbal Colón en 1493; la solicitud siguiente se titulaba *De orbe nous decades*, de Pietro d'Anghiera [Pedro de Anglería], de 1516; la penúltima hoja señalaba el *Psalterium,* de Bernardo Giustiniani, también de 1516; la última era *Paesi nouamente retrovati et novo mondo da A. Vesputio,* de Fracanzano da Montalboddo, fechada en 1507.

—¿Es esto lo que buscaba?

—Sí —asintió Tomás con expresión pensativa.

El director de la Biblioteca Nacional presintió la vacilación del portugués.

—¿Es correcto?

—Pues…, sí… quiero decir: aquí hay algo que me parece extraño.

—¿A qué se refiere?

Tomás le extendió las copias de las solicitudes.

—Dígame, señor Lagoa, ¿cuáles de estas obras tienen alguna relación con el descubrimiento de Brasil por Pedro Álvares Cabral?

El brasileño analizó los títulos que constaban en las solicitudes.

—Bien. La *Cosmographiae introductio* de Waldseemüller muestra uno de los primeros mapas donde aparece Brasil. —Consultó otra solicitud—. Y *Paesi,* de Montalboddo, es el primer libro donde se publicó el relato del descubrimiento de Brasil. Hasta 1507, sólo los portugueses conocían los detalles del viaje de Cabral, que nunca había merecido una exposición pormenorizada en una obra. *Paesi* es el primer testimonio.

—Ajá… —murmuró Tomás, evaluando lo que le había dicho el director—. ¿Los demás libros no tienen relación con Brasil?

—No, que yo sepa, no.

—Es extraño…

Se hizo un silencio.

—¿Desea consultar alguna de estas obras?

—Sí —decidió Tomás—. *Paesi.*

—Voy a pedir que lo lleven a la sala de microfilm.

—¿El profesor Toscano leyó *Paesi* en microfilm?

Lagoa consultó la solicitud.

—No, vio el original.

—Entonces, si no le importa, convendría que yo viese tam-

101

bién el original. Quiero consultar exactamente los ejemplares que él consultó. Imagine que hay anotaciones marginales importantes o que el tipo de papel usado es algo que llega a resultar relevante. Necesito ver lo que él vio: sólo así estaré seguro de que no se me escapa nada.

El brasileño hizo una señal a su secretaria.

—Célia, mande buscar el original de *Paesi*. —Miró nuevamente la solicitud—. Está en el cofre 1,3. Después lleve al señor profesor a la sección de libros raros y proceda a la consulta según el protocolo. —Se volvió hacia Tomás y le dio un apretón de manos—. Señor profesor, ha sido un placer. En cualquier otra cosa que necesite, Célia le ayudará.

Lagoa regresó a su reunión y la secretaria, después de un breve telefonazo, hizo una seña al visitante para que la siguiese. Salieron al vestíbulo y bajaron un piso por la escalinata de mármol. Célia condujo a Tomás hasta una puerta, justo debajo del despacho de la dirección, donde un cartel indicaba «LIBROS RAROS»; entraron y el visitante se dio cuenta de que habían vuelto a la misma sala de la dirección, aunque ya no estuviesen en el gran balcón de arriba, sino en la sala de abajo. A la izquierda, había un gran armario de madera, con pequeños cajones y tiradores metálicos, un papel junto a los tiradores indicaba las letras de referencia por autor y título. Atravesaron el salón y Tomás se vio ante una mesa colocada enfrente de los escritorios de las bibliotecarias. La mesa estaba cubierta por una tela de terciopelo color burdeos. Encima de ella, había un pequeño libro marrón con las cejas grabadas en dorado y un par de guantes blancos y finos. Célia le presentó a la bibliotecaria, una señora baja y regordeta.

—¿Éste es el libro? —preguntó Tomás, señalando el ejemplar antiguo apoyado sobre el terciopelo de la mesa.

—Sí —confirmó la bibliotecaria—. Es el *Paesi*, de Montalboddo.

—Ajá. —Se acercó, inclinándose sobre la obra—. ¿Puedo verlo?

—Claro —autorizó la señora—. Pero, disculpe, tendrá que ponerse los guantes. Es un libro antiguo y siempre cuidamos de que no queden huellas de los dedos ni…

—Lo sé —interrumpió Tomás con una sonrisa—. No se preocupe, ya estoy habituado.

—Y sólo puede utilizar lápiz.

—Eso es lo que me falta —dijo el portugués, palpándose los bolsillos.

—Puede usar éste —exclamó la bibliotecaria depositando un lápiz afilado en la mesa.

Tomás se puso los guantes blancos, se sentó y cogió el pequeño libro marrón, pasando la mano con suavidad por la encuadernación de piel. Las primeras páginas anunciaban el título y el autor, además de la ciudad, Vicentia, y la fecha de publicación, 1507.

Una anotación a lápiz constataba, en portugués moderno, que allí se encontraba la primera narración del viaje de Pedro Álvares Cabral a Brasil y que la obra era la segunda de las colecciones más antiguas de viajes. Hojeó el libro: las páginas, amarillentas y manchadas, exhalaban un aroma cálido y dulzón; le habría gustado sentir la textura de las hojas en la yema de los dedos, pero los guantes lo volvían insensible al contacto, como si estuviese anestesiado. El texto parecía redactado en toscano y estaba impreso a veintinueve líneas, con *ornées* que abrían cada capítulo.

Le llevó dos horas leer la obra, haciendo anotaciones a lápiz en su libreta de notas. Cuando terminó, dejó el libro, se levantó de la silla, se desperezó y se dirigió hacia la bibliotecaria, ocupada con unas solicitudes.

—Disculpe —dijo, atrayendo su atención—. Ya he terminado.

—Ah, sí —exclamó ella—. ¿Quiere consultar alguna obra más?

Tomás miró el reloj. Eran las cinco de la tarde.

—¿A qué hora se cierra la biblioteca?

—A las ocho, señor.

El portugués suspiró.

—No, creo que me voy a marchar, ya estoy cansado. Volveré mañana para ver el Waldseemüller. —Hizo un gesto de saludo con la cabeza—. Muchas gracias y hasta mañana.

Célia regresó a la sala de los libros raros y lo acompañó durante el trayecto por el ascensor. Bajaron hasta el piso de la entrada principal y siguieron hasta el vestíbulo, rodeando la escalinata de mármol. Al acercarse al mostrador de la portería, para que el visitante devolviese la tarjeta de lector, la secretaria del director de la biblioteca se detuvo de repente, abrió mucho los ojos y se llevó las manos a la cabeza.

—Ay, profesor, que me acabo de acordar de una cosa —gimió.

Tomás la miró, sorprendido.

—¿Qué?

—Mire, el profesor Toscano solía usar nuestros cofres de lectores y, ahora que ha fallecido, tenemos su cajón cerrado sin que lo podamos utilizarlo. —Adoptó una actitud de súplica—. ¿Le importaría entregar en el consulado las cosas que él dejó aquí?

El portugués se encogió de hombros y abrió las manos, en un gesto de indiferencia.

—Claro que no. Pero no voy a perder mucho tiempo, ¿no?

—Sólo será un momento —lo tranquilizó Célia.

La muchacha aceleró el paso en dirección a un guardia de seguridad que se encontraba a la izquierda del vestíbulo, justo por detrás de la portería, y Tomás la siguió. Pasaron por un detector de metales, semejante a los de los aeropuertos, y llegaron ante dos muebles negros, sólidos y compactos. Célia comprobó los números de cada cajón hasta detenerse frente al nicho sesenta y siete; sacó una llave maestra del bolsito y la introdujo en la puerta del nicho. La puerta se abrió, mostrando un pequeño cofre con varios documentos; sacó los papeles y se los entregó a Tomás, que seguía la operación con creciente curiosidad.

—¿Qué es esto? —preguntó el portugués, mirando las hojas que tenía en la mano.

—Son las cosas que dejó el profesor Toscano. No le importa llevarlas, ¿no?

Tomás hojeó los papeles: había fotocopias de documentos microfilmados y algunos apuntes. Intentó leer los apuntes y descubrió algo extraño; había una hoja con dos frases de tres palabras escritas con mayúscula y secuencias cruzadas del alfabeto.

ANA
ASSA
ARARA

SONOS
MATAM
OTTO

```
A   D — E   H — I   M
|   |   |   |   |   |
B — C   F — G   J — L
```

Tomás cerró los ojos e intentó desvelar el significado de esas insólitas frases. Se quedó un momento reflexionando. Consideró varias posibilidades y su rostro se iluminó con una sonrisa. Extendió la hoja a Célia, orgulloso y triunfante.

—¿Qué opina de esto?

La brasileña observó las palabras, frunció el ceño y alzó los ojos.

—Bien…, no lo sé, son cosas extrañas, ¿no? —Inclinó la cabeza sobre la hoja, leyendo lo que estaba escrito en los primeros dos bloques—. «Ana assa arara y sonos matam Otto.»

Tomás alzó las cejas.

—¿No nota nada especial?

La muchacha volvió a observar la hoja; después de un intento de vana búsqueda, hizo una mueca con la boca.

—Bien, son unas frases sin mucho sentido, ¿no?

—Pero ¿no nota nada más?

Ella volvió a fijar la atención en la hoja.

—No —dijo por fin—. ¿Por qué?

El portugués señaló las dos frases.

—¿Se ha dado cuenta de que estas palabras son simétricas?

—¿Simétricas cómo?

—Leyéndolas de izquierda a derecha o de derecha a izquierda dicen siempre lo mismo. —Fijó la vista en las letras—. Ahora observe. La primera palabra es «Ana», que se lee de la misma manera en un sentido y en el otro. Con «assa» ocurre lo mismo. Y con «arara». Y así sucesivamente.

105

—¡Huy, qué maravilla! —exclamó Célia admirada—. ¡Fíjese! ¡Qué cosa!

—Curioso, ¿no?

—¿Y por qué él hizo eso?

—Bien, al profesor le gustaban los acertijos y, por lo visto, se ponía a hacer juegos de... —Tomás se calló, abrió mucho los ojos, que acabaron empañados, y sus labios esbozaron una «o»—. ¿No sería que este hombre..., este hombre..., estaba...? —titubeó como hablando consigo mismo, mientras su boca se abría y se cerraba como la de un pez; llevó atropelladamente sus manos a los bolsillos y, al no encontrar lo que quería, consultó con frenesí los papeles que estaban doblados dentro de la libreta de notas, hasta que encontró la hoja que buscaba—. ¡Ah! Aquí está.

Célia observó la hoja, pero no entendió nada.

MOLOC
NINUNDIA OMASTOOS

Tomás recorrió con la vista las mismas palabras, soplándolas con un murmullo imperceptible. Trazó después, en medio de su frenesí, unos garrapatos ininteligibles. De repente, se iluminó su rostro y alzó los brazos con entusiasmo.

—¡Ya lo tengo! —gritó y su voz resonó en el vestíbulo atrayendo unas cuantas miradas.

Célia lo observó con asombro.

—¿Qué ha pasado, profesor?

—He descifrado el acertijo —exclamó con los ojos desorbitados, excitado y alegre—. Es de una sencillez apabullante. —Se golpeó las sienes con el índice—. He andado de aquí para allá rompiéndome la cabeza como un tonto cuando, en definitiva, bastaba con leer todo de derecha a izquierda desde la primera línea. —Miró de nuevo el papel—. ¿Quiere verlo?

Cogió el bolígrafo y escribió la solución por debajo de la cifra. En la línea de arriba escribió:

COLOM

Y en la de abajo, comparándola con la estructura alfabética anotada por Toscano, hizo una extraña cuenta:

NINUNDIA
OMASTOOS

N — I — N — U — N — D — I — A
| | | | | | | |
O — M — A — S — T — O — O — S

NOMINASUNTODIOSA

Analizó mejor esta frase, dedujo los espacios en los lugares apropiados y la reescribió:

NOMINA SUNT ODIOSA

—¿Qué es eso? —preguntó Célia.

—Sí —murmuró Tomás que, haciendo un esfuerzo de memoria y frunciendo el ceño, localizó la cita—. Ovidio.

—¿Qué?

—Ovidio —repitió—. Es el mensaje que el profesor Toscano nos dejó.

—¿Ovidio? Pero ¿qué significa?

—Significa, estimada amiga, que voy a volver arriba y a consultar todo de nuevo —dijo, mientras desandaba con prisa el camino hacia los ascensores y sacudía en alto la hoja—. Aquí está la pista del gran descubrimiento.

IV

*L*as nubes altas amenazaban con ocultar el sol, surgiendo lentas, como un manto lejano, creciendo desde la línea del horizonte hacia poniente; eran estratocúmulos altos, de aspecto grumoso y vagamente grisáceos, planos y oscuros en la base, en jirones y brillantes en la cresta. El sol de invierno iluminaba la sábana resplandeciente del Tajo y el caserío bajo de Lisboa con su claridad límpida, fría, transparente, realzando en tonos vivos las fachadas de colores y los tejados color ladrillo que subían y bajaban, como olas, a merced del relieve curvilíneo, incluso femenino, de la colina de Lapa.

Tomás estuvo y anduvo por las callejas semidesiertas del barrio, volviendo a la izquierda y girando a la derecha, indeciso en cuanto al rumbo que seguiría en aquel estrecho laberinto urbano, hasta que, casi por accidente, desembocó en la discreta Rua do Pau da Bandeira. Bajó por la calle inclinada y, en medio, se encontró con el hermoso edificio color salmón; entró con el pequeño Peugeot por el gran portón que se abrió a la izquierda y se detuvo delante de dos relucientes Mercedes negros, en el patio que había frente a la puerta de entrada del elegante palacete. Un portero impecablemente uniformado, con chistera de un gris claro, abrigo y chaleco de un gris oscuro y corbata plateada, se acercó al coche y el recién llegado bajó la ventanilla.

—¿Es éste el hotel da Lapa?

—Sí.

—¿Puedo aparcar en este patio? Es que en la calle…

—No se preocupe. Déjeme la llave que yo se lo aparco.

Tomás entró en el acogedor vestíbulo del hotel con la cartera en la mano. El suelo de mármol de color crema marfil parecía un espejo, la superficie lisa y reluciente sólo cortada por un dibujo geométrico incrustado en el centro; sobre el dibujo se apoyaba una graciosa mesa circular que sostenía un hermoso jarrón repleto de malvarrosas erguidas, radiantes y llenas de esplendor, abiertas en abanico como un pavo real; conocía bien estas flores, se encontraban a veces en la sepultura de los hombres de Neanderthal o en las tumbas de los faraones. Pensó que Constança sabría interpretar su significado. Los muebles que decoraban el vestíbulo eran de estilo Luis XV, o al menos una buena imitación, con sofás de color beis y sillas forradas con piel blanca.

Vislumbró un rostro familiar a la izquierda; tenía ojos pequeños y la nariz ganchuda. El hombre dejó el diario de color rosa, se levantó del sofá y se dirigió al recién llegado.

—Tom, ya me he dado cuenta de que es una persona puntual —exclamó Nelson Moliarti con una sonrisa y su característico acento brasileño americanizado.

Se dieron la mano.

—Hola, Nelson. ¿Qué tal está?

—Estupendamente bien. —Abrió los brazos y aspiró el aire—. Ah, qué maravilla estar en Lisboa.

—¿Hace mucho que llegó?

—Hace tres días. He paseado un montón.

—¿Ah, sí? ¿Y adónde ha ido?

—Oh, a muchas partes, imagínese. —Hizo una seña para que avanzasen hacia la derecha, en dirección a una sala que un cartel identificaba como RIO TEJO BAR—. Venga, vamos a tomar algo. ¿Tiene hambre?

—No, gracias, ya he almorzado.

—Pero son casi las cinco de la tarde, Tom. *Tea time.*

Un piano de larga cola, un Kawai negro resplandeciente, custodiaba la entrada del bar como un centinela solitario y silencioso, esperando pacientemente que llegasen dedos ágiles para animar las teclas color marfil. A la derecha había una barra de nogal barnizada, donde un camarero pasaba un paño a los vasos, y enfrente estaban las mesas y sillas, todas de estilo Luis XV, forradas con una tela con motivos elaborados; cinco

109

grandes ventanas, protegidas con cortinas rojo oscuro, se abrían al jardín y la suave melodía de un ballet de Tchaikovski flotaba en el aire, muy leve, llenando el bar con una atmósfera tranquila, graciosa, refinada. Moliarti eligió una mesa junto a una de las ventanas y, con un gesto, invitó a Tomás a sentarse.

—¿Qué va a querer?

—Oh, un té.

—*Waiter* —llamó el estadounidense, haciéndole una seña al camarero, quien abandonó la barra y fue hacia el lugar donde estaban los clientes—. Un té para el amigo.

El camarero preparó el bloc de notas.

—¿Qué té desea?

—¿Tiene té verde? —preguntó Tomás.

—Naturalmente. ¿Qué tipo de té verde?

—Huy…, no sé…, té verde —titubeó, rascándose la cabeza—. ¿Hay más de un tipo?

—Tenemos varios tipos de té verde.

—Pues… bien… ¿Cuál me aconseja?

—Depende de los gustos. Pero, si me lo permite, caballero, le recomendaría el gabalong japonés. Es suave, noble, ligeramente afrutado, fresco, en hebras, floral.

—Me ha convencido —dijo sonriendo Tomás—. Tráigame ése.

—¿Y para comer?

—Mire, unos pastelitos. ¿Tiene algo con chocolate?

—Tenemos unas *cookies* muy apreciadas por todos los clientes.

—Tráigalas, pues.

—Muy bien —asintió el camarero tomando nota del pedido; levantó la cabeza y miró a Moliarti—. ¿Y usted, caballero?

—Tráigame aquel *snack* que comí aquí ayer.

—¿Foie-gras de pato perfumado con armañac, además de mermelada de tomate verde y medianoches con nueces e higos?

—*That's right* —dijo Moliarti con un gesto divertido—. Y champán.

—¿Tal vez un Louis Roeder, de Reims?

—Ese mismo. Bien frío.

El camarero se alejó y Moliarti le dio a Tomás una palmada amistosa en la espalda.

—¿Y? ¿Qué tal le ha ido en Río?

—Ciudad maravillosa —sonrió el portugués repitiendo el famoso estribillo—. Llena de encantos mil.

—*I agree* —corroboró Moliarti—. ¿Cuándo llegó?

—Ayer por la mañana. Pasé toda la noche en el avión.

—*Oh, shit*. Qué agobio, ¿no?

—Terrible. No he dormido nada.

—Me imagino —dijo haciendo una mueca—. Y otra cosa: ¿ha engordado?

—Huy… qué va. En realidad, fue una sorpresa para mí cuando me fui a pesar en mi casa y descubrí que había mantenido el mismo peso. ¿Cómo es posible después de toda la *picanha* que he comido?

—¿Comió mucha fruta?

—Toneladas. Zumos de mango, de maracuyá, de piña, mucha papaya en el desayuno…

—Pues ya está: comiendo tanta fruta ¿cómo iba a engordar?

—Es verdad.

El camarero se acercó con las *cookies* y la botella de champán, que se abrió con un discreto «pop»; sirvió unas gotas doradas y efervescentes en la copa de Moliarti y se alejó para ocuparse del resto de la merienda.

—Cuénteme, pues —dijo el americano adoptando una expresión seria; apoyó los codos sobre la mesa y juntó las manos a la altura de la nariz, uniéndolas por las yemas de los dedos—. ¿Qué llegó a descubrir?

Tomás abrió la cartera, que mantenía junto a sus pies, y sacó de ella la libreta de notas y algunos documentos, que dejó sobre la mesa.

—He descubierto algo —reveló mientras se inclinaba para cerrar la cartera vacía; se enderezó y miró a su interlocutor—. He leído todas las obras que el profesor Toscano consultó en la Biblioteca Nacional de Río y en el Real Gabinete Portugués de Lectura, y he tenido acceso a sus fotocopias y notas, tanto a las que se encontraban en el hotel de Ipanema, y que el consulado

111

remitió después a la viuda, como a las que había dejado en los cofres de los lectores de la Biblioteca Nacional. Y esta mañana estuve en la Biblioteca Nacional portuguesa, aquí en Lisboa, para comprobar algunas cosas más. De modo que, aún lejos de tener respuestas definitivas, diría que ha habido algún progreso. —Consultó la libreta de notas—. Vamos a comenzar, si no le importa, por el informe sobre todo lo que estuvo investigando el profesor Toscano acerca del descubrimiento de Brasil, en resumidas cuentas el objeto del estudio que le encargó la fundación.

—*Okay*.

—Como me había informado, el *briefing* que se le dio al profesor Toscano insistía en una investigación concluyente con respecto a las viejas sospechas de los historiadores, muchos de los cuales creen que Pedro Álvares Cabral se limitó a oficializar lo que otros navegantes ya habían descubierto con anterioridad, en secreto.

—*That's right*.

—Vayamos por partes. La primera cuestión fundamental es determinar si existió o no una política de sigilo en Portugal durante la época de los descubrimientos. Ése es un elemento fundamental, dado que, si no la había, echa por tierra la tesis de que Cabral se limitó a oficializar lo que otros habían descubierto. Y ello porque, como es obvio, no tenía sentido que los portugueses ocultasen la información del descubrimiento de Brasil si no hubiera existido tal política.

—Evidentemente.

—La cuestión no está libre de polémica, porque hay historiadores que opinan que la política de sigilo es una invención, un mito de la historia.

—¿Y lo es?

Tomás hizo una mueca con la boca.

—No lo creo. En mi opinión, realmente existió. Es lo que yo pienso, es lo que pensaba el profesor Toscano y es lo que piensan muchos otros historiadores. Es cierto que hubo algún abuso por parte de varios investigadores en recurrir a la política de sigilo como forma de llenar las lagunas de la documentación disponible, pero la verdad es que muchas de las empresas marítimas portuguesas estuvieron rodeadas de un gran secreto, incluso las de mayor importancia. Por ejemplo, las crónicas oficiales portuguesas de la época silenciaron la proeza de Bartolomeu Dias, que cruzó el cabo de Buena Esperanza y descubrió el paso del Atlántico al Índico, y fue Cristóbal Colón, que casualmente se encontraba en Lisboa con ocasión del regreso de Dias, quien reveló al mundo tan extraordinario acontecimiento. Si no hubiese sido por la accidental presencia de Colón en Portugal, quién sabe si Dias no habría permanecido en la oscuridad de la historia, silenciado su notable viaje para siempre por las exigencias secretistas de la política de sigilo, y aún hoy pensaríamos que había sido Vasco da Gama el primero en cruzar el cabo.

—Entiendo —asintió Moliarti con un movimiento afirmativo de cabeza—. En el fondo, lo que usted dice es que la expansión marítima portuguesa está llena de varios Bartolomeu Dias que permanecieron en el anonimato porque no tuvieron la suerte de encontrar a un Colón que rompiese la política de sigilo.

—Exactamente. Por otra parte, si nos fijamos bien, esta política no carecía de sentido. Los portugueses eran un pueblo pequeño y con recursos limitados, no habrían sido capaces de competir con las grandes potencias europeas en plan de igualdad si todos hubiesen compartido la misma información. Se dieron cuenta de que la información es poder y, conscientes de ello, la guardaron con certera avaricia, preservando así el monopolio del conocimiento sobre esta materia estratégica para su futuro. Es cierto que el silenciamiento no era total, sino selectivo, sólo se ocultaban determinados hechos sensibles. Fíjese en que había situaciones en las que, por el contrario, hasta era conveniente publicitar los descubrimientos, dado que la prioridad de exploración de un territorio era el primer criterio de la reivindicación de su soberanía.

El camarero del bar regresó con una bandeja equilibrada sobre la yema de los dedos; colocó en la mesa una tetera humeante, una taza y una azucarera; Tomás reparó en que se trataba de porcelana Vista Alegre con decoración *famille verte*, la loza blanca adornada con motivos de mariposas y hojas de morera, imitando

113

la porcelana china del periodo K'ang Hsi. El camarero sirvió el té en la taza e insinuó una suave inclinación con la cabeza.

—Té gabalong japonés —anunció y se retiró de inmediato.

Tomás analizó el líquido que se balanceaba en la taza; el té verde era claro, límpido, y exhalaba un agradable vapor aromático. Echó dos cucharadillas de azúcar, revolvió con cuidado, haciendo tintinear la cucharilla en la porcelana, y lo probó; era realmente leve y afrutado.

—Hmm, qué delicia —murmuró apoyando la taza caliente—. ¿Por dónde iba?

—Por la política de sigilo.

—Ah, sí. Bien, todo eso para decir que esa política se practicó en realidad de una forma selectiva y tuvo como consecuencia práctica, para lo que nos interesa, que se silenció, por parte de los superiores intereses del Estado, la revelación de muchas de las más importantes navegaciones de los portugueses. En consecuencia, esos hechos acabaron siendo olvidados por la historia. Ocurrieron, pero, como no sabemos que ocurrieron, es como si no hubiesen ocurrido.

—Lo que nos lleva al descubrimiento de Brasil.

—Exactamente. Los textos oficiales datan el descubrimiento de Brasil el día 22 de abril de 1500, cuando la flota de Pedro Álvares Cabral, empujada por una tempestad después del camino de la India, se encontró con una colina alta y redonda, que los portugueses bautizaron como Monte Pascoal. Era la costa brasileña. La flota se quedó diez días en aquel lugar, reconociendo el nuevo territorio, denominado Tierra de Santa Cruz, y hasta reabasteciéndose y estableciendo contacto con las poblaciones locales. El 2 de mayo, la flota partió en dirección a la India, pero uno de los barcos, una pequeña nave de mantenimiento, regresó a Lisboa bajo el mando de Gaspar de Lemos, llevando a bordo cerca de una veintena de cartas que le hablaban del descubrimiento al rey don Manuel, incluido un notable texto del cronista Pêro Vaz de Caminha. —Tomás se acarició el mentón—. Las primeras señales de que el descubrimiento puede no haber sido accidental radican en el tono de esa crónica, en la cual Caminha no manifiesta sorpresa alguna por haber encontrado tierra en aquellos parajes.

—Pero eso es subjetivo —contestó Moliarti—. Pueden haberse quedado sorprendidos, pero no haber expresado tal sorpresa en la crónica. O hasta puede haberles parecido natural que, al no conocer aquella zona del mundo, hubiese allí tierra.

—Es verdad. La ausencia de sorpresa en la crónica de Pêro Vaz de Caminha, por sí sola, no tendría ningún significado en particular si no se la asociase a un conjunto de otros indicios. Y el segundo de esos indicios es la presencia de la propia navecilla en la flota de Cabral. Esa embarcación era demasiado frágil para realizar el viaje entre Lisboa y la India. Cualquier persona que entienda de navegación sabe que la nave no era apta para hacer todo el viaje, sobre todo considerando el paso tumultuoso del cabo de Buena Esperanza, también llamado por los marineros, de modo muy apropiado, «cabo de las Tormentas». Ahora bien, los portugueses eran por aquel entonces los mejores marinos del mundo, por lo que no ignoraban tal evidencia. ¿Por qué demonios, entonces, integraron una embarcación tan pequeña en aquella flota de grandes navíos? —Tomás dejó la pregunta flotando en el aire—. Sólo hay una explicación posible. Sabían de antemano que la navecilla no haría todo el viaje. Más aún: eran conscientes, por anticipado, de que sólo haría una tercera parte del trayecto de ida y que se vería forzada a regresar a Lisboa para llevar la noticia del descubrimiento de una nueva tierra. Es decir, ellos ya sabían que había tierra en aquellos parajes y la navecilla se integró en la flota a propósito para que regresase con la noticia oficial.

—Es curioso y plausible, pero no concluyente.

—Estoy de acuerdo. Aunque hay un detalle que debe destacarse. Cuando la navecilla llegó a Lisboa, los marinos no dijeron nada acerca de lo ocurrido y la corte mantuvo en secreto la información sobre el descubrimiento de Brasil, que sólo se reveló después del regreso de Pedro Álvares Cabral. Claro que esto no era nada normal y demuestra un planeamiento anticipado de toda la operación.

—Vaya, vaya… Interesante. Sigue, no obstante, sin ser concluyente.

—Sí. Por ello aparece en escena el tercer indicio. O, mejor dicho, los terceros indicios. Me estoy refiriendo a dos mapas. El

115

primero, el más importante, es un planisferio que realizó un cartógrafo portugués anónimo, por encargo de Alberto Cantino para Hércules d'Este, duque de Ferrara, en un manuscrito iluminado sobre pergamino con un metro de altura y dos de ancho. Como se desconoce el nombre del autor portugués, este enorme mapa es conocido como *Planisferio de Cantino*; actualmente se encuentra en una biblioteca de Módena, en Italia. En una carta fechada el 19 de noviembre de 1502, Cantino reveló que el mapa fue copiado de prototipos oficiales portugueses, sin duda de modo clandestino, debido a la política de sigilo, entonces en vigor. Lo importante en ese mapa es el hecho de que contiene un dibujo detallado de parte importante de la costa brasileña. Ahora hagamos cuentas. —Tomás sacó el bolígrafo y abrió una hoja limpia de la libreta de notas—. El mapa fue a parar a las manos de Cantino en noviembre de 1502, a más tardar, lo que nos muestra un intervalo de poco más de dos años entre el descubrimiento de Cabral y la llegada del planisferio a Italia. —Trazó en la hoja una línea horizontal, escribió en el ángulo izquierdo las palabras «Cabral, abril 1500», y en el otro extremo «Cantino, noviembre 1502»—. El problema es que Cabral no hizo ningún mapa detallado de la costa brasileña, por lo que las informaciones constantes del planisferio sólo podían resultar, en el mejor de los casos, de viajes posteriores —concluyó alzando dos dedos—. Bien, aparentemente, le tocó a João da Nova realizar el segundo viaje de los portugueses a Brasil, en abril de 1501, poco más de un año antes de que el *Planisferio de Cantino* llegase a las manos del duque de Ferrara. Pero atención: João da Nova no hizo específicamente el viaje para explorar la costa brasileña.

»Tal como Cabral, él también iba camino de la India, por lo que no tuvo tiempo suficiente para cartografiar la línea de la costa y, además de eso, no regresó a Lisboa hasta mediados de 1502 —dijo y levantó un tercer dedo—. Por tanto, lo más natural es que la información constante del *Planisferio de Cantino* resultase de un tercer viaje. Ahora bien, hubo realmente una flota que zarpó de Lisboa con la misión de explorar la costa brasileña. Se trata de la expedición de Gonçalo Coelho, que partió de Lisboa en mayo de 1501 y que contaba en la tripulación con el florentino Américo Vespucio, el mismo hombre que, involuntariamente, le daría el nombre al continente americano. La flota que llegó a Brasil a mediados de agosto exploró durante más de un año parte importante de la costa; bajó tanto que descubrió una gran bahía y la bautizó como Río de Janeiro. Después continuó bajando hasta Cananeia y, finalmente, se alejó de la costa y regresó a Portugal. Las tres carabelas de esta expedición entraron en el puerto de Lisboa el 22 de julio de 1502. —Escribió «Gonçalo Coelho, julio 1502» en el último cuarto de la línea horizontal, cerca de la referencia «Cantino, noviembre 1502», anotada previamente—. Y aquí está el busilis de la cuestión —dijo señalando las dos fechas garrapateadas en la hoja de la libreta de notas—. ¿Será posible que sólo cuatro meses, los que median entre julio y noviembre, hayan sido suficientes para que los cartógrafos oficiales de Lisboa realizasen mapas detallados con la información de Gonçalo Coelho y hasta para que el cartógrafo portugués, el anónimo traidor contratado por Cantino, copiara esos mapas, y para que el planisferio clandestino cumpliese todo el viaje hasta Italia?

Tomás subrayó con el bolígrafo la corta distancia, visible en la línea horizontal del tiempo, entre «Gonçalo Coelho» y «Cantino»; esbozó una mueca y sacudió la cabeza.

—No me parece. No se hace todo eso en sólo cuatro meses. Lo que nos plantea una cuestión importante. ¿Cómo diablos fue posible que Alberto Cantino comprase un planisferio portugués que incluía informaciones que, a juzgar por la cronología de los relatos oficiales, no había podido incorporarse detalladamente a los mapas por falta de tiempo? ¿De dónde vinieron, al fin y al cabo, esas informaciones? —Alzó la palma de la mano izquierda hacia arriba, como si expusiese algo evidente—. Este misterio sólo tiene una solución. El *Planisferio de Cantino* fue dibujado, no a partir de las informaciones recogidas por los viajes oficiales a Brasil, sino de los datos obtenidos antes de Cabral, durante exploraciones clandestinas, hechas a escondidas y silenciadas para la historia por la política de sigilo.

—Entiendo… —intervino Moliarti, pensativo—. Interesante. Pero ¿le parece concluyente?

Tomás sacudió la cabeza.

—Considero difícil que en sólo cuatro meses se hayan hecho mapas oficiales detallados con la costa brasileña, que esos mapas hayan sido copiados clandestinamente y que la copia haya llegado a Italia. Es difícil que todo eso haya ocurrido en tan poco tiempo. —El historiador portugués alzó las cejas—. Aunque claro, es difícil, pero no imposible.

El americano se mostró un poco decepcionado.

—Vaya —murmuró—. Usted también habló de un segundo mapa…

—No es exactamente un mapa. Es más bien la referencia a un mapa.

—¿Qué quiere decir con eso?

—Una de las cartas que llevó la navecilla de Gaspar de Lemos a Lisboa, con ocasión del descubrimiento oficial de Brasil, fue redactada por el maestre João para el rey don Manuel, con fecha 1 de mayo de 1500. La carta hace referencia a la localización de la Tierra de Santa Cruz, Brasil, en un mapa ya perdido, el antiguo mapamundi del portugués Pêro Vaz Bizagudo. —Consultó la libreta de notas—. El maestre João escribió: «En cuanto, señor, al sitio de esta tierra, mande Su Alteza traer un mapamundi que tiene Pêro Vaz Bizagudo y ahí podrá ver Su Alteza el sitio de esta tierra; pero aquel mapamundi no certifica si esta tierra está habitada o no. Es un mapamundi antiguo». —Tomás miró a Moliarti y habló agitando la libreta de notas—. Ahora bien, ¿cómo es posible que Bizagudo localizase en su antiguo mapa una tierra que aún no había sido descubierta?

El camarero regresó con el suculento *snack* que Moliarti había pedido. Tomás aprovechó para beber un sorbo más de su té verde.

—Ésos son indicios importantes —asintió el americano, cogiendo la medianoche—. Pero aún nos falta…, pues…, cómo se dice…, ¿un *smoking gun*?

—Nos falta una prueba concluyente.

—Sí.

—Calma, hay aún más cosas. —Tomás volvió a la libreta de notas—. El francés Jean de Léry estuvo en Brasil de 1556 a 1558 y, hablando con los colonos más antiguos, éstos le informaron de «la cuarta parte del mundo, ya conocida por los portugueses desde hacía unos ochenta años, cuando fue primeramente descubierta». —Garrapateó unas cuentas—. Ahora bien, si a 1558 le quitamos ochenta da…, ocho menos cero da ocho…, quince menos ocho da siete, a cinco le restamos uno…: 1478. —Miró a Moliarti—. Aun admitiendo que la expresión «unos ochenta años» podría significar setenta y seis o setenta y cinco años, estamos hablando de una fecha muy anterior a 1500.

—Ajá.

—Y hay también una carta escrita por el portugués Estêvão Fróis, que fue detenido por los españoles, se supone que en la zona de Venezuela, bajo la acusación de estar instalado en territorio de Castilla. —Tomás continuó guiándose por sus anotaciones—. La carta está fechada en 1514 y dirigida al rey don Manuel. En ella, Fróis dice que se limitó a ocupar «la tierra de Su Alteza, ya descubierta por João Coelho, el de la Porta da Luz, vecino de Lisboa, hace veintiún años». Por tanto, quien a 1514 le quita veintiuno se queda con… tres, nueve, y lleva uno, cuatro… da 1493. —Sonrió al americano—. Una vez más, estamos frente a una fecha bastante anterior a 1500.

—¿Esas cartas existen?

—Claro.

—Pero ¿no le parece que esas fuentes son un poco dudosas? Es decir, un francés que nadie sabe quién es y un portugués en cautiverio… En fin…

—Estimado Nel, hay además cuatro grandes navegantes que confirman la información de que Brasil ya era conocido antes de la llegada de Cabral.

—¿Ah, sí? ¿Quiénes?

—El primero que le voy a mencionar es el español Alonso de Hojeda, quien, acompañado por Américo Vespucio, avistó el litoral sudamericano en junio de 1499, probablemente a la altura de las Guyanas. Después, en enero de 1500, otro español, Vicente Pinzón, llegó a la costa brasileña; por tanto, tres meses antes que Cabral.

—Quiere decir que los españoles se anticiparon a los portugueses.

119

—No necesariamente. El tercer nombre es Duarte Pacheco Pereira, uno de los mayores navegantes de la época de los descubrimientos, aunque también sea de los más desconocidos para el gran público.

—¿Se está refiriendo a Pacheco Pereira, que fue tema de la tesis de doctorado del profesor Toscano?

—El mismo, justamente. Además de navegante, era un importante militar y científico; fue el hombre que atinó con la medida más exacta del grado terrestre y aquel que mejor medía la longitud sin los instrumentos adecuados, que sólo se llegaron a obtener mucho más tarde, con el desarrollo de los relojes. Todo esto para decir que Duarte Pacheco Pereira fue autor de uno de los textos más enigmáticos de esa época, una obra titulada *Esmeraldo de situ orbis*. —Tomás regresó a las anotaciones—. En un momento dado, Pacheco Pereira escribió en el *Esmeraldo* que don Manuel le mandó «descubrir la parte occidental», y que eso ocurrió «en el año de nuestro Señor de mil cuatrocientos noventa y ocho, cuando es hallada y navegada una tan grande tierra firme, con muchas islas adyacentes a ellas». —Tomás fijó su mirada en Moliarti—. Es decir, en 1498, un navegante portugués descubrió tierra al occidente de Europa.

—Ah —exclamó el americano—. Dos años antes de Cabral.

—Sí.

Moliarti mordió un trozo más de medianoche y lo acompañó con un trago de champán.

—¿Y cuál es el cuarto gran navegante?

—Colón.

El americano dejó de masticar y miró a su interlocutor con sorpresa.

—¿Colón? ¿Qué Colón?

—Colón.

—¿Cristóbal Colón?

—El mismo.

—Pero ¿cómo Cristóbal Colón?

—Cuando Colón regresó de su primer viaje de descubrimiento de América, se detuvo en Lisboa y tuvo un encuentro con el rey don Juan II. En ese encuentro, el monarca portugués le reveló que había otras tierras al sur de la zona en la que Colón había estado. Si vamos al mapa, comprobamos que al sur de las Antillas está América del Sur. Este encuentro entre Colón y don Juan II se produjo en 1493, lo que significa que los portugueses ya sabían de la existencia de tierras por aquellas regiones.

—Pero ¿dónde se menciona ese encuentro?

—En la obra de un historiador español que, dicen algunos, habría conocido personalmente a Colón. —Tomás volvió a centrar su atención en la libreta de notas—. Se trata de Bartolomé de las Casas, quien, a propósito del tercer viaje de Colón al Nuevo Mundo, escribió: «Vuelve el Almirante a decir que quiere ir hacia el sur porque quiere comprobar la suposición del rey don Juan de Portugal, por cierto, de que dentro de sus límites tenía que encontrar cosas y tierras famosas».

Moliarti acabó el *snack* y se recostó en el sofá saboreando el champán y disfrutando de la vista; más allá de las anchas ventanas del bar se agitaban las frondosas higueras del jardín, grandes y protectoras, y que dibujaban acogedoras sombras en el césped cuidado.

—¿Sabe, Tom? Hay algo que no entiendo —intervino por fin—. ¿Por qué motivo los portugueses, si conocían ya la existencia de América del Sur, esperaron tanto tiempo para formalizar el descubrimiento? ¿Qué los llevó a anunciarlo en 1500? ¿Por qué no antes?

—Disimulación —replicó Tomás—. No se olvide de que los portugueses creían en las virtudes de la política de sigilo, en las ventajas de mantener en secreto toda la información estratégica. Conocían mucho más del mundo de lo que dejaron entrever a sus contemporáneos y a las generaciones futuras. La Corona se mostraba consciente de que, en cuanto revelase la existencia de estas tierras, tal anuncio atraería atenciones indeseables, despertaría codicias inoportunas e intereses amenazadores. Los portugueses sabían que nadie codicia lo que se desconoce. Si el resto de Europa no llegaba a conocer la existencia de esas tierras, seguro que no competiría con los portugueses por su exploración. Los descubridores quedaron así con las manos libres para realizar tranquilamente sus exploraciones sin tener que preocuparse por la competencia.

121

—Está claro, Tom —dijo Moliarti—. Pero si los portugueses ganaban ventaja manteniendo el sigilo, ¿qué los llevó a cambiar de actitud y a formalizar el descubrimiento de Brasil en 1500?

—Pienso que habrán sido los castellanos. La política de sigilo tenía sentido en cuanto estrategia para no atraer miradas indeseables con respecto a los descubrimientos de los portugueses. Pero a partir del momento en que Hojeda, en 1499, y Pinzón, en enero de 1500, comenzaron a meter el hocico en la costa de América del Sur, se hizo claro para la Corona portuguesa que mantener el sigilo ya no era una opción sensata, porque los castellanos podían reivindicar para sí aquellas tierras que los portugueses ya habían encontrado. Se impuso, así, la formalización del descubrimiento de Brasil.

—Entiendo.

—Lo que nos remite al último gran indicio.

—¿Cuál?

—El Tratado de Tordesillas.

—Ah, sí —exclamó Moliarti, reconociendo el célebre documento que dividió el mundo en dos partes, una para Portugal y otra para España—. Usted está hablando de la partida de nacimiento de la globalización.

—Exactamente —sonrió Tomás; los estadounidenses tenían siempre una manera grandilocuente de describir las cosas, de establecer atrayentes comparaciones con referencias modernas—. El Tratado de Tordesillas fue un acuerdo sancionado por el Vaticano y que entregó la mitad del mundo a los portugueses y la otra mitad a los españoles.

—Suprema arrogancia.

—Sin duda. Pero la verdad es que en aquel tiempo éstas eran las naciones más poderosas del mundo, por lo que les pareció natural dividir entre sí los expolios del planeta. —Tomás acabó su té—. Cuando se negoció el tratado, cada uno de los países tenía determinadas ventajas en el ajedrez político. La ventaja de los portugueses residía en que su tecnología de navegación y de armamento y de exploración marítima había progresado más. Los españoles, por su parte, se encontraban atrasados en esos tres ámbitos, pero tenían un triunfo poderoso en la manga: el papa de aquel entonces era español. Es un poco como si, en un partido de fútbol, nosotros tuviésemos a los mejores jugadores, al mejor entrenador, el mejor equipo, pero el árbitro del partido fuese un juez sobornado por el adversario y dispuesto a anular goles de nuestro equipo y a inventar penaltis contra nosotros. Eso fue, en cierto modo, lo que ocurrió. Los navegantes portugueses se movían a sus anchas por la costa africana y por el Atlántico, mientras que los castellanos sólo controlaban las Canarias. Esa situación se cristalizó en 1479 con el Tratado de Alcáçovas, por el cual Castilla reconoció la autoridad portuguesa en la costa africana y en las islas atlánticas a cambio de la aceptación portuguesa del dominio castellano sobre las Canarias. El tratado, confirmado al año siguiente en Toledo, no se pronunciaba, sin embargo, acerca del Atlántico occidental, cuestión que entró en el orden del día después del primer viaje de Cristóbal Colón. Como ninguna cláusula del documento regulaba directamente esta nueva situación, se llegó en el acto a la conclusión de que era necesario un nuevo tratado.

—El Tratado de Tordesillas.

—Exactamente. La primera propuesta de Lisboa fue dividir la Tierra mediante un paralelo que pasaba por las Canarias, por la cual los castellanos se quedarían con la exploración de todo lo que se situaba al norte del paralelo y los portugueses con el resto. Pero el papa Alejandro VI, que era español, divulgó dos bulas en 1493 marcando una línea divisoria según un meridiano situado cien leguas al oeste de las Azores y de Cabo Verde. No resulta difícil entender que el Papa actuaba a favor de Castilla. Los portugueses no opusieron resistencia y, aceptando la existencia de esa línea, exigieron que fuese desplazada trescientas setenta leguas al oeste de Cabo Verde, lo que los castellanos y el Papa, al no ver motivos en contra, aceptaron. Esta negociación, no obstante, tiene algo de controvertido.

Tomás dibujó un planisferio en la libreta de notas, con trazos toscos, se reconocían en la hoja los contornos de África, Europa y todo el continente americano. El investigador dibujó una línea vertical en el Atlántico, a mitad de camino entre África y América del Sur, y escribió por debajo «100».

123

—Esto es lo que proponían el Papa y los castellanos, una línea cien leguas al este de Cabo Verde. —Enseguida trazó otra línea vertical más a la izquierda, que abarcó una parte de América del Sur, y escribió debajo el número «370»—. Ésta es la línea que los portugueses exigieron, situada trescientas setenta leguas al oeste de Cabo Verde. —Miró a Moliarti—. Dígame, Nel, ¿cuál es la principal diferencia entre estas dos líneas?

El estadounidense se inclinó sobre la libreta de notas y observó los trazos.

—Bien, una sólo cruza el mar; la otra coge una parte de tierra.

—¿Y qué tierra es ésa?

—Brasil.

Tomás asintió con la cabeza y sonrió.

—Brasil. Ahora dígame, ¿por qué razón los portugueses insistieron tanto en esta segunda línea?

—¿Para quedarse con Brasil?

—Lo que me lleva a la tercera pregunta: ¿cómo diablos sabían los portugueses que esta segunda línea abarcaba Brasil si Brasil, en 1494, aún no había sido descubierto? —Tomás se inclinó sobre su interlocutor—. ¿O ya estaba descubierto?

Moliarti se recostó en el sofá y respiró hondo.

—I see your point —dijo y cogió la botella de Louis Roeder, echó un poco más de champán en la copa y sació su sed; luego dejó la copa en la mesa y se enderezó, fijando sus ojos en los de Tomás—. Realmente, hay mucho en lo que pensar —afirmó con lentitud—. Pero, dígame, Tom, de todo lo que me ha dicho, ¿qué hay realmente de nuevo?

Tomás mantuvo la mirada fija en Moliarti, casi como si estuviese desafiándolo.

—Nada —respondió.

—¿Nada de nada?

—Nada de nada. Todo lo que le he dicho es lo que he encontrado en las investigaciones del profesor Toscano sobre el misterio del descubrimiento de Brasil.

—¿Y no había ninguna novedad?

—Ni una. El profesor Toscano se limitó a hacer una recapitulación de todo lo que ya habían descubierto o concluido otros historiadores.

El estadounidense lo miraba con incredulidad, como si no creyese en lo que le decían.

—¿Seguro?

—Absolutamente seguro.

Moliarti pareció rendirse. Dejó caer sus hombros y su pecho se encogió; apartó la mirada de su interlocutor y miró al infinito. Luego comenzó a agitarse algo dentro de sí, sus mejillas se sonrojaron y su rostro se ensombreció, con una irritación apenas contenida, al borde del estallido.

—*Motherfucker, son of a bitch* —farfulló hacia sus adentros, con un suspiro furioso; cerró los párpados y se llevó la mano izquierda a la frente, apoyando el codo sobre la mesa en una pose de consternación—. *Damn it. I knew it. Shit.*

El portugués se mantuvo silencioso, aguardando el desenlace de aquel acceso de rabia controlada. Moliarti murmuró algunas otras palabras imperceptibles, pronunciadas con el fervor de quien se subleva; por fin suspiró, abrió los ojos y lo encaró.

—Tom —dijo con la voz cavernosa—. El profesor Toscano nos ha engañado.

—¿En qué sentido?

El estadounidense se frotó los ojos.

—Como John y yo le dijimos en Nueva York, nuestra idea era contribuir a las celebraciones de los quinientos años del descubrimiento de Brasil con una investigación concluyente sobre las eventuales exploraciones anteriores a Pedro Álvares Cabral. Para ello contratamos, hace siete años, al profesor Toscano. Él estuvo todo ese tiempo gastando nuestro dinero y llegó a decirme que había hecho un hallazgo revolucionario que cambiaría todo lo que sabemos sobre los descubrimientos. Ahora el profesor ha muerto y viene usted a anunciarme que lo único que hizo el profesor Toscano a lo largo de estos siete años fue una reseña del trabajo de otros historiadores, sin añadir nada nuevo. Como se puede imaginar, nosotros no...

—Yo no he dicho exactamente eso —cortó Tomás.

Moliarti interrumpió su razonamiento y lo miró sin comprender.

—¿Cómo?

125

—Yo no he dicho que el profesor Toscano no añadió nada nuevo y que se limitó a hacer una reseña del trabajo de otros.

—Pero, discúlpeme, eso fue lo que entendí de sus palabras.

—Y entendió bien en relación con la parte que he podido revisar de las investigaciones del profesor Toscano. Pero, como le dije al principio de nuestra conversación, no tengo en este momento respuestas definitivas; aún hay otras pistas, dejadas por el profesor, sobre las que necesito seguir investigando.

—Entonces…, pues… —exclamó Moliarti, redoblando su atención—. Entonces aún hay más cosas.

—Claro que sí —admitió Tomás con cautela—. Pero no estoy del todo seguro de que tengan que ver con el descubrimiento de Brasil.

—¿Qué quiere decir con eso?

El portugués bajó los ojos y meneó la cabeza.

—Aún no lo sé. —Se mordió el labio inferior—. Voy a encarar nuevas investigaciones y después, cuando tenga algo más concreto, volvemos a hablar.

—Por favor, Tom, no me deje en ascuas. En concreto, ¿de qué está hablando?

—Me estoy refiriendo a una pista cifrada.

Moliarti sonrió de un modo extraño, como si estuviese frente a la confirmación de algo que sospechaba desde hacía mucho.

—¡Ah! Yo sabía que había alguna cosa más. Lo sabía. Dígame, Tom, ¿qué pista es ésa?

—Nelson, ¿ha oído hablar alguna vez de Ovidio?

—Sí —replicó el americano con cautela, intentando determinar cuál era el vínculo entre aquel nombre y las investigaciones del profesor Toscano—. Era un romano, ¿no?

—Ovidio fue un poeta latino que vivió en la época de Jesucristo. Se reveló como un virtuoso de las letras, escribió poemas de una gran ironía y sensualidad y acabó influyendo decisivamente en la poesía del Renacimiento italiano. Entre sus diversas obras, se encuentra una llamada *Heroidas*. En una parte de este texto, Ovidio escribió una frase…

Hizo una breve pausa para coger una *cookie*.

—¿Qué frase? —cortó Moliarti, impaciente.

126

—*Nomina sunt odiosa.*

—¿Cómo?

—*Nomina sunt odiosa.*

—¿Qué quiere decir?

—Los nombres son impropios.

Moliarti se quedó mirándolo sin entender nada. Abrió los brazos y adoptó una actitud interrogativa.

—*So what?* ¿Qué relevancia tiene eso para nuestro proyecto?

—*Nomima sunt odiosa* fue la pista que el profesor Toscano nos dejó para su gran hallazgo.

—¿Ah, sí? —exclamó Moliarti con tremenda ansiedad—. Una pista, ¿eh? ¿Y qué es lo que revela?

—No lo sé —replicó Tomás de modo displicente, mordiendo tranquilamente la *cookie*—. Pero estoy en ello; cuando tenga la respuesta, Nelson, volveremos a hablar.

127

V

*L*a salita de espera de la clínica tenía una apariencia de limpieza, casi aséptica, totalmente pintada de blanco; sólo se destacaban, en aquella mancha nívea, los sofás amarillos y las baldosas marrones. Flotaba en el aire una fluidez química, desinfectante, que no se podía decir que era desagradable, aunque tenía algo de vagamente perturbador que hacía recordar el inquietante olor de los hospitales. Las amplias ventanas de la quinta planta se abrían a la feria popular; más allá de los cristales se reconocían los carriles de la montaña rusa, desiertos, abandonados a aquella hora de la tarde, una frágil estructura azul recortada al viento bajo un cielo triste y gris, cerniéndose por encima de las inquietas copas de los árboles y de las ondulantes lonas coloridas de los puestos instalados, uno al lado del otro, por todo el parque de atracciones.

Tomás se inclinó en el sofá, cogió una de las revistas amontonadas sobre la mesita y la hojeó distraídamente. Enormes fotografías de personas bien vestidas llenaban sus páginas con sonrisas iguales, casi estereotipadas, anunciando al mundo la felicidad color de rosa de sus bodas o la animación frívola de las fiestas lisboetas. Eran revistas de sociedad, de gente bien en poses cuidadas, deliberadas, exhibiendo a hombres de aspecto próspero y vistosas camisas de marca, con el cuello desabrochado, posando junto a rubias oxigenadas, con la piel estropeada por el sol y las mejillas pesadamente maquilladas; se hacía evidente que aquellos personajes habían declarado la guerra al paso de los años, en un esfuerzo vano, hasta grotesco, por retener la belleza que la edad inexorablemente les robaba a cada instante, la juventud que se perdía en cada respiración, al ritmo en que la arena se desliza en un reloj impulsada por el soplo del tiempo.

Hastiado de aquel empalagoso espectáculo mundano, devolvió la revista al lugar de donde la había cogido y se arrellanó en el sofá. Margarida seguía junto a las ventanas, con la nariz pegada al cristal dibujando manchas de vapor, observando con aire soñador las tiendas desiertas de la feria y los *loopings* solitarios de la montaña rusa, imaginando churros grasosos, algodones de azúcar y emociones fuertes en el tren de la bruja. Constança descansaba al lado de su marido, inquieta, ansiosa, contemplando a su hija con preocupación callada.

—¿Mandará operarla esta vez? —susurró Tomás, lo suficientemente bajo para que no lo escuchase Margarida.

Constança suspiró.

—No lo sé. Ya no digo nada. —Se frotó los ojos—. Por un lado, quiero que la operen, tal vez sea para bien. Pero, por otro, tengo un miedo terrible, esto de que anden hurgando en su corazón no me deja descansar un instante.

Margarida sufría de problemas cardiacos, resultado de su discapacidad. Cuando nació y le diagnosticaron síndrome de Down, diagnóstico confirmado por el Instituto Ricardo Jorge, el pediatra citó a la pareja para una consulta. El objetivo no era examinar a su hija, sino explicarles una o dos cosas a sus aterrorizados padres. Según lo que les reveló el médico, algo que ellos mismos corroboraron después, tras consultar varias publicaciones científicas, el problema de su hija radicaba en un error en los cromosomas que se encuentran en cada célula y que determinan todo en el individuo, incluidos el color de los ojos y la forma del corazón. Cada célula posee cuarenta y seis cromosomas, colocados a pares; uno de esos pares se designa con el número veintiuno, y fue allí donde se produjo el error; en vez de tener dos cromosomas veintiuno en cada célula, como la mayoría de las personas, Margarida poseía tres; de ahí el nombre de trisomía 21. Es decir, el síndrome de Down estaba provocado por la trisomía del cromosoma veintiuno.

El pediatra lo calificó como «un accidente genético» del que nadie era verdaderamente culpable, pero, muy en su fuero interno, ninguno de los padres creyó en esa explicación, la consi-

129

deraron un mero pretexto para apaciguar conciencias. Ambos se convencieron, tal vez supersticiosamente, sin ninguna base para poderlo afirmar de manera racional, de que no había inocentes en aquel proceso, de que, sin duda, algo habrían hecho para merecer semejante castigo, de que alguna responsabilidad seguramente compartirían para que hubiese llamado a su puerta tamaña desgracia. Desde entonces, vivieron con un mal disimulado sentimiento de culpa ante la niña, se sentían de algún modo responsables de su estado, ella era a fin de cuentas su hija, su creación, y asumieron por ello la imposible misión de hacer todo para deshacerlo todo, para conquistar el derecho a reponer la justicia que la naturaleza les había negado, para redimirse del pecado por el cual habían sido castigados.

Ese sentimiento de culpa latente se agravaba con los tradicionales problemas que suelen tener los niños con el síndrome. Tal como cualquier persona con trisomía 21, Margarida era muy proclive a constipados e infecciones respiratorias, a otitis, a los efectos del reflujo gastro-esofágico, a problemas ortopédicos ligados a la subluxación atlanto-axial y, lo peor de todo, a dificultades cardíacas. Ya en el primer análisis después del nacimiento, la doctora que se ocupó del parto quedó extrañada por los latidos del corazón y envió a la niña al cardiólogo de turno. Después de varios exámenes complementarios, le detectaron una pequeña abertura del septo, que separa la sangre arterial de la sangre venosa, anomalía congénita que debería corregirse. Una revista científica que consultaron inmediatamente, ese mismo día, aún bajo el efecto desalentador de la aterradora noticia, usaba el lenguaje impenetrable de la medicina, con referencias al defecto del septo aurículo-ventricular incompleto asociado a una comunicación interauricular del tipo *sinus venosus*, y todo para describir lo que, al fin y al cabo, el médico les había explicado de manera mucho más comprensible.

En las consultas siguientes, y aún en estado de choque por el torrente de terribles novedades, informaron a Constança y Tomás de que Margarida tendría que ser operada del corazón dentro de los tres primeros meses de vida, con el fin de cerrar el septo, y que cualquier intervención posterior a ese plazo podría suponer un serio riesgo. Fue un periodo difícil de sus vidas; las cosas se convertían, día tras día, en una pesadilla de proporciones desmesuradas, cada noticia resultaba ser peor que la anterior. Margarida ingresó en el hospital de Santa Marta tres semanas después de la decisión de operar, pero, en el último momento, el cardiólogo, consultando al cirujano, tuvo dudas; ambos se pusieron a estudiar nuevamente la imagen de la resonancia magnética en el corazón y concluyeron que la abertura del septo era muy pequeña y que había una probabilidad razonable de que, con el desarrollo de la niña, la anomalía desapareciese por sí sola. Fue la primera buena noticia que recibieron desde el nacimiento de la niña. El cardiólogo firmó un certificado de responsabilidad y Margarida volvió a casa con sus padres aliviados. El problema es que, nueve años después, y al contrario de todas las expectativas, el septo no cerró, lo que trajo de vuelta el fantasma de una operación de corazón.

—Margarida Noronha —anunció una muchacha regordeta, con bata blanca, asomando por la puerta de la sala de espera.

—Somos nosotros —respondió Constança, levantándose del asiento.

—Pueden entrar.

Los tres siguieron a la muchacha por el pasillo; ella se detuvo junto a una puerta, al fondo, y los dejó pasar. Entraron en el despacho y sintieron de inmediato que el olor a desinfectante se hacía más intenso. A la derecha había una camilla con una sábana blanca ligeramente arrugada, como si alguien hubiese acabado de salir de allí; al lado, una pequeña cortina de tela amarilla se corría para que los pacientes, ocultándose tras ella, pudiesen desnudarse. Al fondo, frente a una pequeña ventana que daba al edificio vecino, se encontraba el médico, tomando sus notas inclinado sobre el escritorio. Al presentir la invasión del despacho, el médico levantó la cabeza y sonrió.

—Hola —saludó.

—Buenas tardes, doctor Oliveira.

Se dieron la mano y el médico, un cardiólogo de mediana edad, acarició la cabeza de Margarida.

—Y, ¿Margarida? ¿Cómo estás?

—Etupenda, dotor.

—¿Te has portado bien?

Margarida miró a sus padres, que la rodeaban, en busca de aprobación.

—Así, así.

—¿Y eso?

—Mamá dice que no debo está siempe odenando todo.

—¿Qué?

—Odenando todo.

—Ordenando todo —tradujo Constança—. Tiene la manía de estar todo el tiempo limpiando y ordenando las cosas.

—Ah —exclamó el médico, sin apartar los ojos de la niña—. Entonces eres una compulsiva de la limpieza.

—No me guta la suciedá. Suciedá, no.

—Haces muy bien. ¡Fuera la suciedad! —El médico se rio y, mirando finalmente a los padres, señaló las dos sillas que estaban frente al escritorio—. Siéntense, pónganse cómodos.

Se acomodaron en los asientos, Margarida apoyada en la rodilla izquierda de Tomás. El cardiólogo preparó la libreta de notas; mientras Constança hurgaba en su bolso y Tomás miraba el corazón de plástico, desmontable y en miniatura, colocado sobre el escritorio.

—Aquí tengo el resultado de los análisis, doctor —dijo Constança, extendiéndole al médico dos grandes sobres marrones.

El cardiólogo cogió los sobres y analizó el logotipo impreso a la izquierda.

—He visto que han ido a la cardiología pediátrica de Santa Marta a hacer el ecocardiograma y la radiografía.

—Sí, doctor.

—¿Estaba allí la doctora Conceição?

—Sí, doctor. Fue ella quien nos atendió.

—¿Y los trató bien?

—Muy bien.

—Menos mal, porque si no iba a oírme. Es a veces medio despistada.

—No tenemos motivos de queja.

El médico se inclinó sobre los sobres; sacó primero la hoja plastificada gris y blanca de la radiografía y estudió la imagen del tórax de Margarida.

—Hmm, hmm —murmuró, sin revelar agrado ni desagrado.

La pareja lo observaba con atención, intentando captar en su mirada expresiones que indicasen si las noticias eran buenas o malas, pero aquel «hmm, hmm» se reveló de una ambigüedad impenetrable, opaca. Inquietos y ansiosos, los padres de Margarida se agitaron nerviosamente en las sillas.

—Y bien… ¿Doctor? —arriesgó Tomás.

—Déjeme ver esto primero.

El médico se levantó y puso la radiografía sobre una caja de cristal colgada de la pared; pulsó un interruptor y la caja se encendió, llenándose de vida e iluminando la radiografía como si fuese una diapositiva. El cardiólogo se inclinó sobre la hoja plastificada, se puso las gafas y la estudió mejor. Después, cuando se dio por satisfecho, apagó la luz de la caja, retiró la radiografía y volvió al escritorio. Cogió el segundo sobre y extrajo el ecocardiograma, resultado del examen por ultrasonidos hecho para analizar el comportamiento del corazón de la niña.

—¿Está todo bien, doctor? —preguntó Constança al médico, casi sofocada por la ansiedad.

Oliveira prolongó unos segundos más su observación de la prueba que tenía en sus manos.

—Quiero hacerle un electrocardiograma —dijo por fin, guardando sus gafas en el bolsillo de la bata. Abandonó el escritorio y fue hasta la puerta a llamar a la enfermera del consultorio—. ¡Cristina!

Una joven delgada, de pelo negro y corto, también con bata blanca, apareció de inmediato.

—¿Sí, doctor?

—Hágale un electrocardiograma a Margarida, ¿de acuerdo?

La enfermera llevó a Margarida hasta la camilla. La niña se quitó la blusa y se acostó, muy estirada. Cristina esparció gel por el tronco desnudo de la paciente; después le colocó ventosas en el pecho y abrazaderas en los brazos y en las piernas. Las ventosas y las abrazaderas estaban ligadas por cables a una máquina instalada en la cabecera de la camilla.

—Ahora quédate tranquilita, ¿vale? —pidió Cristina—. Haz como si estuvieras durmiendo.

—¿Y soñando?

—Sí.

—¿Sueños coló de osa?

—Eso —se impacientó un poco—. Anda, descansa.

Margarida cerró los ojos y la enfermera encendió la máquina; el aparato se agitó con un leve temblor y emitió un zumbido eléctrico. Sentado en el escritorio y distante de la camilla donde se realizaba el examen, Oliveira decidió aprovechar el hecho de que Margarida se encontraba alejada para interrogar a sus padres.

—¿Se ha quejado de falta de aire, cansancio, pies hinchados?

—No, doctor.

Constança era la que respondía a las preguntas del médico.

—¿Ni palpitaciones o desmayos?

—No.

—¿Y fiebre?

—Ah, eso sí, un poquito.

El cardiólogo alzó una ceja.

—¿Cuánto?

—Unos treinta y ocho grados, no más.

—¿Durante cuánto tiempo?

—¿Cómo?

—¿Cuánto tiempo duró esa fiebre?

—Ah, una semanita.

—Sólo una semana.

—Sí, sólo una.

—¿Y cuándo fue?

—Hace cosa de un mes.

—Fue justo después de Navidad —especificó Tomás, que hasta entonces había permanecido callado.

—¿Y notaron alguna diferencia en el comportamiento?

—No —indicó Constança—. Tal vez ha andado más decaída, sólo eso.

—¿Decaída?

—Sí, juega menos, se muestra más tranquila…

El médico pareció indeciso.

—Entiendo —murmuró—. De acuerdo.

El electrocardiograma ya estaba hecho; mientras Margarida se vestía, Cristina entregó al cardiólogo el largo papel despedido por la máquina. Oliveira volvió a colocarse las gafas, analizó el registro de las oscilaciones cardiacas y, por fin, considerando que disponía de todos los datos que necesitaba, encaró a los padres.

—Bien, los exámenes son muy parecidos a los anteriores —dijo—. No ha habido deterioro en la situación del septo, pero la verdad es que permanece el bloqueo.

Constança no se mostró del todo satisfecha con esta respuesta.

—¿Qué quiere decir eso, doctor? ¿Va a haber que operarla o no?

El médico se quitó las gafas, comprobó que las lentes estaban limpias y las guardó en el bolsillo de la bata por última vez. Se inclinó hacia delante, apoyándose en los codos, y miró a la madre ansiosa.

—Creo que sí —suspiró—. Pero no hay prisa.

La clase había terminado hacía diez minutos y Tomás, después de la conversación habitual con los alumnos que se acercaban en busca de explicaciones, subió a su despacho de la sexta planta. Había observado discretamente a Lena durante toda la hora y media que había durado la exposición de la asignatura; la sueca se quedó sentada en el mismo lugar que había elegido la semana anterior, siempre atenta, los límpidos ojos azules mirándolo con intensidad, la boca entreabierta, como si bebiese sus palabras; llevaba un jersey rojo púrpura, ajustado, que acentuaba las voluminosas curvas de su pecho y contrastaba con la amplia falda beis. Una tentación, pensó el profesor, que la encontró aún más atractiva que en la imagen retenida en su memoria. Cuando acabó la clase, Tomás se descubrió perturbado porque ella no lo había buscado de inmediato, pero se reprendió deprisa a sí mismo. Lena era una estudiante y él el profesor, ella joven y soltera, él con treinta y cinco años y casado; tenía que tener juicio y mantenerse en su sitio. Meneó la cabeza con un movimiento rápido, como si intentase ahuyentarla de su mente, y sacó del cajón el libro con los contenidos del programa.

Tres golpes en la puerta lo hicieron mirar hacia la entrada. La puerta se abrió y asomó, sonriente, la hermosa cabeza rubia.

—¿Se puede, profesor?

—¡Ah! Entre, entre —dijo él, tal vez demasiado ansioso—. ¿Usted por aquí?

La sueca cruzó el despacho con un paso insinuante, meneando el cuerpo como una gata en celo; se notaba que era una mujer segura de sí misma, consciente del efecto que provocaba en los hombres. Cogió una silla y se acercó al escritorio de Tomás.

—Me ha parecido muy interesante la clase de hoy —susurró Lena.

—¿Ah, sí? Menos mal.

—Lo que no entendí bien fue cómo se hizo la transición entre la escritura ideográfica y la alfabética…

Era un comentario relacionado con el tema de la clase de esa mañana, la aparición del alfabeto.

—Bien, yo diría que fue un paso natural, necesario para simplificar las cosas —explicó Tomás, satisfecho por poder exhibir sus conocimientos y ansioso por impresionarla—. Fíjese, tanto la escritura cuneiforme como los jeroglíficos y los caracteres chinos requieren la memorización de un gran número de signos. Estamos hablando de memorizar centenares de imágenes. Como es evidente, eso llegó a ser un gran obstáculo para el aprendizaje. El alfabeto vino a resolver ese problema, dado que, en vez de estar obligados a memorizar mil caracteres, como en el caso de los chinos, o seiscientos jeroglíficos, como ocurría con los egipcios, resultó suficiente memorizar un máximo de treinta símbolos. —Alzó las cejas—. ¿Lo ve? Por eso digo que el alfabeto trajo la democratización de la escritura.

—Y todo comenzó con los fenicios…

—Mire, la verdad, la verdad, se sospecha que el primer alfabeto apareció en Siria.

—Pero usted, en el aula, sólo mencionó a los fenicios.

—Sí, el alfabeto fenicio es, entre los que podemos considerar alfabetos con toda seguridad, el más antiguo. Se supone que es una evolución de ciertos signos cuneiformes o, si no, de la escritura demótica del antiguo Egipto. El hecho es que este alfabeto, compuesto exclusivamente de consonantes, se difundió por el Mediterráneo oriental gracias a las navegaciones de los fenicios, que eran grandes comerciantes y anduvieron por todas partes. De este modo, el alfabeto fenicio llegó a Grecia y, en consecuencia, hasta nosotros. Ahora bien, ¿fue, realmente, el primer alfabeto? —El profesor adoptó una actitud interrogativa—. Se descubrió en Siria, en un lugar llamado Ugarit, una escritura cuneiforme del siglo XIV a.C., por tanto, anterior a la fenicia, que usaba sólo veintidós signos. Y ésta es la cuestión. Una escritura con tan pocos signos difícilmente puede ser ideográfica. Creo que ésa fue la primera escritura alfabética, pero el problema es que el pueblo que la inventó no era viajero y, en consecuencia, su invención no se difundió, al contrario de lo ocurrido con el alfabeto fenicio, que viajó con sus inventores.

—Ya lo entiendo —dijo Lena—. ¿Y la Biblia fue escrita en fenicio?

Tomás soltó una sonora carcajada, que interrumpió enseguida, temiendo ofender a la muchacha.

—No, la Biblia fue escrita en hebreo y en arameo —explicó y alzó las cejas—. Pero su pregunta no es, en rigor, disparatada, dado que existe, de hecho, una relación con el fenicio. De hecho, se encontró en Siria, conocida entonces como país de Arán, un alfabeto arameo semejante al utilizado por los fenicios, lo que hace suponer que las dos escrituras están relacionadas. Muchos historiadores creen que el fenicio se encuentra en el origen de las escrituras hebrea, aramea y árabe, aunque sigue estando poco claro cómo ocurrió.

—Y nuestro alfabeto, ¿también viene del fenicio?

—De modo indirecto, sí. Los griegos recurrieron a los fenicios e inventaron las vocales a partir de consonantes del arameo y del hebreo. Por ejemplo, las primeras cuatro letras del alfabeto hebreo son aleph, beth, ghimel, daleth, a las que corresponden, en griego, alfa, beta, gamma y delta. Como es evidente, esta semejanza entre los dos alfabetos no es ninguna coincidencia, ambos están relacionados. Por otro lado, fíjese en que uniendo las dos primeras letras del alfabeto griego, alfa y beta, los griegos crearon la palabra «alfabeto». Después, el alfabeto griego dio origen al alfabeto latino. Alfa se transformó en «a», beta en «b», gamma en «c» y delta en «d». Y aquí estamos nosotros, hablando portugués, que es, como sabe, una lengua latina.

—Pero el sueco no lo es.

—Es verdad, el sueco es una lengua escandinava, de la familia de las lenguas germánicas. Pero lo cierto es que también usa el alfabeto latino, ¿no?

—¿Y el ruso?

—El ruso usa el cirílico, que viene igualmente del griego.

—Pero usted no explicó eso en la clase de hoy.

—Calma —dijo sonriendo Tomás, alzando la palma de la mano izquierda, como quien hace detener el tráfico—. El curso lectivo aún no ha acabado. El griego será tema de la próxima clase. Digamos que he estado aquí con usted avanzando un poco en la materia…

Lena suspiró.

—Ah, profesor —exclamó—. Lo que necesito no es avanzar en la materia, sino recuperar lo que he perdido de las primeras clases.

—Diga, pues. ¿Qué quiere saber?

—Como le expliqué por teléfono, el atraso en mi expediente del Erasmus me hizo perder las primeras clases. Estuve viendo algunos apuntes que me prestaron unos compañeros, relacionados con la escritura cuneiforme de Sumeria, y confieso que no he entendido nada. Necesito que usted me ayude.

—Muy bien. ¿Cuáles son exactamente sus dudas?

La sueca se inclinó ante el escritorio, acercando la cabeza a Tomás. El profesor sintió su fragancia perfumada y adivinó sus abundantes senos, llenos y turgentes, queriendo irrumpir por el jersey. Hizo un esfuerzo para controlar la imaginación, repitiéndose a sí mismo que ella era una alumna y él el profesor, ella una joven y él un hombre de treinta y cinco años, ella libre y él casado.

—¿Ha probado alguna vez comida sueca? —preguntó Lena, endulzando la voz.

—¿Comida sueca? Pues…, sí, creo que comí en Malmö, cuando fui en el Inter-Rail.

—¿Y le gustó?

—Mucho. Me acuerdo de que estaba bien elaborada, pero muy cara. ¿Por qué?

Ella sonrió.

—¿Sabe, profesor? Creo que no va a poder explicarme todo en sólo media hora. ¿No le parece mejor venir a almorzar a mi casa y ayudarme a ver las cosas con más calma, sin prisas?

—¿Almorzar en su casa?

La propuesta era inesperada y Tomás se quedó cohibido, no sabía cómo actuar frente a aquella invitación. Presintió que le acarrearía un montón de problemas, previó mil complicaciones; pero no había dudas de que Lena era una muchacha agradable, él se sentía bien en su presencia y la tentación era grande.

—Sí, le prepararé un plato sueco y ya verá cómo se le hace la boca agua.

Tomás vaciló. Pensó que no podía aceptar. Ir a almorzar a la casa de una alumna, y sobre todo de aquella alumna, era un paso peligroso, no estaba para esas aventuras. Pero, por otro lado, se interrogó sobre las consecuencias reales de aceptar. ¿No estaría exagerando un poco? A fin de cuentas, era sólo un almuerzo y una explicación, nada más. ¿Qué mal podría haber en eso? ¿Cuál era el problema de estar una o dos horas en casa de la muchacha hablándole sobre la escritura cuneiforme? Qué él supiese, nada le impedía dar una explicación a una alumna sobre el programa de su asignatura. La diferencia es que, en vez de ser en el aula o en el despacho, sería fuera de la facultad. ¿Y entonces? ¿Cuál era el obstáculo? En realidad, estaría ayudando a una estudiante, estaría realizando un ejercicio de pedagogía, ¿y no era ésa, al fin y al cabo, la misión de un profesor? Por otro lado, bien vistas las cosas, sería agradable. Y, ¿qué había de malo en gastar un poco de tiempo en compañía de una muchacha tan guapa? ¿No tendría derecho a un poco de distracción? Además, se le ocurrió, sería una excelente oportunidad para probar una gastronomía nueva, la cocina escandinava tenía realmente sus encantos. ¿Por qué no?

—Vale —asintió—. Vamos a almorzar.

Lena esbozó una sonrisa encantadora.

—Pues estupendo —exclamó ella—. Voy a prepararle un

plato que lo dejará con ganas de comer más. ¿Quedamos para mañana?

Tomás se acordó de que al día siguiente tenía que ir con Constança al colegio de Margarida. Habían solicitado una reunión con la directora del colegio para intentar resolver el problema de la falta del profesor de educación especial, era impensable que él faltase.

—No puede ser —meneó la cabeza—. Tengo que ir…, pues…, tengo un compromiso mañana, no puedo ir.

—¿Y pasado mañana?

—¿Pasado mañana? ¿Viernes? A ver…, sí, puede ser.

—¿A la una de la tarde?

—A la una. ¿Dónde queda su casa?

Lena le entregó la dirección y se despidió, dándole dos besos húmedos en la cara. Cuando ella salió, dejando el delicioso aroma de su perfume flotando en el despacho como si fuese una firma fantasmagórica, Tomás miró hacia abajo y se dio cuenta, sorprendido, excitado, de que ya habían reaccionado sus fluidos, la química estaba en movimiento, el cuerpo ansiaba lo que la mente reprimía. Una vigorosa erección llenaba sus pantalones.

Traspasaron los portones del colegio de São Julião da Barra a última hora de la mañana. Fueron a observar a Margarida en el aula y, espiando por la rendija de la puerta entreabierta, la descubrieron, sentada en su lugar, junto a la ventana, con expresión muy atenta. Sus padres sabían que tenía fama de buena compañera; defendía siempre a los más débiles, ayudaba a los que se magullaban en el recreo, no le importaba en absoluto perder en los juegos que se disputaban en el colegio y siempre se ofrecía como voluntaria para salir del juego cuando eran más de la cuenta; llegaba incluso a hacerse la desentendida siempre que algún compañero se burlaba de su condición y olvidaba deprisa las afrentas. Tomás y Constança la miraron largo rato por la rendija, con admiración, como si fuese una santa; pero ya era la hora de la reunión y se vieron forzados a abandonar la puerta del aula. Aceleraron el paso y se presentaron en el despacho de la directora; no tuvieron que esperar mucho a que se los invitase a entrar.

La responsable del colegio era una mujer de cuarenta y pocos años, huesuda y alta, con el pelo teñido de rubio y gafas de aros redondas; los recibió con cortesía, pero se notó enseguida que se sentía presionada por el tiempo.

—Tengo un almuerzo a la una —explicó—. Y una reunión de coordinación pedagógica a las tres de la tarde.

Tomás consultó el reloj, eran las doce y diez, tenían cincuenta minutos por delante; no veía razón para que no bastase con todo ese tiempo.

—Menos mal que tiene esa reunión de coordinación pedagógica —intervino Constança—, porque lo que nos trae aquí tiene que ver, obviamente, con cuestiones pedagógicas.

—Lo sé muy bien —dijo la directora, para quien esta cuestión se había convertido en una pesadilla desde la anterior reunión con la pareja, a comienzos del curso lectivo—. Supongo que se trata del problema del profesor de educación especial.

—Naturalmente.

—Pues eso es un agobio.

—No dudo de que para usted sea un agobio —interrumpió Constança, con un tono levemente irritado en la voz—. Pero puede creer que, para nosotros, y sobre todo para nuestra hija, es una tragedia. —La señaló con el índice—: ¿Tiene usted idea del daño que le está haciendo a Margarida la falta de un profesor de educación especial?

—Señora, estamos haciendo lo que podemos…

—Están haciendo poco.

—No es verdad.

—Sí —insistió—. Y usted sabe muy bien que lo es.

—¿Por qué no contratan otra vez al profesor Correia? —preguntó Tomás, entrando en el diálogo e intentando evitar que se transformase en un pugilato verbal entre las dos mujeres—. Estaba haciendo un trabajo excelente.

El tono áspero de la reunión anterior, cuando comenzaron las clases y los avisaron de que en este curso lectivo no estaría el profesor Correia ni nadie para dar el apoyo especial a Margarida, lo había dejado alerta; y la verdad es que el conflicto

141

aumentaba de intensidad a medida que seguía sin resolverse el problema y se hacía evidente el retraso escolar de la niña.

—Me encantaría contratar al profesor Correia —dijo la directora—. El problema es que, como ya les expliqué en la reunión anterior, el ministerio ha recortado el presupuesto y no tenemos dinero para contratar colaboradores.

—Excusas —exclamó Constança—. ¿Tienen dinero para otras cosas y no lo tienen para un profesor de educación especial?

—No, no tenemos dinero. Nos han reducido el presupuesto.

—¿Usted sabe que Margarita el año pasado sabía leer y que este año ya no logra entender una sola palabra escrita? —preguntó Tomás.

—Pues... eso no lo sabía.

—El año pasado tenía al profesor Correia, que se ocupaba de la educación especial, y este año no tiene nada, salvo el profesor curricular normal. —Señaló a la puerta, como si su hija los esperase del otro lado—. El resultado está a la vista. El profesor curricular normal, como es evidente, no entiende nada sobre la educación que precisan los niños con necesidades especiales —concluyó Constança.

La directora extendió las palmas de sus manos, volviéndolas hacia la pareja, como si les pidiera que tuviesen calma.

—Ustedes no me están escuchando —afirmó—. Por mí, contrataría ahora mismo al profesor Correia. El problema es que no tengo dinero. El ministerio ha recortado el presupuesto.

Constança se inclinó sobre el escritorio.

—Señora directora —dijo intentando mantenerse serena—. La existencia de profesores de educación especial para apoyar a niños con necesidades especiales en los colegios públicos está prevista por la ley. No es un capricho nuestro, no es una exigencia disparatada, no es un favor que nos hacen. Es algo que está previsto en la ley. Lo único que pedimos, mi marido y yo, es que este colegio cumpla la ley. Ni más ni menos. Que cumpla la ley.

La directora suspiró y sacudió la cabeza.

—Yo sé lo que dice la ley. El problema es que en este país se aprueban leyes muy bonitas, pero no se dan las condiciones para que sean aplicadas. ¿De qué me sirve tener una ley que me obliga a recurrir a un profesor de educación especial si no tengo dinero para contratarlo? Por lo que a mí respecta, los diputados podrían decretar incluso…, yo qué sé, que se viva eternamente. Pero no porque salga una ley que dice que hay que vivir eternamente las personas van a cumplir esa ley. Sería una ley irreal. Lo mismo ocurre con este caso. Se ha creado una ley muy justa, muy bonita, muy humana, pero, cuando llega la hora de poner la pasta, no hay nada para nadie. En otras palabras: la ley existe para que se diga que existe, para que alguien se jacte de haberla aprobado. Nada más.

—Entonces ¿qué es lo que usted sugiere? —preguntó Tomás—. ¿Que las cosas se queden como están? ¿Que nuestra hija Margarida sea dejada de lado en este curso y que no cuente con el apoyo de un profesor especializado? ¿Es eso?

—Sí —asintió Constança—. ¿Qué piensa hacer?

La directora se quitó las gafas, humedeció las lentes con un cálido vaho expelido por sus pulmones y las frotó con un pañito anaranjado.

—Tengo una propuesta que hacerles.

—Diga.

—Como les he dicho, no hay dinero para contratar al profesor Correia. Considerando ese impedimento, mi idea es que la profesora Adelaide se dedique a dar el apoyo que a Margarida le haga falta.

—¿La profesora Adelaide? —se sorprendió Constança.

—Sí.

—Pero ¿tiene ella alguna formación en educación especial?

—Señora, quien no tiene perro caza con el gato.

—Voy a hacer de otro modo la pregunta: ¿ella entiende algo de educación a niños con necesidades especiales?

La directora se levantó del escritorio.

—Creo que es mejor llamarla —repuso, dirigiéndose a la entrada y evitando responder directamente a la pregunta que se le hacía, detalle que no pasó inadvertido a los padres; abrió la puerta y se asomó—: Marília, llámeme a la profesora Adelaide, por favor.

Volvió a sentarse y acabó la limpieza de las lentes, después se las colocó en el rostro. Tomás y Constança se miraron; se sentían resueltos a luchar hasta el final por el derecho de su hija a tener apoyo pedagógico de un profesor especializado, que comprendiera sus limitaciones y la mejor forma de superarlas. Ambos estaban convencidos de que Margarida sería capaz de progresar, tal como los demás niños, pero, como era notablemente más lenta en el aprendizaje, necesitaba ayuda.

—¿Se puede?

La profesora Adelaide era una mujer fuerte, ancha, con aspecto maternal, parecía muy bonachona; se asemejaba a una de aquellas madres de campo, rubicundas, mofletudas, protectoras, siempre con un montón de hijos a su alrededor. Se saludaron y la recién llegada se sentó junto a la pareja.

—Adelaide —comenzó diciendo la directora—. Como sabe, estamos sin presupuesto para contratar este año al profesor Correia, que daba apoyo a Margarida. El otro día hablé con usted sobre el problema y me acuerdo de que se ofreció voluntariamente para las clases de educación especial de este año.

144   Adelaide asintió con la cabeza.

—Sí. Como le he dicho, también estoy preocupada por la situación que afecta a Margarida y a Hugo. —Hugo era otro niño con trisomía 21 que iba al mismo colegio—. Dado que el profesor Correia ya no puede venir, estoy totalmente disponible para ayudar a estos niños.

—Pero, profesora Adelaide —interrumpió Constança—, ¿tiene usted alguna especialización en educación especial?

—No.

—¿Dio alguna vez apoyo a niños con trisomía 21?

—No. Mire, estoy sólo ofreciéndome para llegar a una solución.

—¿Cree que Margarida, con usted, va a evolucionar significativamente?

—Pienso que sí. Voy a dar lo mejor de mí.

Tomás se agitó en la silla.

—Con el debido respeto por su buena voluntad, déjeme decirle una cosa: Margarida no necesita tener unas clases en las que no va a progresar, unas clases que sólo sirvan para decir que las tiene. Las clases no son un fin en sí mismas, sino un medio para llegar a un fin. El objetivo no es que tenga clases, sino que aprenda. ¿De qué le sirve tener clases con usted si, al final, seguirá sin saber nada?

—Bien, espero que aprenda algo.

—Pero, basándome en lo que le he oído decir ahora, no tiene usted la menor idea de lo que es necesario para enseñar a un niño como éste. Nunca hizo una especialización en este ámbito ni ha dado clases a niños con trisomía 21. No sé si lo sabe, pero un profesor de educación especial no es exactamente un profesor en la acepción normal de la palabra. Es más bien una combinación de entrenador y fisioterapeuta, alguien que estimula al niño, que lo entrena, que lo lleva hasta el límite. Con la mejor voluntad del mundo, le digo con toda franqueza que no veo en usted las características de una profesora preparada para esa tarea.

—Reconozco que tal vez no tenga la preparación ni los conocimientos necesarios para...

—Veamos —interrumpió la directora, a quien no le estaba gustando el rumbo que tomaba la conversación—. Las cosas son lo que son. No vamos a contar con el profesor Correia. La profesora Adelaide está disponible. Todos estamos de acuerdo en que la profesora Adelaide no es una especialista en educación especial. Pero, queramos o no, es la única persona con la que contamos. Por tanto, vamos a aprovechar esta oportunidad y a resolver el problema. No es la mejor solución, pero es la solución posible.

Tomás y Constança cruzaron sus miradas, agobiados.

—Señora directora —farfulló él—. Lo que nos está ofreciendo no es una solución para el problema de Margarida. Es una solución para su problema —subrayó la palabra «su»—. Usted quiere despachar esta cuestión, no quiere resolverla de verdad. Pero veamos. Lo que nuestra hija necesita es justamente un profesor de educación especial. Repito: un profesor de educación especial —dijo casi deletreando la palabra—. No necesita de clases, necesita aprender. Con la profesora Adelaide va a tener clases, pero no va a aprender. La profesora Adelaide no es la solución.

—Es la solución que tenemos.

—Es la solución para su problema, pero no es la solución para el problema de Margarida.

—No hay otra solución —concluyó la directora con un gesto perentorio, tajante—. Tendrá que ser la profesora Adelaide quien dé las clases de educación especial.

—No puede ser.

—Tendrá que ser.

—Disculpe, pero no estamos de acuerdo.

—¿Cómo que no están de acuerdo?

—No estamos de acuerdo. Queremos un profesor especializado en educación especial, como está previsto por la ley.

—Olvide la ley. No hay dinero para contratar a ese profesor.

—Consígalo.

—Escuche bien lo que le digo: no hay dinero. Tendrá que ser la profesora Adelaide.

—No estamos de acuerdo, ya se lo he dicho.

La directora frunció los ojos, mirando al matrimonio. Hizo una pausa y suspiró pesadamente, como si acabase de tomar una decisión difícil.

—Entonces van a tener que entregarme un escrito en el que digan que no aceptan las clases de educación especial.

—No podemos hacer eso.

—¿Cómo?

—Que no podemos hacerlo.

—¿Por qué no pueden?

—Porque no es verdad. Queremos las clases de educación especial, es evidente que las queremos. Pero las queremos impartidas por un profesor debidamente preparado. Lo que no aceptamos, y estamos dispuestos a manifestarlo por escrito, es una profesora que, aun con la mejor voluntad, no está preparada para dar apoyo a niños con necesidades especiales.

La reunión acabó sin llegar a ningún acuerdo. La directora se despidió de modo seco, frustrada por la falta de soluciones, y el matrimonio abandonó el colegio con la impresión de que por ese camino no llegarían a ninguna parte. Para Tomás y Constança estaba claro que ya no podían contar con el colegio público; necesitaban contratar directamente a un profesor de educación especial, pero el problema, como en tantas cosas en la vida, es que no les alcanzaba el dinero para eso.

Miró el edificio apuntado en su libreta de notas. Era un edificio antiguo, claramente necesitado de una restauración urgente, en lo alto de la Rua Latino Coelho. Se acercó a la entrada y comprobó que la puerta se encontraba entreabierta. Tomás la empujó y fue a dar a un vestíbulo decorado con azulejos gastados, algunos ya con rajas, otros con la pintura desvaída por el tiempo; la luz de la calle era la única iluminación, se derramaba por la puerta e invadía el pequeño vestíbulo con fulgor, dibujando en el suelo una geometría de claridad más allá de la cual dominaba la penumbra. Tomás dio tres pasos, se sumergió en la sombra y subió las escaleras de madera; cada escalón crujía con el peso de su cuerpo, como si protestase contra la intrusión que llegaba para interrumpir su indolente reposo. El edificio exhalaba el olor característico de los materiales viejos, aquel hedor a moho; la humedad retenida en la tarima y en las paredes que se había convertido en la marca propia de los edificios antiguos de Lisboa. Llegó al segundo piso y comprobó el número de la puerta; buscaba el segundo derecha y era aquélla, evidentemente. Pulsó el botón negro embutido en la pared y un *ding-dong* tranquilo sonó dentro del apartamento. Oyó pasos, el ruido metálico de la cerradura que se destrababa y la puerta se abrió.

—*Hej!* —saludó Lena, dándole la bienvenida—. *Välkommen.*

Tomás se quedó un largo rato absorto en la penumbra, inmóvil en la puerta mirando a su anfitriona. La sueca apareció con una blusa de seda azul claro, muy ceñida, como si estuviese en verano. El escote era muy amplio, revelando sus senos casi hasta el límite, vastos y voluptuosos, sin sostén, separados por un profundo surco; sólo sus pezones permanecían ocultos, pero aun así era posible adivinarlos por el relieve que adquirían en la seda, protuberantes como un botón escondido. Una minifalda blanca, con un lazo lateral amarillo que servía de cinturón, destacaba sus piernas largas y bien hechas, calzadas con unos elegantes zapatos negros de tacón alto que acentuaban las sensuales curvas de su cuerpo.

—Hola —dijo por fin—. Está usted hoy… muy guapa.

—¿Le parece? —La muchacha sonrió—. Gracias, es muy amable. —Le hizo una seña para que entrase—. ¿Sabe? En comparación con el invierno de Suecia, el invierno en Portugal me parece verano. Así que, como tengo mucho calor, decidí ponerme ropa más ligera. Espero que no le importe.

Tomás traspasó la puerta y entró en el apartamento.

—De ningún modo —dijo, intentando disimular el rubor que coloreaba sus pómulos—. Ha hecho bien. Ha hecho muy bien.

Hacía calor en el apartamento, en un llamativo contraste con la temperatura de fuera. El suelo era de grandes tablas barnizadas de madera antigua, y cuadros antiguos, de aspecto austero y de baja calidad, colgados de las paredes. No olía a moho; por el contrario, flotaba en el aire un agradable aroma a comida al fuego.

—¿Puedo guardarle la chaqueta? —preguntó ella, estirando el brazo en su dirección.

El profesor se quitó la chaqueta y se la entregó. Lena la colgó de una percha junto a la puerta de la entrada y condujo a su invitado por el largo pasillo del apartamento. Se veían dos puertas cerradas a la izquierda y una cocina al fondo. Al lado de la cocina, se abría otra puerta; era la entrada de la sala, donde estaba la mesa puesta para dos personas.

—¿Dónde consiguió este apartamento? —preguntó él, asomando por la puerta.

Muebles antiguos, de roble y nogal, decoraban la sala de manera sencilla. Había dos sofás marrones, de aspecto gastado y austero; un televisor apoyado en una mesita; y un mueble de pared, en el que se exponían viejas piezas de porcelana. La luz del día, fría y difusa, irrumpía por dos ventanas altas que daban a un patio interior rodeado de traseras de apartamentos.

—Lo alquilé.

—Sí, pero ¿cómo supo de su existencia?

—Fue en el GIRE.

—¿GIRE? ¿Qué es eso?

—Es el Gabinete de Informaciones y Relaciones Exteriores

de la facultad. Son ellos los que nos dan apoyo logístico. Cuando llegué, fui allí a ver qué había para alquilar y descubrí este apartamento. Es pintoresco, ¿no?

—Sí, sí que lo es —comentó Tomás—. ¿Y quién es el dueño?

—Es una señora de edad que vive en el primer piso. Este apartamento era de un hermano suyo, que murió el año pasado. Decidió alquilarlo a extranjeros, dice que son los únicos clientes que acaban marchándose al cabo de un tiempo.

—Es lista la vieja.

Lena entró en la cocina, miró el interior de la cazuela al fuego, revolvió la comida con la cuchara de madera, olisqueó el vapor que se elevaba de la olla y sonrió al profesor.

—Va a quedar bueno —dijo, salió de la cocina y llevó a Tomás hacia la sala—. Póngase a gusto —añadió indicando el sofá—. Dentro de poco el almuerzo estará listo.

Tomás se acomodó en el sofá y la muchacha se sentó a su lado, con las piernas confortablemente cruzadas bajo su cuerpo. Intentando mantenerse ocupado, porque no quería dejar que se instalase un silencio embarazoso, el profesor abrió la cartera que llevaba en la mano y sacó de allí unos documentos.

—He traído aquí unas notas sobre la escritura cuneiforme sumeria y acadia —reveló—. Le resultará especialmente interesante el uso de los determinativos.

—¿Determinativos?

—Sí —dijo—. También se los conoce como indicadores semánticos. —Señaló unos trazos cuneiformes dibujados en los apuntes—. ¿Lo ve? Éste es el ejemplo de un vocablo que puede utilizarse como indicador semántico. En este caso es la palabra «gis», que significa «madera» y se usa con los nombres de árboles y de objetos hechos de madera. La función de los indicadores semánticos es reducir la ambigüedad de los símbolos. En este ejemplo, el determinante «gis», cuando se utiliza antes de…

—Oh, profesor —intervino Lena, en actitud de súplica—. ¿No podemos dejar eso para después del almuerzo?

—Pues sí…, claro. —Se sorprendió Tomás—. Pensé que querría aprovechar para ir avanzando en la materia.

—Nunca con el estómago vacío —dijo con una sonrisa la sueca—. Alimenta bien a tu siervo y tu vaca te dará más leche.

—¿Cómo?

—Es un refrán sueco. Quiere decir, en este caso, que mi cabeza rendirá más si mi estómago está lleno.

—Ah —entendió el profesor—. Ya me he dado cuenta de que le gustan mucho los refranes.

—Me encantan. Los refranes encierran lecciones de gran sabiduría, ¿no le parece?

—Sí, tal vez.

—Ah, estoy convencida —exclamó con un tono perentorio—. En Suecia solemos decir que los refranes revelan lo que el pueblo piensa. —Alzó las cejas—. ¿Los portugueses tienen muchos refranes?

—Algunos.

—¿Me enseña alguno?

Tomás soltó una carcajada.

—Pero, al final, ¿qué quiere que le enseñe? —preguntó—. ¿La escritura cuneiforme o los refranes portugueses?

—¿Por qué no las dos cosas?

—Pero mire que eso llevará mucho tiempo...

—Oh, no importa. Tenemos toda la tarde, ¿no?

—Ya veo que tiene respuestas para todo.

—La espada de las mujeres está en su boca —sentenció Lena—. Es otro refrán sueco. —Le lanzó una mirada maliciosa—. Y mire que, en mi caso, este refrán tiene un doble sentido.

Tomás, cohibido y sin saber qué decir, alzó las dos manos.

—Me rindo.

—Me parece bien —dijo ella recostándose en el sofá—. Dígame, profesor, ¿usted es de Lisboa?

—No, nací en Castelo Branco.

—¿Y cuando se vino a Lisboa?

Cuando era joven. Vine a estudiar historia a la facultad.

—¿Qué facultad?

—La nuestra.

—Ah —dijo ella y fijó en él sus ojos azules, observándolo con atención—. ¿Nunca se casó?

Tomás se quedó unos instantes sin saber cómo responder. Vaciló durante unos instantes demasiado largos, dividido entre la mentira, que sería muy fácil de descubrir, y la verdad, que irremediablemente alejaría a la muchacha; pero acabó bajando los ojos y se oyó decir a sí mismo:

—Sí, estoy casado.

Temió la reacción de la sueca. Pero Lena, para su gran sorpresa, no pareció molesta.

—No me extraña —exclamó la sueca—. Guapo como es…

Tomás enrojeció.

—Bien… pues…

—¿La quiere?

—¿A quién?

—A su mujer, claro. ¿La quiere?

Aquí estaba la oportunidad para matizar el asunto.

—Cuando nos casamos, sí, sin duda. Pero ¿sabe? Nos hemos ido alejando con el tiempo. Hoy somos amigos, es cierto, aunque, en realidad, no se puede decir que haya amor.

La observó atento, intentando medir su reacción; le pareció que ella se había quedado satisfecha con la respuesta y se sintió aliviado.

—En Suecia decimos que una vida sin amor es como un año sin verano —comentó la muchacha—. ¿No está de acuerdo?

—Sí, claro.

Lena desorbitó inesperadamente los ojos y se llevó la mano a la boca. Se levantó de un salto, con expresión de alarma, una expresión de urgencia en el rostro.

—¡Ah! —gritó—. ¡Me olvidaba! ¡La comida!

Se fue volando a la cocina. Tomás oyó a la distancia el sonido de los alimentos al fuego y de la cuchara revolviéndolos en el cazo, además de unas exclamaciones ahogadas de su anfitriona.

—¿Está todo bien? —preguntó estirando el cuello en dirección a la puerta.

—Sí. —Fue la respuesta de la sueca, gritando desde la cocina—. Está listo. Ya puede sentarse a la mesa.

Tomás no obedeció. En cambio, fue hasta la puerta de la cocina. Vio a Lena sujetando un cazo caliente con un paño, echando sopa en una sopera ancha, de porcelana antigua, igual a la de los platos colocados en la mesa.

151

—¿Quiere ayuda?

—No, no hace falta. Vaya a la mesa.

El profesor la miró, vacilante, sin saber si debería realmente ir a sentarse o si era mejor insistir. Pero la expresión resuelta de la sueca lo convenció de que debía obedecerla. Volvió a la sala y ocupó su lugar a la mesa. Instantes después, Lena entró en la sala con la sopera humeante en los brazos. La apoyó pesadamente en la mesa y suspiró de cansancio.

—¡Puf! ¡Ya está! —exclamó ella, aliviada—. Vamos a comer.

Quitó la tapa de la sopera y le sirvió a Tomás con un cucharón de sopa. Después le tocó a ella. El profesor observó el plato con expresión desconfiada; era una sopa blanca, con trozos sólidos en el medio, y un aroma agradable, suculento.

—¿Qué es esto?

—Sopa de pescado.

—¿Sopa de pescado?

—Pruébela. Es buena.

—Parece diferente de las nuestras. ¿Es un plato sueco?

—Casualmente, no. Es noruego.

Tomás probó un poco. La sopa tenía una consistencia cremosa, con un intenso regusto a mar.

—Hmm, está buena —aprobó él, saboreando el néctar marino del caldo; hizo un ligero movimiento con la cabeza en dirección a su anfitriona—. Enhorabuena, es una gran cocinera.

—Gracias.

—¿Qué pescados lleva?

—Oh, varios. Pero no sé su nombre en portugués.

—¿Y el plato principal también va a ser de pescado?

—Éste es el plato principal.

—¿Cómo? Ésta es la sopa…

—La sopa de pescado noruega es muy sustanciosa. Ya verá que, cuando acabe de comerla, se sentirá saciado.

Tomás mordió un trozo de pescado, le pareció merluza, sazonada con el líquido blanco del caldo.

—¿Por qué razón es blanca la sopa? —dijo sorprendido—. ¿No se hace con agua?

—Lleva agua, pero también leche.

—¿Leche?

—Sí —asintió ella; dejó de comer y lo miró con una expresión insinuante—. ¿Sabe cuál es mi mayor fantasía de cocinera?

—¿Sí?

—Cuando un día esté casada y tenga un hijo, haré una sopa de pescado con la leche de mis tetas.

Tomás casi se atragantó con la sopa.

—¿Cómo?

—Quiero hacer una sopa de pescado con la leche de mis tetas —repitió, como si dijese la cosa más natural del mundo; llevó su mano al seno izquierdo y lo exprimió de tal modo que el pezón asomó por el borde del escote—. ¿Le gustaría probarla?

Tomás sintió una erección tremenda que se abría paso en sus pantalones. Incapaz de pronunciar una palabra y con la garganta repentinamente seca, asintió con la cabeza. Lena sacó todo el seno izquierdo fuera del escote de seda azul; era lechoso como la sopa, con un ancho pezón rosa claro y la punta turgente y dura como un chupete. La sueca se levantó y se acercó al profesor; de pie a su lado, le apoyó el seno en la boca. Tomás no se resistió. La abrazó por la cintura y comenzó a chuparle el pezón saliente; el seno era cálido y suave, tan grande que le inundó la cara. Llenó las palmas de sus manos con los dos senos y los apretó como si fuesen cojines, en una pulsión de lujuria, quería sentirlos tiernos y sabrosos. Mientras él chupaba, Lena le desabrochó el cinturón y el botón de los pantalones; corrió la cremallera de la bragueta hacia abajo y le quitó los pantalones con un movimiento rápido. Privándolo de sus senos, deprisa lo recompensó de otro modo; se arrodilló a los pies de la silla, se inclinó sobre su regazo y llenó su boca. Tomás gimió y perdió el poco control que le quedaba sobre sí mismo.

VI

$\mathcal{L}$a puerta sur del monasterio de los Jerónimos, en realidad formada por dos pesadas puertas de madera, se mantenía cerrada a los visitantes. Toda la entrada del pórtico, con su espectacular encaje de mármol blanco de Lioz, en un estilo gótico enriquecido por elementos platerescos y renacentistas, constituía una de las partes más hermosas de la aparatosa fachada del largo monasterio del siglo XVI; escenas religiosas y seculares, esculpidas en la piedra con primoroso detalle, decoraban los dos arcos sobre las puertas, dominadas por una estatua del infante don Enrique en el mainel central y guarnecidas además por múltiples columnas delgadas que, repletas de estatuas y relieves trenzados, se alzaban en dirección al cielo gris de la mañana.

Tomás rodeó toda la fachada sur del monasterio, de piedra blanca sólo salpicada, aquí y allá, por manchas marrones o grises de suciedad, y donde se destacaba una cúpula mitrada, de inspiración bizantina, sobre la torre de la campana. Giró en la esquina y se deslizó por la puerta axial, al poniente; ésta era la entrada principal, pero su situación, encajada en una galilea estrecha y a la sombra de una bóveda baja que oscurecía su rico encaje de estilo renacentista, disminuía su importancia. Cruzó el pasaje y entró en la grandiosa iglesia de Santa María, sus ojos de inmediato fueron atraídos hacia el firmamento del santuario, la monumental bóveda soportada por esbeltos pilares octogonales, de piedra ricamente labrada, que se abrían arriba como palmeras gigantes, mientras las hojas sostenían la cúpula y se enlazaban en una geométrica red de nervaduras.

Nelson Moliarti, entretenido en admirar las vidrieras de la

iglesia, se encontró con el recién llegado y fue a reunirse con él; los pasos retumbaban en el santuario casi desierto.

—Hola, Tom —saludó—. ¿Cómo va todo?

Tomás le dio la mano.

—Hola, Nelson.

—Éste es un monumento impresionante, ¿no? —preguntó haciendo un gesto amplio con la mano, como si quisiese mostrar todo lo que había alrededor—. Siempre que vengo a Lisboa me doy una vuelta por aquí. No puede haber obra tan magnífica para conmemorar los descubrimientos y el comienzo de la globalización. —Lo condujo hasta uno de los pilares octogonales y señaló uno de los relieves en la piedra—. ¿Ve eso? Es una cuerda de marinero. ¡Sus antepasados esculpieron en una iglesia una cuerda de marinero! —Señaló para otro lado—. Y allí hay peces, alcachofas, plantas tropicales, hasta hojas de té.

Tomás sonrió ante el entusiasmo del americano.

—Nelson, conozco bien el monasterio de los Jerónimos. Los temas marítimos esculpidos en la piedra son lo que hacen de este estilo, llamado estilo manuelino, algo único en la arquitectura mundial.

—Exactamente —asintió Moliarti—. Algo único.

—¿Y sabe cómo se financió la construcción del monasterio? Con un impuesto sobre las especias, las piedras preciosas y el oro que las carabelas trajeron de todo el mundo.

—¿Ah, sí?

—Lo llamaban el dinero de la pimienta.

—Fíjese —comentó el americano mirando a su alrededor—. ¿Y quién mandó hacerlo? ¿Fue Enrique el Navegante?

—No, el monasterio de los Jerónimos es posterior. Corresponde a la apoteosis de los descubrimientos.

—Pero ¿la apoteosis no fue con Enrique?

—Claro que no, Nelson. Enrique fue el hombre que planeó todo en el siglo XV; pero los descubrimientos sólo llegaron a su apogeo con el cambio de siglo, durante los reinados de don Juan II y don Manuel. Fue este último quien mandó construir el monasterio de los Jerónimos a finales del siglo XV. —Hizo un gesto amplio—. La iglesia en la que nos encontramos era, antiguamente, una ermita controlada por los templarios de la Orden Militar de Cristo, y fue aquí donde Vasco da Gama vino a rezar antes de partir para la India, en 1497. Don Manuel alimentaba entonces el sueño de ser el rey de toda la península Ibérica, instalando la capital en Lisboa, e hizo todo lo posible para convertirse en heredero de la Corona de Castilla y Aragón. Para alcanzar ese objetivo, tenía un plan que confiaba en la seducción de los Reyes Católicos. Se casó con dos hijas de los soberanos de Castilla y Aragón, además de expulsar, para complacerlos, a los judíos de Portugal. Por otro lado, ordenó construir este monasterio, que entregó, no a la Orden de Cristo, como sería natural, sino a la Orden de los Jerónimos, monjes que eran confesores de Isabel la Católica. La ambición de don Manuel casi resultaría premiada cuando, en 1498, fue consagrado heredero de los Reyes Católicos, pero el proyecto, como es evidente, acabó en la nada.

Deambularon por el recinto y fueron a admirar la tumba de Vasco da Gama, a la izquierda. Una estatua de mármol rosado en tamaño real, yacente con las manos elevadas en una plegaria, entre motivos de cuerdas, esferas armilares, carabelas, una cruz de la Orden de Cristo y símbolos marítimos, señalaba el sarcófago del gran navegante. En el lado derecho se encontraba el mausoleo de Luís de Camões; el gran poeta épico de los descubrimientos estaba igualmente representado por una estatua yacente sobre el sarcófago, con las manos unidas en actitud de oración, una corona de laureles sobre el cabello, la cabeza apoyada en una almohada de piedra.

—¿Están realmente ahí? —preguntó Moliarti, con la mirada fija en el ataúd esculpido de Vasco da Gama.

—¿Quiénes?

—Vasco da Gama y Camões.

Tomás se rio.

—Es lo que les decimos a los turistas.

—Pero ¿están o no están?

—Déjeme que se lo explique a mi manera —dijo Tomás, apoyando la mano en la tumba del gran navegante—. Los restos mortales que se encuentran en este sarcófago son casi con toda seguridad los de Vasco da Gama. —Señaló hacia el otro lado—. Pero los restos mortales que están depositados en aquel sarcófago casi con toda seguridad no son de Camões. Los guías, no obstante, les dicen a los turistas que Camões está realmente ahí. Parece que a ellos les gusta y hay muchos que aprovechan para comprar luego *Los lusíadas.*

Moliarti meneó la cabeza.

—Eso es deshonesto.

—Oh, Nelson, no seamos ingenuos. ¿Cómo alguien puede estar seguro de que los restos de una persona que murió hace quinientos años pertenecen realmente a determinada persona? Que yo sepa, hace quinientos años no existían pruebas de ADN, por lo que no podemos tener garantía alguna.

—Aun así…

—¿Ha ido ya a Sevilla a ver la tumba de Colón?

—Sí.

—¿Y está seguro de que Colón está realmente allí?

—Bueno, es lo que dicen, ¿no?

—¿Y si yo le digo que puede ser una patraña, que los restos mortales que se encuentran en Sevilla tal vez no son los de Colón?

El estadounidense lo miró con actitud interrogante.

—¿No lo son?

Tomás sostuvo la mirada y meneó la cabeza.

—Hay quien dice que no.

Moliarti se encogió de hombros.

—*Who cares?*

—Exactamente. ¿Cuál es el problema? Lo que interesa es el valor simbólico. Tal vez no sea Colón quien está allí, pero la verdad es que aquel cuerpo representa a Colón. Es un poco como la tumba del Soldado Desconocido, que, pudiendo ser de cualquier persona, hasta de un desertor o de un traidor, representa a todos los soldados.

Una multitud comenzó a avanzar por la puerta axial, como una creciente cada vez más copiosa, parloteando con un murmullo nervioso, excitado; eran turistas españoles traídos por un autocar que acababa de llegar a los Jerónimos y que se desparramaban por el santuario como hormigas voraces, con cámaras colgadas del cuello y pasteles de nata en la mano. La invasión española, con su algazara desordenada, caótica, aunque respetuosa, desasosegó a los dos historiadores, más interesados en encontrar un rincón tranquilo para conversar.

—Venga —dijo Moliarti haciéndole una seña con la mano—. Vamos a hablar allí dentro.

Salieron de la iglesia por la puerta axial, huyendo de los turistas; giraron a la derecha, compraron dos tiques en la taquilla, enfilaron por los cortos pasillos interiores y vieron abrirse frente a ellos el claustro real. Un pequeño jardín paisajístico francés coloreaba el eje del claustro, sencillo, sin flores, sólo con un césped rastrero recortado en formas geométricas alrededor de un pequeño lago circular; todo el patio central, formado por el césped y por el lago, estaba rodeado por los arcos y balaustradas de los dos pisos abovedados de los pasillos del monasterio, se veían cuatro tramos a cada lado con vértices achaflanados. Los visitantes giraron a la izquierda en la galería inferior, caminando por la sombra; observaron los encajes grabados en la piedra de las fachadas de los pasillos y contemplaron la riqueza de los detalles esculpidos en relieve; se percibían por todas partes símbolos religiosos, cruces de la Orden Militar de Cristo, esferas armilares, escudos y emblemas, cuerdas esculpidas, formas enlazadas, plantas, mazorcas, aves, animales fantásticos, lagartos, dragones marinos; entre la fauna y la flora exóticas aparecían medallones con bustos a la romana, aquí el perfil de Vasco da Gama, allá el de Pedro Álvares Cabral.

—Este claustro es extraordinario —comentó Moliarti.

—Fastuoso —coincidió Tomás—. De los más hermosos del mundo.

Contemplaron los arcos de la planta baja, por donde deambulaban sin rumbo aparente. Los arcos estaban divididos en dos, con columnitas sinuosas y escamadas; las pilastras exteriores exhibían una ornamentación suave y aplanada, mientras que el arco interior se destacaba por la decoración manuelina, afiligranada y compleja. Recorrieron distraídamente la galería, hasta que el estadounidense se desinteresó de los símbolos esculpidos en la piedra y miró a Tomás.

—Y bien, ¿ya tiene alguna respuesta para mí?

El portugués se encogió de hombros.

—No sé si tengo respuestas o si tengo más preguntas.

Moliarti hizo un chasquido con la lengua, disgustado.

—Tom, el reloj sigue su curso, no tenemos tiempo que perder. Hace dos semanas que usted fue a Nueva York y una semana que regresó a Lisboa. Necesitamos respuestas rápidas.

Tomás se acercó a la fuente del claustro. La fuente tenía un león esculpido, el animal heráldico de san Jerónimo, sentado con las patas delanteras erguidas y un hilo de agua manando de su boca, liberando un borboteo líquido, continuo y relajante. Pasó la mano por el agua fría y cristalina, pero no prestó atención a la estatua; tenía en su mente otros asuntos prioritarios.

—Mire, Nelson, no sé si lo que tengo le va a gustar, pero es lo que resultó del enigma que nos dejó el profesor Toscano.

—¿Ya ha descifrado aquel mensaje? —preguntó Moliarti.

Tomás se sentó en la bancada de piedra de la galería, debajo de los arcos, dando la espalda al patio y frente el macizo bloque de mármol que señalaba la tumba de Fernando Pessoa. Abrió la cartera.

—Sí —dijo, sacó los documentos y buscó una hoja en especial; la encontró y se la mostró a Moliarti, que se sentó a su lado—. ¿Ve esto?

Señaló unas palabras manuscritas en mayúscula.

—«Moloc» —leyó Moliarti en la primera línea; después la segunda—: «Ninundia omastoos».

—Ésta es una fotocopia de la cifra dejada por Toscano —explicó Tomás—. He estado dando vueltas a este galimatías, pensando que era un código o, eventualmente, una cifra de sustitución, aunque esto último me pareciese menos probable. Pero, en realidad, se trataba de una cifra de transposición. —Miró a Moliarti—. Un anagrama. ¿Sabe qué es un anagrama?

El estadounidense esbozó una mueca con la boca.

—No.

—Un anagrama es una palabra o frase formada a partir del reordenamiento de las letras de otra palabra o frase. Por ejemplo, «santos» es un anagrama de «tansos».* Ambas palabras

159

---

* Posible broma del personaje: «tanso» significa «necio, tonto» en portugués. (N. del T.)

usan las mismas letras, aunque en un orden diferente, ¿entiende?

—Ah —afirmó Moliarti—. ¿Eso también existe en inglés?

—Claro, en todas las lenguas con escritura alfabética —aclaró Tomás—. El principio siempre es el mismo.

—No conozco ningún caso.

—Claro que conoce. Hay anagramas en inglés que son famosos. Por ejemplo, «Elvis» es anagrama de «*lives*». «*Funeral*» es anagrama de «*real fun*».

—Muy gracioso —comentó Moliarti sin sonreír—. Pero ¿qué tiene que ver eso con las investigaciones del profesor Toscano?

—Que él nos ha dejado un anagrama, por añadidura uno muy sencillo en la primera línea, de aquellos en que la primera letra se ha convertido en la última, la segunda en la penúltima, y así sucesivamente, como un espejo. —Volvió a mostrar la fotocopia del mensaje cifrado—. ¿Lo ve? «Moloc» debe leerse «Colom». Pero «ninundia omastoos» es un anagrama más complejo, cuyo desciframiento implica un cruce alfabético. Significa *nomina sunt odiosa*.

—La frase del romano.

—Ovidio.

—¿Y qué significa?

—Como ya le he explicado, *nomina sunt odiosa* significa «los nombres son impropios».

—¿Y Colom?

—Es un nombre.

—¿Un nombre impropio?

—Sí.

—¿Y quién es ese tipo?

—Cristoforo Colombo.

Moliarti se quedó un buen rato mirando a Tomás.

—Explíqueme, a ver si lo entiendo —dijo el americano, rascándose el mentón—. ¿Qué pretendía decir el profesor Toscano con ese mensaje cifrado?

—Que el nombre de Colom era impropio.

—Sí, pero ¿cuál es el significado de esa frase?

—Ésa fue la parte más difícil de entender, dado que la frase es ambigua —reconoció Tomás; sacó otra hoja de la cartera y se la mostró al americano: era la fotocopia de un texto redactado en latín—. Fui a consultar el texto original de las *Heroidas* para intentar entender el sentido de esa cita. Aparentemente, lo que Ovidio quería decir es que no se debe citar en vano el nombre de personas cuando están en cuestión hechos vergonzosos o de gran gravedad.

Moliarti cogió la hoja y la estudió.

—¿El nombre de Colón estaba relacionado con hechos vergonzosos o de gran gravedad?

—El de Colón, no. Pero el de Colom, sí.

—*Gee, man* —exclamó el americano, sacudiendo la cabeza—. No entiendo nada. Pero ¿no me dijo usted que Colom es Colón?

—Sí, pero por algún motivo el profesor Toscano quiso llamar la atención sobre el nombre Colom. Si el nombre fuese irrelevante, habría escrito simplemente Colón. Pero no, escribió Colom. Sólo puede deberse a que tiene un significado.

—¿Cuál?

—Ése es el nombre impropio.

—Pero, Tom, ¿en qué medida ese nombre es impropio? No entiendo.

—Ésa fue justamente la pregunta que yo me hice. ¿Qué tiene de especial el nombre Colom para que el profesor Toscano llame la atención sobre él, considerándolo impropio?

Los dos hombres se quedaron mirándose, con la pregunta suspendida ante sus mentes, como si esa interrogación fuese una nube y estuviesen esperando que se descargase en lluvia.

—Espero que haya encontrado una respuesta para esa cuestión —murmuró Moliarti por fin.

—Encontré una respuesta y varias preguntas nuevas. —Hojeó sus apuntes—. Lo que estuve haciendo estos días fue intentar entender el origen del nombre de Cristoforo Colombo. Como sabe, el descubridor de América vivió diez años en Portugal, donde aprendió todo lo que sabía sobre navegación en el océano Atlántico. Vivió en Madeira y se casó con Filipa Moniz Perestrelo, hija del navegante Bartolomeu Perestrelo, el primer capitán donatario de la isla de Porto Santo, en Madeira. Portu-

161

gal era, en ese momento, la nación más avanzada del mundo, con los mejores barcos, los instrumentos más perfeccionados de navegación, las armas más sofisticadas, y donde se concentraba el conocimiento. El plan de la Corona, delineado desde Enrique el Navegante, era encontrar un camino marítimo hacia la India, para sortear el monopolio que detentaba Venecia en el comercio de las especias que venían de Oriente. Los venecianos tenían un acuerdo de exclusividad con el Imperio otomano, y, perjudicadas por ese acuerdo, las otras ciudades-estado italianas, especialmente Génova y Florencia, apoyaron el esfuerzo portugués. Fue en ese contexto cuando, en 1483, el genovés Colombo le planteó a don Juan II que, dado que la Tierra era redonda, navegaría hacia occidente hasta llegar a la India, en vez de ir hacia el sur, e intentar rodear África. El monarca portugués sabía muy bien que la Tierra es redonda, pero también tenía conciencia de que es mucho mayor de lo que Colón pensaba, por lo que el camino por occidente sería demasiado largo. Sabemos hoy que don Juan II tenía razón y Colón no. Fue entonces cuando el genovés, cuya mujer portuguesa, entre tanto, había muerto, fue a España a ofrecer sus servicios a los Reyes Católicos.

—Tom —cortó Moliarti—. Pero ¿por qué me está contando todo eso? Conozco muy bien la historia de Colón...

—Calma —recomendó Tomás—. Déjeme que analice el contexto de lo que tengo que revelarle. Es importante que hagamos un resumen sobre la historia de Colón, porque existe algo extraño relacionado con su nombre, algo que es pertinente en el contexto de la historia de su vida y del acertijo que nos ha dejado el profesor Toscano.

—*All right, go on.*

—Muy bien —dijo Tomás e hizo una pausa para intentar reanudar la narración en el punto donde la había interrumpido—. Como decía, Colón se fue a España. Es necesario recordar que España estaba entonces gobernada por la reina Isabel de Castilla y por el rey Fernando de Aragón, los llamados Reyes Católicos, que se habían casado, uniendo así las dos Coronas y los dos reinos. El país estaba en aquel momento envuelto en una campaña militar para expulsar a los árabes del sur de la península Ibérica, pero la reina manifestó su interés por escuchar a Colón, o Colombo. El navegante sometió su proyecto a una comisión de sabios del Colegio Dominicano. El problema es que los españoles se encontraban mucho más atrasados que los portugueses en materia de conocimiento, por lo que, después de cuatro años de estudiar la cuestión, los supuestos sabios españoles concluyeron que la idea de navegar hacia occidente en busca de la India era irrealizable, dado que la Tierra era, en su opinión, plana. En 1488, Colón regresó a Portugal y fue recibido por don Juan II, mucho más esclarecido, ante quien insistió en sus propuestas. Sólo que, cuando se encontraba en Lisboa, Colón asistió a la llegada de Bartolomeu Dias con la noticia de que había rodeado África y había descubierto el paso del Atlántico al Índico, abriendo así el deseado camino hacia el viaje directamente hasta la India. El proyecto de Colón, naturalmente, quedó abortado. ¿Por qué motivo el rey portugués habría de invertir en la larga e incierta ruta por occidente si ya había descubierto el atajo por el sur? Desanimado, Colón regresó a España, donde se había casado, entre tanto, con Beatriz de Arana. Hasta que, en 1492, los árabes se rindieron en Granada y los cristianos comenzaron a controlar toda la Península. En medio de la euforia del triunfo, la reina de Castilla dio luz verde a Colón y el navegante partió hacia el viaje que culminaría con el descubrimiento de América.

—Cuénteme novedades, Tom —insistió el americano.

—Le he recordado esto para establecer de modo claro la relación de Cristoforo Colombo con los reinos ibéricos, no sólo con Castilla sino también con Portugal. No fue algo pasajero, sino, como ve, una relación profunda.

—Ya lo he entendido.

Tomás dejó de consultar los apuntes y documentos que había traído y miró a Moliarti.

—Entonces, si ya ha entendido, explíqueme sólo una cosa —pidió—. ¿Por qué razón los portugueses y los castellanos, si tenían una relación tan profunda con Colón, nunca lo llamaron Colombo?

—¿Cómo?

—Durante el siglo XV, mientras el gran navegante estuvo

en Portugal y en Castilla, nunca nadie llamó a Colón por su, en teoría, verdadero apellido: Colombo.

—¿Nunca lo llamaron Colombo? ¿Qué quiere usted decir con eso?

—No hay un solo documento, portugués o castellano, que llame Colombo a Colón. El primer texto portugués en el cual aparece una referencia a «Colonbo», con «n», es la *Crónica de D. João II*, de Ruy de Pina, escrita a principios del siglo XVI. Hasta entonces, nunca ningún portugués lo había llamado Colombo.

—Entonces ¿cómo lo llamaban?

—Colom o Colon.

Moliarti permaneció unos momentos en silencio.

—¿Qué significa eso?

—Ahí vamos —dijo Tomás, volviendo a hojear sus apuntes—. Fui a ver los documentos de la época y descubrí que Cristoforo Colombo es presentado como Christovam Colom, o Colon, el nombre propio abreviado a veces como «Xpovam». Cuando el navegante fue a España, los españoles comenzaron llamándolo Colomo, pero deprisa evolucionaron hacia Christóbal Colon, Christóbal abreviado como «Xpoval». Pero nunca Colombo. Nunca, nunca. —Buscó en el fajo de documentos—. Fíjese —dijo mientras sacaba la hoja que buscaba—: ésta es la fotocopia de una carta del duque de Medinaceli dirigida al cardenal Mendoza, fechada el 19 de marzo de 1493 y guardada con la referencia de documento catorce del Archivo de Simancas. Fíjese ahora en lo que aquí está escrito —dijo mientras señalaba una frase redactada en la hoja—: «Tuve en mi casa mucho tiempo a Cristóbal Colomo, que venía de Portugal y quería ir a ver al rey de Francia». —Alzó la cabeza—. ¿Lo ve? Aquí aparece Colomo. Pero lo extraño es que en la misma carta, más adelante, el duque lo llama de otra manera. —Señaló un segundo fragmento—. Aquí está: Cristóbal Guerra. —Volvió a mirar a Moliarti con una expresión interrogativa—. ¿Guerra? ¿Al final era Colombo, Colom, Colon, Colomo o Guerra?

—¿Ese Guerra no podrá ser cualquier otro hombre que se llamase Cristóbal?

—No, la carta del duque es muy clara, este Guerra es nuestro Colón. Fíjese ahora. —Alisó la fotocopia para leerla mejor—. Escribió el duque: «En ese tiempo, Cristóbal Guerra y Pedro Alonso Niño se dispusieron a descubrir, y este testigo lo afirma así mismo, con la flota de Hojeda y Juan de la Cosa». —Miró a Moliarti—. Ahora bien, el Cristóbal que salió «dispuesto a descubrir» con Niño, Hojeda y de la Cosa fue, como usted bien sabe, Colón, es decir, Cristoforo Colombo.

—Puede ser una incongruencia, un error.

—Sin duda es una incongruencia, pero no creo que haya error. ¿Y sabe por qué? —Buscó nuevamente en el fajo, localizó dos fotocopias y le mostró la primera al americano—. Éste es un extracto de la primera edición de la *Legatio Babylonica*, de Pietro Martire d'Anghiera, publicada en 1515. En este texto, D'Anghiera identificó a Colón de esta forma: «*Colonus vero Guiarra*». Como «*vero*» significa «en verdad», D'Anghiera estaba diciendo que Cristoforo Colombo, alias Colom, alias Colomo, alias Colon, alias Colonus, alias Guerra, se llamaba, en verdad, Guiarra. —Mostró la segunda fotocopia—. Y éste es un extracto de la segunda edición de la misma *Legatio Babylonica*, de D'Anghiera, esta vez titulada *Psalterium* y fechada en 1530. Aquí la misma identificación sufre una ligera alteración. Aparece «*Colonus vero Guerra*». —Buscó con frenesí una hoja más—. Y éste es el documento treinta y seis del Archivo de Simancas, fechado el 28 de junio de 1500. Este documento es una orden dirigida a un tal Afonso Álvares, a quien «sus altezas mandan ir con Xproval Guerra a la tierra nuevamente descubierta». —Miró una vez más a Moliarti—. Otra vez el apellido Guerra.

—Son tres documentos donde lo llaman Guerra —observó el estadounidense.

—Cuatro —corrigió Tomás, volviendo a centrar la atención en los apuntes—. Después de la muerte de Cristóbal Colón, su hijo portugués, Diogo Colom, inició un proceso judicial contra la Corona de Castilla, titulado «Pleyto con la Corona», en un esfuerzo por asegurar los derechos de su padre. Las audiencias comenzaron en 1512 en la isla de Santo Domingo, en las Antillas, y terminaron en 1515 en Sevilla. Todos los marineros y capitanes que participaron en el descubrimiento de América fueron escuchados en este proceso, prestando declaración bajo juramento con la mano sobre la Biblia. —Extrajo otra hoja del fajo—. Ésta es una copia de la declaración del maestre-piloto Nicolás Pérez. Dijo él en el tribunal, con la mano apoyada sobre la Biblia, que el «verdadero apellido de Colon era Guerra».

—Por tanto, lo que me está diciendo es que, en su época, Cristoforo Colombo no era conocido como Colombo, sino como Guerra.

—No, no es eso lo que estoy, necesariamente, diciendo. Lo que estoy diciendo es que él, por algún motivo, tenía muchos nombres, pero Colombo no era ninguno de ellos. —Dibujó un gesto vago en el aire—. En realidad, prácticamente no existen documentos sobre el paso de Cristoforo Colombo por Portugal, hecho bastante misterioso, pero, por lo que he podido averiguar, fue conocido en este país por Colom y por Colon. Fue a España en 1484 y comenzó a ser llamado Colomo. Sólo ocho años después, los castellanos comenzaron a designarlo como Colon.

—¿Ocho años después?

—Sí. El primer documento español donde aparece escrito el nombre Colon, sin tilde en la «o», es la *Provisión*, del 30 de abril de 1492. Sólo después de la muerte del navegante, en 1506, añadieron la tilde a la segunda «o» de Colon, que se convirtió en Colón.

—Cristóbal Colón.

—Sí. Pero atención, hasta el nombre propio del hombre que descubrió América alberga una historia. Los portugueses lo llamaban por lo general Cristofom o Cristovam, mientras que los italianos preferían Cristoforo. Pero es curioso que Pietro d'Anghiera, en las veintidós cartas que escribió hablando de Colón, lo llamara siempre Cristophom Colonus, y nunca Cristoforo. El propio papa Alejandro VI, con ocasión del Tratado de Tordesillas, lanzó dos bulas con la misma iniciación titular, la *Inter caetera*, donde incorporó la castellanización del nombre. En la primera bula, fechada el 3 de mayo de 1493, llamó al navegante Crhistofom Colon, y en la segunda, del 28 de junio, Crhistoforu Colon. Es interesante esta evolución, porque Crhistofom es, evidentemente, el Cristofom o el Cristovam portugués. Crhistoforu es el nombre en latín del que derivaron los antropónimos Cristovam, portugués, y Cristóbal, castellano.

—¿Y Guerra, entonces?

—Entendámonos. Cristoforo Colombo era conocido en todas partes por Cristofom o Cristovam. El apellido era Colom o Colon, pudiendo ser también Collon, con doble «l». Llegó a España y comenzó a ser Colomo. A partir de 1492, los españoles comenzaron a llamarlo sobre todo Cristóbal Colon, aunque, aquí y allá, volvía a surgir, a veces, Colom. —Tomás sacó una fotocopia—. Por ejemplo, en esta edición en latín de la publicación de una de las cartas del descubrimiento del Nuevo Mundo, fechada en 1493, reaparece Colom. Hay más ejemplos iguales, pero vale la pena ver incluso éste. —Presentó otra fotocopia—. Es un extracto de la publicación de una petición hecha por el Almirante en Santo Domingo y presentada en 1498. También aparece aquí Colom —dijo acomodando las dos copias—. Y existen, como ya le he dicho, cuatro documentos que refieren, implícita o explícitamente, que Colom no era el verdadero nombre del navegante. El nombre correcto sería Guerra. Por tanto, tenemos Guiarra, Guerra, Colonus, Colom, Colomo, Colon y Colón.

—Pero ¿por qué tantos nombres?

Tomás hojeó la libreta de notas.

—Parece haber algún secreto —observó—. El hijo castellano, Hernando, hizo, a propósito del nombre de su padre, algunas referencias muy misteriosas. —Se fijó en una página anotada—. En un fragmento de su libro, Hernando escribió: «el sobrenombre de Colón, que él volvió a renovar». Y registró en otra parte esta frase enigmática, que intentaré traducir: «Podríamos referirnos a muchos nombres que, por ejemplo, no sin una causa oculta, fueron puestos para indicar lo que tendría que suceder según lo que estaba pronosticado». —Miró al americano—. ¿Ha visto? En primer lugar, este «volvió a renacer» sugiere que Cristoforo Colombo cambió varias veces de apellido. Si fuese sólo «renovar», sería una sola vez. Pero «volvió a renovar» implica que renovó de nuevo, o sea, que remite a más de una renovación. Y, en segundo lugar, ¿qué podremos

167

decir de la frase «podríamos referirnos a muchos nombres que, por ejemplo, no sin una causa oculta»? ¿Muchos nombres? ¿Causa oculta? Pero ¿qué misterio del demonio es éste? ¿Qué nombres y qué causa oculta? ¿Y qué historia es esta de que esos varios nombres hayan sido puestos para «indicar lo que tendría que suceder según lo que estaba pronosticado»? ¿Estará insinuando que su padre adoptó sucesivos nombres falsos con el fin de relacionarlos con profecías? ¿Cuál es, al final, su verdadero nombre?

—Vaya —murmuró Moliarti—. Entonces ¿cómo aparece el nombre Colombo en medio de todo esto?

Tomás se sumergió de nuevo en sus anotaciones.

—La primera referencia en un texto al apellido Colombo se hizo en 1494. Todo comenzó con la carta que el navegante escribió desde Lisboa, el año anterior, anunciando el descubrimiento de América. Esa carta se publicó en varios sitios. En la última página de la edición de Basilea, que salió en 1494, un obispo italiano añadió un epigrama donde se lee «*merito referenda Columbo Gratia*», latinizando así el apellido Colom. Esta nueva versión sería retomada por el veneciano Marcantonio Coccio, conocido popularmente como Sabellico, en las *Sabellici Enneades*, de 1498. Sabellico lo identificó como «*Christophorus cognomento Columbus*». Pero Sabellico no lo conocía personalmente, por lo que debe de haberse inspirado en aquel famoso epigrama. Después existe una carta enviada por el veneciano Angelo Trevisano a Domenico Malipero, fechada en agosto de 1501, en la que, citando la primera edición de las *Decades*, de Pietro d'Anghiera, fechada en 1500, refiere que el autor tenía gran amistad «con el navegante, a quien llamaba Christophoro Colombo *Zenoveze*». El problema es que, en otras cartas, D'Anghiera da la impresión de no conocer personalmente a Colombo, describiéndolo como «un tal Cristovam Colon». De esto se deriva la convicción de que Trevisano adulteró el texto de D'Anghiera para adaptarlo al gusto de los lectores italianos, italianizando su nombre. Existe igualmente una referencia a un libro de Trevisano, titulado *Libretto di tutte le Navigationi di Re de Spagna*, y que fue publicado en 1504 a partir de unas copias de cartas del vicario-capellán real.

Tampoco sobrevivió ningún ejemplar de ese libro, pero su contemporáneo Francesco da Montalboddo confirmó que Trevisano presentó a Colón como Cristoforo Colombo *Zenoveze*. El problema es que este texto de Trevisano no llegó hasta nosotros en su edición original. La crónica más antigua que poseemos con el nombre Colombo asociado al descubridor de América es el *Paesi nuovamente retrovati*, publicado en 1507 por Montalboddo, y que consulté en la Biblioteca Nacional de Río de Janeiro. Fue un libro muy popular en su época, transformándose en lo que hoy llamaríamos un *best seller*. Incluyó hasta la primera descripción del descubrimiento de Brasil por Pedro Álvares Cabral y ayudó a difundir una segunda falsedad, la de que el descubridor del Nuevo Mundo era Américo Vespuccio.

—¿Una segunda falsedad? ¿Cuál fue la primera, entonces? Tomás miró a Moliarti con sorpresa.

—¿No le parece obvio? La primera falsedad es la de que Colón se llamaba Colombo.

—¿Cómo puede afirmar eso?

—Por el mero auxilio del sentido común. ¿Así que el hombre anduvo toda su vida recibiendo diversos nombres, pero sobre todo Colom y Colon, y sólo más tarde aparecieron unos italianos, que no lo conocían personalmente, y uno de ellos, citando oscuras copias de cartas del vicario general y una dudosa traducción de la ya desaparecida edición de las *Decades*, de D'Anghiera, llegaron a decir que él, al final, no se llamaba Colom sino Colombo? ¿Y cómo podríamos llamarlo Colombo si él mismo se llamó, en todos los documentos que llegó a firmar, Colom o Colon?

—¿Qué?

—¿No lo sabía? El descubridor de América nunca se refirió a sí mismo, en ningún documento conocido, como Colombo, y ni siquiera mencionó su versión latina: Columbus. Nunca. Ni siquiera existe un solo documento perteneciente a la historia marítima de Génova que mencione la existencia de un marino con ese nombre. Ni uno solo. El primer documento conocido en que Colón se presenta a sí mismo es la carta que le envió en 1493, poco después de regresar del descubrimiento de Amé-

169

rica, a un tal Rafael Sánchez para que se la entregase a los Reyes Católicos. En esa carta, se identificó como «Christofori Colom». Colom, con «m» al final. Y más tarde, en su testamento, explicó que pertenecía a la familia de los Colom, que presentó como siendo «mi linaje verdadero». Téngase en cuenta: dijo que su verdadero linaje era el de los Colom, no el de los Colombo. —Tomás sonrió—. ¿No está claro como el agua, entonces, que el nombre Colombo cayó del cielo a trompicones?

—Si es así, ¿por qué razón aún hoy se le sigue conociendo como Cristoforo Colombo?

—De la misma manera que aún hoy llamamos América a la tierra que Américo Vespuccio no descubrió. Por mera repetición de un error original. Veamos. Colón se identificó a sí mismo en todos los documentos como Colom o Colon. Sus contemporáneos, incluida gente que lo conocía personalmente, hicieron lo mismo o le dieron otros nombres, como Colomo, Colonus, Guiarra y Guerra. Pero vino un obispo italiano que pensó que Colom se traducía en latín como Columbo; después apareció el tal Sabellico, que no conocía a Colón de ninguna parte, nunca lo vio ni habló con él, y que, a partir de esa traducción errada, mantuvo el nombre Colombo. Poco después, otro veneciano, Trevisano, hizo lo mismo. Y otro italiano, Montalboddo, que tampoco conocía al personaje personalmente, cogió el texto de Trevisano y le dio gran visibilidad en *Paesi nuovamente retrovati*, publicado en 1507, un año después de la muerte del navegante. *Paesi* fue un éxito editorial, todo el mundo leyó a Montalboddo y, de repente, Colón comenzó a ser conocido como Colombo. Y se difundió tanto que hasta el cronista portugués Ruy de Pina, en la *Crónica do Rei D. João II*, lo rebautizó con ese nuevo nombre.

—Pero ¿cómo sabe que el obispo italiano estaba faltando a la verdad?

—Porque en la misma página de la edición de Basilea, donde él escribió Columbo, también está escrito el nombre Colom. Ahora bien, Colom en catalán significa «paloma». —Hizo una seña con los ojos, interrogando a Moliarti—. Ahora dígame cómo se dice paloma en italiano…

—Colombo.

—¿Y en latín?

—Columbus.

—¿Lo ve? El obispo, que sabía catalán, pensó que Colom se traducía por «paloma». Como quiso latinizar el nombre, escribió Columbo.

—Justamente —respondió el americano—. Si Colom quiere decir «paloma», el nombre correcto de él en italiano es Colombo. Colom es una traducción de Colombo.

—Lo sería si no se diese el caso de que el nombre Colom no significa «paloma».

—¿Ah, no? Entonces ¿qué quiere decir?

Tomás hojeó su libreta de notas.

—Una vez más es el propio hijo de Cristóbal Colón, Hernando, quien nos lo aclara: «Por consiguiente, le vino a propósito el sobrenombre de Colón», escribió, explicando cómo surgió ese apellido: «porque en griego quiere decir miembro».

—No entiendo.

—Nelson, ¿cómo se dice «miembro» en griego?

—Yo qué sé…

—Kolon.

—¿Colon?

—*Kolon*, con «k». O sea, Colom no remite a Colombo, a paloma, sino a Kolon, el miembro. —Se fijó de nuevo en sus apuntes—. Por otra parte, el propio Hernando Colón, al mismo tiempo que revela que el apellido Colón viene de la palabra griega «*kolon*», es decir, miembro, explica que «si queremos reducir su nombre a la pronunciación latina, que es Christophorus Colonus». —Esbozó una sonrisa para Moliarti—. ¿Lo ve? Hernando explicó que la latinización de Colón no remite a Columbo o Columbus, como sería normal si viniese de Colombo y significase «paloma», sino a Colonus. Lo que, en definitiva, quiere decir que, cualquiera fuese su verdadero nombre, sin duda no sería Colombo.

—Sería Colonus, ¿no?

El historiador portugués inclinó la cabeza e hizo una mueca escéptica.

—Tal vez. Pero Colonus puede que sólo sea un seudónimo. Fíjese en que Hernando escribió que «podríamos referirnos a

171

muchos nombres que, por ejemplo, no sin una causa oculta, fueron puestos para indicar lo que habría de suceder según lo que estaba pronosticado». Es decir, el navegante eligió nombres que profetizaban algo.

—¿Y qué profecía implicaría el apellido Colonus?

—El propio Hernando responde a esa pregunta: «Pidiendo a Cristo su ayuda, y que lo favoreciese en aquel peligro de su viaje, pasó él y sus ministros para que se hiciesen, de las gentes indias, colonas y habitantes de la Iglesia triunfante de los Cielos; pues es de creer que muchas almas se harían colonas del cielo y habitantes de la gloria eterna del Paraíso». O sea, que el apellido Colonus fue elegido porque profetiza la colonización de la India por la fe cristiana.

—Hmm —murmuró Moliarti, algo contrariado—. En su opinión, ¿fue eso lo que descubrió el profesor Toscano?

—No tengo dudas en afirmar que, al dejar el mensaje «Colom, *nomina sunt odiosa*», Toscano estaba diciendo que el nombre Colom era impropio. Es decir, su referencia se volvió impropia.

—¿Sólo eso?

—Pienso que hay más por descubrir. Como ya le he dicho, Ovidio, cuando escribió la frase «*nomina sunt odiosa*», la insertó en el contexto de que no se deben citar en vano nombres de personas cuando están en cuestión cosas vergonzosas o muy graves. Me parece evidente que el profesor Toscano está sugiriendo un vínculo entre Colom y un hecho de gran importancia.

—El descubrimiento de América.

—Pero ese vínculo ya lo conocemos, Nelson. Lo que supongo es que Toscano se estaba refiriendo a otra cosa, que no es aún de dominio público.

—¿Qué?

—Si lo supiese, estimado amigo, ya se lo habría dicho, ¿no?

El estadounidense se revolvió en la bancada de piedra, incómodo e inquieto.

—¿Sabe, Tom? —comenzó a decir—. Nada de esto tiene que ver con el descubrimiento de Brasil.

—Es evidente que no.

—Entonces ¿por qué razón el profesor Toscano perdió el tiempo con Colón?

—Colom.

—*Whatever*. ¿Por qué razón estuvo desperdiciando en esa investigación nuestro dinero?

—No lo sé. —Tomás se llevó la palma de la mano derecha al pecho—. Pero, para mí, una cosa está clara. No se vislumbra ninguna relación entre estas investigaciones del profesor Toscano y el descubrimiento de Brasil. Lo que nos plantea a nosotros un problema práctico. ¿Valdrá la pena que yo continúe haciendo esta investigación? Sea lo que fuere lo que Toscano descubrió, todo indica que no tendrá que ser publicado hasta el 22 de abril, dado que no tiene relación con los quinientos años del viaje de Pedro Álvares Cabral. —Miró a Moliarti a los ojos—. ¿Quiere que prosiga con la investigación?

El estadounidense no vaciló.

—Claro que sí —afirmó—. La fundación querrá saber en qué anduvo gastando el dinero todo este tiempo.

—Lo que nos lleva al segundo problema. Ya no tengo nada más que investigar.

—¿Cómo? ¿Y los documentos y anotaciones del profesor Toscano?

—¿Qué documentos y anotaciones? Ya he consultado todo lo que tenía en Brasil.

—Pero él estuvo investigando mucho más por Europa.

—Ah, ése es otro asunto. ¿Por dónde estuvo?

—Estuvo en la Biblioteca Nacional y en la Torre do Tombo, aquí en Lisboa. Después se fue a España e Italia.

—¿En busca de qué?

—Nunca nos lo dijo.

Tomás permaneció pensativo, con la mirada perdida en el encaje de los arcos del claustro.

—Entiendo —murmuró—. ¿Y dónde están sus anotaciones?

—Supongo que están en su casa, en manos de su mujer.

—¿Y ustedes han ido ya a pedirle esos documentos? Son cruciales para la investigación.

Moliarti sacudió la cabeza, cabizbajo.

173

—No.

—¿No? —se sorprendió Tomás—. ¿Por qué?

El estadounidense hizo una mueca nerviosa con los músculos del rostro.

—Bueno, las divagaciones del profesor Toscano provocaron una gran tensión entre nosotros. Discutimos mucho con él, porque queríamos informes periódicos de su trabajo y se negaba a dárnoslos. Naturalmente, esa tensión se extendió también a su mujer, con quien la relación se hizo igualmente difícil.

Tomás se rio.

—O sea, que ella no quiere ni verles.

Moliarti suspiró, abatido.

—Exacto.

—Entonces ¿qué hacemos?

—Vaya usted.

—¿Yo?

—Sí, claro. A usted, ella no lo conoce. No sabe que usted trabaja para la fundación.

—Disculpe, Nelson, pero no puede ser. ¿Tengo que ir a la casa del difunto a engañar a la viuda?

—¿Cuál es la alternativa?

—Yo qué sé. Hablen con ella, aclaren las cosas, entiéndanse.

—No es tan fácil, las cosas entre nosotros llegaron a un punto sin retorno. Tendrá que ir usted.

—Oh, Nelson, no puede ser. Yo no voy a engañar a esa mujer…

Moliarti lo encaró con expresión dura, los ojos transfigurados, implacables; ya no era el simpático y relajado estadounidense, de modales afables y cálidos, sino el despiadado hombre de negocios.

—Tom, estamos pagándole dos mil dólares por semana y ofreciéndole un premio de medio millón de dólares si consigue recuperar la investigación oculta del profesor Toscano. ¿Quiere o no quiere ese dinero?

Tomás vaciló, conmovido por el tono frío de las palabras de su interlocutor.

—Pues… claro que lo quiero.

—Entonces vaya a la *fucking* casa del *fucking* Toscano y

arranque de la *fucking* viuda todo lo que ella tenga —farfulló Moliarti, con una entonación agresiva, fulminante—. ¿Ha entendido?

Tomás, pasado el primer instante de sorpresa por el repentino cambio de humor de su interlocutor, sintió que algo se sublevaba bullendo en sus entrañas, trepando por su estómago, imparable. Tuvo ganas de levantarse e irse, no admitía que le hablasen en ese tono. Su rostro se sonrojó, era el rubor y el calor de una furia mal contenida. Se levantó de la bancada de piedra, despechado, sin saber adónde ir; vio el bloque de mármol de la tumba de Fernando Pessoa imponiéndose frente a él y, buscando una distracción, un escape, cualquier cosa, se acercó al monumento. Un poema de Ricardo Reis clamaba grabado en la piedra:

> PARA SER GRANDE, *sé íntegro: nada*
> *tuyo exageres ni excluyas.*
> *Sé todo en cada cosa. Pon cuanto eres*
> *en lo mínimo que hagas.*
> *Así en cada lago la luna toda*
> *brilla, porque alta vive.*

175

En aquel instante, Tomás quiso ser grande como Fernando Pessoa, mostrarse íntegro a Moliarti, sin excluir nada, poniendo todo cuanto era y sentía en las palabras que se le estrangulaban en la garganta. Pero instantes después, pasada la erupción inicial, más sereno, más racional, reflexionó. Ser grande, ser tan grande, era un lujo que no podía darse; no quien tenía una hija que necesitaba operarse del corazón y la ayuda de un profesor que el colegio no podía pagar; no quien veía su matrimonio desmoronarse en un mar de preocupaciones por el sombrío futuro de la hija y entre los irresistibles lances de una escandinava atrevida. Dos mil dólares por semana era mucho dinero; más aún lo era el premio de medio millón de dólares si lograba desenterrar toda la investigación de Toscano. Y Tomás sabía que lo lograría.

Se controló. Dio media vuelta y, vencido, resignado, encaró al estadounidense.

—De acuerdo.

VII

*P*equeñas gotas de agua se deslizaban por la superficie verde y lisa de las hojas y se acumulaban en el extremo, creciendo al punto de formar una gota grande; la gota engordaba, se hinchaba hasta hacerse demasiado nutrida; en ese momento, se inclinaba en la punta de la hoja y, después de una breve indecisión, pendiendo casi suspendida en el aire, caía pesadamente en la tierra fértil y húmeda. Tras ella venía otra, y otra más, y muchas más por todas partes; las hojas lobuladas y brillantes de la higuera goteaban agua, goteaban tanto que parecían llorar bajo el cielo agreste y cargado de la invernada.

Sentado a la mesa del desayuno y mirando por la ventana, Tomás fijaba la vista en aquella higuera lacrimosa; la miraba pero no la veía, absorto en sus problemas, engolfado en los dilemas de su vida. Constança había salido hacía diez minutos, hoy le tocaba a ella llevar a Margarida al colegio. Tomás pensaba en las dos y pensaba en Lena; se interrogaba ahora, con alguna seriedad, sobre el camino que recorría, sobre el destino al que lo conducía aquel sendero incierto. Por primera vez en lo que llevaba de matrimonio era infiel y experimentaba sentimientos contradictorios en relación con su comportamiento. Por un lado, nutría un profundo sentimiento de culpa, de vergüenza, tenía una hija que necesitaba atención y una mujer que precisaba ayuda, y allí estaba él enrollado con una alumna casi quince años más joven; pero, por otro lado, había que considerar que aquélla no era una alumna cualquiera, se trataba de una mujer hermosa, dispuesta, que lo había seducido sin que él fuese capaz de resistirse. ¿Qué podía hacer? Era un hombre; ¿y cómo puede un hombre decir que no a una mujer como ésa?

Refunfuñó. Sí, argumentó para sus adentros, llamándose tímidamente a la responsabilidad; era un hombre, es cierto. Pero eso no significaba que se privase de su propia voluntad; que fuese una mera marioneta en manos de una mujer, por más guapa que fuese, por más tentadora que le pareciese; que se comportase de aquella manera, cediendo a los instintos más primarios, a un capricho al final fútil, a aquel devaneo liviano, incluso irresponsable.

Cerró los párpados y se pasó la mano por el pelo, como si con ese simple acto pudiese limpiar la sordidez que sentía que le ensuciaba la mente y le corrompía el alma. Sus motivaciones lo perturbaban, es verdad, pero era más que eso, mucho más; la conciencia lo martirizaba, implacable, despiadada, martilleándolo con preguntas, con dudas, con dilemas, atormentándolo con las decisiones que debía tomar y las realidades que debía enfrentar, torturándolo con la imagen de sus actos, de la relación adúltera en la que se había implicado, de la traición que cometía contra los suyos y, en última instancia, contra sí mismo. ¿Qué lo hacía realmente mantenerse enrollado con Lena? ¿Sería la tentación del fruto prohibido? ¿Sería la demanda de la juventud que se le escapaba a cada instante? ¿O sería el sexo, nada más que el sexo? Sacudió la cabeza, dialogando siempre consigo mismo, examinando sus pulsiones más profundas, más escondidas, más inconfesables.

No.

No lo era. No era sólo el sexo, no podía serlo. Le gustaría que lo fuese, pero no lo era. Sería el sexo si se hubiese satisfecho con aquella primera vez, cuando fue a almorzar a la casa de ella y acabaron los dos aferrados el uno al otro, devorándose, liberando la lascivia que los consumía y disfrutando la carne dulce de sus cuerpos, sería el sexo si ambos se hubiese limitado solamente a algunas escapadas inconsecuentes, arrebatadas pero breves; sería el sexo, sólo el sexo, si se hubiese sentido vacío después de poseerla, después de descargar el deseo incontrolable que ella le despertaba y lo hacía arder. La verdad, no obstante, es que Tomás se había vuelto un visitante asiduo de la sueca, después del almuerzo se había habituado a pasar por su apartamento, el adulterio se había transformado en una

177

rutina, cosa de hábito, itinerario apacible en un día de trabajo.

Había algo en ella que despertaba sus deseos más lúbricos. Siempre había oído decir que las mujeres de senos grandes no eran particularmente buenas en la cama; pero, si eso era verdad, Lena representaba sin duda la gran excepción. La sueca se había revelado como una mujer desinhibida, ávida, imaginativa, preocupada por darle placer y enfática cuando disfrutaba de su cuerpo. Además, se mostraba poco exigente en el día a día; le hacía innumerables preguntas sobre la investigación basada en el trabajo del profesor Toscano, pero no le interrogaba sobre su vida familiar, se contentaba con el simple hecho de tenerlo cerca casi todas las tardes. El hecho es que, de una forma casi sin ataduras, manteniendo una tranquilizadora independencia, Lena se había convertido en una parte de su vida, le otorgaba una válvula de escape, una fuga de los problemas diarios, una distracción lúdica.

Bebió el vaso de leche tibia y se repitió a sí mismo la expresión que había encontrado. Una distracción lúdica. Sí, era eso mismo. Lena se había convertido en un juguete; ella era el juguete que lo hacía volar, la muñeca que, aunque sólo fuera por una o dos horas, borraba de su memoria los eternos problemas de la salud de Margarida y las obligaciones frente a Constança. Las preocupaciones cotidianas de Tomás eran el agua y Lena la esponja que la enjugaba; la amante se había convertido en una agradable diversión en su vida, la necesitaba para distraerse, para absorber las fuentes de ansiedad que se acumulaban en el curso cotidiano. Era con ella con quien Tomás reorganizaba sus experiencias y se volvía capaz de colocarlas bajo una perspectiva; Lena lo ayudaba a explorar sus sentimientos, a experimentar comportamientos diferentes, a escapar a las dificultades de su existencia, a atenuar en cierto modo las contrariedades, a distanciarse para comprenderlas mejor. A través de su amante, Tomás sentía que aliviaba las ansiedades que lo oprimían; su relación se había convertido en una especie de válvula de seguridad que lo protegía de la presión diaria de los problemas cotidianos.

De un modo extraño, misterioso, descubrió que, desde que se había unido a Lena, se había vuelto más atento con su hija y más cariñoso con su mujer; era como si una relación ayudase a la otra. Percibía que se trataba de una paradoja compleja, difícil de entender e imposible de explicar; y, sin embargo, muy real, palpable, vívida. La relación con su amante se había construido en la arena donde él, a través de una suspensión transitoria del tiempo, encontraba espacio para resolver sus dificultades personales. Relajaba su mente y los procesos cognitivos se activaban de una manera diferente, alterando su visión de los problemas, obligándolo a encararlos de un modo nuevo, más abierto, menos rígido. La verdad, la extraña verdad, es que, gracias a Lena, sentía revigorizarse su vínculo con la familia, se le volvieron más bellas las existencias de Constança y Margarida.

Bebió de un trago la leche que le quedaba en el vaso. Consultó el reloj, eran las nueve y diez de la mañana, hora de irse. Se levantó de la mesa y se puso la chaqueta. Tenía una visita que hacer en Lisboa.

La calle estrecha hacia donde lo había llevado la dirección apuntada en la libreta de notas tenía una apariencia tranquila, de una paz casi provinciana, insulsa incluso, a pesar de encontrarse en pleno centro de la ciudad, justo detrás de Marqués de Pombal, perpendicular a la calle que subía hasta las Amoreiras. El edificio antiguo se abría entre construcciones más modernas; era un inmueble con uno de aquellos patios traseros que sólo se ven en el interior de Portugal, de aspecto rural, rudo, con un huerto lleno de hojas de lechuga, coles, plantaciones de patatas, gallinas cacareando, una pocilga pegada al gallinero; y un manzano erguido junto al muro como una torre, centinela silencioso, aunque exuberante, que proporcionaba el postre para las comidas que el huerto sin duda producía.

Tomás confirmó el número de la puerta. Coincidía. Miró a su alrededor, vacilante, casi sin creer que aquélla era la casa del profesor Toscano. Pero la dirección que llevaba escrita no dejaba margen para la duda, se trataba realmente de la que le habían dado en la Universidad Clásica. Aún no muy convencido, empujó la puerta de la cerca y se internó por el camino contiguo al huerto. Se detuvo, atento a los sonidos de alrededor; esperaba en todo momento que apareciese un perro ladrando, aquella casa daba la impresión de los espacios patrullados por los perros guardianes con sus dientes amenazantes; pero sólo oyó el cacareo distraído de las gallinas, tranquilo y familiar. Armándose de valor, dio unos pasos más y cobró confianza, no había señales de ningún feroz rotweiller ni de ningún vigilante pastor alemán.

La puerta de entrada estaba entreabierta. Penetró en el edificio, sumergiéndose en la oscuridad; buscó a tientas el interruptor de la luz y logró encontrarlo; lo pulsó, pero el recinto se mantuvo a oscuras; pulsó otra vez y la sombra se resistió.

—Joder —murmuró frustrado.

Dejó que sus ojos se acostumbrasen a la relativa oscuridad del local. La luz del día entraba por la puerta, difusa y suave; pero, como la mañana había amanecido gris, la luminosidad era débil, dispersa, y la sombra casi opaca. Aun así, comenzó gradualmente a distinguir las formas. A la derecha, la pared se abría a unas escaleras de madera vieja, deteriorada. A lado de éstas, una caja enrejada, como una jaula de pájaros, preservaba un ascensor antiguo y oxidado; por el aspecto, no debía de funcionar desde hacía mucho tiempo. Un aire fétido llenaba el vestíbulo del edificio; era un olor putrefacto, a cosa vieja, abandonada. Tomás comparó de inmediato el edificio con aquel donde vivía Lena; el de la sueca era antiguo, pero habitable; éste estaba transformado en una ruina, en una estructura al borde del derrumbe, un moribundo a punto de convertirse en un fantasma.

Buscó más referencias en la libreta de notas, pero la tiniebla había cubierto el papel con un manto impenetrable. Sin poder leer la dirección que había apuntado, dio un paso más para volver a la entrada, donde la luz era suficientemente fuerte para permitir consultar el apunte; se acordó, sin embargo, de que le habían dicho que la casa del profesor Toscano estaba en una planta baja. Buscó por el pasillo y encontró dos puertas. Tanteó la pared, en busca del timbre, pero no encontró nada. Apoyó el oído en la madera fría de la primera puerta y prestó atención; no oyó nada. En la segunda puerta, sin embargo, presintió algún movimiento. Golpeó la puerta. Oyó algo arrastrándose, era alguien que se acercaba. La puerta se entreabrió, revelando una cadena metálica tensa, sujeta a una cerradura; una mujer entrada en años, con bata azul sobre un pijama beis y pelo canoso desgreñado, miró por la rendija con una expresión interrogativa.

—¿Dígame?

Tenía una voz frágil, trémula, recelosa.

—Buenos días. ¿La señora Toscano?

—Sí. ¿Qué desea?

—Vengo…, eh… vengo de la universidad, de la Universidad Nova…

Hizo una pausa, esperando que éstas fuesen credenciales suficientes. Pero los ojos negros de la mujer se mantuvieron inalterables, por lo visto Tomás no había pronunciado ningún «Ábrete, Sésamo».

—¿Sí?

—Debido a las investigaciones de su marido.

—Mi marido ha muerto.

—Lo sé, señora. Mi más sentido pésame —vaciló, cohibido—. Pues…, yo venía justamente a concluir la investigación de su marido.

La mujer entrecerró los ojos, desconfiada.

—¿Quién es usted?

—Soy el profesor Tomás Noronha, del Departamento de Historia de la Universidad Nova de Lisboa. Me pidieron que concluyese la investigación del profesor Toscano. Fui a la Universidad Clásica y me dieron su dirección.

—Pero ¿para qué quiere concluir su investigación?

—Porque es muy importante. Es la última obra de la vida de su marido. —Sintió que había encontrado un argumento poderoso y se volvió más confiado, más firme—. Fíjese: la vida de una persona es su trabajo. Su marido murió, pero nos corresponde a nosotros revivir su última investigación. Sería una pena que no llegase a salir a la luz, ¿no?

La mujer frunció el entrecejo, como si estuviese pensando.

—¿Cómo piensa revivir su obra?

—Publicándola, claro. Sería ése el más justo homenaje. Pero sólo es posible, evidentemente, si logro reconstruir la investigación de su marido.

181

La anciana se mantuvo pensativa.

—Usted no es de la fundación, ¿no?

Tomás tragó saliva y sintió que un sudor frío le invadía el borde de la frente.

—¿Qué fundación? —titubeó.

—La de los estadounidenses.

—Yo soy de la Universidad Nova de Lisboa, señora —dijo sorteando el obstáculo de la pregunta—. Soy portugués, como puede ver.

La mujer pareció satisfecha con la respuesta. Quitó la cadena de la cerradura y abrió la puerta, invitándolo a entrar.

—¿Le apetece un té? —preguntó llevándolo hacia la sala.

—No, gracias, he tomado hace poco el desayuno.

La sala tenía un aspecto decadente, obsoleto. Un papel pintado con motivos floridos y frisos xilográficos decoraba aquella parte de la casa; se veían cuadros de poca calidad estética que, colgados de las paredes, mostraban a hombres de aspecto austero, escenas campestres y barcos antiguos; sofás hundidos y sucios rodeaban un pequeño televisor; del otro lado de la sala, un aparador de pino con taraceas de bronce exhibía fotos en blanco y negro de un matrimonio y de varios niños sonrientes. En la casa olía a moho. Partículas brillantes, iluminadas por el claror del día, se cernían en el espacio junto a las ventanas; parecían luciérnagas minúsculas, puntitos de luz bailando con lentitud, etéreos y fluorescentes: era el polvo que planeaba en el aire estancado de la sala.

Tomás se acomodó en el sofá y su anfitriona le hizo compañía.

—No se fije en el desorden, por favor.

—Qué dice, señora. —Miró alrededor: todo tenía, de hecho, un aspecto descuidado; la limpieza era superficial, se veían manchas en las telas de las cortinas y de los sofás y un fino manto de polvo sobre los muebles—. Todo está muy bien, muy bien. No se preocupe.

—Ah, desde que murió Martinho me he sentido sin fuerzas para poner orden. Estoy muy sola.

Tomás se acordó del nombre del profesor. Martinho Vasconcelos Toscano.

—La vida es así, señora, qué se le va a hacer.

—Pues sí —coincidió la anciana con actitud resignada; tenía un aspecto de mujer educada, aunque muy abatida—. Pero mire que cuesta. ¡Ah, si cuesta!

—La vida son dos días. Cuando queremos acordar... ¡puf!

—Exacto. Son dos días. —Esbozó un gesto amplio, abarcando toda la sala—. Este edificio fue construido por el abuelo de mi marido a principios de siglo, ¿puede creerlo?

—¿Ah, sí?

—Era de los edificios más bonitos de Lisboa. En aquel tiempo no había estos edificios que hay ahora, esas cosas horrorosas que han construido por aquí. No, en aquel tiempo todo estaba mejor hecho, con buen gusto. La Rotunda tenía unas viviendas hermosas, era algo muy agradable.

—Me imagino.

—Pero el tiempo no perdona. Mire esto. Está todo viejo, estropeado, cayéndose a pedazos. Unos años más y demolerán el edificio, ya le queda poco.

—Sí, tarde o temprano, es inevitable.

La mujer suspiró. Se acomodó la bata y se echó hacia atrás un mechón de pelo.

—Entonces dígame. ¿Qué necesita?

—Bien, necesito consultar los documentos y todos los apuntes que tomó su marido en los últimos seis o siete años.

—¿La investigación que estaba haciendo para los estadounidenses?

—Pues..., eso... no lo sé bien. Lo que quiero es ver el material que fue compilando.

—Fue la investigación de los estadounidenses. —Tosió—. ¿Sabe? Martinho fue contratado por una fundación de Estados Unidos. Le pagaban una fortuna. Se metió en las bibliotecas y en la Torre do Tombo, a leer manuscritos. Leyó hasta el cansancio, hurgó entre tantos papeles viejos que llegaba a casa con las manos negras de polvo, tanto que daba impresión. A veces esas manchas sólo se iban con lejía. Después, hubo un día en que hizo un descubrimiento que lo dejó muy excitado, parecía un niño cuando llegó a casa. Yo estaba leyendo y él sólo me decía: «Madalena, he descubierto algo extraordinario, extraordinario».

183

—¿Y qué era? —quiso saber Tomás, ansioso, inclinándose en el sofá, acercándose a su anfitriona.

—Nunca me lo contó. Martinho era una persona especial, le encantaban los códigos y los acertijos, se pasaba días llenando los crucigramas de los periódicos. Nunca me contaba nada. Sólo me dijo: «Madalena, esto ahora es secreto, pero cuando leas lo que tengo aquí te vas a quedar con la boca abierta, ya verás». Y yo lo dejaba, mientras estuviese entretenido en sus cosas era feliz, ¿no? Hizo varios viajes, fue a Italia y a España, anduvo de un lado a otro, a las vueltas con su investigación. —La mujer tosió nuevamente—. En cierto momento, los estadounidenses comenzaron a atormentarlo, querían saber lo que estaba haciendo, qué había descubierto, en fin, esas cosas. Pero Martinho no soltaba prenda, les decía lo mismo que me decía a mí: «Quédense tranquilos, cuando lo tenga todo listo ya sabrán qué es lo que hay». Pero ellos no se resignaban y la historia comenzó a enturbiarse. Un día, los estadounidenses llegaron y se armó un griterío tremendo, querían a toda costa que Martinho les mostrase lo que había descubierto. —La mujer se llevó las dos manos a su cara—. Mire, el enfado fue tan grande que pensamos que iban a dejar de pagar. Pero no fue así.

—¿No le parece eso extraño?

—¿Qué?

—Si insistían tanto en saberlo todo y el profesor Toscano no les decía nada, ¿no le parece extraño que no hayan dejado de pagarle?

—Sí. Pero Martinho me dijo que tenían mucho miedo.

—¿Ah, sí?

—Sí, estaban asustados.

—¿Asustados por qué?

—Ah, Martinho no me explicó eso. Eran cosas entre ellos, yo no quería meterme. Pero creo que los estadounidenses temían que Martinho se guardase el descubrimiento y no diese ninguna información a nadie. —Sonrió—. Eso significaba que no conocían a mi marido, ¿no? ¿Que Martinho, una vez concluido su trabajo, lo iba a dejar guardado en un cajón? ¡Ni pensarlo!

—Pero, después de morir su marido, ¿por qué usted no les entregó a los estadounidenses todo el material? Al fin y al cabo, era una manera de conseguir su publicación.

—No lo hice porque Martinho había reñido con ellos. —La viuda se rio y cambió de tono, como si añadiese un paréntesis—. Él era profesor universitario, ¿sabe? Sin embargo, a veces, cuando se exaltaba, usaba unas expresiones muy groseras. —Afinó la voz—. Entonces mi marido, una vez, me dijo: «Madalena, ellos no verán nada antes de que esté todo listo. Ni una palabra. Y, si aparecen con palabritas mansas, échalos a escobazos. A escobazos». Conozco muy bien a Martinho: para que él me dijese eso, seguro que había una segunda intención de por medio. De modo que obedecí a su voluntad. Los estadounidenses incluso tienen miedo de poner aquí los pies. Una vez vino uno, que hasta habla portugués, con acento medio brasileño, y se plantó en la puerta, parecía un buitre. Decía que no se marcharía mientras yo no lo atendiese. Eso ocurrió cuando el viaje de Martinho a Brasil. En fin, el hombre se quedó allí varias horas, parecía que había criado raíces, válgame Dios. De manera que tuve que llamar a la policía, ¿sabe? Llegaron y lo obligaron a marcharse.

Tomás tuvo que reírse al imaginarse la escena: Moliarti arrastrado por los barrigudos policías de la PSP fuera del edificio.

—¿Y él volvió?

—Cuando Martinho murió, ese hombre anduvo una vez más rondando por ahí, parecía un perdiguero en celo. Pero después desapareció, no volví a verlo nunca más.

Tomás se pasó la mano por el pelo, buscando una forma de conducir la conversación hacia el asunto que lo había llevado allí.

—Esa investigación de su marido me está despertando realmente mucha curiosidad —comenzó a decir—. ¿Sabe dónde guardó el material que había recogido?

—Ah, eso debe de estar en su despacho. ¿Quiere verlo?

—Sí, sí.

La mujer lo llevó por el pasillo de la casa, arrastrando la bata por la tarima de roble; algunas tablas estaban despegadas; en otras se abrían enormes rajas. Recorrieron todo el pasillo, sumergido en una penumbra fétida, y entraron en el despacho. Había libros apilados por todas partes, el desorden era general; se veían volúmenes en los estantes y en el suelo, los libros eran tantos que se hacía difícil circular por allí.

—No se fije en el desorden —dijo la anfitriona, deslizándose entre las obras esparcidas por la habitación—. Aún no he tenido tiempo ni disposición para ordenar el despacho de mi marido.

Madalena Toscano abrió un primer cajón y lo revisó rápidamente; abrió un segundo cajón y, después de un somero análisis, volvió a cerrarlo. Buscó dentro de un armario y soltó, por fin, una exclamación satisfecha: había descubierto lo que buscaba. Sacó de ahí una caja de cartón marrón claro, con el nombre de un fabricante japonés de electrodomésticos impreso en los lados; la caja contenía un gran volumen de documentos, encima de los cuales había una carpeta verde con la palabra «Colom» escrita en la tapa.

—Aquí está —dijo la mujer, arrastrando la caja fuera del armario—. Ésta era la caja donde guardaba las cosas que fue acumulando.

Tomás cogió la caja como si contuviese un tesoro. Era pesada. La llevó hacia un rincón más despejado del despacho, la apoyó y se sentó en el suelo, con las piernas cruzadas, inclinado sobre los documentos.

—¿Puede encender la luz? —pidió.

Madalena pulsó el interruptor y una luz amarillenta y débil iluminó tenuemente el despacho, proyectando sombras fantasmagóricas por el suelo y sobre los armarios. Tomás se engolfó en los documentos, perdiendo la noción del tiempo y del espacio, olvidándose de dónde estaba, sordo a los comentarios de la mujer, transportado a una realidad lejana, perdido en un mundo sólo suyo; suyo y de Toscano. Las fotocopias y apuntes fueron volando ante sus ojos, dispuestos a la derecha cuando los consideraba relevantes, dejándolos a la izquierda si no le parecían pertinentes. Identificó reproducciones de la *Historia de los Reyes Católicos*, de Bernáldez; de la *Historia general y natural de las Indias*, de Oviedo; del *Psalterium*, de Giustiniani; de la *Historia del Almirante*, de fray Hernando Colón;

además de los documentos de Muratori, de la *Minuta de Mayorazgo*, de la *Raccolta*, de las *Anotaciones* y del Documento Asseretto. Había también fotocopias de una carta de Toscanelli y de varias misivas firmadas por el propio Colón. Para completar aquella lista de documentos, faltaba *Paesi nuovamente retrovati*, de Francesco da Montalboddo, pero Tomás ya sabía que ése lo había consultado Toscano en Río de Janeiro.

El manto sombrío de la noche ya se había abatido sobre la ciudad cuando el visitante regresó al presente. Se dio cuenta de que se había olvidado de almorzar y que se encontraba solo en el despacho, sentado en el suelo, con los documentos desparramados alrededor. Ordenó las cosas en la caja y se levantó. Los músculos de la espalda y de las piernas tardaron en reaccionar; tensos y doloridos, trabaron sus movimientos. Casi cojeando recorrió el pasillo y fue a la sala. Madalena se encontraba tumbada en el sofá, dormitando, con un libro sobre el arte renacentista abandonado en el regazo. Tomás tosió, intentando despertarla.

—Señora —murmuró—. Señora.

La mujer abrió los ojos y se sentó, sacudiendo la cabeza para despertar.

—Disculpe —balbució, soñolienta—. Estaba echando un sueñecito.

—Ha hecho bien.

—¿Encontró lo que buscaba?

—Sí.

—Pobrecito, debe de estar cansado. Incluso fui a ofrecerle algo de comer, pero usted no me oía, parecía hipnotizado en medio de toda aquella confusión.

—Le pido disculpas, no me di cuenta de su presencia. Supongo que cuando me concentro no me entero de lo que pasa a mi alrededor. Se puede estar acabando el mundo y yo sigo, ajeno a todo.

—Mi marido era igual, no se preocupe. Cuando se dedicaba a sus cosas, parecía ausentarse de la realidad. —Hizo un gesto en dirección a la cocina—. Pero, mire, le he preparado un bistec estupendo.

187

—Ah, gracias. No tenía por qué molestarse.

—No es molestia ninguna. ¿Quiere comerlo? Ahí lo tiene...

—No, no, gracias. Sólo quería pedirle una cosa.

—Dígame.

—¿Puedo llevarme la caja para fotocopiar los documentos? Se los traeré mañana sin falta.

—¿Quiere llevarse la caja? —preguntó la mujer, reticente—. Ah, no sé qué decirle.

—No tiene por qué preocuparse: se lo traeré todo de vuelta mañana. Todo.

—No lo sé...

Tomás llevó su mano al bolsillo y sacó la cartera. La abrió y mostró dos documentos personales, que le extendió a Madalena.

—Mire, le pido que se quede con mi carné de identidad y mi tarjeta de crédito. Se los dejo como garantía de que volveré mañana con sus cosas.

La dueña de casa cogió los documentos y los estudió con atención. Lo miró a los ojos y se decidió.

—Vale —dijo por fin, guardando los dos documentos en el bolsillo de su bata—. Pero tráigame todo mañana sin falta.

—Quédese tranquila —concluyó Tomás, dando media vuelta para regresar al despacho.

Cuando iba por la mitad del pasillo, oyó la voz de Madalena tras de sí, desde la sala, débil, pero suficientemente audible.

—¿Y quiere también lo que está en la caja fuerte?

Se detuvo y volvió la cabeza.

—¿Cómo?

—¿Quiere también lo que está en la caja fuerte?

Tomás volvió a la sala y se detuvo bajo el marco de la puerta.

—¿Qué me dice?

—Martinho también guardó documentos en la caja fuerte. ¿Quiere verlos?

—¿Son documentos de la investigación?

—Sí.

—Naturalmente que quiero verlos —asintió Tomás con expresión intrigada—. ¿Qué documentos son ésos?

Madalena atravesó la sala y lo llevó hasta la habitación. La cama estaba sin hacer, había una bacinilla en el suelo, ropas desparramadas encima de una silla de mimbre y un desagradable olor agrio en el aire.

—No lo sé —dijo ella—. Pero Martinho me dijo que eran la prueba final.

—¿La prueba final? ¿La prueba de qué?

—Eso no lo sé. Supongo que será la prueba de lo que él estaba investigando, ¿no?

Con creciente ansiedad, Tomás la vio abrir la puerta del armario y revelar una pesada caja metálica: la caja fuerte.

—¿Él guardó documentos en la caja fuerte?

—Sólo los más importantes. Me dijo una vez: «Madalena, aquí tengo la prueba de lo que he descubierto. Cuando la vean, se quedarán con la boca abierta». Martinho creía que esto era tan importante que hasta cambió el código de la cerradura.

Tomás se acercó y analizó la caja fuerte. Estaba empotrada en la pared y tenía los diez dígitos en la cerradura.

—¿Y cuál es el código? —preguntó, conteniendo a duras penas la excitación.

Madalena sacó un papel de la mesilla de noche y se lo entregó.

—Aquí está.

Tomás abrió el papel, era un folio con diez grupos de letras y números escritos en dos columnas:

CUO	ELE
LAE	FTA
DOC	TP5
UAC	UE4
NEI	DN5

—¿Éste es el código de la caja fuerte? —preguntó Tomás sorprendido—. Pero aquí casi sólo veo letras y la caja sólo tiene números...

—Sí —reconoció Madalena—, pero cada letra equivale a un guarismo. Por ejemplo, la «A» es el 1, la «B» es el 2, la «C» es el 3, y así sucesivamente. ¿Entiende?

189

JOSÉ RODRIGUES DOS SANTOS

—Entiendo, sí. —Señaló los dígitos en la columna de la derecha, abajo—. Pero ¿y estos números? Se transforman en letras, ¿sí?

La mujer analizó mejor el folio.

—Eso ya no lo sé —admitió—. Mi marido no me lo explicó.

Tomás copió el código de la caja fuerte en su libreta de notas. Después, a modo de prueba, decidió transformar las letras en guarismos, tomando el cuidado de conservar los tres guarismos constantes del código. Terminó las cuentas y contempló el resultado:

3	21	15		5	12	5
12	1	5		6	20	1
4	15	3		20	16	5
21	1	3		21	5	4
14	5	9		4	14	5

Marcó los números en la caja, un proceso que se reveló difícil. Cuando terminó, aguardó un instante. La puerta se mantuvo cerrada. No era para sorprenderse: el código debía de ser más complejo que una mera operación de transposición de letras a guarismos. Miró a Madalena y se encogió de hombros.

—Es más difícil de lo que parece —concluyó—. Voy a llevar los documentos a casa, para fotocopiarlos, y mañana le traigo todo, ¿vale? —Señaló el folio—. Volveré cuando entienda qué quiere decir este acertijo y, si no le importa, en ese momento trataremos de descubrir qué hay dentro de la caja fuerte, ¿puede ser?

Se fue directamente al Centro de Fotocopias Apolo 70, junto a la facultad, y ahí dejó la caja de cartón con los documentos del profesor Toscano. Le dijeron que se fuese tranquilo y volviera a última hora de la mañana siguiente, que todo estaría listo.

Esa noche, Tomás se mostró particularmente atento con su mujer y su hija. Las cubrió de besos, de caricias, de declaraciones amorosas y afectos protectores, mostraba una efusividad exuberante que las sorprendió; pero, aún más, que lo sorprendió a sí mismo, no se reconocía cariñoso hasta tal punto. Imaginó que se estaba manifestando su sentimiento de culpa, el deseo de compensarlas por la traición que cometía con Lena; lo cierto era que, confirmó de nuevo, la relación con su amante lo volvía mejor marido y mejor padre.

Constança había cambiado las flores de los jarrones. Había elegido ahora jacintos, que tiñeron el pequeño apartamento con una orgía de blanco angelical, puro; los pétalos ebúrneos surgían curvados, sinuosos, densos, acechando desde el extremo de los vasos de cristal. Después de cenar, y mientras su mujer acostaba a Margarida, Tomás fue a la sala a estudiar los apuntes que había tomado en la casa del profesor Toscano. Constança volvió poco después y se sentó al lado de su marido. Tomás alzó los ojos, le acarició la cara pecosa y sonrió.

—¿Ya está durmiendo?

—Como un angelito.

—¿Qué tal te ha ido hoy?

—Bien, lo normal. Di clases, después fui a buscar a Margarida y estuvimos paseando un rato.

—¿Adónde?

—Al Parque dos Poetas, junto al centro comercial. Estuve enseñándole a andar en bicicleta.

—¿Y?

Constança se rio.

—Y fue un desastre. Andaba un poco y se caía, no había manera de avanzar. En determinado momento se hartó, dijo: «¡Esto no si've pa'a nada!», y se montó en un triciclo de un niño de cuatro años.

—¿Hizo eso?

—Sí.

—¿Y no le dio vergüenza montarse en el vehículo de un niño más pequeño?

—¡Oh, ya sabes cómo es! ¡No tiene vergüenza de nada!

Tomás meneó la cabeza, divertido. Realmente, si había algo que caracterizaba a su hija era la absoluta ausencia de timidez. Podían menoscabarla, hacer comentarios sobre su aspecto e in-

191

tentar disminuirla, daba igual, ella miraba para otro lado y fingía que la cosa no iba con ella. En natación insistía en usar flotadores, algo que avergonzaría a otros niños de su edad, pero que a ella no la cortaba en absoluto. Era, en ese sentido, una persona sin miedo al ridículo.

Tomás se incorporó, se desperezó y bostezó.

—Bien, tengo que poner manos a la obra.

Volvió al sofá y, preocupado por resolver el enigma que lo desafiaba, recorrió con sus ojos el nuevo acertijo dejado por Toscano.

—¿Qué es eso? —preguntó su mujer, extrañada ante las columnas de letras sin sentido aparente.

—Creo que es un mensaje cifrado —repuso Tomás sin levantar la cabeza—. Me está dejando seco el cerebro.

—¿Es por el trabajo para los estadounidenses?

—Sí.

Tomás se abstrajo momentáneamente de la realidad, sumergido en los misterios del mensaje que encerraba el código de la caja fuerte. Consideró las distintas posibilidades de encarar la cifra, pero sabía que para llegar a buen puerto tenía que comenzar entendiendo qué tipo de cifra era aquélla. Y ésa no era, ante los datos de que disponía en aquel momento, una cuestión fácil de resolver. Se dispuso a explorar varias opciones, pero la cadena de raciocinio acabó interrumpida por una mano que le quitó la libreta de notas que tenía enfrente.

—Tomás —llamó una voz—. Tomás.

Era Constança.

—¿Sí? —preguntó, regresando al presente con expresión de aturdimiento—. ¿Qué pasa?

—Disculpa que interrumpa tu trabajo, sé cómo eres cuando te sumerges en ese mundo sólo tuyo. Pero quería contarte una cosa.

—¿Qué? ¿Qué ocurre?

—Nada especial, fue algo desagradable que nos ocurrió cuando fui a buscar a Margarida al colegio.

—¿Qué ocurrió?

—Como te he dicho, cuando terminé mis clases fui a buscarla y dimos un paseo. La llevé al Parque dos Poetas para que

aprendiese a andar en bici. ¿Sabes? Ha estado demasiado ence-
rrada, le hace bien tomar un poco de aire.

—Sí.

—Bien, después de la historia de la bici y del triciclo, la dejé
jugando con unas niñas y fui a sentarme en un banco. Pues
¿sabes lo que ocurrió?

—¿Qué?

—Llegaron las madres de las niñas, agitadísimas, y las saca-
ron de allí, porque no querían que jugasen con Margarida.

Tomás miró a su mujer, atónito. A Constança le brillaban
los ojos, haciendo un esfuerzo por contener las lágrimas. Tomás la protegió con sus brazos.

—Oh, no te preocupes por eso. No hagas caso.

—La tratan como si tuviese una enfermedad contagiosa…

—Las personas son ignorantes, eso es lo que pasa. No hagas
caso, no hagas caso.

Se besaron en la boca, mientras él le acariciaba la mejilla
húmeda, mojada con las lágrimas que se deslizaban por su rostro pálido, las gotas cálidas que serpenteaban y se sacudían
hasta detenerse en el mentón trémulo. La ayudó a levantarse
del sofá y la llevó a la cama. La cubrió con la manta y prometió
volver. Pasó por la habitación contigua, besó en la penumbra
las mejillas suaves de su hija, acarició sus cabellos lisos sueltos
sobre la almohada, regresó a su habitación, se desnudó, se puso
el pijama, apagó las luces y acomodó el cuerpo en la posición
fetal que Constança había adoptado antes de dormirse.

Pasó la mañana en la Biblioteca Nacional consultando referencias que le parecieron útiles, a la luz de lo que había visto en
la víspera en casa del profesor Toscano. En los intervalos de las
consultas de los libros, y esforzándose por ejercitar la mente,
realizaba experiencias sucesivas para intentar descifrar el mensaje con el secreto de la caja fuerte. Cerca del mediodía, se pasó
por el Centro de Fotocopias Apolo 70 y recogió el trabajo que
había encargado. Cogió la caja con los originales y la guardó en
el coche. Fue hasta la casa de Madalena Toscano, le entregó la
caja y recuperó el carné de identidad y la tarjeta de crédito que

había dejado a modo de fianza. Se despidió de la viuda con la promesa de volver en cuanto descifrase el código secreto de la caja fuerte. Cuando salió a la calle, era ya la una, cogió el móvil y llamó a Lena, que le prometió salmón para el almuerzo.

Avanzó hasta la Rua Latino Coelho y subió las escaleras del edificio en una carrera que acabó en los brazos de la sueca. Ambos se desnudaron frenéticamente cuando aún no se había cerrado la puerta de entrada. Temblaban anticipando el placer, con el deseo a flor de piel, llegaron a rasgarse la ropa en su impaciencia, en su prisa por sentir mutuamente sus cuerpos cálidos y jadeantes enlazados el uno en el otro, húmedos y sedientos de fluidos, encendidos, ardientes de deseo, trepidantes y ávidos; giraron juntos, rodando por el suelo de la sala, ora ella por encima, ora él montándola, suspirando y gimiendo, apretándole los voluminosos senos con un hambre hecha de lujuria, de lascivia erótica, las manos llenas e inquietas, hundiéndose en la superficie gelatinosa de los pechos hartos, sensuales, exprimiéndola alrededor de los pezones como si quisiera ordeñarla; se fundieron el uno en el otro y estallaron, por fin, en un alarido liberador de carnes en llamas, entre gritos incontrolados y gemidos jadeantes.

Almorzaron en bata, con sus cuerpos lánguidos, relajados, la carne saciada y el estómago necesitado de satisfacción. Por lo general, a Tomás no le gustaba el salmón, pero la sueca lo había preparado de una forma diferente, endulzándolo con un condimento escandinavo que atenuaba francamente el sabor fuerte del pescado.

—¿Cómo se llama este plato? —quiso saber él mientras saboreaba el salmón.

—*Gravad lax*.

—¿Cómo haces para que quede tan dulce?

—Oh, es una vieja receta sueca —dijo ella con una sonrisa—. He dejado macerar el salmón durante dos días en azúcar, en sal y…, huy…, en otra cosa que no sé decir en portugués.

—¿Y la guarnición?

—Eso es *gubbröra*.

—Gu… ¿qué?

—*Gubbröra*. Es un plato del *smöråsbord*, hecho con anchoas, remolacha, cebolla, alcaparras y yema de huevo. Y la salsa del *gravad lax* se prepara con mostaza agridulce y perejil. ¿Te gusta?

—Sí —confirmó, meneando la cabeza en gesto de aprobación—. Está bueno.

Se callaron y siguieron disfrutando de la comida. El salmón estaba realmente sabroso, nunca había comido pescado sazonado de esa manera. En la mesa sólo se oía el sonido de los cubiertos y de las mandíbulas masticando la comida. El silencio comenzó a hacerse pesado, embarazoso, como si el sexo hubiese agotado todo el combustible que los atraía, como si no quedase ya nada que decirse y la comida fuese un pretexto conveniente para sostener el silencio.

—¿Tú me quieres? —preguntó por fin la sueca, observándolo entre los mechones brillantes de pelo rubio que caían sobre su cara.

—Claro, mi pequeña vikinga. Te quiero mucho.

Tomás ya no sabía si decía la verdad o mentía. Ella preguntaba y él respondía lo que pensaba que su amante quería escuchar. Como sabía que la convicción con que pronunciaba las palabras era importante, se había convencido de que la quería de verdad; la creencia imprimía mayor convicción a las palabras. Pero, en su fuero interno, no estaba seguro. Sabía que quería a Constança, ni por asomo se planteaba abandonar a su mujer. Es cierto que, a veces, en los momentos de mayor arrebato con Lena, admitía la hipótesis, se imaginaba dejando a su mujer y sustituyéndola por su amante; en cuanto regresaba al estado normal, sin embargo, esa posibilidad se desvanecía, se transformaba en mera fantasía, un capricho de la pasión, de la fugaz e intensa exaltación de la voluptuosidad. Tal vez, más que amar a Lena, la deseaba; no deseaba sólo su cuerpo, aunque el cuerpo fuese una parte importante de la ecuación, sino que deseaba su compañía, el escape que ella le proporcionaba, la energía que le transmitía, paradójicamente, para dar nuevo vigor a su matrimonio. Amaba a Constança y tal vez amase a Lena, pero de modo diferente, admisiblemente fingido. Es posible que confundiera el amor con el deseo de tenerla consigo, de llenar las manos con su cuerpo opulento, de dejar que lo llevase hacia una dimensión alternativa, una realidad donde no existía la trisomía 21, ni problemas cardiacos, ni tampoco la atención que su mujer le restaba para entregársela a la hija discapacitada.

—¿Y? ¿Cómo va tu investigación? —preguntó la sueca agitando el tenedor con un trozo de salmón—. ¿Has avanzado algo?

El interés de ella por la investigación era genuino, y Tomás ya lo había comprobado. Al principio se sorprendió, no imaginaba que pudiera despertar su curiosidad algo tan oscuro; pero la atención que ella dedicaba a su trabajo lo halagaba; más importante aún, era algo que mantenía vivos sus diálogos, un tema de interés común que fortalecía el vínculo entre ambos.

—Imagínate que ayer fui a la casa del profesor Toscano y la viuda me dejó fotocopiar todos los documentos y apuntes que él había acumulado en sus últimos años.

—*Bra* —exclamó ella, satisfecha—. ¿Tenía buen material?

—Excelente. —Se inclinó en la silla, cogió la cartera, la abrió, sacó la libreta de notas y se puso a hojearla—. Pero aparentemente lo mejor está guardado en una caja fuerte. —Encontró el mensaje cifrado y se lo mostró a su amante—. El problema es que para acceder a la caja fuerte tendré que descifrar este galimatías.

Lena se inclinó y analizó la cifra.

—No entiendo nada. ¿Serás capaz de sacar algo en limpio de este misterio?

—Qué remedio —dijo Tomás, inclinándose de nuevo sobre la cartera—. Pero sólo veo un recurso. —Sacó de la cartera un libro azul—. Tendré que usar una tabla de frecuencias.

Apoyó el libro sobre la mesa; estaba escrito en inglés y se titulaba *Cryptanalysis*.

—¿Eso es una tabla de frecuencias? —quiso saber Lena, mirando la cubierta, donde se destacaban unos cuadrados semejantes, según ella, a crucigramas.

—Éste es un libro que contiene varias tablas de frecuencias. —Abrió el volumen y buscó la página; cuando la encontró, se la mostró a su amante—. ¿Lo ves? Tiene tablas de frecuencias en inglés, alemán, francés, italiano, español y portugués.

—¿Y con esas tablas descifras cualquier mensaje?

Tomás se rio.

—No, mi reina. Sólo las cifras de sustitución.

—¿Cómo?

—Hay tres tipos de cifras. Las de ocultación, las de transposición y las de sustitución. Una cifra de ocultación es aquella en que el mensaje secreto está escondido de tal modo que nadie se da cuenta siquiera de que existe. El sistema de ocultación más viejo que se conoce es uno que se utilizó en la Antigüedad, cuando se escribía el mensaje en la cabeza rapada de un mensajero, en general un esclavo. Los autores del mensaje dejaban que el pelo del mensajero creciese y sólo entonces le ordenaban ir al encuentro del destinatario. El mensajero pasaba fácilmente junto a los enemigos, que no se enteraban de que había un mensaje escrito bajo el pelo, ¿entiendes? De modo que el destinatario no tenía más que rapar al mensajero para leer el mensaje que llevaba escrito en la cabeza.

—Yo no podría —dijo con una sonrisa Lena, pasándose la mano por el abundante cabello rubio, largo y ondulado—. ¿Y los otros sistemas?

—La cifra de transposición implica la alteración del orden de las letras. Se trata, en el fondo, de un anagrama, como aquel que descifré en Río de Janeiro. Moloc es Colom leído de derecha a izquierda. Un anagrama simple. Es evidente que, para mensajes muy cortos, especialmente aquellos que sólo tienen una palabra, estas cifras son poco seguras, dado que existe un número muy limitado de posibilidades de reordenar las letras. Pero, si yo aumento el número de letras, el número de combinaciones posibles se dispara exponencialmente. Por ejemplo, una frase con sólo treinta y seis letras puede combinarse hasta trillones y trillones de formas diferentes. —Escribió en la libreta de notas «50 000 000 000 000 000 000 000 000 000 000»—. ¿Lo ves? Éste es el número de combinaciones posibles con sólo treinta y seis letras. —Dejó que ella digiriera aquel cinco con treinta y un ceros a la derecha—. Ahora bien, esto implica la existencia de algún sistema de ordenación de las letras, so pena de que este mensaje se vuelva indescifrable incluso para el destinatario. Es el caso del anagrama que descifré, «Moloc, ninundia omastoos». La frase tiene veintiuna letras, lo que significa que posee millones de combinaciones posibles. Acabé entendiendo que ese mensaje cifrado tenía, en la primera línea, donde estaba «Moloc», un sistema de ordenación basado en la simetría simple, en que la primera letra era la última, la segunda era la penúltima, y así sucesivamente, hasta llegar a «Colom». Ya en la segunda línea me encontré con un cruce simétrico según una ruta preestablecida, siendo necesario colocar las dos palabras, una encima de la otra, y cruzarlas alfabéticamente según esa ruta.

—Eres un genio —comentó Lena, acariciándole el rostro, y señaló el acertijo anotado por Tomás en la casa de Toscano—. ¿Y ésta? ¿Es una cifra de transposición?

—Lo dudo. Supongo que es una cifra de sustitución.

—¿Por qué lo dices?

—Por el aspecto general del mensaje. Fíjate en la primera columna. Está formada por conjuntos de tres letras que parecen asociarse de manera aleatoria. ¿Lo ves? —Señaló la primera columna—. «Cuo, lae, doc.» Es como si las verdaderas letras hubiesen sido sustituidas por otras.

Lena se mordió el labio inferior.

—Pero ¿qué es exactamente eso, la sustitución?

—Se trata de un sistema en el que las letras verdaderas son sustituidas por otras según un orden imperceptible para quien no conoce el alfabeto de cifra usado. Por ejemplo, imagina la palabra «paz». Si se descubre que la «p» es una «t», que la «a» es una «x» y que la «z» es una «r», entonces «paz» se convierte, en el mensaje cifrado, en «txr». El problema es llegar a saber que la «t» es «p», que la «x» es «a» y que la «r» es «z». En cuanto se descubre el alfabeto de la cifra, el resto es fácil, cualquier persona puede descifrar el mensaje.

—Por tanto, si he entendido bien, el problema es descubrir el alfabeto de la cifra.

—Exactamente.

Terminaron de comer el salmón y Lena se fue a la cocina a buscar el postre. Apareció unos minutos más tarde con una especie de puré de manzanas, aunque más seco, con masa.

—Como el otro día hable de la *appelkaka*, decidí hacerte una —anunció, colocando el postre de manzanas en la mesa; sirvió dos porciones en sendos platos y le extendió una a Tomás—. Toma.

El portugués probó una cucharada.

—Hmm —murmuró—. Esta «appel» no es ninguna «kaka».

—Graciosillo. —Lena sonrió y señaló el libro—. Volviendo a nuestra conversación, ¿es común ese sistema de cifra de sustitución?

—Muy común. La primera cifra de sustitución que se conoce es la descrita por Julio César en su libro *De bello gallico*. La idea de esa primera cifra se basaba en un alfabeto de cifra que avanzaba tres lugares, por ejemplo, en relación con el alfabeto normal. Así, la «a» del alfabeto normal se transformaba en la letra correspondiente a tres lugares más adelante, la «d», mientras que la «b» se convertía en «e», y así sucesivamente. Este sistema se conoce como cifra de César. También el erudito brahmán Vatsyayana recomendó en el *Kamasutra*, en el siglo IV a. C., que las mujeres aprendiesen el arte de la escritura secreta, de modo que se pudiesen comunicar sin peligros con sus amantes. Una de las técnicas de la escritura que proponía era justamente la cifra de sustitución. Hoy en día, este sistema está muy desarrollado y estos mensajes, en los casos de gran complejidad, sólo pueden descifrarse mediante ordenadores capaces de probar millones de combinaciones por segundo.

Tomás comió más *appelkaka*.

—Hmm —volvió a musitar con placer—. Está realmente buena.

Lena no reparó en el elogio, absorta como estaba en contemplar el acertijo de Toscano.

—Si crees que esto responde a una cifra de sustitución, ¿cómo vas a descifrar el mensaje? ¿Tienes el alfabeto de la cifra?

—No.

—Entonces ¿cómo lo vas a hacer?

Tomás mostró el libro que había sacado de la cartera.

—Con las tablas de frecuencias.

Su amante lo miró fijamente, sin entender.

—¿Las tablas de frecuencia tienen el alfabeto de la cifra?

—No —dijo sacudiendo la cabeza—. Pero ofrecen un atajo. —Comió el resto de la tarta de manzana—. Las tablas son una idea que nació de los eruditos árabes cuando estudiaban las revelaciones de Mahoma en el Corán. Los teólogos musulmanes,

199

en un esfuerzo por establecer la cronología de las revelaciones del profeta, se pusieron a calcular la frecuencia con que aparecía cada palabra y cada letra. Descubrieron entonces que determinadas letras eran más comunes que otras. Por ejemplo, la «a» y la «l», que aparecen en el artículo definido «al», fueron identificadas como las letras más comunes del alfabeto árabe, diez veces más frecuentes que la letra «j», por ejemplo. Ahora bien, en el fondo, lo que hicieron los árabes fue crear la primera tabla de frecuencias, en la que se identificaba la frecuencia con que cada letra aparecía en su lengua. Basándose en este descubrimiento, el gran científico árabe del siglo xix Abu al-Kindi escribió un tratado de criptografía donde sostuvo que la mejor forma de descifrar un mensaje cifrado es identificar cuál es la letra más usada en la lengua de ese mensaje y ver cuál es la letra más común del propio mensaje. Muy probablemente, serían la misma.

—No entiendo.

—Imagínate que el mensaje cifrado está escrito originalmente en árabe. Si sabemos que la «a» y la «l» son las letras más comunes del árabe, nos basta con identificar cuáles son las dos letras más comunes del mensaje cifrado. Supongamos que son la «t» y la «d». Entonces, muy probablemente, si ponemos la «a» y la «l» en el lugar de la «t» y la «d», comenzaremos a descifrar el mensaje. Así opera el desciframiento con la tabla de frecuencias. Sabiendo cuál es el índice de frecuencia de cada letra en una determinada lengua, podemos, con algún margen de seguridad, y analizando el índice de frecuencia de cada letra en el mensaje cifrado, determinar cuáles son las letras del mensaje original.

—Ah, ya he entendido. Parece fácil.

—No necesariamente. Este sistema no es infalible. La tabla de frecuencias establece una lista-baremo de la media con que cada letra aparece en una lengua determinada. Naturalmente, los textos cifrados pueden contener letras que, por una razón u otra, no surgen con la frecuencia exacta registrada por la tabla. Esto sucede sobre todo en textos muy cortos. Por ejemplo, supongamos que el mensaje original es: «El ratón roe el corcho del garrafón del rey de Rusia». Como es evidente, en un mensaje de éstos la «r» aparece muchas más veces de lo que sería normal en la lengua, suscitando un desvío en la frecuencia-baremo de esta letra. Ahora bien, éste es justamente el tipo de contingencia que se da cuando se recurre a la tabla de frecuencias para analizar textos con menos de un centenar de letras. Los textos más largos tienen tendencia a respetar la frecuencia-baremo. Lamentablemente, no es el caso del acertijo que tengo entre manos.

—¿Cuántas letras tiene?

—¿El acertijo? —Consultó sus anotaciones—. Estuve contándolas anoche. Son sólo treinta. O, mejor dicho, veintisiete letras y tres guarismos. Es poco.

La sueca se levantó de la mesa y comenzó a quitar los platos.

—¿Quieres café?

—Vale.

Tomás la ayudó a llevar los platos sucios a la cocina, pasándolos por agua y colocándolos en el lavavajillas. Después fue a retirar el mantel, mientras Lena se ocupaba del café; la sueca puso al fuego la cafetera de émbolo, una vieja Melior de cristal que pertenecía al equipamiento original de la casa, y, mientras se hacía el café, volvió a reunirse con él. Se sentaron en la sala, con los papeles de la investigación desparramados por el sofá.

—¿Y ahora? —preguntó ella—. ¿Qué vas a hacer?

—Tengo que buscar un nuevo ángulo de ataque.

—Pero ¿no vas a aplicar el método de la tabla de frecuencias?

—Eso ya lo hice anoche y esta mañana, cuando estaba en la Biblioteca Nacional —dijo antes de suspirar.

—¿Entonces?

Tomás frunció la nariz.

—No hubo ningún resultado palpable.

—¿Ah, no? Muéstrame.

Él abrió el libro sobre criptoanálisis y consultó las tablas de frecuencias.

—¿Lo ves? —Le mostró las páginas a su amante—. Aquí hay varias tablas. —Cogió también la libreta de notas, localizó la página donde había reproducido el acertijo y dejó el cuaderno abierto sobre el regazo—. El primer problema es determinar en qué lengua está escrito el mensaje.

—¿No está en portugués?

—Es posible que lo esté —asintió—. Pero no podemos olvidarnos de que el primer acertijo se encontraba en latín. Era la cita de Ovidio. Nada nos asegura que el profesor Toscano no haya elegido también el latín, o incluso cualquier otra lengua muerta, para este mensaje.

—¿No tienes una tabla de frecuencias del latín?

—No, aquí no. Pero se puede conseguir si hiciera falta. —Volvió la atención hacia el libro con las tablas—. De cualquier modo, ya estuve analizando la tabla en portugués.

—¿Y?

—Lo primero que se puede decir es que el portugués tiene algunas características específicas. Por ejemplo, mientras que en inglés, en francés, en alemán, en español y en italiano la letra más frecuente es la «e», en el caso del portugués tiene primacía la «a».

—¿Ah, sí?

Señaló los valores registrados en las tablas.

—La «a» representa el 13,5 por ciento de las letras usadas como media en un texto en portugués, y la «e» el 13 por ciento. Es verdad que en las demás lenguas latinas existe un equilibrio entre las dos letras, pero siempre con una ligera ventaja para la «e». En las germánicas, la primacía de la «e» es muy grande. En inglés, representa el 13 por ciento de todas las letras, mientras que la «a» se queda en el 7,8 por ciento, siendo incluso superada por la «t», que llega al 9 por ciento. Y en alemán la diferencia es aún más significativa. La «e» alcanza el 18,5 por ciento de frecuencia y la «a» sólo el 5 por ciento, siendo superada por la «n», la «i», la «r» y la «s».

—Por tanto, es imposible encontrar textos sin la letra «e», ¿no?

—Altamente improbable, sí. Pero no diría imposible. El escritor francés Georges Perec escribió en 1969 una novela de doscientas páginas, llamada *La disparition*, donde logró la proeza de utilizar sólo palabras que no tenían la letra «e».*

---

* En castellano (Barcelona, Anagrama, 1997: *El secuestro*, traducida por un equipo formado por M. Arbués, M. Burrel, M. Parayre, R. Vega y H. Salceda, quienes optaron por prescindir de la vocal «a». (*N. del T.*)

202

—¡Vaya!

—Y lo más increíble es que esa novela fue traducida al inglés, con el título *A void*, y el traductor encontró la manera de eliminar también la letra «e» del texto en inglés.

Sonó la cafetera y Lena fue a la cocina a buscar el café. Volvió un minuto más tarde, sosteniendo una bandeja con la cafetera y dos tazas antiguas de porcelana blanca, con claras huellas de haber sido muy usadas. Dejó la bandeja en la mesita colocada junto al sofá, cogió la cafetera y llenó las dos tazas; ambos echaron dos dosis de azúcar y revolvieron con la cucharilla de metal, que tintineó en su contacto con la porcelana. Tomás bebió por el borde de la taza; el café llegaba corpulento, denso, cremoso, soltando un vapor caliente, con un fuerte aroma y un color de nuez levemente rojizo.

—¿Está bueno? —preguntó ella.

—Una maravilla. Pero ¿no tienes nada para un carajillo?

—¿Cómo?

—Un carajillo, como lo llaman en España: ¿no sabes lo que es?

—No.

—¿No tienes por ahí coñac o, si no, algún aguardiente?

Lena se levantó y fue hasta la estantería. Abrió una puerta y sacó una botella de una bebida alcohólica; era un envase de cristal incoloro, con una etiqueta blanca que mostraba una carretera en el campo flanqueada por árboles sin hojas y el nombre «Skane Akvavit» por debajo. Mientras sostenía la botella, se acercó de nuevo a Tomás.

—¿Esto?

—¿Qué es eso?

—Aguardiente sueco —explicó ella mostrando la botella.

—Normalmente se usa *grappa*, el aguardiente italiano, o si no un aguardiente portugués, pero supongo que el sueco servirá también.

—Vas a echar el aguardiente en el café, ¿no?

—Sólo un poquito. —Echó unas gotas en cada taza—. Los italianos lo llaman *caffé corretto*. Pruébalo.

Lena bebió un poco y sintió el vapor ardiente del alcohol mezclado con el aromático líquido cremoso. Hizo una mueca con la boca, en señal de aprobación.

—No está mal.

—Sólo te doy cosas buenas —dijo él sonriendo.

La sueca señaló la libreta de notas, reencauzando la conversación sobre el tema del mensaje cifrado.

—¿Cuándo pretendes aplicar la tabla al acertijo?

Tomás dejó la taza caliente y adoptó una expresión resignada.

—Ya la he aplicado.

—¿Y?

—Bien, he analizado las letras del acertijo y he descubierto que la más frecuente es la «e», que aparece cinco veces. La siguen la «a» y la «u», cada una de ellas con tres registros; la «o», que se repite dos veces; y la «i», sólo una vez.* Al ser la «e» la letra más frecuente, la sustituí por la «a». Después hice experimentos con la «a», la «u» y la «o», sustituyéndolas alternativamente por la «e», por la «s» y por la «r», las letras más frecuentes en los textos portugueses después de la «a».

—¿No hubo ningún resultado?

—Nada.

Lena consultó la tabla.

—Pero entonces, si no hubo ningún resultado y la letra más frecuente es la «e», ¿por qué no suponer que el texto está escrito en otra lengua diferente del portugués?

—Bien, porque eso significaría que ésta no era una cifra de sustitución, sino...

Se interrumpió, sorprendido por lo que acababa de decir.

—¿Sino qué? —intervino Lena, pidiéndole que completase el razonamiento.

Tomás se quedó callado un instante, considerando las inesperadas perspectivas que se le abrían con la conclusión a la que inadvertidamente había llegado. Se pasó la mano por la boca; sus ojos se perdieron en una reflexión sobre la posibilidad que ahora contemplaba.

---

* Para favorecer la lectura del acertijo en castellano, he añadido la vocal «i» y he quitado una «o», respecto del original. Paralelamente, he sustituido la «q» por una «c». Los razonamientos del personaje se vuelven algo relativos, claro está, al pasar del portugués al español, pero me pareció importante que el mensaje descifrado se leyese ya traducido. (N. del T.)

—¿Sino qué? —insistió ella, impaciente.

Tomás por fin la miró.

—Hmm, tal vez sea eso.

—¿Eso qué?

Él volvió la atención al acertijo apuntado en el cuaderno.

—Tal vez ésta no es realmente una cifra de sustitución.

—¿Ah, no? Entonces ¿qué es?

Tomás se puso a contar las letras del acertijo.

—Uno, dos, tres, cuatro, cinco, seis, siete… —murmuró en voz baja, con el dedo saltando de letra en letra, casi al azar—. Catorce —dijo por fin y anotó ese número en la libreta y reanudó el cómputo de letras—. Uno, dos, tres, cuatro, cinco… —La letanía prosiguió hasta llegar a los trece—. Trece —concluyó y lo anotó en la libreta, por debajo del catorce. Después cogió el libro y consultó la tabla de frecuencias—. ¡Es eso! —exclamó cerrando el puño en señal de victoria.

—¿Eso qué? —repitió Lena sin entender nada.

Tomás le señaló un valor registrado en la tabla de frecuencias.

—¿Ves esto?

El valor señalado frente al dedo era 48 por ciento.

—Sí —confirmó Lena—. Cuarenta y ocho por ciento. ¿Qué quiere decir eso?

Tomás sonrió.

—Es el índice de vocales en los textos portugueses.

—¿Qué?

—Una media de 48 por ciento de las letras encontradas en un texto portugués son vocales —explicó él, excitado y señaló los valores que se veían al lado—. ¿Lo ves? Sólo los italianos usan tantas vocales como los portugueses. Los españoles tienen 47 por ciento, los franceses 45 por ciento, mientras que los ingleses y los alemanes se quedan en el 40 por ciento.

—¿Y?

—¿Sabes cuántas vocales tiene el acertijo del profesor Toscano?

—¿Cuántas?

—Catorce. Y las consonantes son trece. Es decir, más de la mitad de las veintisiete letras del acertijo son vocales. —La miró a los ojos—. ¿Sabes qué significa eso?

—¿Que el mensaje está escrito en portugués?

—Tal vez —admitió Tomás—. Pero el verdadero significado es otro. Un índice tan elevado de vocales, cuando se aplica a un mensaje cifrado cuya lengua original se supone que es europea, y en particular el portugués, sólo puede llevarnos a la conclusión de que la cifra utilizada no es de sustitución, sino de transposición.

—¿De transposición?

—Sí. O sea, que estamos frente a un nuevo anagrama.

—Disculpa, no llego a seguir tu razonamiento.

—Es sencillo. Si la cifra fuese de sustitución, las letras más comunes que se encuentran en un texto, las vocales, estarían transformadas en consonantes. Por ejemplo, imagina que la «e» ha sido sustituida por la «x». Ocurriría que, después del análisis de frecuencias, descubriríamos que había un porcentaje anormalmente elevado de «x» en el texto. Pero no es eso lo que ocurre, ¿no? En este acertijo, las vocales mantienen un índice muy elevado. La conclusión que surge es que las vocales siguen siendo frecuentes porque no han sido sustituidas. Es decir, fueron transpuestas, cambiaron simplemente de lugar. Estamos frente a un anagrama.

—¿Como el de Moloc?

—Exactamente. Sólo que esta vez con más letras y aún más complejo. —Consultó el acertijo—. Y usando un método que crea la impresión visual de que se trata de una cifra de sustitución.

Se bebieron el café.

—¿La tabla de frecuencias puede ayudarte a descifrar el mensaje?

—No, la tabla de frecuencias sólo es útil en el caso de las cifras de sustitución. Con respecto a estos anagramas, sólo sirve para identificar que se trata de una cifra de transposición, no para descifrarlos.

—Entonces ¿qué vas a hacer?

—Tengo que comprobar los vínculos de las vocales con las consonantes para intentar ver si alguna cobra sentido. Si logro captar algo, podré deducir el tipo de ruta usado por el profesor Toscano. Por ejemplo, en el caso de Moloc él recurrió a una ruta simétrica, en espejo, en la que se tenía que leer de derecha a izquierda. —Mostró el acertijo—. Pero en este caso no parece funcionar simétricamente. Fíjate. —Empezó a leer la primera línea de la primera columna de derecha a izquierda—: «Ouc». —Se encogió de hombros—. No tiene sentido. —Leyó la primera línea de la segunda columna—: «Ele» —vaciló—. Bien, «ele» quiere decir algo. Pero si vamos a la segunda línea y utilizamos la misma ruta, queda «atf», lo que no quiere decir nada.

—¿Y se puede intentar de abajo para arriba?

—La ruta puede ser cualquiera. De izquierda a derecha, de abajo para arriba o de arriba para abajo, en diagonal, a saltos, en zigzag, en fin…

—«Cldun» —murmuró Lena, leyendo las primeras letras de la primera columna de arriba para abajo; después intentó el sentido contrario—: «Nudlc».

Tomás analizó el acertijo y, después de un examen atento, cogió un lápiz.

—Vamos a hacer la prueba de juntar las dos columnas.

Reprodujo el acertijo en la página contigua; ya no en grupos de tres en sucesión horizontal, sino de seis. El resultado siguió siendo confuso:

CUOELE
LAEFTA
DOCTP5
UACUE4
NEIDN5

—«Cuoele» —continuó la sueca, susurrando, abarcando ahora todo el espectro horizontal, en este caso la primera línea; como el sonido no le resultaba familiar, leyó la misma línea, pero esta vez de derecha a izquierda—: «Eleouc».

—No tiene sentido —murmuró Tomás, meneando la cabeza.

—«Laefta» —insistió ella dedicándose a la segunda línea—: «Atfeal».

Mientras Lena proseguía con la lectura en diversas direcciones, Tomás se concentró en el orden de los diagramas y de los trigramas. En portugués, se pueden formar diagramas con «es», «os», «di», «as» y «ro», por ejemplo. Buscó en el acertijo los puntos donde estas letras se encontraban unas junto a otras, formando esos pares. Falló con los «es», «os», «as» y «ro» y sólo encontró un «di» invertido en «id» en medio de la última línea horizontal. Leída de derecha a izquierda, esa última línea se pronunciaba «5ndien», lo que no parecía tener ningún significado. Desanimado, se dedicó a los trigramas. En los textos portugueses, los conjuntos más comunes de tres letras asociadas son «que», «ien», «nte», «des» y «est». Los buscó en el acertijo y falló el «que», el «nte», el «des» y el «est» y sólo encontró un «ien», justamente en la misma última línea, leída de derecha a izquierda: «5ndien».

—Vaya —murmuró casi imperceptiblemente—. Otra vez esta misma línea.

La coincidencia le llamó la atención. Uno de los diagramas, «di», se encontraba en la misma línea donde estaba uno de los trigramas más comunes, el «ien». Tomás se esforzó en recordar palabras que usasen la secuencia «dien». Había muchas: «*Dien*te. Ar*dien*te. Se*dien*to».

—«Dun» —continuaba Lena, al lado, concentrándose ahora en las tres últimas letras de las líneas verticales—: «Nud».

Claro que estaba el problema del dígito cinco y de la «n» ligados al «dien»: «5ndien». El cinco allí no tenía sentido, aunque la «n» sí. En vez de «dien», «ndien», una secuencia frecuente en varias lenguas europeas. No había dudas de que aquel «*ndien*», asociando un diagrama y un trigrama más o menos comunes, difícilmente podía ser una coincidencia. El problema es que las líneas de encima, leídas en la misma secuencia, no parecían tener ningún significado. La penúltima línea horizontal, leída de derecha a izquierda, daba «eucau» y la antepenúltima se leía «doctp». Nada claro.

La mano de Lena, acariciándolo entre las piernas, interrumpió su raciocinio.

—Esta parte me está excitando —le dijo con voz lánguida.

—¿Qué?

—Aquí. —Señaló las tres últimas letras de la penúltima línea vertical, leída de arriba para abajo—: «Pen». —Esbozó una sonrisa lasciva—. ¿Será el principio de «pene»?

Tomás se rio.

—Cabrita —dijo y se inclinó sobre el acertijo, en busca de una eventual «e» que pudiese asociar a «pen».

Leyó de arriba para abajo y luego siguió hacia la izquierda. Su sonrisa se deshizo y abrió la boca de asombro. «Pendien», leyó. Asociando «pen» al «dien» que ya había identificado, casi completaba una palabra: «Pendien». Buscó una «t» y una «e» que pudiese ligar a la «n» final y las encontró, respectivamente, en la segunda línea y en el extremo de la primera línea. Escribió de nuevo todo el acertijo, destacando la palabra que ahora había descifrado:

C U O E L **E**
L A E F **T** A
D O C T **P** 5
U A C U **E** 4
N E I D N 5

209

—¡Es esto! —exclamó casi gritando—. ¡Aquí está!

—¿Qué? ¿Qué?

—El acertijo. He descubierto una brecha en la cifra. —Señaló las letras subrayadas—. ¿Lo ves? «Pendiente.» Aquí está escrita la palabra «pendiente».

Lena construyó la palabra leyendo las letras subrayadas.

—Mira, claro. Qué gracioso, es verdad: se lee «pendiente». —Frunció el ceño, extrañada ante el extraño recorrido de la secuencia—. Pero la «t» y la «e» final están separadas del resto de la palabra…

—Se debe a la ruta elegida —repuso Tomás, excitado—. La ruta es vertical, de arriba para abajo, y simultáneamente horizontal, de derecha a izquierda, ensanchándose a medida que avanza de izquierda a derecha. —Cogió el lápiz y consultó el acertijo—. Déjame ver. Después de «pendiente», y siguiendo la última columna de arriba para abajo, está «a545». Esto, si no me equivoco, debe de ser «pendiente a 545». —Se detuvo en las líneas anteriores—. Y aquí atrás da «efoucault». —Se detuvo a pensar—. Vaya. —Se rascó la nariz—. Tal vez debe leerse «e foucault pendiente a 545».

Retrocedió a la primera línea y siguió toda la hilera de las letras desde el principio, desplegándolas según la ruta que había detectado. Hacia abajo y hacia la izquierda, hacia abajo y hacia la izquierda, como un ovillo que se deshace en un hilo. Escribió el texto descifrado:

CUALECODEFOUCAULTPENDIENTEA545

Analizó la línea y la rescribió, intentando ahora abrir espacios lógicos entre las palabras. Cuando terminó, contempló el trabajo y miró a su amante, con una sonrisa triunfal esbozada en sus labios.

—*Voilà* —dijo, como si fuese un ilusionista y hubiese concluido un truco de magia.

Lena miró la frase escrita y admiró la forma en que aquella amalgama imperceptible, ilegible, complicada, se había transformado, quién sabe si por arte de encantamiento, en una frase inteligible, simple, clara.

¿CUÁL ECO DE FOUCAULT PENDIENTE A 545?

VIII

*L*as gaviotas volaban bajo, y su graznar angustiado se sobre-
ponía al murmullo continuo de las olas que lamían el vasto
arenal en un vaivén constante, cíclico y ritmado, dejando te-
nues hilos de espuma sobre las márgenes castigadas por el mar.
La playa de Carcavelos tenía un aspecto melancólico bajo el
cielo gris de invierno, casi desierta, desangelada, fría y ventosa,
abandonada a unos cuantos surfistas, a dos o tres parejitas de
novios y a un viejo que paseaba a su perro a la orilla del agua;
el aire tristón y monocromo contrastaba con la exuberancia
colorida que la playa mostraba en verano, entonces llena de
vida y energía, ahora tan solitaria y taciturna.
    El camarero de la terraza se alejó, dejando un café humeante
en la mesita donde el cliente se había sentado hacía diez minutos. Tomás bebió un trago y consultó el reloj; eran las cuatro
menos veinte de la tarde, su interlocutor llegaba con retraso;
habían quedado a las tres y media. Suspiró, resignado. A fin de
cuentas, era él el interesado en el encuentro. Había llamado en
la víspera a su colega del Departamento de Filosofía, el profesor Alberto Saraiva, y le había dicho que quería hablar con él
cuanto antes; Saraiva vivía en Carcavelos, a dos pasos de Oeiras, y la playa se presentó como un punto de encuentro obvio;
obvio y, a pesar del invierno, mucho más agradable que los pequeños despachos de la facultad.
    —*Mon cher*, disculpe mi retraso —dijo una voz desde detrás.
    Tomás se levantó y le dio la mano al recién llegado. Sa-
raiva era un hombre de cincuenta años, con pelo canoso y es-
caso, labios finos y mirada estrábica, a lo Jean-Paul Sartre; tenía cierto aspecto extravagante, medio descuidado, tal vez de

genio loco, un *negligé charmant* que él, naturalmente, culti-
vaba; en realidad, su apariencia alucinada se revelaba idónea
para su especialidad en filosofía, la tendencia de los deconstructivistas franceses que él tanto estudió durante su doctorado en la Sorbona.

—Hola, profesor —saludó Tomás—. Siéntese, por favor.
—Hizo un gesto con la mano, señalando una silla a su lado—.
¿Quiere beber algo?

Saraiva se acomodó, mirando la taza que ya se encontraba
en la mesa.

—Tal vez yo también me tomaría un cafecito.

Tomás levantó la mano y le hizo una seña al camarero que
se acercaba.

—Otro café, por favor.

El recién llegado respiró hondo, llenando sus pulmones con
la brisa marina, y miró a su alrededor, girando la cabeza para
abarcar el mar de punta a punta.

—Me encanta venir aquí en invierno —comentó; se expre-
saba con solemnidad, pronunciando muy bien las sílabas, con
un tono afectado, hablando como si estuviese recitando un
poema, como si las palabras fuesen esenciales para expresar el
espíritu sereno que allí se había difundido—. Esta tranquilidad
inefable me inspira, me da energía, me ensancha el horizonte,
me llena el alma.

—¿Suele venir muy seguido aquí?

—Sólo en otoño y en invierno. Cuando no andan por aquí
los veraneantes.

Saraiva esbozó un gesto de enfado, como si hubiese acabado de pasar por allí uno de esos lamentables ejemplares de
la especie humana. Se estremeció, parecía querer ahuyentar
ese pensamiento tan agorero. Debió de considerar que la probabilidad de que ello ocurriese era lejana, ya que enseguida
volvieron a relajarse los músculos de su rostro y retomó, en
fin, su expresión plácida, un poco *blasé*, que era su imagen de
marca:

—Me encanta esta serenidad, el rotundo contraste entre la
blandura de la tierra y la furia del mar, el eterno duelo de las
gaviotas mansas y de las olas coléricas, la perenne lucha que

opone el tímido sol a las nubes celosas. —Cerró los párpados y volvió a respirar hondo—. Esto, *mon cher*, me estimula.

El camarero dejó la segunda taza de café en la mesa; el tintineo del cristal interrumpió la divagación de Saraiva, que abrió los ojos y vio el café que tenía enfrente.

—¿Alguna cosa más? —quiso saber el camarero.

—No, gracias —dijo Tomás.

—Es aquí donde mejor me sumerjo en el pensamiento de Jacques Lacan, de Jacques Derrida, de Jean Baudrillard, de Gilles Delleuze, de Jean-François Lyotard, de Maurice Merleau-Ponty, de Michel Foucault, de Paul…

Tomás fingió toser, había encontrado un pie para intervenir.

—Justamente, profesor —interrumpió vacilante—. Precisamente quería hablarle de Foucault.

El profesor Saraiva lo miró con las cejas muy levantadas, como si Tomás hubiese acabado de decir una blasfemia, invocando en vano el nombre de Dios junto al de Cristo.

—¿Michel Foucault?

Saraiva pronunció enfáticamente el nombre propio: «Michel», indicándole con sutileza que, cada vez que se refiriese a Foucault, el nombre de pila era imprescindible, *noblesse oblige*.

—Sí, Michel Foucault —dijo Tomás, diplomático, aceptando tácitamente la corrección—. ¿Sabe? Estoy inmerso, en este momento, en una investigación histórica y me he topado, no me pregunte cómo, con el nombre de Michel Foucault. No sé bien lo que busco, pero existe algo en este filósofo que es relevante para mi investigación. ¿Qué puede decirme sobre él?

El profesor de filosofía hizo un gesto vago con la mano, como si estuviese indicando que había tantas cosas que decir que no sabía por dónde empezar.

—Oh, Michel Foucault. —Admiró el mar revuelto con una mirada nostálgica, observaba el vasto océano, pero veía la lejana Sorbona de su juventud; respiró pesadamente—. Michel Foucault ha sido el mayor filósofo después de Immanuel Kant. ¿Ha leído alguna vez la *Crítica de la razón pura*?

—Pues… no.

Saraiva suspiró pesadamente, como si estuviera hablando con un ignorante.

—Es el más notable de los textos de filosofía, *mon cher* —proclamó, manteniendo los ojos fijos en Tomás—. En la *Crítica de la razón pura*, Immanuel Kant observó que el hombre no tiene acceso a lo real en sí, a la realidad ontológica de las cosas, sino sólo a representaciones de lo real. No conocemos la naturaleza de los objetos en sí mismos, sino el modo en que los percibimos, modo ese que nos es peculiar. Por ejemplo, un hombre percibe el mundo de una manera diferente a la de los murciélagos. Los hombres captan imágenes, los murciélagos repiten ecos. Los hombres ven colores, los perros ven todo en blanco y negro. Los hombres captan imágenes, las serpientes sienten temperaturas. Ninguna forma es más verdadera que otra. Todas son diferentes. Ninguna capta lo real en sí y todas aprehenden diferentes representaciones de lo real. Si retomásemos la célebre alegoría de Platón, lo que Immanuel Kant viene a decir es que todos estamos en una caverna encadenados por los límites de nuestra percepción. De lo real sólo vemos las sombras, nunca lo propiamente real. —Giró el rostro en dirección a Tomás—. ¿Está claro?

Tomás observaba pensativamente la espuma blanca de una ola depositándose en la arena blanca de la playa. Sin quitar los ojos de aquella especie de baba burbujeante, balanceó afirmativamente la cabeza.

—Sí.

Saraiva se miró por un instante las uñas de los dedos y retomó su razonamiento.

—De ahí que los deconstructivistas franceses digan que no hay nada fuera del texto. Si lo real es inalcanzable debido a los límites de nuestra percepción, eso significa que somos nosotros quienes construimos nuestra imagen de lo real. Esa imagen no emana exclusivamente de lo real en sí, sino también de nuestros peculiares mecanismos cognitivos.

—¿Eso es lo que defiende Foucault?

—Michel Foucault recibió una gran influencia de este descubrimiento, sí —confirmó, volviendo a acentuar el nombre de pila, Michel, en una sutil insistencia en la necesidad de, cuando se menciona un filósofo de su predilección, citar siempre el

214

nombre completo—. Se dio cuenta de que no existe una verdad, sino varias verdades.

Tomás hizo una mueca.

—¿No le parece un concepto demasiado rebuscado? ¿Cómo se puede decir que no hay una verdad?

—*Mon cheri*, ésa es la consecuencia lógica del descubrimiento de Immanuel Kant. Pues si no podemos acceder a lo real, porque es inalcanzable por nuestros sentidos, siendo reconstruido a través de nuestros limitados mecanismos cognitivos, entonces no logramos acceder a la verdad. ¿Lo entiende? Lo real es la verdad. Si no logramos llegar a lo real, no logramos llegar a la verdad. —Hizo un gesto con la mano—. Lógico.

—Entonces no hay verdad, ¿no? —dijo y dio un golpe en la silla de haya—. Si digo que esta silla es de madera, ¿no estoy diciendo la verdad? —Señaló el océano—: Si digo que el mar es azul, ¿no estoy diciendo la verdad?

Saraiva sonrió, el diálogo se había deslizado hacia su terreno.

—Ése es un problema que la escuela fenomenológica, en el rescoldo de la *Crítica de la razón pura*, tuvo que resolver. De ahí que haya habido necesidad de redefinir la palabra «verdad». Edmund Husserl, uno de los padres de la fenomenología, dedicó su atención a ese asunto y comprobó que los juicios no tienen ningún sentido objetivo, sólo una verdad subjetiva, y estableció una separación entre la conexión de las cosas, o noúmenos, y la conexión de las verdades, o fenómenos. Es decir, la verdad no es la cosa objetiva, aunque esté con ella relacionada, sino la representación subjetiva de la cosa en sí. Martin Heidegger retomó esta idea y observó que la verdad es el asemejarse de la cosa al conocimiento, pero también el asemejarse del conocimiento a la cosa, dado que la esencia de la verdad es la verdad de la esencia.

—Ya…, no lo sé —vaciló Tomás—. Me da la impresión de que no hay en eso más que un juego de palabras.

—No, que no —negó Saraiva con energía—. Mire en su propio terreno, la historia. Los textos de historia hablan de la resistencia del lusitano Viriato a las invasiones romanas. Ahora bien, ¿cómo puedo tener la certidumbre de que Viriato real-

215

mente existió? Sólo recurriendo a los textos que hablan de él, naturalmente. Pero ¿y si esos textos son fabulaciones? Como usted sabe mejor que yo, un texto histórico no se enfrenta con lo real en sí, sino con relatos de lo real, y esos relatos pueden ser incorrectos, cuando no incluso inventados. Siendo así, en el discurso histórico no hay verdad objetiva, sino subjetiva. Como ha observado Karl Popper, no hay nada que sea definitivamente verdadero, sólo cosas que son definitivamente falsas y otras provisionalmente verdaderas.

—Eso es válido para todo —aceptó Tomás—. Admito que también lo sea en el campo del discurso histórico. Además, basta con leer a Marrou, Ricoeur, Veyne, Collingwood o Gallie para entender que no hay verdades definitivas en el discurso histórico, que la historia es el relato de lo que ocurrió en el pasado en función de lo que dicen los testimonios y los documentos, todos falibles, y del trabajo del historiador, igualmente falible. Pero, si me permite que se lo diga, eso no responde a mi pregunta. —Volvió a señalar el horizonte—. Estoy viendo el mar y compruebo que es azul. ¿Cómo se puede decir que esto es una verdad subjetiva? —Esbozó una mueca con la boca—. Que yo sepa, el azul del mar es una verdad objetiva.

—Casualmente, no lo es —replicó Saraiva, sacudiendo la cabeza—. Si usted estudia el fenómeno de los colores, comprobará que de alguna forma son una ilusión. El mar y el cielo nos parecen azules debido a la manera en que la luz solar incide en la Tierra. Cuando la luz del Sol proviene de un punto cerca del horizonte, el cielo puede volverse rojizo debido a una alteración en la distribución de la gama de colores de los rayos solares. El cielo es el mismo, lo que se ha alterado es la gama de colores del espectro de luz debido a la nueva posición del Sol. Eso demuestra que el mar no es azul, son nuestros ojos los que, debido a sus características cognitivas y en función de la distribución de la luz, lo captan así. En el fondo, ése es el problema de la verdad. Como sé que mis sentidos pueden engañarme, que mi raciocinio puede conducirme a conclusiones falsas, que mi memoria puede jugarme una mala pasada, no tengo acceso a lo real en sí, nunca seré dueño de la verdad objetiva, de la verdad definitiva, final. Usted mira el mar y lo ve azul, un perro mira el mar y,

216

como es daltónico, lo ve gris. Ninguno de los dos tiene acceso a lo real en sí, sólo a una visión de lo real. Ninguno de los dos es dueño de la verdad objetiva, sino apenas de algo menos categórico. —Abrió las palmas de las manos, como si guardase en ellas algo precioso que ahora revelaba—: La verdad subjetiva.

Tomás se frotó los ojos con la mano derecha.

—Comprendo —dijo—. ¿Y ahí entra Foucault?

—«Michel» Foucault surge como consecuencia de estos descubrimientos —asintió Saraiva, volviendo a acentuar el nombre de pila que Tomás había ignorado—. Lo que hizo fue demostrar que las verdades dependían de los presupuestos de la época en que fueron enunciadas. Trabajando casi como un historiador, llegó a la conclusión de que saber y poder se encuentran tan intrínsecamente ligados que se transforman en saber/poder: son casi dos caras de la misma moneda. En el fondo, en torno a este eje fundamental se desarrolló todo su trabajo. —Hizo un gesto dirigido a Tomás—. ¿Alguna vez leyó a Michel Foucault?

—Bien… —vaciló Tomás, temiendo ofender a su interlocutor—. No.

Saraiva meneó la cabeza, con un gesto de reprobación paternal.

—Tiene que leerlo —recomendó.

—Pero hábleme sobre él.

—¿Qué quiere que le diga, *mon cher*? Michel Foucault nació en 1926 y era homosexual. Después de descubrir a Martin Heidegger, se centró en Friederich Nietzsche y en su mensaje sobre el papel básico del poder en toda la actividad humana. Eso fue una revelación que lo marcó profundamente. Michel Foucault concluyó que el poder estaba por detrás de todo y se dedicó a la misión de analizar la forma en que el poder se ejerce a través del conocimiento, usando el saber para imponer el control social. La mencionada alianza saber/poder.

—Pero ¿dónde está escrito eso?

—Oh, en varios libros. Mire, en *Les mots et les choses*, por ejemplo, analizó los presupuestos y prejuicios que organizan el pensamiento en determinada época.

Pronunció el nombre del libro en un francés muy *parisien*, con un toque chic en el acento.

217

Tomás tomaba notas.

—Espere un poco —dijo mientras escribía deprisa—. *Les mots et les choses*, ¿no?

—Sí. Se trata tal vez del texto más kantiano de Michel Foucault, en el que las palabras son la manifestación de lo real y las cosas lo propiamente real. De alguna forma, este libro contribuyó a destruir la noción absoluta de la verdad. Pues si nuestro modo de pensar está siempre determinado por los presupuestos y prejuicios de nuestra época, no es posible, entonces, llegar a la verdad objetiva. La verdad se vuelve relativa, depende del modo en que son vistas las cosas.

—Eso es lo que decía Kant.

—Claro. Por ello muchos han considerado a Michel Foucault un nuevo Immanuel Kant.

—¿No será, tal vez, un seguidor más? En resumidas cuentas, sólo retomó las ideas de Kant…

—Michel Foucault colocó esas ideas en un nuevo contexto —replicó Saraiva, preocupado por asegurarse de que su filósofo favorito no fuese visto como una especie de plagiario—. Voy a contarle una historia, *mon cher*. Cuando lo invitaron a dar clases en el Collège de France, le preguntaron cuál era el título de su asignatura. ¿Sabe qué respondió?

Tomás se encogió de hombros.

—No.

—Profesor de Historia de los Sistemas de Pensamiento. —Saraiva soltó una carcajada—. Deben de haberse quedado pasmados. —La risa se transformó en un suspiro de buen humor—. En el fondo, eso es lo que era, ¿no? Un historiador de los sistemas de pensamiento. Además, quedó claro en su obra siguiente, *L'archéologie du savoir*. Michel Foucault definió allí la verdad como una construcción, un producto del conocimiento de cada época, y extendió esa visión a otros conceptos. Por ejemplo, el concepto de autor de una obra literaria. Para él, un autor no es meramente alguien que escribe un libro, sino una construcción surgida a partir de un conjunto de factores, incluidos el lenguaje, las corrientes literarias del momento y varios otros elementos sociales e históricos. Es decir, el autor no es más que el producto de su material y de sus circunstancias.

Tomás hizo una mueca, no muy convencido.

—Eso es evidente, ¿no le parece? —preguntó—. Todos somos un producto de lo que hacemos y de las circunstancias en que lo hacemos. ¿Cuál es la novedad?

—Una vez más es el contexto, *mon cher*. Al diseccionar así el concepto, lo está deconstruyendo.

—Ah —exclamó Tomás, como si finalmente hubiese entendido. En realidad, sin embargo, no veía allí nada extraordinario, ni siquiera innovador, pero no quería contradecir a Saraiva ni enfriar su entusiasmo—. ¿Y qué más?

Con un ojo en Tomás y el otro en el horizonte, el profesor de filosofía hizo un largo resumen de la obra de Foucault, describiendo detalladamente el contenido de la *Histoire de la folie à l'âge classique*, de la *Naissance de la clinique*, de *Surveiller et punir* y de los tres volúmenes de la *Historie de la sexualité*. Fue una exposición entusiasta, que el historiador siguió con una mezcla de atención y cautela. Con atención porque pretendía captar elementos relevantes para el enigma; con cautela porque pensaba que los deconstructivistas tendían a sobrestimar la importancia de Foucault.

—Eso fue todo —concluyó Saraiva al final de su larga exposición—. Dos semanas después de entregar el manuscrito del tercer volumen de la *Histoire de la sexualité*, Michel Foucault tuvo un colapso y fue ingresado en el hospital. Tenía sida. Murió en el verano de 1984.

Tomás consultó sus notas, hojeándolas hacia delante y hacia atrás.

—Hmm —murmuró pensativo, con sus ojos fijos en las anotaciones—. No encuentro aquí ninguna pista.

—¿Pista de qué?

—De un acertijo que estoy intentando descifrar.

—¿Un acertijo sobre Michel Foucault?

Tomás se pasó la mano por la cara, frotándosela distraídamente.

—Sí —dijo.

Alzó los ojos hacia el vasto océano que tenía enfrente; las aguas relucían con un brillo dorado, centelleante, resplandeciendo como si tuviesen una luminosa alfombra de diamantes flotando en la superficie, ondulantes e inquietos, a merced de las olas. Ya estaba muy entrada la tarde y una bola de un amarillo rojizo se ponía a la derecha, más allá del manto de nubes; era el Sol, que se liberaba de la túnica gris que moldeaba el cielo y se sumergía en la distante línea del horizonte, proyectando aquel luminoso centelleo flamante sobre el mar.

—¿Qué acertijo es ése?

Tomás miró vacilante a Saraiva. ¿Valdría la pena mostrarle el enigma? En rigor, ¿qué tenía que perder? Podía incluso ocurrir que el profesor de filosofía tuviese una idea. Volvió a hojear la libreta de notas y localizó la frase; levantó la libreta y se la mostró a Saraiva.

—¿Lo ve?

Saraiva se inclinó y miró la línea con el ojo derecho, mientras el izquierdo se perdía en algún punto del mar. Frente a él se repetía la extraña pregunta:

¿CUÁL ECO DE FOUCAULT PENDIENTE A 545?

—Pero ¿qué diablos es esto? —se preguntó Saraiva—. ¿Cuál eco de Foucault? —Miró a Tomás—. Pero ¿qué eco es ése?

—No lo sé. Dígamelo usted.

El profesor de filosofía volvió a observar la frase escrita en la libreta de notas.

—*Mon cher*, no tengo la menor idea. ¿Será alguien que hace eco a Michel Foucault?

—Ésa es una idea interesante —acotó Tomás pensativo y miró a Saraiva con un asomo de ansiedad—. ¿Sabe si hay alguien en quien se perciban ecos de Foucault?

—Sólo Immanuel Kant. Aunque, ciertamente, debería decirse que en Michel Foucault hay ecos de Immanuel Kant y no al contrario.

—Pero ¿no ha habido nadie que haya seguido a Foucault?

—Michel Foucault ha tenido muchos seguidores, *mon cher*.

—¿Y alguno de esos seguidores pende a 545?

—No sé responderle porque no entiendo qué quiere decir eso. ¿Qué es eso de pender a 545, eh? ¿Y qué significa 545?

Tomás no apartó la vista de su interlocutor.

—¿Nada de esto le suena familiar?

Saraiva se mordió el labio inferior.

—Nada, *mon cher* —dijo meneando la cabeza—. Nada de nada.

Tomás cerró la libreta de notas con gran vehemencia y suspiró.

—¡Qué lata! —exclamó, golpeando frustrado la mesa con la palma de la mano—. Tenía esperanzas de encontrar algo. —Miró a su alrededor y alzó el brazo para llamar al camarero—. Oiga, por favor, la cuenta.

Saraiva tomó nota de la frase enigmática y guardó el papel en el bolsillo de la chaqueta.

—Voy a consultar los libros con cuidado —prometió—. Puede ser que descubra algo.

—Se lo agradezco.

El camarero se acercó e indicó el importe de la cuenta. Tomás pagó y los dos clientes se levantaron, era hora de marcharse.

—¿Qué va a hacer ahora? —quiso saber Saraiva.

—Me voy a casa.

—No. Me refiero a su acertijo.

—Ah, sí. Voy a pasar por una librería y a comprar los libros de Foucault, a ver si encuentro una pista. La clave del acertijo debe de estar, probablemente, en algún detalle.

Salieron juntos del restaurante y se despidieron en el aparcamiento.

—Michel Foucault era un personaje curioso —comentó Saraiva antes de alejarse.

—¿Por?

—Era un gran filósofo y un razonable historiador. Un hombre que proclamó que la verdad objetiva es inalcanzable, que sólo tenemos acceso a la verdad subjetiva, que la verdad es relativa y depende del modo en que vemos las cosas. ¿Sabe lo que dijo una vez sobre todo su trabajo en busca de la verdad?

—¿Qué?

—Que a lo largo de su vida no hizo otra cosa que escribir ficciones.

IX

*E*l estremecimiento lascivo del trepidante secreto fue perdiendo gradualmente fulgor, como una prohibición que, de tanto ser transgredida, se transforma en un hábito discreto, reprobable, es cierto, pero tolerable como vicio. Al cabo de casi dos meses, la relación de Tomás con Lena se encarriló en la rutina de manera definitiva. El vendaval del deseo, que los había fustigado con vientos incontrolables de lujuria y voluptuosidad, que los había llevado a la cúspide del éxtasis irrefrenable, tanta energía consumió, y tan deprisa, que acabó por consumirse a sí mismo. La tempestad dejó de soplar tan fuerte, se volvió brisa y se mitigó con sorprendente rapidez; ahora era un simple céfiro cálido y dulce en la planicie amodorrada de lo cotidiano.

Fue ya sin el trémulo ardor de la anticipación que lo había agitado en los primeros encuentros como Tomás subió las escaleras del edificio de la Rua Latino Coelho y se presentó frente a la puerta de su amante. Lena lo recibió con calor, pero ya sin aquella excitación de la novedad, a fin de cuentas las visitas del profesor se habían institucionalizado, se tornaron un hábito placentero de sus tardes lisboetas. Las primeras veces, el reencuentro los precipitaba prontamente en la fusión de los cuerpos; rebosaban ambos de tanto deseo y ansiaban de tal modo la liberación de esa turbulenta energía retenida en la cama que apenas se podían contener cuando se tocaban y luego consumían el fuego en una embriagadora explosión de los sentidos. Después del amor, sin embargo, Tomás comenzaba a ser invadido por una desagradable sensación hueca, de vacuidad, como si hubiese sido despojado de las ganas que minutos antes lo cegaban; aquel cuerpo terriblemente excitante de la sueca se le volvía indiferente de manera inesperada, no entendía incluso cómo había podido estar tan ávido hacía sólo unos instantes, y se instalaba entre ellos cierto embarazo. Por ello, comenzaron pronto a controlar aquella imparable ansia inicial y a realizar pequeñas experiencias con la rutina; en vez de satisfacer de inmediato el instinto animal que llevaban reprimido en los cuerpos, como una inquieta fiera sedienta de sangre pero acorralada en una jaula demasiado pequeña, comenzaron a prolongarlo, a mantener viva la tensión sexual, ampliándola, dilatándola, postergando lo inevitable hasta el límite, hasta el punto en que la liberación del deseo ya no podía ser contenida.

Esta vez, Lena se le apareció con un vestido blanco de seda, más o menos transparente en el pecho, dejando adivinar, como siempre, los gruesos pezones rosados, su botón turgente y las curvas voluptuosas de los senos, tan grandes que daban la impresión de estar casi rebosantes de leche. En una reacción casi animal, Tomás sintió el deseo de satisfacer instantáneamente sus ganas y le palpó el pecho harto como quien exprime un fruto suculento y espera que de él mane el zumo lechoso, pero la sueca lo apartó con una sonrisa cargada de picardía.

—Ahora no, glotón —lo amonestó—. Si te portas bien, mamá te dará después la papa. —Le apoyó el índice en la punta de la nariz, como quien hace una advertencia—. Pero sólo si te portas bien…

—Oh, déjame probar sólo un poquito…

—No —dijo y se fue por el pasillo, meneando el cuerpo para provocarlo; miró luego hacia atrás, llena de malicia y sonrió—. No puedes tenerlo todo a la vez. Como solemos decir en Suecia, nos acordamos del beso prometido, nos olvidamos de los besos recibidos.

Se instalaron en el sofá, junto al calefactor de la sala. Lena había preparado una infusión de tila, que humeaba en la tetera, y había puesto galletitas tradicionales suecas de jengibre en un plato junto a las tazas, sobre una bandeja; Tomas bebió la infusión y probó una de las galletas marrones.

—Está bueno —comentó con actitud aprobadora, disfrutando del sabor dulzón y algo picante del bizcocho de jengibre.

Lena se fijó en la bolsa de plástico.

223

—¿Aún tienes ahí a Foucault?

El profesor se inclinó y sacó un libro de la bolsa.

—Sí —confirmó—. Pero ya no *Les mots et les choses*. —Mostró la cubierta del nuevo libro, titulado *Vigiar e punir*—. Ésta es la traducción brasileña de *Surveiller et punir*. De hecho, en Portugal aún no han hecho ninguna edición de este libro.*

—Pero es lo mismo, ¿no?

—Claro.

—Y el otro, ¿ya lo has acabado?

—Sí.

—¿Entonces?

Tomás se encogió de hombros, con una expresión de resignación.

—Ahí no había nada. —Apoyó el nuevo libro en el regazo y abrió la primera página, aún masticando el bizcocho—. Vamos a ver si aquí encuentro algo.

En esta cuestión era en la que se encontraba el gran punto en común entre ambos, como se dio cuenta Tomás. Además del sexo, claro. Podían no prestar atención a las mismas cosas, pero, en lo que se refería a la investigación sobre Toscano, compartían el mismo interés, y la sueca se revelaba de una enorme utilidad: hacía preguntas, se implicaba en el trabajo, lo ayudaba en las investigaciones, interrogaba a compañeros que cursaban filosofía, intentaba encontrar pistas que lo ayudasen a desvelar el enigma, había llegado hasta a llevar ensayos sobre Michel Foucault con la esperanza de atisbar algún vestigio inadvertido. Fue así, pues, como fue a parar a sus manos *The Cambridge Companion to Foucault*, de Gutting, así como *The Foucault Reader*, de Rabinow, y *The Lives of Michel Foucault*, de Macey. La dedicación de la amante era tal que incluso había decidido leer, por su cuenta, la *Historia de la locura en la época clásica*, traducción de la *Historie de la folie à l'âge classique*, siempre en busca de los guarismos 545 o de palabras que tuviesen algo que ver con el acertijo que lo atormentaba.

* En castellano: *Vigilar y castigar: nacimiento de la prisión*, traducción de Aurelio Garzón del Camino, 1ª edición, Madrid, Siglo XXI de España Editores, 1994. *(N. del T.)*

—Todos los locos son hermanos —comentó al abrir el libro al lado de Tomás.

—¿Qué? —preguntó él, alzando los ojos de *Vigiar e punir*.

—Es otro refrán sueco —aclaró Lena y mostró el volumen de la *Historia de la locura en la época clásica* repitiendo la frase—. Todos los locos son hermanos.

Con el lápiz afilado bailando entre los dedos, Tomás centró de nuevo su atención en el libro y se abstrajo del mundo que tenía a su alrededor. Las páginas iniciales lo dejaron inmediatamente angustiado, pálido, llegando al punto de interrumpir la lectura con un rictus de náusea; nunca había leído nada tan violento, tan brutalmente gratuito.

—¿Qué pasa? —quiso saber Lena, intrigada por aquella reacción.

—Esto es algo horroroso —dijo él revirando los ojos.

—¿Qué?

—Esta historia al comienzo del libro.

—¿Qué historia? —Lena se incorporó y miró la obra—. Cuéntame.

Tomás se rio y meneó la cabeza.

—No sé si la querrás escuchar…

—Claro que quiero —insistió la sueca, perentoria—. Anda, cuenta.

—Mira que no te va a gustar.

—Anda, déjate de tonterías. Cuenta.

Él reabrió el libro sin apartar los ojos de su amante.

—Te he avisado, después no te quejes. —Bajó la mirada hacia las primeras palabras del texto—. «Éste es un documento que describe la ejecución pública en París de Robert Damiens, un fanático que intentó asesinar a Luis XV en Versalles en 1757. La ejecución fue llevada a cabo por un grupo de verdugos dirigidos por un tal Samson y preveía que se le aplicase tormento en las tetillas, los brazos, los muslos y las pantorrillas. La mano derecha, sujetando el cuchillo del crimen, debería ser quemada con fuego de azufre y a las partes sometidas a tortura se les echaría plomo derretido, aceite hirviendo, brea caliente, cera y azufre derretidos a la vez; el cuerpo, finalmente, sería descuartizado por cuatro caballos. Éste era el plan. Su ejecución acabaría siendo relatada en detalle por el jefe de policía, Bouton, quien lo presenció todo.» —Volvió a mirarla—. ¿Estás segura de que realmente quieres escuchar?

—No —respondió Lena quitándole el libro de las manos.

—¿Qué haces? Necesito leerlo…

—Lo leerás después.

La muchacha se acercó al equipo de sonido y puso un CD; la voz de Bono inundó el apartamento con los sonidos melodiosos de *Joshua Tree*, creando una atmósfera sensual en el apartamento. Comenzaron intercambiando sonrisas cómplices, cada vez más provocadoras, hasta convertirse en miradas lascivas, de gula, lúbricas. Cuando acabaron la infusión y los bizcochos, Lena retiró la bandeja y, desabrochándose el cuello, le anunció que era la hora del postre. Se quitó el vestido de seda blanco y se inclinó, desnuda, sobre Tomás, con su piel nívea latiendo por anticipado, caliente de deseo, ávida de carne. El profesor cogió a la muchacha y se poseyeron ahí, sobre el sofá, al lado del calentador, Michel Foucault abierto en el suelo, tal vez revelando el secreto que Toscano se había esforzado por ocultar. El sexo fue tumultuoso, como solía ser entre los dos, hecho sin palabras, sólo sensaciones, con gritos y gemidos hasta la liberadora eclosión de fluidos; y, cuando el huracán se agotó en el vértigo voraz de los cuerpos hambrientos, ambos se dejaron estar tumbados en el sofá, exhaustos, vacíos, abandonados al estertor de los sentidos satisfechos, complacidos, embriagados por el meloso sopor del placer. Lena estiró perezosamente los brazos, se apoyó en uno de sus codos y se inclinó sobre Tomás, con los abundantes senos de pezones rozados pendientes sobre el pecho jadeante del hombre.

—Tú no haces el amor con tu mujer, ¿no?

Despertando del letargo al que lo habían sumergido las impetuosas olas de lascivia, Tomás la miró perplejo.

—No —repuso, meneando la cabeza; jamás habría esperado tal pregunta—. Claro que no.

La muchacha suspiró, resignada, y se dejó caer sobre el sofá, tendida con los cabellos rubios sueltos sobre el cojín y los ojos azules fijos en el techo.

—Tendré que creer en ti.

Y

Las flores gruesas se aglomeraban en los jarrones de cerámica, estirándose por encima de las hojas como si estuviesen de puntillas, ansiando aire fresco; los pétalos eran finos, ligeros como plumas, resplandecían en diferentes tonalidades de color rosa y se doblaban sobre el centro como conchas rasgadas. Eran flores hermosas, voluptuosas, sensuales.

—¿Son rosas? —preguntó Tomás con un vaso de whisky en la mano.

—Parecen rosas —respondió Constança—. Pero son peonías.

Habían terminado de cenar y estaban relajados en la sala, aprovechando una pausa, mientras Margarida se ponía el pijama en su habitación.

—Nunca he oído hablar de las peonías —murmuró él—. ¿Qué flores son ésas?

—Peonio era el médico de los dioses griegos. Dice la leyenda que curó a Plutón con las semillas de unas flores especiales. En homenaje a Peonio, fueron bautizadas con el nombre de peonías. Plinio el Viejo sostenía que las peonías podían curar veinte enfermedades, pero nunca pudo probarse tal afirmación. No obstante, las raíces de las peonías se usaron en el siglo XVIII para proteger a los niños de la epilepsia y de las pesadillas, lo que sirvió para relacionar estas flores con la infancia.

Tomás mantuvo los ojos fijos en las flores.

—Juraría que son rosas.

—En cierto modo, lo son. Pero sin las espinas. ¿Sabes? La falta de espinas llevó a los cristianos a comparar las peonías con la Virgen María. Decían que ambas eran rosas sin espinas.

—¿Y qué representan?

—La timidez. Los poetas chinos siempre recurrieron a las peonías para describir el rubor embarazoso de las muchachas, asociando esta flor a cierta inocencia virginal.

La voz de Margarida irrumpió en la sala, lanzada a la distancia, desde la habitación, como una súplica.

—Mamá, ven a conta'me una histo'ia.

Constança miró con aspecto cansado a su marido.

—Esta vez ve tú. Ya he cerrado la tienda por hoy.

227

Tomás fue a la habitación de su hija y la encontró mirándose al espejo. La acostó en la cama, la tapó con la manta y se inclinó; besó sus mejillas rosadas y le acarició su fino cabello, ambos ronroneando con deleite.

—¿Qué historia quieres hoy?

—Cenicienta.

—¿Otra vez la misma historia? ¿No quieres mejor una nueva?

—Que'o Cenicienta.

Apagó la luz central y sólo mantuvo encendida la lámpara de la mesilla de noche; la luminosidad amarilla era mortecina, huidiza, ideal para el efecto de indolencia que pretendía obtener. Se acomodó al borde de la cama, cogió la mano de su hija y, con un susurro hipnótico, comenzó a contar la historia de la Cenicienta, la niña que había perdido a su madre, después a su padre, hasta que no tuvo más remedio que quedarse a vivir con la madrastra malvada y sus dos hijas consentidas. Margarida mantuvo los ojos muy abiertos hasta la escena del baile, cuando Cenicienta conoció al príncipe, momento en que, tranquilizada por el encuentro previsto, sintió que los párpados le pesaban y dejó de luchar contra ellos, se entregó al ritmo cadencioso de las palabras susurradas por su padre y se abandonó a la dulce molicie que invadió su cuerpo. Los párpados se cerraron y la respiración se hizo por fin acompasada, profunda. Tomás volvió a besar a su hija y apagó la lámpara. De puntillas, casi sin respirar, salió de la habitación, cerró la puerta con suavidad y regresó a la sala.

Constança dormía sobre el sofá, con la cabeza inclinada sobre un hombro; en el televisor encendido emitían un concurso que no solían ver. Cogió a su mujer y la llevó en brazos hasta la habitación; le quitó la chaqueta con una mano, la descalzó y la acostó sobre las sábanas, cubriéndola con la manta hasta el mentón. Ella murmuró algo imperceptible y se volvió, aferrada a la almohada, con el calor de la manta que le enrojecía las mejillas pecosas sobre su piel blanca, parecida a un bebé. Tomás apagó la luz e hizo ademán de volver a la sala. Pero vaciló. Se detuvo en el umbral de la puerta y dio media vuelta, mirando a su mujer, que ahora dormía profundamente. Se acercó despacio, con cuidado para no hacer ruido, la miró un instante y se sentó al borde de la cama; se quedó contemplándola en silencio, viendo cómo la manta subía y bajaba, suavemente, siguiendo el ritmo de la respiración.

La pregunta de Lena aún resonaba en su mente, ahora más alto que nunca. «Tú no haces el amor con tu mujer, ¿no?», le había preguntado con un asomo de ansiedad. En realidad, ya llevaba algún tiempo sin hacer el amor con su mujer; nunca lo había hecho desde que iniciara la relación extraconyugal. Pero ¿cómo podría él asegurar que no lo haría un día? ¿Cómo podría prometer tal cosa? Aquella pregunta, así formulada, en el rescoldo de la intensa refriega amorosa, lo arrancó del sueño irreal en que flotaba y, despertándolo con brutalidad, como si le hubiese sumergido la cabeza en agua helada, lo llevó a la dura confrontación con la realidad. Fue como si algún interruptor se hubiese encendido dentro de sí. O quizás apagado. ¿Qué tenía ahora por delante? ¿Haría el amor con ambas mujeres, engañando no sólo a una, sino a las dos al mismo tiempo? ¿Qué futuro, a fin de cuentas, quería para sí, para su mujer, para su hija, para su amante? ¿Qué destino los aguardaba? ¿Estaría jugando con fuego? ¿Sería señor de su suerte o eran las circunstancias las que lo controlaban ahora? ¿Quería vivir en la verdad? Pero ¿qué verdad? ¿No fue Saraiva quien le dijo que la verdad objetiva es inaccesible? Tal vez. Sin embargo, como ser humano, siempre tenía la alternativa de acceder a otra verdad, la verdad subjetiva. La verdad moral.

La honestidad.

Y lo cierto es que no vivía en la verdad moral; vivía en la ilusión, en la duplicidad, en la mentira. Mentía a su mujer y, dentro de poco, estaría mintiendo a su amante. ¿Era ése el futuro que deseaba para él y para las tres mujeres con las que estaba ligado? La pregunta de Lena, aparentemente tan inocua y fortuita, puso en marcha una compleja cadena de pensamientos, desencadenó un tumulto en la mente de Tomás, lo colocó frente a frente consigo mismo, mirándose por primera vez a los ojos, mareado por el vértigo frente al abismo que era su espejo, viéndose como realmente era, interrogándose sobre lo que quería ser, cuestionándose en cuanto al camino incierto por el que ahora transitaba.

¿Qué extraña historia, miradas bien las cosas, le revelaba la aventura en que se había metido? Tal vez fuese la historia de una parte suya sumergida en la sombra, escondida en un remoto rincón de la mente, sobre la cual sentía las mayores incertidumbres y alimentaba los mayores temores. ¿Qué era Lena, al fin y al cabo, para él? ¿Una mera hazaña sexual? ¿Una busca de algo indefinible? ¿Una veleidad irresponsable? ¿Un gusto por el riesgo en el que el peligro sólo servía de afrodisíaco? Tal vez, consideró, tal vez ella representase algo diferente. Un desvío, un subterfugio, una demanda.

Una fuga.

Balanceó la cabeza afirmativamente, como si hubiese encontrado la palabra exacta, aquella que mejor definía la lucha que lo desgarraba. Una fuga. Quién sabe, tal vez Lena, más que la química del sexo, le ofrecía la química de la fuga, la fuga de sí mismo, la fuga del cansancio de su mujer, la fuga de las dificultades de Margarida, la fuga de los problemas generales por la falta de dinero, la fuga de la desilusión frente a la vida. Lena era una escapatoria, una salida, una evasión. Una fantasía. Pero una fantasía que día tras día perdía misterio, una quimera a la que ya comenzaba a faltarle brillo, un capricho que había consumido casi todo su esplendor. ¿Qué le quedaba entonces?

Se había rendido a los encantos de la sueca para escapar a la complicada tela de sus innúmeras dificultades. La ilusión funcionó; por lo menos en algunos momentos. Pero ahora veía que los problemas no habían desaparecido nunca de verdad, sólo se habían camuflado con el fulgor deslumbrante de la relación embriagadora con Lena. Se sentía como un conejo paralizado por los faros de un automóvil; permanecía estático en medio de la carretera, fascinado por aquel brillo asombroso, maravillado por los centelleantes focos de luz que despuntaban por el manto pardusco de la noche, olvidando que, por detrás de la bella llamarada luminosa, surgiendo disimuladamente de la tiniebla oscura, asomaba un bulto invisible, enorme y furtivo, tremendo y amenazador, que saltaría de la sombra como un felino y lo aplastaría en el asfalto. Ésa era, al fin y al cabo, la terrible elección que tenía frente a sí. ¿Querría él ser aplastado por ese bulto escondido? ¿Sería capaz de ver más allá del brillo deslumbrante de los faros? ¿Lograría romper el peligroso hechizo que lo hipnotizaba en medio de la carretera?

Miró a Constança. Su mujer dormía aferrada a la almohada, con aspecto inocente, la expresión frágil, los cabellos dibujando rizos sobre la almohada y la sábana. Suspiró. Tal vez, pensó, el adulterio tenía menos que ver con Lena que consigo mismo; era quizá algo que hablaba más acerca de su forma de ser, de los miedos que lo dominaban, de las expectativas que alimentaba, de la forma en que administraba los conflictos y encaraba los problemas de su vida. Constança era la fuente de ansiedad, el rostro de las dificultades de las que pretendía huir; Lena representaba la concha protectora, el anhelado billete que prometía arrancarlo de aquel turbulento mar de obstáculos y soltarlo en las vastas planicies de la libertad. Pero, ahora tomaba conciencia, ese billete, en resumidas cuentas, no lo llevaría a lugar alguno, no lo transportaría al destino que él suponía, porque la verdad era que tal destino no existía, por lo menos no para él; si se embarcase en aquel viaje, se descubriría en otro apeadero, acaso más complicado, aún con los viejos problemas y además con nuevas contrariedades.

Pasó los dedos por los rizos del cabello de Constança, jugando distraídamente con ellos. Sintió su respiración suave y admiró el espíritu con que la mujer enfrentaba las dificultades ante las cuales él claudicaba. Acariciando las líneas de su rostro, sintiendo su piel cálida y suave, imaginó que disponía de dos billetes en la mano, uno para quedarse, el otro para partir, y tendría que tomar una decisión. Miró alrededor, como quien quiere retener en la memoria las sombras de la habitación, el soplido bajo y armonioso de la respiración de su mujer, el leve aroma a Chanel 5 que flotaba en el aire. Respiró hondo y allí mismo, en aquel instante, mientras acariciaba con ternura el semblante plácido de Constança, su línea de raciocinio llegó a su fin.

Tomó una decisión.

El hormigueo nervioso de la multitud apresurada era lo que más lo perturbaba siempre que tenía que ir al Chiado. Después de dar muchas vueltas por la Rua do Alecrim buscando dónde aparcar, dejó el coche en el aparcamiento subterráneo de Camões y bajó por la plaza hasta la entrada de la Rua Garrett, esquivando a los transeúntes que iban y venían, unos subían en dirección al Bairro Alto, otros descendían hasta la Baixa; todos, con la mirada perdida en un punto infinito, pensaban en el dinero, suspiraban por su novia, odiaban a su jefe, se ocupaban de sus asuntos.

Cruzó la perpendicular empedrada y anduvo, por fin, por la amplia acera de la Rua Garrett. El espacio era amplio, es cierto, pero se volvía exiguo por todas aquellas mesitas y sillas que hervían de clientes ociosos, el más famoso de los cuales era Fernando Pessoa, con la carne hecha de bronce, igual que el sombrero, las gafas de aros redondos y las piernas cruzadas. Tomás observó el espacio a su alrededor, intentando vislumbrar el oro de los cabellos de Lena, pero ella no estaba allí. Giró a la izquierda, en dirección a la gran puerta con figura de arco del café, A Brasileira anunciada en la parte cimera, lugar predilecto de la antigua Lisboa bohemia y literaria.

El primer paso al cruzar la puerta del café constituyó un salto en el tiempo, había retrocedido a la década de los veinte. A Brasileira era una cafetería estrecha y larga, ricamente decorado al estilo art nouveau, con el techo y la parte alta de las paredes forrados de madera labrada, decorados con cornucopias, líneas curvas y cuadros de época. El suelo era ajedrezado, en blanco y negro, y del centro de los dibujos esculpidos en el techo colgaban varias lámparas de aspecto antiguo, parecían arañas con las patas arqueadas hacia abajo y hacia arriba que sujetaban pequeñas velas en las puntas. Una sensación de amplitud provenía del lado izquierdo; toda la pared se abría al café, una ilusión creada por los hermosos espejos dorados que, distribuidos hasta el fondo del establecimiento, le otorgaban el doble de su real anchura. Las mesitas del interior estaban dispuestas junto al enorme espejo, mientras que el lado derecho estaba ocupado por un largo mostrador lleno de hierros finos curvilíneos estilo art nouveau; una batería de botellas de vino, aguardiente, orujo, whisky, brandy y licor, dispuestas unas encima de las otras, decoraba la pared por detrás del mostrador. Al fondo, marcando las once, se destacaba un reloj antiguo con números romanos.

Tomás encontró un lugar libre en una mesa parcialmente ocupada y se acomodó, apoyando el hombro derecho en el espejo, con los ojos vueltos hacia la entrada. Pidió un pastel de nata y una infusión de jazmín. Mientras aguardaba, se mantuvo atento al periódico que leía el hombre sentado a su lado. Era *A Bola* y traía una entrevista a dos páginas con el truculento presidente del Benfica, repleta de acusaciones contra el sistema y noticias de fantásticas contrataciones, que no planeaba pagar, para la «espina dorsal» del equipo. Observó a su vecino de reojo, era un hombre casi calvo, sólo poseía mechones de pelos canosos detrás de la oreja, se trataba probablemente de un jubilado, sin duda un hincha del Benfica. El camarero reapareció con su actitud afanosa y gestos nerviosos, como si tuviese muchas cosas que hacer y no le alcanzasen las manos; venía con una bandeja equilibrada sobre las yemas de los dedos, de la que sacó una pequeña tetera metálica, una taza, un platito con un pastel de nata, dos sobres de azúcar y uno de canela, además de la cuenta, y depositó todo sobre la mesa con destreza de profesional. Tomás pagó y el camarero, después de un breve saludo, se esfumó.

Mientras esperaba, sacó el móvil del bolsillo y marcó el número de Nelson Moliarti. El estadounidense atendió con voz de sueño, era evidente que la llamada había actuado de despertador. Después de las habituales cortesías introductorias, Tomás le comunicó que necesitaría hacer unos viajes para su investigación, que estaba apuntando en un sentido que requería una comprobación cuidadosa. Nelson quiso saber cuál era el rumbo al que apuntaban las pistas, pero Tomás se negó a adelantar detalles, alegando que le gustaba hablar de certidumbres, y en ese momento sólo tenía muchas dudas. Aunque reticente al principio, el estadounidense acabó concediéndole su acuerdo y los fondos disponibles necesarios para la misión; a fin de cuentas, aquél era un trabajo por el que apostaba la fundación. Enseguida, dada la luz verde para seguir adelante, Tomás llamó a la agencia de viajes y reservó los vuelos y los hoteles.

233

Y

Se dio cuenta de que Lena acababa de entrar en el café cuando vio las cabezas de todos los clientes volverse al mismo tiempo hacia la puerta, como si estuviesen en el ejército y hubieran obedecido a una orden silenciosa. Llevaba un vestido negro de licra muy ajustado, con el dobladillo por encima de la rodilla y un exuberante lazo amarillo ceñido a la cintura; había cubierto sus altas piernas con medias de nailon gris oscuro, muy finas, y las curvas de su cuerpo escultural estaban realzadas por unos zapatos de tacón alto, de un negro reluciente. Llevaba grandes bolsas de *boutiques* que dejó a los pies de la silla cuando se inclinó sobre la mesa para besar a Tomás.

—*Hej* —saludó—. Disculpa por el retraso, he estado haciendo compras.

—No tiene importancia.

Tomás sabía que el Chiado era una tentación para muchas mujeres, con sus tiendas de marca y sus tiendas de moda que, abiertas por todo el barrio, atraían a clientes y otorgaban alegría a las calles empedradas y empinadas de aquella zona antigua de la ciudad.

—¡Puf! —exclamó echándose el largo pelo rubio hacia atrás—. Estoy agotada y el día acaba de comenzar.

—¿Has comprado muchas cosas?

Ella se inclinó y cogió una bolsa apoyada en la silla.

—Algunas —confirmó, abrió la bolsa y dejó asomar una prenda roja de encaje—. ¿Te gusta?

—¿Qué es eso?

—Un sostén, tonto —explicó moviendo las cejas con expresión maliciosa—. Para volverte loco.

El jubilado del Benfica observó por encima del periódico, fijando ostensiblemente su mirada en la sueca. Lena le devolvió la mirada, como intimándolo a que no se metiese en lo que no le importaba, y el hombre encogió el cuello y se ocultó detrás de *A Bola*.

—¿Así que te has pasado la mañana haciendo compras?

—Sí. Y fui también a aquel ascensor antiguo en la Rua do Ouro.

234

—¿El ascensor de Santa Justa?

—Ése. ¿Has ido alguna vez?

—No, nunca.

—No me cabe ninguna duda —dijo sonriendo—. La mirada del extraño ve más lejos en el país que la mirada de sus habitantes.

—¿Eh?

—Es un refrán sueco. Significa que los extranjeros visitan más sitios en una tierra que las personas que viven en ella.

—Es una gran verdad —asintió Tomás.

Se acercó el camarero con uniforme blanco, siempre con su apariencia afanosa, y miró con actitud interrogativa a los dos clientes.

—¿Tomas algo? —preguntó Tomás.

—No, ya he comido.

El profesor le hizo una señal negativa al camarero, que desapareció enseguida por el pasillo, ahora apiñado de gente, el trajín era inmenso y no había tiempo que perder. Tomás cogió la taza y bebió un poco.

—Esta infusión es una delicia.

Lena se inclinó sobre la mesa y buscó su mirada.

—¿Qué ocurre? —preguntó con una expresión intrigada en sus ojos azules—. Hace dos días que no te veo y te noto muy misterioso, pareces estar en la Luna. ¿Qué tienes?

—Nada.

—Es el agobio del acertijo el que te está perturbando, ¿no?

—No.

—¿Entonces?

Él se pasó la mano por el pelo, algo incómodo. Giró la cabeza con un gesto nervioso, observando de reojo todo el café, y acabó fijando los ojos en su amante.

—¿Sabes? Creo que no he sido justo contigo.

Lena alzó las cejas, asombrada.

—¿Ah, no? ¿Y entonces?

—El otro día me preguntaste si hacía el amor con mi mujer…

—¿Y lo haces?

—No, no he vuelto a hacerlo desde que nosotros nos conocemos. Pero la cuestión, para ser honesto, es que no te puedo asegurar que nunca más lo haré.

235

Ella entrecerró los ojos, mirándolo con una expresión repentinamente severa.

—Ah.

—¿Entiendes? Vivimos en la misma casa, estamos casados, tarde o temprano algo puede pasar.

—¿Y?

—Bien, entonces os estaré engañando a las dos, ¿no?

La sueca observó el café a su alrededor, pareció interesarse por algunos cuadros, pero, después de unos instantes recorriendo el bar con la vista, miró de nuevo a Tomás.

—A mí no me importa.

El profesor entreabrió la boca, pasmado.

—¿No te importa?

—No, no me importa. Puedes estar al mismo tiempo con las dos, para mí no es un problema.

—Pero… —vaciló, confuso—. ¿No tienes problemas en que yo haga el amor contigo y con mi mujer al mismo tiempo?

—No —repitió ella, meneando la cabeza para enfatizar su posición—. No tengo ningún problema.

236

Tomás se recostó en la silla, sorprendido, aturdido. No sabía francamente qué decir, todo aquello era demasiado inesperado y poco convencional, nunca imaginó escuchar a una mujer, y para colmo una mujer como ella, decir que no tenía problemas en formar parte de lo que, para todos los efectos, sería un harén.

—Bien, pues… no sé si a mi mujer le sentará bien…

—¿Tu mujer?

—Sí, mi mujer.

La sueca se encogió de hombros.

—Es evidente que nunca estará de acuerdo.

—Pues eso.

—Entonces no debes decirle nada, ¿no?

El profesor volvió a pasarse la mano por el pelo, nervioso.

—Pues…, sí…, ése también es un problema. Es que no puedo vivir así…

—¿Cómo que no puedes vivir así? Has estado casi dos meses viviendo con dos mujeres y nunca te vi para nada preocupado por ello. ¿Qué bicho te ha picado ahora?

—Tengo dudas sobre lo que estamos haciendo.

Ahora le tocaba a Lena abrir la boca por el asombro.

—¿Dudas? Pero ¿qué dudas? ¿Eres tonto o qué? Tienes una familia en tu casa que no sabe nada. Tienes una novia, disculpa la falta de modestia, que le gustaría tener a cualquier hombre y que no trae ningún problema. Aún más: una novia a la que no le importa que conserves la vida tan cómoda que llevas. ¿Cuál es, al fin y al cabo, tu problema? ¿Dónde está la duda?

—El problema, Lena, es que no sé si quiero seguir viviendo tan cómodamente.

La sueca desorbitó los ojos y abrió más la boca.

—No sabes si… —Frunció el entrecejo, intentando encontrar un sentido a lo que él decía—. Tomás, de verdad, ¿qué ocurre?

—Ocurre que no quiero seguir así.

—Entonces ¿qué quieres?

—Quiero acabar con esto.

Lena bajó los hombros y se apoyó en la silla, atónita. La boca se mantenía abierta, con una expresión incrédula en los ojos; observaba a Tomás con la actitud de quien cree estar ante un loco.

—¿Quieres que nos separemos? —preguntó por fin, casi deletreando las palabras.

El profesor meneó afirmativamente la cabeza.

—Sí. Discúlpame.

—Pero ¿tú estás chiflado? Así que yo te estoy diciendo que no me importa nada que sigas con tu mujer, que no tendrás ningún problema, ¿y tú quieres que nos separemos? ¿Por qué?

—Porque no me veo bien en esta situación.

—Pero ¿por qué?

—Porque vivo en la mentira y quiero la verdad.

—¡Vaya! —exclamó ella—. La chaqueta de la verdad está muchas veces forrada de mentiras.

—No me vengas con más refranes.

Lena se inclinó sobre la mesa y le sujetó las manos con fuerza.

—Dime qué puedo hacer para que te sientas mejor. ¿Quieres más espacio? ¿Quieres más sexo? ¿Qué quieres?

Tomás se sintió admirado por la forma en que la sueca se aferraba a su relación. Había imaginado que ella, al sentirse rechazada, abandonaría el café furiosa y el asunto quedaría zanjado. Pero no era eso, evidentemente, lo que estaba ocurriendo.

—¿Sabes, Lena? No puedo andar con dos mujeres al mismo tiempo. No puedo, ya está. Me siento deshonesto. Me gustan las situaciones claras, transparentes, inequívocas, y lo que estamos viviendo es todo menos eso. Me gustas mucho, eres una chica formidable, pero también me gusta mi familia; mi mujer y mi hija son muy importantes para mí. Cuando me preguntaste, hace días, si hacía el amor con mi mujer, hubo algo dentro de mí que estalló, no sé explicar qué. En un momento estaba deslumbrado contigo, y en el instante siguiente, después de que hicieras esa pregunta, volví en mí y empecé a cuestionar nuestra relación. Fue como si hubieses pulsado sin querer un interruptor y la luz se hubiera encendido y yo hubiese empezado a ver claro donde antes sólo andaba a ciegas. Esa luz me despertó a la realidad, a una serie de preguntas que comencé a plantearme a mí mismo. En el fondo, fue como interpelar a mi conciencia sobre las cuestiones verdaderamente fundamentales.

—¿Qué cuestiones?

—Yo qué sé. —Miró a su alrededor, como si en algún punto del café pudiera encontrar respuesta a la pregunta—. Me pregunto, por ejemplo, sobre los motivos que me llevan a poner en peligro mi vida familiar. ¿En nombre de qué? ¿Por qué lo hago? ¿Merece realmente la pena? A fin de cuentas, tengo problemas en mi vida que debo afrontar, no puedo estar escapándome de ellos. Por eso me parece que es mejor que primero resuelva esos problemas, mi vida. Tengo que darle a mi matrimonio una segunda oportunidad, se la debo dar a mi mujer y a mi hija. Si las cosas se dan bien, encantado. Si se dan mal, tendré que recomenzar de otra manera. Ahora, lo que no es justo, lo que no es honesto, es que esté engañándoos a las dos a la vez. Eso no.

—O sea que me dejas. ¿Es eso?

—No merece la pena que dramaticemos. Soy un hombre casado y tengo que cuidar de mi familia. Tú eres una muchacha joven, soltera y muy hermosa. Como tú misma has dicho, basta con que levantes un dedo y tienes a tu alrededor a los hombres que quieras. Por tanto, no vamos a complicar las cosas. Cada uno hace su vida y tan amigos.

238

La muchacha sacudió la cabeza, desalentada.

—No creo en lo que estoy escuchando.

Tomás la miró y pensó que, de ahora en adelante, sólo se repetiría. Ya había tomado su decisión y había dicho lo que tenía que decir. Después de un compás de espera, se levantó de la mesa y le tendió la mano a Lena. La sueca miró la mano, aún atónita y conmovida, y devolvió el saludo. Él la retiró torpemente y se volvió hacia la salida.

—Nos vemos en la facultad —dijo a modo de despedida.

Lena lo siguió con los ojos.

—Gallo que canta por la mañana —le lanzó entre dientes— estará por la tarde en el pico del halcón.

Sin embargo, Tomás ya había salido de A Brasileira y subía por Rua Garrett, a paso acelerado, en dirección al Largo Luís de Camões.

X

*L*as aguas tranquilas del Mediterráneo brillaban, cristalinas, bajo el reflejo dominante del sol matinal. El viejo faro de Porto Antico se alzaba entre el espejo azulado de la ensenada y los veleros blancos anclados en el muelle; la Lanterna permanecía firme a la entrada de la bahía, un centinela del tiempo con la misión de vigilar aquel rincón apacible del mar de la Liguria. Las escarpas abruptas de los Apeninos rodeaban la costa, protegiendo el pacífico caserío bajo que orlaba la falda de los montes.

El taxi giró a la derecha y se sumergió en el laberíntico interior de la ciudad antigua, zigzagueando por la maraña de las callejuelas estrechas y agitadas de Génova.

—*La Piazza Acquaverde* —anunció el taxista, siempre locuaz, cuando entraron en la plaza. Señaló con la mano, con un gesto amplio, una enorme estatua en el centro con una figura humana en el extremo—. *Questo é Cristoforo Colombo.*

Por momentos, el tráfico congestionado obligó al coche a detenerse. Tomás miró desde la ventanilla y vio a Colón en lo alto, con la cabellera larga y ondulante, vestido con un corto tabardo español y una capa larga y abierta; la mano izquierda se apoyaba en un ancla, mientras que la derecha acariciaba el hombro de una india arrodillada. Otras cuatro figuras permanecían sentadas más abajo, en los rincones, sobre pequeños pedestales; entre ellas había bajorrelieves encuadrados con lo que parecían ser escenas de la vida del navegante. En la base del monumento, entre múltiples coronas de flores colocadas sobre la piedra, la dedicatoria «A Cristoforo Colombo, La Patria».

El tráfico retomó la marcha y el taxi siguió el flujo, llevado por la ruidosa corriente de automóviles. El taxista, un hombre jovial que dijo llamarse Mateo, de apellido terminado en «ini» y origen calabrés, empezó a contar detalles de su atribulada vida en un italiano nervioso y precipitado. En medio de aquella cerrada metralla de palabras, disparada en tropel por entre abundantes gotas de saliva y profusos movimientos con las manos, Tomás entendió que el conductor era *divorziato*, que tenía *due bambini* y buscaba compañía para *il letto matrimoniale*, incluso porque le gustaba mucho *avere la colazione in camera*. De ahí pasó a lo que prefería *cenare*. Sus preferencias, por lo visto, eran la *zuppa di lenticchie* y, sobre todo, los *spaghetti alla puttanesca*, plato cuyo nombre llevó al cliente a fruncir el ceño y a preguntarse si habría escondido allí algún traicionero doble sentido.

—*Il Palazzo Ducale* —proclamó Mateo minutos más tarde, en medio de una frase sobre las cualidades terapéuticas del *vino rosso*, mientras apuntaba a un bonito edificio antiguo en la Piazza Matteotti, con la fachada cargada de columnas jónicas y ventanas altas—. *Le piace?*

—*Si* —asintió Tomás sólo por ser amable, con una mirada indiferente.

El taxista se dedicó, acto seguido, y casi sin hacer una pausa, a las milagrosas propiedades del *vino bianco secco* y a las ventajas del *menu fisso* de una *trattoria* de su agrado, por la Piazza Campetto, un poco más atrás, al mismo tiempo que ridiculizaba a los que sólo comían *piatti vegetariani*. El taxi se internó por la Salita Pollaiuoli y giró a la izquierda en Vico Tre Re Magi, altura en que Mateo confesó, muy consternado, *sono allergico alle noci*. A medida que el pequeño Fiat recorría la Via Ravecca, el conductor discurría con lujo de detalles acerca de los efectos alérgicos que las nueces le provocaban en la piel, incluidas las manchas *rosse* que, aparentemente, trataba con *carta igienica* mojada con *acqua calda*, hasta que, para gran alivio de Tomás, llegaron por fin a la Piazza Dante.

—*Eccoti qua!* —proclamó Mateo con gran solemnidad, deteniéndose delante del semáforo verde.

Presionado por un coro de bocinazos de automóviles que querían avanzar, Tomás pagó deprisa y el taxista, ajeno a las protestas, se despidió con un *a più tardi* que hizo sentir al

241

cliente un escalofrío recorriéndole el cuerpo: ésa era una promesa que sonaba como una amenaza. El plan original del paseo abarcaba sólo un simple paso por la Piazza Dante para observar el local histórico que se encontraba allí, pero la incontinente hemorragia verbal del italiano llevó al portugués a alterar apresuradamente los planes y a transformar el paso en parada, un buen pretexto para verse libre de aquel taxi infernal; siempre admiró el simpático carácter expansivo de los italianos, pero la verdad es que aquel conductor se pasaba dos pueblos.

Dos torres semicilíndricas, hechas de piedra en estilo gótico y unidas por un puente, imponían su presencia sobre la plaza. Era la Porta Soprana, la entrada oriental de la parte vieja de la ciudad. En la cima de las torres medievales, y entre las almenas, se agitaban dos banderas blancas rasgadas por una cruz de San Jorge encarnada, el estandarte de la ciudad. La *insignia cruxata comunis Janue* era testimonio de tiempos gloriosos, cuando Génova imperaba en el Mediterráneo y su presencia bastaba para hacer retroceder al enemigo, hasta el punto de que se decía que los mismos ingleses adoptaron la bandera de la ciudad para poder navegar bajo su protección. En la Edad Media, la imponente Porta Soprana formó parte de las murallas defensivas de Génova; durante la Revolución francesa, allí estaba la guillotina y uno de los verdugos vivía en la cima de una de las torres, transformada en prisión; su más famoso recluso fue el veneciano Marco Polo, encerrado allí después de la batalla de Korcula. En la base, por debajo del puente entre las dos torres, la gran puerta oval daba acceso a un parque cuya principal atracción eran las ruinas de los claustros del antiguo convento de Sant'Andrea, pero la atención del visitante no se dirigió a esas ruinas, sino a otro punto justo al lado.

Junto a la Porta Soprana, entre arbustos vigorosos, se encontraban unas ruinas miserables de piedra y cubiertas de hiedra; parecían los restos de una casa rústica tramontana, tosca y limpia, con una puerta ancha en la planta baja y dos ventanas estrechas en el primer piso. Tomás se acercó y observó el sitio. Un cartel indicaba que las ruinas estaban cerradas al público y una placa anunciaba:

Nessuna casa há nome più degno di questa.
Qui nell'abitazione paterna,
Cristoforo Colombo trascorse l'infanzia e la prima giovinezza.

Era el número treinta y siete de la antigua Vico Diritto di Ponticello, el lugar donde, según un viejo libro de facturas y otro documento archivado en la Biblioteca Apostólica Vaticana, entre 1455 y 1470, vivió Dominicus Columbus y su familia, incluidos los hijos Bartholomeus, Jacobus y Christofforus. Fue en esa casa, en suma, donde Colón pasó su juventud.

Un autobús se detuvo junto a la acera y de él bajó una multitud de turistas japoneses. Los visitantes confluyeron en las ruinas con una batería de cámaras fotográficas y de vídeo, hormigueando frente a la puerta. Otro japonés gritaba instrucciones e informaciones, se trataba evidentemente del guía.

—*Non mi piace questo* —le comentó un italiano a Tomás, con actitud cómplice, mientras miraba a la multitud de frenéticos turistas disputándose un palmo de terreno para la fotografía.

—*Mi scusi* —se disculpó Tomás—. *Non parlo italiano. Parla lei inglese?*

—Ah, perdón —dijo el italiano en inglés—. ¿Usted es estadounidense?

—No, portugués.

El italiano esbozó una expresión de sorpresa.

—¿Portugués?

—Sí. ¿Qué decía?

—Pues… nada, nada.

—Venga, diga lo que quiera decir.

El hombre vaciló.

—Es que…, en fin…, me disgusta que engañemos a los turistas de este modo.

—¿Por qué habla de engaño?

El italiano miró a su alrededor, bajó la voz y adoptó un tono conspirativo.

—¿Sabe? Esta casa es muy fascinante, muy bonita. Pero Cristoforo Colombo, probablemente, nunca vivió aquí.

—¿Ah, no?

—Es una atracción turística, nada más —dijo a modo de

confidencia—. La casa es de la época de Cristoforo Colombo, sin duda, pero nada prueba que sea éste realmente el edificio mencionado en los documentos. Se sabe que Domenico Colombo, el padre de Cristoforo, les había alquilado a los monjes una casa junto a la Porta Soprana. Ahora bien, en aquel tiempo había por aquí muchas casas y no hay manera de saber cuál de ellas era la verdadera. Eligieron ésta, como podrían haber elegido cualquier otra de la zona.

—En otras palabras, todo esto es pura patraña.

El hombre dibujó un gesto vago en el aire y curvó los labios.

—Digamos que se facilitaron un poco las cosas, ¿comprende? Todo con fines turísticos y también para reivindicar con más solidez el origen genovés de Colombo. —Levantó el índice y adoptó una expresión grave, como haciendo una advertencia—. Lo que, por otra parte, es verdad. Que Cristoforo Colombo era genovés está científicamente probado y a ese respecto no hay dudas.

Tomás sonrió. Se habría sorprendido mucho de haber visto a un genovés defendiendo lo contrario.

—Sí —condescendió—. Pero ¿y la casa?

El italiano inclinó la cabeza, como si hiciera una concesión.

—Es improbable, realmente, que ésta haya sido la verdadera casa de Colombo…

El tráfico era intenso y Tomás quiso coger otro taxi, pero no encontró ninguno disponible. Decidió ir caminando rumbo a la Piazza Matteotti, con la esperanza de conseguir más adelante algún vehículo que lo llevase a los archivos que pretendía visitar, y se internó por la Via di Porta Soprana. Sintió hambre a mitad de camino y, sin buscar mucho, fue a almorzar a un restaurante de nombre apropiado: La Cantina di Colombo. Como pagaba la fundación, no anduvo con vueltas. Comenzó con *papardelle al ragù di coniglio alla ligure,* una entrada con una especie de macarrones planos con salsa de liebre; pidió después un *filetto all'aceto balsamico di Modena,* que consistía en unos filetes de carne de vaca a la parrilla acompañados de una ensalada con vinagre balsámico; y acabó con un postre delicioso, una *degustazione di cioccolatini Domori e bicchiere di Rum.* Toda la comida fue regada con vino tinto de Liguria, un afrutado *Rossese di Dolceacqua 1999 Giuncheo*, y acompañada por un *misto formaggi con confetture*, una exquisita selección de quesos con mermelada.

Se pasó la tarde encerrado en la cabina de lectura de la Sala Colombiana del Archivio di Stato de Génova, instalado en el magnífico Palazzetto Criminale, en plena calle Tommaso Reggio. Era allí donde se encontraban el Archivio dei Banco di San Giorgio y el Archivio Notarile, que Tomás consultó pacientemente. Pasó horas observando microfilmes y hojeando parte de los ciento ochenta y ocho documentos de Génova y Savona, comprendidos entre 1429 y 1494, y algunos posteriores, siempre tomando notas. A las cinco y media de la tarde, los encargados de los archivos le anunciaron que iban a cerrar y el visitante se vio forzado a interrumpir su trabajo.

Anduvo esa noche paseando por la Piazza delle Erbe, donde visitó una estupenda librería con manuscritos antiguos y bebió una *birra* en el Berto Bar. Recorrió después la zona de los tendejones situados cerca de Porto Antico, yendo de tasca en tasca a degustar sabores de todo el mundo, hasta arroz perfumado tailandés, *ouzo* griego y alcuzcuz marroquí. Por la noche, instalado en el hotel Bristol Palace, llamó a Constança. Su mujer seguía preocupada por el problema del profesor de educación especial de la hija, pero ni ella ni Tomás veían cómo resolver el problema. Margarida se aferró después al teléfono y arrancó de su padre la promesa de que le llevaría «una muñeca llo'ona' de regalo».

A la mañana del día siguiente, Tomás se sentó nuevamente en la Sala Colombina del Archivio di Stato de Génova. Concentró ahora su atención en dos volúmenes colosales, ambos titulados *Colombo* y publicados en 1932. Los libros, uno en italiano y el otro con el mismo texto en inglés y alemán, reproducían documentos en facsímile y eran considerados la última palabra de la Scuola Genovese, documentos de documentos, la suma del trabajo iniciado en 1614 por Gerolamo Bordoni y culminado en 1904 con la divulgación del *Documento Assereto*. Tomás tomó muchas notas e hizo copias de los textos más importantes. Consultó después la *Nuova Raccolta Colombiana*, hasta que, hacia las cuatro de la tarde, se dio por satisfe-

245

cho y devolvió los dos grandes volúmenes. Había cumplido con lo que tenía que hacer y lo aguardaba ahora un nuevo viaje, otro destino y archivos diferentes.

La enorme torre morisca, escarpada como un peñasco que rasgase el cielo azul profundo, proyectaba su sombra protectora sobre los coches tirados por caballos y estacionados en la acera de la gran plaza Virgen de los Reyes. Tomás se había acercado a un naranjo de la calle Mateos Gago y miraba la figurilla de bronce colocada en la cúspide de la torre de La Giralda, que se erguía encima de la catedral y de todo el barrio de Santa Cruz, el viejo barrio judío pegado a El Arenal, en la margen izquierda del Guadalquivir. Aquélla era una zona pintoresca de la ciudad, llena de callejuelas blancas y patios coloridos, ventanas con rejas y jardines alegres, vibrando con cascadas y canales y jazmines y buganvillas, además de un lugar dominado por los imponentes monumentos que atestiguaban la grandeza de tiempos idos, cuando allí confluían las inconmensurables riquezas de las Américas.

El visitante acababa de llegar a Sevilla y tenía hambre. Cogió el bolso de mano y entró en el restaurante bar Giralda, situado justo al lado. Ahí dentro tuvo la impresión de haber penetrado en algún *souq* árabe; la decoración del restaurante consistía en arcos con arabescos y bóvedas de estilo morisco. Se sentó a una mesa y pidió el menú.

—Antiguamente había aquí unos baños moriscos, señor* —le explicó el camarero, un hombre delgado y de piel grasa, con un espeso bigote negro, la barba sin afeitar, esforzándose por hablar *portuñol*. Señaló con los ojos el menú y se rindió al castellano natal—. ¿Qué quiere comer usted?

Tomás cerró la carta con el menú. No le atraía nada.

—¿Qué me recomienda?

—¿Le gustan las tapas?

—No es mala idea. Tráigame unas tapas.

---

* A partir de este momento se introducen palabras o expresiones en castellano en el original. (*N. del T.*)

—Bueno. ¿Con jerez?

—¿Jerez? ¿No será mejor con vino tinto?

—Con las tapas va mejor el jerez, señor.

—Pues traiga jerez.

En diez minutos, la mesa se llenó de pequeños platos y una copa de jerez amontillado, un fino blanco seco de aspecto fresco y con un brillo dorado. El camarero le explicó que era justamente la relación entre los platitos y la copa lo que estaba en el origen de aquel plato andaluz. Por lo que parece, todo había comenzado con el antiguo hábito de colocar un plato sobre una copa de jerez, para «taparlo». Con el tiempo, empezaron a servirse aceitunas o queso en el plato, práctica que se extendió más tarde a otros alimentos. Cuando los andaluces la incorporaron, ya las tapas abarcaban una vasta variedad de colores y sabores, tal como era ahora visible en la mesa del visitante portugués.

Tomás se pasó media hora picando de los diferentes platos sin dejar ni una sobra. No había duda, pensó, mientras contemplaba los manjares repartidos por la mesa e iba probando un poco de aquí y un poco de allá; viajar era una de las mejores cosas que existían, sobre todo si lo hacía a expensas de otros; rompía la rutina, paseaba, veía cosas nuevas, se llenaba con los mejores sabores de la vida. ¿Habrá en el mundo algo más agradable? Cómodamente sentado en el bar Giralda, disfrutó sobre todo de los mejillones a la marinera, mejillones servidos con una salsa de cebolla y ajos salteados, con vino blanco, aceite, zumo de limón y perejil; pero el salpicón de mariscos, con su mezcla de langosta, cangrejo y gambas a la vinagreta con cebollas y pimientos rojos, no le iba a la zaga, así como la mezcla de pescado, verduras aliñadas, huevos cocidos, gambas y aceitunas de las banderillas; el resto incluía jamón serrano, albóndigas, patatas bravas, ensalada de pimientos rojos y fritura de pescado, que devoró con el popular queso manchego y pan. Remató la comida con unos churros cubiertos de azúcar y, considerando que aún tenía que trabajar, un café colombiano bien fuerte.

Después del almuerzo salió a la calle y caminó por la imponente plaza Virgen de los Reyes, con el propósito de hacer me-

jor la digestión. Allí la vida parecía detenida y las personas in-
dolentes, no había prisas ni carreras. Pasó delante del convento
de la Encarnación y, contemplando el Palacio Arzobispal, del
otro lado de la plaza, rodeó la catedral, doblando la esquina en la
plaza del Triunfo, donde una columna barroca con la figura de
la Virgen María celebraba la supervivencia de Sevilla al terremoto que arrasó Lisboa en 1755. Llegó a la esquina del compacto edificio del Archivo General de Indias, construido con los
ladrillos de color marrón rojizo que tanto aprecian los españoles y que tanto le disgustaban a Tomás; se trataba de un tipo de
material que le provocaba escalofríos, tal vez porque le hacía recordar las fábricas y hasta los mataderos y las plazas de toros.

Cruzó la calle y entró en la gran catedral por la puerta sur,
una magnífica entrada tallada en piedra. Aquélla era la mayor
catedral gótica de Europa. El primer impacto que sintió Tomás
al recorrer el monumental santuario fue el de haber entrado en
un lugar imponente pero sombrío, lúgubre incluso, como si lo
hubiesen arrastrado hasta las entrañas de una caverna inmensa y tenebrosa. Al doblar el punto donde el transepto derecho se cruza con la nave, junto a la puerta de San Cristóbal,
se encontró con un escenario que consideró a la vez siniestro y
majestuoso.

Sobre un pedestal, en medio del patio, cuatro estatuas de
bronce policromo, con el rostro de alabastro, ropas propias del
siglo XVI, solemnes y suntuosas, cargaban un sarcófago en
hombros. El pequeño ataúd, también de bronce y ornamentado
con placas metálicas esmaltadas, estaba cubierto por un sudario
y tenía un escudo dibujado en el lado derecho, que Tomás reconoció. Eran las armas de Colón. Observó por debajo del sarcófago y vio las armas heráldicas de España clavadas en la base y
rodeadas por palabras escritas en letra gótica. Giró la cabeza,
siempre observando de abajo hacia arriba, y leyó la inscripción:

Aquí yacen los restos de Cristóbal Colón desde 1796.
Los guardó La Habana y este sepulcro por R. D.to
del 26 de febrero de 1891.

Y

La tumba de Colón.

O, mejor dicho, el sitio donde se dice que se encontraban los huesos del gran navegante. Pero Tomás sabía que, hasta en la muerte, el descubridor de América se había revelado como un maestro en las artes del misterio, un supremo ilusionista. Todo comenzó cuando Cristóbal Colón fue a vivir a Sevilla después de sus cuatro viajes al Nuevo Mundo. Con la muerte de su protectora, la reina Isabel, en 1504, cayó en desgracia en la corte. Al año siguiente, para intentar recuperar el favor del rey Fernando, ya envejecido y enfermo, el Almirante de la mar océana se desplazó a Valladolid. La misión acabó en fracaso y Colón murió en esa ciudad el 20 de mayo de 1506. Después de permanecer casi un año en un convento franciscano de Valladolid, el cadáver fue trasladado al monasterio de la Cartuja de las Cuevas, en Sevilla, iniciando una complicada serie de viajes. Treinta años después, se decidió que los restos mortales de Cristóbal y de su hijo portugués, Diogo, que también había muerto, serían enterrados en La Española, por lo que los dos cuerpos fueron trasladados a la catedral de Santo Domingo. Más de doscientos años más tarde, en 1795, el Tratado de Basilea estipuló que la parte española de la isla sería entregada a Francia, por lo que los huesos del descubridor de América se llevaron a la catedral de La Habana en medio de una gran pompa. Pero la independencia de Cuba, en 1898, impuso un nuevo traslado, esta vez de regreso al punto de partida, Sevilla. El problema es que, en medio de tantas mudanzas, puede haberse cometido un error en alguna parte, probablemente en Santo Domingo, y los restos que se encontraban tan majestuosa y solemnemente guardados en la catedral de Sevilla no serían, en definitiva, los de Cristóbal Colón, sino los de su hijo primogénito, el portugués Diogo Colom, o incluso los de otros descendientes.

Tomás se quedó un buen rato junto a la tumba, indiferente a la duda histórica. A fin de cuentas, su homenaje privado no se perdería; si aquél no era el gran navegante, por lo menos sería su hijo Diogo, un compatriota, y eso le bastaba. Acabó por fin volviendo la espalda a la tumba y alejándose en dirección a la nave del santuario. Deambuló lentamente por la catedral, admirando la bóveda y la Capilla Mayor, protegida por enormes

249

rejas, y se desplazó hasta la puerta oeste, llamada puerta de la Asunción. A mitad de camino se encontró con una nueva tumba, esta vez más discreta; era la sepultura de Hernando Colón, el hijo español de Cristóbal, el autor de una de las obras más importantes sobre la vida del descubridor de América. Rodeó la lápida y se dirigió al ala izquierda de la nave, donde se abría otra puerta. La cruzó y sintió la luz débil del sol de invierno que entraba leve, a cielo abierto. Aquél era el patio de los Naranjos, un patio rectangular y cubierto de naranjos dispuestos geométricamente; en el centro se vislumbraba una pequeña fuente circular y, alrededor, largas galerías, como si aquél fuese un claustro cerrado. Junto con la torre de La Giralda, que no pasaba de ser un minarete disimulado, el patio era lo que quedaba de la antigua mezquita de los sarracenos, demolida para construir la catedral gótica.

Por encima de las galerías se encontraba el verdadero objetivo de Tomás. El profesor subió los escalones del edificio y se presentó en la Biblioteca Colombina. Después de identificarse y registrarse le permitieron el acceso al local. La biblioteca fue iniciada en el siglo XVI por Hernando Colón, el mismo que se encontraba sepultado en la catedral, delante de la puerta de la Asunción. El hijo español del descubridor de América reunió un total de doce mil volúmenes, incluidos libros y documentos que pertenecían a su padre. A su muerte, Hernando legó el precioso acervo a los dominicanos del monasterio de San Pablo, en Sevilla, y los manuscritos acabaron depositados en el edificio que circunda el patio de los Naranjos, en el lado izquierdo de la catedral.

Las obras de la Biblioteca Colombina se encontraban dispuestas en estanterías acristaladas, distribuidas en varias salas. Era en las vitrinas centrales donde estaban expuestas las joyas de la corona, los libros y documentos que pertenecieron al propio Colón. Provisto de una autorización especial, concedida en razón de la naturaleza del estudio y de las credenciales de la Universidad Nova de Lisboa y de la American History Foundation, que exhibió de inmediato, Tomás consiguió que le abriesen las estanterías y lo dejasen consultar las obras allí guardadas.

El historiador se pasó la tarde analizando los ejemplares

que el Almirante poseyó y leyó quinientos años antes, comenzando por el *Libro de los profetas,* el documento que Colón citó profusamente en su diario y en sus cartas; por lo visto, el descubridor de América admiraba en especial al profeta Isaías, el más citado de todos. Recorrió también con los ojos la *Imago Mundi,* del cardenal Petrus d'Ailly, un texto sobre el mundo con notas al margen manuscritas por el propio descubridor; y la *Historia natural,* de Plinio, también llena de apuntes reveladores. Qué coincidencia, pensó el investigador, ese Plinio era posiblemente el mismo que había mencionado Constança a propósito de las peonías. Tomás estudió con cuidado las anotaciones, la mayor parte de ellas en castellano y portugués, y sólo una en lo que parecía ser italiano. Concentró después su atención en las extrañas notas encontradas en la *Historia rerum ubique gestarum,* del papa Pío II, antes de volcarse en las restantes obras. Examinó el ejemplar de *De consuetudinibus et conditionibus orientalium regionum,* de Marco Polo, y también un libro de Plutarco, varias obras de Séneca y un volumen escrito por el judío ibérico Abraão Zacuto, el influyente consejero de don Juan II.

251

Salió de la Biblioteca Colombina al anochecer, con la búsqueda concluida y algunas fotocopias en la cartera. Giró a la izquierda, cogió la avenida de la Constitución hasta la puerta de Jerez, desde donde se dirigió hacia el río; siempre a pie, cruzó el Guadalquivir por el puente de San Telmo, desembocó en la plaza de Cuba y se internó en la calle del Betis, la pintoresca calle marginal donde se encontraba su hotel, El Puerto. Dejó las cosas en la habitación y, después de detenerse en la ventana para contemplar unos instantes el barrio histórico de donde había venido, con la Torre del Oro a la derecha, la blanca y amarilla plaza de toros de la Maestranza a la izquierda y la esbelta Giralda al fondo, se sentó en el borde de la cama y cogió el móvil. Llamó a Constança, pero el teléfono de su mujer estaba desconectado. Dejó un recado en el buzón de voz y bajó a la calle.

Recorrió relajadamente la alegre calle del Betis, se sentó en una terraza a la orilla del río con una cerveza en la mano, con los ojos perdidos contemplando el movimiento lento de los barcos sobre el espejo oscuro del Guadalquivir. Del otro lado del río, en el paseo de Cristóbal Colón, era igualmente visible la agitación de la ciudad rebosante de vida. Pasó parte de la noche en aquella colorida calle tapeando, disfrutando del arte andaluz de ir de una tasca a otra para saborear las diferentes tapas, acompañadas de manzanilla, siempre a expensas de la fundación, claro. Se instaló después en otra terraza para leer un capítulo más de *Vigiar e punir*, en busca de pistas para el acertijo de Toscano, que se obstinaba en no dejarse descifrar; sin embargo, pronto, el brillo de las luces en el río, danzando a merced de la corriente, y el bullicio agitado de la ciudad lo disuadieron de seguir trabajando y decidió sumergirse en la alegre vida nocturna de Sevilla.

Bajo el cielo estrellado, la capital andaluza palpitaba con la cadencia vibrante del flamenco y de las sevillanas. Aquélla era la ciudad de Carmen y de don Juan, del baile y la corrida de toros, de los bohemios y de los juerguistas, y en ningún lugar era más visible que allí, en Triana, el barrio donde imperaban las tapas y los tablaos, las danzas sensuales y las noches calurosas. Abandonó la margen del río y fue a deambular por la calle de la Pureza, fascinado por sus ricas fachadas coloridas. Compró en una tienda de turistas una pequeña muñeca con un vestido rojo, lleno de lentejuelas, regalo para Margarida; para su mujer compró un vistoso álbum con reproducciones de los cuadros de El Greco. Con los regalos envueltos y guardados en una bolsa de plástico, junto con el libro de Foucault, recorrió Triana hasta que lo atrajo el fragor de un animado antro. Era un bullicioso tablao lleno de humo, donde el aire se agitaba con los acordes duros de la guitarra, la voz áspera del cantante en mangas de camisa y los golpes rápidos y profundos del zapateado y de las castañuelas que tocaban las «bailaoras», girando fervorosamente en el escenario, con los brazos extendidos, los gestos graciosos y la pose orgullosa, bailando al ritmo frenético del flamenco, de las palmas y de los soberbios olés arrancados a la multitud. Regresó agotado a El Puerto y se durmió segundos después de echarse en la cama, sin desvestirse del todo, con la bolsa de plástico, que guardaba los regalos y el libro de Michel Foucault, olvidada en el suelo.

Volvió por la mañana al barrio de Santa Cruz y se dirigió al Archivo General de Indias. El edificio color ladrillo, con una balaustrada en la terraza, tenía casi quinientos años y fue originalmente una lonja, el sitio donde los mercaderes hacían sus negocios. Pero desde el siglo XVIII se enviaron allí casi todos los documentos relacionados con el Nuevo Mundo. Se concentraban en el Archivo más de ochenta millones de páginas manuscritas y ocho mil mapas y dibujos, además de la correspondencia de Cortés, Cervantes, Felipe II y otros. A Tomás le interesaba uno de los «otros».

El investigador portugués se pasó toda la mañana consultando las cartas de Cristóbal Colón archivadas allí. Algunas eran inaccesibles, porque se las exhibía en un dispositivo giratorio, instalado para reducir los daños de la exposición a la luz. Tomás intentó persuadir a los responsables de que lo dejasen consultar directamente esos originales, pero ellos no cedieron, ni siquiera frente a las credenciales de la Universidad Nova de Lisboa y de la American History Foundation, alegando que no podían retirarlas ahora del expositor; le dijeron que hiciese una solicitud formal y le responderían al cabo de unos días. El investigador, por ello, tuvo que contentarse con los microfilmes y facsímiles de las cartas expuestas, de los que hizo copias. Pero su atención no sólo se limitó a la correspondencia de Colón sino también a la copia notarial de la minuta de la *Institución de Mayorazgo,* un crucial documento testamentario que también se encontraba depositado allí.

Terminó la investigación en el Archivo General de Indias a duras penas, en una auténtica lucha contra el tiempo: debía coger un avión a las tres de la tarde y aún quería comer algo. Tomó a toda prisa una deliciosa sopa cachorreña, con mucho pescado, almejas y cáscaras de naranja amarga, y unos fideos a la malagueña, regados con un montilla, en una tasca de la calle Romero Murube, antes de coger el taxi e ir a mata caballo a buscar las cosas al hotel, pagar la cuenta y salir finalmente en dirección al aeropuerto. Instalado en el asiento trasero del coche y aliviado por haber cumplido su maratón matinal, volvió a llamar al móvil de Constança, pero de nuevo le respondió el buzón de voz.

253

Υ

Eran las diez de la noche cuando metió la llave en la cerradura. Llegaba cansado y quería darse una ducha, cenar e irse a la cama. Giró la llave hacia la izquierda, la cerradura obedeció, se abrió la puerta, Tomás entró en su casa y dejó pesadamente la maleta junto al aparador.

—¡Chicas, he llegado! —anunció, con la muñeca del vestido rojo con lentejuelas en una mano y el libro de El Greco en la otra, dispuesto a entregar los regalos.

El apartamento permanecía oscuro, lo que le pareció francamente extraño. Encendió la luz y comprobó que se encontraba todo limpio y ordenado, pero no se veía ni un alma.

—¡Chicas! —llamó de nuevo, intrigado—. ¿Dónde estáis?

Consultó el reloj y concluyó que era probable que ya hubiesen ido a acostarse; aún era temprano, pero a veces el trabajo resultaba más duro, el cansancio era superior a las fuerzas y a esa hora atacaba el sueño. Recorrió en pocos pasos el pequeño apartamento, evitando hacer ruido, y abrió la puerta de las dos habitaciones, la suya y la de su hija, pero estaban desiertas. Dejó la maleta sobre la cama de matrimonio y miró a su alrededor, como si estuviese desorientado. ¿Dónde demonios estarían? Se rascó la cabeza, intrigado. ¿Habría habido algún problema? Se quedó un buen rato pensando qué hacer. Podía llamar de nuevo al móvil, pero hacía cincuenta minutos, cuando llegó al aeropuerto, había marcado el número de Constança y, una vez más, había respondido el buzón de voz. ¿Qué podría hacer ahora?

Salió de la habitación y se dirigió a la cocina; venía muerto de hambre, pues no soportaba la comida de los aviones. Consideró que, con el estómago más confortado, estaría en mejores condiciones para rumiar qué debería hacer a continuación. Probablemente, pensó, lo mejor era incluso esperar, ellas acabarían apareciendo. Al pasar de nuevo por el vestíbulo de entrada, camino de la cocina, reparó en el jarrón sobre el aparador, estaba lleno de flores, color amarillo y salmón, que asomaban en un conjunto de ramas largas y curvadas, mezcladas con otras flores amarillas, seguramente rosas, con sus pétalos de colores en medio de un racimo verde de hojas. Contempló por un momento las flores, pensativo; se acercó y las olió, le parecieron frescas. Vaciló un instante, acariciándose el mentón, rumiando una hipótesis que se le había ocurrido de repente. Cuanto más pensaba en ella, más creía que debía comprobarla. Decidió mudar el rumbo; en vez de a la cocina, se dirigió a la sala.

Los jarrones que adornaban los muebles mostraban las mismas flores. Sobre la mesa vio un papel. Lo cogió y lo analizó; era la factura de la florista, en la que se mencionaban rosas y digitales. Se quedó pensativo durante un buen rato. Después, con la factura en la mano, se dirigió a la estantería, consultó los títulos y acabó sacando un libro guardado en el anaquel más alto. Se trataba de *El lenguaje de las flores,* la obra favorita de Constança. Abrió el volumen en las últimas páginas y consultó el glosario, buscando, en la «d», las digitales. Las encontró. El libro indicaba que las digitales o dedaleras representaban insinceridad y egoísmo. Levantó la cabeza, sobresaltado. ¿Sería aquél un mensaje? En un movimiento frenético, urgente y descontrolado, rayano en el pánico, hojeó de nuevo el libro y consultó la «r». Impaciente, buscó con el dedo la referencia a las rosas amarillas. Encontró «rosas» y llegó, casi de inmediato, a las «rosas amarillas». El dedo se inmovilizó en lo que simbolizaban.

Infidelidad.

255

XI

*E*l teléfono cobró vida y sonó, zumbando con urgencia, como si estuviese impaciente. Tomás apartó la cabeza de la almohada, medio aturdido, y sintió la luz del día que entraba por la ventana y lo encandilaba al dar en sus ojos. Levantó la muñeca y consultó el reloj; eran las nueve y cinco de la mañana. El móvil chirriaba en sus oídos. Aún adormilado, estiró el brazo y, tanteando en la mesilla de noche, encontró el aparato, lo sintió vibrar en su mano mientras sonaba, miró la pantalla y reconoció el número.

—Constança, ¿por dónde andáis? —Fue la primera pregunta que soltó en cuanto pulsó el botón verde.

—Estamos en casa de mis padres —respondió su mujer, con un tono muy frío y distante, como si no tuviese la obligación de rendirle cuentas sobre su paradero.

—¿Todo está bien?

—Magnífico.

—Pero ¿qué estáis haciendo ahí?

—¿Qué te parece? —repuso ella, acentuando en la voz el desafío—. Ocupándome de mi vida, claro.

—¿Cómo? ¿Ocupándote de tu vida? —insistió Tomás, fingiendo que no se había dado cuenta de nada, que era ella la que se encontraba en falta. Alimentaba la secreta esperanza de que, si se hacía el desentendido, si fingía que aquellas flores no estaban en los jarrones ni significaban lo que aparentemente significaban, el problema se esfumaría—. Que yo sepa, tu vida está aquí.

—¿Ah, sí? ¿Y la tuya dónde está?

—¿La mía? —preguntó él simulando sorpresa—. Mi vida está aquí, claro, ¿dónde querías tú que estuviese?

—¿Ah, sí? ¿Has visto por casualidad las flores que te he dejado?

—¿Qué flores?

Ella hizo una pausa, vacilante. Tomás pensó que había obtenido un punto a su favor y se sintió más confiado.

—No te hagas el tonto —exclamó Constança al cabo de unos instantes; se había dado cuenta de que su marido fingía no enterarse para no tener que afrontar la situación; lo conocía demasiado bien para caer en ese juego—. Has visto las digitales y las rosas amarillas y sabes muy bien lo que significan.

A esas alturas, Tomás entendió que su táctica evasiva no resultaría, pero, por una cuestión de coherencia, mantuvo la versión.

—No las he visto, no —repitió—. ¿Qué significan?

—¿El nombre Lena no te dice nada?

La frase fue lanzada con una calma glacial y Tomás sintió que un escalofrío le recorría el cuerpo. Era evidente, si aún quedaban dudas, que Constança estaba realmente al tanto de todo.

257

—Es una alumna mía.

—¡Bonita alumna! —exclamó Constança con ironía—. ¿Y qué materia le estabas enseñando, si es que puede saberse?

Esta vez fue Tomás quien hizo una pausa. ¿Cómo rayos se había enterado? Intentó reordenar las ideas e inmediatamente concluyó que las evasivas no lo conducirían a ningún lado, tenía que asumir la situación e intentar medir las consecuencias. Si es que eso aún era posible.

—Hubo realmente una historia con esa alumna —admitió con una entonación débil, sumisa—. Duró poco y ya acabó, de modo que...

—¿Una historia? —preguntó Constança, subiendo el tono de su voz, llena de indignada firmeza—. ¿Una historia? ¿Llamas «historia» a echar unos polvos con una alumna?

Se avecinaba un ataque frontal, presintió Tomás, encogiendo la cabeza desde el otro lado de la línea, en un gesto reflejo.

—Bien..., pues...

—¿Así que yo ando como una esclava de un lado para el

otro ayudando a nuestra hija, luchando por el profesor de educación especial, yendo a toda hora al Ministerio de Educación a hacer solicitudes y a presentar reclamaciones, enseñándola a leer y a escribir, llevándola a los exámenes médicos que jamás se acaban, quedándome exhausta, y el señorito se pasa las tardes en un apartamento de Lisboa echándole unas intrépidas historias a una puta sueca? ¿Cómo te atreves tú, después de andar metido con esa ordinaria, a venir a casa hecho un corderito, eh? ¿Cómo te atreves a hacerme eso a mí, que ando hecha unos zorros, haciendo lo posible y lo imposible para que el barco siga adelante? ¿Cómo te atreves...?

Los gritos de despecho, lanzados en un tropel de ansiedad, se ahogaron en un torbellino de sollozos. Constança lloraba.

—Ya está, mi amor. Ya está.

—Hijo de puta —murmuró ella en medio de un gemido doloroso—. ¡Maldito cabrón!

—Disculpa, disculpa. Te juro que estoy arrepentido.

—¿Cómo has podido hacerme esto...?

—Constança, escucha. Hice algo de lo que ya me he arrepentido y que ya se ha acabado. No puedo deshacer lo que he hecho, pero puedo prometerte que nunca volveré a hacerlo y que te quiero mucho.

Ella dejó de llorar y pareció haber recuperado la compostura.

—¡Vete a la mierda! ¿Has oído? ¡Vete a la mierda, maldito cabrón!

Tomás se sintió hundido; la situación asumía un cariz muy grave, los acontecimientos se precipitaban y amenazaban con quedar fuera de control.

—Oh, mi amor. Sé que he hecho mal, nunca me lo perdonaré.

—¡Ni yo, ni yo, hijo de puta!

—Basta, serénate.

—Yo estoy serena, ¿has oído? —gritó ella, nuevamente alterada—. ¡Incluso muy serena!

—Basta, basta.

—Sólo te he llamado para informarte de que puedes venir a casa de mis padres el próximo sábado, a las tres de la tarde, a buscar a Margarida. Y ella tiene que regresar el domingo a las cinco. ¿Has entendido? Quien te la entregará será mi madre, porque no te quiero ver la cara. ¿Has entendido, canalla?

Tomás se agitaba en la cama, frotándose el pelo con la mano libre, muy alarmado por el rumbo que habían tomado las cosas.

—Pero, mi amor…

Tres señales sonoras anunciaron el enmudecimiento del móvil: su mujer había colgado. Aturdido, Tomás se quedó sentado en la cama mirando el móvil, su mente hundida en un torbellino de ideas, de miedos, de angustias. Y, entre aquel caos que ahora le pesaba en el alma, aquel vendaval que amenazaba con transformar su vida, volvió a interrogarse sobre un punto que no había podido aclarar.

¿Cómo diablos se había enterado Constança de todo?

Pasó los días siguientes intentando hablar de nuevo con su mujer, pero su suegra le dejó claro que ella no quería ni verlo. Cuando llegó el sábado, fue a São João do Estoril y se presentó en la casa de sus suegros a las tres menos diez. Doña Teresa, la madre de Constança, lo recibió con una frialdad poco sorprendente dada la situación; lo dejó plantado en el portón, soportando la llovizna del final de la mañana, a la espera de que Margarida se preparase. La hija se mostró radiante cuando lo vio, más aún cuando le dio la muñeca con las lentejuelas.

Fueron a almorzar a una pizzería del Cascaishopping y decidieron pasar la tarde viendo una película. Margarida eligió *Toy Story 2* y Tomás no tuvo más remedio que soportar estoicamente dos horas de Woody y Buzz Lightyear. Sólo por la noche, arrellanados en el sofá de la sala y con un libro de *Anita* en las manos, logró que su hija le contase algunas novedades.

—Mamá está muy enfadada contigo, papá —le confirmó Margarida—. No pa'a de llo'á', de llo'á', dice que e'es un canalla. —Frunció el ceño—. ¿Qué es un canalla, papá?

—Es alguien que se porta mal.

—¿Y tú te po'taste mal?

Tomás suspiró, desalentado.

—Sí, hija.

—¿Qué hiciste?

—Mira, no comí toda la papa.

—Ah —exclamó la pequeña, meditando sobre la gravedad de semejante crimen—. Estás castigado, ¿no?

—Sí, estoy castigado.

—Pob'ecito. Tienes que comé' todo.

—Pues sí. ¿Y qué más dice tu madre?

—Que e'es un ca'bón.

—¿Un carbón?

—Sí, un ca'bón.

—Ah, un cabrón.

—Pues eso, un g'andísimo ca'bón. Y la abuela le ha dicho que vaya a hablá' con un abogado amigo suyo.

Tomás se incorporó de golpe, se enderezó y miró a su hija, alarmado.

—¿Un abogado?

—Sí, dice la abuela que es muy bueno, que te va a 'ompé' la c'isma.

—¿Ah, sí?

—Sí. ¿Qué es c'isma?

—No es nada, hija. ¿Y qué dice tu mamá?

—Que se lo va a pensá'.

Nada más pudo sonsacarle a Margarida. La entregó a la tarde siguiente, dejándola en el portón de la casa de São João do Estoril; le dio un beso en la mejilla, ella rehusó el segundo, y la vio desaparecer tras la puerta de la casa de sus suegros. Durante varios días, y a pesar de las esperanzas que alentaba, no recibió noticias de su mujer.

En compensación, volvió a encontrar a Lena en el aula. El tema de esa mañana se centraba en las cuestiones relacionadas con el arte de los pergamineros y el trabajo de los copistas en los *scriptoria*, con un amplio análisis de algunas caligrafías dominantes, especialmente la carolingia y la uncial, además de los diferentes tipos de gótico, comenzando por el primitivo y pasando por el *fraktur*, por el *textura*, el *rotunda*, el *cursivo* y el *bâtarde*. La sueca se sentó, como era habitual, en el fondo de la sala, pero venía más provocadora que nunca. El vestido, muy ajustado al cuerpo y de un rojo chillón, se abría en un amplio escote en el que abultaban los macizos senos, comprimidos el uno contra el otro y dibujando un surco profundo; era difícil mirarla sin que los ojos bajasen a la altura de ese pecho opulento. No intercambiaron palabra, pero, en determinado momento, Tomás se sintió tentado de retomar la conversación en el punto en el que se había interrumpido; a fin de cuentas, las circunstancias habían cambiado profundamente desde la última vez que se vieron, en el Chiado; él ahora vivía solo y la joven sueca, apetitosa como siempre, seguía estando disponible. El profesor controló, no obstante, sus instintos, dominó la tentación que lo asaltaba en aquel momento de debilidad y dejó que las cosas siguieran como estaban.

Tomás pasó las noches solitarias leyendo a Michel Foucault, siempre empeñado en la desesperante tarea de encontrar una pista para el irritante acertijo de Toscano. Pero la mente deprisa abandonaba los temas de *Vigiar e punir* y se engolfaba en la confusión que dominaba su vida desde que Constança se fuera de casa con su hija. Todas las horas de aislamiento en casa, pasadas como si fuese un ermitaño retirado del mundo, lo llevaron a repensar profundamente en la relación con su mujer y la opción de la escapada con la amante. Más que una aventura sexual, consideró, el adulterio fue tal vez un síntoma de la forma en que se aisló de Constança, un aislamiento posiblemente resultante de la depresión provocada por el derrumbe de las elevadas expectativas que había alimentado para su futuro común. Fruto de esa desilusión, que, a pesar de racionalizada, nunca acabó de resolver emocionalmente, cargaba en su pecho un indecible resentimiento, una rebelión silenciosa, tal vez hasta esa desesperación de quien se ha visto arrojado a un callejón sin salida.

Echado en la cama o arrellanado en el sofá, siempre a la espera de una llamada que Constança se resistía a hacer, Tomás volvió innúmeras veces al mismo pensamiento, en un esfuerzo de titánica introspección para reconstruir los pasos que, lenta pero inexorablemente, lo habían llevado a aquel desenlace. El devaneo con Lena, según lo veía ahora, no había sido otra cosa, en resumidas cuentas, que un mensaje oculto, un texto escrito en un código invisible sobre aquella rebelión latente que car-

261

gaba en el alma. En un viaje hacia el descubrimiento de sí mismo, exploró los continentes que seguían vírgenes en un rincón de su existencia, intentando oír las voces mudas que le gritaban desde las entrañas más remotas, en algún lugar entre las profundidades del inconsciente. El adulterio fue, entendió, el único sonido que lograron emitir, y era ese sonido el que ahora trataba de entender, escuchándolo como si fuese la más significativa narración emocional alguna vez escrita sobre su persona. ¿Y qué le decía aquel grito que repercutía en su mente y martillaba su conciencia?

Enfrentado a esta interrogación, innúmeras veces se levantó y deambuló por el pequeño apartamento, en pijama y sin afeitarse, hablando en voz alta consigo mismo. ¿Cómo interpretar su adulterio? La respuesta, se dijo, radicaba en la profunda decepción que siguió al nacimiento de Margarida. Había proyectado en su hija todos los sueños y aspiraciones que no había logrado para sí mismo, y la revelación de sus limitaciones había sido un golpe demasiado duro, un revés que, a pesar de las apariencias, jamás había podido digerir. Constança había enfrentado la decepción con arrojo, haciéndole frente al problema. Pero él había reaccionado de modo diferente. Al cabo de nueve años de resistencia, huyó. Lena había sido su fuga, la válvula de escape que le había servido de refugio, evitando el mundo de los conflictos y viviendo en la ilusión de un paraíso. Había creído inconscientemente que, de ese modo, las dificultades desaparecerían sin más ni más, pero ahora sabía que no era así; ellas seguían allí, más vivas que nunca, palpables, ineludibles. En el fondo, concluyó, la escapada con la alumna no tenía nada que ver con ella, con su cuerpo formidable, con el sexo embriagador, sino consigo mismo, con los problemas que lo asolaban, con las expectativas que la vida había frustrado, con los miedos que no lograba afrontar. En busca de bienestar, deambuló solo por la carretera de la ilusión, como un borracho, perdido en las telas anestesiantes del adulterio.

Sabía ahora que fue miedo lo que le impidió enfrentarse con los problemas de su vida. No el miedo a alguien en particular, sólo el miedo a sentir qué se escondía dentro de sí, el miedo al sufrimiento y a la ansiedad que provoca exponerse a sus propios sentimientos. El miedo al dolor del crecimiento, el miedo a la desaprobación, el miedo a elegir y asumir responsabilidades, el miedo a bregar con las consecuencias, el miedo a ser asfixiado por las dificultades y ansiedades de su matrimonio. Lena fue, mirándolo bien, el desvío de la carretera de lo cotidiano, el atajo que creyó que podría tomar para eludir todos aquellos temores que lo atormentaban; fue la droga que ingirió para liberarse de la ansiedad que lo oprimía, como si tuviese los movimientos trabados por una invisible camisa de fuerza y necesitase alguna poción mágica que le diese energía para romper las amarras que lo sujetaban. El adulterio no fue, en fin, más que el caparazón bajo el cual se refugió, con la ilusión de que así se protegía del mundo, como si la vida fuese el mar y Lena una concha.

Tomás se sorprendió hablando solo frente al espejo del cuarto de baño, buscando metáforas sobre sí mismo y sobre su matrimonio. Su favorita era la de que él era un iceberg y la relación con Constança amenazaba con convertirse en un *Titanic*. Tal como el iceberg de la célebre tragedia en el Atlántico, la mayor parte de sí mismo, aquella amalgama tenebrosa y desconocida de que estaba hecho el inconsciente, permanecía oculta bajo el agua, más allá de las miradas, alejada del escrutinio de su atención. Era una parte que ignoraba, que regía sus emociones y comportamientos, que buscaba soluciones a problemas de cuya existencia no tenía noción siquiera. Fue por evitar ese mundo subterráneo del inconsciente, de las frustraciones reprimidas y de las expectativas malogradas, por lo que buscó un refugio en otra alcoba, dejando que ese gigante escondido bajo el manto helado del agua rasgase sin querer el combés de su matrimonio. El barco se hundía ahora, herido de muerte por ese monstruo invisible, y él, como el capitán de la trágica historia, se dejaba sumergir, arrastrado hacia el fondo del mar por la incontrolable corriente del destino.

Freud observó cierta vez que el amor es un redescubrimiento. A través del amor intentamos recuperar la inocencia perdida de la felicidad que antaño sentimos, cuando éramos bebés y vivíamos en paz con el mundo. El amor, mirándolo bien, tenía que ver con una voluntad indefinible, etérea e imperceptible,

263

de retornar a la infancia y al afecto materno y se alimentaba de la vana esperanza de reencontrar esa felicidad desaparecida en los primeros tiempos de la existencia. Tomás concluyó que fue eso lo que vio en el rostro pálido y pecoso de Constança cuando la conoció en Bellas Artes y paseó con ella por la playa de Carcavelos. El matrimonio no fue más que el deseo de reencontrar un paraíso que, en resumidas cuentas, sólo existía en un rincón beatífico de la memoria. No era a Constança a quien había visto frente a él, sino más bien una idealización, un sueño, una figura inventada por la nostalgia de la infancia, un espejismo construido por el recuerdo inconsciente de tiempos felices. Fue esa idealización la que Margarida, con todas las limitaciones resultantes de su condición, había destruido sin querer. En silencio, sin formular nunca la idea de un modo claro, sin tomar jamás plena conciencia del drama que lo consumía, Tomás se extenuaba frente a la desilusión, incapaz de recuperarse del trauma que había representado la aniquilación del sueño. Destruida una ilusión, buscó enseguida confortarse en otra.

264   Cada día traía un progreso en la meditación de Tomás, resuelto a hurgar en lo más profundo de su ser para encontrar las respuestas que buscaba. Enfrentado con las consecuencias de sus acciones y con la soledad que lo rodeaba, entendía en este momento, de modo más claro, lo que se había dado mal. Había proyectado en el mundo lo que el mundo no era; es decir, no vivía con Constança y con Margarida, sino con una imagen que había construido a partir de ellas por anticipado, vivía con una fantasía que no era posible realizar. La fragmentación de esa imagen fantasiosa, provocada por las circunstancias de la vida, constituyó un golpe demasiado duro para su universo de expectativas; en vez de aceptarlas tal como eran, huyó y buscó refugio en otra ilusión, liberándose de la tensión negativa que acumulaba en el silencio tumultuoso del inconsciente. En esta fase, el problema que tenía frente a sí ya no era tanto entender lo que se había dado mal, sino determinar qué podría hacer ahora para enmendar la plana. Y para ello fue necesario que diese un paso más en la introspección en la que se había sumergido.

La respuesta estaba, quería creer, en la creación de intimidad. Cuando se casaron, arrebatados por los poderosos vientos de la esperanza y resplandeciendo bajo la luz celestial emanada de sus sueños, no sabían hacer otra cosa que compartir. Su relación, tal como se desarrolló en los primeros años, hizo que Tomás recordase el mito de Aristófanes, relatado por Platón en su *Symposium*. Según ese mito, el hombre primordial tenía cuatro brazos y cuatro piernas; las cosas comenzaron a estropearse cuando esa criatura fundadora decidió desafiar a los dioses; Zeus, para castigarla, la cortó en dos, dividiendo al hombre en una parte masculina y en otra femenina, ambas condenadas a vivir en la ilusión de que un día restablecerían la unión primordial perdida. Ése era, en el fondo, el estado de espíritu en el que se encontraban cuando se casaron; los dos querían ser eternamente uno, buscaban fundirse en uno solo, y era en ese vano anhelo donde se inscribía su intimidad.

Fue Margarida, con su interminable sarta de problemas, quien deshizo el sueño de fusión y volvió extraños a quienes antes eran íntimos. Nació la hija y la dura realidad sustituyó a la dulce ilusión. Había una nueva prioridad para sus vidas: ayudarla a vivir lo más normalmente posible. Ya no era cuestión de hacer de ella la figura extraordinaria con la que antes fantaseaban, sino de sostenerla simplemente para que fuese una mera figura normal; tendrían que contentarse ahora con mucho menos de lo que antes ambicionaran. El choque los dejó conmovidos y, en la dolorosa convalecencia de la brutal caída en la realidad, rodeados por las trizas del sueño destruido, no les quedó espacio para volver a reconstruir el ser primordial dividido por Zeus. Asumieron la tarea de ayudar a su hija con obstinada resignación, evitando verbalizar entre ellos la desilusión que los corroía, como si el mero acto de poner en palabras lo que sentían tuviese el poder de agravar la situación. Reprimieron, por ello, la rebelión muda que fustigaba sus entrañas, se convirtieron en actores de una pieza de disimulaciones, sangraban por dentro y sonreían por fuera. Él, más que ella, vio que el mundo se desmoronaba, era como si sus sueños fuesen un castillo de arena y la realidad una ola desaforada. Por el camino, se perdió la intimidad, sumergida bajo la marea de las dificultades cotidianas, sofocada por el súbito corte de las líneas de comunicación, estrangulada por el golpe que les había asestado la frustración de las expectativas cuando se dieron cuenta de que su hija jamás sería como los otros niños.

Encerrado en casa, enfrentado con los recuerdos de su matrimonio destrozado, Tomás se mostraba ahora firmemente convencido de que tenía que recuperar esa intimidad y aceptar esa realidad si quería tener algún vislumbre, aunque fuera muy remoto, de volver a construir la vida con Constança.

Cuando sonó el teléfono, Tomás pulsó de inmediato el botón verde, siempre con la esperanza de que aquélla fuese la llamada que tanto deseaba de Constança, hacía casi una semana que la esperaba, una sola, aunque más no fuese, pero tuvo una nueva decepción.

—*Hi, Tom* —lo saludó Moliarti.

—Hola, Nelson —repuso Tomás con un tono pesado, consiguiendo disimular a duras penas su desilusión.

—Hace mucho tiempo que no llama para dar noticias, hombre. ¿Qué pasa?

El portugués lanzó con la lengua un chasquido resignado.

—La cosa no está fácil —se disculpó—. El profesor Toscano ha dejado un acertijo que me está costando mucho descifrar.

—Pero la fundación le ha pagado el viaje a Génova y a Sevilla. Seguramente habrá avanzado algo, ¿no?

—Sí, sin duda —reconoció. El estadounidense tenía razón en protestar por la falta de novedades en la investigación y Tomás se maldijo por haber dejado que el trabajo quedase relegado a segundo plano, por no decir incluso casi abandonado—. He consultado documentos preciosos y he traído copias de todos los que me parecieron relevantes. Pero mi problema, en este momento, es entrar en la caja fuerte del profesor Toscano. Ahora bien, para hacerlo, tengo que resolver este acertijo complicado que dejó y que, supuestamente, me dará la clave del código.

—¿Usted no puede hacer un... cómo se dice? Eh... ¿un *break in*?

—¿Forzar la caja fuerte? —Tomás se rio, divertido con la

mentalidad práctica de los estadounidenses—. No puede ser, la viuda no lo permitiría.

—*Fuck her!* —exclamó Moliarti—. ¿Por qué no hace el *break in* a escondidas?

—Oh, Nelson, usted está loco. Yo soy un profesor universitario, no un chorizo. Si usted quiere forzar la caja fuerte sin autorización de la viuda, vaya al Cais do Sodré y contrate a un profesional para que le haga ese trabajo. Yo no lo haré.

Moliarti suspiró del otro lado de la línea.

—*Okay, okay*. Olvídelo. Pero necesito que me entregue un *briefing*.

—Claro —asintió Tomás y miró de reojo su documentación, desparramada sobre la mesita de la sala—. ¿Nos encontramos mañana?

—De acuerdo.

—¿Dónde? Voy al hotel, ¿vale?

—No, en el hotel no. Yo estaba pensando en ir a almorzar al restaurante Casa da Águia. ¿Sabe dónde queda?

—¿La Casa da Águia? ¿No está en el Castelo de São Jorge?

—Exacto. Nos vemos a la una de la tarde, *sharp. Okay?*

Con todos los problemas que se habían acumulado últimamente en su vida, distrayéndolo del trabajo, Tomás descuidó la lectura de Michel Foucault. La llamada de Moliarti tuvo el mérito de hacer volver al primer puesto de sus prioridades la resolución del acertijo de Toscano, por lo que centró de nuevo su atención en la lectura de *Vigiar e punir*. Ya iba por las últimas páginas, por lo que pudo terminarlo esa misma noche. Cerró el volumen y se quedó contemplándolo; se sentía abatido una vez más, a pesar del enorme esfuerzo que hizo para concentrarse en los detalles, por no haber logrado detectar ninguna pista que lo llevase a responder a la enigmática pregunta formulada por el difunto historiador. Sabiendo que no tenía la opción de desistir y que existía un premio suculento al final del camino, en caso de que lograse llevar a buen término la investigación, se puso una chaqueta y salió de casa; había más libros que consultar y mucho trabajo aún por delante.

Se dirigió al centro comercial y fue a la librería, en busca de nuevos títulos de Michel Foucault. Encontró un ejemplar de

Les mots et les choses y lo cogió, esperanzado en descubrir allí la solución del enigma. Antes de pasar por caja, no obstante, decidió aprovechar que estaba allí para recorrer la librería, que siempre era una forma de relajar el cuerpo y despejar la mente, escapando, aunque sólo fuera por unos momentos, de la tensión nerviosa acumulada durante la última semana. Consultó la sección de historia y se quedó hojeando un largo rato el clásico de Samuel Noah Kramer, *La historia comienza en Sumer;* ya lo había leído en la facultad, pero le gustaría tenerlo en la estantería de la sala, al lado de la edición de la Gulbenkian de *O livro,* de Douglas McMurtrie, y de los varios volúmenes de la *Historia de la vida privada,* otro de sus favoritos.

Pasó después a la sección de literatura, no siempre una de sus pasiones, salvo en lo que se refería a la novela histórica, lo único que consideraba de interés en el terreno de la ficción, como historiador que era. Encontró dos obras de Amin Maalouf que hojeó con atención; una era *La roca de Tanios;* la otra, *Samarcanda.* Había conocido a Maalouf cuando leyó *Los jardines de luz,* una notable reconstrucción ficticia de la vida de Mani, el hombre de la Mesopotamia que fundó el maniqueísmo. Se sintió tentado de comprar las dos novelas del autor libanés, pero controló el impulso, su vida era demasiado complicada para andar ahora perdiendo el tiempo con la literatura. Aun así, se quedó en aquella sección y se entretuvo consultando los títulos. Pasó sus dedos por obras tan diferentes como *Nación criolla,* de José Eduardo Agualusa, y *Pantaleón y las visitadoras,* de Mario Vargas Llosa. El escritor peruano lo condujo hasta la autora chilena Isabel Allende, de modo que se encontró enseguida hojeando la *Hija de la fortuna.* En la estantería siguiente, su mirada se detuvo en un título enigmático, en una hermosa cubierta, *El dios de las pequeñas cosas,* de Arundhati Roy, pero sólo volvió a sonreír cuando vio *El nombre de la rosa,* de Umberto Eco. Gran libro, pensó; difícil, pero interesante. A fin de cuentas, jamás nadie había ahondado de aquel modo en la mentalidad medieval.

Al lado del clásico se encontraba la última obra del mismo autor, *El péndulo de Foucault.* Tomás hizo una mueca con la boca; allí había andado otro empecinado más a las vueltas con

Foucault. Qué suerte la de Eco, consideró, esbozando una sonrisa cómplice; no tuvo que soportar al filósofo Michel Foucault, sino más bien al físico Léon Foucault, sin duda mucho más accesible. Si mal no recordaba, Léon fue el hombre que, en el siglo XIX, demostró el movimiento de rotación de la Tierra mediante un péndulo, que se encuentra ahora expuesto en el Observatorio de Artes y Oficios, en París. Mirando la cubierta del libro, sin embargo, tres palabras resaltaron a los ojos de Tomás. Eco, péndulo, Foucault. Alzó las cejas y se quedó paralizado durante un momento eterno, mirando intensamente las mismas palabras que clamaban en la cubierta.

Eco, péndulo, Foucault.

Llevó su mano al bolsillo interior de la chaqueta, sacó la cartera con un gesto precipitado, febril, excitado, y sacó, entre los billetes de quinientos y de mil escudos, la pequeña hoja donde había copiado el acertijo de Toscano. La pregunta del historiador estaba allí, interrogándolo con todo el esplendor de un enigma que ya había comenzado a creer irresoluble:

269

¿CUÁL ECO DE FOUCAULT PENDIENTE A 545?

Los ojos se movieron entre la cubierta del libro y la pregunta escrita en esa hoja de papel. El libro se llamaba *El péndulo de Foucault* y lo había escrito Umberto Eco. El profesor Toscano le preguntaba «¿cuál Eco de Foucault pendiente a 545?». Como si lo hubiese alcanzado un rayo divino, Tomás sintió que se iluminaba.

Fiat lux.

No era en los libros de Michel Foucault donde se encontraba la clave del acertijo, sino en aquella novela de Umberto Eco sobre el péndulo del otro Foucault: Léon. Se maldijo por haber sido tan estúpido. La respuesta al enigma había estado siempre frente a sus propias narices, tan simple y evidente, tan fácil, tan lógica, y fue sólo su absurda preocupación por Michel Foucault lo que lo distrajo de la respuesta correcta. Cualquiera habría captado enseguida que aquélla era una referencia explícita al péndulo de Foucault, pero no él, el hombre de letras, el profesor doctorado, el amante de la filosofía. El idiota.

Volvió a contemplar el libro y el papel, sin que sus ojos parasen de ir de uno a otro, hasta que su atención se detuvo en el último elemento de la pregunta: los tres guarismos antes del signo de interrogación.

545.

Con un movimiento atolondrado, ejecutado como si estuviese muriéndose de hambre y le hubieran ofrecido un banquete digno de reyes, hojeó deprisa el libro, con la ansiedad nerviosa de quien quiere descubrir finalmente la solución, y sólo se detuvo cuando encontró la página 545.

XII

*E*l barrio de Alfama resplandecía en toda su gloria pintoresca, con las fachadas deterioradas de las viejas casas casi cubiertas por enjambres de tiestos rebosantes de flores y por las
ropas puestas a secar delante de las grandes ventanas; se veían
camisas, calzoncillos, pantalones y calcetines pendientes de
cuerdas estiradas en los balcones de hierro. Ajeno al espectáculo del barrio palpitante de vida, Tomás mantenía la cabeza
inclinada hacia abajo y los ojos fijos en las piedras de la calle,
resollando mientras escalaba las callejas empinadas y estrechas
y las múltiples escalinatas de la colina del castillo, la cartera
con los documentos siempre sostenida por su mano derecha,
como un fardo que arrastraba cuesta arriba; ignoraba incluso
las placenteras terrazas y las animadas tabernas y tiendas de
comestibles que asomaban por los callejones, además de los
tranquilos anticuarios y los coloridos locales de artesanía, todo
comprimido en aquella maraña de calles exiguas, y se sintió
aliviado cuando llegó a la Rua do Chão da Feira y cruzó la Porta
de São Jorge, hasta entrar, por fin, en el ancho perímetro del
Castelo de São Jorge.

Extenuado y casi jadeante, se detuvo a la sombra de los pinos de la Praça de Armas, junto a la amenazadora estatua de
don Afonso Henriques, dejó la cartera un momento y miró a
su alrededor, apreciando las murallas medievales que defen-
dían aquella gran plaza con enormes cañones del siglo XVII. Fue
en el Castelo de São Jorge donde vivieron todos los reyes portugueses desde que don Afonso Henriques conquistó Lisboa a
los moros, en 1147. Hasta don Juan II y don Manuel I, los
grandes monarcas de los descubrimientos, residieron en aquel

castillo, erigido sobre la colina que dominaba el centro de la ciudad. Cruzó la plaza arbolada y se apoyó en el muro de piedra, contemplando a Lisboa echada a sus pies, el caserío de tejados rojizos extendiéndose hasta la línea del horizonte, el espejo plácido del Tajo reluciendo enfrente, sólo subyugado por la enorme estructura roja de hierro que lo cruzaba, el Puente 25 de Abril, más al fondo.

Recorrió el camino a lo largo de las murallas, siempre cortejando a Lisboa, hasta llegar a una terraza, instalada en el patio de la antigua residencia real, a la sombra de la colosal Torre do Paço. Pequeños leones de piedra guardaban la entrada del patio, observando las mesas circulares instaladas junto al muro y la ciudad que se extendía al lado. Nelson Moliarti le hizo una seña desde una de las mesas, colocada entre un viejo olivo de tronco carnoso y un gigantesco cañón del siglo XVII, y Tomás se reunió con él. Se quedaron instalados en la terraza, a pesar de que para el historiador era evidente que el tiempo gris y fresco no era de los más incitantes para almorzar allí; la verdad, sin embargo, es que el estadounidense no parecía incomodado en lo más mínimo con la invernada, y aquella terraza le resultaba incluso muy simpática. Intercambiaron saludos y las habituales palabras de circunstancias; pidieron la comida y, ya superadas las formalidades que exigía aquel tipo de reunión, Tomás expuso lo que había descubierto sobre el trabajo efectuado por Toscano.

—A partir de las fotocopias que encontré en la casa de la viuda y en los registros de peticiones de las bibliotecas de Lisboa, Río de Janeiro, Génova y Sevilla, es posible establecer, fuera de toda duda, que el profesor Toscano pasó la mayor parte de su investigación averiguando los orígenes de Cristóbal Colón —anunció Tomás—. Parecía sobre todo interesado en analizar todos los documentos que ligan al descubridor de América con Génova y, en particular, quería verificar su fiabilidad. Lo que voy a exponerle a continuación son, en consecuencia, los datos que reunió el profesor y las conclusiones a las que creo que llegó.

—Déjeme aclarar ese punto —pidió Moliarti—. ¿Usted está en condiciones de asegurar que el profesor Toscano no dedicó casi ningún tiempo al estudio del proceso del descubrimiento de Brasil?

—Se dedicó al tema para el que fue contratado en la fase inicial del proyecto, eso me parece seguro. Pero en mitad de la investigación debe de haberse cruzado sin querer con algún documento que lo desvió del rumbo trazado al principio.

—¿Qué documento?

—Ah, eso no lo sé.

Moliarti meneó la cabeza.

—*Son of a bitch!* —insultó en voz baja—. Realmente ha estado engañándonos todo ese tiempo.

Se hizo una pausa. Tomás se mantuvo quieto, aguardando a que su interlocutor se calmase. Con gran sentido de la oportunidad, el camarero regresó con las entradas, un *foie gras sauté* al natural con pera al vino y hojas de achicoria para el estadounidense, y una tarrina de queso de cabra con tomate *cherry* confitado, manzana caramelizada, miel y orégano para su invitado. El aspecto exquisito del *hors d'oeuvre* contribuyó a serenar a Moliarti.

—¿Continúo? —preguntó Tomás en cuanto el camarero se retiró.

—Sí. *Go on.* —Cogió el tenedor y sumergió su pera en el *foie gras sauté*—. Buen provecho.

—Gracias —dijo el portugués y se dispuso a probar la manzana caramelizada en el queso de cabra—. Vamos a ver, pues, qué documentos ligan a Colón con Génova. —Se inclinó en la silla y cogió la cartera, que estaba apoyada en una de las patas de la mesa; sacó un folio de la cartera—. Ésta es una fotocopia de la carta ciento treinta, remitida por el prior del arzobispado de Granada, el milanés Pietro Martire d'Anghiera, al conde Giovanni Borromeo el 14 de mayo de 1493. —Entregó el folio al estadounidense—. Léala.

Moliarti cogió el folio, lo estudió fugazmente y se lo devolvió.

—Tom, discúlpeme, pero no entiendo latín.

—Ah, perdón. —El portugués sujetó la fotocopia y señaló una frase—. Dice aquí lo siguiente: «*redita ab Antipodibus ocidinis Christophorus Colonus, quidam vir ligur*».

—¿Y eso qué quiere decir?

273

—Quiere decir que llegó de los antípodas occidentales un tal Christophorus Colonus, hombre ligur. —Sacó un segundo folio de la cartera—. Y, en otra misiva dirigida al cardenal italiano Ascanio, la carta ciento cuarenta y dos, se refiere a Cristoforo Colombo como «*Colonus ille novi orbis repertor*», o sea, Colonus, el descubridor del Nuevo Mundo. —Alzó el dedo—. Atención: Anghiera lo llamó Colonus, no Colombo.

—¿Dónde están esas cartas?

—Las publicó en 1511 el alemán Jacob Corumberger con el título *Legatio Babilonica* y las reeditó en 1516 el milanés Arnaldi Guillelmi en la obra *De orbe novo decades*, un relato de la historia de Castilla repleto de errores.

—Pero ¿usted vio las cartas originales?

—No, creo que no se han conservado.

—Entonces los que las compilaron pueden haberse equivocado en las referencias al nombre de Colón.

Tomás balanceó afirmativamente la cabeza mientras acababa el resto de su terrina de queso de cabra.

—Es evidente que, al no existir los textos originales, ése es un problema serio. Además, se ha vuelto incluso recurrente en los documentos sobre los orígenes de Colón. No podemos saber hasta qué punto los copistas fueron rigurosos y hasta qué punto no hubo intentos de apropiación de la nacionalidad del navegante, en algunos casos forjando documentos; en otros, probablemente mayoritarios, cambiando sólo puntos clave de los respectivos contenidos. Como sabe, basta a veces con alterar una simple coma para modificar totalmente el sentido de un texto. Dado que no he visto las cartas originales de Anghiera, sino sólo sus reproducciones de 1511 y 1516, es posible que haya habido adulteración del nombre. Es importante destacar, no obstante, que lo que es válido para el nombre es igualmente válido para la referencia al origen de Colón. Anghiera sugirió que él era de la Liguria, pero ¿se habrá trascrito correctamente el origen del descubridor de América?

—¿Anghiera conocía personalmente a Cristóbal Colón?

—Algunos historiadores creen que sí, pero la verdad es que, en la carta ciento treinta, él se refiere al navegante como un tal Christophorus Colonus. Ahora bien, cuando una persona, al referirse a otra, dice «un tal», está implícito que, por lo menos en ese momento, no la conoce personalmente, ¿no?

—Vale —asintió Moliarti, mientras acababa el *foie gras sauté*—. Admitamos que hay problemas de fiabilidad en el texto del tal Anghiera. Pero supongo que existen otros documentos que vinculen a Colón con Génova, ¿o no?

—Hay más cosas, claro. —Tomás sonrió—. Otro italiano, el veneciano Angelo Trevisano, envió en 1501 a un coterráneo suyo una traducción al italiano de una primera versión de *De orbe novo decades*, de Anghiera, donde mencionó la amistad que Anghiera tenía con «Chistophoro Colombo zenoveze», estableciendo así, y por primera vez de forma clara, el vínculo del navegante con Génova.

—¿Lo ve?

—El problema es que el profesor Toscano desconfiaba de la veracidad de elementos de esta edición, citando, para ello, en sus notas, las sospechas del investigador Bayerri Bertomeu. Fui a leer a Bertomeu y comprobé que este autor duda de la autenticidad del texto de Anghiera por parecerle que estaba todo adaptado al gusto del público letrado italiano. Es un poco como si *De orbe novo decades* fuese un texto sensacionalista, del género de los que Américo Vespuccio publicó en esa época sobre el Nuevo Mundo. No decía necesariamente la verdad, sino lo que el público quería escuchar. Y lo que los italianos querían escuchar es que el responsable de *la grande scoperta* de América era italiano.

—Hmm —murmuró Moliarti, rascándose el mentón—. Me parece pura especulación.

—Es especulación —coincidió Tomás—. Pero, al fin y al cabo, ¿qué no es especulación en torno a la figura de Cristóbal Colón? —Sonrió—. Ésa es la cuestión. Sólo permítame que le diga que Trevisano publicó en 1504 el *Libretto di tutte le navigationi di Re di Spagna*, en el cual se refiere nuevamente al «Cristoforo Colombo Zenovese».

Moliarti señaló la cartera apoyada en el regazo del historiador.

—¿Tiene fotocopia de ese texto?

—No —repuso Tomás meneando la cabeza—. No se ha conservado ningún ejemplar del *Libretto*.

—¿Entonces cómo sabe lo que allí se dice?

—Lo cita Francesco da Montalboddo en *Paesi nuovamente retrovati*, publicado en 1507.

—¿Basta con eso?

—Sí, si aceptamos el principio de las fuentes secundarias. Pero lo cierto es que, una vez más, volvemos a no tener acceso al texto original, sólo a una copia de segunda mano, con todas las consecuencias que puedan derivarse de ello. Por otro lado, es importante subrayar que Trevisano no conoció a Cristóbal Colón personalmente, limitándose, también él, a citar de segunda mano, en este caso Anghiera. Es decir, Montalboddo cita a Trevisano, que cita a Anghiera. —Buscó una anotación en su libreta—. Además, el propio Montalboddo llegó a afirmar que «después de los romanos, sólo los itálicos descubrieron tierras», una declaración extraordinaria que, de tan absurda, indica que este autor tenía la intención de probar que todos los descubridores eran italianos, incluso los que no lo eran. —Miró a su interlocutor—. Como puede suponer, la fiabilidad de la información transmitida en estas condiciones y con estas motivaciones no es muy elevada.

—Eliminemos entonces a Trevisano. ¿Qué queda?

—Muchas cosas, muchas cosas. —Sacó un pequeño volumen de fotocopias de la cartera—. En 1516, diez años después de la muerte de Colón, un fraile genovés que fue obispo de Nebbio, llamado Agostino Giustiniani, publicó un texto en varias lenguas, titulado *Psalterium hebraeum, graecum, arabicum et chaldeum, etc.*, que se reveló un maná de información hasta entonces desconocida. Giustiniani reveló al mundo que el descubridor de América, un Christophorus Columbus de «*patria Genuensis*», era de «*Vilibus ortus parentibus*», o sea, de padres plebeyos humildes, dado que el padre habría sido «*carminatore*», un cardador de lana, al que no nombró. Según Giustiniani, además, Colón fue también cardador de lana, y recibió una instrucción rudimentaria. Antes de morir, habría dejado un diezmo de sus rentas al Ufficio di San Giorgio, el banco de San Jorge, de Génova. Estas informaciones fueron reiteradas por Giustiniani en una segunda obra, el *Castigatissimi Annali*, publicada póstumamente en 1537, donde sólo corrigió la profesión de Christophorus. Ya no sería un cardador de lana, sino un tejedor de seda.

—Eso coincide con lo que hoy sabemos sobre Cristóbal Colón.

—Sin duda —reconoció Tomás—. Sin embargo, en las notas que dejó, el profesor Toscano enumeró algunos problemas que detectó en toda la información registrada por Giustiniani en el *Psalterium* y en el *Castigatissimi Annali.* En primer lugar, Colón no puede haber dejado al banco de Génova un diezmo de sus rentas porque murió en la miseria: un diezmo de nada es menos que nada —dijo esbozando una sonrisa—. Pero éste es sólo un detalle absurdo. Mucho más seria es la información de que Colón era un tejedor de seda sin ninguna instrucción, dado que suscita enormes perplejidades. Entonces, si tejía seda y era un paleto ignorante, ¿dónde diablos consiguió los avanzados conocimientos de cosmografía y náutica que le permitieron navegar por mares desconocidos? ¿Cómo es posible que, en esas condiciones, le hayan confiado, no un barco, sino escuadras enteras? ¿Cómo puede haber llegado a almirante? ¿Es admisible que tal plebeyo se haya casado con doña Filipa Moniz Perestrelo, una portuguesa de origen noble, descendiente de Egas Moniz y pariente del condestable don Nuno Álvares Pereira, en una época de grandes prejuicios de clase en que las uniones entre hombres del pueblo y mujeres de la nobleza no existían? ¿De qué modo un individuo tan ignorante obtuvo acceso a la corte del gran don Juan II, en su tiempo el más poderoso e informado monarca del mundo? —Agitó las copias de las anotaciones de Toscano—. Me parece claro que, para el profesor Toscano, nada de esto tenía sentido. Para colmo, Giustiniani no conoció al navegante personalmente, limitándose a citar informaciones ajenas. El propio hijo español del descubridor, Hernando Colón, acusó a Giustiniani de ser un falso historiador y le señaló varios errores factuales fácilmente comprobables para sugerir, crípticamente, que el autor genovés también había dado falsas informaciones sobre «este caso que es oculto», expresión enigmática del libro de Hernando que se supone referida a los orígenes de su padre.

—*I see* —murmuró Moliarti taciturno—. ¿Y qué más?

277

—En lo que respecta a las reivindicaciones italianas hechas en el siglo XVI, no hay más que decir.

El camarero interrumpió la conversación con el almuerzo. Retiró los platos vacíos de las entradas y sirvió unos filetes de rape con limón a Moliarti y un plato de gambas y langostinos al horno con salsa de tomate, limón y alcaparras y gachas de maíz blanco y ciruelas a Tomás; echó en las copas, a petición del estadounidense, un Casal Garcia blanco muy frío.

—Lo que más me gusta de Portugal es el pescado —comentó el hombre de la fundación, a medida que exprimía el limón sobre el rape—. Pescado a la plancha y vino verde frío.

—No está mal, no —coincidió Tomás con una gamba clavada en el tenedor.

—¡Hmm, delicioso! —exclamó Moliarti mientras saboreaba el rape. Hizo un gesto con el tenedor en dirección a su invitado—. ¿No hay más?

—¿No hay más qué?

—Pues... cronistas del siglo XVI con ese tipo de referencias a Colón.

—Están los autores ibéricos. —Bebió un trago de vino—. Comencemos por los portugueses. Ruy de Pina, a comienzos del siglo XVI, habló de «Cristovam Colonbo, italiano». Garcia de Resende hizo lo mismo en 1533 y António Galvão en 1550, mientras que Damião de Góis en 1536 y João de Barros y Gaspar Frutuoso en 1552 especificaron el origen genovés del navegante, a quien la mayoría llamaba Colom.

—Son muchas personas diciendo lo mismo...

—En efecto —concedió Tomás—. Pero sólo Ruy de Pina merece crédito especial, pues fue contemporáneo de los acontecimientos y, probablemente, conoció a Colón en persona. Los restantes cronistas portugueses se limitaron a repetirlo, a él y a los autores italianos que ya he mencionado. Unos escribieron que Colón era italiano porque fue eso lo que Pina dijo, otros señalaban el origen genovés porque ésa era la información difundida por Trevisano, Montalboddo y Giustiniani.

—¿Considera auténtica la afirmación de Pina?

—Totalmente.

—Ah. —Moliarti sonrió frotándose las manos con satisfacción—. Muy bien.

—Pero debo decir que, al consultar las notas del profesor Toscano, comprobé con sorpresa que él tenía dudas.

—¿Dudas?

—Sí —confirmó Tomás, esbozando un rictus con la boca—. No obstante, no las fundamentó. Sólo anotó a lápiz, al margen de la copia microfilmada de la *Crónica do Rei. D. João II,* que se encuentra en la Torre do Tombo, una observación curiosa. —Consultó la fotocopia en cuestión—. Escribió: «Vaya, esto sí que es bueno», y añadió «listillos».

Moliarti contrajo los músculos faciales, frunció el ceño e hizo una mueca de intriga.

—¿Qué diablos quiere decir eso?

—No tengo la menor idea, Nelson. Voy a tener que estudiarlo.

El estadounidense meneó la cabeza, condescendiente.

—Bien, ¿y los demás autores ibéricos?

—Ya he mencionado a los portugueses, faltan ahora los españoles. Comencemos por el vicario Andrés Bernáldez, que publicó en 1518 la *Historia de los Reyes Católicos.* Nuestro amigo Bernáldez dijo que Colón nació al mismo tiempo en dos ciudades, Milán y Génova.

—¿En dos ciudades? O nació en una o nació en la otra.

—No, si creemos a Bernáldez. La edición de 1556 de su obra, editada en Granada, plantea que Colón nació en Milán, y la de 1570, de Madrid, sitúa su cuna en Génova.

—Pero ¿no ha dicho usted que publicó el libro en 1518?

—Publicarlo, lo publicó. Pero no se ha conservado ningún ejemplar de las primeras ediciones. Las más antiguas son la de Granada y la de Madrid, que divergen en esa información esencial.

El estadounidense reviró los ojos, impaciente.

—*Next.*

—El personaje siguiente es otro español —dijo exhibiendo un pequeño fajo de fotocopias—. Se llamaba Gonzalo Fernández de Oviedo y comenzó a publicar su *Historia general y natural de las Indias* en 1535. Oviedo cita a italianos que se ponen de acuerdo en cuanto a la tierra natal de Colón. Según él, unos dicen que el navegante era de Savona, otros de Nervi y otros incluso de Cugureo. Oviedo no conoció personalmente a Colón, y toda la información de que disponía era la de «oír decir» a algunos italianos. —Guardó el fajo de fotocopias en la cartera—. En conclusión, Oviedo no es más que una fuente de segunda mano.

El estadounidense suspiró con fastidio.

—*What else?*

—Nos quedan los documentos publicados posteriormente al siglo XVI; tres textos muy importantes, dada la identidad de sus autores.

Hizo una pausa dramática, que despertó la curiosidad de Moliarti.

—¿Quiénes fueron?

—El historiador español fray Bartolomé de las Casas, el hijo español del descubridor, Hernando Colón, y el propio Cristóbal Colón.

—Muy bien.

—Comencemos por Bartolomé de las Casas que, además de Hernando Colón, fue el cronista contemporáneo a Colón que más escribió sobre el descubridor de América. Redactó su *Historia de las Indias* entre 1525 y 1559. Dijo que conoció a Colón cuando éste llegó a España y tuvo acceso a sus documentos depositados en el convento de Las Cuevas, en Sevilla. Este historiador le atribuyó origen genovés.

—¡Ah! —exclamó Moliarti, inclinándose sobre la mesa y rozando con la servilleta los restos del rape—. Ésa es una fuente segura.

—Sin duda —asintió Tomás, mordiendo un langostino—. Lamentablemente, volvemos a encontrar aquí algunos problemas. En primer lugar, la *Historia de las Indias* no se publicó hasta 1876, más de tres siglos después de haber sido escrita. Quién sabe por qué manos habrá pasado mientras tanto. Lo cierto es que el profesor Toscano detectó raspaduras e intercalaciones en el manuscrito original. Un segundo problema tiene que ver con la fiabilidad del texto de Bartolomé de las Casas. El investigador español Menéndez Pidal encontró exageraciones e inexactitudes, sobre todo en su declaración de que conoció a Colón cuando éste llegó a España.

—¿No lo conoció?

—Vamos a plantear las cosas de otra manera —dijo Tomás cogiendo un bolígrafo—. Cristóbal Colón entró en España en 1484, proveniente de Portugal. —Escribió «1484» en el reverso de una fotocopia—. De las Casas nació en 1474. —Escribió «1474» por debajo de la fecha anterior y trazó el signo de la resta—. Esto significa que De las Casas conoció al Almirante cuando sólo tenía diez años de edad y cuando Cristoforo Colombo, Colón, aún era un desconocido. —Resolvió en el papel el cálculo: «1484 − 1474 = 10»—. ¿Le parece creíble que un niño de diez años registre en la memoria un encuentro con un hombre a quien, en aquel momento, ocho años antes del descubrimiento de América, nadie le atribuía la menor importancia? ¿Le parece normal?

Moliarti volvió a suspirar y bajó la vista.

—En efecto…

—Pasemos ahora al testimonio más importante, además del que tenemos del propio Colón. —Guardó el bolígrafo en el bolsillo interior de la chaqueta y sacó un libro de la cartera—. Hernando Colón, el segundo hijo del Almirante, nacido de su relación con la española Beatriz de Arana y autor de la *Historia del Almirante*. —Le mostró el libro, con el título en castellano, que había comprado en Sevilla—. Aquí está lo que debería ser, sin sombra de dudas, una verdadera mina de informaciones. Hernando Colón era hijo del Almirante y nadie se atreve a discutir el hecho de que conocía a su padre. Tenía, por ello, acceso a información privilegiada. Ahora bien, Hernandito dejó inmediatamente claro que había escrito aquella biografía porque había otros que intentaron hacerlo sin conocer los verdaderos hechos. Entre los falsificadores nombró específicamente a Agostino Giustiniani, el fraile genovés que había anunciado al mundo que Colón había sido tejedor de seda en Génova.

—Pero ¿Hernando confirmó que su padre era de Génova?

—Ahí está el problema. El hijo de Cristoforo Colombo no dijo inequívocamente que era de Génova. Muy por el contrario, reveló haberse desplazado en tres ocasiones a Italia, en 1516, en 1529 y en 1530, para averiguar si tenían fundamento las informaciones difundidas en aquel entonces. Salió en busca de familiares, interrogó a varias personas de apellido Colombo y hurgó en archivos notariales. Nada. No encontró, en las tres veces que pasó por la región de Génova, el rastro de ningún familiar. Sin embargo, localizó los orígenes de su padre en Italia, más concretamente en Piacenza, en cuyo cementerio, según él, existían sepulturas con armas y epitafios de los Colombo. Hernando reveló que sus antepasados eran de sangre ilustre, aunque sus abuelos hubiesen llegado a una situación de gran pobreza, y negó que su padre fuese una persona sin instrucción, llamando la atención sobre el detalle de que sólo alguien con una elevada educación podría dibujar mapas o emprender grandes hazañas. La *Historia del Almirante* dio también pormenores sobre la llegada de su padre a Portugal. Habría sido a causa de «un hombre, distinguido por su nombre y familia, llamado Colombo», que Hernando identifica después como Colombo *el Mozo*. Durante un combate en el mar, en algún punto entre Lisboa y el cabo de San Vicente, en el Algarve, Cristóbal habría caído al agua y nadado dos leguas hasta llegar a tierra, agarrado a un remo. Siguió después a Lisboa, donde, según Hernando, «se encontraban muchos de su nación genovesa».

—¡Ahí está! —exclamó Moliarti con una sonrisa triunfal—. La prueba, dada por el propio hijo de Colón.

—Yo coincidiría con usted —repuso Tomás— si pudiésemos tener la certidumbre de que fue realmente Hernando Colón quien escribió eso.

El estadounidense echó hacia atrás la cabeza, sorprendido.

—¡Vaya! ¿Y no fue así?

El historiador consultó las fotocopias de las anotaciones de Toscano.

—Por lo visto, el profesor Toscano tenía dudas.

—¿Qué dudas?

—Dudas relacionadas con la fiabilidad del texto y con extrañas contradicciones e inconsistencias que se descubren en él —aclaró Tomás—. Comencemos por el manuscrito. Hernando Colón culminó su obra, pero no la publicó. Murió sin dejar descendientes, por lo que el manuscrito pasó a su sobrino, Luís de Colón, el hijo mayor de su hermano portugués, Diogo Colom. Luís fue interpelado en 1569 por un genovés llamado Baliano Fornari, que le propuso publicar la *Historia del Almirante* en tres lenguas: latín, castellano e italiano. El sobrino de Hernando estuvo de acuerdo y entregó el manuscrito a este portugués. Fornari llevó la obra a Génova, la tradujo y en 1576 publicó en Venecia la versión italiana, diciendo que lo hacía para que «pueda ser universalmente conocida esta historia cuya gloria primera debería ir al Estado de Génova, patria del gran navegante». Olvidó las otras dos versiones, incluida la castellana original, e hizo después desaparecer el manuscrito. —Tomás mostró de nuevo el ejemplar en español del libro de Hernando Colón—. Es decir, lo que está aquí no es el texto original en castellano, sino una traducción del italiano, la cual, a su vez es una traducción del castellano encargada por un genovés que se confesaba empeñado en otorgar gloria a Génova. —Dejó el volumen en la mesa—. En definitiva, y en cierto modo, se trata de una fuente más de segunda mano.

Moliarti se frotó los ojos, agobiado por semejante enredo.

—¿Y cuáles son las inconsistencias?

—En primer lugar, la referencia a las sepulturas con armas y epitafios de los Colombo en Piacenza. Si se visita el cementerio de la ciudad, se comprueba que esas tumbas existen, en efecto, pero no con el nombre Colombo, sino de Colonna. —Volvió a sonreír—. De creerse en las notas del profesor Toscano, da la impresión de que aquí intervino la mano del traductor genovés, sustituyendo Colonna por Colombo. En otro pasaje, además, al traductor se le deslizó la latinización de Colón en Colonus, no en Columbus, contradiciendo así la versión de que las sepulturas eran de los Colombo.

—Pero ¿no dijo Hernando que su padre se hizo a la mar a causa del tal Colombo *el Joven*, que era de su familia?

Tomás se rio.

—Colombo *el Mozo*, Nelson. El Mozo. —Hojeó el ejemplar de la *Historia del Almirante*—. El libro relata eso, en efecto. Pero, fíjese, ésa es otra contradicción. Colombo *el Mozo* era un corsario que ni siquiera se llamaba Colombo. Se trataba de

283

Jorge Bissipat, a quien los italianos apodaron Colombo *el Mozo*, en comparación con Colombo *el Viejo*, como era conocido el normando Guillaume de Casaneuve Coullon, llamado Colombo por analogía con la expresión francesa «*coup-long*», golpe largo, adaptada en Coullon.

—Qué lío.

—Ya lo creo. Pero la cuestión es ésta: ¿cómo podría Colombo *el Mozo* ser nombre y familia del padre de Hernando si, en el caso del Mozo, Colombo no era nombre sino apodo? La única posibilidad es que haya habido aquí una intervención más del traductor en algo que no sabía, estableciendo motu proprio una relación familiar entre Cristóbal y Colombo *el Mozo*, que manifiestamente no podía existir.

Moliarti se recostó en la silla, incómodo. Había acabado de comer el rape y apartó el plato.

—Bien, pero sea Colonna o Colombo, sea en Piacenza o en Génova, lo cierto es que Hernando situó el origen de su padre en Italia.

—Pues el profesor Toscano parece haber tenido dudas en cuanto a eso —repuso Tomás, siempre sumergido en sus notas—. En sus anotaciones, y al lado de las referencias en la *Historia del Almirante* a Piacenza como el verdadero origen de Cristóbal, dejó escrita a lápiz la indicación de que la persona originaria de esa ciudad italiana no era el navegante sino doña Filipa Perestrelo, la mujer portuguesa de Colón y madre de Diogo Colom, la cual, por lo visto, tenía algunos antepasados en Piacenza. Toscano parecía creer que Hernando, en el texto original, había mencionado Piacenza como origen remoto de doña Filipa y que fue el traductor italiano quien retocó ese pasaje, transformando a doña Filipa en Cristóbal. Además, Toscano anotó aquí el dicho italiano «*traduttori, traditori*», que justamente quiere decir: traductores, traidores.

—Ésa es una suposición.

—Es verdad. Pero nuevamente llamo la atención sobre el hecho de que casi todo es suposición en lo que respecta a Cristóbal Colón, tan grandes son los misterios y contradicciones en torno al descubridor de América. —Volvió a mirar la *Historia del Almirante*—. Permítame que le muestre otras inconsistencias que observó el profesor Toscano y que abonan la hipótesis de que no fue Hernando Colón el autor de todas las afirmaciones que aquí constan. Por ejemplo, esta referencia a que su padre, después de nadar hasta tierra, fue a Lisboa, donde «se encontraban muchos de su nación genovesa».

—Ése es un indicio inequívoco.

—Pero fíjese bien, Nelson. ¿No fue Hernando quien, páginas antes, dijo que anduvo por Génova y no vio nunca por allí a ningún familiar? ¿No fue el mismo Hernando quien supuestamente indicó que el origen de su padre estaba en Piacenza? Entonces ¿cómo, después de haber escrito eso, viene a dar a entender que su padre, en definitiva, era de nación genovesa? ¿En un momento es de Génova, en el siguiente ya no lo es? Pero ¿qué confusión del demonio es ésta? —Volvió a las fotocopias de las notas—. Una vez más, el profesor Toscano parecía sospechar del traductor genovés, pues apunta de nuevo la expresión *traduttori, traditori*. —Cogió otras fotocopias—. Hay otras contradicciones, además, en la *Historia del Almirante*, tantas que el padre Alejandro de la Torre y Vélez, canónigo de la catedral de Salamanca y estudioso de la obra de Hernando, concluyó igualmente que ella «fue interpolada y viciada por mano extraña».

—¿Está diciendo que todo es falso?

—No. La *Historia del Almirante* fue, sin lugar a dudas, escrita por Hernando Colón, eso es algo que nadie discute. Pero existen en el texto publicado ciertas contradicciones e inconsistencias que sólo pueden explicarse de dos maneras. O Hernando era un tonto sin remedio, lo que no parece probable, o alguien anduvo metiendo mano en detalles esenciales de su manuscrito, adaptándolo al gusto del público de Italia, donde la obra se editó por primera vez.

—¿Quién?

—Bien, la respuesta a esa pregunta me parece evidente. Sólo puede haber sido Baliano Fornari, el genovés que obtuvo el manuscrito de manos de Luís de Colón y sólo publicó la traducción italiana, confesando abiertamente su deseo de que la «gloria primera» del descubrimiento de América fuese «para el Estado de Génova, patria del gran navegante».

285

Moliarti hizo un gesto de impaciencia.

—Adelante.

—Muy bien —dijo Tomás—. Vamos entonces al último testimonio, ciertamente el más importante de todos.

—Colón.

—Exacto. El testimonio del propio Cristóbal Colón, el Almirante.

El camarero regresó con su bandeja, retiró los platos vacíos y depositó la carne de membrillo y la tabla de quesos portugueses en la mesa. Los dos hombres se sirvieron queso de la sierra, muy cremoso y de olor fuerte, lo acompañaron con trozos de carne de membrillo y comieron golosamente.

—¿Qué dijo Colón? —preguntó Moliarti, lamiendo aún un trozo de queso que se le había pegado al pulgar.

El historiador portugués respiró hondo, mientras reordenaba las fotocopias guardadas en su cartera.

—Hoy sabemos que Colón se pasó toda la vida ocultando su pasado. Según su presunto origen se le llama Colombo en algunas lenguas, pero no existe un solo documento en el que se refiera a sí mismo con ese nombre. Ni uno solo. En lo que respecta a Cristóbal Colón, siempre se presentó, en los manuscritos que nos han llegado, como Colom o Colon. Éste es un hecho que nadie discute y que ha estado en el origen de un gran dilema para los que defienden la tesis genovesa. Si el descubridor de América y el tejedor de seda de Génova son la misma persona, ¿cómo explicar que el navegante jamás haya usado el nombre del tejedor? Los genovistas, que acusan a los antigenovistas de ser muy especulativos en la formulación de sus tesis, recurren a grandes hipótesis especulativas para justificar esta profunda anomalía. No sólo el hombre a quien hoy llamamos Cristóbal Colón, por lo que se sabe, nunca usó el nombre de Colombo para presentarse, sino que para colmo mantuvo deliberadamente un velo de misterio que ocultaba sus orígenes.

—¿Quiere decir que nunca dijo dónde nació?

—Vamos a poner las cosas en su sitio. Colón tuvo siempre gran cuidado en ocultar su origen, excepto en una sola ocasión. —Mostró unas fotocopias que había ordenado aparte—. El *Mayorazgo*.

—¿El mayor… qué?

—El *Mayorazgo*. Se trata de un testamento, fechado el 22 de febrero de 1498, en el que estipula los derechos de su hijo portugués, Diogo Colom, en vísperas del tercer viaje del Almirante al Nuevo Mundo. —Tomás recorrió el texto con la vista—. En este documento, Colón recordó a la Corona sus contribuciones a la nación y apeló a los Reyes Católicos y a su hijo primogénito, el príncipe Juan, para que protegiesen sus derechos y «mis oficios de Almirante del Mar Océano, que es de la parte del Poniente de una raya que mandó asentar imaginaria, su Alteza sobre a cien leguas sobre las islas de las Açores, y otros tanto sobre la de Cabo Verde». Colón legó tales derechos, a través de ese testamento, a su hijo Diogo, indicando que era el primogénito quien heredaría el legítimo nombre de su padre y de sus antepasados, «llamados de los de Colón». Si Diogo muriese sin herederos masculinos, los derechos pasarían a su hermanastro Hernando; después al hermano de Cristóbal Colón, Bartolomeo; después a su otro hermano; y así sucesivamente mientras hubiera herederos masculinos. —Tomás alzó la cabeza y miró a Moliarti—. Fíjese en este importante detalle. El descubridor de América no dijo «llamados de los de Colombo» cuando se refirió a sí mismo y a sus antepasados. Dijo «llamados de los de Colón».

—Ya he entendido —farfulló el estadounidense, con expresión sombría—. Pero ¿y el origen?

—Ahí vamos —indicó el historiador, haciendo una seña con la mano para que su interlocutor tuviese paciencia—. El *Mayorazgo* estableció también que una parte de la renta a la que el Almirante tenía derecho debería ir al Ufficio di San Giorgio y dio instrucciones rigurosas sobre el modo en que sus herederos deberían firmar todos los documentos. Cristóbal Colón, o Cristoforo Colombo, no quería que usasen el apellido, sino solamente el título de «El Almirante», debajo de una extraña pirámide de iniciales y puntos. —Tomás mostró otro folio—. Y aquí viene la parte que le interesa, Nelson. A usted y, por lo visto, a Toscano. En determinada parte del testamento, Colón hizo algo sin precedentes. El Almirante recordó a los soberanos que los había servido en Castilla, «siendo yo nacido en Génova».

287

—¡Ajá! —exclamó Moliarti, casi dando un salto en la silla—. ¡Es la prueba!

—¡Calma! ¡Calma! —pidió Tomás, riéndose por el entusiasmo del estadounidense—. En otra parte del documento, Colón impuso a sus herederos que mantuviesen siempre en Génova a una persona de su linaje, «pues que della salí y en ella nací».

—¿Lo ve? ¿Cuál es la duda? ¿Cuál es?

—Está todo muy claro —coincidió Tomás con una sonrisa maliciosa—. Siempre que sea verdad.

Una nube sombría encapotó el entusiasmo de Moliarti. Su sonrisa se deshizo, pero su boca se mantuvo abierta y los ojos desorbitados, incrédulos, hasta cerrarse en una expresión de encono.

—¿Cómo? ¿Cómo? —se exaltó—. *Fuck you!* No me dirá ahora que todo eso es falso, ¿no? No me venga con ésas, tío. ¡No acepto insolencias, no!

—¡Calma, Nelson, calma! —pidió Tomás, sorprendido por aquel inesperado estallido y alzando las manos en señal de que se rendía—. Vamos a ver si nos entendemos. Yo no estoy diciendo que esto es verdadero y aquello es falso. Me limité a estudiar los documentos y los testimonios, a consultar las notas del profesor Toscano y a reconstruir su argumentación. A fin de cuentas, usted me contrató para eso, ¿no? Lo que he comprobado es que el profesor Toscano tenía enormes dudas en cuanto a determinados aspectos que se consideraban probados en la vida de Cristóbal Colón. Siguiendo esa pista, le estoy presentando los problemas que cada uno de los documentos y testimonios contiene en lo que respecta a su fiabilidad. Si aceptamos como buenos todos los documentos y testimonios que existen, la historia del Almirante no tiene sentido. Habría nacido simultáneamente en varios lugares, tendría simultáneamente varias edades, tendría simultáneamente diferentes nombres. Eso no puede ser. En resumidas cuentas, usted va a tener que decidir qué documentos y testimonios son falsos y cuáles son verdaderos. Para ello tendrá que analizar y pesar las contradicciones e inconsistencias de cada uno. Cuando tenga todos los datos en la mano, podrá inclinarse por una posibilidad. Si quiere que Colón sea genovés, le bastará con ignorar las contradicciones e inconsistencias de los documentos y testimonios que soportan esa tesis, resolviéndolas mediante el recurso de la pura especulación. Lo contrario también es verdadero. Pero fíjese bien en que yo no estoy aquí para destruir la hipótesis genovesa. En verdad, el origen de Cristóbal Colón me resulta incluso irrelevante. ¡Qué más da! Duermo donde caiga… —Hizo una pausa para destacar su posición—. Lo que estoy haciendo, téngalo en cuenta, es reconstruir la investigación del profesor Toscano, pues para eso fui contratado, y analizando los problemas que existen en cada documento. Nada más.

—Tiene razón —admitió Moliarti, ahora más sereno—. Discúlpeme, me he exaltado mucho, ha sido sin querer. Prosiga, por favor.

—Vale —retomó Tomás—. Como ya le he dicho, Colón hizo en el *Mayorazgo* dos referencias directas y explícitas a Génova como la ciudad donde nació. Pero no se limitó a eso. Más adelante realizó una tercera referencia, diciendo que «Génova es ciudad noble y no poderosa sólo a causa del mar», y, algunas páginas después, añadió una cuarta referencia, apelando a sus herederos para que procuren «preservar y trabajar siempre por el honor, por el bien y el engrandecimiento de la ciudad de Génova, empleando todas sus fuerzas y recursos en la defensa y la ampliación del bien y honor de su república».

—Por tanto, Colón hizo cuatro referencias a Génova y en dos de ellas dijo abiertamente que nació allí.

—Correcto —asintió Tomás—. Lo que significa que todo depende ahora de cómo se evalúa la fiabilidad de este documento. Existe una confirmación real del *Mayorazgo*, fechada en 1501 y que no se descubrió hasta 1925: se encuentra conservada en el Archivo General de Simancas. Y he traído fotocopias de la copia notarial de la minuta del *Mayorazgo*, que está guardada en el Archivo General de Indias, en Sevilla. Me dijeron que el original de la minuta desapareció ya en el siglo XVI, pero no sé si es verdad. Lo único que puedo asegurar es que el Archivo General de Indias sólo tiene una copia. Supongo que es la que estuvo en el centro del llamado «pleyto sucessorio», un importantísimo proceso jurídico iniciado en

1578 para determinar cuál era el legítimo sucesor del Almirante después de la muerte de don Diego, nieto de Diogo Colom y bisnieto de Cristóbal Colón. Vale la pena recordar que el *Mayorazgo* establecía que sólo podría haber herederos masculinos con el nombre de Colón. Ahora bien, contraviniendo de manera frontal y directa la disposición supuestamente establecida por el Almirante, el tribunal decidió aceptar también el nombre de «Colombo», información que se difundió por Italia. Como Cristóbal Colón, o lo que es lo mismo, Cristoforo Colombo, tenía derecho a una parte de todas las riquezas de las Indias, según lo acordado con los Reyes Católicos en 1492, la noticia de que cualquier Colombo podía aspirar a los derechos sucesorios despertó enorme interés entre todos los italianos con ese apellido. El problema es que se descubrió que el nombre Cristoforo Colombo era relativamente común en Italia, por lo que el tribunal exigió que los aspirantes presentasen en su línea ancestral a un hermano de nombre Bartolomeo y a otro Jacobo, además de a un padre llamado Domenico. Tres candidatos cubrían ese requisito. De los tres italianos, acabó quedando sólo uno. Se trataba de un tal Baldassare Colombo, de Cuccaro Monferrato, una pequeña población del Piamonte. Baldassare tuvo que enfrentarse a otros descendientes españoles de Colón y, como consecuencia de este proceso legal, un abogado español, llamado Verástegui, expuso la copia de la minuta, demostrando que estaba confirmada por el príncipe Juan el 22 de febrero de 1498, la fecha en que se elaboró el testamento.

—¿Quién es el príncipe Juan?

—Era el hijo primogénito de los Reyes Católicos.

—¿Entonces usted tiene la copia de la minuta confirmada por el príncipe heredero y aún tiene dudas sobre la fiabilidad del testamento?

—Nelson —dijo Tomás en voz baja—. El príncipe Juan murió el 4 de octubre de 1497.

—¿Y?

—Haga cuentas. Si murió en 1497, ¿cómo puede haber confirmado la copia de una minuta en 1498? —Guiñó el ojo—. ¿Eh?

Moliarti se quedó estático durante un largo instante, con los ojos fijos en su interlocutor, analizando la incongruencia.

—Bien…, pues… —vaciló.

—Éste, mi estimado Nelson, es un problema técnico muy grave. Mina totalmente la credibilidad de la copia del *Mayorazgo*. Y lo peor es que no constituye la única inconsistencia del documento.

—¿Hay más?

—Por supuesto. Fíjese solamente en esta frase de Colón. —Cogió una fotocopia del texto—: «Lo suplico al Rey y a la Reina, Nuestros señores, y al Príncipe Don Juan, su primogénito, Nuestro Señor». —Levantó la cabeza y miró al estadounidense—. El mismo problema. Colón hace una súplica al príncipe Juan como si éste aún estuviera vivo, cuando ya había muerto el año anterior con sólo diecinueve años. El acontecimiento fue tan sonado en la época que la corte se vistió de luto riguroso, las instituciones públicas y privadas se mantuvieron cerradas durante cuarenta días y se colocaron señales de luto en los muros y puertas de las ciudades españolas. En esas condiciones, y siendo una persona cercana a la corte, y en particular a la reina, ¿cómo es posible que el Almirante desconociese la muerte del príncipe don Juan? —Sonrió y meneó la cabeza—. Ahora fíjese en ésta. —Volvió a observar las fotocopias—. «Habrá el dicho Don Diego…» —empezó para inmediatamente interrumpirse y aclarar—: Diego es Diogo en castellano. —Después retomó la lectura —: «o cualquier otro que heredare este Mayorazgo mis oficios de Almirante del Mar Océano, que es de la parte del Poniente de una raya que mandó asentar imaginaria su Alteza sobre a cien leguas sobre las islas de las Açores, y otros tanto sobre las de Cabo». —Miró a Moliarti—. Esta breve frase tiene una increíble serie de inconsistencias. En primer lugar, ¿cómo es posible que el gran Cristóbal Colón afirmase que el meridiano de Cabo Verde es igual al de las Azores? ¿No sabía lo que todos los hombres de mar ya conocían en esa época, es decir, el hecho de que las Azores están más al oeste que Cabo Verde? ¿Alguien cree que el descubridor de América, que, incluso, llegó a visitar esos dos archipiélagos portugueses, fuera capaz de afirmar semejante

291

burrada? En segundo lugar, es preciso acotar que esta referencia a las cien leguas consta en la bula papal *Inter caetera*, fechada en 1493 y referente al Tratado de Alcáçovas/Toledo. El problema es que en 1498, cuando se firmó el *Mayorazgo*, ya estaba en vigor el Tratado de Tordesillas, hecho sobradamente conocido por Colón, dado que fue él mismo quien estuvo en la gestación de esa línea divisoria del mundo entre Portugal y España. ¿Cómo es posible, pues, que el Almirante usase expresiones papales referentes a un tratado que ya no era válido? ¿Se habría vuelto loco? En tercer lugar, al decir que aquélla era «de una raya que mandó asentar imaginaria, su Alteza», estaba anticipando la muerte de la reina Isabel, que falleció en 1504, seis años más tarde. ¿Cómo es posible que Colón se dirigiese en singular a los dos Reyes Católicos? Lo normal, como aparece en cualquier documento de la época, era dirigirse a «Sus Altezas»; «Sus», en plural. ¿Habría decidido Colón insultar a uno de los reyes, insinuando su inexistencia? ¿O acaso este documento fue escrito después de 1504, cuando sólo había un monarca, por un falsario que descuidó tal detalle y que falsificó la fecha poniendo 1498?

—*I see* —comentó Moliarti cabizbajo—. ¿Eso es todo?

—No, Nelson. Hay más. Es importante que analicemos la cuestión de que Cristóbal Colón haga en el *Mayorazgo* nada más ni nada menos que cuatro referencias a Génova. —Levantó cuatro dedos—. Cuatro. —Bajó dos—. Y que dos de esas referencias mencionen explícitamente que ésa es la ciudad donde nació. —Se recostó en la silla y reordenó las fotocopias—. Fíjese. Cristóbal Colón se pasó toda la vida escondiendo su origen. Su preocupación fue de tal modo obsesiva que el criminólogo Cesare Lombroso, uno de los mayores detectives del siglo XIX, lo calificó de paranoico. Sabemos, por su hijo Hernando, que el Almirante, después del descubrimiento de América, en 1492, se volvió aún más reservado. Fíjese en esta frase de su hijo en la *Historia del Almirante*. —Abrió el libro y buscó un pasaje subrayado—. «Quando fué su persona a propósito y adornaba de todo aquello, que convenía para tan grand hecho, tanto menos conocido y cierto quiso que fuese su origen y patria.» —Miró a su interlocutor—. Es decir, cuanto más conocido se volvía Colón, menos quería que se supiese cuál era su origen y patria. Así pues, ¿este hombre se pasa años y años manteniendo el secreto sobre el lugar donde nació, haciendo un estoico trabajo para encubrir ese hecho bajo un espeso manto de silencio, y, de repente, se le cruza un cable y, sin más, suelta un reguero de referencias a Génova en su testamento, borrando de un plumazo todos sus esfuerzos anteriores? ¿Tiene esto algún sentido?

Moliarti suspiró.

—Explíqueme, Tom. ¿Significa que ese testamento es falso?

—Ésa, Nelson, fue la conclusión a la que llegó el tribunal español. De tal modo que la herencia acabó atribuyéndose a don Nuno de Portugal, otro nieto de Diogo Colom.

—Y la confirmación real de 1501, que está guardada en el Archivo General de Simancas, ¿también es falsa?

—Sí.

—Vaya por Dios, no entiendo. ¿Cómo puede haber una confirmación con sello real que sea falsa?

—Lo que existe en el Archivo General de Simancas es un libro de registros del Sello Real de la Corte referente al mes de septiembre de 1501. Pero esa confirmación es anacrónica, dado que también ella menciona al príncipe don Juan como si estuviera vivo. —Se golpeó las sienes con el índice—. Métase esto en la cabeza: jamás la corte registraría un documento dirigido a un príncipe primogénito que ya hubiese muerto; eso sería inaceptable. —Hizo una pausa—. Ahora, Nelson, preste atención a lo que voy a decirle a continuación. Existe un testamento verdadero, pero ha desaparecido. Algunos historiadores, como el español Salvador de Madariaga, creen probable la hipótesis de la falsificación, aunque consideren que muchas cosas del testamento falso están basadas en ese documento original ya perdido. —Consultó sus notas—. Escribió Madariaga: «La mayor parte de las cláusulas ejecutivas son probablemente, pero sólo probablemente, exactas». Entre ellas, la de la extraña firma con iniciales en pirámide. Ésa es también la opinión del historiador Luis Ulloa, quien descubrió que la copia falsificada del *Mayorazgo*, presentada por el susodicho abogado Verástegui, pasó por las manos de Luisa de Carvajal, que estuvo casada con un tal Luis Buzón, hombre conocido por mutilar y alterar documentos.

—¿Y el profesor Toscano? ¿Qué opinaba?

—El profesor Toscano coincidía claramente con el tribunal y con Madariaga y Ulloa y creía en la hipótesis de la falsificación a partir de un testamento verdadero, el que se perdió. Por otra parte, sólo el fraude explica estas graves inconsistencias en el texto. Como ya le he indicado, todo el mundo quería ser heredero de Cristoforo Colombo o de Cristóbal Colón y es muy natural que, en tales circunstancias, habiendo tanto dinero en juego, apareciesen falsificadores. Si se especula un poco, se puede creer que un falsario habilidoso, probablemente el tal Luis Buzón, haya rehecho el testamento, con elevada calidad desde el punto de vista técnico, y copiando correctamente las partes más inocuas del documento, incluido lo esencial de las cláusulas ejecutivas, pero que no se haya dado cuenta de determinados anacronismos en el texto que pergeñaba, por falta de conocimientos específicos, especialmente en relación con las súplicas de Colón a un príncipe ya muerto, las disparatadas referencias geográficas evidentemente inspiradas en una consulta a la incorrecta bula papal, la alusión anacrónica al Tratado de Alcáçovas/Toledo y la inaceptable eliminación de uno de los dos reyes en la referencia a «Su Alteza» en singular, detalle que, al ser escrito en la época de los Reyes Católicos, sería insultante, pero, de serlo después de la muerte de al menos uno de ellos, ya no constituiría un problema. —Hizo un gesto con la mano, como si quisiera añadir algo más—. Además, convengamos en que es extraño que Colón haya muerto en 1506 y este testamento no haya aparecido enseguida. Cuando alguien hace un testamento es para que sea conocido y respetado después de su muerte, ¿no? Pero, por lo visto, el *Mayorazgo* no apareció en el momento en que es normal que aparezcan los testamentos, es decir, inmediatamente después de la muerte de sus autores; por el contrario, lo hizo mucho más tarde. Colón falleció en 1506 y el testamento sólo se materializó en 1578, más de setenta años después. Además, apareció en un periodo en que a una de las partes le convenía que apareciese, aunque con gravísimos anacronismos e incongruencias. En estas circunstancias, ¿qué confianza podríamos tener nosotros en lo que ahí está escrito, eh? —Esbozó una expresión de agobio—. Ninguna.

El estadounidense se encogió de hombros, resignado.

—Olvidemos entonces el *Mayorazgo*. ¿No hay más documentos?

—Éstos son todos los documentos que se divulgaron en la época, sobre todo en el siglo XVI.

—Y, en medio de todos ésos, ¿la crónica del portugués Pina es la única que no presenta ningún problema de fiabilidad?

—No la he consultado, pero insisto en recordarle que las observaciones anotadas al margen por el profesor Toscano sugieren que debe de haber encontrado algo significativo.

El camarero volvió con el café y lo dejó en la mesa.

—En términos de documentos, ¿no hay nada más? —preguntó Moliarti, revolviendo el azúcar en el café.

—Hay otros que supuestamente son de la misma época, pero sólo se conocieron mucho más tarde, sobre todo en el siglo XIX.

295

—¿Y qué dicen esos documentos?

—Bien, voy a intentar resumir su contenido. —Ordenó unas fotocopias y sacó otras de la cartera—. En 1733, un sacerdote de Módena, Ludovico Antonio Muratori, publicó un volumen titulado *Rerum Italicarum Scriptores*, el cual contenía dos textos inéditos. Uno era *De Navigatione Columbi...*, redactado supuestamente en 1499 por el canciller del Ufficio di San Giorgio, Antonio Gallo, y el otro fue un trabajo de Bartolomeo Senarega aparentemente inspirado en el de Gallo y en el que decía que Cristóbal era un *scarzadore*, una expresión considerada poco simpática. El texto de Gallo era claramente el más importante. El antiguo canciller del Ufficio decía allí que Cristoforo era el más viejo de tres hermanos, siendo Bartolomeo el segundo y Jacobo el tercero. Cuando llegó a la pubertad, *et pubere deinde facti*, Galli señaló que Bartolomeo fue a Lisboa y Cristoforo siguió después su ejemplo. Más tarde, en 1799, se publicaron los *Annali della Republica di Genova*, del genovés Filippo Casoni, que incluía una genealogía de la familia de Cristoforo Colombo, tejedor de seda. Como, sin embargo, persistía el problema, aún no resuelto, de que el descubridor de América se llamaba Colom o Colón, pero no Colombo, Casoni decidió efectuar una fuga hacia delante y consideró que Colombo era una especie de declinación de Colom. Según él, Colombo querría decir, en realidad, «de la familia de los Colom». Éste fue un salto audaz y abrió las compuertas de un verdadero dique documental que llevó a la aparición de una interminable marea de textos oficiales. Comenzaron a circular papeles por toda la Liguria, en especial de Savona, de Cogoleto, de Nervi…, qué sé yo. Por todas partes asomaban pruebas relacionadas con la familia Colombo, incluidos sus negocios. Muchos de esos documentos se reunieron en 1823 en el *Codice Colombo-Americano,* mientras que otros, en especial actas notariales, se insertarían en la *Raccolta di documenti et studi…,* publicada en 1892, con ocasión del cuarto centenario del viaje de 1492. El último descubrimiento fue anunciado en 1904 por el periódico académico *Giornale Storico e Letterario della Liguria,* donde se daba la noticia de que el coronel genovés Ugo Assereto había encontrado un acta notarial, fechada el 25 de agosto de 1479, que registraba la partida de Christophorus Columbus *«die crestino demane pro Ulisbonna»,* es decir, el día siguiente hacia Lisboa. El *Documento Assereto,* tal como se lo conoce hoy, revela también que Columbus declaró tener *«etatis annorum viginti septem vel circa»,* o sea, unos veintisiete años de edad, lo que fijaría su nacimiento en 1451.

—No me dirá que todo eso es falso, ¿no? —preguntó Moliarti casi con miedo.

—Nelson —dijo con una sonrisa Tomás—, ¿a usted le parece realmente que yo sería capaz de semejante maldad? ¿Le parece?

—Sí, me parece.

—Se equivoca, Nelson. Yo nunca le haría eso.

El rostro del hombre de la fundación se relajó en una prudente expresión de alivio.

—*Good.*

—Pero…

—*Please…*

—... siempre es necesario medir la fiabilidad de cualquier documento, echarle un vistazo crítico, tratar de comprender las intenciones y garantizar que no haya incongruencias.

—No me va a decir que existen anomalías en estos documentos...

—Lamentablemente, sí.

El estadounidense dejó caer la cabeza hacia atrás, en una actitud de desaliento.

—*Fuck!*

—El primer elemento que debe considerarse es que estos documentos no aparecieron en el momento en que deberían haber aparecido, sino mucho más tarde. El profesor Toscano registró incluso en una de sus notas el dicho francés «*le temps qui passe c'est l'évidence qu'efface*», es decir, cuanto más tiempo pasa más se disipa la evidencia. Aquí, por lo visto, sucede lo contrario. Cuanto más tiempo pasa, mayor es la evidencia. Ése es el primer problema del texto de Antonio Gallo. Si fue escrito realmente en 1499, ¿por qué no fue publicado hasta el siglo XVIII? Toscano parecía sospechar de una falsificación, puesto que los datos de Gallo son semejantes a los de Giustiniani, al que Hernando Colón había denunciado como mentiroso, alguien que, según el hijo de Colón no conocía la verdadera historia del descubridor de América.

—Eso es pura especulación.

—Pues sí. Pero es cierto que la historia de Gallo es igual a la historia de Giustiniani y que Hernando dijo que la versión de Giustiniani era falsa. Siendo así, sólo veo dos hipótesis. La primera es que Hernando estaba mintiendo, y entonces la historia de Giustiniani es verdadera; en consecuencia, la de Gallo también lo será. La segunda es que Hernando, el hijo del descubridor de América, sabía más sobre su padre que los dos italianos, y la consecuencia es que las historias de Giustiniani y Gallo son falsas. Cualquiera de las dos hipótesis es especulativa, pero sólo una puede ser verdadera. Sea lo que fuere, esto significa que no podemos tener absoluta confianza en el texto de Gallo.

—¿Y las actas notariales? Ésos son documentos oficiales...

—De hecho, lo son. Pero lo que prueban es que existió un

Cristoforo Colombo en Génova que era tejedor de seda y tenía un hermano Bartolomeo y otro Jacobo y que su padre era el cardador de lana Domenico Colombo. Esto es probablemente verdadero, nadie lo discute. Lo que tales actas no prueban, no obstante, es que ese tejedor de seda que vivió en Génova sea el descubridor de América. Hay sólo un acta que establece ese vínculo de manera inequívoca. —Mostró unas fotocopias—. Se trata del *Documento Assereto*. Había antes unos textos de Savona, publicados en 1602 por Salinerio en sus *Adnotationes... ad Cornelium Tacitum*, que sugerían tal relación, pero no eran muy claros y tenían algunas incongruencias. Es el *Documento Assereto* el que viene a establecer, de forma inequívoca, la relación entre el Colombo genovés y el Colom ibérico, al registrar el día de la partida del tejedor de seda hacia Portugal.

—Déjeme que adivine —comentó Moliarti con un dejo de sarcasmo—: en ese documento hay problemas de fiabilidad.

—Pues los hay —repuso Tomás ignorando el tono irónico—. Hagamos un esfuerzo para reconstruir la imagen completa del problema. Para eso debemos tener siempre presente que los documentos sobre Cristoforo Colombo en Génova sólo empezaron a aparecer como hongos durante el siglo XIX. Hasta entonces sólo había algún que otro testimonio, más o menos vago, y con determinadas anomalías. Pero la verdad es que nadie en Génova parecía conocer a Cristoforo Colombo. Los embajadores genoveses que se encontraban en Barcelona en 1493, Francesco Marchesi y Giovanni Grimaldi, con ocasión del regreso del navegante del primer viaje al Nuevo Mundo, relataron en Génova el hecho y se olvidaron de un pequeño detalle, una cosa por lo visto sin importancia: la de que el Almirante era un coterráneo suyo. Tampoco nadie en Génova les llamó la atención sobre ese hecho. ¿Tiene eso algún sentido? Pero hay más. Como ya hemos visto, el hijo español de Colón, Hernando, fue tres veces a la región de Génova en busca de confirmación de las vagas reivindicaciones de que el padre era de ahí y no fue capaz de encontrar a un solo familiar. Ni uno. Por otro lado, las actas notariales revelan que en 1492, con ocasión del descubrimiento de América, el padre del tejedor Cristoforo

Colombo aún estaba vivo. Pues no hay noticia de que él o cualquier otro familiar, vecino, amigo o conocido hayan celebrado o siquiera registrado la gran proeza de ese muchacho, su supuesto paisano. Además, los documentos oficiales de Génova muestran que Domenico murió pobre en 1499, con todos los bienes hipotecados. Increíblemente, el descubridor de América ignoró a su padre, aun estando en la pobreza, hasta cuando murió. Ni tampoco, a su vez, los muchos acreedores de Domenico se acordaron de exigir a su famoso hijo el pago de las deudas del difunto. Aún más increíble, los cronistas e historiadores de los siglos XVI y XVII ignoraron olímpicamente que el descubridor de América era un conciudadano suyo. La obra *Di Uberto Foglietta, della Republica di Genova*, de Uberto Foglietta, hizo un registro de los ciudadanos famosos de Génova. Tanto la primera edición, publicada en Roma en 1559, como la segunda, editada en Milán en 1575, no señalan el nombre de Cristoforo Colombo, ni de Cristóvam Colom, ni de Cristóbal Colón, en la lista de notables de la ciudad, aunque mencionen a otros marinos genoveses mucho menos importantes, como Biagio D'Assereto, Lazaro Doria, Simone Vignoso y Ludovico di Riparolo. El historiador genovés Federico Federici, que vivió en el siglo XVII, también ignoró por completo al descubridor de América, y lo mismo ocurrió con Gianbattista Richeri, otro historiador genovés del siglo siguiente. Richeri publicó en 1724 el *Foliatum Notariorum Genuensium*, cuyo original se conserva en la Biblioteca Comunale Berio de Génova. Pues esta obra registra dieciocho apellidos Colombo en la ciudad entre 1299 y 1502 y ninguno de ellos se llamaba Domenico ni Cristoforo. Sin duda, ambos existieron, como prueban las actas notariales de la *Raccolta*, pero, por lo visto, los historiadores de Génova los consideraban poco importantes. Tan poco importantes que, en la lista de los alumnos de los colegios de Génova de aquel tiempo, listas que aún hoy existen, no consta el nombre de Cristoforo, a pesar de que el gran navegante sabía latín, leía autores clásicos, dominaba las matemáticas y conocía la cosmografía. Si no fue a los colegios de Génova, ¿a qué colegios fue? Finalmente, con ocasión del célebre «pleyto sucessorio», el proceso jurídico iniciado en 1578 para determinar al legí-

299

timo sucesor del Almirante después de la muerte de su bisnieto, aparecieron en España innúmeros candidatos de toda la
Liguria y todos ellos afirmaban ser familiares de Cristoforo
Colombo. —Fijó los ojos en Moliarti—. ¿Sabe cuántos de esos
candidatos eran oriundos de Génova?

El estadounidense meneó la cabeza.

—No.

Tomás unió el pulgar con el índice, dibujando un cero con
los dedos.

—Cero, Nelson. —Dejó que la respuesta flotara en el aire,
como la intensa reverberación del eco de un gong—. Ni uno.
Ni uno solo de esos candidatos era de Génova. —Hizo una
pausa más para acentuar el efecto dramático de esta revelación—. Hasta que, en el siglo XIX, los documentos comenzaron
a aparecer por todas partes. Hay que entender, sin embargo,
que la investigación histórica en este periodo se mezcló peli-
grosamente con los intereses políticos. Los italianos se encontraban en pleno proceso de unificación y afirmación nacional,
liderado por el ligur Giuseppe Garibaldi. Aparecieron en ese
momento las primeras tesis de que el descubridor de América,
al fin y al cabo, podría no ser italiano, y eso se reveló inaceptable para el nuevo Estado. El Colombo genovés se presentaba
como un símbolo de unión interna y de orgullo para los millones de italianos que se congregaban en el país recién creado,
además de los muchos que empezaban a emigrar a Estados
Unidos, a Brasil y a Argentina. El debate se volvió chovinista.
Y en este contexto político y social la tesis genovesa se vio, de
repente, sumida en una enorme confusión. Por un lado, logró
reunir muchos documentos que probaban que existía realmente en la ciudad un Cristoforo, un Domenico, un Bartolomeo y un Jacobo, pero no tenía cómo demostrar, de forma inequívoca, que había una relación entre esas personas y el
descubridor de América. Más aún, tal relación parecía absurda,
considerando que el Colombo genovés era un tejedor inculto y
el Colom ibérico un almirante versado en cosmografía, náutica
y letras. Tomando en cuenta lo que estaba en juego, especialmente en el plano político y en el clima de afirmación nacional
italiana, eso era inaceptable. El *Documento Assereto* es el que,

providencialmente, vino a traer la prueba que tanto hacía falta. Y el hecho de que ese documento apareciera justamente cuando era más necesario constituye, sin duda, un fenómeno sospechoso. Y más sospechoso todavía si se piensa que el coronel Assereto, después de exhibir la prueba tan anhelada, fue condecorado por el Estado italiano por los elevados servicios prestados a la nación, y ascendido a general.

—Tom, todo eso puede ser verdadero, pero, discúlpeme una vez más, es especulativo. ¿Existe algún elemento que conste en el acta notarial descubierta por Assereto que pueda considerarse sospechoso?

—Existe, sí.

Los dos hombres se miraron durante un largo instante.

—¿Cuál? —preguntó Moliarti por fin, tragando saliva.

—La fecha de nacimiento de Colón.

—¿Qué tiene esa fecha de extraño?

—Tiene dos anomalías. La primera, una vez más, está relacionada con el *timing* del descubrimiento del *Documento Assereto*. En 1900, se celebró un congreso de americanistas, en el que quedó establecido que Colón había nacido en 1451. Era una mera suposición, basada únicamente en un acta notarial de 1470, en la cual aparece escrito… —Consultó la copia del acta, que obtuvo en Génova—: «*Cristoforo Colombo, figlio di Domenico, maggiori di diciannove anni*». —Tomás hizo unos cálculos en la libreta de notas—. Si quitamos diecinueve a 1470, da 1451. Por tanto, los congresistas, apoyados únicamente en este documento notarial y sin ninguna prueba de que Cristoforo Colombo fuese Colom, determinaron que ése fue el año de nacimiento del descubridor de América. Veamos, pues, lo que observó el historiador portugués Armando Cortesão a propósito del *Documento Assereto*. —Sacó un libro voluminoso de la cartera, titulado *Cartografia e cartógrafos portugueses dos séculos XV e XVI*, localizó la página que buscaba y leyó unas líneas previamente subrayadas a lápiz—. «Es extraordinario que hubiese, coincidiendo tan bien con el testamento de Colombo y otros documentos conocidos y confirmando con tanta precisión la edad, por suposición, basada en el congreso de los americanistas, en 1900, un documento tan importante en los procuradísimos archivos de Génova, explorados por centenares de ávidos investigadores en lo tocante al periodo colombino, para colmo entre papeles notariales, sin que hasta entonces nadie reparara en él y en tan importante declaración. ¡Desastrosa coincidencia! En 1900, el congreso fija el año de 1541 como fecha de nacimiento de Colón y luego, en 1904, aparece un documento de 1479, donde él mismo dice tener 27 años y todo lo demás coincide con otros datos que muchos consideraban poco seguros, tal como la estancia en Portugal en 1478»; coincidencia tan extraña que llevó al famoso historiador portugués a observar, siempre a propósito del *Documento Assereto*, que «la industria de falsificación de documentos "antiguos" alcanzó tal perfección que en ese capítulo nada nos sorprende». —Tomás miró a su interlocutor—. Del *timing*, estimado Nelson, ya hemos hablado. —Acomodó el volumen de Armando Cortesão en la cartera—. Vamos ahora a la fecha en sí. El *Documento Assereto* confirma, con admirable celeridad y solicitud, la fecha casi arbitrariamente establecida cuatro años antes por el congreso de americanistas. Pero la afirmación de que 1451 fue el año en que Cristóbal Colón nació es contradicha por un testimonio de peso. —Tomás se quedó un instante mirando a Moliarti, con expresión de desafío—. ¿Se imagina quién fue el que cuestionó la fecha proporcionada por el *Documento Assereto*?

—No tengo la menor idea.

—El propio Cristóbal Colón. Sabemos hoy que el descubridor de América, como en tantas otras cosas, tuvo el enorme cuidado de ocultar su fecha de nacimiento. Su hijo Hernando reveló solamente que su padre comenzó la vida de marinero a los catorce años. No obstante, en cuanto a la edad, el propio navegante mantuvo silencio, pero se descuidó en dos ocasiones. —Consultó sus notas—. En el diario de a bordo de su primer viaje registró, el 21 de diciembre de 1492, que «yo he andando veinte y tres años en la mar, sin salir della tiempo que se haya de contar». A partir de esta afirmación, basta con hacer las cuentas. —Cogió el bolígrafo y escribió unos números en una hoja limpia de la libreta—. Si sumamos veintitrés años en el mar y ocho en Castilla, los correspondientes al «tiempo que se haya de contar» en que estuvo esperando autorización para emprender la navegación, y catorce de infancia hasta comenzar la vida de marinero, obtenemos cuarenta y cinco años. —Escribió «23 + 8 + 14 = 45»—. Quiere decir que Colón tenía cuarenta y cinco años cuando, en 1492, descubrió América. Si le quitamos ahora cuarenta y cinco a 1492, el resultado es 1447. —En el papel, la cuenta indicaba «1492 – 45 = 1447»—: Ése es el año en que nació el gran navegante. —Volvió a los apuntes—. Más tarde, en una carta fechada en 1501 y transcrita por su hijo Hernando, Colón comunicó a los Reyes Católicos que «ya pasan de quarenta años que yo voy en este uso» de la navegación. —Tomás regresó a la hoja limpia, donde había hecho la cuenta anterior—. Si sumamos cuarenta a los catorce de la infancia, da cincuenta y cuatro. —Escribió «40 + 14 = 54»—. Por tanto, escribió esa carta de 1501 cuando tenía cincuenta y cuatro años de edad. Si le quitamos cincuenta y cuatro a 1501, da 1447. —La resta indicaba ahora «1501 – 54 = 1447»—. En definitiva, Colón dio a entender, en estas dos referencias, que había nacido en 1447, cuatro años antes de 1451, el año que el *Documento Assereto* le atribuye como fecha de nacimiento. —Dio unos golpes con el índice en las dos cuentas que acababa de hacer—. Ésta, estimado Nelson, es una inaceptable incongruencia del *Documento Assereto* y hiere de muerte su credibilidad. Además, esa acta notarial, en rigor, no es más que una minuta en folios sin la firma del declarante y del notario y sin mencionar la paternidad de Cristoforo, lo que es anormal en ese tipo de documentos de la época.

Moliarti suspiró pesadamente. Se recostó en la silla y se quedó mirando la muralla frente a la terraza, además de la ciudad, con la Praça da Figueira y su estatua ecuestre bien visible más abajo y la mancha verde de Monsanto rasgando el horizonte sobre el caserío. El camarero se acercó, dejó un platito con la cuenta sobre la mesa y, cuando se alejó, una pareja de ruiseñores se puso a picotear los restos de pan que había en el camino paralelo al muro, desparramados por el soplo del viento; los pajaritos volaron después hacia las ramas casi desnudas de un viejo olivo y se quedaron allí, trinando a dúo, improvisando una nerviosa melodía a merced de la brisa.

303

—Dígame una cosa, Tom —murmuró el estadounidense, rompiendo el silencio que se había instalado momentáneamente entre ellos—. En su opinión, ¿Colón no era genovés?

El historiador cogió un palillo y comenzó a jugar con él, pasándolo entre los dedos, de un lado para el otro, remolineando y girando, como si el palillo fuese un minúsculo acróbata.

—Me parece claro que, en opinión del profesor Toscano, no era genovés.

—Eso ya lo he entendido —dijo Moliarti y apuntó con el índice a Tomás—. Pero me gustaría saber cuál es su opinión.

El portugués sonrió.

—Quiere saber mi opinión, ¿eh? —Se rio suavemente—. Bien, yo creo que no es posible afirmar, con toda certidumbre, que Colón no fuese genovés. Existen demasiados testimonios en ese sentido: Anghiera, Trevisano, Gallo, Giustiniani, Oviedo, De las Casas, Ruy de Pina, Hernando Colón y el propio Cristóbal Colón. Es cierto que algunos de estos nombres se limitan a citarse unos a otros y no porque se diga mil veces una mentira se convierte en verdad. Es cierto también que los documentos donde todas estas fuentes se mencionan no ofrecen plena confianza, por los motivos que ya he indicado en abundancia. Pero es un hecho que todos apuntan en el mismo sentido, por lo que debemos ser cautelosos. Yo diría que el origen genovés de Colón sigue siendo una referencia, pero hay que tener en cuenta el hecho de que existen innúmeros y poderosos indicios que contradicen esa hipótesis. En honor a la verdad, y como le he explicado hace poco, es imposible entender la vida de Cristóbal Colón si aceptamos como buenos todos los relatos y documentos que nos han llegado, dado que son contradictorios. Para que unos sean verdaderos, otros tendrán que ser forzosamente falsos. No hay ninguna posibilidad de que todos sean verdaderos. —Alzó dos dedos—. Y aquí tenemos por delante dos caminos. Uno: consideramos verdaderos los documentos y relatos genoveses, a pesar de sus incongruencias, y afirmamos que Colón era genovés. El otro: validamos las innumerables objeciones que contradicen esa tesis, y decimos que no era genovés. —Alzó un dedo más—. Aun así, queda todavía una tercera hipótesis, tal vez la más plausible: la que permite un compromiso entre las dos primeras versiones, pero nos obliga a dar un salto en nuestro razonamiento. Esta tercera posibilidad es que las pruebas e indicios de ambos lados sean de una manera general verdaderos, aunque ambos contengan ciertas falsedades e imprecisiones.

—Me gusta esa opción.

—Le gusta, estimado amigo, porque aún no se ha dado cuenta de las consecuencias de tal hipótesis —dijo Tomás esbozando una sonrisa.

—¿Consecuencias?

—Sí, Nelson. —Volvió a mostrar los dos dedos—. Lo que esta tercera hipótesis implica es que estaríamos frente a dos Colón. —Hizo una pausa para dejar asentar la idea—. Dos. —Cruzó el primer dedo—. Uno, Cristoforo Colombo, genovés, sin instrucción y tejedor de seda, tal vez nacido en 1451. —Cruzó el segundo dedo—. El otro, Cristóvão Colom o Cristóbal Colón, de nacionalidad incierta, perito en cosmografía y ciencias náuticas, versado en latín, almirante y descubridor de América, nacido en 1447.

Moliarti, extrañado, miró a Tomás.

—Eso no puede ser.

—Y, no obstante, estimado Nelson, es una hipótesis que debe considerarse. Observe que esta tercera posibilidad también tiene sus puntos débiles, especialmente el hecho de que hay personas que conocieron al descubridor de América y que, confiando en documentos que no son, sin embargo, fiables al cien por cien, lo presentaron como oriundo de Génova. Para que esta hipótesis sea verdadera es necesario, pues, aceptar que esas informaciones son falsas. Pero el hecho es que, en medio de toda esta barahúnda, algo tiene que ser falso, ¿no? No todo puede ser verdadero, ya que, como he dicho hace un momento, las informaciones se contradicen unas con otras.

—¿Le parece eso probable?

—La idea de que hubo dos Colón, o un Colom y un Colombo, es una posibilidad que debe tenerse en cuenta, sin duda. Fíjese, no obstante, en que la mayor fragilidad de los argumentos antigenoveses es su incapacidad de presentar documentos que permitan identificar el origen del Cristóbal Colón que des-

305

cubrió América. Ése es un problema que, con todas sus contradicciones y fallos, y probablemente falsificaciones, no tiene la tesis genovesa, y por ello sigue sirviendo de referencia. Mientras no surja un documento fiable que atribuya otra identidad al Almirante, la versión del tejedor de seda, aunque parezca disparatada, es la única que existe y con ella tendremos que contar.

—Estoy seguro de que ésa es la verdadera —comentó Moliarti.

—Usted es un hombre de fe —observó Tomás con una sonrisa—. Si después de todo lo que le he dicho, aún cree que la tesis genovesa no tiene graves puntos flacos…, bueno, estimado amigo, su caso ya no pertenece a la esfera de la razón, sino a la de la pura creencia.

—Puede ser —admitió el estadounidense—. Hay, no obstante, algo que me deja intrigado. ¿No le parece extraño que el profesor Toscano crea que la hipótesis genovesa es falsa sin disponer de datos nuevos?

—Es extraño, sí.

—A fin de cuentas, y como usted ha dicho hace un momento, si prácticamente abandonó la investigación sobre el descubrimiento de Brasil y se situó en esta pista es porque debe de haber encontrado algo.

—Sí, es posible.

El hombre de la fundación entrecerró los ojos, estudiando al portugués como si quisiese analizar la sinceridad de la respuesta a su siguiente pregunta.

—¿Usted está seguro de haber despejado toda la investigación que él realizó?

Tomás evitó cruzar la mirada con la de su interlocutor.

—Pues… justamente, Nelson —titubeó—. Yo…, yo aún no he logrado descifrar el acertijo del profesor.

Moliarti sonrió.

—Ya me parecía. ¿Qué le falta?

—Me falta responder a esta pregunta.

Sacó un pequeño papel arrugado de la billetera y se lo mostró.

¿CUÁL ECO DE FOUCAULT PENDIENTE A 545?

Moliarti se puso las gafas y se inclinó sobre el papel.

—«¿Cuál Eco de Foucault pendiente a 545?» ¡Vaya por Dios! No entiendo nada. —Miró a Tomás—. ¿Qué quiere decir eso?

El portugués sacó de la cartera la novela con el título *El péndulo de Foucault* visible en la cubierta.

—Aparentemente, el profesor Toscano se estaba refiriendo a este libro de Umberto Eco.

Moliarti cogió el volumen, lo analizó y después volvió a mirar el papel con la extraña pregunta.

—¡Caramba! —exclamó—. La solución es sencilla, hombre. Sólo tiene que consultar la página 545.

Tomás se rio.

—¿Y usted cree que no lo he hecho ya?

—¿Ah, sí? ¿Entonces?

El historiador cogió la novela, abrió la página 545 y se la mostró al estadounidense.

—Es una escena que transcurre en un cementerio. Describe un entierro de partisanos durante la ocupación alemana, a finales de la segunda guerra mundial. La he leído y releído un montón de veces en busca de alguna pista que respondiese a la pregunta del acertijo. No he encontrado nada.

—Déjeme ver —pidió Moliarti, extendiendo la mano. Cogió el libro, volvió a ponerse las gafas y leyó la página 545 con mucha atención. Tardó más de dos minutos, tiempo que Tomás aprovechó para contemplar el escenario tranquilo que los rodeaba dentro de las murallas del castillo—. Realmente..., pues..., no sugiere nada —dijo por fin el hombre de la fundación.

—Me he roto la cabeza con esa página y no sé qué pensar.

—Sí —murmuró Moliarti, analizando ahora la cubierta. Volvió a las primeras páginas y observó el diagrama con el Árbol de la Vida, discriminando las diez *sephirot* hebraicas, antes del comienzo del texto. Leyó el primer epígrafe y vaciló. Apoyó su mano en el brazo de Tomás—. Tom, ¿usted ha visto esta cita?

—¿Cuál?

—Ésta, mire. —Moliarti empezó a leer en voz alta—: «Ha

sido sólo para vosotros, hijos de la doctrina y de la sapiencia, para quienes hemos escrito esta obra. Examinad el libro, internaos en la intención que hemos dispersado y dispuesto en varios lugares; lo que ocultamos en un lugar lo manifestamos en otro, para que pueda ser comprendido por vuestra inteligencia». Es una cita de *De occulta philosophia*, de Heinrich von Nettesheim. —Miró al portugués—. ¿Usted cree que ésa es una pista?

—Claro. —Cogió el libro y estudió el epígrafe—. «Lo que ocultamos en un lugar lo manifestamos en otro.» Realmente parece contener una insinuación. Déjeme que lo analice mejor. —Hojeó con cuidado la novela. Después del epígrafe venía una página en blanco que sólo mostraba el dígito «1» y la palabra «Keter»—. Keter.

—¿Qué es?

—La primera *sephirah*.

—¿Qué es una *sephirah*?

—Se dice *sephirah*, en singular, y *sephirot*, en plural. Son elementos propios de la cábala judaica. —Avanzó y contempló la primera página del texto. Tenía un segundo epígrafe, esta vez escrito en hebreo, con un nuevo dígito «1», más pequeño, señalado a la izquierda. Leyó la primera frase de la novela en voz baja—. «Fue entonces cuando vi el Péndulo.»

Hojeó el libro; seis páginas más adelante, venía un segundo subcapítulo con nuevo epígrafe, esta vez una cita de Francis Bacon, y el guarismo «2», en pequeño, a la izquierda. Ocho páginas más y nueva página en blanco, sólo con el dígito «2» y la palabra *Hokmah*, que identificó como la segunda *sephirah*. Saltó al final del volumen y buscó el índice. Allí estaban las diez *sephirot*, cada una con varios subcapítulos, a veces unos pocos, otras unos cuantos. Las *sephirot* con más subcapítulos eran la 5, *Geburah*, y la 6, *Tipheret*. Recorrió los subcapítulos de la 5. Iban del 34 al 63. Su atención se apartó por un momento del libro y se centró en el papelito arrugado con la inquietante pregunta:

¿CUÁL ECO DE FOUCAULT PENDIENTE A 545?

Volvió a estudiar los subcapítulos de *Geburah*, la *sephirah* 5, yendo de aquella lista de números al papel con el acertijo. De repente, lo que antes no era más que un simple puntito de luz, rodeado por las tinieblas de la ignorancia, se transformó en una claridad deslumbrante, como un sol que todo lo ilumina.

—¡Dios mío! —exclamó casi saltando de la silla.

—¿Qué? ¿Qué?

—¡Dios mío, Dios mío!

—¿Qué, Tom? ¿Qué ocurre?

Tomás le mostró el índice a Moliarti.

—¿Lo ve?

—¿Qué?

El dedo señalaba el guarismo 5, con *Geburah* delante.

—Esto.

—Sí, es un cinco. ¿Y?

—¿Cuál es el primer guarismo de la pregunta de Toscano?

—¿El 545?

—Sí. ¿Cuál es el primero de esos guarismos?

—Pues el cinco, claro. ¿Y?

—¿Y cuáles son los otros dos guarismos de la pregunta de Toscano?

—¿En el 545?

—Sí, hombre —se impacientó—. ¿Cuáles son los otros dos guarismos?

—Son el cuatro y el cinco.

—Cuatro y cinco, ¿no? ¿Hay aquí, en el capítulo 5, algún subcapítulo 45?

Moliarti miró el índice.

—Sí, lo hay.

—Por tanto, como ve, en el capítulo 5, titulado *Geburah*, hay un subcapítulo 45. ¿Es cierto?

—Es cierto.

—Entonces lo que Toscano estaba diciendo no era 545, sino 5:45. Capítulo 5, subcapítulo 45. ¿Entiende?

Moliarti abrió la boca.

—He entendido.

—Ahora mire —pidió de nuevo Tomás, volviendo a extenderle el índice—. ¿Cuál es el título del subcapítulo 45?

El estadounidense localizó la línea y leyó.

—«De aquí se deriva una pregunta extraordinaria.»

—¿Se da cuenta? —Tomás se rio—. «De aquí se deriva una pregunta extraordinaria.» ¿Y cuál será? —Mostró una vez más la hojita arrugada—. «¿Cuál Eco de Foucault pendiente a 545?» —Alzó la ceja derecha—. Ésta es la pregunta extraordinaria.

—¡Fíjese! —exclamó Moliarti—. ¡Lo hemos descubierto! —Se inclinó una vez más para ver el índice—. ¿En qué página está ese subcapítulo?

Consultaron el índice e identificaron la página del subcapítulo 45.

—Es la página 236.

El estadounidense, entusiasmado, se rio.

—Es lo que decía en el epígrafe, ¿recuerda? —comentó—. «Lo que ocultamos en un lugar lo manifestamos en otro.» —Sus ojos parpadearon, como dominados por un tic nervioso—. Es decir, lo ocultado en la página 545 se manifiesta en la 236.

Tomás hojeó el libro, agitado y exaltado, y, como en un tropel, buscó la página 236. La encontró en un instante e inmovilizó el volumen, analizando el texto con cuidado. En el extremo, a la izquierda, estaban visibles los guarismos «45» en letra pequeña, y a la derecha un epígrafe de Peter Kolosimo, extraído de *Tierra sin tiempo*.

—«De aquí se deriva una pregunta extraordinaria.» —leyó Tomás—. «¿Los egipcios ya conocían la electricidad?»

—¿Qué quiere decir eso?

—No lo sé.

Tomás recorrió la página con ansiedad. Parecía un texto místico, con abundantes referencias a los míticos continentes perdidos de la Atlántida y de Mu, además de la legendaria isla de Ávalon y el complejo maya de Chichen Itzá, poblados por los celtas, por los nibelungos y por las civilizaciones desaparecidas del Cáucaso y del Indo. Pero fue al leer el último párrafo cuando el corazón de Tomás se aceleró y sus ojos se desorbitaron hasta el punto de ponerse vidriosos.

—¡Dios mío! —murmuró llevándose la mano a la boca.

—¿Qué? ¿Qué?

Le extendió el libro a Moliarti y le señaló el último párrafo de la página.

—Mire lo que Umberto Eco escribió aquí —dijo Tomás.

El estadounidense se acomodó las gafas y leyó las frases indicadas.

Sólo un texto curioso sobre Cristóbal Colón: analiza su firma y descubre en ella incluso una referencia a las pirámides. Su intención era reconstruir el Templo de Jerusalén, dado que era gran maestre de los templarios en el exilio. Como era notoriamente un judío portugués y, por tanto, especialista en la cábala, con evocaciones talismánicas calmó las tempestades y dominó el escorbuto.

—*Fuck!* —concluyó Moliarti.

XIII

*L*os golpes en la puerta no eran lo de siempre. Madalena Toscano se había habituado a reconocer los golpes rutinarios, como las llamadas impacientes de su hijo mayor, un hombre de cuarenta años que había hecho un doctorado en Psicología; el tamborileo nervioso de los dedos del menor, un amante de las artes que se ganaba la vida haciendo crítica de cine para un semanario; y el toque acompasado del señor Ferreira, el hombre de la tienda de comestibles que regularmente abastecía el pequeño y viejo frigorífico. Pero esta manera de llamar le parecía diferente; fue rápida y fuerte. Aunque habían llamado sólo una vez, como si el autor intentase aparentar tranquilidad, ocultaba, en el fondo, una urgencia apenas contenida.

—¿Quién es? —preguntó la vieja señora con su voz trémula, envuelta en su bata, con la cabeza inclinada hacia la puerta—. ¿Quién está ahí?

—Soy yo —respondió un hombre desde el otro lado—. El profesor Tomás Noronha.

—¿Quién? —insistió ella desconfiada—. ¿Qué profesor?

—El que está retomando la investigación de su marido, señora. Estuve aquí el otro día, ¿no se acuerda?

Madalena entreabrió la puerta, manteniendo la cadena de seguridad, y observó por la rendija, como era su costumbre. Lisboa ya no era la aldea de antaño, solía ella decir ahora, estaba llena de rateros y gente violenta, vagabundos de la peor calaña, bastaba ver las noticias en la televisión. Paralizada por el terror ante todo lo que venía de fuera, toda precaución le parecía poca. Del otro lado de la puerta, no obstante, no vislumbró ninguna amenaza; la miraba desde el pasillo un hombre de pelo castaño oscuro y ojos verdes cristalinos, un rostro sonriente que enseguida reconoció.

—Ah, es usted —exclamó amablemente; luego hizo bastante ruido al quitar la cadena de seguridad y abrió la puerta—. Entre, entre.

Tomás entró en el viejo apartamento. Lo recibió el mismo aire cerrado, con olor a moho, y la misma luminosidad sombría, con los haces de sol que irrumpían con dificultad por los cortinajes pesados, incapaces de vencer la penumbra oscura de los rincones. Le extendió a su anfitriona un envoltorio blanco, doblado y atado con una cuerda.

—Es para usted.

Madalena miró el pequeño paquete.

—¿Qué es?

—Son unos dulces que he traído de la pastelería. Para usted.

—Oh, válgame Dios. No tenía por qué molestarse…

—Lo he hecho con mucho gusto.

La mujer lo llevó a la sala y abrió el paquete. Dentro de la cajita de cartón había una trufa, un *duchaise* caramelizado con *chantilly* y huevos hilados y un *palmière*.

—¡Qué maravilla! —exclamó Madalena. Sacó un platito del armario de la sala y colocó allí los tres pasteles—. ¿Cuál le apetece?

—Son para usted.

—Ah, es demasiado, no puedo comérmelos todos. Además, el médico se pondría hecho una furia conmigo si supiese que estoy comiendo estas golosinas llenas de colesterol. —Extendió el plato—. Coja uno, vamos.

Tomás cogió el *duchaise*, le parecía francamente apetitoso y hacía mucho tiempo que no le hincaba el diente a uno de aquellos pasteles tiernos y dulces. Madalena se quedó con el *palmière* crujiente.

—No es por jactarme, pero he elegido muy bien, ¿no le parece? —preguntó él casi chupándose los dedos.

—Sí, sí. Está buenísimo. ¿Le apetece un te?

—No, gracias.

—Ya está hecho —insistió ella.

—Bien, si ya está hecho…

313

La mujer fue a la cocina y minutos después volvió con una bandeja en sus manos, ocupada con una tetera verde, dos tazas de porcelana antigua y una azucarera metálica. Dejó la bandeja en la mesa y se sirvieron. Era té negro, que a Tomás no le gustaba demasiado, prefería las tisanas más suaves, pero bebió e hizo un gesto indicando que le parecía muy bueno.

—El otro día pensé en usted —comentó Madalena cuando acabó el *palmière*.

—¿Ah, sí?

—Sí, sí. Le dije a mi hijo el mayor: «Manel, me gustaría ver el trabajo de tu padre publicado en libro». Le conté que había venido aquí un muchacho de la facultad en busca de los documentos y que no había vuelto a dar noticias.

—Pues aquí estoy para darle noticias.

—Así es. ¿Ya tiene lo que quería?

—Tengo casi todo. Solamente me falta ver lo que hay dentro de su caja fuerte.

—Ah, sí, la caja fuerte. Pero ya le he dicho que no sé la clave.

—Es una clave con números, ¿no?

—Sí.

—Y usted me dijo, cuando estuve la otra vez, que descubriendo las palabras clave bastaba convertir cada letra en un dígito, según el orden alfabético.

—Sí, era eso lo que mi marido hacía siempre.

—El uno es la «a», el dos es la «b», el tres es la «c», y así sucesivamente.

—Exacto.

—¿Y en alfabeto portugués?

—¿En alfabeto portugués?

—Sí, el alfabeto sin «k», sin «y» ni «w».

—Ah, claro. Martinho sólo usaba nuestro alfabeto, no ponía esas letras extranjeras como ahora se ve en los periódicos.

Tomás sonrió.

—Entonces ya sé cuáles son las palabras clave.

—¿Lo sabe? —se sorprendió Madalena—. ¿Cómo lo sabe?

—¿Se acuerda de aquel acertijo que me dio?

—¿Aquel enredo de letras?

—Sí.

—Me acuerdo, sí. Lo tengo allí.

—Lo he descifrado y tengo la respuesta.

—¿Ah, sí?

—¿Podemos ir a ver la caja?

Madalena Toscano llevó al invitado hasta la habitación. Tal como la otra vez, todo se veía desordenado. La cama seguía sin hacer, había ropas desparramadas por el suelo y en la silla, flotaba el mismo olor ácido en el aire, tal vez un poco menos intenso que la vez anterior, pero igualmente desagradable. Se acuclillaron frente a la caja fuerte y Tomás sacó la libreta de notas de la cartera; hojeó la libreta hasta encontrar los apuntes que buscaba. Las palabras clave estaban escritas en el papel y, debajo de cada una de ellas, aparecía el guarismo respectivo:

JUDÍO	PORTUGUÉS
10 20 4 9 14	15 14 17 19 20 7 20 5 18

El profesor se inclinó ante la caja fuerte y marcó los números. No ocurrió nada. El visitante y la anfitriona intercambiaron una breve mirada de desánimo, pero Tomás no desistió. Lo intentó con sólo la segunda secuencia de números, correspondiente a la palabra «portugués», y nuevamente la puerta de la caja fuerte no se movió.

—¿Está seguro de que ésa es la clave del código?

—Uno nunca está seguro del todo, ¿no? Pero estaba convencido de que era ésa.

—¿Cómo llegó a esa clave?

—Descubrí que el acertijo era una pregunta.

—¿Ah, sí? ¿Una pregunta? ¿Qué pregunta?

—La pregunta contenida en el acertijo era: «¿cuál Eco de Foucault pendiente a 545?». Después de mucho investigar, me pareció que la respuesta era «judío portugués». —Se encogió de hombros, reprimiendo la irritación por sentirse frustrado—. Pero, por lo visto, no lo es.

—¿No hay ningún sinónimo? A veces, Martinho jugaba con sinónimos…

—¿Ah, sí? —se sorprendió Tomás, que se acarició el men-

315

tón, pensativo—. Bien, a partir del siglo XVI comenzaron a llamar «cristianos nuevos» a los judíos cristianizados…

Sacó el bolígrafo del bolsillo de la chaqueta, cogió la libreta de notas y escribió las dos palabras. Después, contando con los dedos, señaló por debajo los guarismos correspondientes:

CRISTIANO   NUEVO
3 17 9 18 19 9 1 13 14   13 20 5 21 14

Marcó las dos secuencias en el código de la caja fuerte y aguardó un momento. De nuevo no ocurrió nada, la pequeña puerta seguía cerrada. Suspiró y se pasó la mano por el pelo, desanimado y ya sin ideas.

—No —exclamó meneando la cabeza—. No es ésta tampoco.

El palacio se alzaba por encima de la niebla, como si estuviese suspendido sobre las nubes, cerniéndose melancólicamente en la sombría cuesta de la sierra de Sintra. La fachada de piedra de Ançã clara, repleta de esfinges, figuras aladas y extraños animales asombrosos, todos inscritos en nudos manuelinos o envueltos en hojas de acanto, hacía recordar un monumento del siglo XVI con toda su magnificencia de gótico manuelino, pero, en este caso, con un toque tenebroso, incluso siniestro, de fortaleza maldita, un monstruo macizo que asomase por entre los vapores parduscos de la neblina. Flotando sobre los copos rodeados de vapor que se pegaban al verde del monte, el palacete resplandecía bajo el gris de la luz refractada de la tarde brumosa; parecía un castillo fantástico, una mansión embrujada, un solar misterioso con su encaje de cimborrios, pináculos, merlones, torres y torreones, un lugar irreal y perdido en el tiempo.

Con los ojos fijos en el palacete pendiente sobre la niebla, Tomás aún no había decidido qué pensar sobre aquel enigmático lugar. Había momentos en que la Quinta da Regaleira le parecía un sitio hermoso, trascendente, sublime; pero, bajo el manto encapotado de las nubes, la belleza que irradiaba de aquel espacio místico se transformaba en algo que asustaba, lúgubre, un refugio de sombras y un laberinto de tinieblas. Sintió que un escalofrío le recorría el cuerpo y consultó el reloj. Eran las tres y cinco de la tarde, Moliarti se retrasaba. La quinta se encontraba desierta, era un día entre semana, a mediados de marzo, decididamente a aquella altura del año y de la semana no podía esperar que hubiese visitantes deambulando por allí. Deseó ardientemente que Nelson llegase de una vez, no le apetecía quedarse mucho más tiempo solo en aquel sitio que en otros momentos le parecía placentero y que ahora se le antojaba tan aterrador.

Sentado en un banco frente al jardín, junto a la galería central que conectaba la quinta con la calle, apartó los ojos del palacio siniestro y miró un momento la estatua que tenía delante. Era Hermes, el mensajero del Olimpo, el dios de la elocuencia y del arte de hablar bien, pero también la divinidad capciosa y sin escrúpulos que llevaba al Infierno a las almas de los muertos, el nombre que fundó el hermetismo, el símbolo de los dominios de lo inaccesible. Tomás miró alrededor y pensó que aquél era, sin duda, uno de los dioses más apropiados para vigilar la Quinta da Regaleira, el sitio de Hermes, el lugar donde las propias piedras guardaban secretos, donde hasta el aire se cerraba en enigmas.

—*Hi Tom* —saludó Moliarti, con la cabeza que asomaba gradualmente por las escaleras del jardín—. Disculpe el retraso, pero me ha costado encontrar este sitio.

Tomás se levantó del banco y saludó al recién llegado, aliviado por tener, al fin, compañía.

—No importa. He aprovechado para admirar el paisaje y aspirar este aire puro de la sierra.

El estadounidense miró a su alrededor.

—¿Qué lugar es éste? Me causa… *creeps*. ¿Cómo se dice en portugués?

—Escalofríos.

—Eso. Me causa escalofríos.

—La Quinta da Regaleira es, tal vez, el lugar más esotérico de Portugal.

—*Really?* —se admiró Moliarti, mirando el palacete desierto—. ¿Por qué?

317

—En el paso del siglo XIX al siglo XX, aún en tiempos de la monarquía, esta propiedad fue adquirida por un hombre llamado Carvalho Monteiro. Era conocido como Carvalho dos Milhões porque, con sus negocios en Brasil, era una de las personas más ricas del país. Carvalho Monteiro era también uno de los hombres más cultos de su tiempo y decidió transformar la quinta en un lugar esotérico, alquímico, el sitio donde podría encarar el fantástico proyecto de resucitar la grandeza de Portugal basada en la tradición mítica nacionalista y en la gesta de los descubrimientos, yendo a las raíces de los fundamentos del Quinto Imperio. —Señaló el palacete, a la derecha, que asomaba por entre la neblina, taciturno, altivo, casi amenazador—. Mire esta arquitectura. ¿A qué le recuerda?

Moliarti estudió la estructura argéntea y ornamentada de la mansión.

—Hmm —murmuró—. Tal vez a la Torre de Belém…

—Precisamente. Estilo neomanuelino. ¿Sabe? La quinta fue construida en una época de *revival*, de recuperación de valores antiguos. Por toda Europa imperaba entonces el neogótico. Ahora bien, el gótico portugués era el manuelino, por lo que el neogótico sólo podía ser el neomanuelino. Pero este lugar fue más lejos e intentó recuperar también las fuentes de los descubrimientos. Encontramos por ello múltiples referencias a la Orden Militar de Cristo, que en Portugal sucedió a la Orden del Temple y fue fundamental en la expansión marítima. Los símbolos mágicos distribuidos aquí, según una fórmula alquímica, surgen del cristianismo templario y de la tradición clásica renacentista, con raíces profundas en Roma, en Grecia, en Egipto. —Hizo un gesto amplio hacia la izquierda—. ¿Ve aquellas estatuas?

El estadounidense contempló la hilera de silenciosas figuras esculpidas en piedra de Ança, asentadas en estructuras que bordeaban un jardín geométrico francés, lleno de rectas y de ángulos.

—Sí.

—Le presento a Hermes, el dios que dio origen a la palabra hermetismo —dijo señalando la estatua más próxima. Fue después moviendo el dedo cada vez más hacia la izquierda, a medida que nombraba cada una de las estatuas—. Éste es Vulcano, el hijo deforme de Júpiter y Juno; aquél es Dioniso; el otro es el dios Pan, un sátiro habitualmente representado con patas de macho cabrío y cuernos en la cabeza, como si fuese el diablo, aquí afortunadamente más humanizado. Después están Deméter, Perséfone, Venus, Afrodita, Orfeo y, allá al fondo, en último lugar, Fortuna. Todos ellos son guardianes de los secretos esotéricos de este lugar, centinelas vigilantes que protegen los misterios encerrados en la Quinta da Regaleira. —Hizo un gesto—. ¿Vamos andando?

Comenzaron ambos a recorrer el camino que bordeaba las estatuas, en dirección a la galería del fondo del jardín.

—Dígame, pues, ¿qué tenía la caja fuerte de la vieja?

Tomás meneó la cabeza.

—No pude abrirla.

—¿Aquélla no era la clave?

—Por lo visto, no.

—Qué extraño.

—Pero estoy seguro de que estamos cerca. La pregunta del profesor Toscano nos remite, sin sombra de dudas, a aquel fragmento de *El péndulo de Foucault*.

—¿Está seguro?

—Completamente. Fíjese, el profesor Toscano se dedicó a investigar los orígenes de Cristóbal Colón, planteando dudas sobre su nacimiento en Génova, y el fragmento en cuestión menciona justamente que Colón era un judío portugués. Claro como el agua, ¿no? —Se pasó la mano por el pelo—. Lo que creo, no obstante, es que hemos cometido algún error en la formulación de la palabra clave.

Pasaron delante de Orfeo y Fortuna y, ya junto al pórtico ornamentado de la galería, giraron a la derecha y escalaron el declive. El jardín geométrico dio lugar a un jardín romántico, donde se mezclaban el césped, las piedras, los arbustos, los árboles, en una integración continua, armoniosa. Se veían magnolias, camelias, helechos arbóreos, palmeras, secuoyas, plantas exóticas traídas de todo el mundo. Entre el verdor vigoroso surgió un lago extraño, su superficie cubierta por un denso manto verde esmeralda, que parecía una sopa de musgo que dos patos, entretenidos con su melancólico parpar, rasgaban mientras se deslizaban, abriendo surcos oscuros que luego se cerraban detrás de ellos, sellados por la espesa cubierta vegetal.

—El Lago da Saudade —anunció Tomás y señaló unos enormes arcos oscuros contiguos al lago y bajo tierra, como cavidades sombrías de una calavera, con hilos de hiedras y helechos pendientes de lo alto—. La Gruta de los Cátaros, por donde el lago se extiende.

—Asombroso —comentó Moliarti.

Recorrieron el camino que bordeaba el lago, rodeado de piedras verdeantes de musgo. Cruzaron un pequeño puente arqueado sobre las aguas, tapado por una magnolia gigante, y se toparon con una casucha cubierta de cuarzo y otras piedras embutidas en la pared. En el centro, una concha gigante llena de un caldo de agua límpida.

—Ésta es la Fuente Egipcia —dijo Tomás señalando la concha invertida, como si fuese una jofaina—. ¿Ve estos dibujos? —Indicó dos pájaros representados en la pared con las piedras embutidas—. Son ibis. En la mitología egipcia, el ibis personifica a Thot, el dios de la palabra creadora y del saber oculto, el que dio origen a los jeroglíficos. ¿Sabe cuál es el nombre de Thot en el Olimpo griego?

Moliarti meneó la cabeza.

—No tengo idea.

—Hermes. De la asociación entre Thot y Hermes nacieron los misteriosos tratados esotéricos y alquímicos de Hermes Trismegisto. —Señaló el pico del ibis de la izquierda, que parecía sostener una lombriz gigante—. Este ibis tiene en el pico una serpiente, el símbolo de la gnosis, del conocimiento. —Esbozó un gesto amplio—. Le estoy mostrando esto para explicarle que aquí nada fue puesto al azar. Todo encierra un significado, una intención, un mensaje oculto, un enigma que se remonta a los principios de la civilización.

—Pero el ibis no tiene nada que ver con los descubrimientos.

—Aquí todo, estimado Nelson, tiene que ver con los descubrimientos. El ibis representa, como le he dicho, el conocimiento oculto. En el Libro de Job, donde esta ave interpreta el poder de la previsión, aparece la pregunta: «¿Quién le dio al ibis la sabiduría?». ¿Qué era, al fin y al cabo, el mundo de los siglos XV y XVI sino un lugar oculto, un oráculo dispuesto a ser leído, un misterio que había que desvelar? —Miró las paredes del palacete flotando al fondo en la bruma—. Los descubrimientos están relacionados con los templarios que encontraron refugio en Portugal huyendo de las persecuciones decretadas en Francia y aprobadas por el papa. En realidad, los templarios trajeron a Portugal el saber necesario para la gran aventura marítima de los siglos XV y XVI. Por ello existe una cultura mística en torno a los descubrimientos, un misticismo con raíces en la época clásica y en la idea del renacimiento del hombre. —Alzó cuatro dedos—. Hay cuatro textos que son fundamentales para leer la arquitectura de este lugar de misterio: la *Eneida*, de Virgilio; su equivalente portugués, *Los lusíadas*, de Luís de Camões; la *Divina comedia*, de Dante Alighieri; y un texto esotérico del Renacimiento, igualmente lleno de enigmas y alegorías, llamado *Hypnerotomachia Poliphili*, de Francesco Colonna. Todos ellos, de una manera u otra, fueron eternizados en las piedras de la Quinta da Regaleira.

321

—*I see.*

El profesor portugués señaló un banco frente al lago y al lado de la Fuente Egipcia.

—¿Vamos a sentarnos?

—Sí.

Se acercaron al banco esculpido en mármol de Lioz, con dos galgos instalados en los extremos en actitud de vigilancia, y una estatua femenina en el centro, con una antorcha en las manos.

—Éste es el banco del 515 —explicó Tomás deteniéndose frente a la estructura—. ¿Sabe qué es el 515?

—No.

—Es un código de la *Divina comedia* de Dante. El 515 es el número que corresponde al mensajero de Dios que vendrá a vengar el fin de los templarios y anunciar la tercera edad de la cristiandad, la Edad del Espíritu Santo, que traerá la paz universal a la Tierra—. Citó de memoria—: «En el cual un quinientos quince, mensajero de Dios, va a matar a la barragana con el gigante que con ella peca». —Tomás sonrió—. Es un fragmento del «Purgatorio», la segunda parte de la *Divina comedia*. —Esbozó un gesto en dirección al banco de piedra—. Como ve, del mismo modo que todo lo que hay en la Quinta da Regaleira, también este banco es una alegoría.

Se sentaron sobre la superficie fría del mármol, el estadounidense observó el galgo sentado a su lado y la mujer de la antorcha, al centro.

—¿Quién es ella?

—Beatriz, la figura que condujo a Dante al Cielo.

—¡Vaya, vaya! Aquí todo tiene historia.

Tomás abrió su inseparable cartera y sacó la libreta de notas.

—Es como le decía —murmuró—. Pero traigo aquí otra historia para contarle.

—¿Ah, sí?

Hojeó la libreta y se recostó en el duro banco.

—La referencia de Umberto Eco a Colón, atribuyéndole un origen portugués, tuvo el mérito de reorientarme en la investigación. Me puse a buscar otros elementos, consultando sobre todo las muchas fotocopias que saqué de los documentos de su puño y letra, y descubrí algunas cosas que sin duda le parecerán interesantes. —Recorrió las anotaciones con la vista—. Lo primero que se puede decir es que el debate sobre la nacionalidad de Colón no puede hacerse según los moldes actuales, dado que en la época en que vivió el navegante no existían países en el sentido moderno. Por ejemplo, España era toda la península Ibérica. Los portugueses se consideraban, a sí mismos, españoles, y protestaron cuando los castellanos se apropiaron abusivamente de ese nombre. No había tampoco, en el sentido que hoy le atribuimos, navegantes portugueses, sino navegantes al servicio del rey de Portugal o de la reina de Castilla. Fernando de Magallanes, por ejemplo, era un experimentado navegante portugués que dio la vuelta al mundo en una flota castellana. Mientras lo hacía, era castellano.

—¿Como Von Braun?

—¿Perdón?

—Von Braun era alemán, pero planificó el viaje a la Luna como estadounidense.

—Exacto —coincidió Tomás—. El segundo asunto que hace

falta comentar es que el gran debate sobre la verdadera nacionalidad de Colón se produjo hacia 1892, que no sólo era el año del cuarto centenario del descubrimiento de América, sino también una época de nacionalismo exacerbado. Los historiadores españoles comenzaron a detectar incongruencias en la argumentación genovesa y plantearon dos hipótesis: la de que Colón sería gallego o catalán. Los italianos, en pleno periodo de fervor nacionalista y de afirmación política y cultural de su recién creado país, se opusieron tenazmente a tal posibilidad. Data de este periodo la aparición, en ambos lados, de documentos falsos.

—Eso no es así. A los italianos sólo les interesaba la verdad.

—¿Le parece? —Tomás sacó un pequeño libro de la cartera, titulado *Sails of Hope*, y se dedicó a buscar una referencia subrayada—. Éste es un estudio realizado por el famoso «cazanazis» judío Simon Wiesenthal sobre la verdadera identidad de Colón. Wiesenthal cuenta que conversó con un historiador italiano sobre la investigación que estaba llevando a cabo y escuchó la siguiente respuesta. —Tomás se dispuso a traducir directamente del libro las palabras del italiano a Wiesenthal—: «Poco importa lo que llegue a descubrir. Lo esencial es que Cristóbal Colón no se vuelva español». —Miró a Moliarti—. En otras palabras, para este historiador italiano la cuestión no era el descubrimiento de la verdad, sino la necesidad nacionalista de preservar la identidad italiana de Colón, costara lo que costase.

—¡Vaya, vaya! —dijo entre risas el estadounidense—. ¿No es eso lo que usted también está haciendo, sólo que en sentido contrario?

—Se equivoca, Nelson. Como ya le he explicado, lo que estoy haciendo es reconstruir la investigación del profesor Toscano: ustedes me han contratado para eso. Pero, si quiere que lo deje, dígalo, no se corte.

—Hmm —farfulló Moliarti—. No merece la pena dramatizar. —Se pasó la mano por la cabeza, como si intentase reordenar sus pensamientos—. Dígame, Tom, ¿le parece realmente sostenible que Colón fuese de origen español?

—No, no me lo parece. Es cierto que el papa Alejandro VI, en una carta a los Reyes Católicos, describió a Colón como un «hijo dilecto de la Hispania», pero la verdad es que, en aquel tiempo, por Hispania no se entendía sólo Castilla y Aragón, sino, como ya le he dicho, todos los territorios de la península Ibérica, incluido Portugal. Por otro lado, tal expresión no implica necesariamente que hubiese nacido allí, aunque ello esté de algún modo implícito. Podría darse el caso, sin embargo, de que se estuviese refiriendo a una especie de hijo adoptivo de Hispania.

—De la misma manera que Von Braun es un hijo adoptivo de América.

—¿Y lo es?

—Bien…, pues…, en cierto modo, sí.

—Con un poco de buena voluntad, ése también podrá ser el caso del significado de esta referencia. Pero, claro, con un poco de buena voluntad… —Guiñó el ojo, provocador—. Dejémoslo así. Para el caso, lo que interesa es que hay fuertes indicios de que Colón no nació en Castilla ni en Aragón. El primer documento que certifica la presencia de Colón en España data del 5 de mayo de 1487 y se refiere a un pago hecho a, literalmente, «Cristóbal Colomo, extranjero». Por otra parte, la procedencia extranjera del navegante quedó incluso probada en un tribunal español cuando su hijo portugués, Diogo Colom, demandó a la Corona por no respetar las cláusulas del contrato que los Reyes Católicos habían firmado con Colón en 1492. En ese proceso, varios testigos indicaron, bajo juramento, que Colón hablaba castellano con acento extranjero. El tribunal acabó desestimando la queja con el argumento de que los reyes, pudiendo conceder tales favores a ciudadanos españoles, no lo podrían haber hecho con un extranjero que no llevase dieciocho años de residencia en el país. —Consultó sus anotaciones—. La sentencia del proceso está guardada en el códice V.II.17, que se encuentra en la biblioteca de El Escorial, y dice lo siguiente: «el dicho don Cristóbal era extranjero, no natural ni vecino del Reino, ni morador en él». En conclusión, Colón era un extranjero.

—Genovés —precisó el estadounidense.

—Usted es pertinaz —intervino Tomás con una sonrisa—. Tal vez fuese realmente genovés, ¿quién sabe? Pero hay que considerar también la hipótesis portuguesa, por lo visto defen-

dida por el profesor Toscano y asumida por Umberto Eco.
—Hizo una pausa, buscando las anotaciones en la página siguiente de la libreta—. Quien aportó el primer gran indicio fue uno de los mayores cosmógrafos y geógrafos del siglo xv, Paolo Toscanelli, de Florencia. Este gran científico mantuvo correspondencia con el canónigo portugués Fernam Martins y con Colón. Es especialmente curiosa una carta enviada a Lisboa en latín y fechada en 1464. En esa misiva dirigida al navegante, Toscanelli comienza diciendo «recibí tus cartas», en plural, dando así a entender que Colón había tomado la iniciativa de escribirle más de una carta, aparentemente sobre el camino occidental hacia la India. La carta de Toscanelli explora detalladamente la hipótesis de ese viaje, pero es la conclusión la que me parece relevante para nuestro diálogo. Toscanelli afirma allí lo siguiente. —Afinó la garganta—: «No me sorprende, pues, por éstas, y por muchas otras cosas que aún podrían decirse sobre el asunto, que tú, que estás dotado de un alma tan grande, y la muy noble Nación Portuguesa, que en todos los tiempos ha sido tan ennoblecida por los más heroicos hechos de tantos hombres ilustres, tengas tan gran interés en que ese viaje se realice».

325

—¿Y? —preguntó Moliarti con cierto desdén.

—¿Y? ¡Pues que esta carta es muy reveladora! Mire, tiene por lo menos cuatro elementos curiosos. El primero es que demuestra que Colón se escribía con uno de los mayores científicos de su tiempo.

—No veo lo que eso pueda tener de curioso…

—Nelson, ¿no es la tesis genovesa la que afirma que Colón no era más que un tejedor de seda sin instrucción? ¿Cómo es posible que un personaje semejante mantuviese correspondencia con Toscanelli? —Hizo una pausa, como quien refuerza su pregunta—. ¿Eh? —Volvió la atención de nuevo a la libreta de notas—. El segundo problema es que Toscanelli dejó entrever que su interlocutor era portugués al escribir: «tú, que estás dotado de un alma tan grande, y la muy noble Nación Portuguesa». ¿O sea, que el italiano Toscanelli no sabía que Colón también era italiano? —Inclinó la cabeza—. ¿O no lo era? —Sonrió—. El tercer problema es que la carta, enviada a Lisboa, está fechada en 1474.

—¿Y?

—¿No se da cuenta del enorme problema que eso plantea? —Agitó la copia en la mano—. Mi estimado Nelson, recuerde que la documentación notarial refiere que el tejedor de seda Cristoforo Colombo no llegó a Portugal hasta 1476. ¿Cómo hubiera sido posible que Toscanelli le escribiera a Colón a Lisboa, recibiendo y enviando cartas, si él hubiese desembarcado en la ciudad sólo dos años después?

—¿No habrá ahí algún error?

—No hay ningún error. La presencia del navegante en Lisboa en 1474 aparece confirmada en otra fuente. El historiador Bartolomé de las Casas, reproduciendo un encuentro entre Colón y el rey Fernando, en Segovia, en mayo de 1501, citó afirmaciones del Almirante acerca de los catorce años que pasó intentando convencer a la Corona portuguesa de que apoyase su proyecto. Ahora bien, considerando que Colón abandonó Portugal en 1484, si a 1484 le quitamos catorce obtenemos... —garrapateó las cuentas en la libreta—, obtenemos 1470. —Miró al estadounidense—. Por tanto, si De las Casas es correcto en este detalle, Colón estaría incuestionablemente en Lisboa en 1470. Cuatro años después, en 1474, recibió en la capital portuguesa la carta de Toscanelli. Pero ¿cómo es posible tal cosa si, de acuerdo con los documentos notariales genoveses, él, en ese momento, aún no había llegado a Portugal, pues el traslado se produciría en 1476?

—Pues..., bien..., es un detalle...

—Nelson, éste, y al contrario de lo que pueda parecer, no es un detalle menor, una cosa sin importancia, sino un problema muy, pero que muy grande. Tan grande que los historiadores se pasaron todo el siglo XIX debatiendo estas extrañas discrepancias, incapaces de ponerse de acuerdo con respecto a una cuestión aparentemente tan simple como la de determinar la fecha de la llegada de Cristóbal Colón a Portugal. Y esto porque durante algunos años hubo dos Colón que coexistían en el tiempo. Un Colombo en Génova tejiendo seda, el otro Colom en Lisboa intentando convencer al rey portugués de ir hacia la India por el oeste y escribiéndose con Toscanelli, que lo consideraba portugués.

Moliarti se movió, incómodo, en el banco de piedra.

—Pues…, bien…, adelante. ¿Cuál es el cuarto problema?

—La carta de Toscanelli está escrita en latín.

—¿Ah, sí? ¿Y?

—Nelson —lo interpeló Tomás, como si estuviese explicando algo a un niño—. Toscanelli era italiano y Colón supuestamente también. Siendo ambos italianos, sería normal que se escribiesen en toscano, la lengua hablada entre italianos de ciudades diferentes, y no en una lengua muerta, ¿no?

—Es aceptable. Pero no era imposible que dos italianos se escribiesen en aquella época en latín: ambos venían de ciudades diferentes y, siendo eruditos, el latín era una forma de revelar su erudición.

—¿Cristoforo Colombo era un erudito? —preguntó con una sonrisa Tomás—. Y yo que creía que no era más que un tejedor de seda sin instrucción…

—Bueno… —titubeó Moliarti—. Habrá aprendido en algún sitio, sin duda.

—Es posible, Nelson, es posible. Pero recuerde que, en aquel tiempo, las clases más bajas no tenían fácil acceso a la educación. Si aún hoy es difícil, imagínese en el siglo xv…

—Pudo haber conseguido un protector.

—¿Un protector?

—Sí, alguien que le pagase los estudios.

—Pero ¿cómo es posible si el nombre de Cristoforo Colombo no consta en la lista de los alumnos de las escuelas de Génova de aquella época?

—Pues…, tal vez fue a otras escuelas…, o…, o le consiguieron un tutor…

—¿Otras escuelas? ¿Un tutor? —Tomás se rio—. Tal vez, quién sabe. Permítame, no obstante, que llame su atención sobre el hecho de que no fue sólo con Toscanelli con quien Colón, supuestamente italiano, no se escribió en una lengua italiana viva. La verdad es que Colón casi nunca escribió nada en italiano.

—¿Qué quiere decir con eso?

—Lo que quiero decir es que Colón, por lo visto, era un italiano que no escribía en italiano. Su correspondencia era toda en castellano o en latín.

327

—Bien..., pues... supongo que eso es natural. Seguramente sus interlocutores españoles, como los Reyes Católicos, no entendían italiano...

—Nelson —cortó Tomás con un tono pausado, pero afirmativo—. El italiano Cristóbal Colón no escribió ni una sola vez en italiano cuando mantuvo correspondencia con italianos. Ni una sola vez.

El estadounidense esbozó una expresión interrogativa.

—No lo creo.

—Pues puede creerlo. —El profesor sacó fotocopias de cartas manuscritas—. ¿Lo ve? —Mostró un folio—. Ésta es una copia de una carta de Colón a Nicolo Oderigo, embajador de Génova en España, fechada el 21 de marzo de 1502. Está archivada en el Palazzo Municipale de Génova. Es la carta de un presunto genovés a otro genovés. Pues, fíjese bien, está escrita en cas-te-lla-no —deletreó la palabra sílaba a sílaba, para enfatizarla y cogió otra fotocopia—. En esta otra carta, para el mismo Oderigo, también en castellano, Colón llega a pedirle a su interlocutor genovés que traduzca la misiva a otro genovés, un tal Giovanni Luigi. —Miró a un Moliarti boquiabierto—. Convengamos en que esto es extraño, ¿no? No sólo Colón le escribe a un genovés en castellano, sino que, consciente de que un segundo destinatario genovés no sabe castellano, en vez de redactar la carta en italiano o en el dialecto genovés para que lo comprenda inmediatamente ese segundo destinatario, le pide a Oderigo que le traduzca la carta. Es extraordinario, ¿no le parece? Sobre todo si consideramos que Colón era, supuestamente, genovés. —Una fotocopia más—. Ésta es una de las cartas dirigidas a otro destinatario genovés, en este caso una institución bancaria, el Ufficio di San Giorgio. La misiva también está escrita en castellano. —Sonrió—. O sea, que tenemos aquí a un genovés que vivió en Génova hasta los veinticuatro años de edad, pero que no escribió una línea en italiano o en el dialecto genovés en las cartas dirigidas a sus interlocutores genoveses. —Una última fotocopia—. Y ésta es una carta a otro italiano, el sacerdote Gaspar Gorricio. Una vez más, sorpresa, sorpresa, en castellano. Y, no se olvide, además está la carta que le habrá enviado a Toscanelli. Esa carta desapareció, pero, por la respuesta de Toscanelli, domina la idea de que Colón le escribió en portugués o en latín. En resumidas cuentas, estamos frente a una correspondencia mantenida con cinco interlocutores italianos, de los cuales tres son genoveses, siempre en lenguas que no son el italiano ni el dialecto genovés. Curioso, ¿no?

—No entiendo, Tom. A fin de cuentas, usted mismo me dijo que creía que Colón no era español…

—No lo creía ni lo creo.

—Y, no obstante, me está diciendo que sólo escribía en castellano o en latín.

—Es verdad, eso he dicho.

—Entonces, si hablaba castellano y no era español, ¿adónde quiere llegar? Que yo sepa, en Portugal no se hablaba castellano…

—Pues no.

—¿Entonces en qué quedamos?

—Es que aún no le he contado todo.

—Ah, vale.

—Permítame que le aclare una cuestión previa —dijo Tomás—. Los documentos personales de Cristóbal Colón se perdieron en el tiempo. Cuando su hijo portugués, Diogo Colom, murió, la correspondencia del Almirante pasó a manos de la mujer de Diogo, Maria, y de su hijo, Luís, que se lo llevaron todo a las Antillas. Después de la muerte de éstos, la correspondencia regresó a España y fue entregada a los monjes de Las Cuevas. Después, una querella jurídica los dividió entre Muño Colón y la familia del duque de Alba. Parte de los documentos pasaron posteriormente al segundo duque de Veragua, descendiente del Almirante. En ese momento, ya sólo quedaban algunas cartas de Colón a Diogo. —Levantó la mano izquierda—. Preste atención a lo que voy a decirle ahora, Nelson, porque es importante. En todo este proceso desaparecieron casi todos los documentos. El propio diario de Colón no fue conservado, y de él sólo nos queda una copia manuscrita, descubierta en el siglo XIX, que «se supone» fue hecha por Bartolomé de las Casas. Claro que, en medio de toda esta confusión, aparecieron muchas falsificaciones. En algunos casos, los falsificadores se limitaron a alterar pequeños detalles del texto, destinados a reforzar sus tesis, y probablemente destruyeron los originales que las habrían desmentido. En otros inventaron completamente los documentos. En ciertas situaciones, eso ocurrió para apropiarse de la nacionalidad de Colón. En otras, fue simplemente para hacer dinero. He hablado con expertos en manuscritos autógrafos, habituados a adquirir cartas raras en subastas, que me revelaron que, si llegase a aparecer una carta manuscrita de Colón y se tuviera la certidumbre de que es auténtica, costaría cerca de medio millón de dólares. Solamente el precio sería mayor, me dijeron esos expertos, medio en broma, medio en serio, si apareciese una carta firmada por el propio Jesucristo, fíjese. Como debe imaginar, estas cifras astronómicas alentaron, y de qué manera, las falsificaciones.

—¿Me está diciendo que todo es falso?

—Estoy diciendo que, probablemente, muchas de las cartas atribuidas a Colón son falsificaciones, parciales o totales.

—¿Incluidas las cartas a los genoveses?

—Sí.

Moliarti sonrió.

—Entonces eso resuelve el problema que usted me planteó hace un momento, ¿no le parece? Si esas cartas son falsas, el hecho de que estén escritas en castellano no prueba nada. Son inventadas…

—Esas cartas prueban varias cosas, Nelson. Prueban que ni los falsificadores se atrevieron a escribir las cartas de Colón a genoveses en italiano, motivo más que suficiente para quitarles credibilidad. Prueban que los originales en que se basaron, cuando había originales, también estaban escritos en castellano. Y, finalmente, prueban que hubo, en efecto, una conspiración para hacer del descubridor de América un genovés.

—Qué disparate.

—No es un disparate, Nelson. Hubo muchos documentos falsificados donde se intercaló deliberadamente el nombre de Génova.

—¿Quiere decir que los documentos notariales encontrados en los archivos de Savona y Génova fueron falsificados?

—No, ésos son probablemente verdaderos. El tejedor de seda Cristoforo Colombo existió realmente, sobre eso no caben dudas. Las falsificaciones afectan solamente a algunos documentos del navegante Cristóbal Colón y a todos los documentos que intentan ligar Colombo con Colón, como el *Documento Assereto* y estas cartas del Almirante enviadas a genoveses. No se olvide, Nelson, de que todo lo que sabemos sobre Colón fue escrito por italianos y españoles, en unos casos de forma inocente, en otros con premeditación.

—Bien, adelante —exclamó Moliarti impaciente, apuntando con un gesto la libreta de notas de su interlocutor—. ¿No hay ningún texto del que podamos decir que fue escrito por la mano de Colón?

—Sólo hay dos cosas en las que la certidumbre es absoluta. La primera son las cartas a su hijo Diogo, dado que las conservaron personas o instituciones debidamente identificadas a lo largo del tiempo y con un recorrido que es posible reconstruir con exactitud.

—¿El recorrido que usted mencionó hace un momento?

—Sí, ése. La segunda son las anotaciones hechas en los márgenes de los libros que pertenecieron a Cristóbal Colón y que, donados por su hijo español, Hernando, se conservan en la Biblioteca Colombina, en Sevilla. Aunque sea posible que, en este caso, algunas de las anotaciones hayan sido hechas por el hermano de Cristóbal, Bartolomeo. Pero, de cualquier modo, hay algunas de las que tenemos la certidumbre de que fueron redactadas por el propio Almirante.

—¿Y esas cartas y anotaciones en qué lengua están escritas?

—Sobre todo en castellano. Hay algunas en latín y dos en italiano, pero sólo una de las dos en italiano es seguramente de Cristóbal Colón.

—¿Lo ve? Al final, siempre escribió en italiano y el resto fue en castellano y en latín. Por lo visto, no hay nada en portugués, ¿no? Así, pues, como Colón no era español y no escribía en portugués, sólo podía ser italiano.

Tomás mantuvo su mirada fija en Moliarti, al tiempo que sus labios esbozaban una leve sonrisa.

—Nelson.

El estadounidense contrajo los músculos de la cara, con un tic nervioso. Entendió de inmediato, por el tono de voz de To-

331

más y por su expresión facial, que había un detalle traicionero acechando en la sombra, dispuesto a echar abajo su razonamiento.

—¿No es así?

—Nelson.

—Dígame…

—Todos estos textos, manuscritos por Colón, aunque estén en castellano, latín o italiano, están llenos de portuguesismos.

—¿Perdón?

—Los textos escritos por Colón están llenos de portuguesismos. En realidad, no escribía en español, escribía en *portuñol*, escribía como escriben los portugueses que quieren expresarse en castellano. ¿Me entiende?

Moliarti se recostó en el banco, con los ojos perdidos en la alfombra verde que cubría el Lago da Saudade.

—¡No puede ser! —exclamó, pronunciando pausadamente las palabras, y miró a Tomás con actitud interrogante—. ¿Qué quiere usted decir cuando habla de portuguesismos?

—Los portuguesismos son palabras o expresiones típicas de la lengua portuguesa, pero insertadas en otra lengua. Si yo llegase a Madrid y dijese, incluso imitando el acento castellano, «*olha*, hombre, quiero apañar un carro para ir al palacio», cualquier madrileño me miraría y se daría cuenta enseguida de que soy portugués; en castellano no se dice «olha» ni «carro», que son portuguesismos. Los españoles dicen «mira» y «coche».

—¡Ah! —admitió—. ¿Y qué portuguesismos utilizó Colón?

Tomás soltó una carcajada de buen humor.

—Creo que ha formulado mal la pregunta, Nelson. La verdadera pregunta no es qué portuguesismos utilizó Colón, pues han sido tantos… La pregunta es: ¿cuándo no utilizó portuguesismos? —Le guiñó el ojo, con actitud bromista—. Los no portuguesismos son casi más raros, ¿entiende?

Moliarti no se rio.

—Sí, pero deme ejemplos de portuguesismos que haya utilizado.

El profesor hojeó sus anotaciones.

—Vamos a comenzar por la única incursión en el italiano que, con toda certeza, proviene de la mano del Almirante. Se trata de una nota escrita al margen del *Libro de las profecías*, al comienzo del salmo 2.2. Son en total veintiséis palabras, seis de las cuales son portuguesas del siglo xv o españolas. Por ejemplo, escribió «el» en vez de «il», «delli» en vez de «degli», «en» y no «in», «simigliança» en vez de «somiglianza» y «como» en vez de «come». En la *Historia natural* de Plinio se encuentran veintitrés anotaciones marginales. Veinte están en castellano, dos en latín y la última en italiano. Hay dudas sobre si esta anotación en italiano pertenece a Cristóbal o a otra persona, eventualmente su hermano Bartolomeo, pero es relevante destacar que se trata de un nuevo y risible intento de escribir en italiano, dado que su autor llenó el texto de palabras castellanas o portuguesas del siglo xv como «cierto», «tierra», «pieça», «como», «él», «y», «parda» y «negra».

—¿Y las demás anotaciones?

—Están generalmente en castellano aportuguesado. —Volvió a las anotaciones—. Hasta tal punto que el investigador español Altolaguirre y Duval afirmó que «el dialectismo colombino es seguramente portugués», y otro español, el conocido historiador y filólogo Menéndez Pidal, llegó a la misma conclusión, reconociendo que «su vocalismo tiende al portugués» y que «el Almirante conserva ese lusismo inicial hasta el fin de su vida».

—Deme ejemplos.

—Mire, comienza por algo muy portugués, que es colocar el diptongo «ie» en palabras españolas. No sé si lo sabe, pero hay muchas palabras portuguesas y castellanas que son casi iguales, con la diferencia de que en español se escriben con «ie» y en portugués sólo con «e». En Colón ocurrían dos cosas que sólo hacen los portugueses cuando intentan hablar castellano. La primera es no poner «ie». Por ejemplo, el Almirante escribió «se intende» en lugar de «se entiende» y «quero» en vez de «quiero». La segunda es poner «ie» cuando en castellano no hay «ie». Es el caso de la palabra española «depende», que Colón escribió «depiende». Todos los españoles saben que sólo los portugueses, en su precipitado intento de hablar castellano, meten a veces «ie» donde no existe.

—¿Y el vocabulario en general?

—Lo mismo. Por ejemplo, Colón escribía «algun» cuando en castellano correspondía «alguno» y en italiano «*alcuno*». Decía «ameaçaban», mientras que los españoles dicen «amenazaban» y los italianos «*minacciàvano*». Otra palabra es «arriscada», que en castellano se dice «arriesgada» y en italiano «*rischiosa*». Están también «boa» y «bon», mientras que los españoles dicen «buena» y «bueno», y los italianos «*buona*» y «*buono*». Colón usaba también «crime», que en castellano es «crimen» y en italiano «*crimine*». Utilizaba la palabra «despois», que para los españoles es «después» y para los italianos «*dopo*» o «*poi*». Colón decía «dizer», mientras que el español usa «decir» y el italiano «*dire*». Por otro lado, escribía «falar», que en castellano es «hablar» y en italiano «*parlare*»; «perigo», frente al castellano «peligro» y el italiano «*periculo*». Recurría a la palabra portuguesa «aberto», que los españoles dicen «abierto» y los…

—Basta, basta. *Enough*. Listo. Ya he entendido.

—La lista de portuguesismos es interminable, Nelson. Interminable.

—Eso no prueba nada.

—¿No prueba nada?

—Puede haber un sinfín de razones para que él no escribiese en italiano. Por ejemplo, el dialecto florentino, del que deriva el toscano, era en aquel tiempo la nueva lengua neolatina italiana, utilizada sólo por los *dotti*, los más instruidos. Colón no era instruido.

—¿Ah, no? ¿Entonces cómo hacía para saber latín y cosmografía?

—Eh… habrá aprendido después.

Tomás se rio.

—Debe de haber sido en un curso por correspondencia. O si no navegando en Internet…

—No interesa —interrumpió Moliarti.

—… donde, en vez de descubrir América, se dio de narices con un *site* en latín y se puso a memorizar declinaciones.

—¡Basta! —insistió el estadounidense, irritado por el sarcasmo—. Basta. —Respiró hondo—. Vamos a retomar la cuestión de la lengua, que me parece importante. —Afinó la voz—. Tiene que haber una explicación lógica para esas anomalías, para el hecho de que escribiese en ese…, en ese castellano…, pues… aportuguesado.

—¿Una explicación lógica? ¿Qué explicación? —Se inclinó en la mesa—. ¿Sabe lo que me dijeron en el Archivio di Stato de Génova?

—¿Qué?

—Me dijeron que, en aquel tiempo, los italianos que vivían en el extranjero usaban entre sí sobre todo el toscano como lengua franca.

—Es verdad —confirmó Moliarti.

—¿Entonces por qué razón no escribió él las cartas en toscano para los otros italianos?

—Tal vez no sabía…

—Pero usted mismo, y también el Archivio di Stato de Génova, han reconocido que el toscano era la lengua franca utilizada en aquel tiempo por los italianos que vivían en el extranjero…

—Sí, pero tal vez él fuese una excepción, quién sabe. Pudiera ser que Colón sólo hablase el genovés. Como ese dialecto no se escribía, no lo podía usar para comunicarse con los demás genoveses, ¿no?

—Esa explicación, qué quiere que le diga, me parece muy rebuscada e imaginativa. De entrada ya es falsa la afirmación de que el dialecto genovés no se escribía. Comprobé con un profesor genovés de lenguas y me aseguró que el dialecto de Génova ya se escribía en la Edad Media. Hay registros de genovés en los poetas provenzales, por ejemplo, y en muchos poemas de la época, incluso rimas y versos inspirados en la *Divina comedia* de Dante. —Alzó el dedo índice y el del corazón—. Lo que nos plantea dos cuestiones: ¿Colón no sabía toscano porque no tenía instrucción, pero sabía latín, que sólo conocían los más cultos? ¿No escribía en genovés, hablado por todos los genoveses y escrito por los más educados, pero no se cansaba de redactar textos en un castellano aportuguesado? —Torció la nariz—. Hmm… Todo esto me huele a chamusquina, estimado amigo.

—Pero hay otra cosa que no ha tenido en cuenta —expuso Moliarti.

335

—¿Qué?

—Las semejanzas entre el dialecto genovés y el portugués. Muchas de esas palabras escritas por Colón, que según usted son portuguesas, son probablemente genovesas.

—¿Usted cree?

—Estoy casi seguro.

—Pues lo persigue la mala suerte. —Sonrió con malicia—. Ocurre que ya había escuchado ese argumento por boca de un defensor de la tesis genovesa y quise comprobarlo con el profesor genovés de lengua al que consulté. Le pedí la correspondencia entre las palabras portuguesas que le he citado, y que fueron usadas por Colón, y la respectiva traducción al genovés. —Tomás volvió a las anotaciones—. Ahora fíjese. «Algún» se dice «*quarche*», «arriscada» es «*reiszegösa*», «boa» y «bon» son «*bönn-a*» y «*bön*», «crime» es «*corpa*», «despois» da «*doppö*» y «dizer» es «*dî*». Como ve, con excepción de «*bön*», que es semejante al portugués, ninguna de las otras expresiones usadas por Colón remite al genovés, sino exclusivamente al portugués. —Alzó el índice—. Lo que nos conduce a la cuestión esencial. Mi experiencia como criptoanalista me dice que, cuando estamos ante una explicación complicada y una explicación sencilla para un determinado enigma, la explicación sencilla tiende a ser la verdadera. ¿Por qué no concluir simplemente que, si Colón no escribía en ninguna lengua itálica, ni siquiera en genovés, que ya se escribía en aquel tiempo, se debía a la lógica razón de que él, en realidad, no las sabía hablar? Y, si no sabía lenguas itálicas, es fácil concluir que, probablemente, no era italiano.

—Él era italiano, sobre eso no hay dudas. Era genovés. Tiene que haber alguna explicación para el hecho de que nunca escribiera en una lengua itálica. Probablemente ni sabía toscano...

—Usted es tozudo, ¿eh? Eso de que no sabía toscano, la lengua franca de los italianos en el extranjero, me parece una explicación bastante poco elaborada...

—*Okay*, admito que sí, tal vez supiera toscano, listo. Pero como Colón se fue muy joven de Génova, tal vez se olvidó.

—¿Se olvidó del toscano? —El portugués soltó una carcajada—. ¡Nelson, francamente! Eso no se lo cree nadie. —Meneó la cabeza, con expresión divertida—. Mire, ¿se acuerda de que yo le dije, hace poco, que el historiador y filólogo español Menéndez Pidal observó que «ese lusismo inicial lo conserva el Almirante hasta el fin de su vida»?

—Sí.

—Pues bien, aquí estamos frente a una situación insólita. Colón vivió veinticuatro años en Italia y, en un abrir y cerrar de ojos, se olvidó del toscano y de su genovés natal. Vivió solamente diez añitos en Portugal y, ¡zas! Nunca más se olvidó del portugués, lo mantuvo hasta el final de su vida. Es fantástico, ¿no? —Señaló al estadounidense—. ¿Usted quiere realmente convencerme de que él tenía mala memoria para todo lo que fuesen lenguas itálicas, que supuestamente eran las de su país natal, y una fantástica memoria para la lengua portuguesa que, a juzgar por ciertas opiniones, era para él extranjera? ¿Eh?

—Pues…, bien…, sí.

—Nelson, francamente, lo que usted está diciendo no tiene ningún sentido —exclamó Tomás, volviendo a menear la cabeza, ahora con un asomo de impaciencia—. Todas esas frases no son una explicación lógica, son una fantasía desesperada, no hay por dónde cogerlas. Escúcheme, vamos a ver si nos entendemos. El hombre, si creemos en las actas notariales genovesas, dejó Génova a los veinticuatro años de edad. Veinticuatro. En aquel tiempo, un hombre de veinticuatro años, para su información, ya no era joven. Si fuese hoy, esa edad sería equivalente a unos treinta y cinco años o más. Ahora, que yo sepa, nadie olvida su lengua a los veinticuatro años de edad. Nadie. Para colmo vivía con su hermano Bartolomeo, que supuestamente era también genovés, y, por tanto, tenía ocasión de practicar con él la lengua materna. Por otro lado, y como usted mismo ha acabado reconociendo, sabría muy probablemente toscano, dado que era la lengua franca utilizada por los italianos que se encontraban en el extranjero. Pero el único intento que, con seguridad, hizo Colón de escribir en italiano es de una inepcia apabullante. Y lo cierto es que, cuando estaba escribiendo en castellano y le faltaba una palabra, para sustituirla no recurría a italianismos, como sería natural y previsible en

337

un italiano, sino a portuguesismos. Además, los únicos textos de Colón sin portuguesismos son aquellos que fueron copiados, porque, en esas situaciones, los copistas corrigieron las expresiones portuguesas rescribiéndolas en castellano.

—Pero, Tom, ¿no había realmente italianismos en sus textos en castellano?

—No, no los había. Cuando no encontraba la expresión en castellano, por lo visto sólo se le ocurrían palabras en portugués.

—Hmm…

—Y hay más, Nelson. Hay más.

—¿Qué?

—No tuve oportunidad de leer todo lo que dijeron sobre el Almirante todos los testigos que lo conocieron, sobre todo en el proceso judicial del «pleyto con la Corona» y del «pleyto de la prioridad», en que se determinó que era extranjero. Pero dos investigadores que consulté, el judío Simon Wiesenthal y el español Salvador de Madariaga, encontraron algunos testimonios asombrosos. —Examinó una vez más sus anotaciones—.

338   Wiesenthal escribió: «unos testigos dicen que Cristóbal Colón hablaba castellano con acento portugués». Y Madariaga, por su parte, también observó que Colón «hablaba siempre en castellano con acento portugués». —Miró a Moliarti y sonrió, triunfante; le brillaban los ojos, parecía un jugador de ajedrez que acabara de hacer jaque mate y estudiaba la expresión aturdida del adversario derrotado—. ¿Entiende?

El estadounidense se quedó un largo rato mudo, con la mirada perdida y la fisonomía ausente.

—*Holy shit!* —exclamó, por fin, con un susurro, como si hablase sólo para sí mismo—. ¿Está seguro?

—Fue lo que ellos escribieron. —Se levantó del banco y se desperezó para desentumecer los músculos—. Hay muchas cosas en Colón que no encajan, Nelson. Fíjese, cuando llegó a España, presumiblemente en 1484, ¿sabe cuál fue la primera persona con la que se puso en contacto?

Moliarti también se levantó e hizo una contorsión con su tronco, intentando relajar el cuerpo, ya dolorido de estar tanto tiempo sentado en el asiento de piedra; el banco del 515 era bonito pero incómodo.

—No tengo idea, Tom.

—Un fraile llamado Marchena. ¿Sabe cuál era su nacionalidad?

—¿Era portugués?

—Claro. —Sonrió—. ¿Se ha fijado en que, cuando vamos al extranjero, tenemos tendencia a buscar personas de nuestra nacionalidad? Podría haber buscado genoveses u otros italianos, los había en Sevilla, incluso en el propio monasterio donde se alojaba Marchena. Pero no, fue a ver a un portuguesito.

—¡Vaya! Eso no prueba nada.

—Claro que no, pero no deja de ser curioso, ¿no? —Comenzó a andar por un sendero de tierra, deambulando entre los árboles con Moliarti al lado—. Hay aquí muchas preguntas que requieren respuesta. Por ejemplo, ¿por qué razón Colón, si era genovés, hacía de su origen un misterio? A fin de cuentas, los castellanos tenían, en aquella época, buenas relaciones con Génova, y no se vislumbra motivo alguno para que desconfiasen de un genovés. Por el contrario, trabar relación con un genovés daba incluso prestigio, los propios ingleses navegaban por el Mediterráneo bajo la protección de la bandera genovesa de San Jorge, aquel estandarte blanco con una cruz roja que después adoptaron como bandera de Inglaterra. Ahora, y atendiendo a la rivalidad entre portugueses y castellanos, la presencia de un portugués al frente de tripulaciones castellanas ya podría ser un problema, de la misma manera que lo opuesto también era verdadero. Por otra parte, basta ver lo que sufrió el portugués Magallanes cuando dirigió la flota castellana que dio la primera vuelta al mundo. Siendo genovés, Colón no tenía ninguna razón para esconder su origen. Pero siendo portugués…

—Mera especulación.

—Pues sí. La verdad, sin embargo, es que no se entiende muy bien por qué motivo Colón hizo un misterio de su origen, ¿no? Y créame que aún hay muchas más preguntas que hacer. Por ejemplo, ¿por qué razón no escribía en italiano, toscano o en dialecto genovés cuando mantenía correspondencia con italianos, especialmente con Toscanelli? ¿Por qué motivo hablaba castellano con acento portugués? Siendo un tejedor de seda sin instrucción, ¿dónde aprendió latín y cosmografía? ¿Qué decir de las flagrantes discrepancias de fechas? ¿Cómo explicar que, en 1474, la carta de Toscanelli lo localizaba en Lisboa y actas notariales genovesas lo situaban, en ese mismo momento, muy lejos de Portugal? En fin, hay tantas preguntas que hacer, tantas, tantas, que sería muy capaz de pasarme aquí toda la tarde formulándolas, y lo cierto es que responder a todas ellas requiere un gran esfuerzo de imaginación y recurrir sin cesar a la especulación.

Moliarti no respondió; caminaba con los ojos fijos en el suelo, medio cabizbajo, con los hombros caídos y el semblante cargado. Subieron la rampa inclinada del camino de tierra con expresión meditativa, sumergidos en los misterios que Toscano había hallado en viejos manuscritos, secretos cubiertos por el tiempo por una espesa capa de polvo y de extraños silencios, contradicciones y omisiones. Magnolias rojas y amarillas coloreaban el camino verde, por entre troncos de hayas, palmeras, pinos y robles; el aire se respiraba fresco, leve, perfumado por los románticos arriates de rosas y de tulipanes, cuya gracia femenina contrastaba con la belleza carnal de las orquídeas, sensuales y lascivas. La tarde se prolongaba, amodorrada, al ritmo lento del gran vals de la naturaleza; el bosque se animaba y pulsaba de vida, con las copas de los árboles farfullando con un rumor suave bajo la brisa que descendía blanda por la sierra, como si la soplase el manto rastrero y pardusco de las nubes; de las ramas lujuriosas venían notas más agudas y alegres, eran los jilgueros que trinaban exultantes, envueltos en un intenso duelo de respuesta al arrullo bajo de los colibríes y al gorjeo melodioso de los ruiseñores.

El estrecho sendero entre el verdor se abrió, de pronto, en lo que parecía ser una especie de balcón cortado en un rellano, con una pared de un lado, de donde manaba una fuente, y un arco de medio punto esculpido por delante.

—La Fuente de la Abundancia —anunció Tomás—. Pero, en realidad, y a pesar del nombre, es otra cosa mucho más dramática. A ver si la adivina…

El estadounidense analizó la estructura abierta en el bosque. El arco de medio punto tenía un tiesto en cada uno de sus extremos, cada tiesto con la cabeza de un sátiro y de un carnero esculpida en los lados.

—¿Son unos demonios?

—No. El sátiro es el ser que invade la isla de los Amores, representa el caos. El carnero es el símbolo del equinoccio de primavera, representa el orden. Con un sátiro en un lado y un carnero en el otro, cada uno de estos tiestos significa: *ordo ab chao*, el orden después del caos.

En medio del arco de medio punto se asentaba un enorme sillón de piedra y, frente a éste, una gran mesa. Del otro lado, la fuente ostentaba una concha incrustada, con el dibujo de una balanza labrada.

—No me hago idea de qué puede ser eso.

—Eso, Nelson, es un tribunal.

—¿Un tribunal?

—Allí está el trono del juez. —Señaló el gran sillón embutido en la piedra—. Allí la balanza de la Justicia. —Indicó el dibujo labrado en la fuente—. En el simbolismo templario y masónico, la luz y las tinieblas se igualan en el equinoccio de primavera, lo que representa la justicia y la equidad y, por ello, justamente en ese día entra en funciones el nuevo gran maestre, que asume el mando al sentarse en el trono. —Hizo un gesto hacia la pared de la fuente, donde eran visibles otros dibujos labrados—. Este muro reproduce decoraciones del Templo de Salomón, en Jerusalén. ¿Nunca ha oído hablar de la justicia salomónica? —Alzó los ojos hacia los dos obeliscos piramidales asentados en la cima de la pared de la fuente—. Los obeliscos ligan la tierra con el cielo, como si fuesen dos columnas a la entrada del Templo de Salomón, verdaderos pilares de la justicia.

Se internaron por una nueva senda abierta entre los árboles y desembocaron en una nueva plaza, mayor aún que la Fuente de la Abundancia. Era el Portal de los Guardianes, protegido por dos tritones. Tomás guio a su invitado por un camino que rodeaba esta nueva estructura y zigzaguearon por el bosque inclinado en la ladera de la sierra; escalaron el declive hasta toparse con lo que parecía ser un menhir o anta, un conjunto megalítico formado por gigantescas piedras cubiertas de musgo. El profesor condujo al estadounidense hasta el menhir, pasaron por debajo de unos arcos formados por las rocas dispuestas unas sobre otras, como en Stonehenge, y Tomás empujó una gran piedra. Para sorpresa de Moliarti, la piedra se movió, girando sobre su eje, y reveló una estructura interior. Cruzaron el pasaje secreto y vieron un pozo; se inclinaron sobre el brocal y miraron hacia abajo, se veían las escaleras en espiral con el pasamanos excavado en la piedra, abriéndose en arcos sostenidos por columnas, zonas de sombra excavadas en las paredes, la luz natural que asomaba desde lo alto.

—¿Qué es esto? —quiso saber Moliarti.

—Un pozo iniciático —explicó Tomás, con la voz que reverberaba por las paredes cilíndricas—. Estamos dentro de un anta, de una reproducción de un monumento funerario megalítico. Este lugar representa la muerte de la condición primaria del hombre. Tenemos que descender al pozo en demanda de la espiritualidad, del nacimiento del hombre nuevo, del hombre esclarecido. Descendemos al pozo como si descendiésemos dentro de nosotros mismos, en busca de nuestra alma más profunda. —Hizo un gesto con la cabeza, invitando al estadounidense a seguirlo—. Ande, venga.

Comenzaron a bajar las escaleras estrechas, rodeando las paredes del pozo en una espiral, girando en el sentido de las agujas del reloj, siempre hacia abajo. El suelo estaba mojado y los pasos retumbaban por los escalones de piedra como si emitiesen un sonido metálico, cascado y tintineante, mezclándose con el gorjear de los pájaros que invadía el abismo por la abertura celeste y que resonaba a lo largo del agujero oscuro y caracoleante. Las paredes se veían cubiertas de musgo y humedad, y lo mismo ocurría con las balaustradas. Se inclinaron en el pasamanos y observaron el fondo, el pozo les parecía ahora una torre invertida. Tomás pensó en la Torre de Pisa excavada en la tierra.

—¿Cuántos niveles tiene este pozo?

—Nueve —dijo el profesor—. Y ese número no es casual. El nueve es un guarismo simbólico, en muchas lenguas europeas presenta semejanzas con la palabra «nuevo». En portugués, *nove* y *novo*. En francés, *neuf* y *neuve*. En inglés, *nine* y *new*. En italiano, *nove* y *nuovo*. En alemán, *neun* y *neu*. Nueve significa, por ello, la transición de lo viejo a lo nuevo. Fueron nueve los primeros templarios, los caballeros que fundaron la Orden del Temple, los mismos que están en el origen de la Orden Portuguesa de Cristo. Fueron nueve los maestros que Salomón envió en busca de Hiram Abbif, el arquitecto de su templo. Deméter recorrió el mundo en nueve días en busca de su hija Perséfone. Las nueve musas nacieron de Zeus como consecuencia de las nueve noches de amor. Son necesarios nueve meses para que nazca un ser humano. Por ser el último de los números primarios, el nueve anuncia a la vez, y en esa secuencia, el fin y el principio, lo viejo y lo nuevo, la muerte y el renacimiento, la culminación de un ciclo y el comienzo de otro, el número que cierra el círculo.

—Curioso…

Llegaron, por fin, al fondo y observaron el centro del pozo iniciático. Se dibujaba allí un círculo decorado por mármoles blancos, amarillos y rojos cubiertos por pequeños charcos de barro. Dentro del círculo de mármol surgía una estrella octogonal con una cruz orbicular insinuada en el interior; era la cruz de los templarios, la orden que trajo el ala octogonal a los templos cristianos de Occidente. Una de las puntas amarillas de la estrella indicaba un agujero oscuro excavado en el fondo del pozo.

—Esta estrella es también una rosa de los vientos —explicó Tomás—. La extremidad de la rosa apunta hacia Oriente. Es en Oriente donde nace el sol, y es en su dirección donde se construyen las iglesias. El profeta Ezequiel dijo: «la gloria del Señor viene del Oriente». Sigamos, pues, por esta gruta.

El profesor se sumergió en las tinieblas abiertas en la pared de piedra y Moliarti, después de una breve vacilación, lo siguió. Caminaron cautelosamente, casi tanteando las paredes, moviéndose como ciegos en las entrañas sombrías del túnel irregular. Una hilera de lucecitas amarillas que surgió en el suelo, a la izquierda, después de la curva, los ayudó a caminar. Avanzaban ahora con mayor confianza, serpenteando por aquel largo agujero excavado en el granito. Se abrió otra sombra oscura a la derecha, era un nuevo camino en la gruta, el indicio de que aquello, más que una conexión subterránea, era un laberinto. Familiarizado con el recorrido, sin embargo, Tomás ignoró ese trayecto alternativo y siguió adelante, manteniéndose en el camino principal hasta que una rendija de luz le anunció el mundo exterior. Siguieron en dirección a la luz y vieron un arco de piedra sobre un lago cristalino, con un hilo de agua que caía sobre la superficie líquida en cascada, produciendo un sonido mojado a borbotones. Se detuvieron bajo el arco, donde el camino se bifurcaba frente al lago; allí se tenía que decidir qué rumbo tomar.

—¿Izquierda o derecha? —preguntó Tomás, queriendo saber por dónde ir.

—¿Izquierda? —arriesgó Moliarti, poco seguro de sí mismo.

—Derecha —repuso el portugués, indicando el trayecto correcto—. El final del túnel es una reconstrucción de un episodio de la *Eneida*, de Virgilio. Representa la escena en que Eneas desciende a los infiernos en busca de su padre y se le plantea el dilema de elegir el rumbo al enfrentarse a una bifurcación. Quienes cogen la vía de la izquierda son los condenados, los destinados al fuego eterno. Sólo el camino de la derecha conduce a la salvación. Eneas optó por el de la derecha y atravesó el río Leteo, que le permitió llegar a los Campos Elíseos, donde se encontraba su padre. Debemos, por ello, imitar sus pasos.

Siguieron por la derecha y el túnel se volvió más oscuro, estrecho y bajo. En un punto determinado, las tinieblas se abatieron sobre ambos, completas, totales, y se vieron obligados a avanzar cautelosamente, palpando las paredes húmedas, inseguros, vacilantes. El túnel se abrió finalmente al exterior, inundándose de luz en un camino de piedras sobre el lago, como peldaños que asomasen del agua. Saltaron de piedra en piedra hasta la otra margen y se encontraron de regreso al bosque, rodeados de color, respirando el aire perfumado de la tarde y oyendo el trinar suave de los pardillos que volaban de rama en rama.

—Qué sitio más extraño —comentó Moliarti, que experimentaba en ese instante una sensación de irrealidad—. Pero es fascinante.

—¿Sabe, Nelson? Esta quinta es un texto.

—¿Un texto? ¿Qué quiere decir con eso?

Bajaban ahora por las veredas abiertas entre los árboles.

Desembocaron nuevamente en el Portal de los Guardianes; Tomás guio a su invitado por una escalera en espiral construida dentro de una estrecha torre de estilo medieval, con almenas en el extremo.

—Antiguamente, en tiempos de la Inquisición y del oscurantismo, en que la sociedad vivía dominada por una Iglesia intolerante, había obras prohibidas. Los artistas eran perseguidos, los nuevos pensamientos silenciados, los libros quemados, los cuadros rasgados. De ahí surgió la idea de esculpir un libro en la piedra. Eso es, a fin de cuentas, la Quinta da Regaleira. Un libro esculpido en la piedra. Es fácil quemar un libro de papel o rasgar la tela de una pintura, pero es mucho menos fácil demoler toda una propiedad. Esta quinta es un espacio donde se encuentran construcciones conceptuales que reflejan pensamientos esotéricos, inspiradas en el laberinto de ideas sugerido por Francesco Colonna en su hermético *Hypnerotomachia Poliphili* y basadas en los conceptos que yacen bajo el proyecto de expansión marítima de Portugal y en las grandes leyendas clásicas. Si se prefiere, y de alguna forma a través de los mitos transmitidos por la *Eneida*, por la *Divina comedia* y por *Los lusíadas*, éste es un gran monumento a los descubrimientos portugueses y al papel que desempeñaron en él los templarios, rebautizados en Portugal como caballeros de la Orden Militar de Cristo.

Llegaron a la base de la torre medieval y se internaron por un camino más ancho, pasando por la Gruta de Leda en dirección a la capilla. Marchaban ahora en silencio, atentos al sonido de sus pasos y al rumor delicado del bosque.

—¿Y ahora? —preguntó Moliarti.

—Vamos a la capilla.

—No, no es eso lo que le estoy preguntando. Lo que quiero saber es lo que falta para concluir la investigación.

—Ah —exclamó Tomás—. Voy a estudiar con atención aquel párrafo de Umberto Eco, para ver si encuentro la clave que me abrirá la caja fuerte del profesor Toscano. Necesito también aclarar unas cosas sobre el origen de Colón. Tendré que hacer, para ello, un último viaje.

—Muy bien. Tenemos fondos para eso, ya lo sabe.

Tomás se detuvo junto a un gran árbol, a unos pasos de la capilla. Abrió la cartera y sacó una hoja de papel.

—Éste es otro misterio sobre Colón —dijo mostrando la hoja.

—¿Qué es eso?

—Es una copia de una carta encontrada en el archivo de Veragua.

El estadounidense extendió la mano y cogió la fotocopia.

—¿Qué carta es ésa? —Estudió el texto y sacudió la cabeza, mientras le devolvía la hoja a Tomás—. No entiendo nada, está escrito en portugués del siglo xv.

—Yo se la leeré —se ofreció Tomás—. Ésta es una carta que se descubrió entre los papeles de Cristóbal Colón después de su muerte. Está firmada, fíjese, por el gran don Juan II, apodado el Príncipe Perfecto, el rey portugués del Tratado de Tordesillas, el hombre que le dijo a Colón, y con razón, que el camino a las Indias era más corto rodeando África que navegando hacia occidente, el monarca que…

—Sé muy bien quién fue don Juan II —interrumpió Moliarti impaciente—. Le escribió a Colón, ¿no?

—Sí. —Tomás fijó su atención en el reverso de la hoja y señaló unas líneas horizontales y verticales—. ¿Ve estas líneas? Son los pliegues de la carta. —Comenzó a doblarla—. Si la doblamos siguiendo los pliegues, forma un sobre donde se lee la identificación del destinatario. —Mostró la hoja debidamente doblada—. La carta está dirigida «a xpovam collon noso espicial amigo en Sevilla». —Volvió a desplegar la hoja para leer el texto, en el reverso—. Dice lo siguiente: «Xpoval Colon. Nos don Juan por gracia de Dios Rey de Portugall y de los Algarves, de aquende y de allende el mar en África, Señor de Guinea os enviamos muchos saludos. Vimos la carta que nos escribisteis y la buena voluntad y afección que por ella mostráis tener a nuestro servicio. Os agradecemos mucho. Y en cuanto a vuestra venida acá, ciertamente, así por lo que apuntasteis como por otros respectos para que vuestra industria y buen ingenio nos será necesario, la deseamos y nos placerá mucho que vengáis porque en lo que vos toca nos dará la ocasión de que debáis estar contento. Y porque por ventura tuviereis algún recelo de nuestras justicias por razón de algunas cosas a que seáis obligado. Nos por esta carta os aseguramos por la venida, estada y vuelta, que no seréis preso, retenido, acusado, citado, ni demandado por ninguna cosa sea civil o de crimen, de cualquier cualidad. Y por la misma mandamos a todas nuestras justicias que lo cumplan así. Y por tanto os rogamos y encomendamos que vuestra venida sea pronta y para eso no tengáis óbice alguno y os lo agradeceremos y tendrémoslo mucho en cuenta. Escrita en Avis a veinte de marzo de 1488. El rey».

—Carta extraña, ¿eh? —comentó Moliarti intrigado.

—Menos mal que está de acuerdo.

—¿Entonces el rey portugués invitó a Colón a regresar a Portugal en 1488?

—No es exactamente eso lo que dice.

—¿No?

—Lo que dice aquí es que Colón envió una carta al rey don Juan II ofreciéndole nuevamente sus servicios. En esa carta, Colón habría manifestado sus temores en cuanto a la posibilidad de tener que enfrentarse a la justicia del rey portugués.

—Pero ¿por qué?

—Algo habrá hecho en Portugal. No se olvide de que Colón salió de Portugal de forma precipitada, algún día del año 1484, cuatro años antes de este intercambio de correspondencia. Algo ocurrió que habrá forzado la fuga del hombre que descubriría América y de su hijo Diogo a España, pero no sabemos qué. Uno de los misterios que rodean al Almirante es, justamente, la falta de documentos sobre su vida en Portugal. Ocurrieron ahí cosas muy importantes, y, no obstante, no ha quedado nada que nos las aclare. Es como si existiese un agujero negro en ese periodo. Pero, por esta carta, se deduce que ocurrió algo que forzó su fuga.

—¿Dónde está la carta de Colón a don Juan II?

—Nunca fue encontrada en los archivos portugueses.

—Qué pena.

—Y hay otro detalle curioso.

—¿Cuál?

—La forma casi íntima en la que don Juan II se refiere a Colón antes de que el navegante se hiciese famoso: «nuestro espicial amigo en Sevilla». No es una carta formal entre un soberano poderoso y un tejedor extranjero sin instrucción, es una carta entre personas que se conocen bien.

Moliarti alzó la ceja derecha.

—No parece que esa carta tenga ninguna relevancia para el problema del origen de Colón.

Tomás sonrió.

—Tal vez no —admitió—. O tal vez la tenga. En este caso, demuestra, por lo menos, que ambos se conocían mucho mejor de lo que pensamos y que Colón había frecuentado la corte portuguesa, lo que plantea la hipótesis de que se tratase de un noble, posibilidad que encaja con otras dos cosas. La primera es, como ya hemos visto, su casamiento con la noble doña Filipa Moniz, algo que en aquel tiempo era impensable para un plebeyo. Pero, si él también era noble, cobra un nuevo sentido.

—¿Está seguro de que no era posible que un plebeyo se casase con una noble?

—Absolutamente seguro —confirmó Tomás con un movimiento categórico de la cabeza—. He hablado con un compañero mío de la facultad, experto en historia de los descubrimientos, y me dijo que no conocía ningún caso, ni un solo caso, de matrimonio de un plebeyo con una noble en el siglo xv. Conocía dos casos en el siglo xvi, unos burgueses ricos que se casaron con dos mujeres nobles, pero no en el siglo xv. En aquel entonces era imposible.

—Hmm —farfulló el estadounidense—. ¿Y cuál es la otra cosa que encaja con la hipótesis de que Colón fuese un noble?

El historiador sacó de la cartera un papel más.

—La segunda es este documento, del que aún no le he hablado. Se trata de la provisión de Isabel la Católica, fechada el 20 de mayo de 1493, por la que se le concedía el escudo de armas a Colón, que dice lo siguiente. —Señaló ese pasaje en la hoja que tenía en sus manos—: «Y en otro cuadro bajo a la mano izquierda las armas vuestras que sabíades tener». —Miró a Moliarti con expresión interrogativa—. ¿Las armas vuestras que sabíades tener? ¿Entonces Colón ya tenía blasón de armas? Y yo que pensaba que él no era más que un tejedor de seda, humilde y sin instrucción. ¿Cómo puede ser que un tejedor de Génova tuviese blasón, eh? —Sacó una hoja más de la cartera y mostró el anverso, con una imagen heráldica en el lado izquierdo—. Ahora fíjese, éste es el escudo de Colón. Como ve, está compuesto por cuatro imágenes. Encima, un castillo y un león que representan los reinos de Castilla y León; a la izquierda, abajo, unas islas en el mar que representan los descubrimientos de Colón. —Apoyó el dedo en el último cuarto del escudo, abajo a la derecha—. Y ésta es la imagen que, según dijo Isabel la Católica, correspondía a las «armas vuestras que sabíades tener». ¿Y qué muestra? —Hizo una pausa antes de responder a su propia pregunta—: Cinco anclotes de oro dispuestos en sotuer sobre un campo azul. Ahora mire esto.

Mostró una imagen del escudo portugués, a la derecha.

349

—Como ve, la imagen de los cinco anclotes de oro del último cuarto del blasón de Colón, aquí a la izquierda, es extraordinariamente parecida a las armas reales de Portugal, donde los cinco escudetes están compuestos por cinco besantes también dispuestos en sotuer, dibujo que aún hoy puede encontrarse en la bandera portuguesa.

—Holy cow!

—Es decir, el blasón de Colón remite directamente a los símbolos de León, Castilla y Portugal.

—Increíble…

—Lo que encaja con la declaración de Joan Lorosano.

—¿Quién es ése?

—Joan Lorosano era un jurisconsulto español contemporáneo de Colón. —Consultó sus anotaciones—. Lorosano se refirió al Almirante como «alguien del que se dice que es lusitano».

—Hmm —murmuró Moliarti pensativo—. ¡«Se dice», comenta él! Pero ese tal Lorosano no está seguro…

—¡Oiga, Nelson, no se haga el desentendido! Lo que está claro, lo relevante de esta afirmación es que el origen portugués de Colón era, por lo visto, fuente de comentarios.

—Pero ¿hay alguien en aquella época que afirmase tajantemente que Colón era portugués?

Tomás sonrió.

—Casualmente, sí. En el llamado «pleyto de la prioridad», dos testigos, Hernán Camacho y Alonso Belas, se refirieron a Colón como «el infante de Portugal».

—¡Ah! —gimió el estadounidense, como si le hubiesen clavado un cuchillo en el pecho.

—Y aún hay algo más que quiero contarle —añadió Tomás, volviendo a consultar la libreta de notas—. En el momento culminante del conflicto entre historiadores españoles e italianos acerca del verdadero origen de Cristóbal Colón, uno de los españoles, el presidente de la Real Sociedad de Geografía, Ricardo Beltrán y Rózpide, escribió un texto que terminó con una frase críptica. Dijo: «el descubridor de América no nació en Génova y fue oriundo de algún lugar de la tierra hispana situado en la banda occidental de la Península entre los cabos Ortegal y San Vicente». —Miró a Moliarti a los ojos—. Ésta es una observación extraordinaria, sobre todo considerando que la hizo un prestigioso académico español en un periodo de gran debate nacionalista español sobre el Almirante.

—Disculpe —dijo el estadounidense—, pero no llego a ver qué tiene eso de extraordinario…

—Nelson, el cabo Ortegal está en Galicia…

—Precisamente. Es natural que, en aquel periodo, un español defendiese el origen español de Colón.

—… y el cabo de San Vicente se encuentra en el extremo sur de Portugal.

Moliarti desorbitó los ojos.

—Ah…

—Como ha observado, es perfectamente natural que, en un ambiente de gran debate nacionalista, un historiador español defendiese que Colón provenía de Galicia. Pero que mencionase explícitamente toda la costa portuguesa para explicar el origen del Almirante, en aquel contexto ya no me parece normal. —Alzó el índice—. A no ser que supiese algo que se resistía a revelar.

—¿Y sabía algo?

Tomás sonrió y movió la cabeza afirmativamente.

—Por lo visto, algo sabía. Rózpide tenía un amigo portugués llamado Afonso de Dornelas, que era también amigo del célebre historiador Armando Cortesão. En el lecho de muerte, el investigador español reveló a su amigo portugués que entre los papeles de João da Nova, existentes en un archivo particular de Portugal, hay uno o varios documentos que aclaran por completo el origen de Cristóbal Colón. Dornelas le preguntó varias veces cuál era ese archivo particular. Rózpide le dijo que, dada la carga emocional con que se debatía en España la cuestión colombina, se arriesgaría a provocar un escándalo si le revelase dónde podría encontrar tal documento o documentos. Poco después, el historiador español murió, llevándose el secreto a la tumba.

Se volvió y reanudó la marcha, dirigiéndose a la catedral en miniatura que era la capilla, un misterioso lugar más que la Quinta da Regaleira encerraba dentro de sus muros, un nuevo capítulo en aquel libro extraordinario excavado en la piedra.

Con el corazón rebosante de esperanza, Tomás apareció el sábado siguiente ante el portal de la casa de São João do Estoril. Llevaba en los brazos un vistoso *bouquet* de cinias, unas blancas, otras rojas, otras amarillas, con sus pétalos anchos que, abiertos a la luz como si abrazasen el mundo, revelaban pequeños tubitos blanquecinos en el núcleo. Había leído en el libro de Constança que las cinias significaban el pensamiento puesto en quien estaba ausente; que expresaban mensajes melodramáticos, del estilo «estoy de luto por tu ausencia» o, simplemente, «te echo de menos»; sentimientos que él consideró adecuados para la ocasión. Pero su suegra, que salió al portal a atenderlo, contempló las flores con desprecio y meneó la cabeza cuando él le preguntó si podía hablar con su mujer.

—Constança no está en casa —le dijo con un tono seco.

—Ah —repuso Tomás decepcionado—. No puedo realmente hablar con ella, ¿no?

—Ya le he dicho que no está en casa —repitió la suegra con una actitud brusca, casi deletreando las palabras, como si le estuviese hablando a un niño.

—¿Y Margarida?

—Está dentro. Voy a llamarla.

Antes de que doña Teresa se volviese para ir a buscar a su nieta, Tomás le extendió el ramo.

—¿Puede, al menos, entregarle estas flores?

La suegra vaciló, lo miró de arriba abajo, como quien quiere decirle al otro que no abuse, y volvió a menear la cabeza, íntimamente satisfecha por poder negarle algo una vez más.

—Usted no es flor que se huela.

352 Margarida ya había almorzado, así que fueron directamente al sitio que quería visitar. El Jardín Zoológico. Pasaron la tarde deambulando por el parque y comiendo palomitas y algodones de azúcar. Las serpientes y otros reptiles hicieron que se enroscase en su padre para que la tuviese en brazos, igual que frente a las jaulas de las fieras; el espectáculo de los delfines, en cambio, fue diferente, y la niña no se cansaba de saltar y aplaudir sus habilidades en el agua. Tomás se descubrió pensando en qué diferente era el parque zoológico a la Quinta da Regaleira: uno se agitaba en un bullicio alegre; la otra se recogía bajo un aura tenebrosa y taciturna. Tan diferentes y tan semejantes, ambos parques temáticos, los dos creados por el mismo hombre, Carvalho Monteiro, el millonario que, algún día de principios del siglo xx, había reunido animales salvajes en Lisboa y misterios esotéricos en Sintra.

El cielo adquirió una tonalidad púrpura y dorada, era el sol que descendía para besar el horizonte. Sintiendo que el frío del crepúsculo invadía la sombra creciente y entraba en sus ropas, salieron del Jardín Zoológico y se refugiaron en el calor del coche. En el viaje a casa, pasaron por el centro comercial de Oeiras e hicieron las compras para abastecer el frigorífico. Margarida quiso un disco de dibujos animados y llenó el carrito de chocolates. «Es pa'a mis amigos», explicó. Tomás ya había renunciado a oponerse a estos ataques de generosidad, a su hija le encantaba comprar regalos para todo el mundo y hasta llegaba al extremo de dar algo suyo cuando a alguien le gustaba. Salieron del hipermercado y fueron a un restaurante de comida rápida, donde pidieron dos hamburguesas con patatas fritas y gaseosa.

—¿Cómo te llamas? —preguntó Margarida, observando desde la barra al chico ocupado en envolver la comida.

—¿Eh? —se sorprendió el camarero, levantando la cabeza para mirar a aquella chica de aspecto extraño que le había dirigido la palabra junto a la caja registradora.

—¿Cómo te llamas?

—Pedro —respondió, siempre dominado por la prisa en atender.

—¿Estás casado?

El chico soltó una carcajada, divertido con la inesperada indiscreción de la niña.

—¿Yo? No.

—¿Tienes novia?

—Pues… sí.

—¿Es bonita?

—Margarida —interrumpió Tomás, que ya veía que el interrogatorio se salía de la raya y que el camarero se sonrojaba—. Deja al señor en paz, no ves que está trabajando.

La niña se calló un instante. Pero fue sólo un instante.

—Le das besos en la boca, ¿no?

—¡Margarida!

Se llevaron a casa la comida envuelta. Cenaron en la sala viendo televisión, con los dedos sucios del kétchup y la grasa de la comida rápida. Hacia las once de la noche fueron a acostarse, pero Tomás se vio en la obligación de leerle, por enésima vez, la historia de Cenicienta, ritual del que ella no podía prescindir.

—¿Qué hiciste durante la semana? —le preguntó su padre cuando cerró el libro y Cenicienta ya vivía feliz con su príncipe en el palacio.

—Fui al colegio y a vé' al doctó' Olivei'a.

—¿Ah? ¿Y qué te ha dicho?

—Que tengo que hacé' más análisis.

—¿De qué?

—De sangue.

—¿De sangre? Eso es nuevo. ¿Por qué?

—Po'que estoy muy pálida.

Tomás la contempló. Realmente, tenía la piel muy blanca, de una blancura desvaída, poco saludable.

—Hmm —murmuró mientras la observaba—. ¿Y qué más ha dicho?

—Que tengo que hacé' dieta.

—Pero tú no estás gorda.

Margarida se encogió de hombros.

—Él ha dicho eso.

Tomás se volvió hacia la mesilla de noche y apagó la luz de la lámpara. Se acercó a su hija y la abrigó mejor.

—¿Y mamá? —preguntó en la oscuridad—. ¿Cómo está?

—Está bien.

—¿Sigue llorando?

—No.

—¿No llora?

—No.

Tomás se quedó callado un momento, decepcionado.

—¿Crees que ya no me quiere? —preguntó para ver si se enteraba de algo más.

—No.

—No me quiere, ¿eh?

—No.

—¿Por qué dices eso, hija?

—Po'que ella tiene aho'a un amigo nuevo.

Tomás se incorporó en la cama, sobresaltado.

—¿Cómo?

—Mamá tiene un amigo nuevo.

—¿Un amigo? ¿Qué amigo?

—Se llama Ca'los y la abuela dice que es muy guapo. Es mucho mejó' pa'tido que tú.

XIV

*S*uaves.

Como los pasos de una bailarina deslizándose graciosamente por un escenario, como el arrullar de un bebé consolado junto al seno cálido y acogedor de su madre, comenzaron siendo suaves los movimientos de las hojas que se alzaban del suelo, revoloteando en saltos intermitentes hasta ponerse a remolinear, girando y girando sobre un eje invisible, sopladas por una brisa calurosa que poco a poco empezó a agitarse; la brisa se transformó así, de ese modo gradual, casi imperceptible, en un remolino de polvo, un torbellino de aire que arrastraba las hojas amarillas y rojizas por la calle, rodando en una extraña danza de vida, de un rumbo tan incierto que muy pronto el vórtice ventoso abandonó la acera e invadió la ajetreada calle que bordeaba las murallas de la ciudad vieja. Tomás evitó la columna de vientos giratorios, que, en forma de embudo, erraba sobre el asfalto, y aceleró el paso, cruzando la calle Sultán Suleyman junto a la Kikar Shaar Shkhem y mezclándose con la multitud. Piedras antiguas, milenarias, asomaban por los rincones, guardando memorias que, en aquella ciudad, estaban hechas de sangre y dolor, de esperanza, fe y sufrimiento. Piedras fuertes como metales y lisas como marfil.

Suaves.

El día había amanecido fresco y seco, aunque el sol se revelase inclemente e insoportable para quien se sometía a él sin protección en la cabeza. Una masa de gente surgía de todos lados y bajaba la vasta escalinata, convergiendo en la gran puerta en una aglomeración creciente, como hormigas golosas que afluyeran hacia una gota de miel, cada vez más y más, concentradas frente a la mirada atenta y vigilante de los hombres con uniformes verde oliva y casco, los soldados del Tsahal que paraban a un transeúnte aquí e interpelaban a otro allí, siempre para pedir los documentos y revisar las bolsas con los M-16 que se balanceaban en bandolera. Las armas parecían descuidadas, pero todos sabían que eso era pura apariencia. El movimiento en torno a la monumental puerta de Damasco era nervioso, compacto, con personas y más personas hormigueando en dirección a la gran entrada, rodeando los puestos ambulantes con frutas, verduras y panes dulces, murmurando palabras imperceptibles, insultando, dándose codazos las unas a las otras; y Tomás ahí en el medio, junto a los árabes que lo rodeaban con los olores a sudor de quienes habían venido de lejos a hacer compras al *souk* o a rezar a Alá en la gran mezquita de Al Aqsa. Apretado por la mole humana que lo arrastraba hacia la gran entrada norte de la ciudad vieja de Jerusalén, alzó la cabeza y vio, arriba, a dos soldados israelíes instalados en la cima de la puerta de Damasco, acechando a la multitud entre las almenas de la muralla, escrutando cada figura humana, una a una, en busca de señales que desencadenasen la alerta.

La corriente humana lo transportó por la gran puerta, pero el camino enseguida volvió a estrecharse, entrando en el caserío bajo del barrio musulmán. Tomás se sentía como si lo arrastrasen las aguas, incapaz de resistirse a su tremenda fuerza, siguiendo la marea en una actitud de abandono, dejándose llevar hacia una calle estrecha y bulliciosa; se veía allí una tienda de artesanía y, al lado, puestos con frutas: reconoció naranjas, plátanos y dátiles, e incluso frascos con almendras y aceitunas negras.

Enfrente se le abrían tres caminos; se dispersaba la multitud de modo que se volvía menos denso el flujo de gente que brotaba sin cesar por la puerta de Damasco. Buscó con la mirada el nombre de las calles; la de la derecha era la Souk Khan El-Zeit, donde se vislumbraban pequeñas panaderías, pastelerías y tiendas de comestibles, y la de la izquierda tenía un cartel que indicaba el hospicio Indiano y la puerta de las Flores. Consultó el mapa y tomó una decisión; le interesaba la del centro, por lo que siguió avanzando hacia el sur. Pasó por debajo de un edificio en arco sobre la calle y, en un ligero declive, se encontró con una nueva bifurcación. En la esquina se alzaba el complejo del hospicio Austriaco y la callejuela que desembocaba allí, por la izquierda, tenía en una pared, en hebreo, árabe y latín, un nombre que lo hizo detenerse.

Vía Dolorosa.

Tomás no era un hombre religioso, pero no pudo dejar de imaginar, en aquel instante, la figura de Jesús encorvada arrastrándose por aquella calle estrecha con una cruz a cuestas; el reo escoltado por legionarios romanos y con hilos de sangre que se le escurrían de la cabeza y goteaban en la piedra. La imagen era, en aquel sitio, un reflejo condicionado, casi un cliché; tantas veces había visto reproducciones de aquel recorrido fatídico que, una vez llegado allí, al enfrentarse con el nombre de la Vía Dolorosa en la pared de la calle, sus ojos fueron inundados por secuencias imaginadas de los hechos ocurridos dos mil años atrás.

El mapa le indicaba que tendría que atravesar toda la ciudad vieja por la larga callejuela que tenía por delante. Entró por la El-Wad, por donde momentáneamente zigzagueaba la Vía Dolorosa, pasó por el Yeshivat Torat Chaim y siguió avanzando, dejando atrás la calle que Cristo recorriera en sus últimas horas de vida. En la primera bifurcación a la izquierda, soldados del Tsahal, el ejército israelí, habían montado un puesto y controlaban el acceso al Bar Kuk, la estrecha calle que conducía al complejo sagrado de Haram El-Sharif y de la mezquita de Al Aqsa, impidiendo el paso a todos los no musulmanes; aparentemente, se celebraba allí una ceremonia religiosa islámica que nadie quería perturbar. Ceñida por los edificios que la bordeaban y cruzando sucesivos túneles y arcos, la El-Wad estaba protegida del sol; una brisa fresca la recorría de punta a punta, haciendo que Tomás se estremeciese de frío mientras hollaba su sombra a paso rápido, ignorando las múltiples tiendas de toda clase, aunque lanzase fugaces miradas curiosas a los locales con vasijas de cobre y bronce amontonadas a la entrada. Después de pasar por Hammam El-Ain se metió por la Rechov Hashalshelet en dirección al barrio armenio, al oeste, pero en la esquina del edificio Tashtamuriyya giró a la izquierda y entró en el barrio judío.

Algo muy diferente sustituyó aquí al murmullo de las callejas árabes; los espacios eran más abiertos y tranquilos, casi bucólicos, y no se veía ni un alma, sólo se oía el arrullo alegre de los pájaros y el rumor plácido de los árboles con las copas sacudidas por el viento. El visitante identificó la calle Shonei Halakhot y buscó el número de la puerta. Junto al timbre brillaba una placa dorada, escrita en hebreo y con el título en inglés por debajo, en letras más pequeñas: «The Kabbalah Jewish Quarter Center». Pulsó el botón negro y oyó un eléctrico «tzzzzzz» zumbando en el interior. Unos pasos se acercaban y la puerta se abrió; un chico joven, con gafas redondas y barba rala muy fina, lo miró interrogante.

—*Boker tov* —saludó el muchacho, dando los buenos días en hebreo y preguntando en qué podía ser útil—. *Ma uchal laasot lemaancha?*

—*Shalom* —respondió Tomás y consultó la libreta de notas, en busca de la frase que había escrito en el hotel indicando que no sabía hablar en hebreo—. Pues…, *einene yode'a ivrit.* —Miró al joven judío intentando comprobar si lo había entendido—. *Do you speak English?*

—*Ani lo mevin anglit* —repuso el chico, meneando la cabeza.

Era evidente que no entendía inglés. El portugués lo miró con intensidad, cavilando sobre cómo resolver el problema.

—Pues…, Solomon…, eehh —titubeó intentando preguntar por el rabino con quien había quedado en encontrarse—. ¿Rabi Solomon Ben-Porat?

—*Ah, ken* —asintió el israelí, abriendo la puerta e invitándolo a entrar—. *Be'vakasha!*

El joven anfitrión lo condujo a una salita pequeña, decorada con sobriedad, soltó un breve «*slach li*», haciéndole una seña para que esperase, se inclinó en una suave reverencia y desapareció por el pasillo. Tomás se sentó en un sofá oscuro y observó la sala. Los muebles eran de madera oscura y las paredes estaban repletas de cuadros pintados con caracteres hebraicos; se trataba seguramente de citas del Antiguo Testamento; se cernía en el aire cierto tufo a alcanfor y a papel viejo, mezclado con el olor ácido de la cera y del barniz. Un ventanuco daba a la calle, pero los cortinajes sólo dejaban pasar alguna luz difusa, suficiente para hacer brillar los granitos de polvo que floraban en la sala.

Minutos después, oyó voces que se acercaban y un hombre corpulento, robusto a pesar de aparentar casi setenta años, apareció en la puerta de la salita. Iba vestido con un *talit* de algodón blanco, con listas moradas y flecos blancos y azul celeste que pendían de los bordes, traje que, por lo visto, no se había quitado desde la *shacharit* matinal; lucía una abundante barba gris, talmúdica, como si fuese Papá Noel o un rey asirio, y un solideo de terciopelo negro sobre la cabeza calva.

—*Shalom aleichem* —saludó el recién llegado, extendiendo la mano con elegancia—. Soy el rabino Solomon Ben-Porat —dijo en un inglés pausado, con un notorio acento hebreo—. ¿Con quién tengo el gusto de hablar?

—Soy el profesor Tomás Noronha, de Lisboa.

—¡Ah, profesor Noronha! —exclamó efusivamente. Se dieron un vigoroso apretón de manos. Tomás notó que el rabino tenía una mano carnosa pero firme, que estuvo a punto de comprimir la suya—. *Na'im le'hakir otcha!*

—¿Cómo?

—Mucho gusto en conocerlo —repitió ahora en inglés—. ¿Ha tenido un buen viaje?

—Sí, estupendo.

El rabino le hizo una seña para que lo acompañase y lo llevó por el pasillo a otra sala, parloteando sobre la maravilla que eran los aviones hoy en día, fantásticos inventos que permitían viajar más deprisa que la paloma de Noé. Caminaba con alguna dificultad, balanceando su enorme cuerpo en una y otra dirección, y su andar era tan lento que el trayecto se hizo largo. Al fondo del pasillo, entró en lo que parecía ser una biblioteca con una gran mesa de roble en el centro; invitó a Tomás a sentarse en una de las sillas que había junto a la mesa y él mismo ocupó otra silla en el lado opuesto.

—Ésta es nuestra sala de reuniones —explicó, con la voz ronca y tronante, con un acento gutural, arrastrando las «r» con su inglés con dejo hebreo: la expresión «*meeting room*» sonó como «*meeting rrroom*»—. ¿Quiere tomar algo?

—No, gracias.

—¿Ni agua?

—Bien…, agua podría ser.

El rabino miró la entrada de la sala.

—Chaim —gritó—. *Ma'im.*

A los pocos minutos apareció junto a la puerta otro hombre con una jarra de agua y dos vasos en una pequeña bandeja. Aparentaba tener unos treinta y pocos años. Era delgado, tenía una larga barba oscura y un pelo castaño rizado, con un solideo tejido en la cabeza. Entró en la sala y depositó la jarra y los vasos sobre la mesa.

—Éste es Chaim Nassi —dijo el rabino, presentando al hombre. —Se rio—. El Rey de los judíos.

Tomás y Chaim intercambiaron *shaloms* y un apretón de manos.

—¿Usted es profesor en Lisboa? —preguntó Chaim en inglés.

—Sí.

—Ah… —exclamó. Se notaba que tenía ganas de añadir algo más, pero se contuvo—. Muy bien.

—Chaim es de origen portugués —explicó el rabino—. ¿No, Chaim?

—Sí —dijo bajando la cabeza con modestia.

—¿Ah, sí? —se admiró Tomás—. ¿Judío portugués?

—Sí —confirmó Chaim—. Mi familia es sefardita.

—¿Sabe lo que es un sefardita? —preguntó el rabino.

—No.

—Es un judío de la península Ibérica.

—Ah, sefardí.

—Sí. Sefardíes o sefarditas, es lo mismo. —Se encogió de hombros—. Los sefardíes fueron expulsados de la península Ibérica alrededor de 5250.

—¿De 5250? —preguntó Tomás sin entender.

—Sí, 5250, año más, año menos. —Hizo una pausa y sus ojos se desorbitaron en una expresión comprensiva, como si hubiese sido iluminado en aquel instante: había entendido ahora la extrañeza del portugués—. Año judaico, claro.

—Ah, vale. Es que, según el calendario cristiano, ellos salieron a finales del siglo xv.

—Tal vez, pero nosotros hacemos siempre las cuentas según nuestro calendario. —Bebió un trago de agua—. Si no me equivoco, los sefardíes expulsados sumaban, en total, casi doscientas cincuenta mil personas. Abandonaron la península Ibérica y se dispersaron por el norte de África, por el Imperio otomano, por Suramérica, por Italia y por Holanda.

—Mire —interrumpió Tomás—. Espinosa era un judío portugués y su familia huyó a Holanda.

—Sí —asintió el rabino—. Los sefardíes eran muy cultos, tal vez de los judíos con más conocimientos que vivían en aquel entonces. Fueron los primeros en irse a vivir a Estados Unidos y aún hoy se consideran el linaje más prestigioso del judaísmo.

El historiador portugués apoyó el codo izquierdo en la mesa sosteniéndose la cara.

—¿Sabe? La expulsión de los judíos fue una gran estupidez, posiblemente de los mayores disparates alguna vez cometidos en Portugal —exclamó con expresión melancólica—. Y no sólo debido a la cuestión humana. Su salida está directamente relacionada con el declive del país.

Solomon Ben-Porat pareció interesarse.

—¿Ah, sí? ¿En qué sentido?

Tomás lo miró con atención.

—Dígame una cosa: en su opinión, ¿qué hace que una persona o un país sean ricos?

—Pues… el dinero, supongo. Quien tiene dinero es rico.

—Parece lógico —asintió el portugués—. Pero hace unos años se publicó en Portugal el libro de un profesor de Harvard, titulado *La riqueza y la pobreza de las naciones*, que definía la riqueza de un modo diferente. Por ejemplo, ¿será Arabia Saudí un país rico? Basándonos en su definición, sí, porque tiene mucho dinero. Pero, cuando los saudíes necesitan construir un puente, ¿qué hacen? Llaman a unos ingenieros alemanes. Cuando quieren comprar un coche, ¿adónde se dirigen? A Detroit, en Estados Unidos. Cuando pretenden usar un móvil, van a comprarlo a Finlandia. Y así sucesivamente. —Hizo un gesto en dirección al rabino, interpelándolo—. Ahora, dígame: ¿qué ocurrirá el día en que se acabe el petróleo?

—¿Cuando se acabe el petróleo?

—Sí. ¿Qué le ocurrirá a Arabia Saudí cuando se acabe el petróleo?

—No lo sé —contestó riéndose el rabino—. Volverán a ser pobres, supongo.

Tomás lo apuntó con el índice en un gesto rápido.

—Exactamente. Volverán a ser pobres. —Abrió las manos como si expusiese una evidencia—. Por tanto, lo que hace la riqueza de un país no es el dinero. Es el conocimiento. Gracias al conocimiento se genera dinero. Puedo no tener petróleo, pero, si sé construir puentes y fabricar automóviles y diseñar móviles, soy capaz de generar riqueza de una forma duradera. Es eso lo que vuelve ricos a una persona o a un país.

—Entiendo.

—Ahora bien, ¿qué ocurrió en Portugal en la época de los descubrimientos? El país se abrió al conocimiento. El infante don Henrique reunió a grandes cerebros de su tiempo, portugueses y extranjeros, que se dedicaron a inventar nuevos instrumentos de navegación, a crear un nuevo tipo de barcos, a desarrollar armas más sofisticadas, a avanzar en la cartografía. Fue, en fin, un periodo de gran riqueza intelectual. Muchos de esos portugueses y extranjeros eran cristianos, pero no todos.

—Algunos eran judíos…

—Precisamente. Había judíos entre los cerebros que concibieron los descubrimientos, y algunos fueron muy importantes. Trajeron nuevos conocimientos al país, abrieron puertas, establecieron contactos, encontraron financiaciones, señalaron nuevas perspectivas. Mientras que los castellanos perseguían a los judíos, los portugueses los protegían. Pero, a finales del siglo xv, las cosas comenzaron a cambiar. Los Reyes Católicos expulsaron a los judíos de España en 1492 y muchos buscaron refugio en Portugal, siendo protegidos por el rey don Juan II. El problema es que su sucesor, el rey don Manuel I, comenzó, en cierto momento, a alimentar el sueño de convertirse en rey de toda la península Ibérica, y designar a Lisboa como capital, y encaró una campaña de seducción de los Reyes Católicos. Uno de los pasos fundamentales de ese plan era la boda de don Manuel con una hija de los Reyes Católicos, para facilitar una eventual unión dinástica, pero la propia novia, fanática católica, puso una condición para contraer matrimonio.

—Quería la expulsión de los judíos —adivinó el rabino.

—Eso es. No quería judíos en Portugal. En condiciones normales, don Manuel habría mandado a la novia y a los Reyes Católicos a paseo. Pero aquellas no eran condiciones normales. El rey portugués quería ser rey de toda la península Ibérica. Enfrentado a la condición impuesta por la novia, y presionado también por la Iglesia portuguesa, el necio de don Manuel cedió. Intentó, no obstante, un subterfugio. En vez de expulsar a los judíos, pensó en convertirlos a la fuerza. En una gigantesca operación desatada en 1497, el rey los bautizó contra su voluntad. Fueron cristianizados así setenta mil judíos portugueses, que comenzaron a llamarse cristianos nuevos. Pero la mayoría siguió profesando la religión judaica en secreto. En consecuencia, se efectuó en 1506 la primera matanza de judíos en Lisboa, un pogromo conducido por el populacho que acabó con dos mil muertos. Esas acciones eran comunes en España, donde la intolerancia se había generalizado desde hacía mucho tiempo, pero no en Portugal. El resultado fue catastrófico. Los judíos comenzaron a huir del país, llevándose consigo un precioso tesoro: sus conocimientos, su curiosidad, su espíritu inventivo. Ese primer paso se prolongó en la década de 1540 con la instalación de la Inquisición en Portugal, y el desastre se hizo completo cuarenta años después, cuando se concretó finalmente la unión dinástica con España soñada por don Manuel, pero bajo dominio español. España se valió de métodos oscurantistas aún más radicales. Portugal se cerró a las influencias extranjeras y al conocimiento. Se prohibieron los textos científicos, la educación pasó a ser controlada exclusivamente por la Iglesia, el país se hundió en la ignorancia del fanatismo. Con la prohibición del judaísmo, Portugal entró en un periodo de declive que sólo puntualmente consiguió compensar.

—Ésa es una manera interesante de conocer la historia de un país —comentó el rabino con una sonrisa—: a través de las decisiones equivocadas.

—Pequeñas causas, grandes efectos —observó Tomás.

363

El rabino colocó la mano sobre el hombro de Chaim, en un gesto afectuoso, pero mantuvo la mirada en el portugués.

—Chaim, el Rey de los judíos, es descendiente de una de las familias sefarditas más importantes de Portugal. —Volvió el rostro hacia su protegido—. ¿No es así, Chaim?

Chaim balanceó afirmativamente la cabeza, en un gesto humilde.

—Sí, maestro.

—¿Cómo se llamaban sus antepasados? —quiso saber Tomás.

—¿Quiere el nombre en portugués o en hebreo?

—Pues… los dos, creo yo.

—Mi familia adoptó el nombre Mendes, pero se llamaba, en realidad, Nassi. Años después de haber comenzado las persecuciones en Lisboa, mis antepasados huyeron a Holanda y después a Turquía. La matriarca de la familia era Gracia Nassi, que recurrió a su influencia sobre el sultán turco y a sus múltiples contactos comerciales para ayudar a los cristianos nuevos a huir de Portugal. Llegó hasta el punto de organizar un boicot comercial a los países que perseguían a los judíos.

—La señora Gracia Nassi se hizo famosa entre nuestro pueblo —añadió el rabino—. El poeta Samuel Usque le dedicó un libro en portugués, *Consolaçam às tribulações de Ysrael*, y la consagró como «el corazón de los judíos».

—El sobrino de Gracia, José Nassi, también huyó de Lisboa a Estambul —dijo Chaim retomando su relato—. José llegó a ser un famoso banquero y estadista, que trabó amistad con monarcas europeos y fue consejero del sultán, quien lo nombró duque. José y Gracia fueron los judíos que asumieron el control de Tiberíades, en Israel, incentivando a los demás judíos para que viniesen a establecerse aquí.

Tomás sonrió.

—¿Usted está insinuando que fueron dos judíos portugueses, sus antepasados, quienes iniciaron el conflicto de Oriente Medio?

Los dos israelíes también esbozaron una sonrisa.

—Es una manera de ver las cosas —consideró Chaim, acariciándose la barba rizada—. Prefiero pensar que fueron instrumentos de Dios para devolvernos la Tierra Prometida.

—Pero usted no sabe lo mejor —señaló el rabino—: que José Nassi se volvió tan rico, tan rico que aún hoy es conocido como el Rey de los judíos. —Alzó un dedo—. Era rey también porque la palabra *nassi* significa rey en hebreo. —Acarició el cabello de Chaim—. Por ello, por ser descendiente de la familia de José y por tener el nombre Nassi, yo llamo a Chaim el Rey de los judíos.

—Ejemplo de una gran pérdida para mi país —observó Tomás—. Imagínense qué haríamos si la familia de Chaim se hubiese quedado en Portugal.

Solomon miró el gran reloj de pared de la biblioteca.

—Ésa y muchas otras familias —comentó melancólicamente y respiró hondo—. Pero nosotros estamos aquí hablando, hablando, y aún no hemos tocado el tema de nuestra reunión, ¿no?

Había dado pie para que Tomás cogiese su vieja cartera y sacase un fajo de fotocopias.

—Muy bien —exclamó—. Como le dije por teléfono, necesito su ayuda para analizar estos documentos. —Puso el fajo sobre la mesa y lo empujó hacia el rabino; destacó una hoja en especial—: El más intrigante es éste.

Solomon se ajustó unas gafas pequeñas y se inclinó sobre la fotocopia para analizar las letras y señales que allí estaban reproducidas.

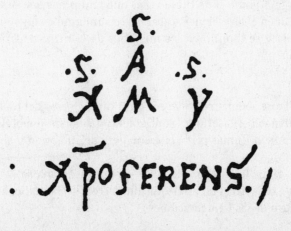

—¿Qué es esto? —preguntó el rabino, sin apartar la vista de la hoja.

—La firma de Cristóbal Colón.

El viejo judío acarició su abundante barba blanca, pensativo; se quitó las gafas y miró a Tomás.

—Esta firma da para decir muchas cosas —comentó.

El portugués meneó afirmativamente la cabeza.

—Me parecía —dijo—. ¿Cree que tiene que ver con la cábala?

Solomon volvió a ponerse las gafas y estudió de nuevo la hoja.

—Es posible, es posible —asintió al cabo de unos minutos. Dejó la fotocopia en la mesa, se acarició sus finos labios con los dedos, observando en silencio las posibilidades contenidas en aquella estructura de letras y señales y suspiró—. Necesito que me dé algunas horas para consultar unos libros, hablar con unos amigos y estudiar mejor esta firma. —Miró el reloj de pared—. Son las once de la mañana…, pues…, a ver… Vaya a dar un paseo y vuelva a eso de…, pues…, a eso de las cinco de la tarde… ¿Puede ser?

—Claro que sí.

Tomás se levantó y el rabino le hizo una seña a Chaim.

—Chaim va con usted. Es un buen guía y lo llevará a pasear por la ciudad vieja. —Hizo un gesto vago de despedida con la mano—. *Lehitra'ot.*

Y, olvidándose de inmediato de los dos hombres que se iban de la sala, como si no fuesen más que fantasmas que se volatilizaran en el aire, el viejo cabalista se sumergió en los signos de la hoja y se internó en los misterios de la firma de Cristóbal Colón.

El aire seguía fresco y seco en la calle, a pesar del fuerte sol que bañaba el caserío y las plazoletas del barrio judío. Al salir del edificio, Tomás cerró la cremallera de su abrigo y siguió a Chaim.

—¿Qué le gustaría visitar? —preguntó el israelí.

—Lo habitual en estas ocasiones, creo. El Santo Sepulcro y el Muro de las Lamentaciones.

—¿A cuál quiere ir primero?

—¿Cuál está más cerca?

—El Muro Occidental —dijo Chaim señalando hacia la derecha—. Está a unos cinco minutos de aquí.

Decidieron comenzar por el muro sagrado del judaísmo. Giraron hacia el sur, cogieron la Yeshivat Etz Chaim hasta la plaza Hurva. Éste era el primer espacio amplio que Tomás encontraba en la ciudad vieja; se veían cafés, terrazas, tiendas de *souvenirs* y algunos árboles, en una plaza dominada por las cuatro sinagogas sefardíes, construidas por los judíos españoles y portugueses en el siglo XVI, por las ruinas de la sinagoga Hurva y por el esbelto minarete de la desaparecida mezquita Sidna Omar. Los dos giraron hacia el este, entrando por los pasajes arqueados de la agitada Tiferet Yisrael, y zigzaguearon por entre un laberinto de callejuelas repletas de tiendas de *souvenirs*.

—¿Cree que el rabino podrá descifrar la firma? —preguntó Tomás, caminando al lado de Chaim, mientras sus ojos recorrían la calle.

—¿Quién? ¿El maestro Solomon?

—Sí. ¿Cree que descubrirá el verdadero sentido cabalístico de aquel documento?

—El maestro Solomon Ben-Porat es uno de los mejores cabalistas del mundo. Viene a consultarlo gente de todas partes para desvelar los secretos de la Tora. ¿Sabe? Él no es ningún *Chelmer chochem*.

—¿Ningún qué?

—*Chelmer chochem*.

—¿Qué es eso?

—¿*Chelmer chochem?* Significa hombre sabio de Chelm.

Tomás miró a su compañero con expresión interrogativa.

—¿El rabino Solomon no es un hombre sabio?

—Lo es, sí —dijo Chaim y se rio—. Pero no es un sabio de Chelm.

El portugués no entendió la gracia.

—¿No es un sabio de Chelm? ¿Qué quiere decir con eso?

—Disculpe, es un chiste nuestro —explicó el judío, divertido—. Chelm es una ciudad de Polonia cuyos habitantes son

367

objeto de burla entre los judíos. ¿No cuentan los ingleses anécdotas sobre los irlandeses y se divierten los franceses a costa de los belgas? Pues nosotros contamos anécdotas sobre los sabios de Chelm. Decimos que una persona es un sabio de Chelm cuando tiene ideas necias.

—¿Ah, sí? ¿Cómo, por ejemplo?

—Mire, un rabino de Chelm prometió cierta vez que acabaría con la pobreza en la ciudad. De entonces en adelante, prometió, los pobres se llenarían de carne y los ricos tendrían que conformarse con pan. Los fieles preguntaron cómo, admirados ante el proyecto. ¿Cómo haría el maestro ese milagro? El rabino respondió: «Muy sencillo. A partir de ahora llamaremos carne al pan y pan a la carne».

Ambos soltaron una carcajada.

—Eso es pasarse de listo —comentó Tomás—. ¿Hay más ejemplos?

—Oh, las historias de Chelm son infinitas —observó Chaim—. Una vez los sabios judíos se reunieron para discutir cuál era el astro más importante: el Sol o la Luna. El rabino de Chelm no tuvo dudas: «La Luna», dijo. «¿Ah, sí?», se admiraron los demás rabinos. «¿Y por qué?» El rabino de Chelm fue concluyente: «¿Quién necesita del Sol a la luz del día? Nos hace falta la luz de la Luna, por la noche, cuando está todo oscuro».

Nuevas carcajadas.

—¿Ustedes cuentan muchas anécdotas?

—Muchas, muchas.

—¿Sobre los sabios de Chelm?

—Pues… sí, aunque, mirándolo bien, contamos anécdotas sobre nosotros mismos. Nos encanta hacer bromas sobre los judíos, sobre sus peculiaridades, su mentalidad. —Alzó la mano, como quien hace una advertencia—. Pero, atención, nos molesta cuando lo hacen otros.

—Ocurre lo mismo con los portugueses —intervino riéndose Tomás—. Que un portugués hable mal de un portugués está bien. Que lo haga un extranjero, no.

—Ah, no le quepa la menor duda de que han heredado eso de nosotros —comentó Chaim—. Nos gusta reírnos sobre todo de una cosa: del *chutzpah* de los judíos.

—¿Qué es eso?

—¿El *chutzpah*? Sí..., pues..., no lo sé, es una especie de descaro, una insolencia de la que sólo los judíos son capaces. Por ejemplo, un judío fue a juicio por haber asesinado a sus padres. Como era judío y, en consecuencia, tenía mucho *chutzpah*, decidió suplicar clemencia al juez alegando que era huérfano de padre y de madre.

Más carcajadas.

Pasaron por la sinagoga Yeshivah y llegaron a una amplia plaza. Al fondo se alzaba una alta muralla, con enormes bloques de piedra caliza, y se veían filas de judíos abajo, con *kipah* en la cabeza, balanceando el tronco hacia delante y hacia atrás, junto a la gigantesca pared de aspecto rudo y viejo. La zona de las oraciones estaba protegida por una cerca ornamental que, formada por bloques de piedra con una *menorah* de hierro forjado en la parte superior y con todas las estructuras metálicas ligadas unas a otras por una cadena negra, separaba el espacio de oración del resto de la plaza.

—El *Koyel Hamaaravi* —anunció Chaim—. El Muro Occidental.

Tomás se quedó un instante contemplando la escena que tantas veces había visto en la televisión o en fotografías de revistas.

—¿Por qué razón éste es el lugar más santo del judaísmo? —preguntó el portugués.

Chaim señaló una cúpula áurea, que resplandecía en el monte por detrás de la muralla.

—Todo comenzó allí, debajo de aquella cúpula dorada. La cúpula protege la piedra sobre la cual el patriarca Abraham, obedeciendo una orden de Dios, se preparaba para matar a su hijo Isaac. En el último instante, sin embargo, un ángel le trabó el brazo. Esa roca se llama «*even hashetiah*» y es la piedra fundamental del mundo, la piedra primordial, en ella se apoyó el Arca de la Alianza. Toda esta elevación, donde se encuentra la piedra de Abraham, es el monte Moriah, el monte del Templo, dado que fue aquí donde el rey Salomón hizo construir el primer templo. Pero, cuando Salomón murió, varios conflictos llevaron a la división de la nación judaica, la cual, después de ser derrotada por los asirios, fue dominada por los babilonios, que destruyeron el templo en cuestión. Los babilonios acabaron derrotados por los persas y a los judíos se les autorizó a regresar a sus tierras. Entonces se construyó el segundo templo. El paso de Alejandro Magno dejó las semillas de un periodo de dominación griega en Oriente Medio, más tarde sustituida por la dominación romana. Si bien no abandonaron el control de la situación, los romanos permitieron que los judíos fuesen gobernados por reyes judíos. Fue así como, poco antes del nacimiento de Cristo, el rey Herodes ensanchó el templo y construyó una gran muralla exterior, de la que sólo se conserva una parte, el llamado Muro Occidental. Pero en el año 66 de la era cristiana, los judíos se sublevaron contra la presencia romana e iniciaron las llamadas guerras judaicas. En respuesta a ello, los romanos conquistaron Jerusalén y en el año 68 arrasaron el templo, un acontecimiento que llegó a revelarse como profundamente traumático para nuestra nación. —Hizo un gesto en dirección a la gran muralla—. Por ello el Muro Occidental es también conocido como Muro de las Lamentaciones. Los judíos vienen aquí a lamentase por la destrucción del templo.

370

Entraron en la gran plaza y caminaron hacia el muro. Tomás observó su superficie ruda, de donde surgían, aquí y allá, matas verdes de beleño y, en la cima, entre las grietas de las rocas, vestigios de boca de dragón. Las piedras de abajo eran enormes, sin duda pertenecientes a la muralla original, mientras que las de arriba, mucho más pequeñas, mostraban añadidos posteriores. En los espacios entre las piedras vislumbró incluso dos nidos, posiblemente de las golondrinas o gorriones que sobrevolaban la plaza, llenándola con un delicioso duelo de celestiales píos y gorjeos.

—Pero ¿por qué razón es tan importante este templo para ustedes? —preguntó el visitante, deteniéndose en medio de la plaza para apreciar la muralla.

—El templo es sagrado.

—Pero ¿por qué?

—El templo era el centro del universo espiritual, el lugar por donde entraba la bondad en el mundo. En este sitio había respeto por Dios y por su Tora. Fue aquí donde Abraham casi sacrificó a Isaac y donde Jacob soñó con una escalera capaz de alcanzar el Cielo. Cuando los romanos arrasaron el templo, los ángeles bajaron a la Tierra, cubrieron esta parte de la muralla con las alas y la protegieron, diciendo que nunca sería destruida. Por esta razón los profetas afirman que la presencia divina jamás abandonará los últimos vestigios del templo, el Muro Occidental. Jamás. Según ellos, el muro nunca será destruido, porque es eternamente sagrado. —Señaló las enormes piedras en la parte baja de la muralla—. ¿Ve esas piedras? La mayor de ellas pesa cuatrocientas toneladas. Cuatrocientas. Es la mayor piedra que haya cargado alguna vez un hombre. No existen piedras de este tamaño en los monumentos antiguos de Grecia ni en las pirámides de Egipto, ni siquiera en los modernos edificios de Nueva York o Chicago. No hay ninguna grúa moderna que tenga fuerza para levantar esa piedra, fíjese. —Respiró hondo—. El Talmud enseña que, cuando el templo fue destruido, Dios cerró todas las puertas del Cielo. Todas, menos una. La puerta de las Lágrimas. El Muro Occidental es el sitio donde los judíos vienen a llorar, aquí está la puerta de las Lágrimas, el sitio de las lamentaciones. Todas las oraciones rezadas por judíos de todo el mundo convergen en el Muro Occidental y es en este punto, a través de la puerta de las Lágrimas, donde ascienden al Cielo y llegan a Dios. El Cantar de Cantares evoca Su presencia, entonando: «helo ahí, detrás de nuestro muro».

—Pero si este templo es tan importante, ¿por qué razón no lo reconstruyen?

—La reconstrucción comenzará cuando venga el Mesías. El tercer templo será edificado exactamente en el lugar donde se alzaron el primero y el segundo. El *midrash* dice que este tercer templo ya fue erigido en el Cielo y está sólo aguardando sus preparativos en la Tierra. Todo indica que ese tiempo se avecina. Una señal muy fuerte es el regreso del pueblo judío a la Tierra Prometida. El Mesías construirá el templo en el monte Moriah, el monte del Templo.

—¿Y cómo saben ustedes que el Mesías es realmente el Mesías y no un impostor?

—Justamente por la reconstrucción del templo. Una señal

de que se trata del verdadero Mesías es su responsabilidad en su reconstrucción.

—Pero allí está la mezquita de Al Aqsa y la Cúpula de la Piedra —dijo señalando las bóvedas islámicas detrás del muro—. Para construir el tercer templo, ustedes tendrán que derribar las mezquitas, que son las terceras más sagradas del islam, y todo lo que hay allí. El Haram El-Sharif es un recinto venerado por los musulmanes. ¿Cómo cree que van a reaccionar?

—El problema será resuelto por Dios y por su emisario, el Mesías.

El portugués hizo un gesto de escepticismo.

—Pagaré para verlo —comentó e hizo un movimiento para mirar el monte Moriah—. Chaim, explíqueme cómo es posible que, habiendo tantos montes, los judíos y los musulmanes hayan elegido precisamente el mismo monte para el lugar sagrado.

—La respuesta a esa pregunta está en la historia, claro. Los romanos expulsaron a los judíos de Jerusalén y emprendieron también grandes persecuciones contra los cristianos. Hasta que, en el siglo IV después de Cristo, el emperador romano Constantino se convirtió al cristianismo. La madre de Constantino, Helena, vino a Jerusalén y mandó construir las primeras iglesias cristianas en los lugares relacionados con la vida de Cristo. Jerusalén recuperó su importancia. En el año 614, el ejército persa invadió esta región y, con el apoyo de los judíos, diezmó a los cristianos. Los romanos, que ahora eran bizantinos, reconquistaron Palestina en 628, el mismo año en que un ejército encabezado por el profeta Mahoma tomó La Meca e hizo surgir en el mundo una nueva fuerza religiosa, el islam. Diez años después, ya muerto Mahoma, su sucesor, el califa Omar, derrotó a los bizantinos y conquistó Palestina. Como el islam reconoce a Abraham y el Antiguo Testamento, sus seguidores consideraron también que Jerusalén era un lugar sagrado. Para colmo, los musulmanes creían que Mahoma, años antes, había subido al Cielo desde la *even hashetiah*, la piedra donde Abraham estuvo a punto de sacrificar a su hijo y sobre la cual los judíos habían construido sus dos templos. Se retiraron los escombros dejados por los romanos en el monte Moriah y los musulmanes construyeron aquí sus dos santuarios, la Cúpula de Piedra, en 691, y la mezquita de Al Aqsa, en 705, integrados en el recinto sagrado de Haram El-Sharif. —Hizo un movimiento con el brazo, abarcando toda la elevación por detrás del Muro de las Lamentaciones, incluida la cúpula dorada que brillaba al sol, a la izquierda, como si fuese la corona real de la ciudad vieja—. A cristianos y judíos se les prohibió entrar en este recinto construido en el monte Moriah, pero siguieron viviendo en Jerusalén. Hubo un periodo de convivencia relativamente tolerante, hasta que, en el siglo XI, los musulmanes cambiaron de política y prohibieron el acceso de los cristianos y de los judíos a Jerusalén. Fue el comienzo de los problemas. La Europa cristiana reaccionó mal y organizó las Cruzadas. Los cristianos reconquistaron Jerusalén y llegaron incluso a formar una orden religiosa con el nombre del Templo.

—La Orden de los Pobres Caballeros de Cristo y del Templo del Rey Salomón.

—Exacto. Los caballeros de la Orden del Temple, también conocidos como templarios. Se instalaron en el Haram El-Sharif y se pusieron a hacer excavaciones. Se sabe que encontraron reliquias importantes, pero se desconoce cuáles. Hay quien habla del descubrimiento del Arca de la Alianza y del cáliz sagrado que usó Cristo para beber vino en la Última Cena y en el que se recogió su sangre mientras agonizaba en la cruz.

—El Santo Grial.

—Sí. Y hay quien dice que los templarios también encontraron aquí el Santo Sudario, supuestamente la manta usada para cubrir el cuerpo de Cristo después de la crucifixión. Son misterios que siguen sin ser desvelados y que contribuyeron a transformar el monte Moriah en un lugar mítico también para los cristianos.

Los dos hombres se acercaron al lugar de las oraciones. Se quedaron observando a los fieles que se lavaban las manos en una jofaina, concentrados en las abluciones para eliminar impurezas antes de irse a rezar junto al muro, y la *mechitzah*, que separaba la zona masculina, a la izquierda, de la femenina. Frente a la muralla, hombres de un lado y mujeres del otro balanceaban la cabeza y el tronco en una plegaria ritmada, hacia atrás y hacia delante, a veces sujetando un pequeño libro en las manos.

Dieron después media vuelta, se internaron por el rincón norte de la plaza, cogiendo la calle Hashalshelet en la esquina de la biblioteca Khalidi, donde fue sepultado el brutal emir tártaro Barka Khan, y siguieron hasta la calle David. Ya eran más de la dos de la tarde y sintieron hambre. Chaim llevó a su invitado a un restaurante del tranquilo barrio judío. Comieron una entrada de *humus*, hecha con carne picada sobre puré de garbanzos y aceite, ajo y limón, y *tabuleh*, una mezcla de trigo sazonada con menta, perejil, cebolla, tomate y pepino, aceite y limón; de plato principal pidieron dos *kebabs* en *pita*, aliñados con salsa picante *harif*, que el israelí regó con un vino tinto local, un Kibbutz Tsora vagamente pesado, mientras que Tomás prefirió probar la cerveza judía más consumida por aquella zona, la Maccabee. Chaim le explicó que, al contrario de los musulmanes, se alentaba a los judíos a beber vino; en la fiesta de Purim, por ejemplo, se recomendaba que los judíos bebiesen alcohol hasta embriagarse, estado que se consideraba cumplido cuando ya no lograban entender quién era el héroe y quién el bandido de la historia de Esther. De postre, el portugués probó una *baklawa*, unos pasteles finos rellenos con nueces y pistachos pasados por miel, mientras que Chaim prefirió una *halvah*, un dulce hecho con semillas de sésamo. La comida concluyó con un *katzar*, un café fuerte servido en recipientes de cobre.

Hicieron la digestión recorriendo tranquilamente la calle David, que separa el barrio armenio del barrio cristiano, admirando su aspecto de bazar alegre, atiborrado de tiendas de ropa, alfombras, bagatelas y estatuillas religiosas esculpidas en madera de olivo, todo lo imaginable para atraer el interés de los turistas y la devoción de los peregrinos. Poco antes de la ajetreada puerta de Jaffa y de la ciudadela giraron a la derecha en la calle Muristan, poblada de peleterías, y entraron por fin en el barrio cristiano; pasaron ante la estructura neorromántica de la iglesia del Redentor y desembocaron en el Souk El-Dabbagha, donde giraron a la izquierda hasta dar con la construcción oscura y siniestra de la iglesia del Santo Sepulcro. Un árabe se ofreció para servir de guía, pero Tomás, presintiendo que el tipo buscaba dinero, se negó.

Cruzaron los escalones de la entrada y pasaron por debajo de las puertas arqueadas, sostenidas por pilares de mármol; giraron a la derecha y ascendieron hasta el Calvario, la gran piedra sobre la cual los romanos crucificaron a Cristo. La estructura de las dos capillas ocultaba la piedra del Calvario. La capilla latina, a la derecha, marcaba la décima y la undécima estación, el lugar donde los verdugos clavaron a Jesús a la cruz; un arco al lado registraba el *Stabat Mater*, donde María lloró a los pies de la cruz; la capilla ortodoxa, al otro lado, señalaba el sitio donde fue alzada la cruz; dos cajas de cristal, instaladas junto al altar ortodoxo, dejaban ver la superficie irregular del Calvario surgiendo del suelo.

—¡Impresionante! —comentó Tomás en voz baja, inclinándose para observar mejor la piedra donde se llevó a cabo la crucifixión—. Éste es el lugar exacto donde murió Jesús.

—No es necesariamente el lugar exacto —repuso Chaim, nada impresionado con aquel lugar de culto de los cristianos.

—¿No?

—¿Se acuerda de que hablamos de Constantino, el emperador del Imperio romano de Oriente que se convirtió al cristianismo?

—Sí.

—Constantino convocó en el año 325 un concilio ecuménico para discutir la naturaleza de la Santísima Trinidad. Estaba presente en ese concilio el patriarca de Jerusalén, el obispo Macario, que convenció a la madre de Constantino, Helena, para que viniese a Tierra Santa a identificar los descuidados lugares por donde Cristo pasó. Helena vino y localizó, por aproximación, la gruta donde nació Jesús, en Belén, y la gruta del monte de los Olivos, en la cual profetizó la destrucción de Jerusalén. La madre de Constantino llegó a la conclusión de que el Gólgota, la gran roca donde Cristo fue crucificado, se encontraba por debajo de los templos paganos construidos por Adriano, emperador de Roma, doscientos años antes, en el noroeste de la ciudad vieja.

—¿Gólgota?

—Es el nombre hebreo de la piedra, significa «El lugar de la calavera». En latín es Calvario —vaciló—. ¿Por dónde iba?

—Por el momento en que Helena descubrió que el Calvario se encontraba debajo de los templos romanos.

—Bien. Hizo demoler esos templos, destruyó parte de la piedra que se encontraba por debajo y edificó una basílica en este lugar. Helena determinó, de manera arbitraria, cuáles eran los lugares exactos donde Jesús se preparó para la ejecución, donde fue clavado a la cruz y donde ésta fue alzada, es decir, la décima, la undécima y la duodécima estación. Pero lo que hizo fue mera conjetura y la verdad es que no hay certidumbre absoluta de que esta piedra, que se sitúa por debajo de la basílica, sea realmente el Gólgota, aunque todo indique que sí. Se sabe por los Evangelios que Cristo fue crucificado en una piedra situada fuera de las antiguas murallas de la ciudad, al pie de un pequeño monte con grutas usadas como catacumbas, y todo lo que se puede decir es que las investigaciones arqueológicas revelan que este lugar corresponde exactamente a esa descripción.

376

Aún tuvieron tiempo de ponerse en la fila para entrar en el Santo Sepulcro, la parte de la catacumba donde se depositó supuestamente el cuerpo de Cristo después de su muerte y que ahora estaba protegido dentro de un santuario erigido en pleno centro de la Rotunda, el majestuoso salón circular construido en estilo romano justo por debajo de la gran cúpula blanca y dorada de la basílica, con sus pasajes arqueados, en el patio y en la primera planta, rodeando la pequeña estructura fúnebre. Chaim, como buen judío, no quiso entrar, prefirió quedarse admirando el Catholikon, la cúpula vecina que cubría la nave central de la iglesia de los Cruzados y que la Iglesia ortodoxa consideraba el centro del mundo; cuando llegó su vez en la fila, Tomás bajó la cabeza, traspuso el pequeño pasaje y observó la cámara calurosa y húmeda del Santo Sepulcro; miró con inesperado respeto la losa de mármol que cubría el sitio donde se supone que estuvo extendido el cuerpo de Jesús y contempló los bajorrelieves que decoraban la claustrofóbica cripta mortuoria y reproducían una escena de la Resurrección. Sólo se quedó allí unos segundos, tan grande era la presión para que, saliendo, dejase entrar a los que se encontraban atrás, esperando en la fila; a la salida, el israelí lo esperaba con la muñeca extendida, mostrando el reloj, y le indicó la hora.

—Son las cuatro y media de la tarde —dijo—. Tenemos que volver.

El cuerpo voluminoso de Solomon Ben-Porat se encontraba de espaldas a la puerta, con el solideo muy visible en su cabeza calva, conversando con un hombre delgado y huesudo, de ojos pequeños, luenga barba negra y puntiaguda, vestido con un *bekeshe*, un sombrío traje jasídico. El rabino sintió la presencia de los dos recién llegados y se volvió en la silla, con una sonrisa de satisfacción que dejaba entrever su abundante barba gris.

—¡Ah! —exclamó—. *Ma shlomcha?*

—*Tov* —respondió Chaim.

—Entren, entren —los invitó Solomon en inglés y haciendo bailotear los dedos de su mano izquierda—. Profesor Noronha —dijo en voz muy alta acentuando mucho las erres, como siempre: «Prrrofesorrr Noronha», y se volvió hacia el hombre sentado a su derecha—. Permítame que le presente a un amigo, el rabino Abraham Hurewitz.

El hombre delgado se levantó y saludó a Tomás y a Chaim.

—*Yom tov* —dijo dando las buenas tardes.

—El rabino Hurewitz ha venido a echarme una mano —explicó Solomon, mientras se acariciaba distraídamente su barba blanca—. ¿Sabe? He estado estudiando los documentos que me dio y he hecho algunas llamadas a unos amigos. He descubierto que el rabino Hurewitz había estudiado hace tiempo los textos de Cristóbal Colón, en especial el *Libro de las profecías* y su diario, y, después de ponerme en contacto con él, se mostró dispuesto a hacerle las aclaraciones necesarias.

—Ah, muy bien —afirmó Tomás con un gesto de aprecio, sin quitar los ojos de Hurewitz.

—Pero primero me parece muy importante hacer una pequeña introducción. —Solomon Ben-Porat observó a Tomás con curiosidad—. Profesor Noronha, disculpe la pregunta, pero ¿qué sabe usted de la cábala?

—Pues... muy poco, me parece —balbució, mientras preparaba su vieja libreta de notas para registrar todo lo que le dirían a continuación—. Tengo unas nociones generales, pero nada muy sólido, ésta es la primera vez que me enfrento con la cábala en una investigación.

—*Right* —asintió Solomon, pronunciando «rrright» con su habitual parsimonia gutural—. Sepa, profesor Noronha, que la cábala encierra la codificación simbólica de los misterios del universo con Dios en el centro. La expresión «cábala» deriva del verbo *lecabel*, que significa «recibir». Estamos entonces ante un sistema de transmisión y de recepción, un método de interpretación, un instrumento para descifrar el mundo, la clave que permite acceder a los designios de Aquel que no tiene nombre. —Solomon hablaba con gran elocuencia, con su voz lenta y profunda, como si fuese Moisés y estuviera anunciando los Diez Mandamientos—. Hay quien dice que la cábala se remonta al primer hombre, Adán. Otros ven su origen en el patriarca Abraham, aunque hay muchos que apuntan a Moisés, el presunto autor del Torat Mosheh, el Pentateuco, como el primer cabalista. Pero, por lo que sabemos, este conocimiento místico sólo comenzó a sistematizarse más tarde. —Bajó el tono de voz y adoptó una actitud cercana a la confidencia, como si no quisiera que Dios escuchase la frase siguiente—: Para facilitar su comprensión, profesor, haré todas las referencias cronológicas según la era cristiana. —Se enderezó—. Los primeros vestigios sistematizados de la cábala surgieron en el siglo I a.C. Este sistema conoció, a través del tiempo, un total de siete fases. La primera fue la más larga y se prolongó hasta el siglo X. Esa etapa inicial fue dominada por la meditación como medio para alcanzar el éxtasis espiritual que permite acceder a los misterios de Dios, y las obras cabalísticas de este periodo describen los planos superiores de la existencia. La segunda fase transcurrió entre 1150 y 1250 en Alemania, con la práctica del ascetismo absoluto, por el que el sabio renunciaba a las cosas mundanas y practicaba un altruismo extremo. La etapa siguiente se prolongó hasta principios del siglo XIV y marcó el nacimiento de la cábala profética, sobre todo gracias al trabajo de Abraham Abulafila. Fue entonces cuando se desarrollaron

los métodos de lectura e interpretación de la naturaleza mística
de los textos sagrados, con la introducción de la combinación
de las letras hebreas y de los nombres de Dios. La cuarta fase
transcurrió durante todo el siglo XIV y estuvo en el origen de la
más importante obra mística del movimiento cabalístico, el *Se-*
fer HaZohar o *Libro del esplendor*. Este texto riquísimo apareció en la península Ibérica a finales del siglo XIII y se atribuye
su autoría a Moisés de León.

—¿De qué habla?

—¿El *Sefer HaZohar*? Es una vasta obra sobre la Creación
y la comprensión oculta de los misterios del universo y de
Dios. —Se aclaró la garganta, preparándose para retomar su
discurso—. La quinta fase también comenzó en la península
Ibérica, con la prohibición del judaísmo en España en 1492 y
en Portugal en 1496. Su mayor intérprete fue Isaac Luria, el
cual, en un esfuerzo para encontrar una explicación mística de
las persecuciones, elaboró la teoría del exilio, aproximando la
cábala al mesianismo, con la esperanza de la redención colec-
tiva. Por ello la sexta fase, entre los siglos XVII y XVIII, estuvo
marcada por el seudomesianismo, que promovió muchos errores y abrió camino a la séptima y última etapa, la del jasidismo,
proveniente de la Europa oriental y surgida como una reacción
contra el mesianismo. El movimiento jasídico, encabezado por
Israel Baal Shem-Tov, permitió popularizar la cábala, volvién-
dola menos hermética y elitista y dejando que sus conceptos se
hiciesen más accesibles a la comprensión común.

—¿Y lo del recuento de las letras y el Árbol de la Vida? —preguntó Tomás, mientras escribía afanosamente en su libreta—.
¿Dónde encaja eso?

—Profesor Noronha, está hablando de dos cosas diferentes
—repuso Solomon—. Lo que usted llama recuento de letras es,
supongo, la gematría. Esta técnica consiste en la obtención del
valor numérico de las palabras después de establecer la correspondencia entre las letras del alfabeto hebreo y los guarismos.
En la gematría, las nueve primeras letras se asocian a las nueve
unidades, las nueve letras siguientes están ligadas a las nueve decenas y las cuatro restantes representan las cuatro primeras centenas. —Abrió las manos y las hizo girar, como si con

379

ese movimiento lograse abarcar toda la Creación—. Dios creó el universo con números y cada número contiene un misterio y una revelación. Todo lo que existe en el universo está encadenado por un sistema de causas y efectos y forma una unidad que se multiplica hasta el infinito. Los matemáticos, hoy en día, usan la teoría del caos para comprender ese complejo funcionamiento de las cosas, mientras que los físicos optan por el principio de incertidumbre para justificar el extraño comportamiento de las micropartículas en el estado cuántico. Nosotros, los cabalistas, preferimos la gematría. Hace miles de años años, entre los siglos II y VI de la era cristiana, apareció una pequeña obra enigmática y metafísica titulada *Sefer Yetzirah* o *Libro de la Creación*, donde se describe cómo Dios hizo el mundo usando números y palabras. Tal como los matemáticos y los físicos actuales, el *Sefer Yetzirah* sostenía que era posible penetrar en el divino poder creador a través de la comprensión de los números. Eso es, en el fondo, la gematría. Este sistema atribuye poder creador a la palabra y a los números y parte del principio de que el hebreo fue el idioma usado por Dios en el acto de la Creación. Los números y el hebreo tienen naturaleza divina. A través de la gematría, es posible transformar las letras en números y hacer descubrimientos muy interesantes. —Insistió hablando de *verrry interrresting discoverries*, lo que le otorgó un aire misterioso a la frase—. Por ejemplo, la palabra hebrea *shanah*, año, suma 355, que es justamente el número de días del año lunar. Y la palabra *heraryon*, embarazo, suma 271, o sea el equivalente, en días, a nueve meses, el periodo que dura el embarazo.

—Como si fuese un anagrama.

—Precisamente, un anagrama divino entre números y palabras. Veamos otros ejemplos. En la gematría, *av*, padre, suma 3, y *em*, madre, suma 41. Ahora bien, 3 más 41 da 44, que es justamente el número de *ieled*, hijo. La suma del padre y de la madre da el hijo. Uno de los nombres de Dios, *Elohim*, vale 86, y la palabra naturaleza, *hateva*, también vale 86. Lo cual implica que Dios equivale a la naturaleza.

—Curioso.

—Pero más curioso, profesor Noronha, es lo que resulta de

la aplicación de la gematría a las Sagradas Escrituras. Uno de los nombres de Dios, *Yhvh elohei Israel*, suma 613. Pues *Mosheh rabeinu*, nuestro maestro Moisés, también suma 613. Éste es, además, el número de preceptos de la Tora. Esto significa que Dios transmitió a Moisés las 613 leyes de la Tora. —Esbozó un gesto circular con las manos—. Las Sagradas Escrituras tienen una complejidad holográfica, se multiplican dentro de su texto varios sentidos. Otro ejemplo. El Génesis dice que Abraham llevó 318 siervos a una batalla. Pero los cabalistas, al estudiar el valor numérico del nombre de su siervo Eliezer, descubrieron que era 318. En consecuencia, se supone que Abraham, en realidad, sólo se llevó consigo a su único siervo.

—¿Está diciendo que la Biblia contiene mensajes subliminales?

—Si quiere llamarlos así —dijo afable Solomon—. ¿Sabe cuál es la primera palabra de las Sagradas Escrituras?

—No.

—*Bereshith*. Quiere decir «En el principio». Si dividimos *bereshith* en dos palabras, queda *bere*, o sea «creó», y *shith*, que significa «seis». La Creación duró seis días y Él descansó el séptimo. Todo el mensaje de la Creación está contenido, pues, en una sola palabra, justamente la primera de las Sagradas Escrituras. *Bereshith*. «En el principio.» *Bere* y *shith*. «Creó y seis.» El seis corresponde al hexagrama, al doble triángulo del sello de Salomón, la que ahora llamamos estrella de David y que vemos en la bandera. —Señaló el paño blanco con trazos azules de la bandera de Israel, colocada en un rincón del escritorio—. Pero también se encuentran anagramas en las Sagradas Escrituras. Por ejemplo, Dios reveló en el Éxodo: «te enviaré mi ángel». La expresión «mi ángel» se dice, en hebreo, *melaji*, un anagrama de Mijael, el ángel protector de los judíos. Es decir, Dios envió al ángel Mijael.

—¿Y ese sistema de interpretación también se aplica al Árbol de la Vida?

—El Árbol de la Vida es otra cosa —corrigió el cabalista—. Durante mucho tiempo, dos cuestiones dominaron la relación del hombre con Dios. Si Dios hizo el mundo, ¿qué es el mundo sino Dios? Y la segunda cuestión, derivada de la primera, es sa-

381

ber por qué el mundo es tan imperfecto si el mundo es Dios. Para dar, en parte, respuesta a esas dos preguntas, apareció el *Sefer Yetzirah*, que mencioné hace un momento como el texto místico que describe de qué manera creó Dios el universo usando números y palabras. Esta obra se atribuyó originalmente a Abraham, aunque probablemente la haya escrito el rabino Akiva. El *Sefer Yetzirah* revela la naturaleza divina de los números y los relaciona con los treinta y dos caminos de la sabiduría recorridos por Dios para crear el universo. Los treinta y dos caminos son la suma de los diez números primordiales, las *sephirot*, con las veintidós letras del alfabeto hebreo. Cada letra y cada *sephirah* simbolizan algo. Por ejemplo, la primera *sephirah* representa el espíritu de Dios vivo, expresándose por la voz, por el aliento y por el habla. La segunda *sephirah* denota el aire emanado del espíritu; la tercera *sephirah* expresa el agua emanada del aire, y así sucesivamente. Las diez *sephirot* son emanaciones manifestadas por Dios en el acto de la Creación y se articulan en el Árbol de la Vida, que es la unidad elemental de la Creación, la menor partícula indivisible que contiene los elementos del todo. Naturalmente, este concepto ha evolucionado y el *Sefer HaZohar*, el gran libro cabalístico que apareció en la península Ibérica a finales del siglo XIII, definió las *sephirot* como los diez atributos divinos. La primera *sephirah* es *keter*, la corona. La segunda es *chokhmah*, la sabiduría. La tercera es *binah*, la comprensión. La cuarta es *chesed*, la misericordia. La quinta es *gevurah*, el arrojo. La sexta es *tipheret*, la belleza. La séptima es *netzach*, la eternidad. La octava es *hod*, la gloria. La novena es *yesod*, el fundamento. Y la décima *sephirah* es *malkhut*, el reino.

—Más despacio —suplicó el portugués, escribiendo con frenesí en su esfuerzo por registrar en la libreta de notas toda esta información—. Más despacio.

A esas alturas, sin embargo, Tomás ya había perdido el hilo, extraviándose en las redes de aquella sucesión de palabras hebreas, pero Solomon se mantuvo imperturbable en la exposición de los principios básicos de la cábala. Hizo una breve pausa, dejando que el historiador completase la estructura del Árbol de la Vida en el papel, y retomó su discurso.

—El *Sefer Hazohar* estableció muchas posibilidades de interpretación del Árbol de la Vida, con lecturas de las *sephirot* en los sentidos horizontal, vertical, descendente y ascendente. Por ejemplo, el sentido descendente constituye el trayecto del acto de la Creación, cuando la luz llenó la primera *sephirah*, *keter*, y se difundió hacia abajo hasta llegar a la última, *malkhut*. El sentido ascendente representa el acto evolutivo que conduce a la criatura al Creador, partiendo de la materia para alcanzar la espiritualidad. Cada *sephirah* abarca uno de los diez nombres de Dios. *Keter*, por ejemplo, es Ehieh, y *malkhut* es Adonai. Cada *sephirah* está gobernada por un arcángel. A *keter* le corresponde el arcángel Metatrón. El Árbol de la Vida se aplica a todo. A los astros, a las vibraciones, al cuerpo humano.

En cuanto Solomon abandonó las herméticas expresiones hebreas, Tomás pareció despertar ante los argumentos del cabalista.

—¿El cuerpo humano?

—Sí, la cábala sugiere que el ser humano es un microcosmos, un simulacro en miniatura del universo, y lo integró en el Árbol de la Vida. *Keter* es la cabeza; *chokhmah*, *chesed* y *netzach* son el lado derecho del cuerpo; *binah*, *gevurah* y *hod* son el lado izquierdo; *tipheret* es el corazón; *yesod* son los órganos genitales y *malkhut* los pies. —Respiró hondo y levantó las manos, esbozando un gesto amplio—. Mucho, muchísimo más se podría decir sobre la cábala. Créame: su estudio lleva toda una vida y no es posible, en esta breve reseña, expresar todos los misterios que encierra, todos los enigmas místicos que oculta. Pienso, no obstante, que por ahora es mejor que lo dejemos aquí, ya le he dado las pistas suficientes que le permitirán comprender nuestra interpretación de los documentos y de la firma que me entregó esta mañana.

Tomás dejó momentáneamente de tomar notas y se inclinó en la mesa. Le parecía que la conversación había llegado a su punto crucial.

—Sí, vamos a la interpretación de la firma de Cristóbal Colón. En su opinión, ¿es cabalística?

Solomon sonrió.

—Tenga calma —dijo—. La paciencia es una virtud de los sabios, profesor Noronha. Antes de entrar en la cuestión específica de la firma, pienso que hay algunas cosas que tiene que saber sobre Colón.

—Mire que algo ya sé —dijo riéndose el portugués.

—Tal vez —admitió el viejo cabalista—. Pero creo que le gustará saber también lo que tiene que contarle el rabino Abraham Hurewitz.

Ben-Porat se volvió hacia la derecha, haciéndole una seña a Hurewitz para que hablase. El cabalista delgado aguardó un instante, recorrió con sus ojitos negros las figuras de los tres hombres que lo observaban, y se llenó los pulmones de aire antes de tomar la palabra.

—Señor profesor Noronha —comenzó Hurewitz con una voz susurrante, muy suave, en absoluto contraste con la atronadora voz gutural de Solomon—. Le he oído decir que ya sabe algunas cosas sobre Cristóbal Colón. ¿Tendría la amabilidad de informarme acerca de la fecha de partida con ocasión de su primer viaje a América?

—Pues… ¿el primer viaje? ¿El que lo llevó al descubrimiento del Nuevo Mundo?

—Sí, señor profesor. ¿Qué día partió el señor Colón para ese viaje?

—Bien… Creo que zarpó del puerto de Palos, en Cádiz, el día 3 de agosto de 1492.

Tomás sonrió, como si se hubiese lucido frente a un examinador. Pero el cabalista mantuvo una expresión impasible, con el semblante de quien ya había previsto esa respuesta.

—Y ahora, señor profesor, ¿puede decirme cuál era la fecha límite que fijó el decreto de los Reyes Católicos para que los judíos abandonasen España?

—Pues… —se atolondró el portugués—. Eso…, eso ya no lo sé. Fue ese año, en 1492.

—Sí, señor profesor, pero ¿cuál era el día exacto?

—No lo sé.

El rabino hizo una pausa teatral. Mantuvo sus ojos fijos en Tomás, atento a su reacción a las palabras que siguieron.

—¿Y si yo le dijese que los decretos reales impusieron a los judíos sefardíes, como fecha límite para salir de España, el 3 de agosto de 1492?

El portugués lo miró con los ojos desorbitados.

—¿Cómo? ¿El día 3 de agosto? ¿Quiere decir…, quiere decir el día en que Colón inició su primer viaje?

—Ese mismo día.

Tomás meneó la cabeza, sorprendido.

—No tenía ni idea —exclamó—. Es…, es una coincidencia curiosa.

Los labios finos del rabino Hurewitz se curvaron en una sonrisa sin humor.

—¿Le parece? —preguntó, casi desdeñando la palabra elegida por Tomás para definir la simultaneidad de las fechas—. El rabino Shimon Bar Iochay escribió que todos los tesoros del Rey Supremo están guardados bajo una sola llave. Eso significa, señor profesor, que no existen coincidencias. Las coincidencias son formas sutiles elegidas por el Creador para transmitir sus mensajes. ¿Será coincidencia que el nombre de Dios y el nombre de Moisés tengan el mismo número de las leyes de la Tora? ¿Será coincidencia que Cristóbal Colón haya partido de España exactamente el mismo día en que los judíos fueron expulsados de ese país? Entonces, si llama a eso coincidencia, señor profesor, explíqueme esta otra extraña cuestión. —Consultó un librito depositado sobre la mesa con el rostro de Colón en la cubierta y un título en hebreo—. Éstos son los diarios del descubrimiento de América, escritos por el propio Colón. Ahora escuche lo que él dijo en la primera entrada del diario. —Hurewitz leyó en voz baja el texto en hebreo y lo fue traduciendo al inglés—: «Así que, después de haber expulsado a todos los judíos de vuestros reinos y dominios, en el mismo mes de enero mandaron Vuestras Altezas que yo me dirigiese, con suficiente flota, a las referidas regiones de la India». —Alzó los ojos y volvió a mirar a Tomás—. ¿Qué opina de este fragmento del diario de Colón?

El portugués, que mientras tanto había retomado sus anotaciones, se mordió el labio inferior.

—Ya he leído el diario, pero confieso que no había prestado mucha atención a esa frase.

385

—Está escrita casi al comienzo del diario —especificó el rabino—. En realidad, señor profesor, esta frase nos dice varias cosas. La primera es que la decisión de mandar a Colón a las Indias se tomó en enero de 1492. La segunda es que la decisión de expulsar a los judíos, impuesta por el decreto del 30 de marzo que dio a los sefardíes hasta el 3 de agosto para abandonar España, se tomó en el mismo mes de enero de 1492. —Inclinó la cabeza—. ¿Le parece una coincidencia, señor profesor?

—No lo sé —repuso Tomás, meneando la cabeza sin apartar la vista de la libreta donde escribía—. Sinceramente, no lo sé, no había caído en la cuenta de que esos acontecimientos estaban transcurriendo de forma paralela.

—Nada de esto es coincidencia —afirmó el cabalista con convicción—. Algo más revela esta frase que le he leído. Se trata de la intención de Colón. Como ha escrito el rabino Shimon Bar Iochay, no es la acción la que genera recompensa para los hombres, sino la intención que la ha guiado. ¿Cuál es la intención de Colón al mencionar la expulsión de los judíos en el principio de su diario? ¿Habrá sido un mero capricho? ¿Una futesa inconsecuente? ¿Una vulgar referencia mundana a un tema de actualidad? —Alzó las cejas, como si desaprobase tal interpretación—. ¿O acaso fue a propósito? —Levantó los dos índices y los juntó—. ¿No está claro que intentó relacionar ambos acontecimientos?

—¿Cree que están relacionados?

—Sin ninguna duda. ¿Usted sabía, profesor, que, en la víspera de la partida para el primer viaje, Colón exigió que todos los tripulantes estuviesen a bordo de sus barcos a las once de la noche?

—¿Y?

—Eso era muy poco común, contradecía los hábitos de los marineros en aquella época. Pero el señor Colón insistió en que todos se recogiesen en sus barcos a las once. Y una hora después, ¿sabe lo que ocurrió?

—No.

—Entró en vigor el edicto por el que se expulsaba a los judíos. —El hombre esbozó una sonrisa—. O sea, que los dos acontecimientos están relacionados. Había judíos en la flota.

—El propio Colón, quiere usted decir.

—Exacto. —El cabalista hojeó de nuevo el diario—. Fíjese en lo que escribió Colón el día 23 de septiembre a propósito de la aparición de vientos que pusieron fin a una peligrosa bonanza. —Comenzó a traducir—: «De modo que fue muy providencial la mar alta, que no aparecía, a no ser en el tiempo de los hebreos, cuando huyeron de Egipto encabezados por Moisés, que los libró del cautiverio…». —Miró a Tomás—. ¿No le parece extraño que un católico cite de este modo el Pentateuco, para colmo recurriendo a la descripción del Éxodo, un hecho de muy poco interés para los cristianos, pero de suprema importancia para los judíos? Además, señor profesor, este hábito de ilustrar una situación de la vida con una cita bíblica constituye una inequívoca costumbre judaica. Esto es algo que nosotros, los judíos, hacemos todos los días y que, por lo visto, Colón también hacía. —Consultó un gran cuaderno lleno de apuntes en hebreo—. En la investigación que dirigí hace unos años sobre Colón encontré asimismo otras cosas curiosas. La primera fue que, en la antevíspera de la partida para el primer viaje, recibió de Lisboa las llamadas *Tablas de declinación del sol*, un instrumento de navegación hecho por el señor Samuel Zacuto para el rey de Portugal.

—Don Juan II.

—Sí. Ese instrumento, también llamado *Derrotero calendario*, está ahora expuesto en el Museo Hebreo de Nueva York. Me fui de viaje a Nueva York y lo consulté. ¿Sabe lo que descubrí?

—Ni idea.

—Descubrí que las *Tablas de declinación del sol* están escritas en hebreo —afirmó sonriendo—. ¿Ha oído? En hebreo. —Dejó que la revelación se asentase—. Lo que suscita una pregunta: ¿dónde aprendió Colón a leer hebreo?

—Buena pregunta —comentó Tomás; luego bajó el tono de la voz y no se resistió a decir en un aparte, hablando consigo mismo—. Sobre todo si consideramos que era un humilde tejedor de seda.

—¿Perdón?

—No me haga caso, estaba hablando solo —replicó el portugués, mientras registraba en sus notas todo lo que el rabino le transmitía—. Pero hay otra pregunta que nos obliga a formular esa historia. ¿Cómo es posible que le enviaran a Colón un instrumento de don Juan II en la antevíspera de la partida para un viaje que, supuestamente, iba contra los intereses de Portugal?

—Eso ya no lo sé responder, profesor —vaciló el cabalista.

—No hace falta, señor rabino. No hace falta. Se trata sólo de un misterio adicional, que sugiere relaciones próximas entre el Almirante y el rey portugués.

El rabino Hurewitz volvió a fijar la mirada en su cuaderno.

—Hay además otras cosas que me llamaron la atención —dijo, revisando los apuntes escritos en hebreo—. Existe una carta enviada a la reina Isabel la Católica por su confesor, Hernando de Talavera, bastante curiosa. La carta está fechada en 1492 y en ella Talavera cuestiona la autorización dada por los Reyes Católicos para la expedición de Colón. En un pasaje de ese documento, Talavera pregunta: «¿cómo podrá el viaje condenable de Colón dar la Tierra Santa a los judíos?». —Alzó la cabeza y esbozó una expresión intrigada—. ¿Dar la Tierra Santa a los judíos? ¿Por qué razón el confesor de la reina vinculó explícitamente a Colón con los judíos? —Dejó la pregunta flotando un momento en el aire—. Pero hay más. En su *Libro de las profecías*, Colón se basó casi exclusivamente en profetas del Pentateuco, con profusas referencias a Isaías, Ezequiel, Jeremías y muchos otros, comportamiento que es también característico de los judíos. Y su hijo Hernando Colón, en la obra sobre su padre, llegó a afirmar que Colón era de familia «con sangre real de Jerusalén». —Volvió a mirar al portugués—. ¿Sangre real de Jerusalén? —El hombre se rio de modo discreto, casi ocultando la boca—. Difícilmente se puede llegar a ser más directo.

El rabino Hurewitz cerró el cuaderno, indicando con ello que había terminado su exposición. Solomon Ben-Porat cogió el fajo de folios que Tomás le había entregado por la mañana, aclaró la garganta y reanudó la conversación.

—Profesor Noronha —bramó y su inglés gutural retumbó en la sala, en marcado contraste con el habla suave de Hurewitz—. He estado leyendo con mucho interés las fotocopias que me dio y he detectado algunas cosas también muy reveladoras. —Sacó un folio y se lo mostró a Tomás—. ¿Qué es esto?

El portugués dejó de escribir, se inclinó en la mesa y observó la fotocopia.

—Ésa..., ésa es una página de la *Historia rerum ubique gestarum*, del papa Pío II, uno de los libros que pertenecieron a Cristóbal Colón y que se encuentra ahora guardado en la Biblioteca Colombina de Sevilla.

Solomon señaló una nota escrita en el margen del texto.

—¿Y quién escribió esto?

—Fue el propio Colón.

—Muy bien —exclamó el rabino—. ¿Ya reparó en que él convirtió la fecha cristiana 1481 en el año judaico 5241? —Agachó la cabeza—. Dígame, señor Noronha, ¿es habitual que los cristianos se dediquen a convertir las fechas cristianas en fechas judaicas?

—No.

—Lo que nos lleva a una segunda pregunta: ¿cuántos católicos son capaces de hacer esa conversión?

Tomás se rio.

—Ninguno, que yo sepa. Y mucho menos los tejedores de seda.

—¿Cómo?

—Nada —dijo mientras garrapateaba afanosamente en la libreta de notas—. No me haga caso.

Solomon indicó con el dedo otra anotación marginal en la *Historia rerum*.

—Fíjese incluso en este detalle. Refiriéndose a la caída del segundo Templo de Salomón, Colón habla aquí de «la destrucción de la segunda Casa» y, a través de una alusión implícita, establece que ese acontecimiento se produjo en el año 68 después de Cristo.

El rabino miró a Tomás a los ojos y éste, sin entender adónde quería llegar su interlocutor, se encogió de hombros.

—¿Y?

—Esta anotación es muy reveladora —sentenció Solomon—.

389

En primer lugar, sólo hay un pueblo que se refiere al Templo de Salomón como una casa. ¿Sabe qué pueblo es ése?

—¿El judío?

—Exacto. Por otro lado, en aquel tiempo los cristianos se referían a la destrucción de Jerusalén, nunca del templo y mucho menos de la «casa», algo que sólo hacían los judíos. Y, además, existe una discrepancia histórica en cuanto al año de la destrucción del templo. Los judíos dicen siempre que fue en el año 68, pero los cristianos se inclinan más por el 70, en apariencia con mayor rigor. —Alzó las cejas—. Ahora dígame, profesor, ¿qué identidad nos revela Colón al referirse al templo como «casa», al hablar de la destrucción de la casa en vez de la destrucción de Jerusalén, y al establecer el 68 como el año en que se produjo ese acontecimiento?

Tomás sonrió.

—Puedo adivinarlo…

El viejo cabalista sacó un segundo folio del fajo.

—Y en esta otra fotocopia se encuentra otra extraña nota al margen.

El portugués observó la hoja.

—Esa nota también fue manuscrita por Colón —confirmó Tomás—. ¿Qué quiere decir eso?

—Gog Magog.

—¿Eh?

—Gog Magog. O, más correctamente, Gog uMagog.

—No entiendo.

Solomon miró de reojo a los otros dos judíos. Chaim y Hurewitz observaban la hoja con admiración, como si fuese una reliquia, algo capaz de producir asombro.

—Rey de los judíos —dijo el rabino dirigiéndose a Chaim—, tú que eres un sefardí de origen portugués, explícale a nuestro amigo de Lisboa qué quiere decir Gog uMagog.

—Gog uMagog es una referencia a una profecía del profeta Ezequiel sobre Gog, de la tierra de Magog —indicó Chaim, rompiendo el silencio que mantenía desde el comienzo de la reunión—. Esa profecía revela que en el periodo que precede inmediatamente a la venida del Mesías, habrá una gran guerra de Gog y Magog contra Israel, que provocará una gran destrucción. —Miró a Tomás—. Lo curioso es que, al ser expulsados los judíos de la península Ibérica, los sefardíes vieron en ese acto una señal de que la profecía estaba cumpliéndose en el momento previsto. Los Reyes Católicos asumían el papel de Gog y Magog y los judíos eran Israel.

Solomon agitó la fotocopia.

—Mi pregunta, profesor Noronha, es qué llevó a un católico como Colón a invocar en esta nota al margen, y en aquella época de persecución a los judíos, los nombres Gog uMagog.

Tomás escribía con gran intensidad en su libreta, lo que llevó a Solomon a hacer una pausa. Mientras esperaba, se dedicó a buscar otra fotocopia. El portugués concluyó, por fin, sus anotaciones y miró al rabino.

—¿Y qué más?

—He estado viendo las cartas de Cristóbal Colón a su hijo Diogo y he descubierto algo muy interesante.

Mostró la hoja, señalando lo que se encontraba escrito en la parte superior.

391

—¿«Muy caro fijo»? —dijo amable Tomás—. Eso es un portuguesismo. Los castellanos dicen «hijo» y los portugueses «*filho*». Colón quería escribir en castellano, pero caía con frecuencia en portuguesismos de ese calibre. En vez de escribir «hijo», escribió «fijo». —Se encogió de hombros—. Llamamos *portuñol* a ese lenguaje.

—Profesor Noronha —farfulló Solomon—. Para mí, lo revelador no es la expresión «muy caro fijo», no me dice nada. Lo que es sorprendente es la señal que hay arriba.

—¿La señal? —se sorprendió Tomás—. ¿Qué señal?

—Ésta —indicó señalando el garabato sobre la frase del encabezamiento.

—¿Qué es eso?

—Es un monograma judaico.

—¿Un monograma judaico?

—Sí, aunque escrito de forma extraña: esta «e» es un garabato que junta dos letras hebreas, la *hei* y la *beth*. Como el hebreo se lee de derecha a izquierda, debe decirse: *beth hei*. Ésta es una referencia tradicional judaica, correspondiente al saludo *Baruch haschem*, que significa «loado sea el Señor». Está colocada sobre la primera palabra del texto, como era habitual entre los judíos piadosos. En el caso de los sefardíes convertidos a la fuerza al cristianismo, constituía una contraseña secreta, que quería decir: «no te olvides de tu origen». Y es interesante que yo haya encontrado sólo este monograma en las fotocopias de las cartas de Cristóbal Colón a su hijo Diogo. En ninguna de las otras cartas puso Colón el *beth hei*. Sólo en las de su hijo. Es decir, Colón le pedía a Diogo que no se olvidase de su origen, recurriendo a un monograma hebreo. —Inclinó la cabeza—. No es difícil imaginar cuál sería ese origen, ¿no?

Tomás escribía afanoso en la libreta.

—¿Y qué más? —preguntó cuando concluyó sus apuntes.

—Vamos entonces, finalmente, a lo que más despertó su curiosidad —anunció—. La firma de Colón.

—¡Ah, sí! —exclamó el profesor—. Así pues, ¿qué puede decirme de esa firma?

—Lo primero: que es cabalística, sí.

El rostro de Tomás se abrió en una sonrisa triunfal.

—Lo sabía.

—Pero es importante, profesor Noronha, que usted comprenda que la cábala es un sistema abierto de interpretación. Las cifras y los códigos tradicionales, cuando se descifran, revelan un texto preciso. La cábala, sin embargo, no funciona así; remite más bien a dobles sentidos, a significados subliminales, a mensajes sutilmente ocultos.

Cogió la fotocopia con la firma de Cristóbal Colón y la colocó sobre la mesa, a la vista de todos.

.S.
.S.   Á   .S.
X M Y

: X̄poferens. /

Tomás señaló las letras.

—¿Qué son esas iniciales?

—Como buen mensaje cabalístico, esta firma tiene diversas lecturas —consideró Solomon—. En este caso, parecen coexistir varios textos en el mismo espacio, mezclando la tradición hebrea con innovaciones introducidas por los templarios cristianos.

El portugués lo miró con sorpresa.

—¿Los templarios?

—Sí. Poca gente lo sabe, pero hubo muchos místicos, magos y filósofos cristianos que se dedicaron al estudio de la cábala. Entre ellos se cuenta la Orden del Temple, que desarrolló en Jerusalén análisis cabalísticos que se incorporaron más tarde en las corrientes tradicionales judaicas. Colón estaba, por lo visto, familiarizado con esas innovaciones. —Señaló las «s» del extremo—. La lectura cristiana, o templaria, debe ser hecha en latín. Estas eses, dispuestas en triángulo, representan la trinidad de los santos. *Sanctus, Sanctus, Sanctus*. La «a» corresponde a *Altissimus* y permite la lectura ascendente a partir de la tercera línea, aquella que parte de la materia y asciende al espíritu. Así, la «x», la «m» y la «y» deben leerse hacia arriba. La «x», unida a la «s», la «m» a la «a» y a la «s» del extremo y la «y» a la «s» de la derecha. O sea, «XS» es *Xristus*, «MAS» es *Messias* y «YS» es *Yesus*. Siendo así, la interpretación templaria, en latín, es *Sanctus, Sanctus, Altissimus Sanctus. Xristus*

393

Messias Yesus. Sobre esto no hay dudas, es inequívocamente una firma cristiana.

—¿Cristiana? —se sorprendió el portugués—. Pero, al fin y al cabo, ¿él no era judío?

—Ahí vamos —respondió Solomon, haciendo un gesto con la mano para que Tomás tuviese paciencia—. ¿Se acuerda de que le dije hace poco que la cábala encara las Sagradas Escrituras como poseedoras de una complejidad holográfica, en la que se cruzan varios sentidos? Pues precisamente eso ocurre con esta firma de Colón. La cuestión es que, por debajo de la firma cristiana templaria, en latín, surge de hecho un mensaje cabalístico judaico subliminal, concebido en hebreo. Uno de los mayores cabalistas de siempre, el rabino Elazar, observó cierta vez que existen dos mundos: uno oculto y otro revelado, pero ambos forman, en realidad, uno solo. —Golpeó la fotocopia con el índice—. Es el caso de esta firma, que tiene un sentido revelado, el cristiano, y uno oculto, el judaico. La interpretación cabalística comienza justamente con la comprobación de que estas iniciales de la firma poseen correspondencia con palabras hebreas. Si consideramos que la letra «a» corresponde al *aleph* hebreo de Adonai, uno de los nombres de Dios, y la «s» es el *shin* hebreo de Shaday, otro nombre de Dios, o Señor, obtenemos *Shaday. Shaday Adonai Shaday.* Esto se traduce como: «Señor. Señor Dios Señor». ¿Y qué ocurre si cojo la última línea, «XMY», y leo de derecha a izquierda, como es correcto hacer en hebreo? «Y» de *Yehovah*, «m» de *maleh* y «x» de *xessed*: *Yehovah maleh xessed.* «Dios lleno de piedad.» En conclusión, por debajo de la oración cristiana en latín tenemos una plegaria judaica en hebreo. Los dos mundos, el oculto y el revelado, forman uno solo.

—Ingenioso.

—No se imagina hasta qué punto, profesor Noronha —observó Solomon—. No se imagina hasta qué punto. Todo esto se complica si leo el XMY de izquierda a derecha, considerando que la «y» corresponde a la letra hebrea *ain*. En ese caso se obtiene *shema*, es decir, «oye», la primera palabra del versículo cuatro del sexto capítulo del Deuteronomio, que dice: «oye, oh, Israel, el Señor es nuestro Dios, el Señor es uno». Entre los judíos, a esta plegaria se la conoce por el nombre *shema* y es recitada toda la mañana y toda la tarde durante las oraciones del *shacharit* y del *arvit*, y también antes de dormir y antes de morir. El *shema* es la oración que afirma el monoteísmo, la existencia de un único Dios, y se supone que este verso se escribió en el estandarte de batalla de las diez tribus perdidas. Al recitarlo, cada judío asume el dominio del Reino del Cielo y de los Mandamientos. Pues justamente es ésta la palabra hebrea que Colón colocó en su firma. —Alzó un dedo—. Pero fíjese ahora en el doble sentido. Si la «y» corresponde a la *yud* hebrea, «XMY» se puede leer como *xmi*, o *shmi*, que significa «mi nombre». Probablemente, el nombre del autor de la firma: Colón. —El viejo cabalista se inclinó sobre la hoja, como si se aprestase a hacer una gran revelación—. Preste atención, profesor Noronha, porque esto es muy importante. Vamos ahora a leer «XMY» de derecha a izquierda, a la manera hebrea. Como ya hemos visto, queda «YMX». Considerando una vez más que la «y» es *yud*, surge una nueva palabra. *Ymx. Ymach.* En conjunción con la lectura de izquierda a derecha, da *ymach shmo.* ¿Sabe lo que quiere decir?

—Lo ignoro.

—Significa que mi nombre sea borrado.

Tomás abrió la boca, estupefacto.

—¿Cómo?

—Que mi nombre sea borrado.

—¡Dios mío! —exclamó, con los ojos vidriosos, completándose el rompecabezas en su mente—. *Colom, nomina sunt odiosa.*

—¿Perdón?

—*Nomina sunt odiosa.* Los nombres son impropios. Es una frase de Ovidio. Adaptada a esta situación, significa que el nombre del descubridor de América es impropio. Basándome en lo que usted me está diciendo a partir de la interpretación cabalística de esta firma, resulta claro que no fueron sólo los contemporáneos del Almirante quienes quisieron generar confusión en cuanto a su identidad, sino el propio Colón quien, por algún motivo, quiso borrar su nombre original. —Se rascó el mentón, pensativo—. Ahora entiendo. Colón o Colom no era su verdadero nombre, sino solamente un apodo deliberado, un…, digamos…, disfraz. El nombre original fue borrado por él mismo.

—¿Por qué?

—No lo sé. Pero, por lo visto, lo borró. *Nomina sunt odiosa*. Los nombres son impropios.

—*Ymach shmo*. Que mi nombre sea borrado. Encaja.

—Su verdadero nombre era impropio y, por tanto, tuvo que ser borrado —recapituló Tomás, sintetizando la expresión latina y la expresión hebrea—. Pero ¿cuál sería el verdadero apellido?

—Eso no sé decírselo —afirmó el rabino—. Pero puedo darle otra pista. Colón borró su apellido y no paró ahí. Renegó también de su nombre propio.

—¿Cuál de ellos? ¿Cristóbal o Cristoforo?

—Los dos.

—¿Cómo los dos?

Solomon cogió la fotocopia con la firma de Colón y señaló el triángulo de las eses.

—¿Ve estos puntitos entre las eses?

—Sí.

—No fueron colocados allí por casualidad —declaró el cabalista—. En hebreo, los puntos junto a las letras pueden significar varias cosas. Pueden ser la señal de que la letra se trata de una inicial o de que la letra pide una vocal. Ya hemos visto que los puntitos dan el indicio de letras que representan iniciales. El *shin* de Shaday y el *aleph* de Adonai. Pero en las lenguas antiguas los puntitos servían igualmente para mostrar la dirección y, más importante aún, podían ser una señal de lectura de arriba para abajo. La cábala establece que todo en el universo está unido por un lazo mágico y que las cosas inferiores traen el sigilo de las superiores. El rabino Shimon Bar Iochay, que era un gran cabalista, observó que el mundo inferior fue hecho a imagen del mundo superior, y que el inferior no es sino el reflejo del superior. El rabino Yossef, otro gran cabalista, escribió que para que se produzcan las acciones de lo alto es necesario comenzar por un movimiento desde abajo. El *Libro de los misterios cabalísticos* estableció que el mundo que habitamos está invertido en relación con el mundo donde se eleva el alma. Y el axioma grabado sobre la tabla de esmeralda de Hermes reveló que lo que está encima es como lo que está abajo. La verdad es que las palabras «reflejo» e «invertido», «arriba» y «abajo», nos remiten a la noción de espejo, muy cara a la cábala. Como los puntitos señalan la necesidad de leer de arriba para abajo, decidí hacer el experimento de invertir las letras de la firma, viéndolas como si estuviesen reflejadas en un espejo. —Cogió una hoja que había garrapateado y se la mostró a Tomás—. El resultado fue sorprendente.

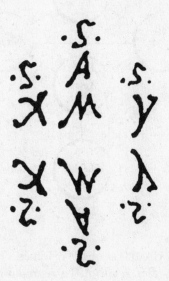

El portugués contempló las señales que se encontraban en la parte de abajo.

—¿Qué es eso? —preguntó.

—El Árbol de la Vida sin Cabeza.

—¿Éste es el Árbol de la Vida?

—Sí. Ahora fíjese. —Abrió un libro y mostró una figura estructurada en círculos—. Éste es el Árbol de la Vida.

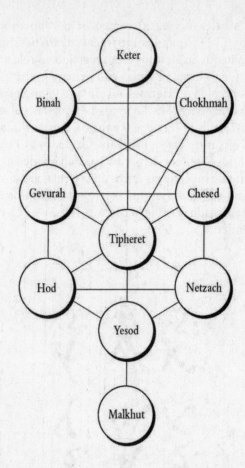

398

—Tiene diez círculos —observó Tomás.

—Sí, son las diez *sephirot*. La representación tradicional del Árbol de la Vida tiene, como estamos viendo, diez *sephirot*. Éste es el principal Árbol de la Vida. Pero el segundo más importante es el de las siete *sephirot*. En este caso, eliminando la parte de arriba de la firma, resulta un Árbol de la Vida sin Cabeza, también conocido como Hombre Sentado.

Cortó las tres *sephirot* superiores, *keter*, *chockmah* y *binah*, y mostró el Árbol de la Vida sin Cabeza, colocándola al lado del reflejo de la firma de Colón.

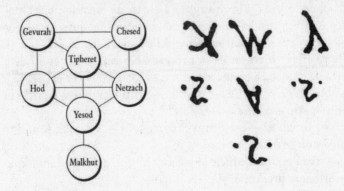

—¡Ah! —exclamó el portugués, comparando las dos estructuras completamente absorto—. Son…, son parecidas.

—Sí —asintió el cabalista—. La firma cabalística de Cristóbal Colón reproduce el Árbol de la Vida sin Cabeza. Cada letra de la firma es una *sephirah*. Como hay siete letras, eso quiere decir siete *sephirot*.

—Pero la reducción a siete *sephirot*, ¿no significa que el Árbol de la Vida está incompleto?

—No. Incluso existen Árboles de la Vida con cinco y cuatro *sephirot*. Pero el de los siete es particularmente significativo, se trata del más relevante después del Árbol de la Vida de los diez *sephirot*. El siete es un número cabalístico muy importante, es el guarismo que representa la naturaleza en su estado original, intacto. Dios se tomó seis días para crear el universo y al séptimo descansó. —Señaló con el dedo el reflejo de la firma del navegante—. Mirando la imagen reflejada por el espejo, resulta claro que fue ésta la forma que Colón usó para revelar su verdadera identidad. Es que la línea de arriba, como puede ver, está ocupada por «XWλ». La «X» remite a la *chet* de *chessed*, la *sephirah* que significa brazo derecho y simboliza la bondad. La «λ» remite a *guímel*, la primera letra de la *sephirah gevurá*, o brazo izquierdo, y simboliza la fuerza. En medio de las dos se encuentra «W», que el alfabeto hebreo identifica con *tet*, la primera letra de la *sephirah tipheret*, la belleza, que representa la síntesis entre la bondad y la fuerza. Colón quitó la cabeza del

399

Árbol de la Vida y lo configuró a partir de los miembros medios e inferiores. La intención cabalística es inequívoca. —Solomon volvió a señalar la primera línea de la firma, «XWλ»—. Ahora fíjese bien en esto, profesor Noronha. Leyendo esta línea de derecha a izquierda, como es correcto hacer en hebreo, se obtiene «λWX». Se lee *Yeshu*. —Miró a Tomás y frunció el ceño—. Ah, esto es algo terrible.

—¿Terrible? —preguntó el portugués—. ¿En qué sentido? ¿Qué quiere decir con eso?

—Para poder traducir la palabra *Yeshu*, primero tengo que hacerle una pregunta, si no le importa.

—¿Sí?

—¿Qué sabe usted de la forma en que los judíos ven a Jesucristo?

—Bien…, pues…, le confesaré que no mucho. —Tomás se rio—. En honor a la de verdad, no sé nada.

—Entonces permítame que se lo aclare —indicó Solomon—. Los judíos encaran a Cristo de una forma muy diferente a la de los cristianos. —Hizo un gesto con las manos, como si pretendiese enfatizar la idea—. Muy diferente, de verdad. Las leyendas judaicas representan a Jesús como a un *mamzer*, un niño resultante de una relación adúltera entre una judía y un legionario romano. Cristo fue excomulgado por un rabino debido a un malentendido y decidió rendir culto a los ídolos, alejándose de la verdadera fe. Estudió magia en Egipto, pero acabó siendo derrotado por los rabinos. Fue condenado a muerte como hechicero y ahorcado en una planta de berza. La deificación de Jesús por los cristianos es considerada idolatría por los judíos.

—¿Ésa es la forma en que los judíos cuentan la historia de Jesús?

—Sí, eso es lo que dicen las leyendas judaicas.

—¡Caramba! —exclamó en portugués.

—Le he contado esta historia para hacerle ver qué visión negativa tienen los judíos de Cristo. —Explicó el cabalista—. Lo que nos lleva a la lectura de la línea «λWX», que aparece en el reflejo de la firma de Colón. En hebreo, el nombre Jesús se pronuncia *Yeshua*. Pero como a los judíos no les gustaba ese nombre, decidieron quitarle la letra *aleph* final, de tal modo que quedó *Yeshu*. Así es como debe leerse la línea «λWX». *Yeshu*. Pero *Yeshu* no es un nombre inocente. Se trata de una forma peyorativa y ofensiva de nombrar a *Yeshua*, Jesús. Es que *Yeshu* es una abreviatura muy usada por los judíos. Significa *ymach shmo vezichro*, es decir: «que sean borrados su nombre y su memoria».

—¡Vaya!

—Profesor Noronha —dijo Solomon—. Lo que intento decirle es que el cristiano y católico Cristóbal Colón colocó en su firma cabalística el nombre hebreo *Yeshu*, haciendo así votos para que sean borrados el nombre y la memoria de Jesús.

El portugués se quedó un instante callado. Estaba atónito.

—Pero… ¿por qué? —balbució por fin—. ¿Cómo es posible que Colón hubiera hecho eso?

—No se olvide de que él vivió a finales del siglo XV en la península Ibérica. Si era judío, como todo parece indicar, la vida en aquel tiempo y en aquella región de Europa no debía de ser fácil. Cualquier judío sefardí tenía razones de sobra para odiar a los cristianos en general y a Jesús en particular. Él no era una excepción. Lo que nos lleva al nombre propio de Colón. —Cogió la hoja con la firma del Almirante—. En la base de la firma cabalística está su nombre, Xroferens. ¿Sabe decirme qué significa este nombre?

—¿Xroferens? *Xro*, en griego, significa Cristo, mientras que *ferens* es una forma del verbo latino *fero*, que quiere decir «transportar». Xroferens es Cristoferens. El que transporta a Cristo. Cristo está en la raíz del nombre Cristóbal y del nombre Cristoforo.

—Y ése es un nombre que jamás usaría un judío —continuó el rabino—. Cristo. Nadie en Israel llama Cristo a su hijo. ¿Cómo es posible que Colón, siendo judío, usase el nombre cristiano Cristóbal y firmase Cristoferens? —Levantó el índice derecho—. Sólo hay un tipo de judío capaz de hacerlo.

—¿Cuál?

—Un judío desesperado por hacerse pasar por cristiano. Un hombre que quisiese aparentar que era cristiano, pero que continuase profesando la fe judaica en secreto. Tal hombre podría asumir el nombre de Cristo, pero para asegurar la paz con Dios incluiría en su firma cabalística un inequívoco rechazo del nombre de Jesús, borrando ese nombre y su memoria. *Yeshu.* Quiero decir con esto, profesor Noronha, que la expresión *ymach shmo*, o «que mi nombre sea borrado», significa simultáneamente un rechazo del nombre Colón y del nombre Cristóbal. El descubridor de América se presentó al mundo con esos nombres, Cristóbal Colón. —Señaló a Chaim, del otro lado de la mesa—. Sin embargo, tal como la familia sefardí de Chaim no se llamaba Mendes, sino Nassi, tampoco Colón se llamaba Colón, tenía más bien otro nombre, un apellido que borró y no nos reveló. —Golpeó con la palma de la mano la fotocopia de la firma—. A juzgar por todo lo que he visto aquí, puedo decirle que el hombre que hoy conocemos como Cristóbal Colón era, con toda probabilidad, un judío sefardí que poseía originalmente un nombre que permanece oculto. Ocultó su verdadera religión bajo una capa cristiana, pero no se convirtió en un cristiano nuevo. Era un marrano.

Solomon Ben-Porat, considerado el mayor cabalista de Jerusalén, apoyó los codos en la mesa de roble y se calló. Había terminado su exposición. Un silencio pesado se abatió sobre el escritorio, sólo roto por el sonido del bolígrafo de Tomás dibujando frenéticos garabatos en su libreta de notas en su afán de registrar la extraordinaria argumentación del viejo rabino. El profesor apuntó las ideas con trazos apresurados, corridos, en apariencia ininteligibles, hasta que terminó sus anotaciones con la última palabra pronunciada por Solomon.

Marrano.

Iba a cerrar la libreta de notas, pero algo lo hizo detenerse. Era aquel «marrano» lo que atraía su mirada, como si fuese un imán irresistible, un escollo incómodo, perturbador, un inquietante borrón de tinta que se hubiera atravesado en la fluidez de la escritura. Se quedó mirando la palabra, pensativo. Levantó, al fin, la cabeza y miró al cabalista.

—¿Qué quiere decir con «marrano»? —preguntó.

—¿Marrano? —se sorprendió Solomon—. Usted debería saberlo. ¿Qué significa esa palabra en portugués?

—Es otra manera de decir «cerdo».

—Eso es. Pues «marrano» el nombre dado en Portugal y en España a los cristianos nuevos que siguieron siendo judíos en secreto. Los llamaban «marranos» porque, como todos los buenos judíos, se negaban a comer cerdo por ser un animal impuro, no *kasher*, cuyo consumo está prohibido por las leyes dietéticas.

—Hmm —murmuró Tomás, engolfado en sus pensamientos—. ¿Marrano era un judío que fingía ser cristiano?

—Sí.

—¿Y Colón era marrano?

—Sin duda.

—¿Podría ser un marrano genovés?

El rabino se rio.

—La expresión marrano remite a un judío ibérico —explicó—. De cualquier modo, y siendo judío, Colón jamás podría ser genovés…

—¿Ah, no? ¿Y por qué?

—Porque desde el siglo XII, los judíos tenían prohibido quedarse en Génova más de tres días. En el siglo XV, en la época de Colón, esa prohibición seguía en vigor. O sea, si era genovés, no podía ser judío. Si era judío, no podía ser genovés.

—Entiendo.

—Además, hay algo muy interesante que usted tiene que saber. Existe una curiosa tradición judaica según la cual, en los siglos XV y XVI, la palabra «genovés» era un eufemismo para designar a un «judío».

—Está bromeando…

—No, de ninguna manera. Era común en aquel tiempo, cuando alguien quería decir «aquel hombre es judío», que dijese «aquel hombre es de nación». Nación judaica, se entiende. Pero, al parecer, en aquella época de persecuciones antisemitas, muchos judíos, cuando un cristiano los interrogaba, se llamaban también genoveses. Por ello a veces se afirmaba que tal persona era «de nación genovesa», una forma irónica o discreta de indicar que era judía. ¿Entiende?

—Pero ¿hay pruebas de eso?

—Esto es algo que se sabe a partir de la tradición oral hebraica, no hay documentos que afirman tal cosa textualmente.

403

Pero existe una confirmación implícita en una carta enviada en 1512 por el padre António de Aspa, de la Orden de los Jerónimos, al gran inquisidor de Castilla. En esa carta, Aspa escribió que, en la primera expedición al Nuevo Mundo, Colón llevó a bordo a «cuarenta genoveses». Pero hoy se sabe que casi todos los tripulantes de la primera expedición eran castellanos, aunque entre éstos hubiese algunas decenas que serían de nación judaica, probablemente marranos. Es decir, Aspa estaba realmente informando a la Inquisición de que habían ido cuarenta judíos a bordo. Pero, según hacían algunos en aquel tiempo, no los llamó judíos. Por ironía o pudor, los llamó genoveses.

—Hmm —volvió a murmurar el historiador, perdido en un mundo únicamente suyo, reviendo en la memoria una pregunta mil veces formulada y jamás respondida—: ¿Cuál Eco de Foucault pendiente a 545?

—¿Cómo?

Tomás se agitó, repentinamente acalorado.

—Es una pregunta que me hicieron una vez. «¿Cuál Eco de Foucault pendiente a 545?» —Se levantó de la mesa, la excitación galopaba en su interior; se sentía totalmente incapaz de quedarse quieto—. Basándome en una revelación de Umberto Eco, creía que la respuesta era «judío portugués» o «cristiano nuevo». Pero, al final, no. La respuesta correcta es otra. ¿Sabe cuál es?

El rabino negó con la cabeza.

—No tengo la menor idea.

Tomás sonrió.

—Es «marrano».

XV

$\mathcal{L}$os dedos aferraron la manivela de la caja fuerte y la hicieron girar lentamente; la caja metálica respondía con un «tic-tic» tranquilo a medida que pasaban los números de la clave y la manivela circulaba con precisión mecánica en el sentido de las agujas del reloj, como si fuese una máquina bien afinada. Madalena Toscano observaba detrás del hombro de Tomás, con los ojos muy abiertos, expectantes, contemplando la operación.

—Oiga —susurró—. ¿Está seguro de que ésa es la clave?

El profesor consultó la hoja donde había apuntado la solución.

M A R R A N O
12 1 17 17 1 13 14

—Ya veremos —murmuró.

Insertó los números, uno a uno, en la caja fuerte. El doce, el uno, el diecisiete, el diecisiete de nuevo. «Tic-tic-tic-tic.» Sólo la respiración del profesor y de la viuda, que en el silencio rumoreaban afanosas y profundas, respondían a aquel frío sonido metálico, tan exacto y sereno, tan minúsculo y tan tremendamente irritante. Aquél les parecía el sonido de una caja recelosa, ansiosa por guardar su secreto con excesivo celo; era el ruido meditativo de una máquina desconfiada, posesiva, enfrentada a un desafío que la obligaba a medir la hipótesis que más temía, la de abrirse como una flor y liberar, a disgusto, el perfume de su misterio. Se les antojaba que esa especie de nicho prefería mantener olvidado su tesoro, encerrado en el silencio, y era ese mudo duelo entre hombre y caja fuerte, entre clave y secreto, entre luz y tinieblas, lo que alimentaba la tensión a media luz en aquella habitación enmohecida. Tomás se acercó al final de la secuencia, aguardó un momento, ansioso por ver si por fin habría atinado con la clave, respiró hondo y colocó los últimos guarismos. El uno, el trece, el catorce. «Tic-tic-tic.» ¿Quién cedería? ¿El hombre o la caja?

Un clic final fue la respuesta.

Como la entrada de la caverna de los cuarenta ladrones cuando se ha pronunciado el «Ábrete, Sésamo» milagroso, así la caja se abrió cumplida la secuencia mágica.

—¡Ah! —exclamó Tomás cerrando el puño en señal de victoria—. ¡Lo hemos conseguido!

—¡Gracias a Dios!

Se inclinaron sobre la caja finalmente vencida e intentaron observar el contenido. Al principio, sin embargo, sólo vislumbraron una sombra opaca, una tiniebla espesa e impenetrable; era como si la caja de metal aún se resistiese, recalcitrante, en agonía, prolongando el enigma en un último soplo de vida, ocultándolo bajo el manto de una neblina densa y cargada; les parecía un moribundo porfiadamente aferrado a la vida, esperando contra la esperanza, encubriendo en un rincón oscuro de las entrañas profundas el arcano tesoro que tanto tiempo lo había aislado del mundo, perdido en el tiempo, exiliado de la memoria. Pero los ojos de los intrusos se habituaron deprisa a esa densa sombra; la oscuridad se fue haciendo más tenue hasta que ambos lograron por fin vislumbrar unas hojas apoyadas en la superficie del interior.

El profesor metió la mano por la boca abierta de la caja fuerte y, tímidamente, casi con miedo, como un explorador frente a la selva desconocida, palpó la textura lisa y fría del papel allí escondido; cogió con delicadeza esas hojas que, según creía, encerraban un misterio antiguo y las sacó despacio, como si fuesen una reliquia olvidada, pétalos delicados, una frágil concha fustigada por la tempestad del tiempo, trayéndolas al fin de vuelta a la luz del día.

Eran tres hojas.

Las primeras eran dos fotocopias que examinó con atención. Le pareció a simple vista que se trataba de las copias de dos páginas de un documento del siglo XVI. Comenzó recorriéndolas con los ojos, como quien intenta captar sólo la imagen general de algo que no comprende; después, con más cuidado, recurrió a su vasta experiencia de paleógrafo y leyó a partir de la *ornée*, localizada en la parte de abajo de la primera fotocopia, descifrando el contenido en apariencia impenetrable.

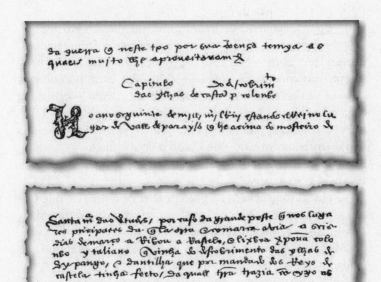

407

—«Al año siguiente de m...» —Vaciló, no entendió la fecha, pero continuó—. «Y estando el Rey en el lugar de Valle de parayso que hay por cima del monasterio de Sancta mª das V.tudes, por causa de la gran peste que en los lugares principales de aquella Comarca había a seis días de marzo a Ribó a Restelo, en lixboa Xrova colo nbo y taliano qvenía del descubrimiento de las islas de Cipango, y dAntilla que por mandado de los Reyes de castilla había hecho...»

—¿Qué es eso? —preguntó Madalena.

El profesor miraba las dos hojas con aire intrigado.

—Esto..., pues..., —balbució— esto me parece la *Crónica de D. João II*, de Ruy de Pina. —Vaciló un momento; deprisa se convenció, sin embargo, de que su respuesta era correcta y sintió que la confianza le crecía en el pecho—. Éste es, por lo visto, el fragmento en que el cronista portugués comienza a relatar el encuentro de Cristóbal Colón con el rey don Juan II, con ocasión del regreso del Almirante del primer viaje, aquel en que descubrió América.

—¿Y es importante?

—Bien…, pues…, es importante, sin duda. Pero inesperado. —Miró a la viuda con una expresión desconcertada—. Por un lado, porque este texto se conoce desde hace ya mucho tiempo, no constituye ningún secreto. Por otro, porque esta crónica va contra la tesis que defendía su marido. —Señaló la tercera y cuarta líneas de la segunda página—. ¿Lo ve? Dice: «Xrova colo nbo y taliano». Ahora bien, su marido defendía justamente lo contrario, que Colón no era italiano.

—Pero Martinho me dijo que había guardado en la caja fuerte la gran prueba…

—¿La gran prueba? ¿La gran prueba de qué? ¿De que Colón era italiano? —Meneó la cabeza en un gesto de perplejidad—. No lo entiendo, no tiene sentido.

Madalena Toscano sujetó las dos hojas y las examinó con cuidado.

—¿Y esto qué es? —preguntó, señalando unos trazos a lápiz en el reverso de la primera hoja.

El profesor leyó el apunte.

Códice 632

—Qué extraño —murmuró.

—¿Qué es eso?

Tomás se encogió de hombros, sin saber qué pensar.

—No lo sé, no tengo idea. —Esbozó una mueca con la boca—. ¿Códice 632? —Se rascó el mentón, pensativo—. Debe de ser la signatura de este documento.

—¿La signatura?

—Es el número de referencia de un documento en una biblioteca. Los archiveros tienen una signatura para identificar cada documento y cada libro que guardan en las bibliotecas. A través de la signatura, es más fácil localizarlos en los...

—Sé muy bien qué es una signatura —interrumpió Madalena.

Tomás la miró, cohibido. El aspecto negligente y decaído de Madalena Toscano le daba un aspecto de mujer humilde, pero la verdad es que aquel rostro envejecido y aquel cuerpo arrugado escondían a una señora culta, antigua frecuentadora de los medios académicos y habituada a vivir rodeada de libros. El aspecto sucio y desordenado de la casa, meditó Tomás, no se debía sólo al descuido provocado por la muerte de su marido, sino al hecho de que aquélla, en realidad, no era una mujer acostumbrada a las tareas de la limpieza doméstica.

—Disculpe —murmuró el visitante—. Creo que su marido debe de haber tomado nota de esta signatura para hacer una consulta bibliográfica.

Madalena volvió a analizar la signatura.

—¿Un códice?

—Sí. —Tomás sonrió—. No es más que un manuscrito compuesto de hojas de papiro, pergamino o papel, unidas por el mismo lado, como si fuesen un libro.

—¿Y cree que esto es papel?

—Tal vez —opinó el profesor—. Al ser un manuscrito del siglo XVI, no obstante, yo diría que probablemente es pergamino. Pero también puede ser papel, es posible.

Madalena cogió la tercera hoja que se encontraba en la caja fuerte.

—¿Y ha visto esto?

Era un folio blanco, con un nombre y un número escrito por debajo. Tomás alzó las cejas al ver el nombre.

—Conde João Nuno Vilarigues —leyó el historiador.

—¿Lo conoce?

—Nunca he oído hablar de él. —Tomás recorrió con la vista los guarismos que había por debajo de aquel nombre—. Parece un número de teléfono.

La viuda se inclinó sobre la hoja.

—Déjeme ver —dijo y reflexionó un momento—. Qué

gracioso, creo reconocer este prefijo. En los últimos tiempos, Martinho llamaba muchas veces…

—¿A este número?

—No lo sé, tal vez. Pero el prefijo era ése.

—¿Y de dónde es este prefijo?

Madalena se incorporó sin una palabra, salió de la habitación y volvió un momento después con un voluminoso libro bajo el brazo. Tomás reconoció la guía telefónica. La viuda consultó las primeras páginas, buscando los prefijos nacionales. El dedo se deslizó por los guarismos hasta inmovilizarse en uno de ellos.

—¡Ah, aquí está! —exclamó. El índice recorrió la línea hasta el nombre del lugar correspondiente a aquel prefijo—. Tomar.

El permanente arrullo de las palomas llenaba la Praça da República de un borboteo musical; eran aves gordas, bien alimentadas, picoteando en la calle y revoloteando a saltos, que agitaban las alas de un lado para el otro, llenaban los tejados, cubrían los pequeños salientes en las fachadas, se posaban en la estatua de don Gualdim Pais, la enorme figura de bronce erguida en el centro de la plaza.

Algunas palomas paseaban junto a los pies de Tomás, ronroneando, indiferentes al hombre sentado en el banco de madera, sólo preocupadas en encontrar unas sabrosas migajas más en el empedrado blanco y negro que cubría casi toda la plaza, más parecidas a minúsculos peones parduscos que deambulasen por un gigantesco tablero de ajedrez. El visitante miró a su alrededor, apreciando el elegante edificio de los Paços do Concelho de Tomar y toda la plazoleta central hasta fijar su atención en la original iglesia gótica a la derecha, la iglesia de São João Baptista; la fachada blanca de cal desgastada del santuario ostentaba un elegante portal manuelino, muy trabajado, rematado por un cimborrio octogonal; sobre la iglesia se imponía la vecina torre amarillo tostado, un imponente campanario color tierra que exhibía con orgullo un trío simbólico debajo de las campanas, donde se reconocían el blasón real, la esfera armilar y la cruz de la Orden de Cristo.

Un hombre de traje gris oscuro, con chaleco y pajarita plateada, se acercó con una mirada fija, interrogante, al forastero.

—¿Profesor Noronha? —preguntó vacilante.

Tomás sonrió.

—Soy yo —asintió—. Y usted es el señor conde, supongo.

—João Nunes Vilarigues —se presentó el hombre, poniéndose muy rígido y golpeando un talón en otro, como si fuese militar. Inclinó la cabeza, en un saludo ceremonioso—. Servidor.

El conde era delgado y de estatura media; su aspecto, enigmático. Llevaba el pelo, negro y canoso en las sienes, peinado hacia atrás, con entradas en el extremo de su ancha frente. Pero lo que más se destacaba en él eran los bigotes finos, la perilla puntiaguda y, sobre todo, sus ojos negros y penetrantes, casi hipnóticos; parecía un viajero en el tiempo, un hombre del Renacimiento italiano, un Francesco Colonna que hubiera abandonado la gran Florencia de los Médicis y volado directamente hasta el crepúsculo del siglo xx.

—Muchas gracias por haber aceptado este encuentro —le agradeció Tomás—. Aunque, debo confesarlo, no sepa de qué vamos a hablar.

—Según he podido deducir de nuestra breve conversación telefónica, usted consiguió ponerse en contacto conmigo gracias a unas notas que dejó el difunto profesor Toscano.

—Así es.

—Y esos datos se encontraban entre unos documentos relacionados con Cristóbal Colón.

—Exacto.

El conde suspiró y se quedó un instante mirando al historiador, como si estuviese sumergido en un debate interno, sopesando los pros y los contras de su decisión acerca de lo que iba a comunicarle.

—¿Usted está familiarizado con la investigación en la que estaba inmerso el profesor Toscano? —preguntó en un claro intento de tantear el terreno y poner a prueba a Tomás.

—Sin duda —confirmó el historiador. El conde se quedó callado, como si esperase más, y Tomás se dio cuenta de que tendría que demostrarle que realmente estaba comprometido en el proyecto—. El profesor Toscano creía que Colón no era genovés, sino un marrano, un judío portugués.

—¿Y para qué quiere usted retomar esa investigación?

No eran preguntas inocentes, presintió Tomás. Era una prueba. Tendría que actuar con cautela si quería obtener informaciones de ese enigmático personaje; cualquier respuesta errada significaría cerrar una puerta.

—Soy profesor de historia en la Universidad Nova de Lisboa y he estado en casa de la viuda viendo los documentos que dejó el profesor Toscano. Creo que puede generar un texto de investigación excepcional, capaz de revolucionar todo lo que sabemos sobre los descubrimientos.

El conde hizo una larga pausa, taciturno; con los ojos fijos en Tomás, como si quisiese escrutar su alma, formuló una pregunta.

—¿Ha oído hablar de la fundación de los estadounidenses?

El modo de hacer la pregunta puso a Tomás en alerta. Ésta era, por algún motivo que no lograba desvelar, la más importante de todas las preguntas, la que determinaría la cooperación del conde o la anularía sin remedio. Apoyado en la reacción de la viuda ante el nombre de la fundación que financiaba la investigación, el historiador presintió que sería mejor que su vínculo con Moliarti se quedase en la sombra. Por lo menos por ahora.

Se escuchó a sí mismo preguntando:

—¿Qué fundación?

El conde siguió mirándolo fijamente; Tomás le devolvió la mirada, intentando parecer sincero.

—No importa —acabó diciendo su interlocutor, en apariencia satisfecho con la respuesta. Movió la cabeza recorriendo la plaza con la vista, alzó los ojos hacia el monte y sonrió, relajándose—. ¿Usted ya ha visitado el castillo y el convento de Tomar?

Tomás siguió su mirada y observó las murallas recortadas por encima del verdor, en el extremo del monte que dominaba la ciudad.

—¿El castillo y el… convento? Sí, claro, ya he ido, pero hace mucho tiempo.

—Entonces venga —dijo a modo de invitación el conde, indicándole que lo siguiese.

Cruzaron la plaza y se internaron por las pintorescas callejuelas laterales empedradas, decoradas con tiestos de colores colgados de los balcones. Llegaron hasta un enorme Mercedes negro, aparcado junto a un muro blanco que se prolongaba hasta la vieja sinagoga. El conde Vilarigues se sentó al volante y, con Tomás a su lado, puso el automóvil en marcha y circuló por las apacibles calles de Tomar.

—¿Ya ha oído hablar de la Ordo Militaris Christi? —preguntó el conde, mirando de reojo a su pasajero.

—¿La Orden Militar de Cristo?

—No, la Ordo Militaris Christi.

—No, de ésa nunca he oído hablar.

—Yo soy gran maestre de la Ordo Militaris Christi, la institución heredera de la Orden Militar de Cristo.

Tomás frunció el entrecejo, intrigado.

—¿Heredera de la Orden Militar de Cristo? Pero la Orden de Cristo ya no existe…

—Justamente por eso la Ordo Militaris Christi es su heredera. En realidad, cuando se disgregó la Orden Militar de Cristo, algunos caballeros, disconformes con la decisión, decidieron perpetuarla y formaron la Ordo Militaris Christi, una organización secreta, con reglas propias, cuya existencia sólo conocen algunos. Un puñado de nobles, descendientes de los viejos caballeros de la Orden Militar de Cristo, se reúne todas las primaveras en Tomar, bajo mi dirección, para renovar las antiguas costumbres y registrar la tradición oral de los secretos nunca revelados. Puede decirse que somos los custodios de los últimos misterios de la Orden de Cristo.

—Mire, desconocía…

—¿Y qué sabe usted sobre la Orden de Cristo?

—Algunas cosas, pero no mucho. Verá, soy historiador, pero mi especialidad es el criptoanálisis y las lenguas antiguas, no la Edad Media ni los descubrimientos. Digamos que vine a parar a esta investigación…, pues…, por casualidad…, eh… porque conocía al profesor Toscano, no porque éste sea mi ámbito natural de interés.

413

El coche llegó a una pequeña bifurcación, adornada con una estatua del infante don Henrique en el centro, giró a la derecha y abandonó las arterias de la ciudad, internándose en los caminos verdes y ascendentes de la Mata dos Sete Montes, la carretera que serpenteaba por la ladera, a la sombra de las alamedas vigorosas, rumbo a las viejas murallas.

—Entonces permítame que le cuente la historia desde el principio —propuso el conde Vilarigues—. Cuando los musulmanes prohibieron a los cristianos el acceso a la ciudad santa de Jerusalén, sonó un grito de protesta por toda Europa y se emprendieron las Cruzadas. Jerusalén fue conquistada en 1099 y la cristiandad se impuso en Tierra Santa. El problema es que, con el regreso de muchos cruzados a Europa, los desplazamientos de los peregrinos cristianos a Jerusalén se hicieron muy peligrosos; no había nadie que los defendiese. Fue en ese momento cuando aparecieron dos nuevas órdenes militares. La Orden de los Hospitalarios, consagrada a ayudar a los enfermos y a los heridos, y una milicia creada por sólo nueve caballeros y que se dedicó a vigilar las vías usadas por los peregrinos. Aunque fuesen sólo nueve, estos hombres lograron realmente que los caminos se volviesen mucho más seguros. Como recompensa, se les ofreció, como residencia permanente, la mezquita de Al Aqsa, situada en la cima del monte Moriah, en Jerusalén, justamente el sitio donde antes se alzaba el legendario Templo de Salomón. Nació así la Orden de los Caballeros del Templo de Salomón. —Hizo una pausa—. Los templarios.

—Historia mil veces contada.

—Sin duda. Es una historia tan extraordinaria que atrajo la imaginación de toda Europa. Se dice que, registrando los restos abandonados del Templo de Salomón, los templarios habrían encontrado reliquias preciosas, secretos eternos, objetos divinos. El Santo Grial. Sea a causa de esos misterios, o simplemente gracias a su ingenio y persistencia, la verdad es que los templarios crecieron y se diseminaron por Europa.

—Y llegaron a Portugal.

—Sí. La orden se instituyó formalmente en 1119 y, pocos años después, llegaron aquí. Esta ciudad de Tomar, conquistada a los moros en 1147, fue donada en 1159 por el primer rey de Portugal, don Afonso Henriques, a los templarios, quienes, dirigidos por don Gualdim Pais, construyeron el castillo al año siguiente.

El Mercedes dobló la última curva y desembocó en un pequeño aparcamiento; se trataba de un espacio protegido entre árboles y dominado por la maciza Torre de Menagem, que se destacaba por detrás de las altas murallas del castillo templario, enormes muros de piedra recortados en el cielo azul por el entramado de las almenas. Dejaron el automóvil a la sombra de unos pinos altos y siguieron por el suelo empedrado que circundaba las murallas de la torre, la Alcáçova, en dirección a la imponente Porta do Sol; por momentos, le dio la impresión de haber viajado a la Edad Media, a un tiempo rústico, simple, perdido en la memoria de los siglos y del cual sólo quedaban aquellas orgullosas ruinas. Un rudo muro dentado por sólidas almenas se extendía a la izquierda, bordeando el camino y delimitando el bosque denso; las hojas de los árboles se agitaban al viento por la ladera del monte, las ramas parecían bailar al ritmo de una suave melodía natural, mecidas tal vez por el animado trisar de las recién llegadas golondrinas y por el permanente trinar de los alegres ruiseñores, a los cuales respondían las cigarras con agudos chirridos y las abejas con un zumbar laborioso, golosas en torno a las flores coloridas que asomaban entre el verdor. El lado derecho del camino se mantenía en un silencio seco, vacío, por esa parte sólo se elevaba una árida ladera de piedras, en el extremo de las cuales imperaba el castillo, cual señor feudal, altivo y arrogante.

—Así que éste es el castillo de los templarios —comentó Tomás, contemplando las viejas murallas.

—Así es. Los templarios recibieron muchas tierras en Portugal por los servicios prestados en combate, incluidas las conquistas de Santarém y Lisboa, pero en ningún sitio quedó su presencia más marcada que aquí, en el castillo de Tomar, su sede. La existencia de la orden, sin embargo, conoció un final abrupto por las persecuciones en Francia, desatadas en 1307, y por la bula papal *Vox in excelso*, que la condenó en 1312. El papa solicitó a los monarcas europeos la prisión de todos los templarios, pero el rey don Dinis, en Portugal, se negó a obedecerlo. El papa declaró la Orden de los Hospitalarios como heredera de los bienes de los templarios, pero también en este caso don Dinis desobedeció. El rey portugués recurrió a una ingeniosa interpretación jurídica de la cuestión, alegando que los templarios eran meros usufructuarios de las propiedades de la Corona. Si los templarios dejaban de existir, la Corona retomaría el usufructo de sus tierras. La postura del rey de Portugal atrajo la atención de los templarios franceses, despiadadamente perseguidos en su tierra. Muchos vinieron a Portugal en busca de refugio. Don Dinis, mientras tanto, dejó las cosas en remojo hasta que propuso la creación de una nueva orden militar, con sede en el Algarve, para defender a Portugal del peligro musulmán. El Vaticano accedió y, en 1319, oficializó la creación de la Orden Militar de Cristo. Don Dinis entregó a esta nueva organización todos los bienes de la Orden del Temple, incluidas diez ciudades. Aún más importante: sus miembros eran los templarios. O sea, la Orden de Cristo se convirtió, en realidad, en la Orden del Temple con otro nombre. La reaparición de los templarios en Portugal se completó en 1357, cuando la Orden de Cristo trasladó su sede al castillo de Tomar, el antiguo santuario de la Orden del Temple, supuestamente desaparecida.

Traspusieron la magnífica Porta do Sol y desembocaron en la plaza de Armas, un vasto espacio con un hermoso jardín geométrico a la izquierda, que daba al valle. Se veían allí setos moldeados como semiesferas, arbustos sin podar, cipreses altos y esbeltos, plátanos, arriates de flores.

—Pero ¿para qué me está contando todo eso? —preguntó Tomás.

El conde Vilarigues se rio y señaló las murallas a la derecha y las estructuras medievales enfrente, dominadas por la escalinata y por el enorme bloque cilíndrico de la magnífica girola, con su aspecto de fortaleza románica, la fachada marcada por los macizos contrafuertes de los vértices que alcanzaban los tejados, la cubierta rematada por merlones del siglo XVI y el campanario que coronaba toda la estructura; del otro lado del complejo se destacaban las compactas paredes exteriores del gran

416

claustro y, por detrás de un gigantesco plátano que daba su sombra protectora sobre el convento, las ruinas incompletas de la Casa del Capítulo.

—Estimado señor, para que comprenda más a fondo el maravilloso lugar donde estamos. A fin de cuentas, vive en Tomar, en lo alto de estas misteriosas murallas medievales, el espíritu puro del Santo Grial, la enigmática alma esotérica que encarnó la formación de Portugal y orientó la gesta de los descubrimientos. —Le guiñó el ojo—. Y también debo decirle que le cuento todo esto porque son elementos pertinentes en la extraordinaria historia que voy a revelarle.

—¿Ah, sí? ¿Y qué historia es ésa?

—Pero, estimado señor, ¿será posible que aún no haya comprendido? Lo que voy a comunicarle es la verdadera historia de Cristóbal Colón, el navegante que entregó América a los castellanos.

—¿La…, la verdadera historia de Colón? ¿Usted la conoce?

Entraron por el jardín geométrico, pasando por debajo de un arbusto erguido a manera de puente, y fueron a sentarse en un banco de azulejos azules y anaranjados tallado en el muro.

—Es una historia cuyo prólogo se remonta a los templarios y a su Orden Militar de Cristo. —El conde observó las murallas situadas abajo; se reconocía a la izquierda la Torre de Dona Catarina y en el medio la Porta de Sangue—. Dígame, estimado señor, ¿alguna vez reparó en las cruces que ornamentaban las velas de las carabelas portuguesas utilizadas en el tiempo de los descubrimientos?

—¿Las cruces de las carabelas? Eran rojas, si mal no recuerdo.

—Cruces rojas sobre paños blancos. ¿Eso no le dice nada?

—Pues… no.

—Las cruces de los cruzados eran rojas sobre fondo blanco. Las cruces de los templarios portugueses eran circulares rojas sobre fondo blanco. Las cruces de la Orden de Cristo eran rojas sobre fondo blanco. También las carabelas portuguesas ostentaban cruces rojas sobre las velas blancas. Eran las cruces de la Orden de Cristo, las cruces de los templarios, izadas por los mares en la demanda del Santo Grial. —Se inclinó ante el pro-

417

fesor, con los ojos fijos en él, como si quisiese escudriñar su alma—. Estimado señor, ¿sabe usted por casualidad lo que era el Santo Grial?

—Pues… ¿el Santo Grial? Era el…, el cáliz de Cristo. Se dice que fue en esa copa donde Jesús bebió durante la Última Cena y que José de Arimatea recibió en ella la sangre del hijo de Dios cuando Cristo agonizaba en la cruz.

—¡Supersticiones, estimado señor! El Santo Grial sólo es una copa en sentido figurado, metafórico si quiere. —Señaló la ciudad de Tomar, cuyo caserío asomaba más allá de los árboles y de las murallas, en la falda del monte—. Si usted va a la capilla bautismal de la iglesia de São João Baptista, verá un tríptico en el que se representa a san Juan Bautista con el cáliz sagrado en la mano. Dentro del cáliz hay un dragón alado, animal mítico mencionado en la leyenda de los Caballeros de la Mesa redonda. En esa leyenda, el mago Merlín narró un combate en un lago subterráneo entre dos dragones, uno alado y el otro no; uno que representaba a las fuerzas del bien y el otro que simboliza a las fuerzas del mal; uno símbolo de luz y el otro intérprete de las tinieblas. Ese combate de dragones se encuentra también representado en el capitel de la iglesia de São João Baptista de Tomar, hecho que otorga un incuestionable valor iniciático a ese santuario.

—¿Se refiere a la iglesia que está situada en la Praça da República, donde hemos estado hace poco?

—A esa misma.

—Hmm —murmuró Tomás, recordando la imagen de la fachada blanca de la iglesia con su imponente campanario de piedra tostada—. Pero ¿por qué me cuenta todo eso?

—Estimado señor, ésta es la respuesta a la pregunta que hace un momento usted no supo responder. El dragón es el símbolo templario de la sabiduría, es el Thot egipcio y el Hermes griego. El mismo Hermes que dio origen al hermetismo. Esto significa que el dragón dentro del cáliz sagrado, como aparece en la iglesia de Tomar, representa la sabiduría hermética. El Santo Grial. —Hizo una pausa—. ¿Qué es entonces el Santo Grial? Es el conocimiento. ¿Y qué es el conocimiento sino poder? Esto fue algo que entendieron rápidamente los templarios. Cuando vinieron a Portugal, huyendo de las persecuciones decretadas contra ellos en Europa, los templarios trajeron consigo el cáliz y el dragón, el Santo Grial, una sabiduría en parte científica y en parte esotérica, acumulada durante dos siglos de exploraciones en la Tierra Santa. Poseían conocimientos de navegación, artes de invención, espíritu de descubrimiento, erudición hermética. Portugal fue su destino, pero también el punto de partida para la revelación del mundo, para la nueva demanda del conocimiento. Porque este país se llama Portugal. Es un nombre que viene de *Portucalem*, pero que, de este modo, podrá también relacionarse con el cáliz sagrado. Portugal. «Porto Graal.» El puerto del Graal o Grial. Desde este inmenso puerto arrancó la demanda del nuevo grial. El Santo Grial de la sabiduría. El cáliz del conocimiento. El descubrimiento del mundo.

—¿Está insinuando que los templarios concretaron los descubrimientos para concretar la busca del Santo Grial?

—En parte, sí. Los templarios y los judíos, con sus secretos esotéricos y sus misteriosas prácticas cabalísticas, unos abiertamente en busca del Santo Grial y otros en discreta demanda de la Tierra Prometida, ambos unidos por la nostalgia de Jerusalén y del sagrado Templo de Salomón, formaron con los portugueses una mezcla explosiva, un cóctel elaborado a principios del siglo xv por uno de los mayores estadistas de la historia de Portugal y uno de los mayores visionarios de la humanidad: el infante don Henrique, el cerebro que estaba por detrás del movimiento planetario al que hoy llamamos globalización. Al ser el tercer hijo del rey don Juan I, Henrique llegó a ser, en 1420, gobernador de la Orden Militar de Cristo, y más tarde acabó siendo conocido como el Navegante. El infante reunió a hombres de ciencia, entre ellos portugueses, templarios, judíos y otros, y delineó un ambicioso plan para concretar la demanda del Grial. —Alzó la mano y comenzó a recitar de memoria—. «Que Portugal tome conciencia de sí misma», escribió el poeta Fernando Pessoa. «Entréguese a su propia alma. En ella encontrará la tradición de las novelas de caballería, por donde pasa, próxima o remota, la Tradición Secreta del Cristianismo, la Sucesión Super-apostólica, la Demanda del Santo Grial.» —Termi-

JOSÉ RODRIGUES DOS SANTOS

nada la recitación, alteró el tono declamatorio de su voz y la volvió más natural—. El grandioso plan de Henrique el Navegante preveía la conquista de los mares desconocidos y el descubrimiento del mundo. Ese plan fue cumplido por los portugueses a través de décadas sucesivas. Los caballeros se hicieron navegantes y los descubrimientos fueron las nuevas Cruzadas.

—Portugal fue, por tanto, el puerto desde donde se zarpó en busca del Grial.

—Así es. Portugal se convirtió en un país de navegantes y descubridores, caballeros del mar en la nueva demanda del Santo Grial. Gil Eanes, Gonçalves Baldaia, Nuno Tristão, Antão Gonçalves, Dinis Dias, Álvaro Fernandes, Diogo Gomes, Pedro de Sintra, Diogo Cão, Pacheco Pereira, Bartolomeu Dias, Vasco da Gama, Fernão de Magallanes, Pedro Álvares Cabral, la lista de esos hombres es interminable, el país estaba lleno de nuevos cruzados. Muchos los conocemos. Pero otros se empeñaron en navegaciones secretas, haciendo descubrimientos jamás revelados y manteniendo su nombre oculto en la sombra de la historia.

—¿Y dice usted que Colón era uno de ellos?

—Ahí vamos. Dejemos ahora los grandes designios místicos de los descubrimientos y concentrémonos mejor en los hechos prosaicos de la vida cotidiana del reino de Portugal a finales del siglo XV. Cuando Henrique el Navegante y, más tarde, el rey Alfonso V murieron, otro hombre asumió el control del proceso de expansión marítima. Fue el hijo de Alfonso, el nuevo rey don Juan II, llamado el Príncipe Perfecto. Poco tiempo después de que este monarca ascendiese al trono, se produjo un acontecimiento que trazaría el destino de Cristóbal Colón.

—El descubrimiento del cabo de Buena Esperanza por Bartolomeu Dias.

El conde se rio.

—No, estimado señor, eso fue después. —Abandonaron el banco de azulejos y cruzaron la plaza de Armas, pasando entre los pequeños naranjos. Vilarigues se acercó a las ruinas de los Paços Mestrais, los antiguos aposentos reales del castillo, ahora ya sin tejado, y apoyó la mano en la pared desnuda y áspera, como si la acariciase—. No sé si lo sabe, pero entre estas paredes vivió el infante don Henrique, el hombre que planeó todo antes del Príncipe Perfecto. Y aquí también vivió otro estadista, alguien a quien cierto plan, en el que Colón estaba implicado, le cambiaría la vida. Se trata del rey don Manuel I, llamado el Venturoso, que sucedió a don Juan II.

—¿Y qué plan era ése?

El conde inclinó la cabeza y miró a Tomás de un modo extraño.

—La conspiración para asesinar al rey don Juan II.

El historiador frunció el ceño.

—¿Cómo ha dicho?

—La trama contra don Juan II. ¿Nunca ha oído hablar de ella?

—Pues… vagamente.

—Preste atención a esta historia —indicó el conde Vilarigues alzando las manos, como si le rogase paciencia—. En 1482, el consejo regio, encabezado por el recién coronado rey don Juan II, determinó que los corregidores reales pudieran entrar en las tierras de los donatarios, con el fin de realizar inspecciones para comprobar cómo se aplicaba la ley y para confirmar privilegios y donaciones. Esta decisión constituyó un ataque directo al poder de los hidalgos, hasta entonces dueños y señores de sus dominios. El más poderoso de los hidalgos era don Fernando II, duque de Bragança y primo lejano del rey. El duque, pues, se acordó de presentar ante la justicia las escrituras de donación y privilegios que le fueran concedidos a él y a sus antepasados. Encargó a su responsable de finanzas, el bachiller João Afonso, que fuese a recoger esas escrituras en cierta caja fuerte. Pero João Afonso, en vez de ir él mismo, mandó a su hijo, muchacho joven e inexperto. Cuando éste se encontraba frente al cofre revisando los documentos, apareció un escribano, llamado Lopo de Figueiredo, que de inmediato se prestó a ayudarlo. Durante la búsqueda, sin embargo, Lopo de Figueiredo descubrió una extraña correspondencia mantenida entre el duque de Bragança y los Reyes Católicos de Castilla y Aragón. Intrigado por documentos tan insólitos, se los llevó a hurtadillas consigo y, una vez fuera, consiguió una audiencia secreta con el rey y le mostró las cartas. Don Juan II examinó los manuscritos, algunos con correcciones hechas por el propio duque, y enseguida entendió que revelaban una conspiración contra la Corona. El duque de Bragança era un aliado secreto de los Reyes Católicos en Portugal y se comprometía a ayudar a los castellanos a invadir el país. —Bajó la voz, como si fuese a pronunciar una palabra maldita—. Un traidor. Las cartas —prosiguió retomando el tono normal— mostraban que también el duque de Viseu, hermano de la reina, estaba implicado en la conspiración, tal como la propia madre de la reina. Don Juan II mandó copiar aquellos documentos y le dijo a Lopo de Figueiredo que los restituyese en el cofre de donde los había sacado. El monarca se pasó más de un año, entre los asuntos del Gobierno y las decisiones relativas a los descubrimientos, reuniendo datos para evaluar el alcance de la confabulación y preparándose para desmontarla. Descubrió incluso los detalles de la manera en que los conspiradores planeaban ejecutarlo. Hasta que, un día de mayo de 1483, mandó detener y juzgar al duque de Bragança. Condenado por traición, don Fernando II fue degollado días después en Évora. La conjura, no obstante, prosiguió, esta vez encabezada por el duque de Viseu. Hasta que, en 1484, don Juan II decidió poner coto definitivo a la cuestión. Mandó llamar al duque, hermano de la reina, y, después de intercambiar algunas palabras con él, el propio rey lo apuñaló hasta darle muerte. Otros hidalgos implicados en la trama fueron degollados, envenenados o huyeron a Castilla. En medio de todo esto, sin embargo, hubo algo extraño. Don Juan II llamó a la corte al hermano del duque de Viseu, don Manuel. Éste apareció, temiendo por su vida; al fin y al cabo, su propio hermano había sido ejecutado por el rey en aquel mismo lugar después de una convocatoria semejante. Pero el desenlace fue muy diferente. Don Juan II donó a don Manuel todos los bienes del hermano al que había matado y, hecho notable, le comunicó que si su hijo don Afonso llegaba a morir sin dejar descendencia, sería don Manuel quien heredaría el poder de la Corona. Lo que, en efecto, ocurrió.

—Una historia extraña —comentó Tomás, impresionado por los detalles de la intriga palaciega en plena fase de los descubrimientos—. Pero no entiendo por qué razón me la está contando.

El conde Vilarigues cruzó los brazos delante del pecho, en posición de dominio, y alzó la ceja izquierda.

—Estimado señor —exclamó de modo condescendiente—. Así pues, ¿usted está a cargo de una investigación sobre Cristóbal Colón y la fecha en que culminó este gran operativo de limpieza real no le dice nada?

—¿Cuándo dice que ocurrió?

—Fue en 1484.

Tomás se rascó el mentón, pensativo.

—Ése fue el año en que Colón dejó Portugal y se fue a Castilla.

—¡Bingo! —respondió con entusiasmo el conde, con un brillo que bailaba en sus ojos.

El historiador se quedó un largo rato inmóvil, cavilando sobre el asunto, considerando sus implicaciones, ajustando las piezas del rompecabezas. Se inclinó hacia el conde y lo miró con expresión inquisitiva.

—¿Usted está insinuando acaso que Colón formó parte de la confabulación contra don Juan II?

—*Touché*.

Tomás abrió la boca, perplejo.

—Ah… —balbució, incapaz de ordenar el torbellino de ideas que afloró a su mente—. Ah…

Al verlo privado del habla, el conde le echó una mano.

—Dígame una cosa, estimado señor, ¿ya se ha fijado en que existen toneladas de documentos sobre el paso de Cristóbal Colón por España, pero, en lo que respecta a su presencia en Portugal, sólo existe un enormísimo vacío? ¡No hay nada de nada! ¡Ni un solo documento de muestra! Lo poco que se sabe se reduce a breves referencias que dejaron Bartolomé de las Casas, Hernando Colón y el propio Cristóbal Colón. Nada más. —Se encogió de hombros, simulando perplejidad—. ¿Así pues, el hombre se cansó de recorrer el país, se agotó navegando en nuestras carabelas, se casó con una noble portuguesa, deambuló por la corte, tuvo varios encuentros con el rey y no han quedado registros ni testimonios. ¿Eh? ¿Por qué será?

—Pues… ¿lo destruyeron todo?

—Es posible, amigo. Pero tal vez la verdad sea aún más sencilla que eso. Colón tenía otro nombre. Estamos buscando documentos con el nombre de Colón cuando, en definitiva, ellos existen, pero relativos a una persona que era conocida por otro nombre.

—¿Qué…, qué nombre?

—*Nomina sunt odiosa.*

Tomás desorbitó los ojos.

—¿Cómo?

—*Nomina sunt odiosa.*

—Los nombres son impropios —tradujo Tomás, casi mecánicamente—. Ovidio.

El conde le devolvió la mirada, sorprendido.

—¡Vaya! —exclamó—. ¡Qué rapidez!

—El profesor Toscano me dejó esa cita de las *Heroidas* como primera pista para llegar al misterio de Colón.

—Ah —comprendió su interlocutor—. Pues fui yo quien le habló de eso, ¿sabe? Supongo que habrá tomado nota. —Se encogió de hombros—. No interesa. De cualquier modo, el verdadero nombre de Colón es algo que se mantiene oscuro. *Nomina sunt odiosa.* Pero interesa decir que Colón tenía otro nombre. El nombre de un hidalgo.

—¿Cómo lo sabe?

—Colón era un noble que también integraba la Orden Militar de Cristo. Su verdadera historia forma parte de nuestra tradición oral en cuanto templarios, y muchos indicios la confirman. ¿Se ha detenido a pensar en que se casó con doña Filipa Moniz Perestrelo, hija del capitán donatario de Porto Santo, descendiente de Egas Moniz y pariente de don Nuno Álvares Pereira, el hombre que derrotó a los castellanos en la batalla de Aljubarrota? Una mujer como ésa, emparentada con la propia familia real, nunca se habría casado en aquella época con un plebeyo, para colmo extranjero. ¡Jamás! ¡Se habría refugiado seguramente en un convento! Una mujer así, estimado señor, sólo se habría casado con un noble.

—Ya lo había pensado —respondió Tomás—. Es realmente

impensable que doña Filipa Moniz Perestrelo se hubiese casado con un humilde tejedor de seda. Impensable.

—¿Y usted ya ha leído la carta que don Juan II le envió a Colón en 1488?

—Claro que la he leído.

—¿Qué me dice de aquel fragmento en que el rey menciona los problemas de Colón con la justicia?

Tomás abrió su libreta de notas para buscar las anotaciones referidas a esa carta.

—Espere, aquí lo tengo —dijo localizando el extracto—. Escribió el rey: «Y porque por ventura tuviereis algún recelo de nuestras justicias por razón de algunas cosas a que seáis obligado. Nos por esta Carta os aseguramos por la venida, estada y vuelta, que no seréis preso, retenido, acusado, citado, ni demandado por ninguna cosa sea civil o de crimen, de cualquier cualidad». —Miró al conde—. Es esto.

—¿Entonces? ¿Qué crímenes serían esos que en 1484 llevaron a Colón a huir precipitadamente hacia Castilla con su hijo?

—La conspiración.

—Así es. La conspiración desmantelada en 1484. Como le he dicho, muchos hidalgos se escaparon ese año hacia Castilla con sus familias. Don Álvaro de Ataíde, por ejemplo. O don Fernando da Sylveira. Está también el caso de don Lopo de Albuquerque o del influyente judío Isaac Abravanel. Fue una desbandada de todos aquellos que estaban relacionados con la trama de los duques de Bragança y de Viseu. Colón fue uno entre muchos.

El historiador abrió mucho los ojos, acababa de ocurrírsele algo; cogió su inseparable cartera, tanteó el interior, sacó un libro escrito en español, titulado *Historia del Almirante*, y lo hojeó apresuradamente.

—Espere, espere —dijo, como si temiese que se le escapase la idea que se le había ocurrido—. Si mal no recuerdo, el hijo español de Colón, Hernando Colón, escribió lo mismo en una breve referencia que hizo a la entrada de su padre en Castilla. Ya lo encontraré… Ya lo encontraré… ¡Ah, aquí está! —Localizó el fragmento que buscaba—. Fíjese: «a finales del año 1484, con

425

su hijo Diogo, partió secretamente de Portugal, por miedo a que el rey lo detuviese».

—¿Colón partió secretamente de Portugal? —se interrogó el conde con ironía—. ¿Por miedo a que el rey lo detuviese? —Sonrió y abrió las manos, como si la verdad estuviera contenida en sus palmas y acabase de revelarla—. Ya no se puede ser más claro, ¿no?

—Pero ¿le parece natural que el rey perdonase a Colón si él hubiese estado realmente implicado en la conspiración?

—Depende de las circunstancias, pero, considerando lo que sabemos, es perfectamente verosímil. Fíjese en que Colón no era un cabecilla, sino un mero peón en la conjura, una figura de segundo plano. Por otro lado, el perdón fue concedido cuatro años después de los hechos, en un momento en que ya nadie representaba una amenaza para el rey. ¿No fue finalmente don Juan II quien nombró al propio hermano de uno de los conspiradores como heredero de la Corona? Con mucha más facilidad perdonaría a un participante menor, un figurante secundario, un personaje como Colón, en caso de que creyese que podría serle útil. —Señaló la libreta que Tomás mantenía entre sus manos, junto al libro que había sacado de la cartera—. ¿Y se ha fijado en cómo se dirigió el rey a Colón en la carta que le escribió en 1484?

El historiador leyó las anotaciones.

—«A xrovam collon, noso espicial amigo en sevilla.»

—¿Especial amigo? Pero ¿qué intimidades son ésas, Dios mío, entre el gran rey de Portugal y un minúsculo tejedor de seda extranjero, aún desconocido en aquel momento? —El conde meneó la cabeza, condescendiente—. No, amigo. Ésa es la carta de un monarca a un hidalgo a quien conoce bien, un noble que frecuentó su corte. Y, lo más importante, ésa es una carta de reconciliación.

—¿Entonces quién era realmente Colón?

El conde retomó la marcha, dirigiéndose al conjunto de escaleras al fondo de la plaza de Armas del castillo.

—Ya se lo he dicho, estimado señor —insistió—. Cristóbal Colón era un hidalgo portugués, eventualmente de origen judío, ligado a la familia del duque de Viseu, que desempeñó un papel menor en la trama contra el rey don Juan II. Desenmascarada la confabulación, los conspiradores huyeron hacia España. Los más importantes se fueron primero, los cómplices menores se escaparon después. Colón fue uno de ellos. Abandonó su nombre antiguo y rehízo su vida en Sevilla, donde dio buen uso a los conocimientos marítimos que había adquirido en Portugal. Comenzó a llamarse Cristóbal Colón y decidió ocultar su pasado, con más razón considerando el clima antijudaico predominante en Castilla. Después del descubrimiento de América, unos autores italianos sugirieron que era genovés. Era una sugerencia conveniente, que Colón alentó, sin confirmarla, pero también sin desmentirla, porque le daba pie para apartar las sospechas sobre su verdadero origen, distrayéndolo con algo mucho más inofensivo. —Inclinó la cabeza—. ¿Se ha dado cuenta de que ni siquiera el hijo castellano conocía el origen de su padre?

—¿Hernando?

—Sí. Hernando Colón fue incluso a Italia a comprobar si era verdad lo que decían, que su padre había venido de Génova. —Esbozó una expresión interrogativa—. ¿Se da cuenta? ¡Colón no reveló su origen ni a su propio hijo! Mire hasta qué punto llegó el Almirante para mantener su gran secreto, hasta llevar a su hijo a perderse en interminables conjeturas sobre una cuestión tan sencilla como la de determinar el sitio de nacimiento de su padre. Es evidente que Hernando no encontró nada en Génova, según él mismo reveló en su libro, lo que lo condujo al colmo de plantear la hipótesis de que su padre había nacido más bien en Piacenza, confundiendo así sus orígenes con el de algunos antepasados paternos de la mujer portuguesa del Almirante, doña Filipa Moniz Perestrelo, que salieron efectivamente de esa ciudad italiana.

—¿Ni los Reyes Católicos sabían quién era Colón?

—Ellos sí que lo sabían, claro que lo sabían —dijo balanceando afirmativamente la cabeza—. Colón era parte integrante de la conspiración de los duques de Bragança y de Viseu contra la Corona portuguesa. Esa conjura se basaba en una alianza de los conspiradores con la Corona de Castilla. Entre los documentos encontrados en el cofre del duque de Bragança había cartas de los Reyes Católicos. Como Colón formaba parte de la trama, forzosamente los monarcas lo conocían, aunque de una manera remota. Por otra parte, sólo así se explica que le hayan dado crédito. —Estiró el brazo hacia la *Historia del Almirante*, de Hernando Colón, que Tomás había apoyado en su regazo—. Muéstreme ese libro. —El conde cogió el volumen y lo hojeó, buscando una referencia—. Hay aquí…, a ver…, hay aquí una referencia reveladora: es el fragmento de una carta de Colón al príncipe Juan, incluida en el libro por Hernando. Está…, está aquí, escuche: «yo no soy el primer Almirante de mi familia». —Miró a Tomás, con la cabeza inclinada hacia un lado con una expresión de burla—. ¿Colón dijo que no era el primer almirante de su familia? Pero ¿no se suponía que él era un tejedor genovés sin instrucción? —Se rio—. Es decir, que el propio Almirante subrayó indirectamente su origen noble, algo que la monarquía castellana, por otra parte, ya sabía, como lo prueba el hecho de que en abril de 1492, antes del gran viaje a América, reconoció en un documento que el navegante era aristócrata. Además, si Colón fuese realmente un humilde tejedor genovés, como pretende la absurda versión oficial genovesa, los Reyes Católicos se habrían reído de su petición de audiencia. Siendo quien era, no obstante, el asunto adquiría otro color. Pero, dada la rivalidad entre Portugal y Castilla, habría sido poco conveniente hacer público que el almirante de la flota castellana era un portugués, para colmo de posible origen judío. Era inaceptable. De modo que la verdadera identidad de Colón permaneció en secreto. Observe que los esfuerzos por mantener oculta la procedencia del Almirante fueron tan grandes que la propia carta de naturalización castellana de su hermano menor, Diego, omitió su nacionalidad de origen. Pero era una norma del derecho público que esas cartas mencionasen siempre la nacionalidad de origen del ciudadano que pretendía naturalizarse, elemento que se encuentra en todas las cartas de naturalización guardadas en el Registro de Sello del Archivo de Simancas referentes a este periodo. La de Diego Colón es la excepción. Lo que demuestra cuán lejos llegaron las precauciones de la Corona para que se llegase a revelar el origen del Almirante. Si él hubiese sido realmente genovés, no se entiende

428

el motivo para ocultar la nacionalidad de procedencia. Siendo, no obstante, portugués, y tal vez judío, la cosa cambia. De ahí que los posteriores rumores acerca del origen genovés acabaran por revelarse providenciales, ya que ayudaron a confundir aún más. A los propios Reyes Católicos les convenía dejar circular esa versión italiana, mucho más prestigiosa para las tripulaciones y las poblaciones. De modo que, a través de esta conspiración de silencios y sobrentendidos, alimentada por el navegante y sus protectores, el origen de Colón se mantuvo difuso, envuelto en una densa neblina de misterio.

Pasaron entre un gigantesco plátano y un nogal tristón, verdaderos centinelas inmóviles y testigos silenciosos de siglos de vida en aquel extraño monasterio, y comenzaron a escalar la ancha escalinata de piedra del conjunto templario.

—Pero, si Colón estuvo implicado en la conspiración, ¿por qué razón don Juan II lo llamó a Lisboa en 1488?

El conde Vilarigues se acarició la barbilla puntiaguda.

—Por razones de Estado, estimado señor. Por razones de Estado. Cristóbal Colón defendía el viaje a la India por occidente, pero los Reyes Católicos no se mostraban convencidos. Don Juan II, en cambio, sabía que ese viaje sería casi imposible por dos razones. La primera: el mundo era bastante más grande de lo que Colón suponía. La segunda: el rey portugués ya conocía la existencia de tierra a mitad de camino.

Recorrían el atrio conventual del Terreiro da Entrada y se dirigían a la puerta sur del monasterio, pasando al lado de la estructura cilíndrica de la girola templaria, cuando Tomás se detuvo, mirando a su interlocutor.

—¡Ah! Entonces don Juan II ya sabía de la existencia de América…

El conde se rio.

—Claro que lo sabía, amigo. Además, eso no implicaba ninguna hazaña. Que yo sepa, América fue descubierta hace millares de años por los asiáticos, que colonizaron el continente de un extremo al otro. Los vikingos, y en especial Erik el Rojo, fueron los primeros europeos en llegar allí. Los templarios nórdicos, algunos de los cuales vinieron a Portugal, preservaron ese conocimiento. Y los portugueses, sin duda, estuvieron explorando aquellas tierras durante el siglo xv, siempre en secreto. El almirante Gago Coutinho, el primer hombre que cruzó el Atlántico Sur en avión, concluyó que los navegantes del siglo xv tenían la experiencia de navegar hasta la costa americana antes de 1472 y sospechaba que el portugués Corte-Real había sido el primer europeo en llegar allí, después de los vikingos. Otros historiadores de renombre pensaban lo mismo, incluso Joaquim Bensaúde. Además, en el proceso del «pleyto de la prioridad», iniciado en 1532 por los hijos del capitán Pinzón, que sirvió a las órdenes de Colón, con la curiosa tesis de que el Almirante había descubierto una tierra cuya existencia ya era conocida, fueron escuchados en el tribunal varios testigos que habían estado en contacto con el gran navegante. Uno de ellos, un tal Alonso Gallego, se refirió a Colón como «persona que había sido criado del rey de Portugal y tenía noticia de las dichas tierras de las dichas Indias». Lo que resulta confirmado por el biógrafo contemporáneo de Colón, Bartolomé de las Casas, quien afirmó que el Almirante había recibido de un marinero portugués la información de que existía tierra al oeste de las Azores. El mismo De las Casas viajó en aquel tiempo por las Antillas y refirió que los indígenas de Cuba le revelaron que, antes de la llegada de los castellanos, otros navegantes, blancos y barbudos, habían andado por ahí. —Hizo un amplio gesto con la mano—. ¿Y usted ya ha visto el *Planisferio de Cantino*?

—Claro que sí.

—¿Y se ha fijado en que allí aparece la costa de la Florida?

—Sí.

—Pero hay allí algo extraño. Un cartógrafo portugués realizó el *Planisferio de Cantino* a más tardar en 1502, pero la Florida no fue descubierta hasta 1513. Curioso, ¿no?

—Es evidente que los portugueses sabían más de lo que decían...

—¡Claro que sabían! ¿Y qué me dice del extraño hecho de que, en su primer viaje, Colón haya llevado monedas portuguesas al Nuevo Mundo, eh? ¿Por qué monedas portuguesas? ¿Por qué no monedas castellanas? Esa decisión sólo cobra sentido si el Almirante hubiese estado convencido de que los nativos ya conocían el dinero de Portugal, ¿no?

La puerta Sur, ricamente decorada al estilo manuelino y cuyo remate era una fina moldura, estaba cerrada. Rodearon entonces la girola por la derecha, siempre en el Terreiro da Entrada y, en un rincón estrecho, justo después del campanario, cruzaron la pequeña puerta de la sacristía y penetraron en la penumbra del santuario. Pagaron dos tiques y entraron por el claustro del cementerio, con los pequeños naranjos que decoraban el patio erigido en gótico flamígero, y se internaron por los pasillos sombríos hasta invadir por fin el corazón del convento. La girola templaria.

La vieja rotonda exhalaba aquel tufo a moho de cosa antigua, una especie de rancidez seca, el olor que Tomás asociaba a los museos. La estructura estaba constituida por un tambor de dieciséis caras que, con un octógono en el centro, albergaba el altar mayor; las paredes se veían repletas de frescos y las columnas ostentaban estatuas doradas, cerrándose en una nave redonda cubierta por una cúpula bizantina. Se alzaba aquí el oratorio de los templarios de Tomar, construido según el diseño de la rotonda de la iglesia del Santo Sepulcro, en Jerusalén. La girola se revelaba como la joya del monasterio, con su arquitectura solemne, imponente, con reminiscencias de los grandes santuarios de Tierra Santa. La puerta Sur, vista desde el interior, aparecía flanqueada por dos columnas torcidas, como las que, según las Escrituras, protegían el Templo de Salomón; sin embargo, los dos hombres se centraron de tal modo en la conversación que, después de una mirada rápida al deambulatorio de la girola, pronto lo ignoraron todo.

—Disculpe, pero aquí hay algo que no entiendo —indicó Tomás, meneando la cabeza junto al octógono central—. Si los portugueses ya conocían la existencia de América, ¿por qué no fueron a explorarla?

—Por la sencilla razón de que no había nada que explorar —repuso el conde, con la actitud de quien expone una evidencia—. Amigo, los portugueses querían llegar a Oriente. En el plano esotérico, creían que el Santo Grial se encontraba en la tierra del mítico reino cristiano de Preste Juan, según defendía la más importante obra griálica alemana, el *Parzival*, de Wolfram von Eschenbach, cuyo conocimiento debe de haber lle-

431

gado a través de los templarios germánicos. En el plano económico, lo que pretendían era llegar a la India, con el fin de impedir el comercio exclusivo de Venecia y el Imperio otomano e ir a buscar las especias al lugar de origen a un precio mucho mejor. Observe que la demanda del Santo Grial del conocimiento había sido la motivación de Henrique el Navegante, junto a su equipo de templarios, pero los intereses comerciales se fueron sobreponiendo gradualmente a la esfera mística. En América sólo había salvajes y árboles, como enseguida comprendieron los portugueses cuando pusieron allí los pies. —Levantó el índice izquierdo, subrayando la importancia de lo que diría a continuación—. De ahí el interés que don Juan II comenzó a mostrar por los planes de Colón.

—¿Interés? —preguntó Tomás, algo confundido—. No entiendo. Usted mismo acaba de decir que allí sólo había salvajes y árboles…

—Estimado señor —suspiró el conde Vilarigues—, ¿será posible que tenga que explicarle todo?

—Me temo que sí.

El conde se sentó en un banco de madera junto al gran arco de entrada en la girola, vuelto hacia el púlpito esculpido en mármol y enclavado en el intradós de la arcada. Tomás se acomodó a su lado.

—Vale —exclamó Vilarigues, íntimamente satisfecho por proseguir su clase—. Veamos, pues, si sigue mi argumentación. Cristóbal Colón sabía que había tierras al oeste de las Azores. Era portugués y la información ya circulaba en la corte de Lisboa, que él frecuentaba, y entre la tripulación de las carabelas, con las cuales estaba en contacto. Colón pensaba, creo yo, que aquella tierra era el Asia de la que había hablado Marco Polo en sus viajes, y no disponía de la información de que se trataba, en resumidas cuentas, de otra tierra. Intentó convencer al rey portugués de hacer la exploración por occidente, pero don Juan II ya sabía que la tierra existente allí no era Asia y que la verdadera Asia estaba situada mucho más lejos, por lo que rechazó las propuestas del joven hidalgo. En 1484, como consecuencia del desmantelamiento de la conspiración contra el rey, Colón huyó a Castilla y fue a proponer su teoría a los

Reyes Católicos, considerablemente más ignorantes y oscurantistas. Tan ignorantes eran los castellanos que aún pensaban que la Tierra era plana, ¡fíjese! Pero es importante destacar que esta evolución era conveniente para don Juan II. El rey portugués disponía de una visión estratégica basada en el sentido común y deprisa concluyó que, tarde o temprano, Castilla se convertiría en un importante obstáculo para los planes expansionistas de Portugal. Los castellanos podían ser ignorantes, pero no tenían nada de tontos. En cuanto viesen a los portugueses facturando millones gracias al negocio de las Indias, querrían su parte. Vendría la guerra. Don Juan II entendió que Castilla era una evidente amenaza potencial para sus planes. Era necesario maniobrarla, lanzarla en otra dirección, distraerla con algo en apariencia muy valioso pero que no valiese nada en absoluto.

—América —observó Tomás.

—¡Así es! ¿Ve cómo empieza a entender, amigo? —Le guiñó el ojo—. América respondía a esos requisitos, era el juguete perfecto. Mientras estuviesen convencidos de que la primitiva América era la rica Asia, los castellanos se entretendrían con ese continente y dejarían a los portugueses en paz, entregados al lucrativo comercio con la verdadera Asia. Por ello los esfuerzos de Colón para convencer a la corte castellana eran convenientes para Lisboa. El problema es que, justamente debido a su excesiva ignorancia, y también por estar ocupados con la reconquista de las tierras de moros, que aún ocupaban el sur de la península Ibérica, los castellanos rechazaron las propuestas del hidalgo portugués. Desanimado e invadido por la añoranza, Colón quiso regresar a su patria, pero se mantenía el viejo problema de su complicidad en la conspiración contra el rey. Le escribió entonces a don Juan II, corría el año 1484, proclamando su inocencia y pidiendo perdón por cualquier eventual ofensa. El rey aprovechó la oportunidad y respondió enviándole la carta de reconciliación que usted ya ha leído, incluyendo la garantía de que no lo detendrían por los crímenes cometidos. En realidad, el monarca tenía un gran interés en hablar con la oveja descarriada. Con el salvoconducto en las manos, Colón fue a Portugal a insistir en su plan. Para su sorpresa, sin

433

embargo, comprobó que don Juan II no pretendía montar ninguna expedición hacia occidente, sino que más bien deseaba que el hidalgo insistiese en sus esfuerzos por convencer a los Reyes Católicos de que aceptasen el viaje. El rey portugués prometió incluso ayudar a Colón, en secreto, en lo que fuera necesario, haciendo todo lo posible para que tuviese éxito en su iniciativa. Cuando se encontraba en Lisboa, Colón fue testigo del regreso de Bartolomeu Dias con la noticia de que había descubierto el paso hacia el océano Índico y tomó conciencia de que don Juan II poseía realmente buenos motivos para no seguir su sugerencia. Resignado, aceptó la oferta de ayuda secreta y regresó a Castilla, con renovada esperanza de convencer a los Reyes Católicos.

—Ese regreso de Bartolomeu Dias es justamente un punto importante —realzó Tomás—. Siempre se ha supuesto que don Juan II desistió del viaje hasta la India por occidente porque, cuando se encontraba en Lisboa negociando con Colón dicha expedición, la llegada de Dias con la noticia del descubrimiento del cabo de Buena Esperanza le hizo ver que ése era el verdadero camino que convenía seguir.

—¡Qué disparate! —exclamó el conde con un gesto de enfado—. ¡Don Juan II había llegado a esa conclusión hacía mucho tiempo! Fíjese, ya conocía la existencia de tierras al oeste de las Azores. Y sabía, sobre todo, que no eran Asia. —Tocó el pecho de Tomás—. Estimado amigo, piénselo bien. Si don Juan II hubiese estado realmente considerando la hipótesis de navegar hacia occidente, ¿cree que habría llamado de Sevilla a un navegante genovés, como pretende la tesis oficial? ¿Acaso no tenía él en sus filas a hombres mucho más experimentados, excelentes navegantes como Vasco da Gama, Bartolomeu Dias, Pacheco Pereira, Diogo Cão y muchos otros, todos ellos ofreciéndole más garantías de ser capaces de llevar a cabo con éxito aquella misión? ¿Para qué habría querido el rey llamar a Colón y pedirle que emprendiese esa expedición, eh? ¡Aquel que crea que don Juan II impulsó a Colón a ir a Lisboa para analizar con él el viaje por occidente sólo puede estar bromeando! —Se golpeó repetidas veces la frente con el índice, emitiendo un sordo «toc-toc-toc»—. Para ello tenía navegantes suficientes, de su confianza personal y mucho más cualificados. —Meneó la cabeza—. No, amigo, don Juan II no quería hablar con Colón para discutir la ida a la India por occidente. Y la principal razón es que él ya conocía la existencia de otro continente en esa parte del mundo. Convénzase de lo siguiente: el interés del rey portugués por América residía esencialmente en el potencial que veía allí para alejar a los castellanos del verdadero camino a la India. —Vilarigues se pasó la mano por el pelo lacio y negro—. Observe una cosa, estimado señor. ¿A usted no le parece extraño que Bartolomeu Dias haya descubierto el paso al océano Índico en 1488 y Portugal no enviara a Vasco da Gama para explorar tal paso hasta casi diez años después? —Adoptó una expresión de perplejidad—. ¿Diez años después? ¿Para qué esperar diez años?

—Bien, creo que sería para preparar el viaje…

—¿Diez años para preparar un viaje? ¡Vaya por Dios! Si los portugueses hubiesen sido unos novatos en cuestiones de navegación, vale, podría entenderse. Pero ellos navegaban con regularidad, como una actividad rutinaria, el pan nuestro de cada día; así pues, ese plazo es inverosímil. —Se inclinó hacia el historiador—. Mire, estimado amigo, después de una sistemática y prolongada búsqueda del camino marítimo hacia la India, cuando se descubre el anhelado paso y las puertas quedan por fin abiertas, se establece, de repente, un compás de espera de diez años. Son diez inexplicables años los que separan los viajes de Dias y de Gama. —Alzó los hombros, con una expresión interrogativa—. ¿Por qué? ¿Por qué esta pausa de diez años? ¿Qué los llevó a posponer el tan ansiado viaje a la India? Éste, amigo, ha sido uno de los mayores misterios de los descubrimientos, objeto de inmensas especulaciones entre los historiadores —dijo señalando a Tomás—. Y, de alguna forma, usted ha atinado con la explicación que ha dado. Los portugueses estaban, en efecto, preparando las cosas. Pero no era preparando barcos para la expedición de Vasco da Gama. Estaban más bien preparando a los castellanos.

—¿Preparando a los castellanos?

—La Corona portuguesa sabía que sólo podría concretar la aventura de la India cuando hubiese resuelto el problema castellano. Si Portugal hubiera descubierto el camino a la India dejando a Castilla en ascuas, la guerra se habría vuelto, tarde o temprano, algo inevitable. El Tratado de Toledo, acordado en 1480 con Castilla como consecuencia del Tratado de Alcáçovas, otorgaba a Portugal la exploración de la costa africana, «hasta los indios inclusive», pero don Juan II desconfiaba de que, a la hora de la verdad, los castellanos diesen lo dicho por no dicho. ¿No estaban los Reyes Católicos, al fin y al cabo, en el mismo momento en que firmaban el Tratado de Alcáçovas/Toledo, conspirando con nobles portugueses para matar al monarca de Portugal? En esas condiciones, ¿cómo podía don Juan II confiar en ellos? Además, llegó a probarse que su desconfianza tenía fundamento, dado que los Reyes Católicos intentaron llegar a la India, procurando así quedarse con lo que el tratado les negaba. El rey portugués tuvo la intuición de que sería así, de que, a la hora de la verdad, los Reyes Católicos ignorarían un tratado que daba tanto al pequeño Portugal y tan poco a los gigantes que eran Castilla y Aragón. Era necesario, pues, resolver primero el problema castellano. Y la actuación de Cristóbal Colón se reveló como la clave para ello. Se hacía necesario que el Almirante convenciese a los castellanos de emprender una expedición por occidente, y era fundamental que los castellanos se convenciesen de que América era, en efecto, Asia. Por ello, los portugueses esperaron diez años. Se quedaron esperando el viaje de Colón y los consiguientes reajustes geopolíticos.

—Viaje que se realizó en 1492.

—Sí. Y con la ayuda secreta de don Juan II.

—¿Cómo?

—En primer lugar, a través de una financiación oculta. —Indicó, alzando el pulgar—. Isabel la Católica participó con un millón de maravedíes para pagar la expedición. Pero esa cuantía no alcanzaba y Colón aportó un cuarto de millón. Dígame, ¿adónde diablos fue el empobrecido hidalgo a buscar tanto dinero? Los genovistas pretenden que unos banqueros italianos entregaron ese dinero, pero, de ser verdad, ellos habrían aparecido después para recoger los dividendos, ningún particular da tanto dinero para quedarse sin él, ¿no? Y, no obstante, quienquiera que haya adelantado ese dinero no apareció después a reclamar su tajada en la explotación del negocio de las Indias Occidentales. ¿Y por qué no apareció? Porque no podía aparecer, porque tenía que mantenerse en la sombra, porque los verdaderos dividendos de esa inversión no eran en dinero, sino más bien en ganancias geoestratégicas. En definitiva, porque el financista oculto era el rey de Portugal. —Juntó el índice con el pulgar—. Y, en segundo lugar, don Juan II se comprometió proporcionando instrumentos de navegación. Días antes de zarpar, Colón recibió de Lisboa las *Tablas de declinación del sol,* escritas en hebreo e imprescindibles para la corrección de desvíos en el uso del astrolabio. ¿Quién las envió? —El conde esbozó una sonrisa—: La Corona portuguesa, como es evidente. Don Juan II se esmeró en hacer de aquel viaje un éxito. —Simuló el gesto de quien tiene un bebé en brazos—: Llevó a los castellanos en brazos a América.

—Todo eso es verdad, pero, fíjese, el viaje de Colón fue en 1492 y Vasco da Gama no llegó a la India hasta 1498. ¿Por qué haber esperado aún seis años más?

—Porque se volvió necesario clarificar la evolución geopolítica que se había producido mientras tanto, amarrando a los castellanos a un nuevo tratado, firmado con el aval del Vaticano, que cristalizase la situación más conveniente para Lisboa. Eso ocurrió en 1494, cuando Portugal y Castilla firmaron el Tratado de Tordesillas, dividiendo el mundo en dos partes, una para cada uno de los reinos ibéricos. Los castellanos creyeron que se habían quedado con la mejor parte, dado que su tajada del planeta incluía lo que ellos pensaban que era la India, o sea las tierras recién descubiertas por Colón. —Levantó la mano—. Ahora preste atención, estimado señor: ¿usted cree realmente que don Juan II habría firmado ese tratado si hubiera pensado que la India quedaba en la tajada castellana? Si el rey portugués hubiese creído que Colón había descubierto realmente la India, ¿no cree que se habría aferrado al Tratado de Alcáçovas/Toledo, que le otorgaba derechos exclusivos sobre «los indios»? ¿Por qué razón dio graciosamente a los castellanos la tajada donde se suponía que se encontraba la India de Colón? La única respuesta plausible es que don Juan II aceptó esta división del mundo porque ya sabía que la tajada castellana no in-

437

cluía a la verdadera India. Lo que hicieron los portugueses fue entregar la «India» americana a sus rivales y guardar la verdadera India para ellos. Quedaron creadas, entonces, las condiciones que don Juan II consideraba adecuadas, dado que los castellanos ya tenían su «India» para entretenerse durante muchos años. El riesgo de una guerra a corto plazo quedaba eliminado y los portugueses comenzaron, por fin, a planificar el gran viaje de Vasco da Gama.

—Aun así, pasaron tres años entre la firma del tratado y la partida de Vasco da Gama...

—Sí... —reconoció el conde—. El Príncipe Perfecto murió en 1495, lo que retrasó el proyecto, y la flota no llegó a zarpar hasta 1497, ya en época de don Manuel.

—Pero ¿cómo es posible afirmar con tanta certidumbre que Colón fue la pieza intencionalmente usada por don Juan II para alejar a los castellanos de la verdadera India?

—Mire, basta observar los resultados prácticos de la expedición de 1492. Colón convenció a los Reyes Católicos de que había llegado a Asia, llevándolos a firmar un tratado que, en la práctica, significaba que gastarían muchos años en el continente equivocado, entregando la verdadera Asia a los portugueses.

—Ése fue, sin duda, el resultado práctico del viaje de 1492, nadie lo discute. Lo que me parece especulativo, sin embargo, es decir que Colón se alió con don Juan II para alcanzar ese fin.

—No, estimado amigo, nada hay de especulativo en eso —negó el conde Vilarigues—. Esta información sobre la alianza entre Colón y don Juan II forma parte del patrimonio secreto de la Ordo Militaris Christi y está corroborada por múltiples indicios y algunas pruebas.

—¿Qué pruebas?

El conde sonrió.

—Ahí vamos —dijo—. Comencemos por los indicios. ¿Usted conoce los documentos en que se basa la tesis del Colón genovés?

—Sí, claro.

—¿Cree acaso que son sólidos?

—No, son frágiles. Están llenos de contradicciones e incongruencias.

—¿Cree entonces que Colón era portugués?

—Hay claros indicios en ese sentido, sí. Pero permítame que le diga: falta una prueba final.

—¿De qué prueba habla? —adoptó un tono irónico—. ¿Quiere una cinta de vídeo con imágenes de Colón mirando a la cámara y cantando el himno nacional?

—No, pero quiero pruebas sólidas. Fíjese, con todas sus inconsistencias y absurdos, la tesis genovesa es la única que le otorga una identidad a Colón. Le atribuye una familia, le da una casa, presenta documentos. Todo el resto falla, es cierto, pero al menos tiene eso. La tesis portuguesa es todo lo contrario. Por más que cobre sentido y resuelva los misterios entorno a la figura del Almirante, carece de un documento que lo identifique con claridad.

—Muy bien, vamos, pues, a las pruebas —respondió el conde, haciendo un gesto con la mano para pedirle a su interlocutor que tuviese paciencia—. Por ahora, analicemos los indicios. Frente a los indicios que existen, ¿la historia que le conté tiene sentido?

—Pues... yo diría que sí, todo parece encajar.

—Entonces analicemos ahora los indicios siguientes.

—¿Más indicios?

—Sí —respondió sonriente el conde—. Concentrémonos en los extraños acontecimientos que ocurrieron durante el primer viaje, el viaje crucial, el de 1492. Como sabe, Colón llegó a las Antillas y estableció contacto con los indígenas, a quienes llamó indios, por pensar que se encontraba en la India. Llegó incluso a obligar a su tripulación a jurar que aquella tierra era la India, tan firme se revelaba su intención de convencer a los Reyes Católicos de tal hecho. Pero es en el momento de volver cuando comienzan las decisiones más extrañas del viaje. En vez de regresar por el camino por el que había venido, navegando hacia el este en dirección a las islas Canarias, como hizo mientras tanto el capitán de la Pinta, el Almirante tomó rumbo hacia el norte en la Niña, en dirección al Ártico. Hoy en día sabemos que éste era el mejor camino, la ruta más eficaz, dado que en aquella estación del año soplaban los vientos alisios, más favorables. Pero si nunca nadie había navegado antes por esas aguas, como pretende la tesis oficial, ¿cómo diablos lo sabría Colón? Es evidente que le habían informado: o marineros portugueses, que navegaron por aquellos parajes en secreto, o, más probablemente, su «espicial amigo» don Juan II, que poseía los datos de esas exploraciones sigilosas. Colón navegó dos semanas hacia el norte y el noreste, hasta que viró hacia el este, por la zona de los vientos variables, dirigiéndose hacia las Azores.

»De las Casas refiere que el Almirante no corrigió el rumbo por no haber llegado aún al archipiélago portugués, lo que muestra su intención de dirigirse allí. Lo sorprendió una tempestad y velejó hasta la isla de Santa María, donde lanzó anclas. Ocurrió entonces un episodio extraño. La carabela castellana fue bien acogida por los portugueses, que hasta le enviaron un bote con víveres. El responsable interino de la isla, un tal João Castanheira, dijo conocer bien a Colón. El Almirante mandó parte de su tripulación a tierra, para rezar en una capilla, pero los hombres tardaron en volver. Colón se dio cuenta de que los portugueses los habían detenido. Los hombres de Santa María enviaron entonces un barco al encuentro de Colón, exigiendo que se rindiese, puesto que tenían en su poder la orden del rey de llevarlo preso. El Almirante no cedió e intentó tomar rumbo hacia la isla de San Miguel, pero, con tan pocos tripulantes y la inminencia de una nueva tempestad, ese viaje se reveló imposible y Colón desistió, regresando a Santa María. Al día siguiente, los portugueses liberaron a la tripulación. Al regresar a la Niña, los tripulantes dijeron que habían oído a Castanheira afirmar que sólo quería prender a Colón, debido a las órdenes del rey en ese sentido, y que los castellanos no le interesaban para nada. Al no haber logrado detener al Almirante, liberaba a la tripulación. —El conde hizo una mueca de escepticismo—. Ahora bien, todo esto, como es fácil de ver, resulta por lo menos muy misterioso. ¿Colón fue a pasear por las Azores en vez de ir derecho a Castilla? ¿Qué historia es esa de que João Castanheira conocía muy bien a Colón? ¿Y qué decir de la decisión del Almirante cuando fue informado de la orden del rey de detenerlo? En vez de hacerse a la mar y escapar del enemigo, como haría cualquier persona con un mínimo de sentido común, decidió, nada más ni nada menos, dirigirse a la isla de San

440

Miguel, donde, presumiblemente, tal orden sería ejecutada con igual eficacia. ¿No es ése un comportamiento extraño?

—En efecto —reconoció Tomás—. ¿Cuál es la explicación?

—No había, en aquel momento, ninguna orden real para detener a Colón. Castanheira sólo sabía que el hidalgo, cuya reputación, al menos, conocía, se había aliado con los castellanos e, ignorando los detalles de la geoestrategia política de don Juan II, supuso que aún estaba en vigor la anterior orden del rey de detener al traidor. No hay que olvidar que Colón estuvo implicado en una conspiración contra la vida de don Juan II y que, cuando la conjura acabó desmontada, comenzó a ser buscado por la justicia. Así pues, Castanheira conocía esa antigua orden de prisión y, estando aislado en una isla remota, no sabía que, mientras tanto, aquélla había sido revocada. A su vez el Almirante, presumiblemente, no llevó consigo en el viaje el salvoconducto que le había entregado el monarca en 1488, corriendo un tupido velo sobre los acontecimientos de 1484. El comportamiento siguiente de Colón, además, corrobora esta explicación. En vez de huir a Castilla, como sería normal para quien era acosado de tal modo por el rey portugués, decidió dirigirse a San Miguel. ¿Por qué lo haría, si habían puesto precio a su cabeza? La respuesta es sencilla. Colón tenía razones secretas para creer que esa información era falsa y sabía que en San Miguel había responsables que conocían la verdad. —Hizo un gesto brusco con la mano, como si quisiese acabar con este asunto—. Bien, adelante. Terminado el extraño periplo azoriano, ¿qué cree usted que habría sido normal que Colón hiciera a continuación?

—¿Volver a Castilla?

—¡Así es! Me parece que sería lógico que Colón se dirigiese finalmente a Castilla, ansioso por caer en los brazos de los Reyes Católicos y recoger la dulce gloria del gran descubrimiento. —Meneó la cabeza, con la voz cargada de ironía—. Nuevo error —dijo al tiempo que se tapaba los ojos con el dorso de la mano izquierda, simulando sufrimiento y pesar—. ¡Oh, cruel destino! ¡Una tempestad más lo arrastró, imagínese, hacia Lisboa! —Se echó las manos a la cabeza, siempre con un exagerado gesto teatral—. ¡Así es! ¡Los vientos conspi-

441

raron para arrojarlo en la boca del lobo, en el cubil del enemigo! —Guiñó el ojo, divertido, y se rio—. O sea, que nuestro
amigo aportó en Restelo el 4 de marzo de 1493, junto a la gran
nave que pertenecía al propio rey. El capitán de esa nave real
fue hasta la Niña a preguntarle a Colón qué estaba haciendo en
Lisboa. El Almirante respondió que sólo hablaría con su «espicial amigo», el rey de Portugal. El día 9, Colón fue conducido al
palacio real en Azambuja, donde se encontró con don Juan II.
Le besó la mano en una habitación y ambos intercambiaron en
privado algunas palabras. Después, el rey llevó al Almirante a
una sala donde se encontraban varias figuras ilustres de su
corte. Los relatos de los cronistas difieren en cuanto a lo que
aquí ocurrió. Hernando Colón, citando a su padre, dice que el
monarca portugués escuchó con semblante alegre el relato del
viaje, sólo acotando que, por el Tratado de Alcáçovas/Toledo,
aquellas tierras ahora descubiertas le pertenecían. Ruy de Pina,
que probablemente asistió al encuentro, refiere que el rey escuchó afectado el relato de las hazañas de su antiguo súbdito y
que Colón se dirigió a él de forma exaltada, acusándolo de ne-
gligencia por no haberle dado crédito en el momento oportuno. Los términos usados habrían sido de tal modo ofensivos
que Pina reveló que los hidalgos presentes habían decidido
matar a Colón, incluso porque, con su muerte, quedaría Castilla privada del sensacional descubrimiento. Pero, según cuenta
el cronista, no sólo don Juan II impidió el asesinato, sino que,
prodigio de prodigios, trató al agresivo e incauto visitante con
mucho honor y ceremonia. Más aún, el rey dio órdenes para
que se le suministrase a la carabela castellana todo lo que le hiciera falta. Al día siguiente, día 10, Colón y don Juan II volvieron a conversar, y el rey le prometió ayuda en lo que necesitase
y mandó que se sentase en su presencia, siempre muy ceremonioso y cubriéndolo de honores. Se despidieron el día 11 y los
hidalgos portugueses lo acompañaron, insistiendo en rendirle
pleitesía. —El conde miró al historiador—. ¿Qué me dice de
todo esto?

—Bien..., pues..., a la luz de lo que me ha revelado, es una
historia sorprendente...

—Muy sorprendente, ¿no? Comenzando por las tempestades. En cuanto entró en aguas territoriales portuguesas, hubo un temporal detrás de otro: ¡aquello fue tremendo acoso de tempestades! Hubo una a la entrada en el archipiélago; otra entre las islas de Santa María y San Miguel; y una tercera cerca de Lisboa. —Inclinó la cabeza, asumiendo una expresión maliciosa—. Tempestades convenientes, ¿no le parece?

—¿Qué está insinuando?

—Que la tercera tempestad no pasó de ser una lluvia más fuerte, suficiente para que Colón tuviese un pretexto para hacer escala en Lisboa. Además, en el célebre «pleyto con la Corona», en el que dieron testimonio todos los participantes en este viaje, los marineros castellanos se acordaban claramente de la tempestad a la altura de las Azores, pero no hay ninguna referencia a un temporal cerca de Lisboa. Por otro lado, merece la pena subrayar que casi todo el viaje de regreso de América se efectúa en aguas portuguesas, lo que me parece bastante extraño. A ver, Colón fue a Lisboa, no porque la tempestad lo hubiese obligado a hacerlo, sino porque eso era lo que quería. Según le comunicó al capitán de la nave real fondeada en el Tajo, deseaba hablar con el rey. —Arqueó las cejas—. ¿Ve cómo son las cosas? ¡Colón fue informado en Santa María de que el rey quería su detención y lo primero que hizo al abandonar las Azores fue justamente dirigirse a Lisboa y solicitar un encuentro con don Juan II! ¿Le parece normal? ¿No cree que, habiendo sido informado del deseo del rey de detenerlo, sería de esperar que hubiese evitado Lisboa a toda costa? Aunque tuviese el barco dañado por una tempestad, ¿no habría sido razonable que él, en esas circunstancias, hubiese intentado por todos los medios ir directamente a Castilla? A fin de cuentas, si logró navegar desde el sitio de la supuesta tempestad hasta Lisboa, sin duda habría logrado ir un poco más adelante. ¿Por qué razón se encaminó con tanta tranquilidad hacia la boca del lobo?

—Realmente… —admitió Tomás—. Pero es extraño que, una vez en Lisboa, hayan hecho falta cuatro días para que el rey lo recibiese, ¿no cree?

—Lo sería si no se hubiese dado el caso de que, en aquel mismo momento, se había propagado la peste en Lisboa. El rey se había refugiado en Azambuja para huir de la epidemia y fue necesario ocuparse de los detalles del desplazamiento del Almirante hasta allí. De cualquier modo, se encontraron el día 9. Tuvieron un primer intercambio de palabras en privado. Nadie sabe el tenor de esa conversación, pero parece lógico que hayan montado una escena.

—¿Una escena?

—De las Casas describe a Colón como un hombre cortés, sobrio, incapaz de expresiones rudas. Por lo que parece, una de sus manifestaciones más violentas era: «¡mejor te ayude Dios!». Entonces, ¿cómo un hombre tan cortés se dedicó a ofender al poderoso rey de Portugal delante de sus súbditos? ¿Cómo es posible que le hablase al monarca de un modo tan brutal que los hidalgos llegaron al punto de quererlo matar? ¿Y qué decir de la reacción del grande e implacable don Juan II? Éste era el rey que había mandado degollar y envenenar a los mayores nobles de Portugal, algunos de ellos ligados a él por lazos familiares. Éste era el rey que había apuñalado hasta quitarle la vida al propio hermano de la reina, el duque de Viseu. Éste era el rey que tenía enfrente a un tejedor de seda extranjero ofendiéndolo en su propia casa y delante de sus súbditos. Éste era el rey que tenía a su merced al hombre que había deshecho su sueño de llegar primero a la India, entregándole la hazaña a Castilla. Con las ofensas a las que lo había sometido, don Juan II disponía del pretexto adecuado para matar a Colón, vengando los insultos y, lo más importante, cerrando a los castellanos las puertas de la India. Así pues, ¿qué hizo este rey despiadado y calculador, el primer monarca absolutista de Portugal? —Dejó la pregunta en suspenso por un instante—. Impidió a los hidalgos que matasen a Colón y cubrió al Almirante de honores. Llegó al punto de mandar que se sentase en su presencia, dignidad que en aquella época se reservaba sólo a personas de elevadísima condición. Además, lo ayudó a aparejar la Niña para el viaje de regreso a Castilla, recomendándole al navegante que enviase a los Reyes Católicos sus saludos, e hizo que sus hidalgos, que antes habían querido matar a Colón, se despidiesen del navegante con grandes distinciones. —El conde alzó el dedo, como si estuviese pronunciando un discurso ante un público numeroso—. Éste, estimado amigo, no es el comportamiento de un extranjero que se ve forzado a ir a la casa de su mayor enemigo. Y éste, sobre todo, no es el comportamiento de un rey que es ofendido por aquel que, para colmo, acaba de destruir su gran ambición. Éste, amigo, es más bien el comportamiento de dos hombres que estaban confabulados y que representaron una escena de teatro para que la viesen los castellanos. La verdad, la pura verdad, es que al rey de Portugal le interesaba que el descubrimiento de América correspondiese a los castellanos. Con éstos entretenidos en América, don Juan II se quedaba con las manos libres para preparar, por fin, el gran viaje de Vasco da Gama a la India, ésa sí era la gran proeza de los descubrimientos.

Tomás suspiró.

—Tiene sentido —murmuró.

—¡Claro que lo tiene! —exclamó el conde Vilarigues—. Sobre todo si analizamos el comportamiento siguiente de Colón. ¿Sabe lo que hizo después de despedirse de don Juan II?

—Pues… se fue a Castilla.

—No, estimado señor. No se fue a Castilla.

—¿No?

—No. Fue a dar un paseo más por Portugal.

—¿Cómo?

—Como se lo digo. El hombre se despidió del rey en Azambuja y, en vez de volver a su carabela, supuestamente ansioso por llegar a Castilla, decidió ir de visita a Vila Franca de Xira.

—¿A Vila Franca de Xira? Pero ¿qué diablos fue a hacer allí?

—A conversar con la reina, que se encontraba en un monasterio. De las Casas relató que Colón fue a darle un besamanos y que la reina estaba acompañada por el duque y por el marqués. ¿No le parece extraño?

—¡Claro que me parece extraño! ¿Y de qué hablaron?

—Asuntos de familia, supongo.

—¿Qué asuntos de familia?

—Estimado amigo, haga el favor de reconstruir el trayecto de Colón. Tenemos a un hidalgo portugués forzado a huir hacia Castilla con su hijo a causa de su papel en la conspiración contra el rey. ¿Quiénes eran las figuras relevantes de esa conspiración? La madre y el hermano de la reina, el duque de Viseu, apuñalado hasta la muerte por el propio rey. O sea, Colón estaba relacionado con la madre y con el hermano de la reina. En consecuencia, tenía vínculos con la propia reina. Con toda probabilidad, vínculos de sangre. Podría usted imaginar que sería un sobrino, o un primo, o algo así, no sé decirle exactamente quién era, pero puedo asegurarle que se trataba de alguien allegado a la reina. —Alzó el dedo, como lo hacía cuando quería subrayar un punto importante—. Fíjese bien, amigo. Este encuentro entre Colón y la reina, que se prolongó hasta la noche, sólo se explica si ambos se conocían muy bien, tal vez había entre ellos hasta complicidad. De otro modo, ¿cómo entender tal reunión? Si Colón hubiese sido un humilde tejedor de seda extranjero, ¿cómo entender que se hubiera encontrado con la reina? Y, más importante aún, ¿cómo entender que ella, la reina, quisiese recibirlo? ¿Y cómo entender que ambos se quedaran conversando hasta la noche? ¿Y cómo entender que el nuevo duque de Viseu, que era ni más ni menos que el futuro rey don Manuel, hermano de la reina, estuviera presente en esa conversación? —Hizo un gesto resignado—. La única explicación, estimado señor, es que aquél fue un reencuentro de familiares que hacía años que no se veían. —Fijó sus ojos en Tomás, con actitud perentoria—. ¿Tiene usted, por casualidad, otra explicación?

El profesor lo escuchaba boquiabierto. Movió la cabeza con lentitud.

—No —admitió—. Ninguna explicación tiene tanto sentido como ésta.

—Colón fue esa noche del día 11 a dormir a Alhandra —dijo el conde retomando el relato—. A la mañana siguiente, apareció un escudero del rey ofreciéndose para, si Colón así lo quisiese, llevarlo a Castilla por tierra, consiguiéndole aposentos y animales para el viaje. Simpático el rey, ¿eh? —añadió guiñándole el ojo—. Ayudando a Colón a llevar a Castilla el secreto del viaje hasta la India. Implicándose en su propia derrota. —Sacudió la cabeza, con una expresión escéptica—. Sea como fuere, Colón prefirió volver a la Niña y levó anclas desde Lisboa el día 13.

—Miró a Tomás de nuevo—. ¿Sabe decirme cuál fue el destino siguiente de Colón?

—Bien, ahora se fue definitivamente a Castilla, ¿no?

El conde se rio.

A Tomás se le desorbitaron los ojos una vez más.

—No me dirá que fue a visitar otro sitio más en Portugal…

—Sí, se lo diré: ¡el hombre se fue a Faro!

Se rieron los dos. La historia del viaje de regreso de Colón se estaba volviendo ridícula.

—¿A Faro? —preguntó Tomás después de las carcajadas—. ¿Qué fue a hacer a Faro?

—No lo sé —respondió el conde, encogiéndose de hombros—. ¡Que yo sepa, en aquel momento aún no existía la marina de Vilamoura ni la Quinta do Lago! ¡No había forasteras ni discotecas! —Se rieron un poco más y la chanza retumbó por la girola templaria—. Colón llegó a Faro el día 14 y se fue por la noche, tras pasar casi todo el día allí. Nadie sabe qué fue a hacer. Al ser un hidalgo portugués, no obstante, es natural que haya ido a visitar a alguna de sus relaciones. Sólo eso explica esta nueva parada portuguesa. —Alzó las manos hacia el cielo, como quien dice «aleluya»—. Finalmente, el día 15 llegó a Castilla. —El conde se alisó el bigote—. Ahora, imagínese. Colón había dejado a la tripulación castellana ansiosa por regresar a casa. Él mismo debería estar inquieto por presentarse ante los Reyes Católicos con el relato del gran descubrimiento de la India. Y, no obstante, he ahí que el hombre, algo inexplicable si fuese de verdad un tejedor de seda genovés, se puso a pasear por todo Portugal, de las Azores al Algarve, de Lisboa a Vila Franca de Xira, de la Azambuja a Alhandra, con toda la tranquilidad de este mundo, conversando con el rey y con la reina, visitando a uno y a otro, paseando de aquí para allá, hasta parecía que estaba de vacaciones el condenado. ¿Éste es el comportamiento normal de un almirante al servicio de Castilla en la tierra de su enemigo? —El conde esbozó una mueca escéptica—. No me lo parece. Colón no se comportó como un extranjero en tierra hostil, sino como un portugués en su casa, mostrándose incluso reacio a irse. Cristóbal Colón, estimado señor, era un hidalgo portugués que prestó un gran servicio a su país al alejar a Castilla del camino de la India.

El historiador se pasó la mano por la cara, masajeándose.

—Vale —aceptó—. Pero dígame una cosa: ¿no le pareció todo esto muy extraño a la tripulación castellana?

—Claro que sí. —Señaló la cartera de Tomás—. Oiga, ¿tiene usted ahí copias de las cartas de Colón?

—Copias de las..., pues..., —vaciló, buscando dentro del maletín—. Sí, sí, creo que tengo copias.

—¿Tiene aquella que escribió en 1500, durante su cautiverio, a doña Juana de la Torre?

Tomás sacó un fajo de fotocopias, las hojeó con rapidez, localizó el documento mencionado y se lo extendió a Vilarigues.

—Aquí está.

El conde recorrió con sus ojos el facsímile de la carta.

—Ahora preste atención a esta frase: «Yo creo que se acordará vuestra merced, cuando la tormenta sin velas me echó en Lisboa, que fui acusado falsamente que avia yo ido allá al Rey para darle las Indias». —Miró a su interlocutor—. Es decir, a la tripulación también le pareció todo este comportamiento muy extraño; desconfiaron sobre todo de las conversaciones entre Colón y don Juan II. Como es evidente, los tripulantes castellanos pensaron que el Almirante había ido a ofrecer el descubrimiento al rey portugués, pero la verdad, como sabemos, era aún más extraordinaria. Colón se había convertido, desde 1488, en un agente del Príncipe Perfecto. La reunión de Lisboa, en 1493, no se produjo para que el descubridor le ofreciese América a don Juan II, sino más bien para que ambos hiciesen balance de la situación y planeasen la estrategia siguiente, la que conduciría al Tratado de Tordesillas.

—Bien —concluyó Tomás—. Independientemente de que haya detalles que pueden o no ser seguros, la verdad es que la historia encaja globalmente en ese relato. Quedan resueltos así los misterios de Colón. Los indicios son fuertes y apuntan en ese sentido. Pero, digo yo, ¿dónde está la prueba final? ¿Dónde se encuentra el documento que lo confirma todo?

—Usted no estará esperando que exista un documento que

confirme que Colón era agente secreto portugués, ¿no? Es fácil comprender que la información era confidencial y, en consecuencia, no había papeles que registrasen ese secreto.

—Es evidente que, siendo un agente secreto, la información se mantuvo también secreta, por lo que nunca encontraremos pruebas. Pero yo quiero pruebas de que Colón era portugués.

Vilarigues acarició su perilla puntiaguda.

—Bien —exclamó—. No sé si lo sabe, pero el antiguo presidente de la Real Sociedad de Geografía española, Beltrán y Rózpide, reveló que existía la prueba en un archivo privado portugués…

—Sí —interrumpió el historiador—. Ya lo sé, esa historia la cuenta Armando Cortesão. Pero el hecho es que ese documento nunca se pudo encontrar, dado que Rózpide murió sin indicar dónde queda ese archivo privado. Lo que significa que esta tesis aún carece de una prueba final.

El conde Vilarigues respiró hondo. Miró a su alrededor, como si observase los grandes arcos de la girola y la enorme mesa de piedra blanca del altar mayor en el centro, además del tambor central octogonal y al arranque de las bóvedas; movió la cabeza hacia arriba y contempló los grandes baldaquinos góticos en talla dorada que apuntaban hacia el vértice de la cúpula, decorada con símbolos heráldicos de don Manuel y de la Orden Militar de Cristo, el esplendor templario alcanzaba aquí su máxima expresión. Volvió los ojos por fin hacia Tomás.

—¿Ya ha oído hablar del *Códice 632*?

El historiador desorbitó los ojos, sorprendido.

—Pues… ¿el *Códice 632*?

—Sí. ¿Ya ha oído hablar de él?

Tomás se pasó la mano por el rostro.

—Es curioso que me hable de eso —dijo—. He encontrado una referencia a ese códice en la caja fuerte del profesor Toscano, en el reverso de unas fotocopias que estaban junto a un papel con su número de teléfono.

—¿Ah, sí? ¿Y dónde están esas fotocopias?

El profesor se inclinó sobre su inseparable cartera marrón. Registró el contenido y sacó por fin dos hojas.

—Aquí están —declaró, mostrándoselas al conde.

449

Vilarigues cogió las fotocopias, las estudió fugazmente y volvió a mirar a Tomás.

—¿Usted sabe qué es esto?

—La *Crónica de D. João II*, de Ruy de Pina. Es la parte en la que Pina comienza a relatar el famoso encuentro de Colón con el rey.

El conde suspiró de nuevo.

—Es evidente que ésta es la crónica de Ruy de Pina. Pero es algo más que eso. ¿Sabe qué?

Tomás lo miró, sin entender adónde quería llegar su interlocutor.

—Bien…, pues… no.

—Esto, amigo, es un extracto del *Códice 632*.

El historiador miró las dos copias en manos del conde.

—¿Cómo? ¿La *Crónica de D. João II* es el *Códice 632*?

—No, estimado amigo. La *Crónica de D. João II* no es el *Códice 632*, sino que el *Códice 632* es una *Crónica de D. João II*.

Tomás meneó la cabeza, confundido.

450

—No entiendo.

—Es sencillo, amigo —dijo Vilarigues—. A principios del siglo XVI, el rey don Manuel mandó a Ruy de Pina que escribiese la *Crónica de D. João II*. Pina era amigo personal del difunto rey y conocía muchos detalles de su vida. El cronista cogió la pluma y escribió una biografía del Príncipe Perfecto. Los copistas vieron ese manuscrito e hicieron copias en pergamino o papel. El manuscrito original se perdió, pero existen tres copias principales, todas del siglo XVI. La más hermosa se encuentra guardada en la caja fuerte de la Torre do Tombo, donde se concentra el gran tesoro bibliográfico de Portugal. Se trata del *Pergamino 9*, redactado con letra gótica y repleto de miniaturas de color. Las otras dos copias están en la Biblioteca Nacional. Son el *Códice Alcobacense,* así llamado porque lo encontraron en el monasterio de Alcobaça, y el *Códice 632*. Estas tres copias cuentan la misma historia, aunque con caligrafías diferentes. Pero hay un detalle, un pequeño detalle, que traiciona la versión uniforme. —Cogió las fotocopias y se las mostró a Tomás—. Ese detalle está en el *Códice 632* e incluye el extracto en el que Pina describe el encuentro de Colón con don Juan II.

—Acercó las fotocopias a los ojos del historiador—. ¿No ve en este texto nada extraño?

Tomás cogió las hojas y analizó la parte de abajo de la primera fotocopia y la parte de arriba de la segunda.

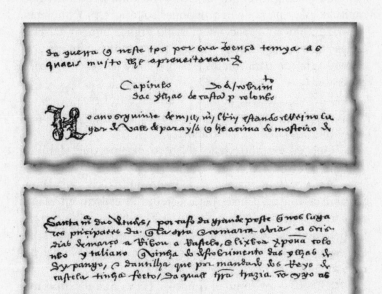

—No, no veo nada —dijo por fin—. Ésta es la descripción de la llegada de Colón a Lisboa, proveniente de América. Me parece normal.

El conde alzó ligeramente la ceja izquierda, como si fuese un profesor y Tomás un alumno que había dado una respuesta equivocada.

—¿Usted cree?

—Bien…, sí, no veo nada anormal.

—Fíjese bien en los espacios entre las palabras. Todos tienen una medida uniforme. Pero hay un momento en que el copista alteró su pauta. ¿Lo ve?

Tomás volvió a inclinarse sobre las dos hojas, mirando fijamente el texto. Primero captó el conjunto, después los detalles.

—Realmente, ahora que lo dice, hay aquí algo extraño…

—¿Entonces?

—Hay un espacio en blanco después de la palabra «capítulo», en el centro de la primera página…

—Lo que significa que el copista no colocó el número del capítulo, a la espera de instrucciones superiores. ¿Y qué más?

—Y… hay un espacio demasiado grande antes y después de las palabras «y taliano». Es una cosa mínima, pero muy visible si se la compara con los espacios entre las restantes palabras.

—Pues sí, estimado amigo. ¿Y qué significa eso?

Tomás miró a su interlocutor con expresión de perplejidad.

—Bien…, pues… es extraño…

—Que es extraño ya lo sé, pero dígame qué significa. ¡Ande, no tenga miedo, arriesgue!

—Así a primera vista…, da la impresión…, eh…, da la impresión de que el copista dejó primero el espacio en blanco cuando se refirió al origen de Colón. Escribió todo de carrerilla, pero dejó esa parte en blanco. Es…, es un poco como si estuviese esperando instrucciones superiores sobre lo que debería poner allí…

—¡Bingo! —exclamó el conde—. Hasta que llegaron instrucciones.

—Exacto. Instrucciones para escribir «y taliano».

—Como todos los cronistas, Ruy de Pina sólo escribía lo que le decían que escribiese o lo que le dejaban escribir. Muchas cosas quedaban ocultas. Por ejemplo, Pina jamás relató la hazaña de navegación más importante del reinado de don Juan II, el descubrimiento del paso al Índico por Bartolomeu Dias. Esa gran proeza, que permitió el viaje posterior de Vasco da Gama, fue lisa y llanamente ignorada por este cronista.

—Sí —coincidió Tomás—. No hay duda de que los cronistas sólo registraban lo que era del interés de la Corona.

El conde Vilarigues señaló la tercera y cuarta líneas de la segunda página.

—¿Y se ha fijado que, en este fragmento, el nombre de «colo nbo» se encuentra dividido por el medio? En la tercera línea aparece «colo» y en la cuarta «nbo». Es como si el espacio dejado en blanco fuese aún mayor, como si el copista hubiera recibido instrucciones posteriores para escribir, en el espacio en blanco del comienzo de la cuarta línea: «nbo y taliano», en vez de cualquier otra cosa. —El conde alzó el dedo y abrió mucho sus ojos negros—. En vez de la verdad —dijo bajando el tono de voz, casi susurrando—. En vez del secreto.

Tomás se rascaba el mentón mientras miraba aquella línea extraña.

—¡Caray! —observó, con los ojos fijos en el fragmento fatídico—. En efecto, da realmente la sensación de que el copista añadió este «nbo y taliano» posteriormente.

El conde se movió sobre la rígida tabla del asiento, incómodo, se sentía cansado de estar tanto tiempo en aquella posición.

—Pero debo decirle una cosa —indicó—. Cuando conversé con el profesor Toscano sobre el *Códice 632*, poco tiempo antes de que se fuese a Brasil y muriese, él planteó otra hipótesis. Siempre me pareció que estos espacios anormales alrededor del «y taliano» daban el indicio de que, en el momento de la primera redacción, se había dejado a propósito un espacio en blanco para añadir después lo que más conviniera. Pero el profesor Toscano tenía otra teoría. Él creía que estos espacios eran indicios de raspaduras. Es decir, él pensaba que el copista había copiado, del manuscrito original de Pina, ya desaparecido, la información sobre la verdadera identidad de Colón. Pero como el interés era mantener tal identidad en secreto, esa información fue borrada y el copista acabó escribiendo por encima «nbo y taliano», sustituyendo la información original. Quedó en comprobarlo, pero nunca más me dijo nada. —Se encogió de hombros—. Supongo que habría resultado una conjetura infundada.

—Tal vez —admitió Tomás, que agitó las dos hojas—. ¿Sabe si estas fotocopias se hicieron a partir del documento original?

—¿Cómo?

—Le estoy preguntando si el profesor Toscano sacó estas fotocopias del documento original o si fue a partir de un facsímile.

453

—Ah, no. Esa fotocopia se sacó a partir del microfilme que la Biblioteca Nacional puso a su disposición. Como sabe, no tenemos acceso a los originales. El manuscrito del *Códice 632* es una rareza y se encuentra guardado en el cofre de la biblioteca, no se puede consultar sin más ni más.

Tomás se levantó del banco e hizo girar el tronco, dolorido por la inmovilidad.

—Es lo que quería saber —dijo.

El conde se levantó también.

—¿Qué va a hacer ahora?

—Una cosa muy sencilla, señor conde —dijo acomodándose la ropa—. Voy a hacer lo que ya debería haberse hecho.

—¿Qué?

Tomás se dirigió a una pequeña puerta abierta frente al banco donde se habían sentado. Se preparaba ya para abandonar la girola y bajar al gran claustro cuando se detuvo, volvió la cabeza y miró al conde, cuyas facciones quedaban ocultas tras la penumbra.

—Voy a la Biblioteca Nacional a ver el original del *Códice 632*.

XVI

*L*a puerta del ascensor se abrió con un zumbido aspirado y Tomás salió al vestíbulo. El patio de la tercera planta de la Biblioteca Nacional, en Lisboa, era un lugar sombrío, taciturno, vacío; la penumbra se insinuaba por los rincones, brotando de los pasillos desiertos, instalándose a lo largo de las paredes desnudas, sólo disipada por la claridad que se difundía desde las anchas ventanas, abiertas hacia la terraza y hacia las copas de los árboles que ondulaban a la distancia. Sus pasos retumbaban por el vestíbulo, reverberando metálicamente en el mármol pulido del suelo. El historiador cruzó aquel espacio despojado, empujó las puertas acristaladas con marco de aluminio y entró en la sala de lectura.

La zona de los libros raros se concentraba en una habitación estrecha y corta, considerablemente más pequeña que el salón de lectura de la planta baja. Enormes ventanas rasgaban la pared exterior de un extremo al otro, llenando la sala de luminosidad y decorándola con el verdor contiguo al edificio. Las paredes se veían cubiertas de estanterías, repletas de catálogos y volúmenes diversos, viejas preciosidades ordenadas lado a lado con lomos de tela. Inclinados sobre las mesas, dispuestas como en un aula, varios lectores consultaban antiguos manuscritos; aquí un pergamino desgastado, allí un elegante libro miniado, por todas partes raídos tesoros bibliográficos cuyo acceso sólo estaba permitido a los académicos. El recién llegado reconoció algunos rostros familiares; al fondo se sentaba un viejo catedrático de la Universidad Clásica, hombre delgado e irritable, con barbas blancas en punta, inclinado sobre un códice medieval; allá, en la esquina, un joven y ambicioso profesor auxiliar de la Universidad de Coimbra, con mofletes y un bigote abundante, atento a un agrietado Libro de Horas conventual; aquí, en la primera fila, una muchacha delgada y nerviosa, con el pelo mal arreglado y la ropa descuidada, sin duda una estudiante empollona, hojeaba una publicación hecha jirones, era un viejo catálogo, gastado por el uso y por el tiempo.

—Buenas tardes, señor profesor —saludó la empleada desde el mostrador, una señora de mediana edad con gafas de carey, vieja conocida de los feligreses habituales de aquellos archivos.

—Hola, Odete —respondió Tomás—. ¿Cómo está?

—Bien —dijo y se levantó—. Voy a buscar lo que ha pedido.

Tomás había presentado una solicitud en la víspera, se trataba de una norma imprescindible para la consulta directa de manuscritos raros y valiosos. Se sentó en un lugar libre junto a la ventana y se quedó esperando, inseguro acerca de lo que encontraría. Abrió la libreta de notas y revisó la información que había recogido sobre el autor del documento que venía a consultar. Ruy de Pina, había averiguado, era un alto funcionario de la corte que gozaba de la plena confianza de don Juan II. Asistió como diplomático a las grandes disputas con Castilla y fue el enviado de la Corona portuguesa a Barcelona, en 1493, para tratar con los Reyes Católicos la situación creada por el viaje de Cristóbal Colón a «Asia». Participó en los preparativos para las negociaciones que llevaron al año siguiente al Tratado de Tordesillas, el célebre documento que dividió el mundo entre Portugal y Castilla. Después de la muerte del Príncipe Perfecto, de quien fue testamentario, se convirtió en cronista de la corte, escribiendo la *Crónica de D. João II*, a más tardar a principios del siglo XVI, en pleno reinado de don Manuel.

El sonido de unos pasos que se acercaban irrumpió en la cadena de pensamientos y en el desfile de informaciones compiladas, arrancando a Tomás de sus notas como un ruido que invade un sueño y lo disuelve para despertarlo en la realidad. Era Odete que venía con un volumen en brazos; la empleada de la biblioteca soltó pesadamente el manuscrito sobre la mesa y esbozó una mueca de alivio.

—¡Aquí está! —exclamó casi jadeante—. Trátelo bien.

—Quédese tranquila —dijo sonriendo Tomás, sin quitar los ojos de la obra.

El compacto volumen presentaba una tapa de piel marrón y la referencia de la signatura en el lomo: *Código 632*. Abrió el manuscrito y sintió el olor dulzarrón del papel viejo que se liberaba de su interior: era el perfume aprisionado por el tiempo que se soltaba al fin del largo cautiverio. Hojeó el documento con cuidado, hasta con deferencia, sujetando cada página con delicadeza, pasándola con la yema de los dedos, cuidadoso, como si acariciara una reliquia. Las hojas se veían amarillentas, con manchas, las iniciales ornadas a pluma, la tinta de un amarillo tostado que contrastaba con los trazos negros que exhibían las fotocopias dejadas por Toscano en su cofre. La primera página señalaba el título de la obra: *Chronica de El Rey D. Joam II*. Tomás se puso a hojear el códice despacio, recorriendo cada página, leyendo palabra por palabras, a veces saltando párrafos, hojas enteras, siempre en busca del enigmático fragmento analizado en las fotocopias. Como las copias mostraban que el capítulo que buscaba no estaba numerado, y no había mención del número de las páginas, se vio forzado a proseguir con lentitud en su busca, recorriendo la difícil ortografía del portugués del siglo XVI.

Se detuvo en la página setenta y seis. Allí figuraba la «n» ornada, lanzando la frase «al año siguiente de m… y estando el Rey en el lugar de Vall de parayso…». Volvió la hoja y estudió el extremo de la página, siempre en busca de la parte de los espacios en blanco junto a las referencias a Colón. La encontró. Acto seguido, sintió que el corazón le daba un vuelco; abrió la boca, con los ojos vidriosos ante aquel fragmento, viendo y negándose a creerlo. Al comienzo de la cuarta línea, a la izquierda, una mancha blanquecina bajo las palabras «nbo y taliano» había una corrección. Era una raspadura.

La raspadura.

Tomás se aflojó el cuello, sofocado, parecía que buscaba aire, y miró a su alrededor, como si estuviera ahogándose y buscase auxilio. Quería gritar el descubrimiento, ansiaba dar voces por el fraude al fin desenmascarado, pero la sala parecía ajena a

457

aquel instante de revelación, sumergida en la modorra de la tarde gris, entregada a una indolencia de estudio perezoso.

Volvió a concentrarse en la hoja del manuscrito, temiendo que hubiese desaparecido lo que había visto. Pero no, la raspadura aún estaba allí, sutil pero inocultable, parecía reírsele en la cara; el historiador meneó la cabeza, repitiendo mentalmente la ineludible conclusión a la que le conducía. Alguien había corregido la *Crónica de D. João II*. El fragmento que identificaba la nacionalidad de Colón había sido alterado; una mano desconocida había borrado el texto original y lo había sustituido por «nbo y taliano», de modo que quedaba «Xrova colo nbo y taliano». ¿Quién lo habría hecho? ¿Por qué lo habría hecho? Aún más importante: ¿qué decía el texto original? Sí, ¿qué decía el texto original? Esta última pregunta comenzó a martillarle la mente, insistente, obstinada, insidiosa. ¿Cuál era el secreto que la corrección había borrado? ¿Quién era, al fin y al cabo, Colón? Alzó el códice y lo acercó a la ventana, colocando la hoja a contraluz para intentar ver si podía vislumbrar algo por debajo de la corrección. Pero la raspadura no traicionó su secreto; se mantuvo opaca y densa.

Impenetrable.

Después de pasar más de diez minutos intentando ver lo invisible, Tomás decidió cambiar de táctica. Tendría que ir a hablar con un experto en equipos de imagen electrónica avanzada para evaluar la posibilidad de acceder a eventuales vestigios del texto raspado. Cogió el volumen y se levantó del lugar donde estaba; se acercó a la recepción y depositó la obra sobre el mostrador de madera.

—¿Ya está? —se sorprendió la empleada, alzando los ojos de una novela barata que leía inclinada sobre el escritorio.

—Sí, Odete. Me voy.

La empleada cogió el códice para llevarlo de vuelta al depósito.

—Están pidiendo mucho este manuscrito —comentó, mientras se acomodaba el volumen bajo el brazo.

Tomás ya estaba en la puerta cuando escuchó la observación.

—¿Cómo?

—Piden mucho el *Códice 632* —repitió Odete.

—¿Lo piden? ¿Quiénes?

—Mire, hace unos tres meses estuvo consultándolo el profesor Toscano.

—Ah —comprendió Tomás—. Sí, el profesor Toscano debe de haber estado estudiando el códice, eso debe de…

—Pobre profesor. Morirse así en Brasil, tan lejos de la familia.

Tomás lanzó una interjección con la lengua y suspiró, con una expresión resignada de circunstancias.

—Es la vida, ¿qué se le va a hacer?

—Pues sí —confirmó Odete—. Y yo me quedé aquí con la respuesta a la petición que me hizo. No sé ahora qué hacer.

—¿Qué petición?

La empleada balanceó el manuscrito, mostrándolo.

—Éste es el códice —dijo—. El profesor pidió una imagen de rayos X a nuestros laboratorios. La respuesta me llegó hace dos semanas, más o menos, y yo no sé qué hacer.

Tomás volvió a acercarse al mostrador, con una expresión intrigada en sus ojos.

—A ver si he entendido. ¿El profesor Toscano le pidió pasar el manuscrito por rayos X?

Odete se rio.

—No, profesor. Él pidió rayos X sólo de una hoja del códice. Una sola.

Sólo podían ser rayos X de la hoja raspada.

—¿Dónde está eso?

—Ah. —Señaló un pequeño armario por debajo del mostrador y apoyado en la pared—. En mi cajón.

El historiador se inclinó sobre el mostrador y observó el cajón, con el corazón ya a saltos.

—Odete, hágame un favor. Muéstremela.

La empleada volvió a depositar el volumen sobre el mostrador y se agachó junto a su lugar. Abrió el cajón, revolvió el interior y sacó de allí un sobre enorme.

—Aquí está —dijo, extendiéndole el gran sobre blanco con un logotipo de la Biblioteca Nacional de Lisboa en el rincón del remitente—. Mire.

459

Tomás rasgó el sobre por un ángulo y sacó lo que parecía ser una imagen de rayos X, casi semejante a las que se sacan de los huesos. Pero, en vez de revelar una parte cualquiera del esqueleto, la fotografía registraba la página de un texto. Con una mirada superficial, el historiador enseguida se dio cuenta de que, efectivamente, se trataba de la página raspada del *Códice 632*. Como un imán, los ojos fueron atraídos por el lado izquierdo de la cuarta línea, el fragmento donde se había hecho la corrección. Aún se reconocían los trazos de «nbo y taliano» añadido sobre la raspadura. Pero, mezclados con éstos, asomaban otros trazos en el mismo fragmento; confusos, borrosos, envolviéndose las líneas unas en otras. Tomás acercó los ojos a aquel fragmento de texto y se concentró en el formato de las letras y en la manera en que se asociaban para formar palabras; intentó distinguir las líneas originales, diferenciándolas de las añadidas posteriormente. Torció la cabeza para seguir la evolución de los trazos misteriosos, atento a sus curvas, intentando descifrar el sentido que encubrían las letras raspadas.

460   De repente, casi como por encanto, como si hubiese sido tocado por un genio mágico o iluminado por una inspiración divina, el texto original se le hizo claro. Tomás entendió, por fin, lo que Ruy de Pina había escrito realmente en la primera versión; la verdad asomó en el texto y le llenó el alma.

El misterio estaba desvelado.

La estructura de cantería blanca se alzaba por encima de la sábana resplandeciente y verdusca del agua, con un vigor frío bajo la energía calurosa del sol del mediodía; era como si un castillo medieval hubiese sido construido en pleno río, soberbio y orgulloso, un monumento gótico a la memoria de tiempos grandiosos; se elevaba como una especie de nave de piedra, firme entre la ondulación líquida de las olas, verdadero centinela vigilando la entrada del Tajo y protegiendo a Lisboa del manto sombrío de lo desconocido, de aquel Adamastor difuso que permanecía oculto más allá de la línea del horizonte, un fantasma inmerso en la inmensidad infinita del océano.

Tomás recorrió el pontón y se deslizó sobre las aguas blandas de la margen del río, los ojos fijos en la obra de joyería de piedra hacia la cual se dirigía. La Torre de Belém crecía frente a él con un primor majestuoso, la torre alta y distante mirando la plataforma ancha, como si la torre fuese el puente y el baluarte a proa de una rígida carabela del siglo XVI, ambos unidos por una gruesa maroma de piedra rematada por graciosos nudos; las garitas estaban coronadas por cúpulas en gajos, como las de las mezquitas almohades; los balcones exhibían ajimeces y las barandillas revelaban su encaje; por todos lados se mostraba la cruz de la Orden Militar de Cristo, el símbolo templario portugués visible sobre todo en los merlones de los parapetos, y orgullosas esferas armilares, esculpidas en piedra y exhibidas con altivez.

El historiador se internó en la fortaleza y desembocó en el punto de encuentro, íntimamente divertido con la obsesión que su interlocutor revelaba por los monumentos más emblemáticos de los descubrimientos. Nelson Moliarti lo esperaba apoyado en las almenas del baluarte, junto a una de las garitas delanteras, mascando un chicle.

—Tengo buenas noticias —soltó Tomás, con euforia apenas contenida, mientras le tendía la mano al estadounidense para saludarlo.

—¿Ah, sí?

—Sí. —Alzó la cartera marrón, mostrándosela a su interlocutor—. He concluido la investigación.

Moliarti sonrió.

—¿De verdad?

—Puede creerlo.

—Menos mal, menos mal. Entonces cuénteme.

Apoyado en las almenas que bordeaban el monumento, Tomás reprodujo las revelaciones resultantes de sus desplazamientos a Jerusalén y a Tomar. Habló con tamaña intensidad que se abstrajo de todo. Las gaviotas revoloteaban ruidosamente alrededor, graznando melancólicamente, algunas rozando la cúpula bulbosa de las garitas con sus vuelos rasantes; la brisa salada del mar perfumaba el aire, era el aliento profundo del océano que brotaba de las aguas y llenaba el viento con su vaho fresco y vigorizador; las olas se deshacían mansas

461

sobre la base de la Torre de Belém, acariciando la piedra, abrazándola, como si le besasen los pies. Pero a toda esta ópera de color y sonido y fragancia Tomás permaneció indiferente, sólo preocupado por desvelar el misterio que lo perseguía durante los últimos meses. Moliarti lo escuchó con una actitud impasible, impenetrable, casi sin sorpresa; el semblante sólo se alteró en la parte final, cuando el historiador reveló lo que había ocurrido en la Biblioteca Nacional.

—¿Dónde están esos rayos X? —quiso saber el estadounidense, repentinamente ansioso.

—Aquí están —reveló Tomás, señalando la cartera con un gesto.

—Muéstremelo.

El portugués se acuclilló junto a la base de las almenas, abrió el maletín marrón y sacó un sobre ancho con el logotipo de la Biblioteca Nacional. Se enderezó, abrió el sobre y sacó de su interior la hoja plastificada de los rayos X, que extendió a Moliarti.

—Aquí tiene.

El estadounidense recorrió con la vista los rayos X con mal disimulada ansiedad y deprisa miró a Tomás, esbozando una expresión interrogativa.

—¡Vaya! No entiendo. ¿Dónde está la revelación?

El historiador se acercó a la hoja y señaló el lado izquierdo de la cuarta línea.

—¿Ve esto?

Moliarti se esforzó por distinguir algo en lo que observaba.

—Sí… —dijo titubeante, inseguro en cuanto a lo que había allí.

—¿Puede entender lo que está escrito?

—Bien…, pues… ni por asomo.

—Es natural —intervino sonriente Tomás—. Hay aquí una superposición de textos, el raspado y el que está encima. Fíjese en que el sobrepuesto se encuentra más oscuro. Dice «nbo y taliano». Pero usted debe concentrarse en las líneas grises, más claras. Mire.

Moliarti acercó los ojos a la cuarta línea, casi como si fuese miope.

—Sí —comprobó—. Hay algo ahí, sí.

—¿Logra entenderlo?

—Sí…, pues… es una «n» y…, y una «a»…

—Bien. ¿Y después?

—Parece… ¿una «l»?

—Es una «d». ¿Y qué más?

—Y una «o».

—Exacto. ¿Entonces qué queda?

—«Nado.»

—Muy bien. ¿Y las palabras siguientes?

—Bien…, pues…, parece haber ahí una «e» y una «n», ¿no?

—Sí.

—Lo que da «en».

—¿Y lo que está por debajo del final de «ytaliano»? Preste atención, que es difícil…

—Bien —titubeó Moliarti—. Comienza por una «c» y después…, ¿después es una «n»?

—Una «u».

—Ah, sí. Una «c» y una «u». Y viene…, viene una «b». Es una «b», ¿no?

463

—Sí.

—Y una «a».

—Muy bien. Entonces lea toda la frase, por favor.

—«Nado en cuba.»

Tomás observó al estadounidense con la sonrisa de quien posee el saber.

—¿Ha entendido?

Moliarti releyó la frase, inseguro.

—No.

—Entonces vamos a la última palabra de la tercera línea —indicó Tomás, señalando el lugar—. Aquí está escrito «colo», que, en el texto raspado, permite obtener la frase «colo nbo y taliano».

—Sí…

—La palabra «colo» no fue raspada, según puede comprobar en los rayos X. Pero hay dos letras, originalmente añadidas a esa palabra, que fueron borradas y que los rayos X revelan. ¿Cuáles son?

El estadounidense se concentró en aquel fragmento.

—Son…, son una «n» y una «a».

—¿Entonces cómo se debe leer?

—¿«Na»?

—Sí. Pero ¿cómo se debe leer esa sílaba cuando se la añade a «colo»?

—¿«Colona»?

El historiador esperó un instante, hasta que se hiciese la luz en la mente de Moliarti.

—Entonces dígame. ¿Cuál es la frase original?

—Pues…, no entiendo.

—Léame la frase tal como la escribió originalmente Ruy de Pina. Léamela.

—Bien… Queda «colona nado en cuba».

—¿Ha entendido?

—No del todo.

Tomás se pasó la mano por el pelo, ya algo impaciente.

—Nelson, preste atención a lo que voy a decirle. Ruy de Pina, a principios del siglo XVI, escribió la *Crónica de D. João II*. Cuando llegó el momento de relatar el famoso encuentro entre Colón y el rey de Portugal a su regreso del viaje a América, el cronista pensó que la información confidencial ya se había vuelto obsoleta y reveló el secreto. Ese texto primordial fue entregado a un copista, que comenzó a transcribirlo en el manuscrito que hoy conocemos como *Códice 632*. Cuando el copista terminó, alguien que lo leyó, posiblemente el propio rey don Manuel, se quedó horrorizado por la revelación de la identidad de Colón y mandó alterar la información. Al final de la tercera línea, donde estaba escrito «colona», se borró el «na» final y quedó «colo». En la cuarta línea, donde se leía «nado en cuba», borraron el texto y escribieron «nbo ytaliano» por encima de la raspadura. Como esta última frase es ligeramente más pequeña que la original, el copista se vio forzado a estirar la palabra «ytaliano» y quedó «y taliano». Aun así, sobró espacio. El manuscrito original de Pina acabó destruido y las restantes copias, designadas *Pergamino 9* y *Códice Alcobacense*, fueron hechas a partir del *Códice 632*. Fue así como, donde antes se leía «a Ribo a Restelo, en lixboa Xpova colona en cuba», pasó a

464

leerse «a Ribo a Restelo, en lixboa Xpova colo nbo y taliano».
—Hizo una pausa—. ¿Está claro?

—Sí —respondió Moliarti aún vacilante—. Pero dígame, ¿qué quiere decir «colona nado en cuba»? No lo entiendo.

—Comencemos por «nado en cuba». «Nado en» significa «nacido en». «Cuba» es el lugar donde él nació. «Nado en cuba.» Es decir, «nacido en Cuba».

—¿Nacido en Cuba? Pero ¿cómo es eso posible? Cuando él nació, que yo sepa, Cuba aún no había sido descubierta...

Tomás se rio.

—Nelson, él no nació en la isla de Cuba.

—¡Ah! ¿Entonces dónde nació?

—Nació en la villa de Cuba.

—¿En la villa de Cuba? ¿Qué villa de Cuba?

—En el sur de Portugal hay una villa llamada Cuba. ¿Ha entendido ahora?

Moliarti abrió la boca, estupefacto. Había, por fin, comprendido.

—¡Aaaahhh! —exclamó—. Colón nació en una villa llamada Cuba...

—Exacto —confirmó Tomás—. Es lo que realmente escribió Ruy de Pina en el manuscrito original. El navegante nació en Cuba. Esta información, además encaja con los vínculos familiares de Colón. ¿Se acuerda de que le dije que huyó a Castilla en 1484 para escapar del rey?

—Sí.

—¿Por qué razón huía del rey?

—Por estar implicado en la conspiración para matar a don Juan II.

—¿Y en 1484 quién dirigía esa conspiración?

—El duque de Viseu.

—Justamente. Era el hermano de la reina al que don Juan II acuchilló hasta matarlo ese mismo año. Ahora voy a darle una información adicional. El duque de Viseu era también duque de Beja. ¿Me entiende?

—Pues... no.

—Beja es una importante ciudad del sur de Portugal. Queda cerca de la villa de Cuba. El duque de Viseu y Beja tenía,

465

como es natural, familiares y amigos en las regiones de Viseu y Beja. Colón, nacido en Cuba, cerca de Beja, era uno de ellos.

El estadounidense desorbitó los ojos, como si hubiese acabado de tener una idea.

—¿Cree que…, cree que existe alguna relación entre Cuba, la isla, y…, y…?

—Ya me estaba dando cuenta de que usted no hacía la relación —interrumpió Tomás impaciente—. Es evidente que existe una relación entre los nombres de la isla de las Antillas y de la villa portuguesa donde nació Colón. —Miró a su interlocutor—. Oiga, cuando el Almirante llegó a aquella isla de las Antillas la llamó Juana. No obstante, poco tiempo después, decidió cambiarle el nombre y empezó a llamarla Cuba. Durante años se pensó que ello se debía a la forma en que algunos indígenas se referían a su tierra: Colba. Pero esa explicación, Nelson, es limitada. Por ejemplo, los indígenas de la gran isla vecina también tenían un nombre para su tierra y, no obstante, Colón mantuvo la designación que le había dado originalmente: La Española. Lo mismo ocurrió con muchas otras islas, donde, a pesar de que ya existían nombres indígenas, el Almirante optó siempre por mantener el nombre que les diera cuando las descubrió. La excepción fue Juana. —Tomás esbozó una expresión interrogativa—. ¿Por qué? ¿Por qué sólo le cambió el nombre a esta isla? ¿Qué tenía de especial? ¿Por qué no hizo lo mismo con las otras islas? Sólo hay una explicación. Al escuchar la palabra Colba en boca de los nativos, Colón, comprobando que había cierta semejanza entre esa designación y el nombre de su tierra natal en Portugal, decidió rebautizar la isla. Pero, en vez de llamarla Colba, como hacían los indígenas, la llamó Cuba. Cuba, la tierra donde él verdaderamente nació —dijo guiñando el ojo—. Fue, digámoslo así, un homenaje privado a sus raíces.

—He entendido —murmuró Moliarti—. ¿Y qué quiere decir «colona»?

—Era, por lo visto, el verdadero nombre cristiano del Almirante: Colona.

—*No shit.*

—He estado comprobando las cartas genealógicas de aquella época. Existía realmente en aquel entonces una familia portuguesa llamada Colona, cuyo nombre aparecía a veces con una «n», a veces con dos. Se trataba de los Sciarra Colona, o Colonna. Sciarra remite a Guiarra. O Guerra. Y Colonna remite a Colon. Lo que enlaza los cabos sueltos del misterio. ¿Se acuerda de la confusión de los nombres del Almirante, cuando aparecían en todas partes, y alternadamente, Colon, Colom, Colomo, Colonus, Guiarra y Guerra? Su origen común no era, como es evidente, Colombo, nombre que el navegante nunca usó, sino Sciarra Colonna. ¿Y se acuerda de que Hernando Colón contó que fue a Piacenza y descubrió las tumbas de sus antepasados? Es que los Colonna eran, justamente, oriundos de Piacenza, tal como los antepasados paternos de la primer mujer del Almirante, los Palestrello, nombre que se aportuguesó en Perestrelo.

—¿Me está diciendo que Colón era un portugués de origen italiano?

—Cristóvam Colonna era un hidalgo portugués de origen italiano y portugués, eventualmente con un lado judaico. Los Sciarra Colonna, cuando vinieron de Piacenza, se mezclaron con la nobleza portuguesa, algo muy normal en aquella época. No fue por casualidad que Hernando Colón reveló que el verdadero nombre de su padre remitía al latín Christophorus Colonus. Colonus de Colonna, y no de Colombo, porque si no sería Columbus. Y, como también se llamaba Sciarra, se explica que diversas fuentes, incluidos Anghiera y testigos que declararon en el «pleyto de la prioridad», afirmasen que el verdadero nombre del descubridor de América era Guiarra o Guerra. Cristóvam Sciarra Colonna. Cristóvam Guiarra Colon. Cristóvam Guerra Colom.

—¿Y de dónde le viene el origen judío?

—En aquel tiempo había muchos judíos en Portugal. Eran protegidos por los nobles, a quienes frecuentaban. Es natural que se diesen mezclas de sangre. Además, casi todos los portugueses tienen sangre judía en las venas, sólo que no lo saben.

Nelson Moliarti recorrió con la vista el espejo sereno del agua. Sintió la brisa levantarse y respiró hondo, llenando los pulmones con el aire vigorizador del vasto estuario, saboreando el aroma liberado por el encuentro del río con el mar.

—Felicidades, Tom —dijo por fin, con un tono monocorde y sin apartar los ojos del Tajo—. Usted ha desvelado el misterio.

—Creo que sí.

—Se merece el premio. —Desvió la atención de la superficie líquida y reluciente que rodeaba la torre y clavó su mirada en Tomás—. Medio millón de dólares. —Guiñó el ojo y esbozó una sonrisa sin humor, enigmática—. Es mucho dinero, ¿no?

—Pues… sí —admitió el portugués.

Tomás se sentía cohibido hablando del premio prometido por la fundación, pero, al mismo tiempo, se había convertido en su preocupación principal. Medio millón de dólares era realmente mucho dinero. Tal vez no sirviese para reconquistar a Constança, pero sería, sin duda, útil para ayudar a Margarida. Era mucho, mucho dinero.

—*Okay*, Tom —exclamó Moliarti, apoyándole la mano en el hombro, casi paternal—. Voy a hablar a Nueva York y presentar mi *report*. Después lo llamo para arreglar las cuentas y entregarle el cheque. ¿De acuerdo?

—Sí, claro.

El estadounidense colocó la hoja plastificada de los rayos X en el sobre gigante y lo levantó, como si saludase con él.

—Ésta es la única copia, *right*?

—Sí.

—¿No hay otra?

—No.

—Me quedo con ella —dijo.

Se volvió, atravesó el baluarte del monumento con la actitud de quien llevaba prisa y desapareció por la boca oscura de la pequeña puerta de acceso a la torre, por debajo de la elegante barandilla saliente y rasgada en arcos y columnas que tanto embellecía la fachada sur de la Torre de Belém.

Nelson Moliarti pasó cuatro días sin dar noticias. Hasta que, la noche del quinto día, telefoneó a Tomás para fijar un encuentro a la mañana siguiente. Después de la llamada, el historiador se dejó estar en la sala, con el televisor encendido en un concurso, hasta sentirse mortalmente aburrido. Cansado del tedio sin sentido, Tomás decidió que no aguantaba quedarse más tiempo en casa, la soledad lo oprimía, lo sofocaba ya; se levantó en un impulso, impaciente y, como si tuviese prisa, se puso una chaqueta y salió a la calle.

Deambuló por la avenida de circunvalación con las ventanillas del coche abiertas, ansiando las caricias frías de la brisa marítima, perdido en algún rincón del laberinto de su complicada vida, buscando un rumbo, una salida cualquiera, una posada donde encontrar consuelo. Se sentía terriblemente solo. Pasaba las noches en una angustiosa soledad y la combatía con patéticos intentos de aturdirse con el trabajo, preparando clases, corrigiendo exámenes, leyendo y examinando los últimos estudios de paleografía que caían en sus manos. Constança parecía haber cortado todos los vínculos con él, reduciéndolos solamente a las entregas de Margarida para los paseos quincenales de padre separado; pero aun esos paseos se interrumpían últimamente por accesos de fiebre de su hija, que la obligaban a pasar los fines de semana en cama. En un momento de desesperación, de crisis de soledad, había llegado a buscar a Lena, pero la sueca no había vuelto a las clases y tenía el móvil con una grabación que decía que el número no correspondía a ningún abonado; posiblemente, concluyó, había desistido del curso y se había ido del país.

Giró por la rotonda frente a la playa de Carcavelos, recorrió la calle de viviendas que bordeaba la Quinta dos Ingleses y aparcó junto a la estación de tren. Cruzó el apeadero y se dirigió al centro comercial. Aquél era un lugar cargado de recuerdos, punto de visita obligatoria en sus tiempos de estudiante; allí iba con Constança cuando no había los grandes *shoppings* de ahora y el centro comercial de Carcavelos era el sitio de moda, el ancladero de las matinés frías y de los ligues ardientes, de los romances dulces y del alegre vagabundeo. Un profundo sentimiento de nostalgia se abatió sobre él, inundando sus sentidos, entorpeciendo su voluntad. Todo a su alrededor exhalaba un aire impregnado con el olor de Constança, con los recuerdos de su noviazgo, con el perfume de la juventud desaparecida; cada esquina, cada sombra, cada tienda, le traía recuerdos de tiempos despreocupados, felices, cuando ambos paseaban cogi-

dos el uno del otro, abrazándose y abrazando el futuro, ingenuos y soñadores, compartiendo fantasías y proyectos, viviendo
la vida contentos con lo que ella les daba, como jóvenes en un
estado de ociosa inconsciencia; ese aroma olvidado se cernía aún
sobre el centro comercial, sólo visible para quien lo conocía, era
una bruma perdida que exhalaba la indefinible reminiscencia de
las emociones agotadas en el tiempo. Aquel le parecía embru-
jado por su juventud, como si él y Constança fuesen otros, una
parejita retenida en el pasado; veía ahora a la pareja pasar por
debajo de aquella farola, allí, ambos recortados por la luz amarillenta, dos fantasmas de veinte años que se enseñoreaban de
este lugar familiar sumidos en la pasión pura de quien está comenzando a vivir, ajenos al espectador que los observaba desde
algún punto del futuro; acechando esos espectros enclaustrados
en el tiempo, un inmenso mar de nostalgia llenó a Tomás, con
los sentidos martirizados por la marea de los años, sufriendo
con aquel doloroso e inefable sentimiento de quien siente la felicidad para siempre perdida.

470   Entró en un café del centro comercial y pidió un mixto caliente. Miró a su alrededor y notó los cambios; las mesas eran
diferentes, pero el lugar seguía siendo el mismo; allí estaba la
ventana junto a la cual ambos habían merendado una de las
primeras tardes en que salieron juntos, con la estación visible
del otro lado de la calle; Tomás se acordaba de aquel día, de
aquellas sensaciones, de aquella conversación de descubrimiento mutuo, de aquella exploración de sublime encantamiento; era un fin de semana soleado y habían hablado sobre
la familia, sobre el hermano de Constança fanático de las mo-
tos y sobre los sueños que la movían, la idea de convertirse en
una gran pintora y un día exponer cuadros en la Tate Gallery,
proyectos de fantasía que tenía la vaga certidumbre de llegar a
concretar un día.

Tomás acabó el mixto caliente y concluyó que necesitaba
con urgencia distraerse. Salió del café, pasó por la chocolatería
y bajó hasta el sótano, en dirección al cine. Los carteles anunciaban el pase de dos películas, *El club de la lucha*, con Edward
Norton y Brad Pitt, y *El secreto de Thomas Crown*, en la nueva
versión con Pierce Brosnan y Rene Russo. En condiciones nor-

males, habría elegido esta última; pero, sintiéndose solo y melancólico, optó por la película más violenta, creyó que era la mejor manera de romper aquel sopor nostálgico en el que estaba hundido. Compró una entrada y, como faltaban quince minutos para que comenzase el próximo pase, se dirigió al bar para comprar unas golosinas. El bar era una novedad del cine de Carcavelos; en sus tiempos de estudiante aquel espacio no existía. Se trataba, al fin y el cabo, de una respuesta de la vieja sala a la oferta «gastronómica» de los nuevos *shoppings*, una señal triste de que los tiempos efectivamente habían cambiado: aquél era el mismo sitio, pero se había vuelto diferente. Mientras esperaba un momento junto a la barra, sintió añoranza del cine tal como era antaño, siempre lleno, con un largo intermedio en la mitad de la película, y al que iba cogido de la mano con su novia; cuando llegó su vez en la cola, pidió unas palomitas dulces y las pagó; la camarera le entregó las palomitas en un pequeño cartucho de papel reciclado y Tomás dio media vuelta para dirigirse a la sala.

Fue en la puerta del bar donde se encontró con ella. Constança entraba en el lugar; tenía un aspecto fresco, limpio, ordenado, bonita como a los veinte años, sólo un poco más madura; llevaba un vestido blanco, con flores rojas y amarillas, ceñido a la cintura, que se abría en una falda alegre, como se usaba en los años 50. Tomás sintió que su corazón le daba un vuelco y se detuvo, con la mirada fija en ella. Constança lo vio y vaciló; se quedaron los dos quietos a la entrada del bar, como dos niños pillados en falta.

—Hola —dijo él, por fin, atolondrado.

—Hola, Tomás —respondió Constança, recuperándose de la sorpresa inicial; se volvió hacia un lado y tocó el brazo de un hombre—. Te presento a mi amigo Carlos.

Tomás tomó en ese instante conciencia de que la frontera entre el sueño y la pesadilla es tan tenue como un hilo de seda, de que la transición entre la esperanza y la desesperación es tan delicada como un pétalo lanzado al viento. Sintió que vivía aquel instante embarazoso en cámara lenta, que la terrible escena se reproducía sin parar en su mente, y sus ojos pasaron del rostro hermoso y comprometido de Constança al semblante de

471

un hombre delgado, de barba rala, traje y corbata, al lado de ella. El hombre miró a Tomás con expresión interrogativa, que pronto se volvió fría, y extendió la mano.

—Encantado —saludó, obviamente poco sincero—. Carlos Rosa.

Como un autómata, casi sintiendo el cuerpo separado de la mente, Tomás estiró su mano y lo saludó.

—¿Y? —Era la voz de Constança—. ¿Qué tal te van las cosas?

Tomás la miró perplejo. Se descubrió repentinamente anestesiado por dentro, aturdido, con el corazón que reprimía una furia ciega que le brotaba de las entrañas.

—Pues… bien, sí. ¿Y tú?

—De maravilla. Has venido al cine, ¿no?

—Sí.

—¿Qué vas a ver?

—*El club de la lucha*.

—Ah.

Pausa incómoda, pesada. La conversación era tensa, hueca, absurda, como todas las conversaciones forzadas de circunstancia, tropezando con las palabras, atolondrándose por el momento inconveniente que había surgido de ese encuentro no deseado. Tomás sintió unas ganas enormes de desaparecer, escapar de allí, dejar de existir.

—¿Y tú?

Constança miró a su compañero.

—Nosotros hemos venido a ver *El secreto de Thomas Crown*.

Aquel «nosotros» representó un golpe brutal, uno más, asestado en el estómago de Tomás, una dura puñalada en lo que aún persistía de sus últimas ilusiones. Constança ya no decía «yo». Decía «nosotros».

«Nosotros.»

No eran ella y Tomás. Nosotros. No era ella sola. Yo. Era ella y el otro. «Nosotros.» Ella y su rival, el hombre que lo había sustituido, aquel que se la había robado. «Nosotros.»

—Pues…, bien…, ya me voy —balbució Tomás, dando un torpe adiós con la mano.

—Que sea buena la película —dijo ella, con los ojos muy abiertos, era imposible distinguir si estaba feliz o triste, incómoda o indiferente.

Tomás huyó del bar, pero no fue a la sala del cine. Siguió hacia delante y salió del centro comercial, casi desesperado, jadeante, fue a la calle a respirar aire puro y afrontar la dura resaca del amor que sabía ahora perdido para siempre.

La multitud hormigueaba por la acera ancha del Rossio, fatigándose en un movimiento desordenado, casi caótico; las personas se cruzaban con expresiones variadas: unas aceleradas, con los ojos fijos en la calle; otras vagando, mirando el infinito; algunas observando la masa humana que desfilaba delante de él en medio de aquel tumulto nervioso e impaciente. Entre estos espectadores se incluía Tomás, sentado en la terraza del café Nicola, con las piernas cruzadas, saboreando con una mirada ausente un café humeante.

De aquella mole difusa de gente surgió, como si se hubiese materializado desde la nada, Nelson Moliarti; llevaba traje y corbata y llegaba cuarenta minutos después de la hora fijada.

—*Sorry* —se disculpó el estadounidense, acercó una silla y se sentó—. He estado hablando con John Savigliano, en Nueva York, y me retrasé.

—No importa —comentó Tomás, esforzándose por sonreír—. Para variar, esta vez me tocó esperar a mí. Es justo.

—Sí, pero no me gusta llegar tarde.

—¿Qué quiere tomar?

—Pues… una infusión de jazmín y un pastel de nata, si hay.

Tomás llamó al camarero y le comunicó el pedido. El hombre tomó nota, dio media vuelta y desapareció dentro del Nicola.

—¿Cómo está Savigliano?

—Oh, bien —respondió Moliarti, con los ojos danzando en algún punto más allá de Tomás, como si no quisiera encararlo—. John está bien.

—Usted parece preocupado…

—No, no —negó el estadounidense—. Sólo que… tenemos que hacer cuentas, ¿no?

473

—Sí, claro.

Moliarti apoyó los codos sobre la mesa y, por primera vez, fijó su mirada en Tomás.

—Tom, según lo acordado debo pagarle los dos mil dólares por semana de salario y el medio millón de dólares de premio, tal como hablamos en Nueva York. —Carraspeó—. ¿Cuándo quiere la pasta?

—Bien…, pues… Casualmente me vendría bien ahora…

El hombre de la fundación sacó una chequera del bolsillo interior y preparó la estilográfica, pero mantuvo la mirada clavada en el historiador.

—Le dejo ahora el cheque, Tom, pero hay una condición adicional.

—¿Sí?

—Se trata de la confidencialidad.

—¿Confidencialidad? —se sorprendió Tomás—. No entiendo…

—Todo el trabajo que usted ha hecho para nosotros es confidencial. ¿Ha entendido?

—¿El trabajo es confidencial?

—Sí. Ni una palabra sobre esos descubrimientos.

Tomás se rascó el mentón, intrigado.

—¿Se trata de alguna estrategia comercial?

—Es una estrategia nuestra.

—Sí, pero ¿cuál es la idea? Mantenernos muy calladitos ahora para después hacer un gran lanzamiento en el momento de la publicación, ¿no?

Moliarti miró alrededor de la terraza, como si temiese que alguien lo escuchara, y volvió a centrar su atención en el portugués.

—Tom —dijo, bajando el tono de voz—. No va a haber publicación.

El historiador desorbitó los ojos, estupefacto.

—¿Cómo?

—Esos descubrimientos no serán publicados. Ni ahora, ni nunca.

Tomás se quedó un largo instante con la boca entreabierta, incapaz de articular el asombro que sentía con esta noticia.

—Pero…, eh… —balbució—. Eso…, pues… no tiene sentido.

—Es una decisión tomada en Nueva York.

—Pero ¿por qué? ¿No confían en el material acaso?

—No es eso.

—Las pruebas son sólidas, Nelson. El asunto es polémico, es verdad. Va a haber una reacción negativa por parte del *establishment*, hay historiadores que se van a volver locos si se les derrumba la versión oficial, dirán que todo es pura fantasía, un disparate, un embuste…

—Tom.

—… ya los estoy viendo, histéricos y fuera de sí, soltando insultos, clamando a los cielos. Pero, en resumidas cuentas, las pruebas que tenemos son seguras. Seguras, ¿ha oído? Yo respondo por ellas.

—Tom, no es eso, ya se lo he dicho.

—¿Entonces qué es?

—No vamos a publicar la investigación. Punto final.

Tomás se inclinó sobre la mesa, acercándose lo más posible al estadounidense.

—Nelson, hemos hecho un descubrimiento extraordinario. Hemos desenterrado un secreto de quinientos años. Hemos deshecho un enigma que desde hace siglos intriga a los historiadores. Hemos iluminado una zona de tinieblas en el conocimiento. Con estos datos nuevos, vamos a cambiar totalmente el enfoque del descubrimiento de América y revelar cosas importantes sobre los descubrimientos. ¿Qué historia es esa de no publicar nada, eh? ¿Cuál es la idea?

Moliarti suspiró.

—Tom, a mí esto me gusta tan poco como a usted. Pero la fundación quiere que sea así. Las órdenes de John han sido muy claras. No puede haber divulgación de estos descubrimientos.

—Pero ¿por qué?

—Porque los responsables de la fundación lo entienden así.

—Disculpe, Nelson, pero eso no es una respuesta. ¿Por qué razón entienden ellos que no deben revelarse estos descubrimientos?

Moliarti se mantuvo un instante callado, debatiéndose entre lo que podría y no podría decir. Casi instintivamente, volvió a observar de reojo a las personas alrededor de la mesa y, respirando hondo, se inclinó una vez más acercándose a su interlocutor.

—Bien..., pues... Es una institución para fomentar los..., los estudios americanos —titubeó—. Usted forma parte de la fundación, debe saberlo.

—Yo soy un mero empleado de la American History Foundation —dijo Moliarti, llevándose la palma de la mano al pecho—. No soy el dueño. El jefe es John Savigliano, él es el presidente del *executive board*. ¿Conoce a las otras personas del *board*?

—No.

—Jack Mordenti es el vicepresidente. Están también Paul Morelli y Mario Ghirotto. ¿Esos nombres no le dicen nada?

—No.

—Fíjese, Tom. —Moliarti levantó un dedo para señalar cada nombre—. Savigliano, Mordenti, Morelli, Ghirotto. Hasta la secretaria de John, la señora Racca, aquella mujer malencarada que usted conoció en Nueva York. ¿Qué nombres son ésos, eh?

—¿Qué nombres son ésos? Discúlpeme, pero no entiendo la pregunta...

—¿Cuál es su origen?

—Pues... ¿Italianos?

—Sí, pero ¿de dónde?

Tomás esbozó una expresión de intriga.

—Pues... ¿de dónde? De Italia, supongo...

—De Génova, Tom. Italianos de Génova. La American History Foundation es una institución financiada por capitales genoveses o estadounidenses de origen genovés. El nombre de pila de Savigliano es Giovanni, que se transformó en John cuando salió de Génova a los doce años y se fue a vivir a Estados Unidos. Mordenti nació en Brooklyn y, a pesar de su nombre de bautizo, Joseph, Jack en el colegio, en casa siempre lo han llamado Giuseppe. El padre de Paul Morelli era Paolo Morelli, procedente de Nervi, una aldea cerca de Génova. Y Mario

Ghirotto vive aún hoy en Génova, tiene un hermoso apartamento en la Piazza Campetto. —Apretó los dientes—. Estos tipos, amigo, están muy orgullosos de ser conciudadanos del descubridor de América, el hombre más famoso de la historia después de Jesucristo. ¿Le parece que aceptarían publicar un estudio que prueba que Colón, al fin y al cabo, no era genovés sino portugués? —Se golpeó la frente con el índice—. ¡Nunca en la vida! ¡Ni pensarlo!

Tomás seguía paralizado, con los ojos muy abiertos, la expresión vidriosa ante aquella revelación, entendiéndolo todo y no queriendo creer en nada.

—¿Ustedes… son genoveses?

—Ellos son genoveses —dijo subrayando el «ellos», al tiempo que forzaba una sonrisa—. Yo no. Yo nací en Boston y mi familia es de Brindisi, al sur de Italia.

—Sea como fuere, Nelson, ¿cuál es la relevancia de la nacionalidad? Que yo sepa, los italianos son honestos. ¿No reconoce el propio Umberto Eco que Colón era portugués?

—Umberto Eco no es genovés —recordó Moliarti.

—Pero es italiano.

El estadounidense suspiró.

—No seamos ingenuos, Tom —dijo con un tono paciente—. Fíjese: si la fundación estuviese en manos de estadounidenses oriundos de Piacenza, puede estar seguro de que los descubrimientos se publicarían inmediatamente. Incluso otros italianos o italoamericanos, aunque tal vez a regañadientes, aceptarían divulgar esas revelaciones. Pero tiene usted que comprender que pedirles eso a los genoveses es demasiado; a fin de cuentas, ellos se enorgullecen de su Cristoforo Colombo y no se puede esperar que reciban todo esto con satisfacción, ¿no?

—Pero la verdad es la verdad.

—Lo lamento mucho, Tom. Su investigación no podrá darse a conocer.

—¡Ésa sí que es buena!

—Tom —dijo Moliarti, alzando la mano para pedirle que lo escuchara—. El premio sólo se entregará bajo el compromiso de confidencialidad.

—¿Cómo?

Moliarti colocó en la mesa unos folios con un texto legal previamente preparado.

—Sólo recibirá el medio millón de dólares si firma este contrato de confidencialidad.

—Ustedes no pueden hacer eso.

—Las órdenes de John son muy claras. Usted firma y recibe el medio millón de dólares.

—¿Y si no firmo?

—No recibe nada.

—No fue éste el acuerdo hecho en Nueva York, Nelson. Me prometieron un premio si llegaba a desvelar la investigación secreta del profesor Toscano. He cumplido mi parte, hagan el favor de cumplir la que les corresponde a ustedes.

—Cumpliremos, Tom. Pero primero tiene que comprometerse a mantener la confidencialidad sobre estos descubrimientos.

—¿Ustedes quieren comprarme por medio millón de dólares?

—No diga eso…

—¿Usted cree que yo estoy a la venta? ¿Eh? ¿Usted cree realmente que es posible hacerme callar con dinero, sea la cantidad que fuere?

—Tom, la fundación no aceptará la publicación de estos descubrimientos. Toda la investigación que usted hizo pertenece a la fundación. Es la fundación la que decidirá qué hacer con los descubrimientos resultantes del trabajo realizado.

—Esta investigación, estimado Nelson, pertenece al profesor Toscano. Yo me he limitado a seguir las pistas que él dejó.

—El profesor Toscano trabajaba para la fundación.

—Trabajaba para la fundación en lo que se refiere a las investigaciones sobre Brasil, no a los trabajos sobre Colón.

—Le explicamos, en el momento oportuno, que todo su trabajo era para la fundación. Usó un presupuesto de la fundación para investigar los orígenes de Colón, por ello su trabajo pertenece a la fundación.

—Ah, ahora entiendo por qué razón la viuda de Toscano está tan disgustada con ustedes…

—Eso no interesa. Lo que interesa es que su investigación y el trabajo de Toscano son propiedad de la fundación.

—Son propiedad de la humanidad.

—No ha sido la humanidad la encargada de pagar las cuentas, Tom. Ha sido la American History Foundation. Todo eso se lo explicamos también al profesor Toscano.

—¿Y él?

Moliarti se quedó momentáneamente cortado.

—Pues… tenía otro punto de vista.

—Os mandó a freír espárragos, eso es lo que hizo. E hizo muy bien. Si no hubiese muerto, a estas alturas ya estaría todo publicado, no le quepa la menor duda.

El estadounidense volvió a mirar alrededor, casi con miedo. Comprobó que nadie estaba escuchándolos, se inclinó una vez más sobre la mesa y susurró, pronunciando las palabras casi con un hilo de voz imperceptible.

—Tom, ¿quién le ha dicho que el profesor Toscano murió de muerte natural?

Tomás se quedó helado.

—¿Cómo?

—¿Quién le ha dicho a usted que el profesor Toscano murió de muerte natural?

—¿Qué está insinuando? ¿Que fue asesinado?

Moliarti se encogió de hombros.

—No lo sé —murmuró—. Le juro que no lo sé, ni quiero saberlo. Pero, si quiere que le diga lo que pienso, siempre me pareció extraño el *timing* de la muerte del profesor. Falleció dos semanas después de una gran discusión con John y en un momento en que el pánico dominaba en la fundación. El *executive board* entendió en ese momento, después de tan áspera discusión, que el profesor Toscano publicaría todo, ocurriera lo que ocurriese. Y dos semanas después, *wham!*, el hombre murió en Río de Janeiro, bebiendo un zumo de mango. Muy oportuno, ¿no le parece?

—¿Usted me está diciendo que esta gente sería capaz de matar para mantener un secreto como el que nos ocupa?

—Le estoy diciendo que hay que tener cuidado. Le estoy diciendo que más vale un historiador vivo con medio millón de dólares en el bolsillo que un historiador muerto que deja a su familia en la miseria. La verdad es que no sé si la muerte del profesor Toscano fue natural o no. Sólo sé que, de haber sido natural, fue sin duda una feliz coincidencia para la fundación.

—Pero ¿entonces por qué me contrataron? Con la muerte del profesor Toscano, el secreto se mantenía a salvo…

—Estaba el problema de la prueba.

—¿Qué prueba?

—Nosotros sabíamos que el profesor Toscano había encontrado la prueba de que Colón no era genovés, pero no sabíamos qué prueba era ésa ni si estaba fácilmente disponible. Necesitábamos descubrirla, la fundación no se podía dar el lujo de dejarla por ahí, suelta, arriesgándose a que otros llegaran a encontrarla. Usted fue el instrumento que nos permitió llegar a ella.

—¿Se está refiriendo al *Códice 632*?

—Sí.

Tomás se rascó la cabeza, con un gesto de intriga.

—Disculpe, Nelson, pero no logro entenderlo. Gracias a la iniciativa que ustedes promovieron, yo llegué al *Códice 632*, un documento que prueba justamente lo que la fundación no quería que se probase. Aunque yo me comprometa a quedarme callado, recibiendo así el medio millón de dólares con el que quieren sobornarme, ¿qué garantía tiene la fundación de que yo no le transmito el secreto a un colega mío y lo mando consultar el *Códice 632*, eh?

Moliarti sonrió.

—No le serviría de nada.

—¿Ah, no? ¿Y cuando se encuentre con la parte raspada en la tercera y cuarta líneas, después de «colo» y sobre «nbo y taliano»? ¿Y cuando pida rayos X de esa hoja? ¿Eh? ¿Qué ocurrirá entonces?

El estadounidense se recostó en la silla, extrañamente confiado.

—¿Usted se ha dado cuenta, Tom, de que llegué con retraso a nuestra cita?

Tomás esbozó un gesto de sorpresa, no entendía qué tenía de relevante esa pregunta en el contexto de lo que conversaban.

—Sí. ¿Y?

—¿Sabe por qué razón llegué más tarde?

—Se quedó hablando con Savigliano, ya me lo ha dicho.

—Eso fue lo que yo le dije. La verdad es que estuve pegado a la radio y a la televisión —dijo antes de guiñarle el ojo—. ¿Ha escuchado hoy las noticias, Tom?

—¿Qué noticias?

—Las noticias del asalto, tío. El asalto de anoche a la Biblioteca Nacional.

Un obrero tenía los pies apoyados sobre una mesa, intentando mantener el equilibrio para colocar un ancho cristal en la ventana, cuando Tomás irrumpió en la sala de lectura de la zona de libros raros. Una mujer de la limpieza barría algunas astillas que brillaban desparramadas por el suelo, eran trizas de cristales, y se oían martillazos más atrás, sin duda un trabajo de carpintería.

—Está cerrado, señor profesor —anunció una voz.

Era Odete por detrás del mostrador, muy roja y retorciéndose nerviosamente los dedos.

—¿Qué ha ocurrido? —preguntó Tomás.

—Ha habido un asalto.

—Eso ya lo sé. Pero ¿qué ha ocurrido?

—Cuando llegué al trabajo esta mañana, me encontré con ese cristal roto y con que habían forzado la puerta que da a la sala de los manuscritos. —Odete sacudió la mano frente a su cara, como un abanico—. ¡Ay, válgame Dios, aún me siento sofocada…! —La bibliotecaria soltó un suspiró—. Disculpe, señor profesor. Estoy muy angustiada.

—¿Qué han robado?

—Me han robado la tranquilidad, señor profesor. Me han robado la tranquilidad. —Se llevó la mano al pecho—. ¡Ay, Virgen Santa, qué susto que me he dado! ¡Qué susto!

—Pero ¿qué han robado?

—Aún no lo sabemos, señor profesor. Estamos ahora inventariando los manuscritos para ver si falta alguno. —Sopló con fuerza, como si tuviese vapor retenido en el cuerpo—. Pero mire, hace un momento le decía yo a la policía que, para mí, esto ha sido obra de drogadictos. Andan por ahí unos mucha-

481

chos con un aspecto que no veas, barbudos y piojosos. No son universitarios, no, señor, que a ésos los conozco yo muy bien. Son gamberros de lo peor, ¿se da cuenta? —Se llevó los dedos a la boca, simulando que tenía un cigarrillo—. Gente que fuma porros, marihuana y sabe Dios qué más. Salen en busca de ordenadores para venderlos por ahí por unos pocos billetes. De manera que...

—Déjeme ver el *Códice 632* —interrumpió Tomás, impaciente y alarmado.

—¿Cómo?

—Vaya a buscar el *Códice 632*, por favor. Necesito verlo.

—Pero, señor profesor, hoy está cerrado. Tendrá que...

—Tráigame el *Códice 632* —insistió abriendo mucho los ojos con la actitud de quien no admite réplica—. Ahora.

Odete vaciló, sorprendida por aquella actitud vehemente, pero se decidió por no discutir la petición y desapareció rumbo a la sala donde se guardaban los manuscritos antiguos. Tomás se sentó en una silla de la primera fila y se quedó tamborileando en la mesa, nervioso, preparándose para lo peor.

Instantes más tarde, Odete reapareció en la sala de lectura.

—¿Y?

—Aquí está —dijo ella.

Llevaba en las manos un volumen con la tapa de piel marrón. Al ver la obra allí, a salvo, Tomás suspiró de alivio y sintió que su pecho se liberaba de un peso opresivo. «Qué susto que me ha dado Moliarti», pensó.

—Cabrón, estuvo a punto de derrumbarme —se desahogó en voz baja.

Odete le entregó el manuscrito y el historiador sintió su peso. Después observó la tapa y la contratapa. Todo impecable. La signatura *Códice 632* permanecía pegada al lomo. Abrió el volumen y estudió el título en portugués del siglo XVI. *Chronica de El Rey D. Joam II*. Hojeó las páginas amarillentas, manchadas por el tiempo, hasta llegar a la hoja setenta y seis. Buscó la cuarta línea y se quedó mirando las primeras palabras: «nbo y taliano». Allí estaban los espacios sospechosos entre estas palabras. Pasó la yema del índice sobre la línea, para sentir la raspadura, pero la superficie se revelaba limpia. Frunció el ceño, sorprendido. Pasó nuevamente el dedo.

Todo liso.

Acercó los ojos, casi sin creerlo. No había vestigios de la raspadura. Nada de nada. Era como si nunca hubiera existido. Se llevó la mano a la boca, estupefacto, sintiendo que se le iba el alma a los pies. No sabía qué pensar. Miró toda la hoja, buscando huellas de cortes, indicios de ranuras, señales de pegaduras, diferencias en el papel, una pequeña imperfección, cualquier cosa, por minúscula que fuese. Pero nada. La hoja parecía impecable, inmaculada, genuina. Sólo había desaparecido la raspadura. Trabajo de profesionales, pensó, casi con ganas de llorar. Meneó la cabeza, profundamente desanimado, la conclusión era ineludible, final. Falsificadores profesionales. Copiaron la hoja original y la sustituyeron por otra sin dejar marcas, cubriendo huellas, ocultando pistas. Profesionales.

—Hijos de puta.

XVII

*E*l móvil sonó cuando Tomás se preparaba para salir de casa. Pretendía ir a la Torre do Tombo a revisar documentos donde localizar referencias a los Colona; habían neutralizado el *Código 632*, pero pensó que ahora que conocía el verdadero nombre de Cristóbal Colón sería más fácil, sin duda, seguirle el rastro. La absoluta inexistencia de documentos sobre la vida de Colón en Portugal era un enigma finalmente explicado; a fin de cuentas, el navegante vivió en el país con otro nombre, el genuino, por lo que, entendida y superada por fin esa dificultad, se sentía ahora confiado en que algo habría de encontrar entre los viejos manuscritos, recibos, facturas, certificados, misivas y todo lo que se hubiera acumulado por debajo del polvo del mayor archivo portugués de documentos del siglo XVI.

—¿Sí? ¿Tomás?

Era la voz de Constança.

—Ah, hola —saludó Tomás con un tono mesurado; se sentía al mismo tiempo sorprendido y feliz por aquel telefonazo, pero seguía herido por dentro y no quería demostrar el alivio que experimentaba al recibir, finalmente, una llamada de su mujer—. ¿Qué tal estás?

—No lo sé —vaciló Constança—. El doctor Oliveira quiere hablar con nosotros esta mañana.

—¿Esta mañana? No puedo, tengo que ir ahora a la Torre do Tombo…

—Dice que es urgente. Tenemos que estar en el hospital de Santa Marta a las once.

Tomás consultó automáticamente el reloj. Eran las nueve y media de la mañana.

—Pero ¿por qué tanta prisa?

—No lo sé. Ayer llevé a Margarida al hospital para hacerle unos análisis y él no me habló de nada.

—¿Y cuál es el resultado de esos análisis?

—Quedaron en dármelo hoy.

—Hmm —murmuró Tomás, frotándose los ojos, repentinamente cansado.

—¿Crees que los análisis mostrarán que algo no anda bien? —preguntó Constança con mal disimulada aprensión.

—No lo sé. Vamos a ver.

Se encontraron en la rampa de las consultas externas hora y media más tarde. Constança llevaba un *tailleur* gris ajustado que realzaba las curvas de su cuerpo y le daba cierto aspecto de ejecutiva. Subieron la rampa y, en el extremo, entraron por una puerta a la izquierda para desembocar en los claustros del antiguo convento, ahora transformado en hospital para enfermedades cardiacas; ignoraron los antiguos y hermosos azulejos azules que decoraban el claustro, sumidos en la preocupación que los dominaba, y se internaron en el largo pasillo que los llevó al bloque siguiente.

Por el camino, Constança le explicó que en la víspera había llevado a la hija al hospital para un análisis de rutina que el médico le había pedido ya hacía algún tiempo; al médico de cabecera le había extrañado la palidez y la relativa postración que Margarida manifestaba desde su fiebre, por Navidad, y quería comprobar que todo iba bien. Como la niña no tenía la piel azulada, que habría indicado un agravamiento de la situación cardiaca, el médico no manifestó gran urgencia, aunque hubiera insistido en la necesidad de hacer análisis de sangre y de orina, lo que llegó a concretarse el día anterior.

Cogieron el ascensor y subieron a la tercera planta, donde estaba situada la sala de cardiología pediátrica. Encontraron al médico junto a la unidad de cuidados intensivos; Oliveira les hizo una señal para que lo siguiesen y los llevó a su despacho, en el ático, un espacio soleado y con buena ventilación.

—Aquí tengo los análisis de Margarida —dijo Oliveira, en-

485

trando directamente en la cuestión que lo había llevado a citar a los padres de la niña.

—¿Sí?

El médico se revolvió en la silla, como si estuviese incómodo, y movió nerviosamente una hoja blanca.

—Las noticias no son buenas —advirtió el médico con gesto sombrío—. Los resultados están francamente alterados y… En fin…, estamos ante un cuadro característico de…, pues…, de leucemia.

Se hizo un silencio absorto en el despacho; Tomás y Constança intentaban asimilar la noticia.

—¿Leucemia? —se sorprendió Tomás.

Oliveira meneó la cabeza afirmativamente.

—Sí.

—Pero ¿eso tiene algo que ver con el problema del septo?

—No, nada. No es un problema de tipo cardiaco. Es un problema de hematología.

—¿Un problema de qué?

—Hematología. Tiene que ver con la sangre —mostró la hoja con los datos proporcionados por el laboratorio que hizo los análisis—. ¿Ven estos resultados? Los análisis muestran más de doscientos cincuenta mil glóbulos blancos por milímetro cúbico.

—¿Y eso?

—Lo normal es que no exceda los diez mil. Margarida tiene una cantidad excesiva de glóbulos blancos. —Señaló otra cifra—. Y aquí está la hemoglobina. Tiene siete gramos, cuando lo normal serían doce. Es una señal de anemia.

—La leucemia es el cáncer de la sangre —observó Constança con la voz trémula, reprimiendo a duras penas los sollozos—. Eso es… grave, ¿no?

—Muy grave. A decir verdad, este tipo de leucemia se conoce como leucemia aguda, cuyo índice de incidencia es mayor en niños con el síndrome de Down que en niños normales.

—Pero ¿tiene tratamiento? —preguntó Tomás, sintiéndose presa del pánico.

—Sí, claro.

—¿Entonces qué tenemos que hacer?

486

—En realidad, éste es un problema que está fuera de mi ámbito específico. La leucemia aguda sólo puede tratarse en el IPO, el Instituto Portugués de Oncología, pero quédense tranquilos porque conozco excelentes profesionales que podrán resolver esta situación. Después de ver estos resultados, me tomé la libertad de consultar a una colega en el instituto y estuvimos pensando en qué hacer a continuación. —Fijó su mirada en Constança—. ¿Por dónde anda Margarida ahora?

—¿Margarida? Está en el colegio, claro.

—Muy bien. Vayan ahora a buscarla y llévenla al IPO para que la ingresen inmediatamente.

Tomás y Constança se miraron, conmovidos.

—¿Vamos a buscarla ahora?

—Ahora —insistió el médico, desorbitando los ojos para subrayar la urgencia—. Ya. —El médico escribió un nombre en la libreta de notas—. Cuando lleguen al IPO pregunten por la doctora Tulipa, con quien ya he hablado. Ella se está ocupando de todo y va tomar las riendas del caso.

—Pero Margarida se pondrá bien, ¿no?

—Como les he dicho, ésta no es mi especialidad, pero estoy seguro de que se le dará una respuesta eficaz al problema —repuso el médico, intentando encontrar palabras de consuelo. Entregó a los padres la hoja con el nombre de la médica—. De cualquier modo, tendrá que ser la doctora Tulipa la que haga el diagnóstico, les explique en qué consiste la enfermedad y les presente las soluciones más adecuadas.

487

Fue como si el mundo se hubiese derrumbado nuevamente. Constança lloró durante todo el viaje hasta el colegio, sonándose con un pañuelo de encaje; a su lado, aferrado firmemente al volante, Tomás iba callado, quebrantado por el desánimo, vencido por el desaliento. Ambos se daban cuenta de que aquél era sólo el inicio de un proceso que ya conocían, una terrible experiencia que se verían obligados a vivir otra vez, un carrusel de devastadoras emociones, y no sabían si serían capaces de sobrevivir a ello. Después de la pesadilla en que se transformó el perturbador periodo después del nacimiento de la hija, se consideraban preparados para todo; pero ahora descubrían que no lo estaban, eran al fin y al cabo sólo dos personas desorientadas, perdidas en un laberinto de angustias sin fin, padres desesperados ante la partida a la que el destino los desafiaba de nuevo, y el impulso de sublevarse latía en sus entrañas, interrogándose mil veces sobre qué demonios habían hecho para merecer tan aciaga suerte.

Al llegar al colegio, Tomás le hizo prometer a Constança que no derramaría una sola lágrima delante de su hija; con el corazón oprimido por la ansiedad, sonriendo con un nudo en la garganta, ambos le explicaron que tenía que ir al hospital.

—Es po' el cor'azón, ¿no? —preguntó Margarida, con una súplica temerosa en la mirada, presintiendo nuevas torturas en manos de los médicos—. ¿Estoy enfe'mita ot'a vez?

El viaje hasta el Instituto de Oncología fue penoso, con Margarida gritando que no quería ir; se cansó deprisa, sin embargo, y la parte final del recorrido se hizo casi en silencio, sólo roto por un gemido ocasional de la pequeña y el arrullar mimoso de la madre; Constança rodeaba a su hija con un abrazo protector, fundiéndose ambas en el asiento trasero, encerrándose en una concha de afectos.

Entregaron la niña a los cuidados de la doctora Tulipa, una mujer de mediana edad, con gafas de alta graduación y el cabello canoso, delgada y enérgica. La médica dio sus órdenes y llevó a la niña a lo que parecía ser una pequeña sala de operaciones, lo que asustó a sus padres.

—Calma, no vamos a operarla ya —les dijo Tulipa—. Lo que pasa es que estuve estudiando el resultado de los análisis de sangre que me mandó Oliveira y he visto que tenemos que hacerle un mielograma.

—¿Qué es eso?

—Vamos a aspirarle células de la médula ósea, en este caso de la pelvis, para confirmar el diagnóstico y determinar exactamente qué tipo de problema tiene su hija.

El mielograma se realizó con anestesia local y en presencia de los padres, que no pararon de confortar y dar ánimos a la niña. Cuando el examen terminó, se depositaron partículas de médula ósea en láminas de cristal y fueron llevadas al laboratorio. La médica interrogó a Constança y a Tomás sobre los problemas manifestados por su hija el último mes, incluidas las descripciones de su palidez, fatiga, fiebre y hasta hemorragias nasales, pero evitó dar explicaciones detalladas sobre lo que ocurría, alegando que sólo el mielograma podría aportar certidumbres.

Horas después, Tulipa llamó a los padres a su austero despacho.

—Ya han visto los resultados del mielograma —anunció—. Margarida tiene una leucemia mieloblástica aguda.

—¿Qué es eso, doctora?

—Es un grupo de neoplasias malignas de la médula ósea de los precursores mieloides de los leucocitos.

Tomás y Constança mantuvieron la mirada fija en la médica, ambos ansiosos y angustiados.

—Disculpe, doctora —intervino Constança, en el límite de la paciencia—. Evite usar ese galimatías con nosotros. Explíquenos lo que ocurre en palabras llanas, por favor.

La médica suspiró.

—Saben seguramente qué es una leucemia…

—Es el cáncer de la sangre.

—Es una manera de definirla. —Se levantó de la silla y mostró un mapa del cuerpo humano en un cuadro pegado a la pared—. En el centro del problema está la médula ósea, que se encuentra en la cavidad de los huesos y tiene la función de formar las células sanguíneas. Lo que ocurre es que han aparecido células blásticas anormales en el cuerpo de la niña que han invadido la médula, y ésta ha dejado de formar células sanas. El ataque de las células cancerígenas a los glóbulos rojos ha provocado anemia y es responsable de la palidez de Margarida. A su vez, el ataque a los glóbulos blancos ha causado las infecciones que ha sufrido, dado que el cuerpo ha perdido resistencia, mientras que el ataque a las plaquetas ha producido las hemorragias en la nariz, ya que son las plaquetas las que producen las coagulaciones, y sin plaquetas no hay coagulación. Como son los glóbulos rojos que transportan el oxígeno a las células y retiran el dióxido de carbono de los tejidos para llevarlos hacia los pulmones, donde son expelidos, su carencia implica que las células no reciben oxígeno suficiente y retienen el dióxido de carbono demasiado tiempo, lo que es muy peligroso.

—Y usted dice que Margarida tiene una leucemia aguda —intervino Tomás.

—Una leucemia mieloblástica aguda —precisó—. De hecho, hay varios tipos de leucemia. Las hay crónicas, que se extienden en el tiempo gracias a la maduración parcial de las células, y las agudas, que son repentinas y muy peligrosas debido al hecho de que las células permanecen inmaduras. Su hija tiene una leucemia aguda. —Alzó dos dedos—. La aguda se caracteriza por dos tipos dominantes, el linfoide y el mieloide. Entre los niños, la más común es la leucemia linfoide aguda, mientras que los adultos tienden a tener leucemia mieloide aguda. La mieloide, que es la que nos preocupa, incluye varios subtipos. Está la promielocítica, la mielomonocítica, la monocítica, la eritrocítica, la megacariocítica y la mieloblástica. Margarida tiene la mieloblástica, que es relativamente común entre los niños con trisomía 21 y que implica el crecimiento descontrolado de los mieloblastos, células inmaduras que anteceden a los glóbulos blancos. —Consultó la hoja con los resultados del mielograma—. Fíjese, Margarida tiene doscientos cincuenta mil mieloblastos por milímetro cúbico, cuando sólo debería tener un máximo de diez mil.

—Usted dice que esta leucemia es peligrosa. ¿Muy peligrosa?

—Puede provocar la muerte.

—¿En cuánto tiempo?

—Unos días.

Los padres miraron fijamente a la médica; escucharon y no querían creerlo.

—¿Unos días?

—Sí.

Constança se llevó la mano a la boca, con los ojos ya húmedos.

—Pero ¿no hay nada que podamos hacer? —preguntó Tomás aterrorizado.

—Claro que sí. Vamos a comenzar de inmediato la quimioterapia para intentar estabilizar la situación.

Tomás y Constança tuvieron una sensación de esperanza recorriéndoles el cuerpo.

—¿Y..., y eso la curará?

—Con un poco de suerte...

—¿Qué quiere decir con eso?

—Mi deber es ser clara con respecto a la situación de su hija. No puedo, por ello, ocultarles el hecho de que existe un elevado índice de mortalidad en estos casos.

Los padres se miraron; la pesadilla era mucho más tenebrosa de lo que habían previsto. Ambos tenían plena conciencia de que su hija, con los problemas cardiacos que la afectaban desde su nacimiento, vivía al borde del abismo, pero no estaban, de modo alguno, preparados para la posibilidad de perderla de un modo tan repentino, para colmo a causa de una enfermedad que no poseía ninguna relación con las dificultades a que se habían habituado. Todo les parecía ahora arbitrario e injusto, la vida de su hija entregada a un cruel capricho del azar, como si el destino fuese una partida de dados, prepotente y aleatoria. La posibilidad de muerte se había vuelto surrealistamente real, palpable, amenazadora.

—¿El índice de mortalidad es muy elevado, doctora? —murmuró Tomás, horrorizado por la pregunta y temiendo la respuesta, temiéndola como nunca había temido las palabras de alguien.

—El índice global de supervivencia a una leucemia mieloblástica aguda anda, aproximadamente, entre el treinta y cinco y el sesenta por ciento. —La doctora suspiró de nuevo, deprimida por las malas noticias que se veía obligada a dar—. Tienen que ser fuertes y estar preparados para lo peor. Es necesario que sepan que sólo una de cada dos personas sobrevive a una leucemia de este tipo.

Constança y Tomás se quedaron asolados por la información, la situación de su hija era mucho más grave de lo que alguna vez habían imaginado. Delante de Margarida, no obstante, mantuvieron una actitud positiva, intentando estimularla a enfrentar el tratamiento violento a la que la niña fue sometida de inmediato.

Los médicos le aplicaron una agresiva poliquimioterapia,

asociando varios medicamentos a una acción de control de las complicaciones infecciosas y hemorrágicas. Se le efectuó una punción lumbar para aspirar el líquido destinado a un examen citológico e inyectar de medicinas directamente en la médula espinal. La idea era destruir por completo las células cancerígenas, en un intento de obligar a la médula ósea a producir nuevamente células normales. También le implantaron un catéter venoso central en una vena profunda, con el fin de evitar el recurso a nuevas y dolorosas punciones lumbares para la aplicación de medicamentos, además de hacerle varias transfusiones de sangre.

Al cabo de algún tiempo, Margarida perdió todo el pelo y pareció consumirse. Sin embargo, la poliquimioterapia comenzó a dar resultados. A medida que se efectuaban los exámenes de control, se comprobó que el número de mieloblastos estaba sufriendo una considerable reducción. Cuando quedó claro que la situación se estabilizaría en breve, la doctora Tulipa volvió a reunirse con Constança y Tomás.

—Preveo que Margarida entrará en remisión la próxima semana —anunció.

Los padres la miraron, desconfiados, temiendo que aquella nueva palabra fuese signo de una nueva catástrofe.

—¿Qué quiere decir con eso, doctora?

—Que el número de mieloblastos será el normal —explicó—. Pero, según mi análisis, la situación seguirá siendo inestable y la remisión será temporal. Por ello, sólo veo una manera de salvar a la niña.

—¿Cuál?

—Con un trasplante de médula ósea.

—¿Y es posible hacerlo?

—Sí.

—¿En Portugal?

—Sí.

Constança y Tomás se miraron, como si buscasen mutuo consentimiento, y volvieron a dirigirse a la médica.

—¿Entonces qué estamos esperando? Vamos a por ello.

Tulipa se quitó las gafas y se frotó los ojos con la punta de los dedos. Se sentía cansada.

—Tenemos un problema.

Se hizo silencio.

—¿Qué problema, doctora? —susurró, por fin, Tomás.

—Nuestras unidades de trasplante están congestionadas de tanto trabajo. Sólo dentro de un mes será posible operar a Margarida.

—¿Entonces?

—No sé si ella resistirá un mes. Mis colegas creen que sí, pero yo tengo mis dudas.

—Cree que Margarida no puede esperar un mes, ¿no?

—Poder, puede. Pero es arriesgado. —Se puso las gafas y miró a Tomás—. ¿Usted quiere arriesgar aún más la vida de su hija?

—No. De ninguna manera.

—Entonces sólo hay una opción. Margarida tiene que ser operada en el extranjero.

—Hagámoslo, doctora.

—Pero es una operación cara.

—Siempre he oído decir que el Estado pagaba.

—Sí, es verdad. Pero no en este caso. Habiendo posibilidades de hacer la operación en Portugal, y no estando comprobada la urgencia, el Estado entiende que no está obligado a pagar operaciones en el extranjero.

—Pero ¿no está comprobada la urgencia de esta operación?

—En mi opinión, sí que lo está. Pero no en la opinión de mis colegas. Lamentablemente, ésa es la opinión que prevalece para el Estado, de modo que no se pagará nada.

—Voy a hablar con ellos.

—Puede hablar todo lo que quiera, pero va a perder un tiempo precioso. Entre intercambio de recursos y requerimientos, el tiempo se va agotando. Y el tiempo es un lujo del que su hija en este momento no puede disfrutar.

—Pagamos nosotros, pues.

—Es caro.

—¿Cuánto?

—He hecho una prospección y he encontrado un hospital

pediátrico de Londres que está dispuesto a operar a Margarida la próxima semana. Les he enviado las referencias genéticas del cromosoma seis de Margarita y ellos han hecho exámenes de histocompatibilidad que les permitirán detectar un donante compatible. En cuanto la niña entre en remisión, lo que preveo que sucederá la semana próxima, estará en condiciones de ser trasladada a Londres y operada de inmediato.

—Pero ¿cuánto cuesta eso? —insistió Tomás.

—Los costes de trasplante, más la estancia en el hospital, los viajes y los hoteles para los padres, todo eso debe de rondar los cincuenta mil dólares.

—¿Cuánto?

—Diez millones de escudos.

Tomás bajó la cabeza abatido, impotente.

—No tenemos ese dinero.

La médica se recostó en la silla y pareció desinflarse.

—Entonces sólo nos queda rezar —concluyó—. Rezar para que mis colegas tengan razón y Margarida aguante un mes.

494

El azul turquesa de la piscina relucía al sol, sereno e incitante, templando el verdor que rodeaba la terraza del Pabellón, el restaurante al aire libre del hotel da Lapa. El cielo se abría rebosante de luz, esplendoroso y acogedor, con aquel añil profundo característico de la primavera; el día había nacido tan radiante que Nelson Moliarti eligió la terraza para el encuentro urgente solicitado por Tomás. El historiador cruzó el jardín y se encontró con el estadounidense vestido con unos pantalones beis impecablemente planchados y un polo amarillo, la piel bronceada por el sol, sentado en una mesa, bajo una sombrilla blanca, saboreando un zumo de naranja natural.

—Usted no tiene buen aspecto, no —comentó Moliarti, observando la palidez de su rostro y las ojeras que marcaban los ojos—. ¿Está enfermo?

—Es mi hija —explicó Tomás. Se sentó al lado del estadounidense y miró el infinito—. Tiene un problema muy serio.

—Ah —exclamó Moliarti, bajando los ojos—. Lo lamento mucho. ¿Es realmente grave?

—Sí, es grave.

Un camarero se acercó a la mesa con un bloc en la mano.

—¿Desea algo, caballero?

—¿Tiene té verde?

—Claro que sí. ¿Cuál desea?

—No lo sé. Cualquiera.

—Si le parece bien, le traeré un Ding Gu Da Fang chino. Es un té claro y vaporizado.

—Vale.

El camarero se alejó y los dos hombres se quedaron solos en la mesa, bajo la sombrilla. Ninguno de ellos quería retomar la conversación, por lo que siguieron un largo rato observando a una chica delgada, de pelo negro y piel trigueña, piernas largas y grandes gafas de sol en su rostro fino, que pasaba en bikini rojo por el borde de la piscina con una toalla al hombro; lanzó la toalla sobre una tumbona, se quitó las gafas y se echó lánguidamente a lo largo, vuelta hacia el sol, boca arriba, entregada al placer ocioso de quien vive sin preocupaciones.

—Necesito dinero —dijo finalmente Tomás, rompiendo el silencio.

Moliarti bebió un trago de zumo.

—¿Cuánto?

—Mucho.

—¿Cuándo?

—Ahora. Mi hija tiene un problema muy, pero que muy grave. Tienen que operarla de urgencia en el extranjero. Necesito pasta.

Moliarti suspiró.

—Como sabe, tenemos que pagarle medio millón de dólares. Pero hay una condición.

—Lo sé.

—¿Está dispuesto a firmar el contrato de confidencialidad?

Tomás clavó la vista en Moliarti, furioso y resignado.

—¿Qué alternativas tengo? ¿Eh? ¿Qué alternativas?

El estadounidense se encogió de hombros.

—Usted sabrá.

—Entonces muéstreme ese maldito contrato y acabemos con esta fantochada.

Moliarti se inclinó en la silla y cogió una pequeña cartera apoyada en el suelo. La puso sobre la mesa, la abrió y sacó de allí un documento jurídico.

—Cuando me llamó, supuse que querría firmar —observó el estadounidense—. Aquí está el contrato.

—Léamelo.

El texto estaba redactado en inglés y Moliarti lo leyó de cabo a rabo en voz alta. Era un contrato entre el profesor Tomás Noronha y la American History Foundation, en el que ésta se comprometía a pagar quinientos mil dólares al historiador a cambio de la promesa de sigilo en cuanto a las investigaciones que el académico había llevado a cabo al servicio de la institución. El documento era tan detallado que hasta mencionaba las diversas formas de publicación. Quedaba prohibida la difusión de los descubrimientos en artículos, ensayos, entrevistas y hasta ruedas de prensa, y jamás podría ser revelado el nombre de los participantes en el proceso. El contrato preveía también una cláusula de penalización en caso de violación de lo estipulado por un valor que doblaba el que la fundación pagaba por el sigilo. O sea, que la fundación entregaba medio millón de dólares a Tomás como premio por sus servicios. Si el historiador, sin embargo, revelaba las conclusiones de la investigación por los medios que el contrato prohibía, tendría que devolver ese importe y pagar el mismo valor como penalización. Sería, en total, un millón de dólares. Era un documento blindado.

—¿Dónde firmo?

—Aquí —indicó Moliarti señalando los espacios en blanco.

El estadounidense le dejó un bolígrafo y Tomás firmó en dos copias, una para la fundación y otra para él. Devolvió el bolígrafo y guardó su copia en la cartera.

—Falta el cheque.

Moliarti sacó un talonario de su cartera y comenzó a rellenarlo.

—Medio millón de dólares, ¿eh? Se va a volver rico —dijo Moliarti con una sonrisa—. Va a poder tratar a su hija y reconquistar a su mujer.

Tomás se quedó mirándolo con expresión interrogativa.

—¿Mi mujer?

—Sí, va a poder reconquistarla, ¿no? Con toda esa pasta…

—¿Cómo sabe usted que estoy separado de mi mujer?

Moliarti dejó de escribir, su mano quedó suspendida sosteniendo el bolígrafo y lo miró, cohibido.

—Bueno…, usted me lo ha contado.

—No se lo he contado, no. —Su tono de voz se volvió más
agresivo—. ¿Cómo lo supo?

—Pues… deben de habérmelo contado…

—¿Quién? ¿Quién se lo ha contado?

—No…, no lo recuerdo. Vaya, hombre, no tiene por qué
enfadarse…

—No me venga con gilipolleces, Nelson. ¿Cómo ha sabido
que estoy separado de mi mujer?

—Pues… lo he oído por ahí.

—Usted está mintiendo, Nelson. Pero no me voy de aquí
mientras no me lo explique todo muy bien. ¿Cómo supo que
estoy separado de mi mujer?

—Ah, no lo sé. No importa, ¿no?

—Nelson, ¿ustedes están espiándome?

—¡Vaya, hombre! ¡Espiar es una palabra demasiado fuerte!
Digamos que nos hemos mantenido informados.

—¿Cómo?

—No interesa.

—¿Cómo? —dijo Tomás casi gritando.

Las personas próximas, ante la agresividad de la discusión,
se dieron la vuelta para ver qué pasaba. Moliarti se dio cuenta
y le hizo un gesto a Tomás para que se calmase.

—Tom, no se irrite.

—¡No me irrito, caramba! No me iré de aquí sin saberlo.

El estadounidense suspiró. Tomás estaba al borde del des-
control y no veía modo de calmarlo. Sólo había una salida.

—*Okay, okay.* Se lo contaré todo, pero usted tiene que pro-
meterme algo, ¿vale?

—¿Prometerle qué?

—Que no se va a enfadar cuando le cuente la verdad.
Okay?

—Depende.

497

—Depende, no. Se lo contaré con la condición de que no se enfade. Si se enfada, no se lo contaré. ¿Está claro?

—Muy bien.

—¿No se va a enfadar?

—No.

—¿No va después a soltarse de la lengua y decirle a todo el mundo que fui yo quien se lo contó?

—No.

—¿Me lo promete?

—Sí. Hable de una vez.

Moliarti volvió a respirar hondo. Bebió un trago más de zumo de naranja, justo en el momento en que el camarero reapareció con el té verde. Colocó la tetera en la mesa y una taza de porcelana, echando en ella el líquido claro y humeante.

—Té Ding Gu Da Fang —anunció, antes de desaparecer.

Tomás bebió un sorbo caliente. La tisana tenía un sabor ligeramente picante y afrutado, muy agradable.

—Esta operación era muy importante para nosotros —comenzó a explicar Moliarti—. La investigación del profesor Toscano, inicialmente dirigida al descubrimiento de Brasil anterior a Cabral, tropezó por casualidad con un documento desconocido.

—¿Qué documento?

—Probablemente el que usted encontró.

—¿El *Códice 632*?

—Ése.

—¿El que ustedes adulteraron, el otro día, cuando asaltaron la Biblioteca Nacional?

—No sé de qué me está hablando.

—Claro que lo sabe. No se haga el angelito conmigo.

—¿Quiere escuchar la historia o no?

—Cuéntela ya.

—Pero no se enfade, ¿eh?

—Y bien…

—Bueno…, pues… entonces, a causa de ese hallazgo, que no llegó a revelarnos, el profesor se puso a investigar justamente aquello que la fundación jamás quiso que él investigase. El verdadero origen de Cristóbal Colón. Intentamos corregir el camino, encauzándolo hacia el tema de Brasil, pero él se obstinó y empezó a hacer todo en secreto. Cundió el pánico en la fundación. El tipo estaba fuera de control. Incluso consideramos la posibilidad de prescindir de él, pero eso no iba a impedir que continuase con la investigación: aquel descubrimiento era demasiado impactante. Y, además, estaba el problema del documento: no sabíamos cuál era ni en qué sitio se encontraba archivado. Cuando el profesor murió, en circunstancias extrañamente providenciales, en mi opinión, intentamos enterarnos de dónde se ocultaba la prueba que él había descubierto. Registramos los documentos que el profesor guardaba, pero sólo nos topamos con algunas cifras incomprensibles. Fue entonces cuando surgió la idea de contratarlo a usted. Necesitábamos a alguien que fuese a la vez portugués, historiador y criptoanalista, con el fin de penetrar mejor en la mente del profesor y desvelar el secreto, y usted era el único que reunía esas tres condiciones. Pero, como le he dicho, ésta era una operación muy importante para nosotros. Al reconstruir toda la investigación, se hizo evidente que usted también llegaría a la conclusión de que Colón no era genovés y no podíamos correr el riesgo de que se repitiera lo que había ocurrido con el profesor Toscano. Fue entonces cuando John tuvo una idea. Él tenía amigos de las empresas petrolíferas estadounidenses que operan en Angola y les preguntó si conocían a alguna prostituta de lujo que hablase bien portugués. Le presentaron a una muchacha despampanante y John la contrató en el acto.

Tomás abrió la boca, estupefacto. No quería creer en lo que estaba escuchando.

—Lena.

—Su verdadero nombre es Emma.

—¡Hijos de puta!

—Usted prometió que no se enfadaría. —Hizo una pausa, mirando a su indignado interlocutor—. ¿Se va a enfadar?

Tomás hizo un esfuerzo para controlar la furia. Respiró hondo e intentó relajarse.

—No. Continúe.

—Tiene que comprender que, para la fundación, era muy importante que las cosas no se desbaratasen otra vez. Realmente muy importante. Para ello era fundamental que tuviésemos *inside information*. ¿Entiende? Usted me hacía los informes regularmente, pero ¿qué garantías teníamos de que nos estaba contando todo? —Dejó que esta pregunta se asentase—. Emma era nuestra garantía. Ella vivió varios años en Angola, donde se relacionaba con los *big shots* extranjeros de la industria petrolífera, personas con mucha pasta que se pasaban la vida en Luanda y Cabinda. Era una *hooker* de lujo, cosa fina, rechazaba clientes que no le gustaban, fueran quienes fuesen. Emma usaba Rebecca como nombre artístico y fingía ser estadounidense, pero, en realidad, nació en Suecia. Era una ninfómana y, por ello, hacía de *hooker* por placer, no por necesidad. Le mostramos una fotografía suya, le gustó y aceptó el negocio. Estuvo una semana estudiando la asignatura para convertirse en una estudiante creíble y se fue a Lisboa antes incluso de que nosotros lo contactásemos. Ligó con usted y se dedicó a seguir la investigación, de cuyo progreso me hacía informes semanales.

—Pero yo acabé con ella.

—Sí, eso fue un gran problema —observó Moliarti balanceando afirmativamente la cabeza—. ¡Vaya por Dios! ¡Hay que tener *big balls* para separarse de una guapetona como ella! Usted me produjo admiración, ¿entiende? Hay millones de hombres babeándose por una muñeca así, una verdadera *bombshell*, y usted la despidió sin pensarlo dos veces. —Se llevó dos dedos a la frente—. ¡Tiene mérito! —Hizo un gesto amplio con las manos—. Y nos trajo un dolor de cabeza tremendo, dado que perdíamos así nuestra fuente más fiable de información. Fue entonces cuando a John se le ocurrió la idea de que se presentase ante su mujer. Podía ser que, si su mujer rompía la relación, usted llamara a Emma de nuevo. No le gustó la idea y se opuso, pero las cosas son como son, ¿no? John le explicó ciertas realidades y ella aceptó contarle todo a su mujer. Como estaba previsto, su mujer cogió las cosas y desapareció y nosotros nos quedamos esperando a que usted aceptase a Emma de vuelta. Le dimos la orden de que fuese a clase, pero, por lo visto, usted no se volvió atrás.

—¿Dónde está ella ahora?

—Le dijimos que se fuera, no sé por dónde anda ahora. Ni interesa.

Tomás respiró hondo, agobiado y asqueado de toda aquella historia.

—Qué juego más sucio, ¿eh? Realmente qué bajeza...

Moliarti agachó la cabeza y siguió rellenando el cheque.

—Sí —admitió—. No ha sido nuestro momento mejor, no. Pero ¿qué quiere? Es la vida.

Terminó de rellenar el cheque y se lo entregó a Tomás. Trazados con tinta azul, se veían los guarismos correspondientes. Medio millón de dólares.

El precio del silencio.

XVIII

$\mathcal{L}$a fachada neoclásica del Museo Británico desfiló a la izquierda, imponente, majestuosa, como si aquél fuese el más imperial de todos los museos. El espacioso taxi negro recorrió la estrecha y acogedora Great Russell Street y dobló la esquina en Montague, acercándose a su destino. Margarida, con la cara apoyada en la ventanilla y la nariz aplastada contra el cristal, formaba manchas empañadas; permanecía ajena a la enorme gorra azul que le cubría la cabeza y ocultaba su calvicie, era como si hubiese optado por ignorar lo que le estaba ocurriendo y prefiriera más bien el grandioso espectáculo del mundo; miraba con interés aquellas calles extrañas, que le parecían de un exotismo, frío y blanco, pero sentía que había algo de hospitalario en aquella ciudad, con sus espacios ordenados, la traza elegante de los edificios, los árboles bien cuidados con alfombras de hojas por el suelo, las personas de aspecto altivo que cruzaban las aceras envueltas en gabardinas color crema y que enarbolaban sombríos paraguas.

Del cielo caían gotas minúsculas cuando Tomás abrió la puerta del taxi y contempló el enorme edificio de enfrente. El Russell Square NHS Hospital for Children era un vasto complejo con más de cien años, lleno de enfermerías distribuidas por las cuatro plantas de sus varias alas. Margarida salió por sus pies y Constança le dio la mano. Traspasaron la puerta de entrada y se dirigieron a la recepción, donde la empleada comprobó en el ordenador la reserva de registro de la niña. Tomás firmó el formulario titulado *Undertaking to Pay* y entregó un cheque para depósito por valor de cuarenta y cinco mil dólares, correspondiente a la previsión de costes del tratamiento.

—Si los gastos exceden esta previsión, tendrá que pagar luego la diferencia —advirtió la empleada con actitud muy profesional, como si trabajase en una agencia de seguros y todo aquello no fuese más que una simple transacción comercial—. ¿Está claro?

—Sí.

—Tres días después de acabado el tratamiento, recibirá una factura final que tendrá que saldar en el plazo de veintiocho días.

Comportándose ahora como una recepcionista de hotel, la inglesa le dio las direcciones, indicándoles la enfermería y la habitación donde se instalaría Margarida. Cogieron el ascensor y subieron a la segunda planta; salieron a un pequeño vestíbulo y vieron un cartel que apuntaba en tres direcciones; siguieron la que indicaba el Grail Ward, donde la niña sería ingresada. Tomás no pudo dejar de sonreír ante el nombre de la enfermería, que invocaba el Grial, el cáliz que recogió la sangre de Cristo y cuyo contenido daría vida eterna a quien lo bebiese; pensó que aquel nombre era perfecto para una unidad de enfermedades de la sangre dedicada a renovar la esperanza de vida. El Grail Ward era un pasillo tranquilo en el área de hematología con puertas que se abrían a ambos lados hacia habitaciones individuales. Se dirigieron a la enfermera de servicio y ella los guio hasta su destino. La habitación de Margarida tenía dos camas, una para la paciente y otra para su madre, separadas por una mesita con una lámpara y un búcaro de flores que mostraba abundantes pétalos púrpura sumergidos en el agua.

—¿Qué es esto, mamá? —preguntó Margarida señalando las flores.

—Son violetas.

—Cuéntame la histo'ia —pidió la pequeña, acomodándose en la cama con actitud expectante.

Tomás dejó las maletas y Constança se sentó al lado de su hija.

—Había una vez una hermosa niña llamada Ío. Era tan guapa que el gran dios de los griegos, Zeus, se enamoró de ella. Pero a la mujer de Zeus, que se llamaba Hera, no le gustó nada este romance y, dominada por los celos, le preguntó a Zeus por

503

qué razón estaba prestando tanta atención a aquella muchacha. Zeus dijo que todo era mentira y, para disimular, transformó a la hermosa Ío en una becerra y le cedió un campo de deliciosas violetas color púrpura para pastar. Pero Hera no dejó de desconfiar y envió un animal para que la atormentase. Desesperada, Ío se arrojó al mar, hoy conocido como mar Jónico, en homenaje a Ío. Hera convenció a Ío para que no volviese a ver nunca más a Zeus y, a cambio, la transformó nuevamente en una muchacha.

—Ah —murmuró Margarida—. ¿Y las flo'es qué quie'en decí'?

—La palabra violeta viene de Ío. Estas flores representan el amor inocente.

—¿Po' qué?

—Porque Ío era inocente. Ella no tenía la culpa de gustarle a Zeus, ¿no te parece?

—Hmm, hmm —confirmó la niña meneando la cabeza.

504

La enfermera, que había salido en busca de un formulario, regresó a la habitación para rellenar el cuestionario preliminar. Era una señora de mediana edad, con el cabello peinado hacia atrás y vestida con una bata blanca y azul claro. Su nombre era Margaret, pero pidió que la llamasen Maggy. La enfermera se acercó a la cabecera de la cama de Margarida e hizo preguntas sobre sus hábitos rutinarios, sobre lo que le gustaba comer y sobre su historia clínica; mandó a la niña que subiese a una balanza, registró el peso y midió su altura junto a la pared; le tomó también la temperatura, el pulso y el ritmo respiratorio, además de comprobar su tensión. La llevó después al cuarto de baño y no paró hasta que no le extrajo muestras de orina y heces, así como de su corrimiento nasal y su saliva, que llevó de inmediato al laboratorio para que las analizasen.

La pareja se quedó ordenando las cosas. Margarida había llevado poca ropa; sólo tres blusas, un par de pantalones, un suéter, una falda y dos pijamas, además de la ropa interior. Colocaron en el cuarto de baño los elementos necesarios para la higiene. Su muñeca favorita, una pelirroja que lloraba cuando se la inclinaba, ocupó un espacio en la cama. También distribuyeron la ropa de Constança en los cajones; al fin y al cabo, ella dormiría dos noches en la cama de al lado, hasta el día de la operación.

Un hombre con una bata blanca, con la coronilla calva y una barriga que denunciaba su afición a la cerveza, entró en la habitación.

—*Hello!* —saludó tendiendo la mano—. Soy el doctor Stephen Penrose y me encargaré de operar a su hija.

Se saludaron y el médico efectuó de inmediato un nuevo examen a Margarida. Hizo más preguntas sobre su historia clínica y llamó a la enfermera para pedirle que le hiciese a la niña un mielograma; quería confirmar todos los datos que le habían enviado desde Lisboa. Maggy llevó a Margarida de la mano y Constança se preparó para acompañarlas, pero el médico hizo una seña con la mano, pidiéndole que se quedase en la habitación.

—Pienso que éste es el momento adecuado para aclarar todas las dudas que aún puedan tener —explicó—. Supongo que conocen los detalles de la operación…

—No muy bien —admitió Tomás.

El médico se sentó en la cama de Margarida.

—Lo que vamos a hacer es sustituir la médula ósea enferma, eliminando todas las células que contiene e inyectándole células normales, de tal modo que se llegue a formar una nueva médula. Éste es un trasplante alogénico, dado que las células normales provienen de un donante cuya compatibilidad está comprobada.

—¿Quién es él?

—Es un *chap* cualquiera que va a ganar algún dinero para que le aspiremos el diez por ciento de la médula. —El médico sonrió—. No tiene consecuencias para su salud y tendrá disponibles unas libras más para gastar en el *pub*.

—¿Y ese diez por ciento de médula está destinado a nuestra hija?

—Sí. La médula de su hija será totalmente destruida y recibirá la nueva médula como quien recibe una simple transfusión sanguínea. La nueva médula está llena de unas células que llamamos progenitoras y que, una vez que han entrado en

505

la circulación sanguínea, se alojan en los huesos y desarrollan una nueva médula.

—¿Es tan sencillo como parece?

—El procedimiento es sencillo, pero todo el proceso es tremendamente complicado y hay grandes riesgos. Ocurre que el proceso de desarrollo de la nueva médula lleva unas dos semanas, como mínimo, y éste es el periodo crítico. —Cambió el tono de voz, como quien quiere subrayar la importancia de lo que va a decir—. Durante estas dos semanas, la médula de Margarida no va a desarrollar glóbulos blancos, glóbulos rojos ni plaquetas en la cantidad adecuada. Eso significa que está muy sujeta a hemorragias e infecciones. Si las bacterias la atacan, su cuerpo no producirá glóbulos blancos suficientes para neutralizar ese ataque. —Alzó las cejas, acentuando este aspecto—. ¿Lo han entendido? Va a quedar muy vulnerable.

Tomás se frotó la frente, digiriendo lo que acababa de escuchar.

—Pero ¿cómo se logra impedir que una bacteria entre en su cuerpo?

—Instalando a la niña en aislamiento en una habitación esterilizada. Es lo único que podemos hacer.

—¿Y si, aun así, ella coge una infección?

—No tendrá defensas.

—¿Qué significa eso?

—Significa que no podrá sobrevivir.

Tomás y Constança sintieron que se abatía un peso sobre sus hombros. Venían advertidos desde Lisboa acerca de los riesgos de la operación, aunque tuviesen conciencia de que no hacer el trasplante constituía una opción aún más arriesgada. Pero eso no los consolaba; por más que la razón les indicase que aquél era el camino acertado, el corazón dudaba, prefería posponerlo todo, olvidar el problema, fingir que no existía, arrojarlo a un rincón perdido de la existencia.

—Pero hay una buena noticia —añadió el médico, intuyendo la necesidad de introducir una nota positiva, de esperanza—. La buena noticia es que, pasadas esas dos semanas críticas, la nueva médula comenzará a producir células normales y en gran cantidad, de modo que Margarida quedará probablemente curada de la leucemia. Claro que después será necesario un trabajo de acompañamiento y vigilancia, pero para ello todavía hay tiempo.

La perspectiva de la cura reanimó a los padres, que se sentían sumergidos en una montaña rusa de emociones, ora muy abajo, ora más arriba, con la esperanza sustituida por la desesperanza y después por la esperanza, en una sucesión infernal, casi todo en el mismo aliento, forzados a vivir con los dos sentimientos contradictorios a la vez.

Esperanza y desesperanza.

A las siete y media de la mañana del tercer día, Maggy entró en la habitación de Margarida y le dio un tranquilizante. Constança y Tomás habían pasado la noche sin pegar ojo, sentados en la cama contigua contemplando el sueño sereno de su hija. Quien dormía así no podía morir, sintieron, esperando contra la esperanza.

La llegada de la enfermera los devolvió a la realidad; Constança miró a Maggy y pensó, casi sin querer, por asociación de ideas, en un condenado a muerte a quien los guardias vienen a buscar para el fusilamiento. Casi tuvo que pellizcarse para imponerse a sí misma la idea de que la enfermera no venía en busca de su hija para matarla, sino más bien para salvarla. «Es para salvarla», se repitió Constança a sí misma, buscando consuelo en ese pensamiento redentor.

Es para salvarla.

Acostaron a Margarida en una camilla y la llevaron por los pasillos del Grail Ward hasta la sala de operaciones. La pequeña iba consciente, pero soñolienta.

—¿Voy a soñá', mamá? —murmuró adormilada.

—Sí, hija. Sueños color de rosa.

—Coló' de 'osa —repitió, casi canturreando.

Encontraron al doctor Penrose en la puerta de la sala. Tuvieron dificultad en reconocerlo porque llevaba una máscara en la cara y la cabeza cubierta.

—No se preocupen —dijo Penrose con la voz ahogada por la máscara—. Todo saldrá bien.

Se abrieron las dos hojas de la puerta y la camilla se perdió en el interior de la sala, empujada por Maggy y con Penrose al lado. La puerta se cerró y la pareja se quedó un largo rato mirándola, como si les hubiesen robado a Margarida. Tomás y Constança volvieron después a la habitación y se entretuvieron haciendo las maletas, ya que la niña ya no volvería allí después de la operación. Se esforzaron por hacerlo lentamente, para prolongar la distracción; sin embargo, el tiempo era más lento era y pronto se vieron sentados en la cama, con las maletas preparadas, sin nada que hacer, ansiosos y angustiados, con la mente deambulando por la sala de operaciones, imaginando el trasplante que se concretaba en ese momento.

La tortura acabó dos horas después. Penrose apareció frente a ellos ya sin máscara, con una sonrisa confiada que de inmediato los alivió.

—Todo ha ido bien —anunció—. Se ha completado el trasplante y todo se ha desarrollado como estaba previsto, sin complicaciones.

La montaña rusa de las emociones volvía a moverse: donde un minuto antes reinaba la angustia, imperaba ahora la alegría.

—¿Dónde está mi hija? —quiso saber Constança, después de reprimir una voluntad casi irresistible de besar al médico.

—La han trasladado a una habitación de aislamiento en el otro extremo de la misma ala.

—¿Podemos ir a verla?

Penrose hizo un gesto con las manos, pidiendo calma.

—Por el momento, no. Está dormida y es mejor dejarla tranquila.

—Pero ¿vamos a poder verla esta semana?

El médico se rio.

—Van a poder verla esta tarde, quédense tranquilos. Si yo estuviese en su lugar, saldría a dar una vuelta, almorzaría en algún sitio y volvería a las tres de la tarde. A esa hora ya habrá despertado y podrán visitarla.

Salieron del hospital invadidos por una agradable sensación de esperanza, como si estuvieran suspendidos en el aire, transportados por una suave brisa primaveral. «Todo ha ido bien», había dicho el médico. Todo ha ido bien. Qué palabras tan maravillosas, tan benignas, tan alentadoras. Nunca imaginaron que una simple frase tuviese tanto poder, era como si aquellas cuatro palabras fuesen mágicas, capaces por sí solas de alterar la realidad, de imponer un final feliz.

Todo ha ido bien.

Deambularon por las calles casi a saltos, riéndose de cualquier cosa, los colores brillaban con más fuerza, el aire les parecía más puro. Entraron por la Southampton Row hasta Holborn y giraron a la derecha, por donde cogieron New Oxford Street. Atravesaron el gran cruce con Tottenham Court Road y Charing Cross y se sumergieron en la agitada confusión de Oxford Street; se distrajeron mirando los escaparates y observando el flujo incesante de la multitud que llenaba la acera. Sintieron hambre a la altura de Wardour Street, doblaron hacia el Soho y fueron a comer un *teriyaki* en un restaurante japonés que atraía con unos precios razonables. Hicieron la digestión recorriendo el Soho hasta Leicester Square, donde giraron en dirección al Covent Garden hasta coger la Kingsway más adelante y volver hacia Souphampton Row y Russell Square: eran ya casi las tres de la tarde.

La enfermera Maggy les anunció que los llevaría a la habitación donde se encontraba Margarida. Tomás se mostraba preocupado por la posibilidad de llevar microbios al lugar, pero la inglesa sonrió. Pidió a la pareja que se lavase las manos y la cara y les entregó batas, guantes y máscaras, que tuvieron que ponerse antes de iniciar la visita.

—Deben mantener cierta distancia con la niña —les aconsejó Maggy mientras caminaba delante, mostrando el camino.

—Pero, cuando la puerta se abra, ¿no hay riesgo de que entren bacterias? —preguntó Constança, afligida por la posibilidad de que la visita representase un peligro para su hija.

—No hay problema. El aire de la habitación está esterilizado y se mantiene a una presión atmosférica superior a la normal, de tal modo que, cuando se abren las puertas, el aire exterior no llega a entrar.

—¿Y cómo come ella?

—Con la boca, claro.

—Pero… ¿no hay peligro de infecciones en la comida?

—La comida también está esterilizada.

Llegaron al área de aislamiento del postoperatorio de la unidad de hematología y Maggy abrió la puerta de una habitación.

—Es aquí —anunció.

El aire era fresco y tenía un olor aséptico. Tumbada en la cama, apoyada en un almohadón, Margarida parloteaba con su muñeca pelirroja. Miró hacia la entrada y sonrió al ver a sus padres.

—Hola, papis —saludó.

La enfermera hizo una seña para que mantuviesen distancia y la pareja se quedó al pie de la cama.

—¿Cómo estás, hija? ¿Estás bien? —preguntó Constança.

—No.

—¿Qué pasa? ¿Te duele algo?

—No.

—¿Entonces?

—Tengo hamb'e.

Constança y Tomás se rieron.

—Tienes hambre, ¿eh? ¿Aún no has almorzado?

—Sí, he almo'zado.

—Y te has quedado con hambre.

—Sí. Me die'on pollo con maca'ones.

—¿Estaba bueno?

—Ho'ible.

—¿No lo comiste todo?

—Me lo zampé todo. Pe'o que'o más, tengo hamb'e.

—Papá va a hablar con el médico para que te traigan más comida —intervino Tomás—. Pero es que tú también eres toda una comilona, ¿eh? Si trajéramos un camión lleno de comida, seguro que te lo comerías todo… y después te quejarías diciendo que tienes hambre.

La niña acomodó la muñeca en la mesita de la cabecera y estiró los brazos en dirección a sus padres.

—Dadme unos besos, bonitos.

—Me gustaría, hija, pero el médico dice que no puedo —explicó la madre.

—¿Po' qué?

—Porque en mi cuerpo hay unos bichitos y, si te diera un beso, te los pasaría a ti.

—¿Ah, sí? —se sorprendió Margarida—. ¿En tu cue'po hay unos bichitos?

—Sí.

—¡Huy! —exclamó la niña, esbozando una mueca de asco—. ¡Qué ho'ible!

Se quedaron en la habitación conversando con Margarida. Pero Maggy volvió una hora después y les pidió que saliesen. Fijaron una hora para las visitas diarias y se despidieron de su hija con muchos gestos y besos lanzados con la yema de los dedos.

Tomás sentía que su corazón se aceleraba cada vez que se acercaba la hora de la visita. Aparecía en el hospital media hora antes y se sentaba nervioso en el sofá de la sala de espera, con los ojos atentos a cualquier movimiento, conteniendo a duras penas la ansiedad que lo sofocaba. Ese permanente desasosiego, acompañado de un leve regusto amargo que no lograba definir, sólo se atenuaba cuando Constança traspasaba la puerta, generalmente diez minutos antes de la hora de la visita. La inquietud era entonces sustituida por una tensión latente, incómoda pero extrañamente deseada: aquél se había convertido en el momento cumbre del día, un motivo central para vivir. Siguió así la evolución de la convalecencia de su hija, siempre expansiva y de buen humor, a pesar de los sucesivos accesos de fiebre, que Penrose calificó de normales. Pero era incuestionable que no era sólo por Margarida por lo que aquél se había convertido en el mejor instante del día.

Estaba Constança.

Las conversaciones de la pareja en la sala de espera llegaban a ser, sin embargo, tensas, ásperas, llenas de silencios embarazosos y molestos sobrentendidos, alusiones sutiles, gestos ambiguos. Al tercer día, Tomás se sorprendió planeando por anti-

511

cipado los temas que debía abordar; mientras se duchaba o tomaba el desayuno, armaba una especie de guión, apuntando mentalmente los asuntos que encararía durante la espera para ir a ver a Margarida. Cuando Constança aparecía en la sala para la visita del día, devanaba aquella lista de temas como un alumno que hablara en una prueba oral; al agotarse un tema, saltaba al próximo y así sucesivamente; hablaban sobre películas, sobre libros que habían visto en la Charing Cross, sobre una exposición de pintura en la Tate, sobre las flores a la venta en el Covent Garden, sobre el estado de la enseñanza en Portugal, sobre el rumbo que estaba tomando el país, sobre poemas y sobre amigos, sobre historias de su pasado común. Dejó de haber silencios.

Al sexto día se armó de valor y decidió plantear la cuestión que más lo atormentaba.

—¿Y tu amigo? —preguntó, esforzándose por adoptar la actitud más desenvuelta posible.

Constança alzó los ojos y esbozó una sonrisa discreta. Hacía ya mucho tiempo que esperaba que la conversación tocase ese punto y era importante analizar el rostro de su marido cuando el tema se plantease. ¿Estaría nervioso? ¿El asunto lo perturbaba? ¿Tendría celos? Escrutó con discreción la expresión en apariencia impasible de Tomás, observó su mirada y el gesto de su cuerpo, reparó en la forma en que él había formulado la pregunta y sintió que su pecho hormigueaba de excitación. Satisfecha, pensó que estaba resentido: «Intenta disimularlo, pero se lo noto a la legua. Incluso el tema lo atormenta».

—¿Quién? ¿Carlos?

—Pues sí, ese tipo —dijo Tomás, recorriendo la sala con la mirada—. ¿Te va bien con él?

«Lo corroen los celos», confirmó ella, disimulando a duras penas una sonrisa.

—Lo de Carlos va. A mi madre le gusta mucho. Dice que está hecho para mí.

—Ah, muy bien —farfulló Tomás, sin poder reprimir su irritación—. Muy bien.

—¿Por qué? ¿Te interesa?

—Nada, nada. He preguntado por preguntar.

El silencio se instaló ese día en la salita de espera, pesado, ensordecedor. Se quedaron largo rato callados, mirando las paredes, jugando un juego de nervios, de paciencia, de amor propio herido, ninguno quería ser el primero en esbozar el gesto inicial, en demostrar su debilidad, en vencer el orgullo, en cauterizar las heridas abiertas, en coger los trozos sueltos y reparar lo que aún podía ser reparado.

Llegó la hora de la visita y fingieron no haber notado nada, se quedaron sentados en el sofá a la espera de que el otro cediese. Hasta que uno de ellos tomó conciencia de que alguien tendría que retroceder, alguien tendría que dar la primera señal, a fin de cuentas, Margarida los esperaba al otro lado del pasillo.

—La opinión de mi madre no es necesariamente la mía —murmuró por fin Constança, antes de levantarse para ir a ver a su hija.

Dedicaron la mañana del día siguiente a hacer compras. Tomás salió a la calle con un sentimiento de creciente confianza, estaba claro que las cosas se iban recomponiendo poco a poco. A pesar de las fiebres intermitentes, Margarida resistía a los efectos del trasplante; y Constança, aunque se mantenía orgullosamente distante, parecía dispuesta a una aproximación; sabía que tendría que actuar con tacto, es cierto, pero ahora estaba convencido de que, si jugase bien sus cartas, la reconciliación sería posible.

La recuperación de la hija se había convertido en su única preocupación. Para distraer la mente, decidió recorrer la pintoresca Charing Cross, yendo de librería en librería para consultar la sección de historia; estuvo en la Foyle's, la Waterstones y visitó las librerías de viejo en busca de textos antiguos sobre Oriente Medio, alimentando así el viejo proyecto de estudiar hebreo y arameo para abrir nuevos horizontes a su investigación.

Fue a comer unas gambas al curry en un restaurante indio al final de la calle, en la dirección de Leicester Square, y regresó por Covent Garden. También anduvo por el mercado y compró, en el puesto de una florista, un ramo verde de salvia; Constança le había dicho que esta flor debía su nombre al latín *salvare*, salvar, y significaba deseos de salud y larga vida, un voto apropiado para Margarida. Se quedó después observando a un payaso que hacía acrobacias en medio de una multitud ociosa, pero, impaciente por ver a su hija y a su mujer, acabó por coger Neal Street y después Coptic Street, en dirección al hospital. Desembocó frente al Museo Británico y, como aún faltaba hora y media para la visita, decidió echar un vistazo allí dentro.

Tras atravesar la entrada principal, en Great Russell Street, subió por la escalinata exterior; el museo estaba en obras en la parte de la antigua biblioteca, demolida para edificar un ala central de líneas modernas y audaces, pero Tomás, después de solicitar información, giró a la izquierda. Pasó por el salón de las esculturas asirias y entró en el pasillo del arte egipcio, una de las joyas del museo. Las momias, que estaban en la primera planta, despertaban una fascinación morbosa en los visitantes, pero Tomás buscaba otro tesoro. Deambulando entre los obeliscos y las extrañas estatuas de Isis y Amón, sólo se detuvo cuando vio la roca oscura y reluciente que mostraba tres series de misteriosos símbolos esculpidos en la superficie lisa: eran mensajes enviados por civilizaciones hace mucho tiempo desaparecidas y que habían viajado por el tiempo hasta llegar allí, transmitiendo a Tomás, en aquel lugar y en aquel instante, noticias de un mundo que ya no existía. La piedra de Rosetta.

Salió del museo cuando faltaban veinte minutos para la hora de la visita y, poco después, se presentó con el ramo de salvia frente a la enfermera de servicio en el área de servicio de hematología y pidió ver a Margarida. La inglesa aparentaba ser una muchacha joven, con un pelo rubio bonito pero una piel muy grasosa; en el pecho una tarjeta la identificaba como Candace Temple. La enfermera consultó el ordenador y, después de una vacilación, se levantó del lugar y fue hasta la puerta.

—Sígame, por favor —dijo entrando en el pasillo—. El doctor Penrose quiere hablar con usted.

Tomás siguió a la inglesa rumbo al despacho del médico. Candace era pequeña y caminaba a pasos cortos y rápidos, con un movimiento poco elegante. La enfermera se detuvo frente al despacho, golpeó la puerta y la abrió.

—*Doctor, mister Thomas Norona is here.*

Tomás sonrió al escuchar su nombre pronunciado así.

—*Come in* —dijo una voz desde dentro.

Candace se alejó y Tomás entró en el despacho, sonriente, aún pensando en el «Thomas Norona» pronunciado por la enfermera. Vio a Penrose levantarse detrás del escritorio, un bulto pesado, lento, con el rostro serio y los ojos cargados.

—¿Quería hablar conmigo, doctor?

El médico hizo un gesto señalando el sofá y se sentó al lado de Tomás. Mantuvo el cuerpo inclinado hacia delante, como si intentara levantarse en todo momento, y respiró hondo.

—Me temo que tengo malas noticias para usted.

La expresión sombría en el rostro del médico parecía decirlo todo. Tomás abrió la boca, horrorizado, se le aflojaron las piernas, su corazón latió desordenadamente.

—Mi hija… —balbució.

—Lamento decírselo, pero acaba de producirse el peor de los desenlaces, aquel que más temíamos —anunció Penrose—. La ha infectado una bacteria, una bacteria cualquiera; se encuentra en estado muy crítico.

Pegada al cristal que se abría a la habitación de Margarida, Constança tenía los ojos empañados, la nariz roja, una mano en la boca, ahogando sus sollozos. Tomás la abrazó y ambos se quedaron observando a su hija tumbada en la cama más allá de la ventana, con la cabeza brillante, calva, durmiendo un sueño agitado, luchando entre la vida y la muerte. Las enfermeras circulaban afanosas y Penrose apareció un poco más tarde para orientar el trabajo. Después de analizar a Margarida y dar nuevas instrucciones, fue al encuentro de la acongojada pareja.

—¿Se salvará, doctor? —lanzó Constança, presa de la ansiedad.

—Estamos haciendo lo que podemos —indicó el médico con expresión grave.

—Pero ¿se salvará, doctor?

Penrose suspiró.

—Estamos haciendo lo que podemos —repitió—. Pero la situación es muy grave, la nueva médula aún no ha madurado y ella no tiene defensas. Tienen que prepararse para lo peor.

Los padres de la niña no pudieron abandonar la ventana que les mostraba lo que ocurría en la habitación. Si Margarida tenía que morir, decidieron, no moriría sola, sus padres estarían lo más cerca posible de ella. Pasaron la tarde y toda la noche pegados al cristal; una enfermera les llevó dos sillas y allí se sentaron, junto a la ventana, con los ojos fijos en la niña agonizante.

Hacia las cuatro de la mañana, notaron un súbito tumulto en la habitación y se levantaron de la silla, ansiosos. La niña, que durante tanto tiempo se había agitado en medio de un sueño febril, se veía ahora inmovilizada, con el rostro ya sereno, y una enfermera se apresuró en llamar al médico de guardia. De este lado de la ventana, todo transcurría en silencio, como si Tomás y Constança estuviesen viendo una película muda, pero una de terror, tan conmovedora que ambos temblaban de miedo, sentían que había llegado el momento más terrible de sus vidas.

El médico apareció unos minutos más tarde, soñoliento, como si acabara de despertarse; era un hombre gordo, con una gran papada bajo el mentón y el nombre visible en el pecho: Hackett. Se inclinó sobre la paciente, palpó su temperatura, le midió el pulso, le levantó un párpado para observar el ojo, consultó el registro de una máquina y habló unos instantes con las enfermeras. Cuando se preparaba para salir, una de las enfermeras le señaló con un gesto la ventana donde se encontraban los padres, como si le dijese que tendría que comunicarles la noticia, y el médico, después de una fugaz vacilación, fue hacia ellos.

—Buenas noches, soy el doctor Hackett —se presentó, cohibido.

Tomás apretó a su mujer con más fuerza, preparándose mentalmente para lo peor.

—Lo siento mucho…

Tomás abrió la boca y la cerró, sin poder emitir un sonido, ni uno solo. Horrorizado, paralizado, incapaz de pronunciar una palabra, tan aturdido que no sentía aún el dolor que empañaba ya su mirada, se le aflojaron las piernas, el corazón latió desordenadamente, captó en ese instante la expresión de compasión que había en los ojos del médico y comprendió, al fin, que aquella expresión encerraba una noticia brutal, que la pesadilla que más temía se había hecho realidad, que la vida no era más que un frágil suspiro, un fugaz instante de luz en las eternas tinieblas del tiempo, que su pequeño mundo se había quedado insoportablemente pobre, que se había perdido para siempre aquella aureola pura y honesta que tanto le encantaba en el rostro ingenuo de Margarida. Y en aquel momento de perplejidad, en aquella suprema fracción de agonía entre el choque de la noticia y la explosión de sufrimiento, se asombró por no ver brotar dentro de sí un justo sublevarse contra la cruel traición del destino, sino más bien, y a duras penas, una terrible pena, una tremenda añoranza por su niña perdida, la nostalgia dolorosa y profunda de un padre que sabe que jamás ha habido una hija tan hermosa como la suya, que nunca un cardo así se pareció tanto a la más bonita flor del prado.

—Sueños color de rosa, querida.

XIX

No hay mayor dolor que el de alguien que ha perdido a un hijo. Tomás y Constança pasaron meses aturdidos por la muerte de Margarida, como si se hubiesen desinteresado por las cosas, como ajenos a la vida, abandonándose a una indiferencia enfermiza. Se cerraron sobre sí mismos y buscaron consuelo el uno en el otro, recuperando recuerdos comunes, compartiendo afectos salvados del olvido, y en ese proceso de mutuo confortamiento, protegidos por un capullo que sólo a ellos pertenecía, acabaron <aside>518</aside> acercándose. Casi sin darse cuenta, como si la infidelidad de Tomás se hubiese convertido ahora en un absurdo irrelevante, un lejano acontecimiento del que sólo quedaba un recuerdo difuso e insignificante, volvieron a vivir juntos.

Fueron difíciles los momentos que pasaron los dos en el pequeño apartamento. Cada rincón contenía un recuerdo, cada espacio una historia, cada objeto un instante. Pasaron muchas semanas rondando por el dormitorio de su hija, pasaban junto a la puerta sin atreverse a entrar en la habitación; se trataba de algo que se situaba más allá de sus fuerzas, se limitaban más bien a mirar aquella entrada y a temer lo que se encontraba más allá. Era como si allí se hubiese alzado una barrera infranqueable, el paso a un mundo perdido, un lugar mágico suspendido en el tiempo y cuyo encantamiento temían deshacer. La verdad es que no querían afrontar la realidad de la habitación desierta, ahora transformada en el símbolo de la hija desaparecida.

Cuando, finalmente, franquearon la puerta y se encontraron con las muñecas en la cama, los libros alineados en los estantes y las ropitas guardadas en los cajones, como si todo acabase de ser ordenado, se sintieron como viajeros en el tiempo, de vuelta a la montaña rusa de las emociones; en el aire aún se cernía algo indefinido, un aroma, una manera, un ambiente, algo intacto y dolorosamente cargado de la esencia juvenil de Margarida. Vencidos por la emoción, doblegados por el sufrimiento, huyeron deprisa de la habitación y volvieron a mantenerse alejados. Qué terrible era vivir de ese modo, en esa atmósfera plagada de nostalgia y ensombrecida por el penoso recuerdo de la niña. Sufrían cuando circulaban por la casa, sufrían cuando se alejaban de ella.

Al cabo de algunos meses, llegaron a la conclusión de que no podían seguir así. Los días se sucedían sin rumbo, la existencia se revelaba hueca, la vida parecía haber perdido todo sentido. Recobraron gradualmente la conciencia de que había que hacer algo, cambiar el rumbo de las cosas, detener la caída en el abismo. Un día, sentados en el sofá, en silencio, deprimidos hasta la locura, enfrentados con el callejón sin salida al que los habían llevado las circunstancias, tomaron una decisión. Iban a romper con el pasado. Pero para ello necesitaban un proyecto, una dirección, una luz que los orientase, y deprisa se dieron cuenta de que sólo había un camino, que el destino de la salvación pasaba por dos cosas.

Un nuevo hijo y una nueva casa.

Con el dinero entregado por la fundación, compraron una pequeña vivienda en Santo Amaro de Oeiras, cerca del mar, y se quedaron a la espera del niño que llegase para llenar el vacío de la casa. Lo más extraño es que descubrieron que ambos deseaban un hijo igual a Margarida, con los mismos defectos, incluso los genéticos, si fuese necesario, siempre que llegase con idénticas cualidades, aquella alegría y generosidad con que la niña discapacitada los había conquistado; querían un bebé como quien desea borrar un mal sueño, como si a través de él la hija perdida pudiese al fin regresar junto a los suyos.

La muerte de Margarida llevó a Tomás a reflexionar también sobre el sentido de su integridad profesional. Había vendido el honor a cambio de dinero para salvar a su hija, pero todo se dio después como si hubiese sido castigado por la vergonzosa concesión que se vio obligado a hacer, como si todo aquello no fuese más que una severa lección divina, una prueba de su seriedad, un simple desafío moral del que había salido desastrosamente derrotado. Esta conclusión lo condujo de nuevo a la investigación que había realizado para la fundación estadounidense. Inquieto, perturbado por la idea de que no había estado a la altura de sus deberes, estuvo cavilando largamente en el asunto. Se vio leyendo el contrato incontables veces, hacia delante y hacia atrás, estudiando cada cláusula con lupa, pesando las palabras, analizando las opciones, buscando resquicios, probando fragilidades. Llegó hasta a hablar con Daniel, un primo de Constança que se había licenciado en Derecho, para evaluar el documento con más rigor.

La verdad es que Tomás no lograba soportar ahora la decisión que se vio forzado a tomar cuando firmó el contrato de confidencialidad a cambio del medio millón de dólares que supuestamente salvaría a Margarida. Lo cierto es que no la salvó y nadie le podía quitar ahora de la cabeza la idea de que la muerte de su hija había sido un castigo por el miserable negocio en que se había metido. El problema se convirtió, poco a poco, en una obsesión. Se les negó la luz a los descubrimientos, es cierto, pero los sentía vivos, disconformes, sublevados, a punto de estallar en su pecho, a rasgarle los huesos, a despedazar su carne y a irrumpir en el mundo en una erupción incandescente. Sin embargo, por más que buscaba formas de lanzar la verdad silenciada, de liberar su grito reprimido, la última cláusula del contrato paralizaba sus movimientos. La ruptura del sigilo le costaría un millón de dólares, dinero del que no disponía.

Había dos verdades que se veía obligado a callar. Una era la verdad objetiva, la verdad ontológica, la verdad histórica en sí, la verdad más allá de la cual todo era falso. El hecho de que el hombre que descubrió América se llamaba Colonna, de que era un hidalgo portugués con sangre en parte judía y en parte italiana, y de que había desempeñado una misión secreta al servicio de don Juan II. Esa verdad permanecía en la sombra desde hacía cinco siglos y parecía condenada a seguir así. La segunda era la verdad moral, la verdad subjetiva, la verdad de quien sólo se siente bien con la verdad, la verdad más allá de la cual todo era mentira. Éste era el campo de la ética, de los principios que lo guiaban en la vida, de los valores que dan cuerpo a la honestidad, a la integridad, a la idea de que la verdad tiene que triunfar, cueste lo que cueste, que hay una relación intrínseca entre la verdad, la honestidad y la integridad. Amordazar esta verdad moral era lo que más le dolía; sentía la mentira como una puñalada asestada a todo lo que había creído; sufría el desmoronarse de la ética en torno a la cual había estructurado su vida. Lo que más lo atormentaba era, sin duda, esa traición a su conciencia, era ella el monstruo que lo martirizaba en las pesadillas más sombrías, la daga que llevaba clavada en el corazón, el cáncer que envenenaba sus entrañas, el ácido que corroía su alma y quebraba su voluntad de volver a creer en sí mismo.

Se sentía un vendido. Miserable, sucio, indigno. Por primera vez tomó conciencia de que la verdad tenía un precio, de que él mismo podía sacrificarla en nombre de otro valor. En cierto modo, se identificó con el dilema vivido quinientos años antes por don Juan II. Imaginó por momentos al Príncipe Perfecto sentado en las murallas del Castelo de São Jorge, junto a los olivos plantados frente al palacio real, con Lisboa a sus pies, y enfrentado con su propio dilema. Había tierras a occidente y el Asia a oriente. Le gustaría poseer las dos, pero sabía que sólo podría quedarse con una. ¿Cuál elegir? ¿Cuál sacrificar? También él se enfrentó a un dilema y se vio forzado a tomar una decisión. Y la tomó. Dio a los castellanos el descubrimiento del Nuevo Mundo para poder quedarse con Asia. Colón fue su contrato de confidencialidad, Asia su Margarida. Don Juan II tuvo que elegir y eligió; bien o mal, eligió. Fue eso, al fin y al cabo, lo que él mismo, Tomás, había hecho. Había elegido.

Sin embargo, no se resignaba.

Don Juan II sólo comprometió la verdad mientras la mentira le resultaba necesaria para quedarse con Asia. Su hombre de mayor confianza, Ruy de Pina, se encargó después de reparar los hechos cuando consideró que la verdad ya no ponía en peligro la supervivencia de la estrategia portuguesa; y, si no hubiese sido por la intervención de don Manuel, o de alguien en lugar de él, la *Crónica de d. João II* contaría otra historia. Pero Tomás no disponía de ningún Ruy de Pina que pudiese ayudarlo, no tenía a nadie que le escribiese un *Códice 632* donde se insinuase la verdad por debajo de las raspaduras de la mentira. Se sentía atado, amarrado por los grilletes de la impostura, doblegado por el peso del compromiso que había aceptado, obediente al destino al que su opción lo había ligado irremediablemente. En resumidas cuentas, había vencido la mentira, yacía muerta la verdad.

Fue en ese instante, sin saber bien por qué, pero fue en ese instante cuando se acordó de la primera concesión que tuvo que hacer, del primer compromiso al que Moliarti lo obligó, de la primera indignidad que había aceptado. Sentado en una bancada del Claustro Real del Monasterio de los Jerónimos, el estadounidense lo había forzado, contra su voluntad, a ir a casa de Toscano a mentirle a la viuda para obtener la información que precisaban para avanzar en el proyecto. Era una pequeña mentira, algo insignificante, minúscula incluso, pero, de todos modos, el primer paso en la dirección que tomó, inexorablemente; la primera inclinación de un terreno que deprisa se abrió a un precipicio, un abismo oscuro y profundo donde enterró lo que le restaba de conciencia. Comprometió la verdad una vez, diciéndose a sí mismo que era una excepción, que no tenía tanta importancia, al fin y al cabo una vez no importa, la vida es realmente así, ¿qué es una mentirijilla frente a un magnífico final? Pero la excepción pronto se convirtió en regla; y allí estaba él, avergonzado, inapelablemente enredado en la maraña traicionera de las telas de la impostura.

Se acordó también de una llama que en el Claustro Real lo iluminó fugazmente, un grito que retumbó por momentos en su conciencia, violento, audaz, tempestuoso; pero, al mismo tiempo, huidizo, efímero. Fue un instante de lucidez pronto silenciado por la voz de la ganancia, un resplandor de luz que deprisa habían apagado las siniestras tinieblas.

Era un poema.

Un poema de Fernando Pessoa. Estaba inscrito en la tumba del gran poeta, en los Jerónimos, grabado en la piedra para durar hasta la eternidad. Hizo un esfuerzo de memoria y las letras se convirtieron en palabras y las palabras se hicieron ideas y cobraron sentido y ganaron esplendor:

> *PARA SER GRANDE, sé íntegro: nada*
> *tuyo exageres ni excluyas.*
> *Sé todo en cada cosa. Pon cuanto eres*

en lo mínimo que hagas.
Así en cada lago la luna toda
brilla, porque alta vive.

Repitió el poema innúmeras veces, en voz muy baja; sintió que volvía a encenderse aquella llama perdida, primero tenue, frágil, vacilante, muy distante; pero pronto se dilató, iluminó su corazón, se avivó a medida que la voz crecía, se difundió, le encendió el alma, era ya fuego que ardía en el tumulto de su conciencia, un incendio infernal que forjaba el hierro de su determinación.

Gritó.

«Sé íntegro.» Lo seré. «Sé todo en cada cosa.» Lo seré. «Pon cuanto eres en lo mínimo que hagas.» Lo pondré. «Nada tuyo exageres ni excluyas.» Nada excluiré. «La luna toda brilla, porque alta vive.» Brillará.

La decisión estaba tomada.

Tomás se sentó frente al ordenador y miró la pantalla vacía. «Necesito otro nombre», fue lo primero que se le ocurrió. Tal vez un seudónimo. «No, un seudónimo no es buena idea. Necesito más bien a alguien que esté por encima de todo, alguien a quien los demás escuchen. Alguien que acepte ser mi Ruy de Pina. Hmm…, pero ¿quién? Un historiador famoso, inevitablemente. No, mirándolo bien, no; un historiador sería demasiado arriesgado; sería muy fácil establecer la relación con él. Mejor alguien diferente, fuera del sistema, alguien que acepte dar el nombre por la verdad que debo revelar. Sí, eso es. Pero ¿quién? Hmm… Vale, después veo quién. Mi prioridad ahora es establecer el modo enunciativo que adoptaré. El contrato me prohíbe escribir ensayos, hacer artículos, conceder entrevistas, dar ruedas de prensa. ¿Y si contase todo esto como una novela? No sería mala idea, ¿no? En rigor, el contrato no lo prohíbe. Es ficción, siempre tengo esa coartada.»

«Es ficción. Además, no seré yo quien dé la cara, ¿no? Será otro. Mi Ruy de Pina. Un novelista, alguien así. Buena idea, un novelista. O también, otra idea, ¿por qué no un periodista? No está mal un periodista, esos tipos se enfrentan diariamente con la fábrica de lo real. Hmm… Lo ideal sería un periodista y novelista, hay por ahí unos cuantos, puede ser que convenza a alguno. Bien, después pensaré en eso, hay tiempo. Por ahora voy a concentrarme en lo que tengo que contar, en la realidad que transformaré en novela, en la ficción que usaré para reparar la verdad. A través de la historia escribiré la Historia. Cambiaré los nombres de los participantes, es evidente, y sólo narraré aquello que vi, viví y descubrí. Sólo eso. Bien…, tal vez con excepción de un capítulo introductorio: a fin de cuentas, todo esto comenzó con la muerte del profesor Toscano y yo no estuve presente, ¿no? Entonces, en ese caso, me serviré de la imaginación, ¡qué remedio! Tendré que imaginar cómo murió. Pero yo sé que el profesor falleció bebiendo un zumo de mango y que estaba en la habitación de su hotel en Río de Janeiro. Ésos son los hechos. El resto, cómo ocurrieron las cosas, es una cuestión de imaginación. Sólo necesito un pretexto para comenzar. A ver por dónde comienzo. ¿Y qué tal comenzar con él bebiendo el zumo y desplomándose? Hmm… no, eso es demasiado directo. Tengo que comenzar la acción antes de que él muera, unos tres o cuatro minutos antes, así voy preparando al lector. Hasta puedo anunciar al principio que él va a morir, una especie de…, de premonición, de predicción. Ya está, eso es. Tal vez sea mejor empezar por una predicción. Hmm… Y después continúo contando hacia atrás, para crear cierta tensión. Bien, es una idea estupenda, adelante.»

Tomás Noronha pensó todo esto durante el largo rato que pasó sentado en la silla, contemplando la pantalla del ordenador, como si estuviese en trance, embriagado por la dulce perspectiva de liberar aquella furia que encarcelaba su alma. Alzó después los dedos y, guiado por una redentora pulsión de verdad, como un director frente a su orquesta, arrancando de violines y trombones una grandiosa sinfonía, atacó, por fin, el teclado y dejó desfilar por la pantalla la melodía de la historia:

Cuatro.
El viejo historiador no sabía, no podía saber, que sólo le quedaban cuatro minutos de vida.

Nota final

El origen de Cristóbal Colón se encuentra envuelto en oscuros velos de misterio, enlazados en intrincados nudos que sólo dejan traslucir los contornos indecisos de un personaje muy complejo. La enmarañada tela de secretos parece haber sido urdida por el propio gran navegante, el cual, de forma deliberada y planificada, ocultó mucha información sobre su pasado, envolviéndolo en un manto de silencios y acertijos dichos en voz baja, dejando atrás un largo rastro de pistas contradictorias y frases ambiguas. No están claros aún los motivos por lo que lo hizo y constituyen una fuente de intensa especulación entre historiadores y curiosos no especialistas.

Para volver más difusos los rasgos nebulosos de este hombre, cuyo rostro nadie conoce, muchos documentos probablemente esclarecedores acabaron perdiéndose en los pasadizos laberínticos del tiempo, hecho agravado por la constatación de que la mayor parte de los textos que sobrevivieron no son originales, sino copias que podrían (o no) haber sido adulteradas. Como si eso no bastase, hubo documentos que resultaron ser falsificaciones habilidosas, al mismo tiempo que perduran dudas en lo que respecta a la autenticidad de unos cuantos más. Sobre numerosos detalles de la trayectoria de Colón se encuentran, por ello, pocas certidumbres, innúmeras contradicciones y diversos enigmas, terreno fértil para abundantes especulaciones sobre quién fue verdaderamente el descubridor de América.

Para que no queden dudas es importante subrayar que, aunque inspirado en hechos reales y recurriendo a documentos auténticos, que pueden encontrarse en varias bibliotecas, éste es un trabajo de ficción. Fueron muchas las fuentes para los diversos temas que componen esta novela, comenzando por las bibliográficas. La lista de las obras consultadas es tan extensa y variada que no la expondré aquí, para no abusar innecesariamente de la paciencia de los lectores. Sólo hago referencia a los autores que me resultaron relevantes para obtener elementos relativos a los aspectos más controvertidos y polémicos acerca del origen y la vida de Colón: Patrocínio Ribeiro, Pestana Júnior, Santos Ferreira, Ferreira de Serpa, Arthur d'Ávila, Alexandre Gaspar da Naia, Mascarenhas Barreto, Armando Cortesão, Jorge Gomes Fernandes, Vasco Graça Moura, Alfredo Pinheiro Marques, Luís de Albuquerque, Luiz de Lencastre e Távora, Simon Wiesenthal, Maurizio Tagliattini, Moses Bensabat Amzalak, Jane Frances Almer, Sarah Leibovici, Salvador de Madariaga, Ramón Menéndez Pidal, Luciano Rey Sánchez, Gabriel Verd Martorell y Enrique Bayerri y Bertomeu.

Muchos amigos, directa o indirectamente, estuvieron detrás de esta novela, aunque, como es natural, permanezcan ajenos a la intriga de la ficción. Agradezco encarecidamente las valiosas aportaciones de João Paulo Oliveira e Costa, profesor de Historia de los Descubrimientos de la Universidad Nova de Lisboa; Diogo Pires Aurélio, director de la Biblioteca Nacional de Lisboa; Paola Caroli, directora del Archivio di Stato de Génova; Pedro Corrêa do Lago, presidente de la Biblioteca Nacional de Río de Janeiro y uno de los coleccionistas mundiales más importantes de manuscritos autógrafos; António Gomes da Costa, presidente del Real Gabinete Portugués de Lectura de Río de Janeiro; el embajador António Tanger, que me abrió las puertas del palacio de São Clemente, en Río de Janeiro; António da Graça, padre e hijo, y Paulino Bastos, cicerones por Río de Janeiro; Helena Cordeiro, que me dejó observar Jerusalén por una ventana; el rabino Boaz Pash, el último cabalista de Lisboa; Roberto Bachmann, presidente de la Asociación Portuguesa de Estudios Judaicos; Alberto Sismondini, profesor de italiano en la Universidad de Coimbra, conocedor de las lenguas de la Liguria y un valioso apoyo para la comprensión del dialecto genovés; Doris Fabris-Bucheli, preciosa guía por el hotel da Lapa, en Lisboa; João Cruz Alves y António Silvestre, los guardianes de los portones que ocultan los misterios de la Quinta da Regaleira, en Sintra; Mário Oliveira y Conceição Trigo, médicos cardiólogos del hospital de Santa Marta, en Lisboa; Miguel Palha, médico y fundador de la Asociación Portuguesa de Portadores de trisomía 21, y su mujer Teresa; y también de Dina, Francisco y Rosa Gomes, que compartieron conmigo sus experiencias.

Florbela fue, como siempre, la primera lectora y la más importante crítica, el faro que me guio por el intrincado laberinto de la narración.